China's
Diplomacy
During
the First World War

风云

Standing up to Bullying and Oppression

际会

冯惠明　著

团结出版社

图书在版编目（CIP）数据

风云际会 / 冯惠明著 . — 北京： 团结出版社，
2024. 3

ISBN 978-7-5234-0200-9

Ⅰ . ①风… Ⅱ . ①冯… Ⅲ . ①长篇历史小说 – 中国 –
当代 Ⅳ . ① I247. 5

中国版本图书馆 CIP 数据核字（2023）第 096682 号

出　版：团结出版社

　　　　（北京市东城区东皇城根南街 84 号　邮编：100006）

电　话：（010）65228880　65244790（出版社）

　　　　（010）65238766　85113874　65133603（发行部）

　　　　（010）65133603（邮购）

网　址：http://www.tjpress.com

E-mail：zb65244790@vip.163.com

　　　　tjcbsfxb@163.com（发行部邮购）

经　销：全国新华书店

印　装：三河市东方印刷有限公司

开　本：170mm×240mm　16 开

印　张：31.5

字　数：480 千字

版　次：2024 年 3 月　第 1 版

印　次：2024 年 3 月　第 1 次印刷

书　号：978-7-5234-0200-9

定　价：88.00 元

　　　　（版权所属，盗版必究）

序

有人说，外交向来是一个神秘的领域。国与国之间的来往交涉，心平气和或唇枪舌剑，坦诚相待或暗施诡计，台前理论或幕后争斗，一般民众大体上只知道结果，而不去追究过程；只看到最终达成的协议，而难理解谈判者和参与者的劳苦和心酸。《风云际会》这部历史小说就给读者描绘了民国最初年代两段风云变幻、跌宕起伏的外交激烈斗争的故事，揭示和推演了当时外交官们鲜为人知的台前幕后、公开的或暗藏的玄机和心理活动的秘密，深刻阐明了外交是内政的延续、和谈是不流血战争的道理。

还有人说，弱国无外交。一部中国近代外交史就是屈辱史、割地赔款史。从晚清到民国，灾难深重的中华民族被世界列强一次次凌辱宰割，多少有志于报国的志士仁人发出"弱国无外交"这样的无奈感叹！但是，疾风知劲草，国难识良臣。就是在那个长夜难明的昏暗时代，在外交第一线依然涌现出一批敢于挺身面对专横跋扈帝国主义列强的外交官，他们呕心沥血维护祖国权益和尊严，谱写出一首首可歌可泣、激励国人的动人乐章。

《风云际会》这部小说的主人公顾维钧就是在那个特定历史时期涌现出来的有着强烈爱国情怀的外交家代表。纵观顾维钧波澜壮阔的一生，他的外交生涯前后绵延了半个世纪。这部小说节选了顾维钧风华正茂即1912~1922年民国初期十来年的时光，着重展示的是巴黎和会和华盛顿会议召开前后一场场惊心动魄的谈判和斗争。作者本着历史小说"大事不虚、小事不拘"的创作原则，以寻微探幽的笔触，浓墨重彩地描绘了顾维钧和他的同事们的神形风貌，以及勾勒了上百个国内国际的历史人物形象，为读者展现了那个时代五花八门、众多人物参与的外交舞台。具体来说，小说故事主要情节紧紧扣住中国要坚决收回山东主权和日本要坚持霸占山东这个主要矛盾展开，把顾维钧等推到国际外交斗争的风口浪尖，以充分揭示其外柔内刚的特殊性格和坚韧不屈的精神内涵，同时又展示了他机智灵活的斗争策略。

文学是人学，是各种角色个性张扬和灵魂挥发的舞台。这部小说还用了相当篇幅描绘了青年顾维钧的两次婚恋生活，以此透视他对事业成功的追求和对美好生活的向往，从一个侧面反映了那个时代归国知识分子的人生观、幸福观和精神风貌。

这部小说还用了一定篇幅，勾勒了那个时期国内政坛各种势力、不同派系之间的纷争和内斗，从另一个角度揭示了中国被称为"东亚病夫"和国力衰弱的内因。

小说还以热情洋溢的笔调，赞颂了伟大的五四爱国运动。这个运动的重要起因是亿万国民对日本侵华政策的愤怒和对出卖山东主权的北洋政府的不满，正是由于各界民众的觉醒和斗争，才使得在第一线以顾维钧为代表的外交团队，有了强大的后盾，使他们有底气在日本外交官面前挺直腰板，慷慨陈词，据理力争，最终收回了山东权益，赢得了外交场上的胜利。

顾维钧无疑是民国时期一位杰出的人物，一位具有传奇色彩的外交家和爱国者。1972年中国在联合国合法席位恢复以后，当时外交部司长章含之女士到纽约参加联合国大会时，受毛泽东主席嘱托，于10月5日在顾维钧女儿寓所看望了晚年的顾维钧，谈了统一祖国是海峡两岸爱国人士的共同愿望，并邀请他回中国大陆看看。顾在言谈中精神矍铄、情绪极好，流露出对祖国对故乡的深切怀念。但此后由于种种原因，他最终没能返回大陆，没能再看看他朝思暮想的故乡。

晚年时，他曾十分有兴致地画了一张家乡嘉定县的草图，图上还清楚勾勒出一座庙里的古塔，这是他记忆中的故乡景物，他还借古人诗句表达自己的思乡情怀："露从今夜白，月是故乡明。"

那年秋末的一个晚上，寿近百年的顾维钧像以往一样淋浴，但淋浴后他倒下了，再也没醒来。他回归故乡的夙愿竟成半世遗憾。

1946年他离开故乡到美国担任大使时写下这样的诗句："白云底下望山河，祖国将离感慨多。"他没料到，此次离别竟延续了近四十年，他的诗句也成了绝唱。

冯惠明

2023 年 5 月

目录
Contents

第一章　学子东归

十九世纪后二三十年在世界铁路史上发生了两起令世人震惊的事件。

一是清朝动用了 28 万多两白银赎回了英国人修建的 14.5 公里的吴淞铁路，但赎回后竟将路基、厂房、机车车辆等全部拆毁，被拆毁后的设备运往台湾，因长久被海水浸泡风蚀，锈迹斑斑，最后成了一堆废铁。中国第一条铁路命运的下场，令一切有识之士扼腕叹息。

二是俄国沙皇政府 1890 年决定修建横贯辽阔的西伯利亚大铁路，从乌拉尔山脚的车里雅宾斯克到太平洋沿岸的海参崴，全长 7400 多公里。为了建造这条世界最长铁路，俄国政府倾举国之力，投入了 14.6 亿卢布，成千上万筑路大军包含大量服苦役人员，在森林、河流、高山、峡谷和有严寒冻土的不毛之地，付出了高昂代价。该铁路耗时十几年终于建成贯通，成为世界铁路史上的一大奇迹。

1912 年 4 月中旬。

绵延不绝的西伯利亚大铁路上，一列客运列车风驰电掣般朝东方飞驶。虽然节令已是仲春，但辽阔的俄罗斯大地依然寒风凛冽，冰雪覆盖。火车头冒着浓烟，牵引着列车跨过鄂毕河、叶尼塞河，穿行在没完没了的单调的白桦林中，终于到了西伯利亚首府伊尔库茨克，大部分俄国旅客都匆匆下车。列车各个车厢最后只剩下继续东行的少量旅客，因而显得空空荡荡的。

一节卧铺车厢里，有一对穿大衣戴皮帽的俄国中年夫妇也提着行李箱下了车。包厢里剩下一位没下车的东方年轻人，他西服革履，内套一件深灰色羊绒衫，打着蓝色领带；他长相英俊，一头浓密黑发，宽额下一双炯炯有神的明目，加上隆起的鼻梁，使人立刻联想起哪部古典或现代小说中的英雄人物或青年才俊。他就是本书的主人公，刚从美国留学毕业正在回中国途中的博士顾维钧。

包厢里少了两个俄国人，顿时显得安静了许多，甚至是有些寂寥。那对夫妇，看样子也是属于有知识并且开朗乐观的那种人，他们的英语讲得虽然不很流利，但表达意思没有任何障碍，自莫斯科到伊尔库茨克一路下来，顾维钧除了读书，就和他们一起闲聊，谈天说地，连续多天单调拘谨的列车旅途，倒也不很寂寞。可是他们一离开，包厢里就没了话语声。

列车开出伊尔库茨克不久，就驶入丘陵地带，车速明显减缓了，铁路两侧的林木越来越茂密、繁杂，刚刚泛出绿色的杉树、槭树、白桦树与黑森森的松树林交替出现，有时混杂在一起，窗外景物颜色渐渐丰富起来。不知不觉中，列车前进的左方，树林空隙中隐约透现了碧蓝碧蓝的水域，列车是否已经进入了贝加尔湖区？当他对照了地图，确认眼前的大湖正是闻名于世的贝加尔湖。他激奋起来，眼神焕发出亮光，面部也涌起微笑。"贝加尔湖，今天终于看见你了！"他内心叹了一句。

他从纽约动身回国前，有两条线路可选择：一是西行，先乘火车到旧金山，再乘轮船远渡太平洋到日本东京，再转轮船去上海而后北京。二是东行，先乘轮船渡大西洋到法国，转乘火车到俄国古都莫斯科，再换乘去北京的国际列车。他选择了后者，除了路途时间长短的考虑，还有就是要感受一下未曾走过的路。在校时，回国探亲几次都是渡过太平洋往返，而从没有穿越欧亚大陆的经历，当然闻名遐迩的西伯利亚大铁路和贝加尔湖也是吸引他的一个因素。

列车的速度虽然已经放慢，但他仍然嫌快，竭力想从掠过的冈峦、树木间隙，捕捉住那片蓝莹莹的浩渺无际的湖水，以及更远处那苍茫绵延的群山。湖面上没有看见一条船，不过倒显得湖面更加辽阔和悠远。"要是有一台能携带的照相机，把这一生难得见到的湖光山色拍下来，多好！"

凝望遐思，他的脑海里出现了中国古代北方游牧民族在这块湖水充沛、草木丰盛的地方，赶着马群、羊群，放牧、栖息、骑射以及东征西讨的景象。他也不由联想起汉武帝派遣苏武出使匈奴的故事，匈奴单于将苏武扣留逼迫他归顺匈奴，而苏武坚贞不屈，宁可被发配到寒冷的贝加尔湖畔牧羊，在这一带他被圈禁近十九年，历尽严寒冰雪、艰难岁月，他的头发胡须都由黑变白，面容枯瘦，汉昭帝登基后苏武才得以返回汉朝。这个故事顾维钧上中学时就耳熟能详，现在他亲眼看见贝加尔湖，想到苏武戴毡帽披斗篷在雪地里手持节杖与羊群为伍的情景，不觉黯然伤神：一个古代使节，不辱使命，不屈服于压力，在苍茫苦寒之地默默坚守近二十年，那是怎样的一种风骨啊！

欣慰的是，苏武最终回到了长安。这位古人坚守自己的节操，宁死不忘使命，实在令后人敬佩！顾博士的思绪由苏武想到自己，他这次从美国取道欧洲回国，将要接受一个崭新的、陌生的使命，但到底自己因为什么被选中回国，他到现在也没弄清是怎么回事，更不敢预测他的这次漂洋过海、水陆万里跋涉回国究竟是一次机遇，还是一次莫名的困惑？

随着车轮有节奏的轰响，他不由又想起自己的身世来。光绪十四年即1888年他生于江苏嘉定（若干年后划归上海市），其父顾溶，字晴川，顾维钧出生时正逢穷困潦倒之际，幼小的顾维钧在祖母的护佑下长大。后来父亲找到了工作，家庭生计才慢慢好起来。顾维钧最初的教育是私塾，读四书五经，父亲希望他以后能通过科举出仕，光宗耀祖。但儿子却不愿再读私塾，执拗考进了教会办的书院，接受西方的近代和现代知识。当时中国正经历前所未有的变局，甲午中日战争后，清政府的腐败无能和割地赔款，给中国带来了深重灾难。当时教育界酝酿改革主张新学的情绪高涨，一些从国外留学回来任教的老师传播新思想，发表文章给年轻一代学子带来很大影响。几年后八国联军进犯北京，清政府大量赔款、丧权辱国，举国上下怨声载道。几年的书院学校生活，使正在成长的顾维钧逐步接受了变革思想，虽然当然只是朦胧的肤浅的，对改革目标是什么、意义何在，这些重要问题并没有深入思考过。但就是在这样的思想推动下，足以让他说服了当时已经是上海兵备道财务主管的父亲，供给他自费出国学习。1904年十六岁的他与一批学童一起赴美，第二年考入纽约哥伦比亚大学，主攻国际法，第四年他同时获得学士和硕士学位，接着读博士。

今年2月中旬，就在他开始全力以赴应对哲学博士学位考试时，他突然接到中华民国驻美国使馆从华盛顿发来的一封公函，邀请他到张荫棠公使的办公室晤谈。至于谈什么事，公函只字未提。一周后顾维钧蒙着一团雾水从纽约来到华盛顿中国公使官邸。

张公使是民国初留用的前清外交官，资历很老，他虽身着西服革履，但举止上总还显得某些不协调，他头上蓄着花白长发，显得有些蓬乱，似乎还没适应剪掉辫子后的轻松。不过，他倒没有了清朝大员那种故步自封式的官气，而是笑容可掬、礼贤下士地接待了这位风华正茂的中国留学生。他先让顾维钧看了一封电报，电报是中华民国总统秘书长发来的，电文言简意赅：总统决定聘任留美学生顾维钧担任总统办公室的英文秘书，并请公使转告学子，敦促其回国就任。

顾维钧愣怔好一会儿，先是惊讶、欣喜，接着是纳罕。一个普通留学生得到国家大总统青睐不啻是福从天降，但又匪夷所思，以袁世凯大总统之尊怎知一个漂泊万里海外的无名青年？他迷惑不解。但他没有多想，自忖不能中断正在准备的博士考试，因为从政和学历比起来，他更看重后者。他觉得从政对于他来说以后还有机会，而学位则弃之难再。于是他婉辞拒绝了张公使转达的聘请。张公使很不理解眼前这个年轻人：到总统身边担任要职，这是多少青年人梦寐以求飞黄腾达的良机啊，前途不可限量，千载难逢，怎能轻言放弃？因此极力规劝顾维钧接受总统之请回国上任。顾维钧没听进去，告辞回纽约。但没过多久，他又接到张公使来函，说北京再次来电，敦促他接受聘请。

顾维钧不得不重新考虑这个问题。他求教于自己的授业导师穆尔教授，穆尔教授是研究国际法和外交学的著名学者，曾经担任过前届美国助理国务卿和代理国务卿。他对顾维钧是否接受国内聘任态度非常鲜明，严厉批评了他"先获学位、后谋工作"的想法，当即说服他回国应聘，不要轻易放弃这次难得的机会。他的理由是，攻读学位是为了报效国家，中国刚刚革命成功，建立了共和制，需要建设和发展。国家需要人才，应该果断决定回国效力，以答谢国家。

响鼓有时也需重锤，聪慧的人在某些时候也需要点拨。穆尔教授一席话，在顾维钧心里激起了波澜。穆尔教授不仅知识渊博、学著丰厚，在国际法研究方面造诣颇深，无论理论上还是实践中他都是国内外同行的翘楚。况且，他为人正派，脾气耿直，对待自己的学生虽然严厉，但循循善诱，特别是对顾维钧更超出一般师生友谊，情同父子。每逢周末，他常在自己家里举办沙龙，约集他的学生、朋友聚会，在品茶尝点中，交流政经信息，畅谈国际大势，指点社情新潮。穆尔教授特别热心为学生们引荐上层名流，期望他们广交朋友，开阔视野。每当茶尽人散，穆尔教授还要单独留下顾维钧与家人一起进餐，器重之意，往往溢于言表。顾维钧深感导师栽培之心，对穆尔教授敬重如父，每有不解之惑，必请教恩师。

这一次，穆尔教授的一番话，促使顾维钧下了决心：回国效力。于是，他正式答复张公使，接受袁大总统的聘任。接下来在穆尔教授和另外几个教授安排下，他提前通过了博士论文答辩和考试。他没有再迟疑，很快以一个留美名校高才生的身份踏上返回刚刚建立共和的祖国的路程。

列车前方传来一声声火车头的长鸣，似乎在提醒列车上的旅客：贝加尔湖区已经过去，前面即将驶入远东。随着离中国边境越来越近，顾维钧的思绪，又想起了嘉定的故乡，自己朝思暮念的父母亲……

夜幕徐徐降临，奔驰的列车似乎没有慢下来的样子，一个劲儿地驶向东方、东方，一直到俄国和中国交界的地带。顾维钧在卧铺上蒙眬睡去。

半夜，列车徐徐停下了。他被一阵杂乱的脚步声和说话声吵醒。

等他坐起来，三个高矮胖瘦不同的人出现在面前。其中一个是戴军帽、佩肩章、垮军刀、蓄着两撇翘胡子的俄国边防检查官，一个手握步枪的高个子俄国兵昂头挺胸地立在他身后，第三个是几分像俄国人又几分像中国人的睡眼惺忪的矮胖子，看样子是个翻译官。顾维钧猜想，这可能是俄国境内最后一站的边境检查了。

翘胡子边检官向他叽里咕噜地说了几句俄语，那个翻译粗声粗气地操着一口中国东北腔说："大俄罗斯帝国边防检查站奉命检查旅客证件，请出示你的证件。"

顾维钧从吊裤的裤兜里掏出自己的护照，递上。边检官眯起眼看了几页，突然一字一顿地用生硬的中国话说："从美国来？"

"是的。"顾维钧点点头，同时他心里也机警地打起一个问号：难道有什么麻烦吗？

边检官又咕噜了一句。"身上有美金吗？拿出来看看。"胖翻译说。

顾维钧把口袋里仅剩的 50 美金掏出来。那边检官问道："就这些吗？"

顾维钧对他的发问很不满，好像自己要隐瞒什么似的。自己原本是个穷留学生，回国前他从驻美使馆领取了车船费和路途食宿费，奔波了半个月，路费已经消耗殆尽，就这 50 美元也是如数申报，他们难道还怀疑自己不诚实吗？但他还是一脸平静地回答：

"就这些。"

边检官眨了眨眼睛，又翻翻护照，最终从皮包里取出一枚袖珍式的方木头图章，用嘴对着哈了口气，使劲在护照的空页上按了一下。

顾维钧接过护照，见那空页上面盖上了一记殷红的长方小戳印，除了两行模糊的俄文字母他不认识外，他感到奇怪的是还有三个中国字：满洲里。

"请问先生，这里已经是在中国的满洲里了吗？"他问那个检察警官。

那警官用手左右捋了一下自己的翘胡子，斜睨着瞪了顾维钧一眼，显然他听得懂顾维钧的问话，神态傲慢地答道，"这里是大俄罗斯帝国东清铁路局的满洲里站。"

顾维钧立即意识到，警官有意回避满洲里是中国领土的概念，这使他非常不满，觉得像有一块大石板堵上了心口，憋气！他想，明明是中国的满洲里，怎么就说不得呢？血气方刚的他忍不住反驳说：

"不，先生，您说的不对，应该是中国的满洲里。"

他十几岁在上海读教会学校时，就从报纸披露得知，清廷与俄国签订秘密条约，同意俄国修筑从西伯利亚的赤塔穿越中国东北到太平洋港口海参崴的大铁路，这条铁路使俄国省却了绕道黑龙江以北的国土，可直线抵达太平洋沿岸，中国东北这段铁路西起满洲里东到绥芬河，也叫"东清铁路"。铁路沿线大小城镇及沿路大片领土成了俄国管辖范围，执行俄国法律，中国的主权丧失殆尽。作为一个学生，他那时已经懂得"天下兴亡，匹夫有责"的道理，但当时他又能做什么呢？再说东北离他生活的上海还很遥远，周围的人，老师和同学有谁关心这件事呢？他唯一的反应是觉得窝囊和憋气，除此之外他什么也做不到。

而眼前他像做梦似的就置身于"东清铁路"，又亲见那俄国人的骄横神态，怎奈得住一个青年学子内心的愤懑。

俄国警官见面前的这个中国年轻人出言犀利，不觉一惊，可能在他的边境职业生涯里，还没见过敢于顶嘴的中国人。他眯起眼，盯着顾维钧觑了几秒钟，他的颧骨嘴角堆起一丝冷笑：

"满洲里是中国的？那又怎么样！现在属于我们俄罗斯管辖，它是俄国东清铁路的一个车站，属于我们铁路局管辖。难道不是吗？哈哈哈！"那警官说完耸耸肩膀，由冷笑变成了几声狂笑。

顾维钧觉得受到了极大侮辱，脸色憋得通红。他想：一个有钱有势的人抢占了别人的院落，还振振有词说"霸占了，你能怎么样？"真是强盗逻辑！

"那是你们以强凌弱，通过高压手段强迫清朝政府签订的不平等条约造成的。没有你们，我们中国人迟早也要修建铁路。"

俄国警官皱着双眉，瞪大两眼，瞧瞧身边的翻译官，显然顾维钧的话，他没完全听明白。翻译官白了顾维钧一眼，暗想：你小子逞强，在俄国警官面前还敢这么横，自找倒霉！他把顾维钧的话原原本本翻了一遍。那警官听罢立即吹胡子瞪眼地咆哮起来：

"这年轻人妨碍执行公务，把他带到警务站！"他给身旁的高个子士兵下达了命令。那矮个子翻译官把警官的俄语命令翻给顾维钧，并且加了一句："你这年轻人呀，逞什么能？没事找事！"

持枪的俄国高个子士兵很凶悍，粗鲁地推搡顾维钧下车。顾维钧对这突如其来的变故毫无思想准备，他本能地奋力一挣："你们凭什么随便扣人？"

"你他妈再多嘴，就关你进那疙瘩小黑屋里蹲着，看你还嘴硬！"翻译官抢白他。

那高个子士兵用枪托推着顾维钧，嘴里吐着两个词"伊机，伊机（走，走）！"

顾维钧怒极之下，却保持着几分冷静。他说："等等！总得让我穿上大衣，拿上行李箱吧。"

他从挂钩上取下灰色的花达呢子大衣，这还是在莫斯科车站附近的商店买的。他穿上大衣，系上围巾，戴上礼帽，拎起手提箱跨出车门。

一股强劲冷风迎面扑来，他不由打了一个冷颤，赶紧把大衣领竖起来，把围巾往上提了提，护住脖子。借着昏昏暗暗的灯光，他环顾了一眼这个边陲车站：列车停靠的站台还算宽阔，站台后面不远的地方矗立着气势虽不算宏大但也相当有气派的旅客候站大厅，候站厅完全是俄式的，顶部呈锐三角形，上面还有漂亮的浮雕。令人扎眼的是房顶上有一根旗杆，旗杆上悬飘着一面白蓝红三色旗，那当然是俄罗斯帝国的国旗。他的心猛一紧，愤怒情绪又一下子燃起来，烧得他脸直发热。

身后的俄国兵再次冷漠地催促他快走，他心想：走就走，我看你们到底能把我怎么样？此刻，他突然想起十岁的时候一件悖逆父亲意志的往事：那年父亲送他去一个官员的家馆读经书、学习八股文章，为科考作准备。而他厌恶那官员的家馆，拒绝父亲的安排，从轿子里跳下跑到一个亲戚家，躲避父亲的追找，而父亲捉住他，强送他回家，但他又逃到姐姐屋里把自己反锁起来。父子的对立达到白热化。后来在母亲的调解下，父亲做了让步，不再坚持让儿子进家馆读经，顾维钧在姐姐姐夫建议下进了教会办的英华书院。想到此，他偷偷乐了。他从小就脾气倔强，母亲经常说儿子命硬。今天又跟俄国人较上了劲，但结果就难测了。他们真敢把自己扣留下来吗？自己该怎么办？他不由担心起来。

此时，稀稀落落的背着行李或提着小包的上车旅客，匆匆穿越站台走向列车。从他们的装束看，有穿蓝色长袍的蒙古族人，有穿大衣皮靴戴皮帽的俄国人，还有穿棉衣棉裤的中国汉人，好像还留着长辫子，大概民国刚建立后剪辫子的风潮还没有完全吹到这里。

他被带到一间挂着厚门帘的警务值班室内。室内很宽敞，一个披着军外衣的青年军官正在手握酒瓶子对着嘴，咕嘟咕嘟地喝酒。那高个子兵走向那军官，双脚"啪"地立正，行了个军礼，俯身又咕噜了两句俄国话，然后就退出门。

那青年军官似乎并没有在意押进来一个陌生的旅客，头也没回，放下酒瓶，又拿起叉子往嘴里送了一块香肠，接着又握起酒瓶，仰脖子往下灌。顾维钧沉默着，心想，听说俄国男人酗酒如命，眼前这个军官大概是个酒鬼？他见那军官半天没理睬自己，索性放下行李箱，站在屋子中间静静地打量起屋子四面的装饰来。

这个屋子装修得比较讲究，门框、窗框油漆得精细，木质墙板上悬挂着几幅人物肖像和风景画，其中最显眼的是正面墙上的一幅半身人物画像，画像不大，但色彩凝重鲜明，画的是一个极威武的络腮胡子俄国军人，他的肩章缀满了金丝，胸部佩着十字勋章和蓝色的绶带，两手叠在一起按着一把军刀的刀柄。顾维钧猜想，画像上的人可能是俄国皇帝尼古拉二世，他好像在莫斯科的火车站见过这个沙皇画像。屋里陈设不多，除了一张铁架床铺和一个书柜、一张办公桌、一张长沙发以外，比较显眼的是屋子角落那个一米多高的大壁炉，壁炉上沿和左右两侧都装饰着暗红色木刻浮雕，他觉得这房间似乎不是军人值班室，而是个文化味很浓的贵族客厅。壁炉里面的木柴火烧得正旺，烤得满屋子暖烘烘的。

青年军官终于将一瓶伏特加喝完了。随即把空瓶子往桌子上一墩，抬起头朝向顾维钧，突然讲了一句俄语："帕斯波尔特"。

顾维钧不懂俄语，但凭着多年学习英语和其他西方语言的灵感，听出这个词与英语的"护照"一词发音相近，他判断是要他出示护照。

顾维钧从衣兜里慢慢掏出护照，上前几步，把护照放在办公桌上。一刻间，他闻到那军官身上散发过来的一股浓烈酒气。

那军官冷漠地拿起护照，翻开扉页，先看一眼照片，又瞄了一眼顾维钧，接着翻看其他页的记录。顾维钧借灯光也端详那军官的脸：一双蓝莹莹的明亮眼睛深嵌在宽厚的额头下，细长挺直的鼻子像一道峻拔的山梁，一下子把他的脸型勾勒得英俊潇洒，而两道飞扬的眉毛和向脑后梳拢的栗褐色头发，彰显他的朝气和活力。倒是他的那身军服和肩章跟他那刮得干干净净的两腮和下巴有些不相称，好像沿途看到的俄罗斯军人几乎全是大络腮胡子。

"这青年军官长相蛮精神的！"顾维钧不由暗地喝了声彩。

"您是从美国来？"青年军官忽然改用英语发问，同时把护照还给了顾维钧。

这句问话，使顾维钧略感有些突然，但也使他的神经稍稍放松，他觉得这个俄国军官既然会讲英语，情况可能会有缓和，至少双方可以直接交流。

"是的。我在美国纽约读书，毕业回国。"

"在哪个学校？读的什么学位？"军官好像对顾维钧的学历有兴趣。

"在哥伦比亚大学攻读法学硕士和哲学博士学位。"顾维钧如实相告。

"很好。呵,请坐。我们可以谈谈吗?"青年军官虽然眼睛迷离地盯着顾维钧,但顾维钧觉得他并没有醉意,因为他的英语发音相当准确,尽管掺杂俄罗斯人的口音。同时他觉得这位青年军官不似刚才那个大络腮胡子态度那么野蛮,语气也比较温和,虽然摸不清他的用意,但直觉告诉他,眼前这个军官可以与之理智地进行交谈。

于是,顾维钧在军官对面坐下。"先生,我有一个要求:能否早点放我回车厢?我担心……"

"您担心列车会开走,是吗?"青年军官笑起来。"列车启动必须先得到我这里允许。您不必担心。不过我要弄清楚,刚才您和我的同事之间发生了什么,您为什么要妨碍他执行公务?"

"我没有妨碍他,先生。我只是说了一句话:满洲里是中国的地方。没想到您的那位大胡子警官同事就莫名其妙地发怒,粗暴地命令士兵把我押解到这里。我不明白,我哪里错了?说了一句世人皆知的实话,难到违犯法律吗?"

"如果是这样的话,您没错。"青年军官的蓝眼睛狡黠地闪了闪,又说:"但我要等我的同事回来后核实一下。"

顾维钧见他这样说,也就不再坚持马上回车厢了,他暗想:你们一个白脸,一个红脸,很有意思,我倒要看看你们怎么收场?

"顾先生,我们先不谈公事,随便聊聊可以吗?比如您可以谈谈有关美国的大学情况。"

"您想了解哪方面的?"顾维钧顺着他的话问道。暗想,这个俄国军官对美国大学感兴趣,真有点匪夷所思!

"您刚才说在哥伦比亚大学读书,是吗?这所学校哪一年建立的?美国的大学历史比较悠久的有哪些?"

"哥伦比亚大学1754年建立,最初叫国王学院,1886年改称现在的校名。美国最早的大学是哈佛,大概是建于1636年,记不太准确了。其他历史悠久的还有耶鲁大学、普林斯顿大学、宾夕法尼亚大学等,都有150多年的历史;其余200多所绝大部分是十九世纪创建的。"

"对不起，您吸烟吗？我这里有雪茄。"青年军官从上衣口袋里掏出烟盒，取出两支雪茄，打算递给顾维钧一支。

顾维钧赶紧做婉拒手势，说不会吸。青年军官不再客气，自己点上一支，使劲抽了一口，身体往靠背上一仰，顺即吐出了一个烟圈，那烟圈由小到大，慢慢飘向上方，扩散开去。顾维钧暗想，他会不会故意拖延时间呢，趁现在说话气氛不紧张的时候，我必须早点返回车厢。于是说：

"对不起，先生，我还是希望早点回去，以免耽搁列车运行。"

那军官吹了吹烟头，略加沉思，说："好吧，既然您不放心，我可以放您回去。但我有个条件。"

"什么条件？"

"您要回答我三个问题。如果能使我满意，就放您走。"

顾维钧惊奇地怔住足足有五秒钟，紧接着他警觉起来：是否他要问一些稀奇古怪、不着边际的问题故意捉弄人、刁难人，找借口把自己扣下？

那军官见顾维钧不吭气，似乎猜到他的心思，笑着说："您既然是哲学博士，还怕别人的问题吗？"

顾维钧暗想：在哥伦比亚大学，自己的辩才也算小有名气，在千人集会讲坛上辩论从来不惧任何对手，屡次夺得桂冠，难道如今要在这小阴沟里翻船？他沉下心，清亮大气地说："请提问题。"

"第一题：古希腊哲学家苏格拉底说过一句关于'人'的名言，是如何说的？"

"他说过，'人啊，要认识你自己！'但这句话是镌刻在希腊德尔菲神庙墙壁上的，最初说这话的人是希腊一位智者，叫塔列斯。此话后来被苏格拉底引用，呼吁哲学家不要把眼光老盯着世界的本原这个深奥的问题，而要转向人自身，发现和探讨人的本质。所以此言得以传播于世。"

"不错。从苏格拉底那个时代以后两千年来，哲学家们除了对自然世界真谛的探寻外，还对人类自身的本质和命运进行了孜孜不倦地追问和探究。我的第二题是：古罗马有一位皇帝，曾经写过一本哲学著作，产生过重要影响。这位皇帝叫什么？书名是什么？他阐述的最主要观点是什么？"

顾维钧心里一忽闪：问题虽并不难回答，但叫人惊奇的是要刮目相看这个俄国军官了，从他的问题可以断定：他进过高等学府，或者是对哲学情有独钟，否则提不出这类问题来。

"您说的这位古罗马皇帝名叫马可·奥勒留，因迷恋研究哲学被人称作'御座上的哲学家'，他的代表著作是《沉思录》。他认为，人是浩瀚宇宙中一个微小的可怜生物，人生短促，只是时间长河中的瞬息即逝的一个涡流。人对宇宙秩序的反抗是徒劳的，人应该服从命运，安于现状，自然度过属于自己的时间，结束自己的旅行，就像树上的橄榄那样自然掉落。马可·奥勒留是个思想敏锐才华横溢的皇帝，文字优美语言深沉，表达了他对宇宙和人生的独特见解。不过，调子未免太抑郁和低沉了。在哲学流派上，他属于晚期斯多葛学派，有人认为这个学派的思想是基督教神学的来源之一。"

俄国军官"呱呱呱"地拍起了巴掌，赞赏说："很好，很好。不愧是从美国回来的哲学博士，把那么厚厚一本书的丰富内容，三言两语就概括得明白无误，而且点出了斯多葛学派与基督教神学的承接关系，真让人佩服！"接下来，他使劲儿抽了抽雪茄，喷了一大口浓烟，随后把军大衣往后一掀，垂挂在椅背上。同时指着对面的一把椅子，招呼顾维钧，"先生，请坐下慢慢谈，我们还有不少时间，不着急。"

顾维钧一直默默观察这个军官，发现他对自己并没有敌意，而且愿意探讨一点哲学问题，内心的紧张和警觉也就舒缓多了。他坦然坐下来，听军官继续问什么。果然，军官又开口了：

"不过，马可·奥勒留的人生哲学虽然表达得如梦如诗，但他毕竟是个皇帝，与一般人的追求不可同日而语。人类在经过了一千年的中世纪宗教专制统治后，终于迎来了文艺复兴时期，人性的觉醒、个性的解放，冲破了宗教的桎梏，人文主义哲学家们强调人具有无限创造力，人可以而且能够自主决定自己的生命形式。到了十八世纪，法国的伏尔泰、卢梭等人更是高扬人性自由，认为人虽然本身是自然物，服从自然规律，但在自然面前并非无所作为，只听任命运摆布。我非常欣赏卢梭讲的人的自由主动性是人的天性，但随着社会的发展，人的这种天性逐渐丢掉了。而到了德国哲学家康德那里，把人的本性和本体的研究提高到他的哲学的核心内容，他的一个问题令世界振聋发聩：人是什么？但是他自己终究也没有彻底搞清楚。有意思的是，自称是康德继承者的叔本华，主张世界的本体就是意志，而人身上体现了自觉意志；意志的表现就是欲望和挣扎，而人的欲望越是无限制，就越痛苦；智力越发达，烦恼痛苦就越厉害；人生没有任何价值，只由需求和迷幻支配。因此人的生存是绝对荒芜和空虚的。摆脱痛苦的办法就是否定自己的意志，或抑制意志，达到一种无欲无为的寂灭境界。我的最后一个问题是：对叔本华的观点，您是怎样认为的？"

俄国军官的一席话，使顾维钧更坚信自己的判断：这个人绝非泛泛之辈，否则一个最边远的小车站基层军官，会对西方哲学史上一些著名人物有如此的评述和谈吐！但他最后提到的对叔本华评价问题，似乎有些强人所难，说不好听的有点太霸道！顾维钧心里隐隐产生一种疑惑，难道这个俄国军官打算拿他掌握的知识做一个赌注吗？抑或是他想通过与自己的交谈来印证什么？此时此地，顾维钧觉得自己的处境很滑稽可笑，在这深夜的边境小站，被迫与一个毫不相识的俄国青年讨论什么深奥的人生哲学问题。这在外人看来，是绝难想象的事，可是让他遭遇上了。他心里明白，如果不满足这个军官的要求，他是绝对走不出这间警务室的。

屋外，忽然传来一阵轰隆隆车轮碾过的声音，好像是一辆火车头呼啸着穿越站台。整个房子也被震得微微晃动起来。顾维钧暗自着急：在这个警务室已经待了快二十分钟了，得设法快点回答这个难缠的军官，尽快摆脱他。于是，他把精力很快集中在叔本华这个名字上，他的思绪也飞速地转动起来。

"叔本华的意志决定论，是在他的代表著作《作为意志和表象的世界》一书中提出来的。"顾维钧字斟句酌地开始说，"老实说，我原先是一个叔本华哲学的崇拜者，他的著作我几乎都拜读了。且不论世人对他的学说褒贬如何，单就他的著作行文而言，可以说是我读过的哲学著作中最吸引人的，它一扫欧洲哲学特别是德国哲学以往的扑朔迷离、冗长晦涩，从理性到理性繁琐推理的语言风格，注入了一种新鲜明快、单刀直入而生动通俗的哲学文风。读他的书，好像面对一个解疑释惑的心理医生。从内容上讲，他主张的'世界本体就是意志'的确独树一帜，可以和康德的'自在之物'

和黑格尔的'绝对精神'相媲美，从而跻身于世界哲学名家的行列。但是他的学说在推论中存在一个最大的缺憾，就是从人身的自觉意志出发，无穷欲望的产生，却带来无休止的痛苦，最后导致人要摆脱痛苦，就要抑制压控意志，否定意志，达到一种无欲无为的寂灭状态，得以解脱。在我看来，他的这一结论有失偏颇，因为不能解释人类社会丰富多彩、复杂多变的历史进程，也不能反映人在历史进程中的客观主体作用。不错，人在追求自己的人生目标中会有痛苦，甚至是巨大的精神肉体折磨，但如果能采取积极的人生态度，在苦难中磨炼自己的意志，人生追求也会竞放异彩的。就拿一个著名的德国人的例子来说，大音乐家贝多芬您是知道的吧，他一生经历过生活贫寒、疾病和失去爱情的折磨，在双耳失聪的苦难中，依然不放弃自己的理想，用音乐的形式表达人生追求，创作出英雄交响曲、命运交响曲和悲怆交响曲那样震撼和激励人心的作品。即使在晚年贫病交加，孤寂一人，仍然奋斗不息，他在临终一刻，举起枯瘦的手臂直面雷雨闪电，表达他生命不屈的精神。在对待人生态度上，我非常钦佩贝多芬积极进取的大无畏勇气。他有一句名言，每每想起来，都使我血脉贲张：'我要扼住命运的喉咙，它绝不能使我屈服。'"

顾维钧说到此，戛然而止。他忽然警觉冒出一个念头：自己面对一个陌生的俄国军人，是否话太多了，自己也不明白为什么没能控制自己的思绪，自己的情绪是否有些亢奋，有些控制不住？他直视桌子对面的俄军官，想观察一下他的反应。

此刻，俄国青年军官却站起了身，伸出右手挑起大拇指，并连声说："精彩，精彩！像是一篇激奋人心的演说。"说着他弯腰从桌斗里取出一个玻璃杯和一瓶酒，用牙齿咬开瓶盖，往杯子里倒了半杯，又在自己刚才喝空的杯子里倒上半杯，将前半杯推在顾维钧跟前，微笑着说：

"顾先生，您完满地回答了我的问题，祝贺您！让我们干杯吧！之后，您就可以返回车厢了。来，干！"他举起酒杯。

这样的结局是顾维钧始料不及的。但直觉告诉他：这个青年军官是真诚的，没有虚伪。因此他也端起酒杯站起来应和了一声："干！"

两人碰杯后，都一饮而尽。顾维钧平时是不饮酒的，在大学里有时约同学到校外酒吧聚会也只是喝点葡萄酒、香槟酒，对威士忌一类的烈性酒很少问津，倒不是他不能饮，而是烈性酒很昂贵，而且上头，他不习惯。这次他也不知道为什么，一扬脖子一口就将半杯伏特加咽下去了，像吞下一团液体火焰，他的嗓子眼热辣辣的，那股刺激的酒味冲得他咳嗽了两声。他掏出手帕抹了抹嘴唇，趁势镇静了一下，凝视着俄国军官那双淡蓝色的明亮眼睛，轻轻问道："我可以向您提一个问题吗？"

"当然，"那军官耸耸双肩，摊开两臂爽快地："别说一个，三个也可以！"

顾维钧也笑了："不，就一个。我的问题是：您是个军官，为什么会对哲学感兴趣？"

俄军官略一沉吟，毅然昂头说道："我在圣彼得堡读大学的时候专业是外国历史，可是偏爱哲学，有时到了痴迷的程度。毕业后我想投身社会，探讨俄国发展问题。可是来自家庭的压力我参了军，最初在远东部队，几次辗转，命运把我打发到这里来当上了边防检查站小官，我很失望和苦闷，近半年来我找到叔本华的几本书来读，又渐渐燃起我心中希望之火，我对他的哲学从感兴趣发展到崇拜的地步，但后来发现他的哲学本身十分矛盾，特别是他主张要压制人的意志的思想使我困惑。我想，如果按照他的说法，世界上的人都没有欲望或者把欲望强行压制下去，不求进取，不结婚，不生孩子，什么需求也没有，那么社会不就停滞乃至消亡了吗？但我的这些想法在这里没有任何人可以交流、倾诉，只能憋在肚子里，我感到异常孤独苦闷。今天有幸与您相逢，您的一番话吹开了笼罩我内心的迷雾，也验证了我多日苦思冥想之后的一些心得，真是太幸运了！您的渊博知识，令我钦佩。谢谢您！我叫伊戈尔·格拉斯诺夫，认识您我非常高兴！"

俄军官的回答，又使顾维钧大出意料。不过他立即伸过手去，与对方的手紧握在一起："我也很高兴认识您，伊戈尔·格拉斯诺夫先生。您的勤奋、好学，特别是您迷恋哲学这一点，使我感动。我们是相见恨晚呀！可惜，我不能在此久待，不得不向您告别。"

"我们俄罗斯有句谚语：两座山永远不能相会，而两个人总有机会重逢。我们今夜在一起讨论问题时间很短暂，但我会记住您的。祝您好运！再见！"

"也祝您幸福！再见！"

顾维钧提起行李箱，朝那军官微微点了下头，转身朝门口走去。他拉开那厚实的木头门，正要迈步，却见门外的那层门帘被撩开，突然闪进一个人来，几乎跟他撞个满怀，他赶紧往里一缩，退了两步，定睛一看：原来是大胡子警官，后面紧跟着高个子兵和那个翻译官。

顾维钧暗道：不好，冤家路窄！他避开三人的目光，迅速绕过他们身后，拉住门要向外走。

"斯道普！"大胡子警官一声叱喝，大眼珠子瞪得像公牛眼。

顾维钧下意识地停住脚步，他清楚：这个俄语单词是"站住"的意思，与英语发音相似。

"鲍里斯·米哈依洛维奇，是我叫这位先生走的，我经过多方审问，事情都弄清楚了，可以放他走了。"伊戈尔上前来，拦在大胡子跟前，同时递给顾维钧一个眼色，示意他快走。

"不行，伊戈尔·格拉斯诺夫中尉，这个中国人无视大俄罗斯帝国的律令，必须扣留，还要重罚。"大胡子气呼呼地争辩，他那翘起的两撇长胡子，像要竖立起来。

"鲍里斯·谢皮洛夫少尉！"伊戈尔脸色一沉，一副发怒的样子，在这个年长的但仍是他的下级面前，他不得不强行贯彻自己的意志了："我是边防站长，请您服从我的命令！。"

"既然这样，我要到上边控告……"大胡子挥动双拳，愤怒地吼起来。

顾维钧已经闪身离开了警务室，没听到最后大胡子的吼叫，他听不懂，也不想听。他知道，他在那间房子里待的时间越长，对自己越不利。他加快脚步，干脆小跑起来，这时才感到提着行李箱越来越重，他气喘吁吁终于踏上了车厢台阶。他抹了把额头上渗出来的细汗，又向后张望了一下，见没有俄国兵跟上来，紧跳的心才舒缓下来。

顾维钧把自己的箱子也归了位，他这才脱了大衣，半躺在自己铺上，回想刚才在警务室那一幕，心里有点后怕：若不是遇到伊戈尔，还不知要发生什么麻烦事呢？这时，听见火车头那方向传来一声尖利的汽笛吼叫，紧接着"咣当"一下，列车启动了。

列车很快驶过昏暗的冷寂的空旷的车站，驶进漆黑的茫茫夜幕。顾维钧盖上毛毯，闭上眼想尽快入睡，折腾了半宿，他感到自踏上从美国、欧洲、俄国到远东的归途以来，这天晚上是最疲劳的，他脑子里也乱哄哄的，怎么也睡不着，满洲里车站发生的事，怎么也让他平静不下来。他的脑际一次次浮现出那个俄国军官的英俊面庞，他想不通：同样的俄国人，他与那个大胡子警官的为人怎么有天壤之别呢？他有教养、有知识、有理性，而大胡子则凶巴巴的，简单粗暴，大概欺负和侮辱过不少中国同胞，实在太野蛮了……

他脑子里一会儿东一会儿西的，最后他在蒙眬中迷糊着了。

醒来时天已黎明时分，他睁开眼，列车到哈尔滨站，上下的旅客比较多，大部分俄国人下了车，哈尔滨车站也更气派，俄式风格的建筑也更突出，车站附近隐约可看见一座东正教堂，教堂顶部的绿色葱头圆顶似乎昭示着俄国人在此地的存在和影响。

过了哈尔滨，列车向南驶去。大约又运行了三个多小时，列车抵达长春。顾维钧从车窗向外张望，他发现这个站上的站牌子全都用日文，而中文被属在次要位置。他意识到这里已经是日本人的势力范围了。这时，站台上起了一阵骚乱，人们突然四散奔离，让出了站台中间的通道。顾维钧朝列车前方张望，原来是一队扛枪的日本巡逻兵走过来，领头的枪上挑着太阳旗。待他们走近了看得更清楚，共十来个人，个个身穿深黄呢子军大衣，腰系武装带，头戴皮帽，虽然他们个头不高，但都精神抖擞，目不斜视，脚步齐刷刷，"咚咚咚"地踏得地面山响，而他们脑袋上方的一排枪刺在午后阳光下闪烁刺眼，日本兵好像是故意在向站台上的中国人示威。

顾维钧默默地退回包厢，他心里很清楚：长春站属南满铁路，归日本人管辖，这是八年前俄国在日俄战争中战败后，把路权被迫让给日本人的。两个强盗在中国领土上恶斗分赃，而受害的中国却无丝毫发言权，清政府自欺欺人地保持所谓"中立"，实际被晾在一边，任听自己的权益从一个强盗转到另一个强盗手里。顾维钧有一种预感，未来的中国很可能长时间内要受制于这后一个强盗，因为它更凶恶更残忍。十八年前进行的那场甲午战争，它已经向中国显示了其豺狼的残忍和贪婪，那一战的结果，中国陆海军惨败，日本强行霸占了中国的台湾和澎湖列岛，而且强迫中国赔款两亿两白银，这笔赔款相当于日本当时全国全年收入的三倍多！

顾维钧越想心情越沉重，越想越憋气。为了转移自己的思绪，他拿出路途上没读完的一本书，德国作家蒙森的英文版本《罗马史》第三卷，他打开夹着书签的那页，先闭了闭眼，调匀了呼吸，尽量使心静下来。可是，他的脑子就是闲不下来，心也平静不了。日本兵肩上扛的闪亮枪刺，和那膏药似的日本旗，总是在他眼前晃来晃去，晃得他心烦意乱。他索性睁开眼，把书扔在铺位上。

这时，三个人先后进了包厢。一个是当班的日本列车员，原先的俄国列车员已经下岗。另两个看样子像一对夫妇，装束不俗：男的西装呢子大衣毛围巾，头戴黑礼帽，蓄着一缕唇髭；女的则是银狐皮毛大衣，戴一顶红毛线小帽。列车员帮他们安顿好行李，接着又与他们叽里呱啦地讲了一大通日本话，然后鞠躬告退。

很快，列车又启动了。两个日本人脱了臃肿的外衣，摘了帽子，又显出另一番模样：男的蓝色西装，女的则是一身上白下红的西式套服套裙，而不是传统的彩色和服。他们落座后，那男的从身旁的手提箱里，拿出一个二尺见长的紫褐色精致木盒，打开盒盖，那女的也把头凑过去瞧，顿时两人眉开眼笑。原来那盒子里装的是一棵完整的人参。那人参酷似一个袖珍胖小儿，有头，有光溜溜的身子、胳膊和腿脚，手腿还有长长的须子。两人看着看着，就叽叽嘎嘎地说笑起来。一会儿，那男人把人参收进箱子里。而那女人则从另一个提箱里拿出一条貂皮毛，一边抚摸，一边笑嘻嘻地啧嘴赞叹，那男人笑着从女人手里夺过来，左看右看，顺毛捋了又捋，之后又把貂皮毛套在那女人的脖子上，那女人哈哈地放肆大笑，那男人"要西要西"地说个没完。

东北三件宝：人参、貂皮、乌拉草。顾维钧看在眼里，马上想起在上海教会学校读书时，一次看什么报纸的文章里有过的这句东北民间谚语。莫非眼前见到的就是人参和貂皮？过去，他在美国的高档商店里见到过貂皮大衣，但从未见过人参，今日无意中亲见，也使他开了眼。但使人添堵的是，这两个喜形于色的日本人却成了它们的主人，他们是如何得到这些珍贵物品的？是正常买来的，还是靠日本人的势力巧取豪夺而获取的，抑或是有人拍东洋人马屁敬献的呢？后两者可能性最大。顾维钧年轻气盛，猛地抓起书朝茶几上一摔，转头冷冷地望着窗外，心生闷气。

两个日本人被"打扰"了。他们好像才发现这个包厢里还有一个乘客似的，目光露出惊讶神色，那女人立即收回了貂皮。那男人闪了闪一对眯缝的小眼睛，忽然转换了一副面孔，站起身朝顾维钧低头一鞠躬，笑嘻嘻地说了句汉语："先生，你好，请问是'满洲'人，还是'支那'人？"

这句话，使顾维钧觉得受了奇耻大辱，他没好气地硬邦邦迸出三个字："中国人！"

那日本男人愣了一下，又眨了眨眼，表现得很有涵养，继续笑眯眯地说："我们日本人和中国人都是朋友。你很年轻嘛，我很愿意跟年轻人交朋友。"

"对不起，我现在情绪不好，不想多说话，只想看看书。"顾维钧说完，抄起那本《罗马史》，不再理会那日本男人。

那男人只好坐下，又和那女人耳边说了几句什么。那女人拿出一副扑克牌，印刷得很精美。那男人又凑到顾维钧这边，满脸堆笑："朋友，我们一起玩扑克牌吧，坐火车很寂寞的，我们三人可以玩一种游戏，很有意思。"

顾维钧没再抬头，目光也没离开书。本能让他保持着高度的警惕和冷静，他抱定一个想法：不理睬陌生的日本人！他过去从未与日本人打过交道，但国家的近代历史和现实的状况，都使他的心与日本人隔得很远很远。

日本男人脸色很尴尬，自嘲地干笑两声，转身又面对那女人说了几句日本话，那女人朝顾维钧这边瞄了一眼，现出一脸鄙夷不屑的神态。于是两人玩起了扑克牌，时而嘀嘀咕咕，时而叽叽嘎嘎。顾维钧做不到心无旁骛，浏览了一会儿，就起身走出包厢。他站在走廊的车窗前，朝外眺望。

初春的东北旷野，一望无际的大平原，已经融化了冰雪的或还有残雪的黑褐色土地，远处的黑灰色森林和条带状河流，景象苍茫磅礴。这就是富饶的东北大地，自己过去多少次想象过她呀，现在她就真切地展现在面前。大地、河流、森林，似乎都在旋转、旋转……不知怎么，他想起在哥伦比亚大学社团组织的一次讲演，那时日俄战争已经结束，他登台讲演的内容就是围绕战争给中国带来的影响和给中国人民带来的苦难，他在演说的最后发出了这样的呼喊："日俄战争是两个强盗在中国的火拼和分赃，不管谁是胜利者和失败者，它的结果是更加严重地损害了中国的主权，作为一个有爱国心的中国人，我们坚决反对任何帝国主义强加在中国的不平等条约，中国人要振作起来，自立自强！"演说博得在场的美国学生、中国和其他国家留学生的热情鼓掌，顾维钧的名字也迅速在留学生中传开。现在，他抱着为祖国富强起来的目的踌躇满志地回来了，可进入国门以后的所见所闻使他一颗火烫的心逐渐冷静下来，他感到苦难的祖国母亲在寒冷中颤栗着，自己身负的责任骤然加重了。自己究竟能为这个身体羸弱、遍体鳞伤的国家做点什么呢？他没有答案。他将要去中华民国的大总统身边做事，对此可能有人认为是一种难得的荣耀与一个风华正茂的青年走上仕途的绝好开端，可是他现在不仅没有幸福感，而且心情十分沉重，他不知道前面等待着他的，是光明坦途，还是崎岖小道；是人生的一次机遇，还是一场严峻的挑战？但是他抱定一个志向：不管前面是什么路，他都要不愧做一个堂堂正正的挺着腰杆的中国人！虽然一个人的力量微不足道，但能尽最大努力为国家去做点事，也就不枉活一世了！

暮色来临的时候，列车到了奉天。那个日本列车员把两个日本人送下车，临走时那个男的转脸向顾维钧递过来一瞥神秘的讪笑，笑声中似乎隐藏着一丝狡诈和阴险。两个令顾维钧别扭的日本人终于走了，包厢里顿时又寂静下来。可是没过几分钟，忽然闯进来几个持枪的日本路警，还有一个翻译。一个军官冷漠地向他叽嘎地说了几句，那翻译说："太君要检查你的身份证，请你出示证件。"

"是单独检验我的，还是所有旅客的？"

"问那疙瘩多干哈？太君想查谁就查谁？"那翻译瞪起眼珠子，一副仗势欺人狐假虎威的样子。

顾维钧不再说话，默默掏出护照。那军官翻来覆去看了半天，好像没找出什么破绽，又交还给他，最后手一挥，带着几个人匆匆走了。

"卑鄙小人！"顾维钧心里忍不住骂了一句。他骂的不是刚才那翻译，而是早先下去的那个看人参、玩扑克的日本男人，肯定是他下车后搞了小动作，唆使日本路警来找碴报复。他警惕着还会发生什么，他感到过了满洲里后的这段路程，比横跨整个欧洲和西伯利亚还要艰难，他精神有点疲惫和倦怠。好在此后什么也没发生，不久列车在夜幕中又启动了。列车开始往西运行，后半夜大概可以入山海关，明天下午就要抵达他此行的目的地北京了，谁会在站台上迎接他呢？

第二章　兄弟反目

在午后和煦的春光伴随下，列车缓缓驶抵北京前门火车站。

两个穿长袍戴礼帽的政府公务员来接顾维钧，其中一个自称姓吴，是奉唐绍仪总理办公室的通知前来接站的。他们租用了一辆四轮马车，把顾维钧送到东交民巷附近的六国饭店，安顿好以后，就匆匆告辞走了。

连续多天在奔驰火车上狭小空间里非正常生活，使顾维钧异常疲倦和困乏，衬衫衬裤也都脏兮兮的了。进了客房，他第一件事就是舒舒服服洗了一个热水澡，刮光脸上的胡茬子，然后换上一套干净衣服，把脏衣服统统放进卫生间准备好的一个布口袋里，又到服务台告诉值班员，请他们注意收洗。在一楼的饭庄他特意品尝了一碗地道北京风味的猪肉馅儿馄饨和两个外焦里嫩的芝麻小烧饼，他觉得味道特别鲜美，虽然在国外吃惯了牛排面包，但眼下一碗馄饨汤喝下去，似乎更适合他口味，他觉得浑身热气腾腾，额头冒汗，困乏也消去一半，吃饱喝足，又细斟慢品了半壶龙井茶。

茶后回到房间，已经快晚上 7 点半了。原想早点上床好好睡上一觉，补充一下睡眠。但现在却没有困意，他站在窗帘跟前，凝神望着外面渐垂的夜幕。此刻，西方的半空中出现了一幅美丽清幽的夜景：

火红的晚霞最后一片云纱正慢慢退去，淡紫色的天幕上闪烁起一颗亮晶晶的明星，他立刻认出那是最亮的太白金星。小时候听老辈人讲过，当你与太白金星不期而遇的时候，你可能要交好运。想到此，他内心不觉掠过一丝淡淡的温馨。

他的目光从天上移向城市，远处的楼房、城楼被夜幕模糊成了剪影，但在目力所及之处，仍可见一两座楼房顶上飘扬的外国国旗，这使他意识到自己下榻的六国饭店地处使馆区内，也昭示着这个地域是洋人的天下。自从辛丑年八国联军占领了北京并逼迫清政府签订条约后，洋人在京获得特殊的地位，使馆所在的街区所有治理权清政府无权过问。东交民巷已经成了京城的"国中之国"，这是一个令国人扼腕痛楚的事实。面对这一现实，顾维钧心上立刻又被罩上一层阴影。

但是总的来说，今天他的心情还是不错的。生平第一次来到六朝古都，第一次亲眼看见了高耸、雄伟、壮美的大前门，和那一道坚实、雄浑、牢固的城墙，第一次接触了北京美食，虽然这里比不上美国纽约百老汇的时髦、伦敦泰晤士河沿岸的繁华以及巴黎香榭丽舍大街的浪漫，但北京却具有一种古朴简约的美丽和深厚的历史文化积淀，这是任何西方大都市所缺乏的魅力。自己以后就要在这座陌生的古都城市工作和生活了，他有一种说不上来的感觉：是新鲜激奋、躁动不安？还是跃跃欲试？或许都有一些，但最主要的还是对今后的使命和命运捉摸不定吧！

今天一下火车，接站的两个秘书说的那句话，更引起他的绵绵思绪。他们说是遵照唐绍仪总理嘱托来接他的，这就间接证实了他在美国动身前的一个猜测：自己被召归国，是与这位大人物的推荐有直接关系。

他与唐绍仪总理的相识似乎是偶然的机遇，但更像是上天对命运的安排。那次相识是在1909年元旦刚过，他应中国驻美国使馆的邀请，从纽约来到华盛顿，参加以唐绍仪名义举办的一次招待会。唐绍仪当时的官衔是清政府派往美国的钦差大臣，也就是特使，据说他的使命是为了商谈谋求美国投资支持参与开发"满洲"的铁路建设。实际上他的出使与当时朝廷军机大臣袁世凯的推荐是分不开的。在美期间，唐绍仪特地委托使馆邀请在美国的华人留学生代表到使馆聚会。这样，从纽约、华盛顿、波士顿、旧金山、洛杉矶等城市名牌大学的几百名留学生里遴选出的四十位具有社团活动能力的高才生，就成了张公使的座上宾，顾维钧有幸成为他们中的一员。

唐绍仪在欢迎盛宴上发表了热情洋溢和充满召唤、寄予期望的讲话，说国家现在正处在走向现代化建设的起步阶段，急需受过现代教育、熟悉西方强国崛起的思想和方法的高级人才，欢迎各位学成后回国效力。最后他满怀信心地预言：学子们回国后一定可以有所作为，大展宏图。以唐绍仪当时的朝廷特使身份和地位，以及他讲话时的个人风采和魅力，博得了在场留学生们的热烈掌声。大家群情激奋、热血沸腾，报国情怀溢于言表，立即推举一名代表发言，向唐大人也向国家表明心迹。这位代表恰恰就是他顾维钧。顾维钧在华人留学生中已经小有名气，他在哥伦比亚大学早以聪明、机敏、干练和才华横溢成为留学生的佼佼人物，再加上他英俊的外表和流利纯熟的英语，不仅在校内引人注目，而且在纽约的华人留学生中也颇有声望。顾维钧在唐大人和众人目光下，神采奕奕、精神焕发地走向发言席。他言简意赅，嗓音铿锵，语辞恳切，既表达了青年学子意气风发、面向未来、报效国家的决心，又显示出炎黄子孙虚怀若谷、举止得体、自重大方的风采。他的答词获得满堂赞喝，唐绍仪特地起身走到他跟前，表示祝贺。他亲切地握着顾维钧的手，和蔼地微笑着说："你讲得很好，很好，不愧是哥大的高才生啊！"顾维钧感到他的双手特别温暖有力，他的目光也闪烁着异样的欣喜，似乎流露出一种特殊的关切之情。

那次聚会后的一天，唐绍仪还专门邀请顾维钧和其他几位留学生去他的下榻宾馆，纡尊降贵地跟留学生们促膝谈心。他头戴镶着宝石的瓜皮小帽，身着便装，笑容可掬，再次表达了对学子们的殷殷希望。他还分别询问了每个人的学业、生活和家庭情况，比如籍贯哪里，父母是否健在，家境如何，在美国吃西餐习惯不习惯，身体是否健壮，生活上有什么困难等等。他的言谈举止作态绝对不像一个斟句酌字、拿腔拿调、做派威严的朝廷高官，而像一个和蔼可亲、低声慢语、嘘寒问暖的慈父。临分手时，唐绍仪还特别拉着顾维钧的手，乐呵呵地提到他们两人之间的一份"奇缘"。他说："我们两人都在哥大留过学，是校友，只不过我比你早了三十年；我们两人的字都叫'少川'，同名，只不过我是'老少川'，你是真正的'少川'。"此话引得顾维钧大笑起来。

那次小范围的聚会，使他对唐绍仪的好感又增添了几分。但唐特使回国后，没有谁再提起此事，顾维钧自然也就把这两次会见的事放之脑后，时间一长也就渐渐淡忘了。一直到今年2月张荫堂公使向他出示中华民国大总统袁世凯办公室的来电，要他回国担任总统英文秘书那一刻起，便隐约猜测到了几分，但一直没得到证实。现在回到北京的第一天，实际上就已经揭开了这个谜：是唐绍仪先生向袁大总统推荐了他。

所以，刚刚在北京落脚，他现在最希望的一件事，就是尽早见到他的引荐人唐绍仪。他心里暗暗感激唐绍仪，感激他倒不是因为使他这个普通海外学子一下子变成了国家最高人物身边的秘书，他根本不在乎是否进官场、是否会光宗耀祖，而是感激唐绍仪的慧眼相识，感激他欣赏自己、看重自己，感激他给自己带来能够展现个人价值和才能的机会。

就这样，他反复在窗前思索着，来回走动着。窗外，已经完全昏黑了，暗淡的路灯下，街上很冷清，几乎没有什么行人，偶尔有辆豪华的四轮马车驶过，传来"嘚嘚嘚"的马蹄声很清脆，里面的乘客肯定是高级外交官或他们的太太、小姐，他们也许是去赶赴朋友私家宴会，也许是去参加公共舞会。马车匆匆消失了，街面上恢复了冷静。但一会儿，他又看见一小队扛枪的外国大兵走过来，估计是沿街巡逻兵，士兵们的皮靴"橐橐橐"的踏地响声，在这清静的街道上格外引人耳目，也明显地提醒人们：这里是列强的领地，华人与狗不得闲逛！在上海的英法租界，他没少见类似的洋人大兵和巡捕。

终于，他困倦了，倒在床上蒙眬睡去，这一觉睡得很深沉，其中还隐约进入梦乡，他的恩师穆尔教授出现在他面前，教授为他回国举行家宴，语重心长地对他说："抓住你人生的每次机遇，绝不轻言放弃。为了你祖国进步、富强，也为了你的前程，干杯！"

第二天全天他几乎都是在等待和不安中度过的。昨天接站的那两个秘书临走时留言，要他在饭店等候通知。可是一上午都没有音信，午饭过后他继续等待。无事可做，他斜靠在床上捧起了那本未读卒的《罗马史》，他读书有个习惯，一进入书中的境界，就会沉醉其中。此刻，他被罗马统帅恺撒指挥的精锐军团从欧洲大陆跨海远征不列颠的艰苦战争深深吸引，以至于他的房门有敲击声也没立刻听出来。敲击房门的声音，又继续响了，且比较急促。他猛然醒悟，一个鲤鱼打挺跳下床，在门口问了句，"请问是哪一位？"

"大堂接待员。"

打开门看，果然是大堂一个穿制服的中年接待员。他向顾维钧微微一鞠躬，补充刚才的话："大堂里有您的贵客，说是从国务院来的，请您下楼面谈。"

"好的，我马上就到，请你先去向客人通报一下。"

顾维钧迅速穿好西装和褐色风衣，在镜子前简单梳理了一下头发，戴上了一顶黑色礼帽，噔噔地下了楼。在大堂左侧一个布置得洁净素雅、点缀着鲜花的会客台内，从沙发上站起一个穿戴讲究、气度不凡的中年人，一边微笑着一边挥着手，向他迎上来。

顾维钧先是惊喜，立即抢上两步，双手握住那人伸出来的右手，连连说："唐大人好，真没想到是您！我该早点去拜访您才对，我失礼了！"

"顾博士，不必客气，你是远客嘛！来，请这边先坐坐。"

唐绍仪的礼让使顾维钧感到亲切。他们并排在大沙发上落座，顾维钧这才打量了一下唐绍仪的装束，他穿一件丝棉中式长衫，外套一件紫色缎锦面的毛马褂，马褂外悬缀着一串银亮的表链，原先头发上的长辫子早无踪影，现在是一头浓密的短发，脸色红润，器宇轩昂，人显得比三年前更有精神。

"怎么样？住的地方还舒适干净吧，房子里不冷吧？"

"不冷，很舒适，很干净，还有热水，房间一点不比美国的差。谢谢您惦记着。"

"这饭店是一个英国人开办的，条件在北京算最好的了。你这一路奔波可是跨了一个大洋、三个大洲呀！按说，应该让你在饭店里好好休息两天才是，可是眼下时局转换太快，民国刚刚诞生，国内百废待兴，国际上又有许多棘手的难题待解决，袁大总统从孙中山临时大总统那里接手国家最高职位后，急需各方面人才辅佐呀！我在他面前保举了几位海外学子，你是其中之一。"

唐绍仪说到这儿，两眼亲切地看着顾维钧，又用右手轻轻拍了拍顾维钧的肩膀，他的爱惜、器重之情溢于言表，使顾维钧心里既温馨又不安，他没想到唐绍仪跟他一见面，就开门见山向自己讲明了调他回国这件事的内情，表达了他的直率和开朗性格。顾维钧站起来，向唐绍仪恭敬地鞠了一躬，真诚地说：

"唐大人，您的信赖和引荐使我忐忑不安，维钧有何德何能敢受大人如此器重和提携，现在又亲自来饭店看望，给我如此优厚礼遇？"

"我相信我没有看错人。你也不必自谦了，以后在政府官场历练的日子还长着呢！你一定能成大器的。"说到此，唐绍仪掏出带银链的怀表看了一眼，接着说，"好了，我们先简单聊到这儿，现在我要引你去觐见总统。"

"这就要去拜见大总统么？"顾维钧似乎不敢相信，反问了一句。

"是的。总统会把你工作的岗位确定下来，这对你来说是第一位的事。"

唐绍仪说着站起来，抬起脚噔噔地快速迈步，顾维钧紧随其后，离开会客台。早有站在附近的总理侍卫、秘书和饭店总经理、大堂经理等人，也簇拥前后出了大厅门。唐绍仪和顾维钧登上了停在门口的一辆轻便马车，他们并排坐在一起。顾维钧觉得车篷车壁装饰虽然不算很豪华，但拾掇得舒雅干净、一尘不染，车座也很柔软有弹性，感觉很舒服。接着，就听马车夫一声吆喝，驾辕的黄骠马嘚嘚嘚地小跑起来。

马车先往西出了东交民巷的使馆区，来到商家云集的棋盘街，再向北穿过挂着匾额的大清门，马车上了一条石板路，唐绍仪告诉顾维钧：

"进了这大清门就算进了过去的皇城，脚下这条路叫千步廊，过去是御道，现在老百姓都可以通行了。"

"进了大清门就是进了清朝皇帝住的紫禁城吗？"

"不是。皇城是紫禁城外围的城垣，比紫禁城大，你看前面那个高耸的城楼，它叫天安门，进了这个门才算进了紫禁城。现在，清朝的最后一个皇帝溥仪和皇太后还住在里面呢！"

随着马蹄嘚嘚嘚地脆响，马车离天安门越来越近，顾维钧新奇地望着金水桥后面的高大壮阔的红墙和耸立在上面的巍峨城楼，暗想：城楼上的柱子和飞檐看上去色泽好像比较暗淡和陈旧，不如想象的那样有光彩，好像一个历尽沧桑、身负重物的老人，几百年了，它见证着一段漫长的历史。它那后面就是统治中国最后一个封建王朝的权力中心，现在那个王朝被人民抛弃了，皇帝、亲王、大臣、金銮宝殿统统成了历史。现在，活跃在政治舞台上的风云人物是孙中山、黄兴、袁世凯，还有身边这位唐先生等等，中国的未来很可能与他们的活动有密切关系。今天即将拜见的袁大总统究竟是一个怎样的人呢？他能不负众望，带领国家走向强盛、民主的共和国吗？……

"你在想什么？"

"我在猜测袁大总统是个什么样子的人，过去只是在美国的报纸上看到新闻照片，但那时觉得天各一方，与他相距很遥远很遥远，而且我与他也没什么直接关系和瓜葛，可以说是互不相干的。今天却要近距离接近他，我不知道有些什么规矩，心里还有些忐忑不安呢！"

唐绍仪笑起来。"不要紧张，大总统也是人嘛，他很尊重人才，见面时你不必太拘谨，越自然越好，时间不会太长的。"

说话间，马车从金水桥前折向西，穿过长安西门继续往西，在马路北侧的新华门前停下。门前有一队荷枪实弹警备森严的士兵把守，唐绍仪探出半个身子，朝正向马车走来的一个戴大檐帽的值班军官打招呼，"我是唐绍仪，要觐见总统。"

那军官啪地一个立正，又一个敬礼，说："我们接到命令在此迎候，总统已在居仁堂等您了。唐大人请进！"

马车进了朱红大门，跟上两个领路的骑兵卫士，沿一条林荫道走了没多远，顾维钧看见左侧出现一片水面广阔的大湖，湖中有一个林木泛绿、花团锦簇、春光浓郁的小岛，岛上的花木和掩映着的亭台楼阁倒映在平静的春水中，呈现出一派湖光潋滟、春意盎然的绝佳风景。顾维钧情不自禁地赞叹一声："好美的景色！这就是中南海吧？"

"对，这是南海，与北边的中海和北海连成一体，原来都是皇家禁苑。"

"皇家园林果然名不虚传，刚才进来的那个门叫什么门，没看清楚上面的匾额。"

"过去叫宝月门，现在叫新华门。"

"据说乾隆皇帝为了体念宠爱的香妃对西域家乡的思念，修建了这座门楼，还在对面街区建造了伊斯兰清真寺和民族风格的店铺，以满足香妃的心愿，是这样的吗？"

"有此传说，有此传说。"

"那个岛是不是叫瀛台，曾经囚禁过光绪皇帝？"

"是的。看起来你对北京皇宫的历史了解还蛮多的嘛！"

顾维钧也笑了，"我看过一些关于北京历史的闲书，只是知道一些皮毛而已。我虽然留学海外多年，但今天亲眼看到老北京皇城的风采，好像刘姥姥进了大观园，到处都很新鲜呢！"

唐绍仪一边笑一边说："怎么能像刘姥姥一样呢？你是洋博士呀！"

"洋和土只是相对而言，洋的东西未必全好，而土的东西未必全差，像这样的中国园林、中国风格，世界独一无二，是我们国家的珍宝呀！唐大人，我说得对吗？"

"说得好，有见识！有见识！"唐绍仪手摸上唇的胡子，满意地点点头。

说话间，马车来到一座卫兵戒备森严的两层楼房面前停下。唐绍仪和顾维钧下了车，一个穿高筒马靴身佩腰刀短枪的威武军官走近，唐绍仪主动向他打招呼："侍卫长，辛苦了。"

那侍卫长向唐绍仪行了个军礼，微笑着说："哪里，还是您辛苦！唐大人快里边请，大总统正等您呐！"

顾维钧随着唐绍仪迈上楼前台阶。他发现眼前这座楼房与中南海里其他中国传统建筑截然不同，竟然是一座典型的西式洋楼，墙体里有半圆白色立柱，楼顶有人身雕塑，窗棂上方都饰有浮雕，侧楼上还有一处不小的阳台。走进楼门过了一个廊厅，来到一个空间很大的会客厅，一色的西式沙发茶几和其他陈设，再往里走顾维钧猜测就是总统办公室了，因房门紧闭，门口一个贴身警卫把门。警卫看见唐绍仪便把门打开，两人轻步入内，警卫将门关上。

在一张巨大的长方形写字台后面坐着一位肩宽体胖正在低头批阅文件的壮年男子，不用说这就是大总统了。

"总统，我来了。"唐绍仪朝袁世凯低声打招呼。

袁世凯撂下笔，抬起头来，完整地露出他那张饱满的蓄着长长的八撇胡子的圆脸，微笑地一摆手："少川老弟，快请坐，我有重要的事要跟你商量！"

唐绍仪在袁世凯身边的一张软椅上落座。他转过脸介绍顾维钧，"总统，这个年轻人就是我给你推荐的留美学生顾维钧博士，他奉命回国前来报到。"

顾维钧摘了礼帽，恭敬地给袁世凯鞠了一躬，说："总统先生好！"

"好哇，年轻的博士，欢迎欢迎！也请坐。"袁世凯往起欠了欠身子，点了点头，算是还礼。

顾维钧在写字台对面椅子坐下，静静地期待总统对他有些什么训示。

可是，袁世凯却面向唐绍仪，转了话题："少川老弟，现在刻不容缓的一个大事，就是赶快确定直隶总督的人选，拖久了怕不利。除了你上次提到的那个王芝祥以外，还有什么合适的人选？"

唐绍仪略一沉吟，说："项城兄，王芝祥不合适吗？他可是经直隶省议会作出决议并推举上来的，我也向你做过报告，你当时没反对，还说好商量。为此孙逸仙先生也给你发来电报，请总统根据省议会决议加以委任。这件事关系重大，涉及对参议院议决案的尊重，也涉及与南方的关系，请老兄慎重考虑，不要轻易再变动人选了。"

袁世凯眉头一皱，而后哈哈大笑起来。唐绍仪不解，"仁兄为何发笑？"

"少川老弟呀！你太书生气了！"袁世凯忽地收敛住笑容，冷冷地说，"那个王某人是什么来路？我调查过了，他是南方革命党妄图安插在我身边的一颗钉子，我能不知道疼痒吗？再说啦，直隶省是什么地位，这你应该清楚，过去是现在仍然是拱卫京畿的战略要地，也是我袁某人的发祥地，我能拱手交给信不过的人看管吗？"

袁世凯的话，掷地有声，却也非同小可。唐绍仪顿时呆住了，惊愕地说不出话来。他与袁世凯相识相交已经二十多年，已经不仅是一般上级和部属关系，也不仅是官场的同僚关系，他们是相互信赖的朋友和知己，可以称兄道弟。平日，他们见面可以无话不说，绝不相互提防，而且即使偶有争论，也不放在心上。可是今天，唐绍仪心里不得不仔细掂量袁世凯的话，他深知，袁世凯说一不二，在重要的人事任免问题上做决断，向来是深思熟虑的。分歧很明显，袁世凯对提名王芝祥断然否定，而且耿耿于怀。这可怎么办？唐绍仪急火上窜，脑海里如巨浪拍礁，反复冲撞。今日所议之事，牵动南北利益格局，更涉及全国稳定大局，也是检验对"临时约法"尊重还是违反的大问题，必须跟大总统剖陈厉害透析利弊。

"项诚兄，兹事体大呀！万不可变卦。南方已经期盼大总统早日颁布命令，而且王芝祥已经来京待命。此事若幡然悔变，怕引起各方震动，人心不稳，最重要的是影响大总统在国民心目中的威信和声誉啊！"

听了唐绍仪几句掏心窝子的话，袁世凯一双虎眼左右转了转，用手指头将了将两撇翘八字黑胡子，似沉思似掂量。片刻，他毅然地摇摇头，脸上呈现出一副义无反顾的神色，"少川，这事我不是没思量过。你跟随我多年应该知道我的为人，自从光绪十二年你我在朝鲜给清政府办差相识，到如今快三十年了，风风雨雨，沟沟坎坎，咱们能走到如今这一步，靠的是什么？不是朝廷的善心和怜悯，也不是咱们对皇帝和皇太后的忠诚，更不是什么朝野的物议褒贬，而是靠实力，靠军权。没有军权，就没有政权，也就没有我袁某的一切。我办事、决断最重要的出发点，就是看是否加强还是削弱自己的实力，赔本的买卖咱决不做。至于你刚才说怕影响我袁某的声誉，这就看怎么引导了，中国历来争天下的法则是：胜者王侯败者寇。只要我们控制住舆论，大唱'共和'高调，我们所做的一切都是为了巩固民国政权。人嘴两张皮，无非是打打笔墨官司而已，老子手里有枪有军队，还怕他反了天不成！"

袁世凯一席话，使唐绍仪如雷轰顶，他从来没有像今天这样听到袁世凯这如此坦率，却又如此可怕的腔调。过去，他虽然早已觉察这个结义金兰的兄长野心勃勃，工于钻营，性格专擅独断，但在贪污腐败、劣迹昭昭的清朝官场，袁世凯确以其精明强干，有魄力有手腕，善于统驭军队带兵打仗而著称，在满朝文武里算是个出类拔萃的人物。特别是袁世凯在反清革命军武昌举事之后，没有顽固充当朝廷的卫道士，而是顺应舆情和民意，站在民主共和的立场，逼迫隆裕皇太后颁布清帝退位诏书，宣告了清朝两百多年、中国两千多年封建帝制的结束。不管袁世凯动机如何，在推翻帝制上总还是有功劳的。唐绍仪作为袁世凯的代表直接参与跟南方的谈判，最后达成埋葬帝制建立共和的协议。他觉得这是自己一生中可以写进历史的一笔，而袁世凯迈出这一步也的确是应和了历史潮流。可是你袁世凯当了总统后的所作所为，天下的百姓看着呢，南方的革命党紧盯着呢，你要是这样出尔反尔、言行不一，甚至像传言那样梦想黄袍加身当皇帝，那可就大错特错了。你要是光迷信实力和武力，凭借军队为所欲为，而忘记那句古训：水能载舟，亦能覆舟，那你就后悔都来不及啦！

唐绍仪的心念起伏，呼吸深沉，但自恃聪明盖世的袁世凯太过自信，以己之心度人，还猜测这个义弟对自己那一套胜王败寇的江湖老话有所心动呢。于是他从宽舒的总统座椅上站起来，沿着写字台缓缓往来踱步，他那矮胖敦实的躯体压得木地板咯吱咯吱作响；而他的犀利目光始终罩着唐绍仪的脸，见唐绍仪仍然凝神静思，没有回应，就推心置腹地说："少川呐，过去我们俩二三十年风雨同舟，一荣俱荣、一损俱损，而今推翻了帝制，建立了共和，我当了民国总统，你当了内阁总理。今后只要你我同心协力，我相信什么沟坎都不能阻挡咱们迈过去。我一向钦佩你的过人才华，你头脑机敏，办事练达，特别是深谙与洋人交涉事务，现如今列强在四周对我们虎视眈眈，保持跟他们的密切联系对我们生死攸关，这方面全靠你啦！一句话，我做总统离不开你这个总理辅佐，你就是我的左膀右臂呀！"

袁世凯言之凿凿，情深意切，剖肝掏肺，唐绍仪心里不能不为所动，不能不为所感。他深呼吸了一口气，使自己内心波澜沉静下来，他深知：袁世凯的一番话，并非完全虚情假意，其中不乏相识多年的兄弟情分。由此想到：也许趁现在袁世凯还念及结义之情的时候，晓以利害，说不定他能够转圜，重新考虑直隶都督这件事。他抬起头，站立起来，双手向袁世凯一抱拳：

"项城兄，这么多年你对我信任、抬举和坦诚相见，我很感激，也铭记在心，其实这么多年，我做的事极其有限，实在愧对兄台的厚爱。刚才兄台视我唐某为左膀右臂、肱股兄弟，我万分荣幸，那么我有几句思虑已久的要紧话，想对兄台进言，不知是否愿意听纳？"

"兄弟之间还客气吗？但说无妨。"

"愚弟虽不才，但近年纵观宇内国家大势，风云际会，浪翻潮涌，正处于关键时刻。眼下民国初立，好像婴儿刚刚降生，最需要百般呵护，促使其发育健体。说明确些，共和国体最需要发展巩固，而后才能百废待兴。而欲求治理一个四万万人口的国家，走向富国强兵，若没有项城兄和南方革命党的诚心合作，是绝对不能成功的。望项城兄以国家为重，以天下苍生为念，谋划建国大业。绍仪愿为实现全国和解，共同建设国家，效尽绵薄之力。"

"这不成问题，我袁某追求的最终目的，不就是以天下苍生为重，谋求富国强兵吗？至于我与南方革命党的合作，这也不是问题，南北议和，推翻清政府，建立共和，已经证明我袁某的诚意了。是你作为我的代表与南方谈判的，这一点你比别人更清楚嘛！"

"既然如此，王芝祥担任都督是得到直隶省议会推举，南方同意，孙逸仙先生赞成的事，为什么就行不通呢？这是与南方合作的最实际最具体的步骤嘛！"

袁世凯慢慢踱回到总统座椅前，沉坐下来。他的眉头紧锁着，脸色布满阴云，缄默良久。突然，他用手指敲了敲案台，冷冷地说："南方，南方，为什么你老是处处为南方着想呢？如果我们这次依了他们，下次还得依了他们，我这个总统不就成了摆设？是不是你加入了同盟会，屁股也就坐过去啦？"

唐绍仪不觉倒吸一口凉气：自己加入同盟会，是在上海与南方代表会谈时的事，当时并没有瞒着袁世凯，他是赞同的呀，现在听袁世凯一番话，似乎充斥着怨恨，暗含着机锋。听得出来，这是他考虑很久想说的话。唐绍仪终于明白：两人的分歧难以弥合了。

"既然总统这么说，我也就不再申辩。不过，既然我们是兄弟，我还是要奉送兄台一句话：民意比实力重要，民心比权力重要。切望项城兄三思。"

"哈哈哈……"袁世凯纵声大笑。唐绍仪深为震撼，他过去也曾在交谈时听到过袁世凯的大笑甚至狂笑，但那笑声多数蕴含的是傲视天下和狂妄自信，而今天却听出笑声里暗藏的玄机和谋诈。袁世凯笑罢，阴阳怪气地说：

"天下再没有比我还看重民心民意的了，而对我来说，权力也同样重要，不可缺一，孰轻孰重我自会掂量，不过，我还是感谢老弟的提醒啊！"

这时，写字台上的一架电话机"丁零零"暴响起来，袁世凯一把抓起金色的听筒，粗声粗气地问了声"是谁？"对方回答声音很低。袁世凯一会儿"哼"，一会儿"呃"，最后说了声"好的"，就撂下电话。袁世凯从上衣口袋里掏出怀表看了一眼，对唐绍仪说："少川，一会儿内务总长要来议事，咱们就先谈到这里吧！"

这是明显的逐客令。唐绍仪很懊丧，他知道这次谈话是他与袁世凯关系的转折点，两个人的重大分歧已经不可弥合，这是他非常痛心的。他痛心的倒不是与袁世凯的兄弟情谊可能分道扬镳，而是国家共和政体被蒙上巨大的阴影。袁世凯是个城府很深的人，今天的话却说得直白露骨，表明他与南方革命党不能并存，除非归顺他。这个人当了总统后独裁野心加速膨胀，国家的前途堪忧啊！他慢慢站起身，对袁世凯说：

"项城兄，我先告辞了。走之前，还望我们把顾博士的事定下来。"

"既然是推荐给我的，当然是在我这里做事呀，就做我的英文秘书吧！"袁世凯说得很干脆。

"我考虑让他兼做我的秘书，我那里的涉外事情和公文繁多，而总统这里的事相对少一些。"

"你看你，这个问题也跟我打折扣！"袁世凯睁大虎眼不满地瞪着唐绍仪。

唐绍仪笑了："总统，先让他两边跑着，等我那边物色了新人选，顾博士就专为你办事好了。"

"好吧，就这样说定了。以后顾博士在我这边的具体差事，由总统府梁秘书长安排。"

唐绍仪转身对顾维钧说："少川，刚才大总统的话听清了吧？大总统这边的差事，多向梁士诒秘书长请教。"

"感谢总统先生的教诲。请放心，我回去尽快与梁秘书长取得联系，听其指示。"顾维钧站起来，向袁世凯鞠躬告辞。刚才，他一直在静听大总统和内阁总理"唇枪舌剑"，他对争论的背景一无所知，当然无从判断谁是谁非，他也没那心思。可是他们的"争论"却在他心里产生了不少疑虑和谜团：中国虽然创建了共和，但政局看来却相当复杂，各派力量蓄势待发，矛盾逐步加剧，前景令人担忧。

唐、顾两人出了总统府，走下台阶，迎面刚好一辆四轮马车停下，从车里下来一个头戴瓜皮帽，身穿中式考究的丝绵长衫，外套一件紫色的锦缎对襟坎肩的中年人，脸面白净，一双肉泡的小眼睛熠熠闪光，透着精明狡黠，也似乎深藏着机锋。此人下车后，一眼看见唐绍仪，便抢先拱手搭讪：

"哎呀，碰巧了，唐大人下午好！"

"赵总长好。"唐绍仪也抬手一拱，脸上表情却不冷不热。

"这位英俊青年是谁呀，眼生得很呐！"

"这是顾维钧博士。即将上任的总统英文秘书。"

"哎呀，失敬失敬，真是青年才俊，后生可畏！"

"顾博士，这位就是大名鼎鼎的内务总长赵秉钧大人。"

"赵总长好，以后请多照应了。"

"好说，好说。既然给大总统当秘书，我们也就少不了碰面，互相关照，互相关照嘛！哈哈！"

寒暄之后，各走各的。马车原路返行，唐绍仪沉默地仰在座椅上，他依然沉浸在刚才与袁世凯的舌战之中，不时发出一两声叹息。顾维钧见他面呈苦痛的样子，很想安慰一两句，可是自觉人微言轻，安慰之类的话对总理这样的大人物来说也无济于事。为了打破这种令人难受的沉默，他轻声问道：

"唐大人，那个赵总长主管的内务部，主管什么？"

"内务部职能有五六条，其中首要的是民治和警务两条。"

"那么说，赵总长领导和掌控全国的警务力量了。"

"是的。"唐绍仪说完又陷入沉默。他的脸色不大好看，眉头紧锁，像凝结着重大心事。但没一会儿，他主动开口说："少川，你要尽快搬到国务院来，及早熟悉公务，还要了解国务院机构设置及其职能，各部总长姓名，特别是负责外交事务的总长、次长，外国驻北京公使等重要外交官的基本情况，你以后免不了要跟他们打交道的。"

"现在的外交总长是陆徵祥先生吗？"

"是的。陆总长是个有资历的外交家，曾经长期在清政府驻俄国使馆担任翻译和参赞，近几年又在驻荷兰王国担任公使。还有，他的妻子是个洋女士，比利时名门之女，也是他的贤内助。外交上的事务可以多向陆总长咨询请教。"

"我记住了。"

没过几天，顾维钧搬进了位于皇城东北方向铁狮子胡同的国务院机关大院宿舍内。这所院落原是清朝王爷的府邸，清末改建成几座西式洋楼。中间的一座漂亮的灰色山字形洋楼，就是中华民国内阁总理府邸。不久，顾维钧得到了一份担任总统英文秘书兼总理秘书的委任书，就此，他在民国政府里的公职得到了确认。

其实，总统的来往函电事务并不多，对外交涉的重大问题，属于外交部陆总长的管辖范围，他只是上下传送文件报告，倒也没有动脑伤神的事。内阁总理唐绍仪这边交给他的任务也比较单一，只是负责外国政要和朋友给总理的一切来往官方、半官方以及私人函电的翻译，虽然数量很大，但绝大部分是英文函电，这对于顾维钧来说并不困难，只要认真心细就可以了；至于回电则稍微费点事，需要等待总理批示，必须回复的先得拟好底稿，送审以后再发出去。总的来说，他的工作很轻松，每天有不少富余时间。可他是个珍惜时光的人，不愿白白耗费生命的每一分钟，这习惯是在哥大养成的。于是他给自己额外增加了一个任务：攻读古文、中国历史。年幼时在故乡读私塾学过一些四书五经的名篇，但毕竟底子还浅薄，难以与政府上层那些出口成章、随口能吟的儒生雅士在一起交往。主意下定，他就去图书馆借来一大摞古籍经典，包括二十四史，唐宋八大家散文集，唐宋诗词选注，以及六朝古都北京的风物方志等。一有空儿就拜读，有工夫就摘记，他把这叫作恶补填鸭，充实自己的中国细胞和文化元素。尽管如此，他还是觉得自己时间安排不饱满，还有余力干更多的事。尤其是眼见唐绍仪的其他几位处理国内事务的老秘书，其中不乏获取过前清科考功名，已经五十开外之人，仍然从早到晚埋头理案，勤奋敬业，而自己初来乍到，又最年轻，而任务量最少，这使他心里很不安。

这天他来到总理办公室，请求唐绍仪给他增加工作量。当他迈进那间宽敞明亮的办公室，却没看见唐绍仪像往常那样坐在写字台后的圈椅里，而听见里面套间里传出唐绍仪打电话的嗓音。办公室里只有一位女士独自坐在背对着门口的长沙发上，顾维钧的脚步迟疑了一下，想退出去在走廊里等候，但这时沙发上的女士站起身来，转过脸对顾维钧微笑着说道：

"请先生坐在沙发上等吧，不需要多久的。"她的嗓音爽朗好听。

顾维钧这才看清那女士原来是位年轻俊秀、仪表不俗的女子：一头乌发瀑布般垂落耳后，发际用一条湖蓝色的丝带扎系着，显得清丽精干、气质非凡；白皙的宽额下一双闪亮的美目，透着聪慧和机敏，而她紫红色上衣和紧束腰身的咖啡色长裤，即使在欧美也算时尚。好一个时髦而不媚俗的女子！顾维钧心里不由喝一声彩！同时也有些许惊讶：好像在哪里见过她！

那女子大方地请他坐下，倒使顾维钧不好再退出去了，他只好说了句"谢谢"，坐在与长沙发成直角的小沙发上，也许是因与一位时尚女子近旁坐下，动作略显得拘谨了些。他猜想这年轻女子会是唐大人的什么人呢——内阁里的同事？秘书，抑或是朋友？

正在这时，唐绍仪打完电话快步出来。顾维钧赶紧站起来，说："唐大人，我有事来向您汇报。"

唐绍仪轻轻拍了一下他的肩膀，亲切地说："少川呐！别急，正巧啦，我先给你介绍一下，这位姑娘就是我的宝贝女儿唐宝玥，也叫唐梅，我们家里人喜欢叫她小梅。小梅呀，这位年轻人就是我曾经跟你提起过的留学美国归来的顾维钧博士。来，你们认识一下。"

唐宝玥站起来大方地向顾维钧伸出手，微笑着说："久闻顾博士大名，今天亲眼见到了，真是幸运！"

顾维钧握住她的手说："唐小姐好风采，我刚才还纳闷，怎么觉得面熟呢，原来是唐大人的女公子！大人好福气，有这样一位好女儿！"

唐绍仪哈哈一笑："少川真会说话。宝玥像我吗？我的一些老朋友都说她更像她母亲呢！"

唐宝玥脸上立刻收起了笑容。唐绍仪自知失言，赶忙改口说："其实宝玥还是更像我一些，养女像父嘛！"

唐宝玥立刻驱散脸上的一丝阴云，恢复笑容道："爸爸，您先忙公务吧，我刚才说的需要的那本书，您可别忘了给皮特先生写信赶快寄来呐！"又对顾维钧说，"顾博士再见！"说完，拎起她自己的小手提包，迈着轻盈的脚步走了。

顾维钧目送她出了门，回过神来，对唐绍仪说："我打扰你们父女了吧？"

"哪里的话，小梅没有什么要紧事，她平时住在天津，偶尔也到北京来住几天，看看我。这孩子，自从母亲去世后，对我很是依恋，他们兄妹几个，我最疼爱她，因此对她也娇惯些。不过，她自小就很要强，特别是求

39

知欲旺，是她的兄妹们不及的。"唐绍仪说着这些话，脸上洋溢着自豪和满足，看起来这个唐宝玥一定是他的掌上明珠。

接下来，说正题。顾维钧便把自己对工作的想法如实做了汇报。

唐绍仪摸摸两撇胡子，并没立刻回答。

"唐先生为何不说话？"

"少川，你初涉官场，急于要求做事，说明你年轻好学，蓄势待发，精力旺盛，这很好，我在你这样的年龄，也是这样。可是，我要提醒你，中国官场与欧美不一样，在欧美人们是凭自己本事吃饭。在中国，除了有本事外，还要建立各种人际关系，在某种程度上，关系比本事可能更重要。所以，你不必先急于揽事，而要多熟悉周围的人，多交朋友，同时还要尽快熟悉北京，熟悉古都的历史文化、名胜古迹和风土人情。这些对于你适应工作、应付各种场面是大有裨益的。"

顾维钧想了想，没有再争辩，觉得唐先生说的也许有道理。中国和美国以及西方国家的国情确实不一样，中国是个重人情、重传统的国家，自己倒是应该考虑入乡随俗呀！

"谢谢唐先生指点，我会慢慢去适应的。"

顾维钧离开总理办公室。唐绍仪望着他的背影，心里暗道：他将来可能成为一头雄鹰，不过现在还是个小雏儿，需要强健筋骨和磨炼翅膀呢！

第二天下班之前，顾维钧办公室来了位四十来岁的中年官员，他的名字叫曾广余，是国务院机关大院掌管总务的官员。一见面，曾总管就开门见山说明来意：

"顾先生，这个周日，也就是后天，阴历三月二十日，我们总务上打算为大院里的年轻同事安排一次郊游踏青活动，特邀请您参加。不知您感不感兴趣？"

"踏青？呵，感兴趣，感兴趣。"顾维钧回答很干脆。

"好，具体出发时间明天请看餐厅前的通告。"

"我想问一句，有多少人参加？"

"人数嘛，不会多的。您可能知道，在这个政府大衙门里当差的人绝大多数已经四十开外，年轻新秀寥寥无多，三十左右的就七八个人吧，二十几岁的就更少了，也就三四个，其中包括您。"

"我需要准备些什么？"

"不需要。您只要带着您的好兴致就行啦！"

曾广余乐呵呵地走了。

转眼到了周日。早饭过后，一伙年轻人自愿组合在门口分乘两辆马车，一前一后，一路往西奔去。顾维钧被曾总管安排坐上了前边一辆。车上乘客共有四个：第一个三十出头的男同事，姓吴，看上去很老成持重，是曾总管的部下，顾维钧认识他，原来到火车站迎接他的就是这位吴先生。吴先生也是这次郊游的带队人，负责他们一行人的领路和安全，顾维钧和他坐一排。另一位是个二十七八的白胖青年，穿着打扮很时髦，与他并排坐着的是一个穿戴时尚的女孩子，顾维钧不久前才认识她：原来是唐宝玥！她穿一件府绸白色上衣，下身一条紧身米色长裤，乌黑发亮的短发上别着一枚紫红色的发卡，她神采奕奕，手里握着一本杂志，落落大方靠车厢壁坐着。顾维钧向她点头致意，她则报以微笑表示友好。

四人中不管是初识还是曾见过一面，反正相互陌生，都不太熟。因此车子一启动，吴先生就主动介绍自己，接着又介绍其他三人相互认识了。

"这位是陶公子，是咱们总务处财务科的出纳，他老爸原先当过大清朝工部侍郎，现在是民国财政部的次长，陶公子可是咱们总务处的青年才俊啊，出口成章，还是个大诗人呢！"

那陶公子受到恭维和吹捧，满心喜欢，连连说："吴先生过奖，陶某不才，担当不起啦！"然后胸脯一挺，俨然一个大文豪。

吴先生笑笑，暗道："给你个棒槌，你还就当真（针）了！"接着介绍陶公子身边的女青年："这位小姐，就是咱们国务总理唐大人的千金唐宝玥，家在天津，这次来京看望父亲，今天顺便跟我们一起郊游，大家一路多关照啦。"

唐宝玥微笑着向陶公子和顾维钧点点头说："给大家添麻烦了。"

"不，不麻烦。"陶公子抢着说，"唐小姐能纡尊降贵，那是我辈的荣幸和自豪呀，我敢断言，这次郊游必定因贵小姐同行而大增光彩！"

陶公子的话，使唐宝玥不好意思起来，"可别这么说，我只是个普通人，哪有那么尊贵？"

陶公子眉飞色舞："岂止是尊贵？早闻唐大总理女公子品貌双全，今日得窥芳容，真乃三生有幸啊！"

唐宝玥故意左右瞧瞧，皱眉撇嘴："哎呀，谁身上撒醋啦，怎么闻着这么酸！"

吴先生大笑起来，顾维钧也忍俊不禁。

陶公子也跟着咧嘴讪笑，但仍然想抢话头，被吴先生拦住："我介绍完再说。这位是刚从美国归来的青年才俊顾维钧博士，现在担任总统和总理大人的英文秘书。"

顾维钧内敛地朝大家欠欠身："我刚来乍到，还望各位多帮助多指教。"

"好了，大家认识了，相互聊聊吧！"吴先生说。

陶公子的眼神从一上车就没怎么离开过唐宝玥。吴先生的话音一落，他就抢先对她历数起西山的名胜古迹，诸如玉泉山、卧佛寺、碧云寺、樱桃沟、八大处，也不管对方愿不愿意听，他滔滔不绝、口若悬河、喋喋不休。唐宝玥只是微笑着，也不接话茬，两只灵秀的亮眼睛偶尔瞅瞅窗外变幻的街景，大概陶公子讲的那几个地方，她以前游览过，或者她不怎么感兴趣，也许她只向往北京郊外的大好春光。

渐渐地陶公子自己唱单儿也觉得没趣，转过脸与顾维钧搭讪："听顾兄说话，带江浙口音，贵籍何处啊？"

顾维钧刚才正有兴致地浏览车窗外一座连一座整齐的四合院，那些灰砖高门楼，和门前的石头狮子；还有那来来往往的普通市民，有的男人穿长衫和坎肩，还留着没剪的长辫子；女人们则穿着过膝大褂，她们的发式也很特别，在脑后盘束成一个平圆的发型，也有扎盘成喜鹊尾式的。临街的店铺酒肆、饭馆、茶馆、服装店、杂货店一家接一家，门面上方的门匾、字号醒目，而面食馆门前还悬着招徕顾客的圆柱形幌子（后来才知道叫此名称），很有趣，他在纽约华人街从来没看到过。道路北侧不远出现了一片叫"后海"的涟涟绿水，水边一排垂柳在微风中摇摆着柔软嫩绿的身姿，而岸边的街市似乎更繁华热闹。他正看得入神，却听见陶公子的问话，便回过头来：

"陶兄好阅历，我是江苏嘉定人。"

"好地方啊，江南富庶之地嘛。想必顾博士门第高贵，或者富甲一方吧？"陶公子话里有话，带有明显的猜疑和调侃，似乎顾维钧家庭手眼通天，通过什么特殊关系手段攀附到大总统身边。

"陶兄说笑了，家父只是一般的乡下人。要说门第显赫，我看陶公子才比较合适。"顾维钧谦谦柔和中也裹着锋芒。

"哈哈，现在是共和了，不谈门第，不谈门第，大总统任用贤能，不拘一格嘛！"陶公子自我圆场。

说话间，马车到了西直门。顾维钧看见车窗外出现了一座类似大前门那样的高大城楼，穿过门洞，又穿过一座箭门楼和护城河，才到了城外。车夫"啪啪"甩了两下鞭子，驾辕的大青马晃起尾巴在平坦的黄土路上奔跑起来。路边的民房很快被甩在后面，眼前出现了一派大好春光：两旁的绿柳沐浴在午后的阳光里，在春风徐徐下摇曳着，像一排排婀娜多姿、长发披身的少女；而一片片碧绿的麦田和灿烂如霞的桃花林，更让人无限惬意。沿路边不远，有一条通往西北方向的水渠，在车上可以看见一群鸭子在水里无拘无束地游荡。郊区的美景使几个年轻人再也按捺不住心情亢奋，七嘴八舌地赞叹开了。

"那片桃花真漂亮，我好几年没见过这么美的景致了。"唐宝玥说。

"咱北京郊外春暖花开，景色可不比江南水乡差，顾博士，您说呢？"吴先生说。

"的确不差。在我们嘉定，河湖水汊很多，鸭群也随处可见，可是春天里雨多潮湿，看不见这大片桃林和开阔的麦田。"

陶公子诗兴大发，凑在唐宝玥身旁，摇头晃脑地吟诵起诗句来："竹外桃花三两枝，春江水暖鸭先知，蒌蒿满地芦芽短，正是河豚欲上时。"

吴先生说："好诗，好诗。"

"可惜是别人的诗。"唐宝玥淡淡一笑。

"不错，这是苏东坡的佳作，我觉得用在这里也挺合适呀。"陶公子辩解道。

"这首诗是诗人为一个画家的一幅画题配的，画面跟我们眼前的景致不

43

完全相同。我觉得如果稍加改动，会更符合一些。"

"如何改动？"

"你们看这样改成不？'车外桃花千百枝，京郊水暖鸭先知，麦苗满地喜人眼，正是春光踏青时。'"

"这样一改，正符合我们现在此情此景啊！"吴先生首先拍手叫好。

"唐小姐好文采！"顾维钧也赞叹一声。

陶公子斜愣了一眼顾维钧，自觉没面子，冷笑道："顾博士学问定然渊博，最好也赋诗一首，给大家助助兴。"

顾维钧脸一红："我一向很少自己作诗的，时常后悔没有这方面的造诣，真对不起。还是陶兄再作一首吧！"

陶公子巴不得顾维钧承认自己不行，而由他再作一首，在陶小姐面前显示一下诗才。

"既然顾博士如此说，就不勉强他了，我再吟一首，算是给大家添乐吧。"陶公子抚摸着脑袋想了一会儿，眯着眼睛开口道："二月春风吹京郊，我辈同行踏青苗，吟诗作乐话桃林，只因篷车藏阿娇。"

吟完，陶公子自先哈哈哈乐起来。

吴先生怕唐宝玥生气，就嗔怪说："陶公子，您也忒放肆了，也不掂量轻重！"

唐宝玥却不动声色，说："陶公子既然如此作诗，那我就照你前韵奉陪一首。"

"太好了，太好了！唐小姐的诗一定胜我百倍。"陶公子拍起巴掌。

"京城美景数西郊，燕云春光拂青苗，桃园百鸟惊飞林，只因乌鸦噪石桥。"

吴先生和顾维钧先都乐起来。陶公子也回过味来，脸色红了又变白，却嘻嘻地凑笑道："唐小姐比喻的好哇，没有老鸦呱呱叫，哪能引得阿娇笑？"

唐宝玥也忍俊不禁。

大家吟诗说笑间，不知不觉马车驶近了玉泉山。吴先生给大家讲了玉泉山的来历。"玉泉山风景区始建于金代，但规模不大。明代建了华严寺，后来到了康熙年间，才修建了行宫静明园，静明园有十六景，其中有玉峰塔、华藏塔等，与颐和园的万寿山遥相对应，成为皇家园林。听我爷爷说，玉泉山的泉水，被清朝老皇帝封为天下第一泉，那水呀，清凉甘冽，喝一口沁人脾胃，浑身爽快，皇宫里饮用水都是从玉泉山用专用水车拉到皇宫里的，据说慈禧老佛爷非玉泉山的水不喝。八国联军进攻北京那年，她匆忙出逃避难，临走之前叱令李莲英带上两水袋玉泉山的水。但可惜的是玉泉山曾经两次被洋鬼子烧毁，一次是 1860 年英法联军，再一次就是庚子年间的八国联军，洋鬼子把泉眼也堵死了，唉，我们中国号称泱泱大国，可尽受洋人欺负啊！"

吴先生一席话，讲得有声有色，大家听得入神，顾维钧心想，这北京城远近故事很多，过去只听说圆明园被西方人抢劫烧毁，却不知道玉泉山也遭过劫难，看来我对自己的国家了解还很少呢！

绕过玉泉山，很快就到了靠近西山的一个路口，吴先生吩咐车夫将马车停在一片树林边上的空地，后一辆也接踵而至。众人下车后，吴先生给大家讲了几句话：由此向北和向西两条小路，一条通往卧佛寺、樱桃沟，一条通往碧云寺和香炉峰，大家划分组成两拨，任选一条线路。但他强调了两点：一是注意安全，特别是如果爬山要互相照顾好；二是下午 4 点 30 分以前准时返回到下车地方。随后每人配发了一壶水和一盒食品，里面有两面金银卷、酸黄瓜和咸鸡蛋。

说完，吴先生带着陶公子、唐宝玥、顾维钧这一组走向卧佛寺方向，另一组则径直西行去了碧云寺和香山。吴先生等四人沿路观赏花草绿树，听百鸟鸣唱，很快就来到一个清静去处，这里古松参天，气象森严，一座黄绿两色的琉璃牌楼掩映在青松翠柏间，那牌楼的梁枋正面镌刻着四个巨幅大字：同参密藏。原来这里是进入卧佛寺的第一道山门。

吴先生征求大家的意见："你们看，我们是先去卧佛寺，还是樱桃沟？"

陶公子说："当然是先拜佛啦！"

"唐小姐、顾先生，你们呢？"

唐宝玥说："时间有限，我还是想看看樱桃沟的山水景致。"

顾维钧说："我没定见，哪里都很新鲜，你们到哪里，我就到那里。"

陶公子一撇嘴："顾先生倒谁也不得罪！"

吴先生一挥手说："那就去樱桃沟。"

于是大家沿一条小溪逆流而上，渐渐进入一个幽深林密的山谷。这里游人稀少，小径忽而在小溪左侧，忽而拐向右侧，两旁的树木都已枝叶繁茂，遮满山谷。越往上行路越难行，石头台阶越多，转过一个山坳，忽然发现一片青翠的竹林，远看像块镶嵌在半山坡的巨大翡翠。唐宝玥兴致很高，一边跟在吴先生身后，轻盈地踏着石阶，一边还哼着小曲。过了那片竹林，不断赞叹峡谷里风景独特、空气新鲜。她还问了吴先生一个问题："这里叫樱桃沟，为什么看不见樱桃树？"

吴先生说："问得好。陶公子，你博览群书，知识渊博，快给唐小姐解释解释吧。"

陶公子尴尬地笑笑："这下你把我考住了，我倒是真想给唐小姐解答，可我确实不知道这樱桃沟为嘛没樱桃树呀！"

陶公子出了个怪相，把大家都逗乐了。吴先生说："据说，这条沟里远在金代以前就因满山樱桃闻名，到金章宗做皇帝时，得知樱桃沟好景致，就从中都也就是现在的北京城来这里观赏樱桃花，下令在沟口建了赏花台，以后每年都带着后妃近臣来此春游。有文人作诗助兴：樱桃花万树，春来想灼灼。可见当时樱桃花开的盛景。不过到了朝代交替时期，战乱频繁，一场大火不知是天然的，还是人为的，将这里的树木焚烧殆尽，当然樱桃树也难保全。但樱桃沟这个名称流传至今。"

"这么说，吴先生的解释也是传说啦！"

"姑妄听之吧，七八百年前的事，地方志上也没记载。"吴先生也笑了。

一路景致不断，人文故事也不少。这回陶公子大显才能，把明末清初的文人墨客退居此地修身养性著书立说讲得有鼻子有眼。再往前走山路有些陡险，陶公子要搀扶唐小姐，被她笑着拒绝："谢谢啦，你们能走，我也能。"她昂着头轻盈迈步超在他的前头。

顾维钧跟在最后，一路他话语最少，他只觉得眼前什么都很新鲜，感到对京城的地理、历史和人文掌故知道得太少了，别人讲的他觉得很长见识。

转眼登到山坡上一个制高点，见前边沟底横卧一块巨石，他们驻足观看那块石头造型很奇特。唐宝玥首先惊叹一声："那巨石多像个宝石呀！"

陶公子乐了："唐小姐好眼力！这石头就叫元宝石。关于这个石头故事就可以说上半天。"他掏出水壶喝了一大口水，润润嗓子，然后不管别人听不听，就讲开了，"此石颇有些来历，当初女娲补天……"

"得，得，你先别开讲，我们走近看看再说。"吴先生制止他。

他们来到沟底，沟内满眼是累累乱石，淙淙细水从石隙间时隐时现穿流而下，那块巨石就坐落在细流乱石边，人站在它面前，显得很渺小。吴先生等都选了一块稍微平坦的石头坐下，一边喝水，一边朝着巨石和它周边的景物环视，又发现不远处，还有一奇观，一块兀立的柱形巨石，高约十来米，石上却奇迹般长出一棵柏树，高六七米。

吴先生说："这柏树大约有五百多年了，你们看它虽然不很高大，但树根却深深扎在石头裂缝之中，好像被巨石紧紧拥抱着。中国传统将松柏合称，因此这柏树俗称'石上松'。"

陶公子终于憋不住了，对唐宝玥说："这元宝石和这石上松的奇异景观，打动了一位前清才子，他经常在此处盘亘流连，并萌发奇想，构思出一个凄美动人的爱情故事，写出一部流传百世的巨著……"

唐宝玥见他显摆自己的才学，就故意打断他："陶先生所说的自然是曹雪芹的《石头记》或者叫《红楼梦》了！"

陶公子一愣神，"唐小姐，才女呀！想必对此书早已熟读，今日有幸与小姐到此一游，愿请教一二。"

"陶公子要考我，请出题吧！"唐宝玥兴致也很高，同时显出一副落落大方的样子。

"好咧，请听题：'石上松'在曹雪芹眼里，有什么寓意？"

"《红楼梦》第五回，警幻仙姑引领贾宝玉梦游太虚幻境，听仙女演唱十二支红楼梦曲，其中有歌词是：'都道是金玉良姻，俺只念木石前盟。空对着，山中高士晶莹雪，终不忘，世外仙姝寂寞林。'这'石上松'想必是曹雪芹想象宝黛'木石前盟'的原始动因，也是他们爱情坚守如一的证据。陶公子，我说得对吗？"

"对，对极了！《红楼梦》如果不看三遍，不可能张口就能背诵其中的词句。我服了，唐小姐。"陶公子朝唐小姐笑嘻嘻的，忽然他转脸眯眼狡黠地朝向顾维钧：

"顾博士才高八斗，想必对红学研究很深，能否也肯容在下请教一二？"

顾维钧连连摇手："不瞒大家，过去我只听说过曹雪芹的《红楼梦》，可是从没拜读过，作为一个读书人，我深感这是很大的缺憾。今天在这元宝石面前，我愿听各位指教。"

吴先生见他说得诚恳谦虚，就打圆场说："顾博士长期在国外生活，对中国古典作品不熟悉也是情理之中，陶公子不要强求了。"

唐宝玥也说："是呀，尺有所短，寸有所长。陶公子不要拿自己强项比人家的弱项嘛。"

陶公子冷笑一声，说："哎呀，有你们两位护着顾博士，我就只好缄默不语了。"

唐宝玥见他气量狭小，就索性将他一军："既然陶公子能出题考别人，那我也出个题请教你这个文学大专家：西方欧罗巴洲的经典爱情故事不少，请你讲出三个故事的名字来，就算你答对了。"

陶公子皱着眉，想了半天才说："我看过一本希腊神话故事，里面有个叫维纳斯的美女，跟一个王子相爱，那王子叫什么来着……记不太清了。对了，叫罗密欧吧……"

陶公子的话音未落，唐宝玥刚喝进嘴的一口水一下子喷了出来，她笑弯了腰。"哎呀，陶大公子，您说得哪跟哪呀！就好比说西施爱上了杨六郎，真是的，乱点鸳鸯谱！"

陶公子不好意思地挠挠后脑勺，说："得，唐小姐，我今天算是栽到你手里啦！不过，我心里倒也高兴。"

唐宝玥又扑哧一下笑起来，戏谑地："您呀，真是倒驴不倒架！"接着她把话锋一转，"我出的题，看来只有顾先生能解答啦！"

顾维钧没想到她把话锋一下子转到自己这儿，暗想：好个聪明之极伶牙俐齿的女孩，不愧为名门闺秀，从她的话语看，读的书一定很多，我得认真应对她。于是略一思索，答道："西方的文学作品描写的爱情故事倒是不少。至于是不是经典之作，这要看每个读者的欣赏能力和评判标准。据我读过的而言，我以为能称得上经典的有这么几篇：一是英国大文豪莎士比亚根据意大利一个故事编写而成的《罗密欧与朱丽叶》，他们的爱情悲剧已被世人所传诵；二是英国作家塞缪尔的名作《帕梅拉》里的女仆帕梅拉和她的主人 B 先生之间的曲折爱情，小说出版后轰动十八世纪中叶的英国和欧洲；三是刚才陶公子提到的希腊神话故事：爱神维纳斯和王子阿杜奈斯的故事。这几个故事是很有名的，但是否经典，我就不敢臆断了，请唐小姐指正。"

唐宝玥忽闪了两下明亮清澈的眼睛，微笑着说："您说得跟我想的差不离儿。只是维纳斯跟阿杜奈斯的故事其实也只是一个单相思的故事，不算什么经典。其实，我倒不在乎什么经典不经典的。只是随便问问而已。您在美国多年，想必对美国的小说耳熟能详吧，我想请教：美国著名作家霍桑的小说《红字》我拜读了两遍，据说在美国也受读者青睐。您肯定也读过吧！"

"您说的是纳撒尼尔·霍桑的小说《The Scarlet Letter》吗？"顾维钧学着她的口气，称对方为"您"。

"是呀。"

"我读过，而且巧了，也是两遍。"

"您认为女主人公赫斯特·普林是个值得同情的伟大女性吗？"

"我认为是的。她真诚善良，对爱情有着独特的理解，但却不为当时社会理解，特别是受到教会的仇视。"

"那么，我不理解美国的清教徒为什么严厉而残酷地对待那样一个弱女子，竟然强迫她佩带侮辱性的红字母呢？"

"书里的故事发生在美国独立前的殖民地新英格兰，清教教义源于英国本土，本来主张道德完善，恪守清规，反对颓唐邪恶，但渐渐走向偏狭和绝对化，对普通教民进行严格限制和压迫，尤其对于男女私情规定过于苛刻死板，正如书里描写的那样，将私通男女强行佩戴大写红 A 字以示惩罚，并震慑所谓道德败坏的人们。这种专制压迫手段，必然遭到民怨，《红字》

正是反映这一时期大众内心的苦闷。"

"您这样一说，我就大体明白了。不过小说最终让赫斯特的情人、那个年轻牧师在行刑台上说出真相而死在她怀里，是否太有些悲惨了……"

唐宝玥和顾维钧讨论起小说里的人物，越说越热烈。一旁的吴先生笑眯眯地对陶公子悄声说："咱们俩去坡上那个古松树亭子看看，让他们俩先在这里聊着。"

陶公子不愿意离开唐宝玥，可是吴先生拽住他的手，硬拉他起来。"走吧，老弟，您在这里又插不上嘴，不觉得多余吗？"陶公子酸溜溜地哼了一声，只好站起来。

吴先生对唐、顾二人招招手说："你们在这里聊着，我和陶公子到那边亭子上观观景，一会儿就下来……"

唐宝玥爽朗地说："随你们高兴吧，我和顾先生在这儿等你们。"又对顾维钧说："我们继续说我们的吧！"

顾维钧笑笑。他想，眼前这位年轻的唐小姐，热情开朗，谈吐大方，心直口快，不像个侯门淑女，倒像个现代新女性！不愧是唐绍仪总理的千金，有那样叱咤风云的父亲，必定有这样才貌不俗的女儿……

第三章　避风天津

西山游玩以后，顾维钧时常显得心神不宁，唐宝玥的倩影时不时在他脑海里浮现。那天分手时唐宝玥说的一句话使他回味无穷："顾先生，跟您一起聊天，特别长见识，心情很放松也很愉快。希望有机会再见呐！"

其实，他何尝不想再见到她！与她在一起的那短暂时光，他感到从未有过的开心和愉快，甚至有一种甜蜜的感觉。奇怪，这种与女孩子在一起的感觉，过去他从来没有过。记得在哥伦比亚大学的最后几个月里，有几个长相姣好的女生，包括欧裔的亚裔的，曾向他表示好感和亲近，但那时他的全部精力扑在了毕业论文的撰写和答辩上，对男女感情上的表露疏于迟钝和冷淡，无意中伤害了她们的心，他自己却浑然不觉。然而这一回，唐宝玥并没有刻意向他表示亲近和爱慕，仅仅是闲谈文学和小说里的故事情节而已，但却让他从内心萌生了对她的好感。好感从何而来？他自己也弄不清楚。论相貌，的确，唐宝玥无可挑剔，高贵得像朵玫瑰，幽雅得像枝春梅，可他过去在美国大学女同学里美若牡丹或艳若玫瑰者也不乏其人，他怎么就从未动过心呢？除了外在因素，那么她的魅力只能从她内在气质上寻找了。一个人，特别是一个有魅力的女人，往往是她内在的禀赋气质更能博得男人的青睐和垂爱，大概唐宝玥就属于这样的女人。可以推想，顾维钧曾是哥伦比亚大学的演说奇才，风靡一时的辩论高手，一般的女性，即使你有出众的容貌，假如文化素养平庸或者性情木讷，那也绝难进入他的感情视野。而唐宝玥的广博学识、爽朗明快的谈吐，再配上她清丽端庄的仪表，正是顾维钧心目中的理想伴侣形象。

一个青年男子一旦对一个女子萌生爱意，这种爱意会渐渐滋长和浓烈，形成强烈的相聚渴望，这种渴望会攫住他的心灵，使他很难摆脱，往往还会使他夜里辗转难眠。顾维钧体验到了对唐宝玥的相思之苦，这种甜蜜的苦涩又不好对任何人去说，当然更不能对她本人倾吐了。他思谋着只有去唐绍仪办公室或许能再次与唐宝玥巧遇，但去唐绍仪办公室须得有特殊公事当面向总理禀报才行，眼下他正好遇到一桩。

那天他到外交部查阅有关中英两国关于西藏问题的历次交涉记录资料和当时两国媒体发布的一些背景材料，花费了整整一天时间，还没有得到满意的结果。他觉得外交部这个从清朝外务部接管过来的大衙门，机构臃肿不说，办事流程式琐碎，手续繁复，根本没有统一的档案资料库，而且所属单位各自为政，相互封锁，更别说有一个像样的图书馆了，一打听，原来政府根本没钱来建档案资料库或图书馆，而且上面也没人关心这个问题。这对政府与外国使馆交涉和谈判十分不利。新生的民国政府将要面临诸多外交难题，而顾维钧担心外交部现状极不适应外交斗争的需要，他想向外交总长陆徵祥先生提出自己的改进建议，提高其办事能力和效率。但又想自己毕竟人微言轻，虽说身兼总统和总理的英文秘书，但并不是总长的直接属下，插手外交部的事务，恐招来众多非议。为稳妥起见，他觉得此事先向唐绍仪总理禀报一下，听听他的示下再说。

这样，两件事一明一暗，一公一私，竟然巧合在一起。这天，他再次来到唐绍仪办公室，但门卫说唐大人没来上班。顾维钧很奇怪：唐先生担任内阁总理以来励精图治是大家公认的，他曾经对属下讲，民国刚刚建立，共和来之不易，国家百废待兴，我们所有政府阁员都要勤政廉政，对得起这个刚诞生的政权。莫非他累病了？顾维钧隐约感觉到，这些日子唐先生好像诸事不顺，政府为应付财政困难被迫向六国银行团借款，但遇到极大障碍，六国提出干涉中国主权的监督财政章程，被唐绍仪拒绝，后来财政总长交涉借款，却遭到南方强烈反对，借款一事被搁浅，唐先生对此牵扯巨大精力。但他最大的忧虑是与袁大总统的政见分歧日益尖锐，他在内阁行使职权受到总统亲信赵秉钧这些人的公然抵制，迫使他经常流露出总理难当的无奈。顾维钧预感到事情有点不妙，唐先生那里肯定发生了什么事。他立即赶往唐绍仪在麻线胡同的宅邸，探视究竟。结果，他从守门人那里得到一个惊人的消息：

唐绍仪已于前一日挂冠辞职，一大早离开北京去天津了。顾维钧背后像被打了一闷棍，内心失去了平衡，精神也好像失去了依托，他在胡同口踟蹰迟疑了好几分钟。回到宿舍，他稍微平静下来，想想自从受聘以来，看到的听到的关于新政权的种种表象，各种势力都在窥测方向，国会内部矛盾逐渐显露，政府内阁实际上是个大拼盘，各部总长也成为各派势力的代表，各唱各的调，各吹各的号。尤其袁大总统和唐绍仪总理的治国理念和治国方式以及性格秉性存在巨大差异，他第一次踏进总统办公室，就亲眼见证了双方在任命直隶都督上的重大分歧，昔日结拜弟兄之间的关系已经断裂得难以弥补，直至发展到唐先生辞职。古语说：道不同不相为谋，唐先生的选择肯定是深思熟虑后的结果，他肯定是满含悲愤离开的。总理走了，自己怎么办？按照法定程序，内阁其他成员也得辞职，顾维钧暗想，唐先生亲自举荐了自己，自己也把他看成是引路人，他走了，自己的前途也似乎变得渺茫暗淡起来。从这件事看，官场的水的确很深，也很险恶，趁自己涉足不深，不如赶紧脱离此道另谋他途。他好像一个来到陌生路口的赶路人，斟酌着朝哪个方向迈步……

再说唐绍仪带着唐宝玥轻装便服乘坐头班火车到了天津站，搭上人力洋车径直来到英租界内一家上等酒店——利顺德饭店。天津是他仕途起步的地方，也是他在官场青云直上的发祥地。他早年作为清政府派往美国留学的第一批学童之一，从中学到大学在美国读了七年书，回国后不久就在天津税务衙门任职，在被派往朝鲜办理税务期间，结识了驻朝总理通商事宜大臣袁世凯，袁世凯极为赏识唐绍仪的胆识和才华，并建立了友谊，袁奉调回国推荐唐绍仪为总领事，于是唐绍仪在朝担任外交官近十年，回国后在直隶总督、北洋大臣袁世凯举荐下担任了天津海关道，随后仕途坦荡，一路升迁，当过清朝的奉天巡抚和邮传部尚书。可以说，天津是他的半个老家，这里不仅是他事业和追求向好向上发展的吉祥之地，这里还有他好几个子女和众多好友。原本他在马场道有一套宽绰舒适的住宅，但庚子那年八国联军进犯天津卫，他的家宅被侵略军的炮弹击中，不幸被毁，他的结发妻子也当场死亡，幼小的女儿宝玥在一位美国人援救下幸免于难，而他的老宅再也没恢复。

这次被逼辞职，使他身心疲惫，他躺在有弹性的床榻上左思右想，不断地辗转反侧，呻吟和叹气，唐宝玥见老爸如此模样，忧心如焚，生怕他因辞官惹出一场大病来，她好言安慰爸爸，"留得青山在，不愁没柴烧。您老可别气坏了身体！"宝玥给他端汤倒水，随侍左右不离寸步。唐绍仪见宝玥如此孝心，也颇感欣慰。他嘱咐她，来天津的事暂时不要对兄弟姐妹们和其他熟人讲，他要在这里静心闭居调养几日。宝玥自然满口答应。

唐绍仪口说静心调养，可他的心哪能静得下来呢？这几个月来的政坛风暴，二十多年的历史烟云在他的脑海里不断卷起惊涛骇浪。他像一匹驾辕的老马，艰难跋涉，深陷泥潭，使出浑身力气也没能使超重的马车驶出泥濯，终于在风雨雷电中累垮了累倒了，而最要命的是他心力几乎衰竭，胸中的愤懑无以发泄，精神达到崩溃边缘。造成这一切的直接原因，竟然是他深交多年的政治盟友、拜把兄弟袁大总统将他打翻在地。袁某人不愧是玩弄权谋的老手，使出的招数的确心狠手辣，将他这位义弟置于绝境：你唐绍仪不是和南方串通一气力挺王芝祥当直隶都督吗，我就给你来个釜底抽薪！原来，袁世凯私下接见王芝祥，委任其为"南京宣抚使"，督办所谓遣散南方军队事宜大权，赏给他一笔令人眼馋的经费，谁知那王某人竟然屈膝答应，而且不管人格羞耻，拿着袁大总统签署的任命书找唐绍仪副署签字，唐绍仪愤然拒绝，而王某人居然也心安理得地到南京赴任去了。唐绍仪气得肝肠欲裂，怨自己瞎了眼，错看了这个没骨气的小人！当然他更怨恨那个背后给他下刀子的人！

一切都过去了。现在，他人已经回到了天津，从政治舞台的中心退到观众席上，看看中国历史这部大戏以后怎么演吧！他内心这样独白。他嘱咐女儿，一周内谢绝见客，他要好好梳理一下自己的思路，静观时变。

但是，人世间的事，往往跟自然界的现象极为相似：树欲静风不止。唐绍仪抵达天津的第二天，一位贵客就找上门。这位贵客身份很特殊，以至于唐宝玥不敢擅自做主回绝，只能向父亲如实禀告。唐绍仪问：是谁？

"总统府秘书长梁士诒。见不见？"

唐绍仪沉吟片刻，说："见。他是代表袁世凯来的，看他有什么话要讲。"

身材中等，脸庞圆胖，西服革履的梁士诒迈着缓缓的步子走进唐绍仪的套房客间，主动拱手寒暄："哎呀，少川老兄，你这个内阁总理怎么突然跑回天津了，我们大家都心急如焚，是不是家里出什么大事啦？"

梁士诒这叫明知故问，要不怎么张口说话呢！他也是一位在官场混了半辈子的人，自从跟上了袁世凯，不管是在气数已尽的清政府，还是在刚刚创建起来的中华民国，他都得以步步高升，是总统亲信圈子里的重要成员，现在除了担任总统府秘书长，还兼任交通银行总经理，可以说是权财两旺。他跟唐绍仪私交也不错，又是广东同乡，所以袁世凯派他来天津当说客。

"翼夫，你我之间不必拐弯抹角了，请把你的来意讲明吧！"

梁士诒端起茶杯抿了一口水，揩揩嘴说："好，既然老兄不把我当外人，我就直言相告：大总统得知你挂冠辞职，又着急又伤心，指示我尽快赶来，请你回去复职。你这一走缺，就像塌了半边天吆！"

梁士诒显出一脸悲天悯人的神色，真好像大总统非常急迫地要请唐绍仪回去。唐绍仪暗想，袁世凯这一手是软招，等于是把对手打翻在地，又伸出手拉你起来，以示宽容博大之心，我若回去，势必今后看他眼色行事，与他同流合污，那我唐绍仪也必然成了反复无常的小人、共和的罪人。于是，便直截了当地说：

"梁老弟，'开弓没有回头箭'，我唐某做事最讲是非曲直，我既然辞职，就没想过再去复职。你我相交多年，应该知道我的为人。"

"少川兄的为人，我岂能不知啊！大总统昔日就对你有中肯的评价：'忠直明敏，胆识兼优'嘛！而且二十多年来一直把阁下视为左膀右臂，对你的倚重胜过手下任何其他的人。大总统也是个重义气的人嘛！这一点我想少川兄体验最深了，不用我多赘言。因此，希望老兄……"

"你别说了。"唐绍仪打断梁士诒的话，心情沉重又颇带感触地说："你的话我都明白。其实，我跟袁慰亭之间走到今天'割袍断义，分道扬镳'的地步，绝不是个人义气之争，而是政见理念、人生追求的差异产生的矛盾，我们两人在对待南北议和产生的'临时约法'问题上，在尊重国会民主，推进共和理想的原则上，有着根本的分歧。请恕我直言，他当上了共和国大总统，还不满足对权欲的追逐，思想深处根本没把民主共和制度当回事，他维护的只是自己的权力和地盘。过去许多年，我们两人在旧王朝官场里相随相依，一起进退沉浮，要说还有情谊的话，我一直还是很珍视过去那段历史的，一直到南北议和期间，我还认为，中国推翻帝制，走向共和，需要袁慰亭这样有雄才大略的人物。在此之前，我们之间思想深处隐藏的东西没有显现出来，更没交过锋，只是到了现在面临推进共和还是坚守独裁的关键时刻，明朗化而已。翼夫老弟，我今天把肺腑之言全掏出来了，我这个人做事向来泾渭分明，请你回禀大总统，如果他还念旧情的话，就听我最后一句劝：在任命直隶都督这件事上，不要一意孤行，千万征求南方的意见，达成一致，避免南北分裂。至于我与大总统个人之间，也请转告：我唐某不是绝情寡义之人，过去他对我的知遇提携之恩，我是不会忘的。这次我突然辞职，请他原谅吧。"

梁士诒静静地听着，始终也没打断。不过他心里暗暗着急：看来唐少川是义无反顾了，这个人真是钻牛角死心眼，放着一人之下万人之上的内阁总理不当，非要去追求什么共和理想，太书生气了！共和制是西洋的玩意儿，中国人几千年只认君权至上，'国不能一日无主'嘛！所谓共和只是少数留洋书生鹦鹉学舌而已，照搬到中国是否行得通很难说。眼下，如何才能让这个认死理儿的人回心转意呢？他不回去怎么向大总统交差呀！梁士诒沉吟半晌，只好说：

"既然少川兄如此说，我也不好再说什么了。不过我还想多一句嘴：老兄今后打算怎么办，总不会在天津卫待后半辈子吧？"

"以后去哪里，我还没考虑，我想静一静这颗疲惫的心。人活在世，总不可以每天吃饭睡觉混天黑吧，总要做点事吧！至于去做什么，我现在实在难以奉告，请你见谅了。"

"其实，如果你还没考虑栖身之处，而且还念着旧情，倒不如回京与大总统重归于好，只要你肯复职，我可以保证，这次辞职的事大总统以后不会再提起，更不会追究。"

"谢谢老弟的美意，我意已决。说出去的话，如泼出去的水，何况这么大的事，哪能当儿戏？出尔反尔的事我唐某人绝对做不出来。"

话已至此，唐绍仪不愿再多谈，端茶送客。梁士诒只好起身告辞，走前撂下一句话："少川兄不妨静想一两日，你什么时候愿意回去都欢迎，我还要亲自去车站迎接阁下。"

唐宝玥代父送走梁士诒，返回屋对父亲说："爸爸不如在别处找个背静地方住下，省得这些人来打扰。"

"他们要想找到我，躲到哪里还不一样。我就在这里，倒要看看袁大总统还使出什么花样来。"

　　果不其然，第二天又一位政府大员从北京匆匆来拜访，他就是赫赫有名的北洋三杰之一的"虎"将、现任内阁陆军总长的段祺瑞。此人与昨日文质彬彬的梁士诒迥然有别，一身戎装，昂首挺胸，精神饱满，大盖帽檐下一双精明多谋的眼睛和嘴唇上下的三缕黑须，显出一派军权在握、叱咤风云的将领风度。他带着一帮子侍从副官和警卫出现在饭店走廊里，但他手下的人被唐宝玥拦在门外，只许他一人进入房间。段祺瑞早就耳闻唐绍仪有个厉害闺女，今日一见果然卓尔不凡，他大度笑笑，挥手让部下退下，一人进去见唐绍仪。

　　唐绍仪对段祺瑞的到来，全然没有料到。他对这位拥有军权的将领，谈不上蔑视，也谈不上敬重。但因同在袁世凯手下多年被驱策，一文一武，都为协助袁世凯逼迫清帝退位发挥过重要作用，因此在拥护共和反对帝制这点上，彼此还多少有一些好感。只是文武之道阻隔，两人来往并不密切。民国内阁成立后，在内阁会议上，两人则多次政见对立，段祺瑞与内务总长赵秉钧等人极力主张维护总统集权，而无须执行"临时约法"上规定的内阁总理制。内阁议事，段、赵总是一唱一和联合起来向唐绍仪发难，在内阁形成一股强大的掣肘力量。此前发生的重要官员任命问题，他们全力支持袁世凯，最终导致唐绍仪辞职，对此唐绍仪心里十分怨恨，但因他们是袁世凯的亲信，也无可奈何。现在这位段总长居然登门来访，不用说又是袁世凯的差遣。

　　段祺瑞倒是军人做派，没有客套，一落座就开门见山，说："少川兄，你这一走，内阁就乱了套。大总统下命令，让我来天津一趟，无论如何请你回去复职。你也是，跟随大总统多年，怎么说离开就离开呢，像耍小孩子脾气！事情起因不就是没让那个姓王的当直隶都督吗？最后事实证明，王芝祥这个人不怎么样，你那么鼎力支持他，他可没给你争脸哪，还有南方的那些所谓精英，怎么就偏偏看中这样的人……"

　　"请芝泉兄打住，我不想再听见王芝祥这个名字！"唐绍仪本来就对段祺瑞心存积怨，只是看在原内阁同僚的面子才勉强见他，而他竟出言犯忌，哪把壶不开提哪把，这无异于在他的伤口上撒盐！因此他拉下脸，打断对方。

段祺瑞却微微一笑，"少川兄别见怪！不是在下有意冒犯，我是想讲明一个道理：在这个世界上谁不爱发财，谁不想当官？南方势力鼓吹共和制，这我不反对，我也在欧洲待过，对西方民主政治那套也略知一二，就以西方强国法兰西、美利坚来说，人家实行总统制，大事还是总统说了算；而英吉利、德意志、俄罗斯这些国家到现在最高当权者不是君王就是皇帝，包括东边的日本，哪个国家不是国富兵强、坚船利炮，谁都敢欺负我们中国，就像捏软柿子一样。这一点少川兄不否认吧？"

唐绍仪沉思不语，他要听听段祺瑞究竟想说什么。段祺瑞见唐绍仪不言声，端起茶杯咂了口水，眯起精明的小眼睛继续说，"所以呀，国家强弱，不在于政体结构，而在于谁在当权，谁在治理国家。大清朝覆灭是因为它太腐朽了，气数尽了，活该当亡。现在建立了共和，是人心所向。但是谁来掌权，就显得格外重要。袁慰亭顺应潮流，推动共和，当上民国大总统，是历史的选择。不是我恭维，除了他有能力和魄力治理这个又大又弱的国家，还有谁呢？民国初创，百废待兴，外强环伺，正需要各方团结一致恢复经济，富国强兵，雪耻外辱，而要做到这些，没有一个铁腕人物是不可能实现的。南方的那些政治强人，调门喊得很高，其实无非想实现政治野心，攫取更大权力。看看吧，姓王的就是一个例证，其实此人不过是一个想升官发财的小人，这样的人能成什么大事？少川兄，你是个聪明的、具有远见卓识的人，中国高层离不了你这样的政治家，你如果能返京复职，我们一起协助大总统共谋国是，在他麾下建功立业，为复兴华夏尽一份赤子之心，生有所为，死有所名。这难道不是一个大丈夫所应有的胸怀吗？"

段祺瑞这番话，慷慨激昂，动情处禁不住站立起来，挥动手臂，唾沫星子四溅。看得出来，他讲的也的确是真心话，并非伪善虚假之词。

唐绍仪暗暗惊奇，早听说段芝泉光绪年间曾在德国留学研习军事，时间不太长，却也是喝过洋墨水的，今天他说出这样一番话来，可见没白留洋一趟，他与梁士诒这样的科举出身的老派官吏谈吐就是不一样。而且此人抱负不小，日后必定对中国政治走势产生重大影响。不过，他毕竟是个武夫，对西方"民主政治"只懂些皮毛，对国会或议会相对于总统权力的制约和党派制衡机制一窍不通，自然得不出要领。现在与他争论这些问题只是瞎子点灯白费蜡，而且不合时宜。

唐绍仪也端起茶杯抿了一口，沉吟之际想好了说辞。"芝泉兄一份报国之心，唐某十分佩服。本来，我也是抱着一腔热忱受命组阁，想干一番于国于民有益的事业。可是我想得过于天真，对袁慰亭的期望过高。原想他能在民主共和的道路上，继往开来，继续推进社会前进，走上欧美国家发展的路子，做一个像华盛顿那样的伟人，可是我一而再再而三地失望。我对自己眼下的选择并非一时冲动，因此回京复职绝无可能。还望芝泉兄将我的话回复大总统：'祸莫大于不知足，咎莫大于欲得。'其实这是古圣人的一句话，借来送给大总统作为离别赠言，希望他不要见怪。另外，我辞职这件事，为了使大总统对世人有个交代，我将写信给他。"

"好吧，既然少川兄如此说，我就不再强求了。这就告辞。"

"芝泉兄慢走。"段祺瑞走后，唐绍仪立即吩咐唐宝玥准备笔墨信纸，提笔给袁世凯写了一封短信，只有两句话："绍仪旧疾复发，特请准假五日，在津调养。总理一职，请大总统在内阁中派一员暂代理。"

唐绍仪立即把信交给一个亲信，吩咐他乘当日晚班火车送到北京。另外要女儿找几张近两天的报纸给他。唐宝玥劝他，还是好好静心休息几日，不要再受那些五花八门的消息干扰。唐绍仪苦笑道："但我静得下来么，袁大总统接连派高官当说客，让我回头，他用的什么心机，瞒不过我，他是做给天下人看的。我无论回去还是不回去，对他来说都会得分。我若回去，那就是得向他服软，今后听他摆布，为他个人专权效力；若不回去，他就会把擅离职守的帽子扣给我，他的那些御用报刊更要起劲地添油加醋责难我。所以我得看看他们究竟是怎样对待我诋毁我的。"

果然，当唐宝玥给他送来四五份京津两地新近的报纸，唐绍仪仅浏览了一下标题，就拍案怒起。原来那些报纸对唐绍仪出走天津极力歪曲、大泼污水。北京《共和日报》的标题说："唐绍仪滥用外国借款，监守自盗，怕参院弹劾，擅离官守，乘间潜逃。"还有一则消息，东拉西扯，说："同盟会宋教仁想当国务总理，猛攻内阁财长熊希龄，逼迫唐绍仪离职。"而《亚细亚日报》则刊登花边新闻说得更离谱，说："唐绍仪不爱江山爱美人，他看中一个德国女人，不再想当国务总理。"

"爸，我说什么来着，这些全都是看大总统眼色行事的御用报纸，造谣说谎是政客们的看家本领，对他们的话，你又何必动肝火呢？他们要是不骂你，才奇怪哩！"

"可是他们无中生有颠倒黑白太恶毒了，是可忍孰不可忍！我一生清白，让他们给毁了。"

"身正不怕影子斜，那些官场政客们的胡说八道你也在乎吗？"

"话虽如此说，但毕竟这些脏水无端地泼在我身上，我竟不能还嘴辩清，真叫人憋气！"

"我想南方的报纸总应该对你有个公正的评价吧！只是上海的报纸寄来天津要迟一两天呢！"

"但愿同盟会的领袖们知道我的心。否则我就猪八戒照镜子——里外不是人啦。"

唐宝玥咯咯一笑。"爸，我相信同盟会肯定有不同的声音，没准在他们眼里，你就是那大闹天宫的孙悟空呢！"

"你这毛丫头，倒会取笑老爸！"唐绍仪也舒展了眉头，露出一丝笑容。

唐宝玥眨了眨聪慧美丽的眼睛，转了一个话题："爸，又有一个从北京来的客人，要求见你。"

"不见不见！"唐绍仪像芒刺在背，把手摇得像个蒲扇。

"不见，可别后悔呀！"唐宝玥神秘地一笑。

"你个鬼妮子，搞什么名堂？到底是谁？"

"顾维钧先生，你见不见？"

"他怎么来啦？！"唐绍仪由惊变喜，忙说，"见，当然见，快请他进来。"

唐宝玥到门口招呼了一声，一位英俊潇洒、西服革履的年轻人手提着一个行李箱走进来。唐绍仪一看：真是顾维钧呀！赶忙把贵客让进外间客厅。

"少川呐，快说说你怎么到天津来啦？"刚一在沙发上落座，唐绍仪就问，其实他已料到顾维钧的来意。

"唐先生，您的辞职对内阁震动很大，阁员们纷纷辞职。我是您亲自引荐的，您既然辞职，我想我也不该待在总理府了，我此行来天津，就是想听听您对我今后去向的意见。"

"总统那边的事也辞掉了吗？"唐绍仪又问，

"是的。我写了辞职信请梁秘书长转呈。"

"嗯，是这样……"唐绍仪沉吟片刻，捋着两撇胡子，语调缓慢地说，"少川，你来天津征询我的意见，我特别高兴。你如此尊重一个辞职下野之人，而且，我也很钦佩你毅然做出这样的选择，这说明你深明大义，头脑很清醒，在重大是非面前有自己的独立判断。可是，我觉得你毕竟跟我不一样，我跟袁大总统的分歧由来已久，到了非分道扬镳不可的地步了，而你却初涉官场，还没有为国家做出什么大的贡献，你的报国志向也没有得到充分的展示。因此我建议你不要轻易离开北京，要知道你的专长是英语和国际法，还有你头脑冷静、思维敏捷、在大学练就的雄辩能力，这些旁人不具备的才智也好，禀赋也好，还没有得到机会充分发挥。你的理想职业是什么？我认为应该在外交领域，那里应该是你建功立业最合适的舞台。你明白我说的这些话吗？"

唐绍仪说到这儿，端起茶几上的白瓷茶杯，用茶盖赶了赶漂着的茶梗，慢慢啜了口茶水，又用手帕揩了揩嘴。他眼睛虽然望着茶水，脑子里却在想：是个血气方刚、敢作敢为的年轻人，我当初没有看错他。不过一块好铁，要百炼才能成钢。好鼓也要重锤敲，看他的神态，估计我刚才的一番话，他应该听进去了。

顾维钧的确在沉思，唐绍仪一番真诚透彻，且深谋远虑的话，既是一位导师的教诲之言，又似一位长辈的殷切期望。他反问自己，是呀，我跨洋过海回来，不就是为了尽我所学，报效生我养我的祖国吗？我现在寸功未立，就甩手走了，下一步又哪里找这样的机会发挥我的所长呢？唐先生因与袁总统政见不同才辞职，他们都是叱咤风云的治国人才，而自己只是一个办具体事务的，现在最需要的是，熟悉并进入角色，在自己喜欢的领域发挥作用，增长才干，积累经验，才能担当大任，现在如果放弃了眼前的良机，将来或许要追悔莫及的呀！这样看来，自己辞职的行动虽然肝胆正义，但从长远看，就显得欠思虑周全了。想到此，顾维钧说：

"您说得这些，对我的确非常重要，我会认真反思的。可是我已经向总统提出了辞呈，说出去的话还能收回吗？"

"我肯定，大总统现在离不开你，过不了一两天他准会派人来请你回去。你千万可别回绝。"说到此唐绍仪微笑地打量了一下面前的年轻人，用一种异常亲切的语调继续说，"回京之前，你就暂且在这个旅馆里住下，熟悉熟悉天津卫，多走走看看。这里濒临渤海，又是北京的门户，战略地位相当重要，道光年间英法联军就是先侵占了天津后攻入北京的，光绪年间八国联军进犯北京也是如出一辙。现在是民国了，可眼下外国势力在天津仍然享受优厚的特权，英法美日等国的租界、兵营在海河两岸随处可见，他们的轮船、兵舰往来不受中国约束。这座旅馆的主人就是一位英国佬，从一个空手单身汉变成了腰缠万贯的大富豪。跟上海滩一样，洋人凭借他们的特权，在天津卫淘金致富，因为他们生着蓝眼睛黄头发高鼻子，只要占一个洋字，就是发财的本钱。这天津卫呀……"

站在一旁的唐宝玥听得不耐烦了，打断他："爸，你说起天津卫来就没完，人家顾先生还没安顿下来呢！"

唐绍仪抱歉地笑笑说："少川呐，对不起，我见到你来了，特别高兴，说的话就多了。好的，我先打住。"扭头又对宝玥说，"小梅，你先去陪顾博士安排一下住房，一切记在我名下。"

"这怎么可以呢？我还是自己办理吧！"顾维钧急忙站起来。

"顾先生来到天津，就是我们的客人，客随主便，你就听我老爸安排吧！"唐宝玥说着，过来要帮顾维钧提行李箱。

顾维钧觉得让堂堂的总理女儿替自己拿行李箱不妥，想抢先握住提箱把手，却正好和唐宝玥的手同时搭在把手上，两人的手贴在一起，顾维钧脸先一红，就松开了手，唐宝玥提起箱子，爽朗一笑：

"顾先生别争了，你的箱子蛮轻的嘛！"

顾维钧有点尴尬，"叫唐小姐替我拿箱子，太不好意思了，这……"

唐绍仪看见他们俩并肩出去，满意的神色流露在脸上，他摸着下巴上的一缕胡须，开心地笑了。这是他近几个月来第一次由衷的笑。

海河畔的天津，春意盎然。河边的岸柳绿荫，像两排梳妆秀美的婀娜少女，在微风中摇曳着长长的垂发。而那掩映在柳树后面的一座座小洋楼，倒像一个个身强体壮、傲气十足的绅士。英式法式日式小洋楼占据了海河畔的主要街区，入夜后，洋人开办的公司、商场、洋行、饭店、旅馆、游乐场，把这个北方商埠装点得灯红酒绿、光怪陆离。

当顾维钧与唐宝玥漫步在滨河人行道上，在朦胧月光和商行门面的霓虹灯以及虽不明亮但还算照见路面的路灯交相辉映下，他的心情格外惬意，但也有几分忐忑和羞赧。白天，唐宝玥带他乘坐人力洋车到城区主要街道走马观花般浏览一趟，算是对这座北方大港有了粗浅的认识，他觉得天津的洋味虽然比不上上海滩，但行走在插着外国旗子的公司商号间，他一度怀疑自己是否置身于中国的土地上。不过有唐宝玥这样的靓丽美女陪同，他的心情倒也不坏。老实说，他这次来天津，一半冲唐绍仪，是为解惑，在聆听唐绍仪一番规劝之后他已经达到目的；另一半则是为唐宝玥。自北京西山樱桃沟一游，给他脑际镌刻下深深的印记，他就期望再次能与她相逢，乃至他得知唐绍仪弃官离京，他预感到自己的期望有可能化为泡影。从那一刻起，她的身影，她的容貌，她的言谈话语，她的举手投足乃至她的一颦一笑都无时不浮现在脑海。她就像株热烈奔放、鲜艳明丽、芬芳四溢的红玫瑰，盛开在他的心里了。

此刻，这朵玫瑰似的少女就在他身边，有时他的胳膊会跟她的胳膊接触一下，他的心跳就会加速。他生平从未有这样的感觉：想说许多话，可又不知从哪里说起。他第一次感到了发窘是什么滋味，更奇怪的是，他在哥伦比亚大学一向以善辩雄辩著称，而此时此刻自己的口才竟毫无助力。"我想说什么？"他问自己，说"我爱你"或"我喜欢你"，还不到时候，相互了解得太少，怕自己说话唐突引起人家反感，更怕对方当面拒绝，自己下不来台。说些无关紧要的开心话吧，又显得无厘头而使对方觉得无聊。

倒是唐宝玥先开了口："顾先生是第一次来天津吧！"

"是的。第一次。"

"你觉得天津像上海吗？"

"有的地方像。"

"你老家是上海？"

"不，是江苏嘉定，离上海很近。"

"什么时间去的美国？"

"1904年。"

忽然，唐宝玥咯咯地笑起来。顾维钧不知所措，不知哪句话回答错了。

"我笑你倒像个回答老师问题的小学生。"

顾维钧也不由笑了。"的确，我回答过于简单。不过，你的问题也不复杂呀。"

唐宝玥又乐了。"好，我问你个复杂点的，也是你最熟悉的问题。听说你在哥大留学期间，以口才和雄辩著称，曾以学生代表身份参加多次辩论会和讲演会。很想知道你当时一些生动精彩场面，说说让我也听听！"

"好。"顾维钧内心恢复了平静，思维一下子活跃起来，学生时代风流倜傥、神采飞扬、意气勃发的时刻立即呈现在眼前，"那段时光也许在我一生中是绝无仅有的。哥大每年要与别的名校共同举办校际之间的辩论会，目的在于提高学生的表达能力、思辨能力、反映能力，鼓励学生深入钻研问题，广泛涉猎各门知识学问，同时也为了丰富我们的学习生活和社会交际。记得最有趣的一次，是哥大代表队与康奈尔大学代表队的辩论，按规定两校各推举三人，我作为一个外国留学生被推举为哥大队队员，这在以往历届辩论会是没有先例的，因而引起校内外震动和舆论关注。康奈尔大学为抵消这一新闻的影响，特推选一位美女作为队员。但美女没有抵消我这个黄皮肤中国人所产生的轰动效应，而且我在辩论中确实表现良好，吸引了观众和听众注意力，并博得热烈掌声，结果我们校队以2：1获胜。"

"再讲一个例子，好不好？"唐宝玥微笑着，她似乎被顾维钧的魅力迷住了，像个爱听故事的小姑娘面对一个大哥哥。

"好的，那我就讲一讲模拟党派竞选提名演说的例子。那是上大三的时候，讲授政治课的教授主持一次模拟演讲会，要求学生们按照美国州数分成几十个'代表团'，每个'代表团'提出当时政界风云人物两名，分别作为总统和副总统候选人，我所在的团提出当时在任的众院议长坎农为共和党总统候选人，同时推举我作为州代表在模拟共和党全国委员会上演讲。坎农这个人我根本不认识，但他政治声望很高，担任众议院议长二十多年，此人蓄着棕色胡须，脸庞瘦瘦的，据说是那种说一不二、冷酷无情的人，主持众院会议只让那些他喜欢的或感兴趣的议员发言，因此有人给他起了一个'冷面沙皇'的外号，也有人称他'乔大叔'。可巧，我到华盛顿旅行时碰见过他，经过短暂交谈，他给我留下深刻印象：性格鲜明、见解独特、精明强干。这次接触，改变了我以往对他的也是社会上一般认为的'独裁''专断'的看法。于是在模拟大会上，我尽情发挥我的讲演才能，阐述政治的社会的以及他个人魅力方面的理由，支持他作为党内的候选人提名，竟然博得与会者长时间欢呼和掌声。会后我听到对我的赞美之言，我心里也颇为高兴，觉得自己讲演是成功的。"

"那结果怎样呢？他被真的提名了吗？"

"没有。那年是塔夫脱成为共和党正式的候选人，并最后赢得了总统职位。我们的模拟演讲只不过是加深理解政治课内容的方法和锻炼学生讲演能力的一种训练而已。至于被模拟提名的人是否真的被共和党或民主党提名了，我们并不太关心。"

"那也不简单呀！"唐宝玥蛮欣赏地说。接着她转了话题："作为一个高才生，又在大庭广众面前赢得明星一般的荣誉，你周围一定有许多崇拜者吧。好，再问你一个最现实的问题：在你的崇拜者里，有你很欣赏的女同学吗？你是否对她们产生过愿意建立一种亲近一点的关系或者说当成你的女朋友呢？"

他们站在一棵垂柳下，马路上的各种灯光都被遮在另一面，但清晰的月光却照在他们身上和脸上。唐宝玥说完刚才的话，就把头侧过去，躲避着顾维钧的目光。顾维钧发现她的面庞呈现一种害羞的神色，月光下那娇美的脸型被明暗交错的光线勾勒得像一尊美女浮雕，他看得发呆了，瞬间忘了回答她的问题。

"我的问题很难回答么？"唐宝玥又问了一句。

顾维钧从呆痴中警觉过来，忙答道："啊，不难。"他暗想：好一个唐宝玥，在樱桃沟已经领教过你是个明快爽直的女性，现在又分明在试探我，这或许是个好兆头呢，我得实话实说。于是接着说，"在哥大我的确有许多朋友，不过能称为亲密朋友的为数并不多。女性朋友更是寥寥，可以说一个没有。你可能不了解，我这个人对择友是很慎重的，特别是女朋友。"

"是吗？是不是因为你自视甚高，一般的女同学看不上眼呢？"唐宝玥微微一乐，回过脸直视着顾维钧。

"不是这样的。我虽然在同学中算个有点名气的，但权衡综合条件，我并非佼佼者，你可能看得出来，我这个人不苟言笑，严肃有余，幽默不足，再加上身材也不像欧美人那样魁梧，所以对女性的吸引力并不是人们想象的那样。"

顾维钧看似拙朴的话语，在唐宝玥听来，恰恰像天籁之音那样悦耳，她从中听出的是他的美德。

"这么说，你的确没有交过女朋友啦？"唐宝玥追问。

"在哥大的确没有。不过，"顾维钧稍微迟疑了一下，内心忽然冒出一个几乎遗忘的尴尬往事：要不要对她提起呢？

"有件事，我本不想对任何人再提起，但今天必须告诉你。"顾维钧的脸上涌起一阵热潮，他决定对眼前这位善良的姑娘不能有任何隐瞒。

"什么事使你难以启口呢？"

"我有过一次有名无实的婚姻。"

顾维钧发现，唐宝玥的眉心抖动了一下，似反映出内心掀起了波澜，但她立刻恢复了平静，默默等他的下文。顾维钧想，开弓没有回头箭，早晚得说。于是缓缓地将那段往事道出：

原来，在他出国前四年，他十二岁时，父母就做主与上海一位老中医之女十岁的张润娥订下亲事。未经涉世充满童稚气的顾维钧对长辈的决定不可能表示愿意或不愿意，也无法虑及以后带给他的麻烦。八年后，当他已经是哥大的三年级留学生时，突然接到父亲来信，说为了兑现前约，要他回家与张小姐完婚，他才感到事情的严重性。而此时的他已完全不同于幼稚的童年，风华正茂且聪明睿智，独立判断能力早已非昔日可比。他立即回信，表示要完成学业，对"完婚"之事婉言拒绝。父亲再次来信劝说，并指出违背婚约的严重性。顾维钧仍坚持自己抱定的决心：不回国。父子俩关系恶化。顾维钧的大哥出面调解，他多次来信，陈述利害，说张家小姐如何才貌双全，并说父亲因这桩婚事很伤心，很觉丢面子。顾维钧虽然接受了西方现代文明的许多思想，但骨子里仍然是中国传统的伦理，他无法与父亲和家庭硬顶下去，于是做了让步：回国但不结婚。

那年夏天，他回到嘉定。儿子回国了，父亲自然高兴，但他反悔答应儿子的"不强求"承诺，与母亲一起，轮番向儿子施加压力，母亲软言规劝无效，而父亲则以绝食威胁，顾维钧仍铁定心肠不改变主意，双方对峙数日，家里的空气紧张兮兮，鸡犬不宁。这时又是兄长出面调解，他晓以大义，诉说父亲母亲的苦衷，并旁敲侧击，声言万一父亲有闪失，做儿子的将无颜于世。顾维钧实在扛不住了，就又退了一步：只同意形式上结婚。父亲遂转悲为喜，认为只要"生米做出熟饭"，管你什么形式不形式？结婚的仪式按当时传统风俗，相当隆重热闹。但新婚之夜，顾维钧在众人狂饮迷醉之时，一头躲在母亲房间，拒不回新房。第三天才在母亲百般祈求下，返回婚房，但他仍不肯与张小姐同床。尽管张小姐相貌端正、举止有度，一看就是有家规家教的淑女。但顾维钧就是喜欢不起来，他恪守最后一道防线：绝不碰张小姐一个手指头。张小姐惊奇之下也无可奈何，两人只好分榻就眠，一人床上，一人沙发，就此度过了婚期。顾维钧假期满了，向父亲提出要单身返回美国，父亲严肃地说，你要对张家负责，润娥是你的妻子，必须带她同行。事已至此，顾维钧没有其他选择，只好遵父命。但一路航程以及到美国后，他都把张小姐当成妹妹照顾，他把她安顿在费城一对老夫妇家里，补习英文和文化，他自己回纽约继续上学。第二年，顾维钧提出协议离婚。张润娥不理解协议离婚是怎么回事，双方是经过明媒正娶的呀！顾维钧说：如果双方同意，经过一定法律程序，婚约便可解除，并把一些法律文书寄给她。张润娥还算一个通情达理的女人，懂得"强扭的瓜不甜""棒打不成夫妻"的道理，遂表示愿意协商。顾维钧提出宽厚的条件，如果她愿意在美国继续求学，他可以负担费用；如果愿意回国在顾家生活，或者回娘家，其陪嫁及顾宅房间物品，她可独自支配。顾维钧还写了一份离婚合约，征求她的意见。张润娥表示没有什么要改的。顾维钧说为避免外界的非议和双方父母的不快，希望她亲手誊写四份分别交给各自父母。张小姐都同意了。他们签了离婚协议，平静地、友好地分手了。又过了一年，张小姐可能感到仍不适应国外生活，终于返回上海，结束了这段没有缘分的婚姻。

顾维钧讲述完了。唐宝玥抿了抿嘴唇，忽闪着明亮的眼睛，沉思着说："的确是一桩无缘无果的婚姻。其实我倒是有点同情张小姐，女人总是比较弱势的。不过也很理解你的处境，你那样处理可能是最佳方式。顾博士，你相信人的缘分吗？也请你谈谈：缘分和命运是前世注定的吗？"

顾维钧笑了。"这又是一道难解的题。首先，世上有没有缘分，很难说得清楚。缘分，本是佛家用语，讲的是缘由因果，无时不在，无处不在，缘是不可预知的。现世间更多用有缘无缘来解释人们的相逢与离异、获得与失去，或幸福降临与擦肩而过。概括地说，这是人们对相互之间的联系，对于与客体事务之间关系的一种解释或认知。这种解释是有一定理由的。缘分之说，接近西方人讲的命运，基督教主张上帝决定人的命运，中国古代道家讲'天命'，表达不一样，但实质差不多。比如一个人出生时，他的命运就注定了：亲生父母他是不能选择的，他性格的倔强与懦弱、身体的强健与虚弱，都先天带有父母的遗传，再是家庭的贫富也不能选择，这些都会影响他以后长期生活甚至一生。这只是一个因素，影响人的命运的还有更多的方面，比如，你所在的国家强盛和衰败，社会发展程度，乃至整个人类社会的进程，都会或多或少影响个人的命运。所谓'覆巢之下岂有完卵'，就是这个道理。这些因素综合一起看，好像人的命运是外在客观决定的，因此人们也就归咎于上天赐予。但这只是谈了事情的一面，实际生活还有另一面，这就是人的意愿和主观努力，也即哲学上讲的人的主观能动性……"讲到这儿，顾维钧突然停下，问唐宝玥："我说这些你觉得枯燥吧？"

"不，我很愿意听。"唐宝玥双眼盯着顾维钧，期待他继续说下去。

"虽然人的命运有先天决定的部分，但人的后天行为也可以完全改变他的命运或部分改变命运。中国和其他国家历史上都有许多这样的例子。比如出生在官宦人家，有钱有势，可能他一辈子不愁吃穿和享乐，但如果他坐吃山空、挥霍无度，那么很有可能家道中落，成为败家子，变成穷光蛋。相反，如果他出身贫寒，却积极寻求摆脱贫贱的出路，发奋努力，不管是经商致富还是读书入仕，最终改变了自己和家庭的社会地位。当然也有的奋斗了一辈子，却因条件限制和社会大环境制约，他的努力收效甚微，这又当别论。但总的说，人的后天努力是可以改变或局部改变命运的，至少是通过奋斗体现了不屈服命运的安排，勇敢追寻自己的生活道路，从而体现人生价值。我特别赞赏德国古典音乐家贝多芬的话，也经常用来自勉，他说：'我要扼住命运的喉咙，它绝不能使我屈服。'贝多芬一生经受贫穷、疾病和失恋的折磨，在双耳失去听力的艰难处境下，创作出多部传世交响乐章，成为后代人的楷模。唐小姐，你觉得我说的有道理吗？"

"你说得很精彩，也很有说服力。我都被你讲的迷住了。"唐宝玥微笑道，"不过我要再问你一句：你觉得你和张家小姐的姻缘改变，是自己的意志努力或抗争的结果吗？"

"也可以这么说，但我跟父母绝不是采取对抗的形式，而是采取一种迂回的拖延战术，拖不成就暂时委屈自己服从父母，但我内心坚守着底线：绝不动张小姐一个手指头。自古以来婚姻有两种方式：一种是父母之命，媒妁之言，一种是男女双方自由恋爱。我是赞成后一种的，我也始终坚守着一个信条：捆绑不成夫妻，美好姻缘应该是两情相愿、两情相许，他们的心能贴在一起才行。就像牛奶加在水里，交融在一起；而不能像油和水，虽然倒进一个杯子，却仍然油是油、水是水。平心而论，张小姐是个不错的女人，是那种贤妻良母类型，但不瞒你说，我跟她在一起，总觉得两颗心相距遥远，我们无话可说，更别提有那种喜欢和爱的感觉了。"

顾维钧说完了这番话，脸色微微泛起红晕，耳根发热，他觉得在唐小姐面前这样无保留倾吐，是否太直白了。好在唐小姐只顾低头想自己的心思，没有注意到他的窘态。其实唐宝玥的内心并不比他平静，心潮起伏像岸边的浅波，一波一波不停地刷动：看来，他说的是真诚的，通过他和张小姐的这段姻缘，看出他这个人的品行，这也是自己最看重的。一个人的学识、能力虽然是一等一的，但人品未必就好，历史上多少有学问的人，人品却遭人贬斥。但眼前这位美国归来的博士，可以称得上品学兼优，无怪老爸总是对他赞不绝口呢！想到此，她耳根也渐渐发热。

两人各想心事，默默走了一段路。月色更加皎洁明亮，夜空中出现少有的圆晕，多美好的夜晚！唐宝玥轻轻朗诵出一首诗，一连串悦耳的美式英文词句，从她嘴里有节奏地流淌出来：

Art thou pale for weariness

Of climbing heaven and gazing on the earth,

Wandering companionless

Among the stars that have a different birth, ——

And ever changing, like a joyless eye

That finds no object worth its constancy？

顾维钧惊讶地看着她，"这是英国诗人雪莱的《致月亮》。没想到你的英文这么流利，吟诵得也这么抑扬起伏，有很浓的诗情和诗味。你的英文是在哪儿学的？"

"我十四岁前在上海中西女学就读，后随爸爸远航美国，在华盛顿女校留学。但爸爸没让我进一步读大学，就回来了。"

"怪不得呢！"顾维钧觉得两人似乎更拉近了距离。

"你说，这首诗主要是表达什么意思呢？"

顾维钧暗道：这个聪明的女孩又要考我了。于是笑笑说："我对欣赏诗歌是外行，但这首诗是我读过的为数不多的英文诗之一，是讲月亮孤独疲倦地在群星中穿梭，忧伤的眼睛俯瞰地球，似乎找不到一个永恒的目标。诗歌好像表达诗人酷爱自由的思想不被理解，深感曲高和寡，孤独寂寞。我这样理解对吗？"

"很对，但不全面。"唐宝玥眨眨明亮的眼睛，调皮地看看顾维钧，"从表面看是这么个意思。但这首诗还有更深的内涵。"

"这我要向你请教啦！"月光下唐宝玥显出天使般的美丽。顾维钧大胆望着唐宝玥的眼睛，看得发呆了。

唐宝玥被他盯视得不好意思了，低头说："诗人通过月亮人格化的描述，不仅表达他的理想不被世人理解而产生的孤独苦闷，而且还有另一层意思。这就是抒发他内心对真正纯洁爱情的渴望。"

"是吗？我可没理解到这一层……"

远处海关的报时钟声响过，时辰已接近深夜，顾维钧掏出怀表看了一眼，说："都11点了，时间过得好快呀！"

"的确很晚了，我们也该回去了。"唐宝玥停住脚步，仰起头，给了顾维钧一个甜美的微笑，接着说："老爸说明天晚上请你这位大博士到我们家吃饭，现在我就代表他邀请你啦，你可别推辞呀！"

顾维钧抑制不住自己的欣喜，满口答应下来："一定去的。我先谢谢唐先生，当然，也要谢谢你啦！"

唐绍仪担任前清天津海关道时，居住在英租界马场道一所公寓楼内，庚子年间，八国联军围攻天津卫，炮弹毁了他的家。后来，唐绍仪又在英租界安了新家，他调任京官后，儿女们继续留居天津。

唐绍仪的家宴，菜肴并不铺张，除了几样海鲜和家常菜，再就是天津狗不理包子、香脆麻花等特色食品，顾维钧虽是客人，与唐家兄妹初次见面也不觉生分，他随和谦逊的举止，赢得唐家兄妹的暗赞。顾维钧也庆幸在这里结识了宝玥的兄长和几个姐妹：大哥唐榴和姐姐宝珠，是唐绍仪原配张氏所生，也是宝玥的异母同胞，宝玥是第二夫人所生；妹妹宝玙、宝玫则是唐绍仪第三位夫人、朝鲜郑氏所出。张氏于十二年前死于八国联军的炮火之下，后两位夫人也已先后因病驾鹤西去，孩子们从小就对父亲十分依恋，唐绍仪早年留学的经历以及平日的言传身教，对孩子们影响很大。唐榴、宝珠、宝玙等特别对欧美西方社会的发展，先进的科技教育感兴趣。此次顾维钧应邀来访，他们发自内心欢迎，认为对于他们感兴趣的话题，顾博士应该是感受最直接和最真切的。而顾维钧不负众望，谈吐自然，条理清晰，表达干脆，不拖泥带水，赢得几个同龄人的青睐，不约而同地称赞顾博士的口才和学养。唐宝玥内心暗自高兴，只是没有表现在脸上；唐绍仪此时情愿退居二线，仰坐在沙发上闭目养神，乐听孩子们的热议。唐家兄妹豁达开朗，与顾维钧谈得很投机，颇有相见恨晚之感。餐后茶点，大家仍然谈兴不减。顾维钧有一种感觉：唐绍仪的辞职，实际上对唐家兄妹的情绪并未产生太大的消极影响，好像他们早就预料到父亲有此举动一样。

看到唐绍仪一家团聚的和谐欢快气氛，顾维钧不禁想起自己的父母家人，回国已经三个月了，还没来得及回家省亲，不知年近花甲的父母亲可安好，父亲对自己解除婚姻一事还在怨恨吗？

此后，唐绍仪又以某种由头请顾维钧到家里共进午餐或晚餐。顾维钧也都欣然前往，他觉得唐家没把自己当成外人，自己也就不要生分了。这期间他的工作去向也有了着落：北京梁士诒秘书长派人传来口信，说大总统仍希望他回京担任其英文秘书；外交次长颜惠庆也邀请他到外交部任职。顾维钧征询唐绍仪的意见，唐绍仪当即表示：两个职位全都应承下来，并特别强调说，外交部任职和做总统英文秘书不仅互不妨碍，而且可以互为补充，外交领域将是他施展自己的才华最合适的场所，是他发挥所长、学以致用的地方。顾维钧写了回信，确认返回北京任职，并请求准予半个月假期回嘉定探亲。

唐绍仪对顾维钧要回嘉定看望父母大加赞赏，说："你能牢记父母养育之恩，很难得！少川呐，孝道是咱们中国人的传统美德，不管自己在国外生活多久，有多大学问，也不管将来出人头地做多大官，都不要忘记家乡的父母和那片养育过自己的水土。"

"唐先生的话我记下了。像我这样的读过洋书、喝过洋墨水并且可以讲洋话的人，其实骨子里完全还是个中国人，心还是中国心，我的根永远在这块古老的土地上。"

"你有这样的认识我很高兴。现在有些年轻人呐，出国读了几年书，再娶了洋老婆，就不认家乡的爹和娘了。而你的确与众不同。"唐绍仪摸着下巴颏稀疏的胡须，眯起眼睛瞧着顾维钧，脸上洋溢着满意的微笑，继续说，"少川，回家代我向你的父母问好！家里有什么困难和需要帮忙的事，就告诉我，我在上海南京那边有不少朋友呢！另外拜托你一件事，宝玥的姑妈久居上海，她们姑侄也是多年不见了，宝玥早想去上海看望姑妈，可惜一直不得机会，她独身一人去我也不放心。这次她就与你同行，上海和嘉定近在咫尺，你们同去同回，路途上宝玥就拜托你多关照了。你看这样安排好不好？"

"当然好了。有唐小姐同行，我们的旅途会非常愉快的！我一定照顾好唐小姐，唐先生放心好了。"顾维钧由衷地笑起来，他是个极聪明的人，立即领会到唐绍仪的用意，内心乐开了花，对唐先生也倍加感激。

从天津到上海最便捷的是海路，当时津浦铁路还未贯通。当顾维钧和唐宝玥并肩站在甲板上，手扶栏杆遥望海天一色、云水苍茫的远方时，两颗心都在兴奋甜蜜地跳动。

他们的双肩靠在一起，顾维钧闻到了唐宝玥的发香，听到她微微起伏的呼吸气息。他的左手情不自禁地搭在她的右手上。唐宝玥温柔地看了他一眼，微笑着说："你在想什么？"

"我好像在梦境中。你呢，想什么？"

"眼前的情景好像在哪本外国小说里读到过。"

两人同时笑起来。

"说真的，此时此刻跟你单独在一起，我有一种从未有过的甜蜜感。"顾维钧把唐宝玥的手放在自己胸前，说出发自肺腑的话，同时脸色不好意思地涨红了。

"我也是。"唐宝玥趁势将羞涩的脸颊偎依在顾维钧肩膀上，低声说。

两人就这样久久相依在一起。终于，顾维钧大胆地把唐宝玥拥抱在自己怀里，轻声道："以后，我可以称呼你'小梅'吗？"

"当然可以，家里人都这样叫我。"唐宝玥脸红了。

"梅，我真心爱你。"顾维钧终于说出这句话。

"说实话，从樱桃沟郊游那时起，我就喜欢上你啦。"唐宝玥带着羞涩但仍然直率地说。

"你那时真像一只百灵鸟，聪明伶俐，活跃得可爱，特别是你'腹有诗书气自华'，谈吐不俗，任何跟你接触过的青年男士都会被你吸引住的。我当时就想，要是这女孩子做我的终身伴侣，我会幸福一辈子的。"

"维钧，你还记得吗，跟我们一起游玩的那个陶公子，后来还托人向爸爸提亲呢，爸爸看在他是内阁副部长的公子，才没有直截了当拒绝，只说小梅已经有了朋友，婉言谢绝了说媒的人。那位媒人是一位前清遗老，跟爸爸也有些来往，他本以为两家门当户对，这桩姻缘定能撮合而成，哪承想碰了软钉子。"

顾维钧笑道："看起来，陶公子还是有缘无分或缘分不够。"

"那你说咱们俩算是有缘分吗？"唐宝玥仰起脸问。

"缘分让我们相识，欣赏使我们相知。"

"再加一句：倾心使我们相爱。"

"说得不错。"

当傍晚的海风吹拂起唐宝玥的乌发时，顾维钧把外衣脱下披在她身上，她回眸一笑。顾维钧把她搂得更紧了。

热恋中的情人无疑是最幸福的，他们往往会沉醉在两人世界，对周围事物和时间流逝反应异常迟钝。近三天三夜的越海漂流，对于大多数乘客来说漫长得令人心烦气躁，有些晕船的早耐不住风浪掀起的船体剧烈摇晃，呕吐得翻肠倒肚。但这些却丝毫没有影响顾唐二人的喁喁私语，他们希望这样的旅行哪怕十天半月，再多也不嫌长。的确，他们有说不完的话，感情的迅速贴近，使他们的思维交流越来越活跃，话题也越聊越远。从家庭说到社会，从中国的封建传统到西方的近代教育，从中国古代的圣贤孔孟到古希腊的先哲苏格拉底、柏拉图，再到近代的康德、黑格尔，从历史、文学到哲学，无所不聊。当顾维钧徜徉在他稔熟的知识领域，侃侃而谈时，唐宝玥往往凝视着他的脸，目光中流露出无限钦佩和赞赏；而当唐宝玥激情涌动、随口朗诵起哪位诗词大家的名章绝句时，顾维钧则往往连声叫好，越发觉得他所爱的人"众里寻他千百度。蓦然回首，那人却在灯火阑珊处"。他庆幸自己有这么好的机缘，追寻到这样一位貌美心秀的奇女子。

终于到了上海黄浦港。顾维钧把唐宝玥送到姑妈家门口，分手时依依不舍，约定再会时间。唐宝玥目送顾维钧登车远去，顿时有点失落，一丝悬念袭上心头：维钧见到父母，该怎样提起与自己关系呢，他爸爸抱什么态度？赞成、反对还是不冷不热？是否至今还对儿子擅自处理与张家小姐的离婚事而耿耿于怀呢？

第四章　初露锋芒

　　唐宝玥的担心和疑虑并不是多余的。顾维钧在谈到自己家庭时曾经说过他的父亲脾气很犟，他们父子的性格极为相似，凡是打定主意要办的事，十头黄牛也拉不回来。

　　儿子回到家，父母自然喜欢，一晃四年多不见面了，做父母的早就期盼儿子回家探亲呢！不过父亲顾溶（字晴川）的脸色很快由晴转阴，跟儿子没讲几句话就默默干自己的事去了，不像母亲嘘寒问暖絮叨的没完没了。顾维钧立刻感到父亲神态的冷漠，意识到父亲仍然对他与张小姐之间的事耿耿于怀。于是他很快离开母亲，来到父亲面前，毕恭毕敬先向父亲深鞠一躬，然后咕咚一声，跪在地上，对违背父愿与张小姐离异一事表示道歉，请父亲责罚。顾维钧见父亲半闭着眼睛翻弄着一张报纸没有什么表示，但脸色似乎好多了，于是就紧接着讲了与唐宝玥相爱的大致经过，希望父母亲允准与唐小姐的婚事，然后再叩首等待父亲责罚。

　　顾晴川虽然半天没言声，但心里郁积的闷气确实缓解了许多。他本是个极要脸面的人，在地方上也算小有名气，曾担任过光绪年间上海道尹袁树勋的师爷，协助这位地方父母官理财管账，结交四方朋友，也算个有头有脸的人物，没料到在儿子与张家小姐的婚姻问题上，被搞得声名狼藉、灰头土脸。那位张医生从亲家长亲家短变得如同陌路人，左邻右舍的熟人也都对顾家出尔反尔侧目冷眼。顾晴川心里觉得憋气、窝囊，对儿子的"悖逆"行为气得好些日子不敢出门，也不敢见客，发誓永远不见这个逆子。民国建立以来这一两年，他的心情才慢慢好转，春天接到儿子来信说要回国为民国政府效力，他的老脸终于有了光彩。但儿子擅自"离婚"一事始终让他怒怨未尽，儿子回来了，他就想给他一个冷面教训，让他也尝尝难堪的滋味，出一出长期憋在心里的闷气。然而，刚才儿子又是鞠躬叩头又是请求原谅、愿受责罚，给足了他这个当老子的面子，使他的怨气先就消了一半，接着儿子又说与一位姓唐的姑娘谈上恋爱，顾晴川乍一听怒气又往上冲，这是先斩后奏呀，把老辈的规矩全丢弃了！听到最后方知那姑娘是内阁总理唐先生的千金，才转怒为喜。暗想：没想到这逆子还有如此桃花运，这倒是一桩好姻缘，唐家小姐能看上钧儿，说明这小子福分不浅。看来，他从小就命硬，当年钧儿的祖母都这么说。回想起当年那一段往事，顾晴川觉得好笑。记得那时钧儿才六七岁，顾晴川将他送到一位老先生那里读私塾，谁知这孩子受不了先生的枯燥刻板而且严厉的授课方式，多次逃学，并多次被顾晴川抓回来，可他就是不肯就范，一次逃到亲戚家，顾晴川硬将他绑在轿子里并命人把他抬到先生那里，结果儿子的叛逆性格越发坚定，再次逃跑了。顾晴川终于退让一步，不再强迫儿子进私塾，而是把他送到上海的一所新式学校英华书院。现在想起来，儿子进新式学校是迈对了门。而今，父子俩在对待张家小姐问题上冲突，又是儿子胜了。儿子嘛，毕竟是自己的亲儿子，何必总是跟他较真儿呢！现在民国了，就让他自己决定自己的事吧！想到此，他的目光慢慢移开报纸，温和地说：

"起来吧，地下阴冷，小心凉着。"

顾维钧知道，父亲消气了，于是站起来说："请父亲训示。"

"钧儿，张家的事已经过去，我也就不再多说什么了。你刚才讲与唐小姐的事，盼能早日定下为好。既然唐小姐也来到上海探亲，何不请她到嘉定来，让我和你母亲见上一面，也让全家高兴高兴。"

顾维钧心里暗喜，这次总算父子俩想到一块儿了。于是说："父亲说的是，儿子过一两天就去上海，跟她商量一下，看哪天能来。如果她没有别的安排的话，就尽量早点接她来嘉定看望父亲和母亲。"

过了两日，顾维钧果真把唐宝玥接回了家。唐宝玥凭着自己的气质和风度，一进"厚德堂"大门就把顾家上下的眼球给吸引过来了。顾晴川眼见唐家小姐不仅相貌出众，而且颇有侯门闺秀的礼数，一见面就伯父伯母地叫着，对顾家其他人等也都以礼相待，把顾维钧的母亲喜欢得合不拢嘴，拉着唐宝玥的手不放，姑娘长姑娘短地问个不停，还从头到脚仔细打量。而唐宝玥则落落大方，好像一位登台亮相的靓丽演员，任观众品头论足，而且始终微笑着回答"伯母"感兴趣的问题。顾晴川在一旁暗暗称赞：不愧是名门之女，要模样有模样，要人品有人品，钧儿真能娶到这女孩子，也算他一辈子的福分了。

一时间，"顾家攀上唐大总理的千金了"，在嘉定小城散布开来。虽然唐绍仪辞职的消息已经从上海传到仅三十公里的小城嘉定，但并不影响人们对顾家攀上这门高亲的羡慕和敬仰。顾晴川一扫过去经常挂在脸上的阴云，露出得意的微笑，他能挺胸昂首地出入"厚德堂"了。

唐宝玥的到来给顾家带来了喜气和欢乐。在顾维钧母亲的要求下，唐宝玥在顾家逗留了三日，她处处感受到顾维钧父母对她的热情款待，觉得顾家虽不是豪门，但也是大户人家，日子还殷实，最主要的是一对老人诚实质朴，开通明理，跟她没有一点生分。俗话讲，"不是一家人不进一家门"，唐宝玥好像自己早就是顾家的一个成员了。眼看水到渠成，顾维钧与唐宝玥商量，把两人的婚事确定下来，并初步约定一年后举行婚礼，具体婚期等回天津再征求一下唐先生的意见。顾晴川夫妇对他们的决定自然十分赞成，一桩心事总算放下了。

这对未婚夫妻返回天津，把经过大致向唐绍仪说了，唐绍仪也满心喜欢，并暗自得意：自己精心筹划的一桩姻缘即将实现，女儿终身有了归宿，自己也可以告慰她长眠地下的母亲了！唐绍仪还建议女儿和未来的女婿来年6月2日正式举办婚礼。随后他拿出一封书信给顾维钧，此信是外交次长颜惠庆所写，大意是外交部事务繁忙正需精通英语的青年秘书，催促顾维钧探亲事毕立即返京就职。

顾维钧本想假期还有富余，打算在天津与未婚妻多厮守几日，看信后毅然决定当天乘末班车回北京。行前征询唐绍仪有何嘱咐，唐绍仪心里不禁几分黯然，他现在的心情早已不是两个月前迎接顾维钧时那么乐观了。眼下中国时局往哪里发展，很难预料，袁世凯这个人野心极大，权欲心极重，根本不满足于当一个受国会约束的总统，废除国会只是时间问题，独裁专制极有可能重演，中国政坛也将可能有大的震荡；少川毕竟年轻，此去进入外交官场，势单力孤，仕途将变得艰险，尤其他直接侍奉袁大总统，需格外谨慎小心。但这些想法，不能对这个未来的女婿直言。他沉吟片刻，慢慢说道：

"少川，凭你的才智和能力，我相信你会干一番大事的，但此去北京，与前次或有不同，凡事靠你自己好自为之了。仅奉送三句话作为赠言：一是对外，面对列强胁迫，以民族大义为重；二是对内，面对复杂局势，以国家利益为重；三是官场险恶，避免无谓争锋，以自身安全为重。"

顾维钧深解其意，点点头说："我记住了。"

唐宝玥特地换上一件红色连衣裙送他到火车站，在送行的人群中格外醒目。两人依依不舍拥抱分手。列车慢慢启动十几米了，唐宝玥依然跟着车厢边走边招手，顾维钧望着未婚妻那情谊难舍的面容，不由伸手探出窗外，动情地喊了声："May，亲爱的，我会常写信的，别惦记我！"他第一次称呼她"梅"，因她在家里常被父母和兄妹称为"小梅"，顾维钧按"梅"的英文谐音"May"称呼她，更显得亲切和敬重。他还发现，她水汪汪的明亮眼睛里，蓄满了泪花，他的心房也颤动起来，他生平第一次有了"恋家"的感觉。

一回到北京，顾维钧立即去外交部报到。外交部坐落于东城东堂子胡同，典型的高门楼高门槛，门前一对张牙舞爪的石头狮子。院内有山石亭台水榭，景致独特，是京城有名的府院之一。顾维钧很快就喜欢上这座有着浓郁中国风格的大府院了，并且产生一种期待已久的归宿感。院内一小亭阁的柱子上书有一副对联：

有山有水有竹

宜风宜雨宜晴

这副对联的书法怎样，顾维钧不好妄评，但觉得对联内容朴实无华，浅显易懂，祥和雅致，与院内的建筑和山石林木景观浑然一体，使人愉悦轻松，同时感受到这里的深厚传统文化底蕴。据说这座大院是前清道光皇帝赏赐给蒙古族近臣、大学士赛尚阿的，对联乃是赛尚阿之子崇绮所题，其中蕴藏着一段家族兴衰往事。赛尚阿因督战征剿太平军失利，被道光帝治罪，但后来家道中兴，其子崇绮被皇上亲点为状元，此大宅院虽有风雨但终究见晴，于是这副对联便应时而生。另外据传，赛尚阿脑筋保守，极力反对开放沿海商埠，曾上书皇帝拒绝接见来京拜见的洋人，可他们父子绝没有想到自己的宅邸，若干年以后会成为朝廷与洋人打交道的大衙门——总理各国事务衙门，那是咸丰十一年的事。民国临时政府建立，这所大府院顺理成章地变为对外交涉的重要机构——外交部了。

顾维钧不仅喜爱院落里一排排散发着浓郁民族风情的古朴建筑，以及其中蕴藏的历史典故，更使他感到欣慰的是新组建的民国外交部正呈现出励精图治、勤勉高效的工作氛围。这种局面的产生，要归功于一个人，这人就是外交部的掌门人陆征祥。陆征祥是位有理想有抱负的老资格外交家，进入唐绍仪内阁担任外交总长之前，就向袁世凯和唐绍仪提出自己的建议，要组建西方国家那样现代模式的外交部，最重要的是必须有一支专业化的人才队伍，为此他向大总统提出三条要求：一是请颜惠庆担任次长；二是任何别的内阁部门和地方政府不可以向外交部推荐官员；三是外交部归陆某人全权领导，任何人不得干涉外交部内部事务。外交部的各类官员包括驻外使领馆人员配备，必须经过严格外语考核，必须受过外交专业的严格训练，大力选拔和提拔符合条件的优秀人才进入外交队伍。袁世凯批准同意陆征祥的建议，随后陆总长本着宁缺毋滥的原则着手组建精干高效的办事机构，并对海外使领馆领导管理体制、人员选配进行了大刀阔斧的革新，一大批有留学欧美日经历的中青年才俊进入外交部。于是，身着西服革履的中国外交官从这里出发，被派到各国驻华使馆办事，而操着各种语言的不同国家的外交官员也在此进进出出，外交部大院遂呈现一派忙忙碌碌的景象。

然而，新组建的民国外交部，在着手处理和解决与西方列强关系中的历史积案时，从一开始就处于一种欲理还乱、欲解更繁、软弱无力的局面。按说外交部组建起来，机构是崭新的，人员也是千挑万选的，面对西方列强应该呈现一种新的外交理念和姿态，显示出一股锐气和勇气，敢于挺起腰杆、昂起头颅跟洋人争主权、收失地，让国人和国际上也瞧瞧民国政府外交官就是跟清朝的旧官吏不一样！顾维钧和许多刚踏进外交门槛的年轻人一样，都满怀着这样的期待，做个扬眉吐气的中国外交官。可是，遗憾的是，这样的期待迟迟没有出现，相反，列强对中国的侵犯由秘密到公开，中国边疆危机此起彼伏，列强阴谋撕裂中国、肢解中国变本加厉。顾维钧担任外交部秘书兼任大总统英文秘书，职务虽然低微，却具有特殊身份，能够耳闻目睹中外高层交涉，也因此身不由己地卷入到外交斗争的激流漩涡……

仲夏某天，顾维钧接到总统办公厅秘书长梁士诒的紧急通知，要他立即赶往总统府，为袁大总统与英国公使朱尔典会面充当翻译。当他急匆匆赶到南海居仁堂，梁士诒正在会客厅隔壁的休息室等他。一见面梁士诒就说，朱尔典已来两分钟，这位洋大人自恃与大总统交往多年，常以总统老朋友自居，这次绕过外交部直接来总统府，实在始料不及，大总统只好推掉别的事务，特殊接待这位洋大人。刚才大总统盼咐下来：两人在总统办公室简单寒暄叙旧之后，正式会谈要安排在会客厅进行。

顾维钧对这位大名鼎鼎的洋公使早有耳闻，知道他是个老中国通，在中国待了三十多年，最初混迹于上海滩，后来到英国驻华使馆当了见习员，步步高升，当外交官已有二十年，当公使也有七八年了。此人深谙中国高层权力斗争和官场沉浮要诀，善于把握机会为大英帝国谋取最大利益，因此执掌驻华使馆权柄多年，是推动中英关系走向的重量级人物。顾维钧第一次见到朱尔典，是在上月初陪同陆总长参加美国公使举办的纪念独立日鸡尾酒会上，虽无直接交谈，但已目睹这位日不落帝国公使、各国驻华使团团长的十足风头和绅士气派，不仅在场的中方高官趋之若鹜与他寒暄示好，就连其他国家的外交官也都竞相与之碰杯搭讪，这景况似乎有点喧宾夺主，使美国公使嘉乐恒感到些许冷落。好在陆总长在顾维钧陪同下与他亲切交谈多时，对其前不久表态美国政府打算择日承认民国政府，呼吁西方各国也尽快承认中华民国表示赞赏，并代表袁大总统表示感谢。那次鸡尾酒会，使顾维钧感到了西方列强对华政策的差异，以及他们之间的微妙关系。中国和美国拉近距离，也颇有敦促英俄日等国及早承认的意思。

正等待间，总统办公室门打开了，袁世凯和朱尔典并肩走出，来到会客厅。梁士诒向朱尔典简单介绍了顾维钧几句就退出去了，朱尔典通常正式场合要带一名翻译，不知为何今天独自一人而来，因此顾维钧不得不为总统和公使两人充当翻译。朱尔典与顾维钧握手时面带微笑，夸奖顾维钧一表人才。顾维钧凭直觉感到，这位洋大人风度翩翩，看去虽近花甲，但思维机敏，很善言谈。天气炎热，客厅角落里一台电扇吹得呼呼直响，总统穿一身府绸裤褂，手持一副折扇，好像还不足以降温；朱尔典白衬衣，吊肩黑长裤，也完全一派夏装，此时也掏出洁白的手帕轻轻揩揩额头和项下，举止言谈间不乏绅士风度。双方在藤椅上落座，朱尔典开门见山讲明来意，激昂的语调和冷峻的表情与刚才温文尔雅判若两人：

"我今天是以老朋友私人身份来会见大总统阁下，是想向大总统表明西藏问题的严重性：贵国军队从云南和四川两路进犯西藏，与当地藏军交火，并正向西藏腹地进军，严重破坏西藏安全和稳定，威胁大英帝国在西藏的利益，本国政府密切关注事态发展。我特来向大总统表达一个意思，要求贵国军队立即停止军事行动，撤出藏区，否则会严重损坏英中两国业已存在的良好关系。"

顾维钧一边翻译一边暗自惊叹：这不是恶人先告状么！明明是英方背后支持，唆使西藏地方当局在藏区与两省交界地带挑起事端，反诬中方进犯。如此颠倒黑白，作为一个文明国家的使节，还装成老朋友的面孔，真是匪夷所思。且听大总统如何应对。

袁世凯表情冷静，既无惊讶，也无激愤，似乎对朱尔典此次造访的原因早已洞悉，他将了将八字胡，不紧不慢答道："公使先生所言中国军队与藏军交火确有其事。其原因我想阁下也知道，达赖十三世活佛前年因不满清王朝派军队入藏，逃亡印度，去年末今年初趁内地政治局势动荡，公然闹腾着要独立，不仅把中央驻藏行政使及卫队驱逐出藏，还指使藏军武装对抗民国中央政府，在藏川藏滇交界地带挑起事端，今年春天两省军队不得不予以反击。这是我所了解的事实。"

朱尔典摇摇头，说："达赖喇嘛和大总统您一样，是我们英国人尊贵的朋友，他在清王朝时期避难印度，本国驻印当局出于人道主义考虑准予居留。众所周知，他今年返藏完全是作为宗教领袖履行他的职责。他与贵国政府在如何治理西藏问题上产生分歧，本国不持立场，但坚决反对采取军事行动，反对将西藏变成中国一个省，中国军队必须停止进攻，撤出藏区。否则我们大英帝国不会坐视不管。"

朱尔典一副悲天悯人、不偏不倚的神态，但同时露出威胁的牙齿。

"民国从未提出要将西藏变成一个省，公使先生不要轻信传言。要两省军队停止进攻也可以，但请英国朋友说服达赖喇嘛放弃所谓独立，一切问题可以与中央坐下来商谈解决。"

"这是个先决条件，我想达赖喇嘛不会同意，本国政府也绝难接受。商谈必须是无条件的，我再说一遍，中国军队必须立即停止军事行动，并撤出藏区，接下来与本国商谈一切问题。"

朱尔典终于道出了潜台词：逼迫中国政府在谈判桌上吞下英国扶植的傀儡掌控西藏这颗苦果。袁世凯是异常精明的人，朱尔典的企图不会识不破，他微笑道："公使先生，西藏问题最大症结是达赖喇嘛要搞分裂，在这个问题上民国政府不会退让，我们的国民也不会答应。"

"既然这样，我们双方立场相距太远，再谈无益。但我要把最后一句话奉送大总统：中国军队如果不停止进攻，大英帝国军队将会介入西藏，保护本国在藏利益和侨民安全。这种局面下，贵国政府休要指望会得到本国政府的承认。"

朱尔典最后一句话像点了对手的要穴。袁世凯脸腮上的肌肉抖了抖，尴尬地笑笑，语气转软："公使先生既然是老朋友，有话好商量。我们尊重并保证英国在西藏的特殊利益，清王朝与贵国以往签订的条约，一概有效。民国初建，百废待兴，我们不情愿以武力解决西藏问题，这都是达赖喇嘛逼迫的，我们是不得已为之嘛！"

"如此说来，大总统拒绝考虑停止军事行动了？"

"兹事体大，我必须多方考虑，权衡利弊。"

"既然这样，我再无话可说。告辞！"

朱尔典抄起皮包，转身就走。袁世凯站起来想与人家握手，谁想朱尔典头也不回，大步流星跨出门去。袁世凯只好重又落座，仰靠在藤椅背上，用毛巾擦擦额头上的汗粒，突然甩出一句骂人的河南话："这龟孙，真他娘欺负人！"

顾维钧暗想，大总统看似多谋善断，是位顶天立地的铁腕人物，为什么在洋公使面前显得这么窝囊，这么软塌塌的呢？明明英国人在达赖喇嘛背后捣鬼，是支持他闹分裂的元凶，为什么不敢正面挑明，理直气壮地揭露它呢！西藏是中国领土，中国军队在自己领土行使主权，还要外国批准吗？他脑子里电火般闪过诸多疑问，想问问大总统，但话到嘴边又咽下去，他暗暗提醒自己：人微言轻，不可唐突发问。也许，大总统有难言苦衷，或者另有破解之策……

树欲静风不止。

朱尔典在袁世凯那儿碰了个软钉子，憋了一肚子气。第二天，他闯到外交部，向外交总长陆征祥递交一份措辞强硬的照会。照会赤裸裸称：一、英国不允许中国干涉西藏内政，中国军队无条件立即停止军事行动；二、反对华官在藏擅夺行政管理权，不承认中国视西藏为内地；三、英国不允许西藏存留华兵；四、若以上各节先行立约，英方将承认之益施与民国；五、暂时断绝中藏经印度之交通。

朱尔典宣读完这几个"不许"，紧接着撂下一句硬邦邦的话：不答应要求，英国就不承认民国政府！说完拂袖而去。一时间外交部像踩中了一颗闷地雷，顿时人心惶惶：有拍案而起的，有愤怒骂娘的，还有摇头无奈的。外交总长、次长以及司长们紧急开会商议对策，认为这是英国趁中华民国创立不久，以承认新政权作为诱饵敲诈中国放弃对西藏的主权，使英国控制西藏合法化。这个朱尔典颠倒黑白，猪八戒倒打一耙，反诬中国干涉西藏内政，实在是欺人太甚。如何对策，大家产生了分歧：有人主张对英国公使的所谓抗议置之不理，进军西藏是确保中国主权的唯一选择；有人认为先礼后兵，应照会对方表明中国维护国家尊严与领土完整的立场，拒绝英国人的无理要求；还有人认为不要与英国人闹翻了，大英帝国还是西方列强的领头狼，它不承认民国政府，会有示范效应，其他列强群起效仿，中国就会陷于国际孤立，不如先答应谈判，拖延时间；大家议论来议论去，莫衷一是。最后决定将几个方案利弊分别阐明，上报总统决策。

无独有偶，祸不单行。

就在外交部对英国照会如何回复处于进退维谷之际，从蒙古库仑和俄国京都圣彼得堡不断传来坏消息：沙皇俄国趁中国爆发革命，新生政权无力北顾的时机，挑唆蒙古王公活佛成立所谓"大蒙古国"，并把前清驻蒙大臣驱逐出境。1912年春民国北京政府成立后，尝试过从东北西北两路进兵库仑，解决蒙古问题，但沙俄威胁要军事干涉，刚刚出发的中国军队就缩回来，如此更加助长沙俄加快将外蒙殖民化的步伐。入夏以来俄国公使照会外交部，提出解决蒙古问题三个条件：中国不得在外蒙驻兵；中国不得向外蒙移民；若要外蒙取消独立，其内政必须由蒙人自治，中国不得干涉。这些条件公然侵犯中国主权，民国外交部于 8 月中旬发表声明，民国在蒙古有权自由行动，其他国家不得干涉。但声明空洞乏力，沙俄政府置若罔闻，其内阁会议决定与外蒙签订双边协议，并派驻华公使赴库伦谈判缔约。到了 11 月初俄蒙果然签署了协议及专条，白纸黑字公之于世，中国国内舆论哗然，各界强烈反对，在京蒙古王公活佛联名声讨外蒙当局"妄称独立，建伪政府"，坚决反对俄蒙非法缔约。

自从唐绍仪内阁辞职后，陆征祥随后离任，外交总长由梁如浩担任。他主持起草并向俄驻华公使库朋斯齐递交抗议照会。但沙俄像个抢占邻居财物土地的恶霸，掠夺了你，还硬要你按手印。11 月 8 日库朋斯齐闯入搬迁至石大人胡同不久的中国外交部，向梁如浩递交《俄蒙协议》及附件，《协议》除了上述内容外，还规定俄国人在蒙享有种种特权，以及矿产开发通商等特殊利益。俄使宣称，中国一贯无视俄国在蒙特殊地位，俄国不得不单独与蒙定约，中国若不承认此约，俄国将单独采取行动，直至支持蒙古完全独立。

俄国公使走后，梁如浩这个平日里文质彬彬、儒雅和气的人，气得大骂老毛子公然在二十世纪明目张胆地凭借武力威胁，敲诈勒索！他曾主张以外交和军事双管齐下解决蒙古问题，但建议受到决策者冷落，使他的信心遭到打击，觉得中国这样一个积贫积弱的国家单凭外交官一张嘴根本无法捍卫国家领土主权，清政府已经有太多的丧权辱国教训，前车之鉴实在令人痛心！本来他早年留学美国，学的是铁路建设，回国后致力于实业救国，大体上干的也是铁路这一行。在袁世凯出任清政府内阁总理时，他当上邮传部副部长。民国北京政府成立，他满怀信心要为新政权尽力，但没想到当上这个外交总长，实在是老鼠掉进风箱里，两头受气！自己的政策建议受冷落本已心情沮丧，出面谈判只有屈辱接受沙俄条件，这无异于要吞下人家给你的毒药。他很苦恼，百思不得解脱。他想在外交同僚中诉说心中的苦闷，但觉得难寻一个知音，最后想到职务最低但见识不凡的顾维钧，把他请到自己办公室。

"顾博士，你对沙俄明目张胆恫吓敲诈我们接受他们的条件，逼迫我们谈判有什么看法？"

"沙俄的行径，是西方帝国主义列强惯用的对外侵略扩张奉行的政策，清王朝被迫与他们签订的丧权辱国条约使我们中国几代人蒙受屈辱，现在民国建立不久他们又如法炮制企图攫取更多的权益，这的确令每一个有血性的中国人愤恨不已。但光愤怒也无济于事，眼下在军事力量不能跟进助力的情况下，更需要考虑如何通过外交途径最大限度地维护国家主权。"

"如何去维护？就凭我们一张嘴吗？"梁如浩激动得站起来，脸色苍白，显示出他内心的焦虑和无奈。

"我说的最大限度，除了军事力量外，还有动员新闻媒体，社会各界舆论，我们外交部门处于交涉第一线，更要尽可能利用法律的历史的和道义的武器在谈判桌上针锋相对与对手舌战，在涉及国家核心利益问题上绝不退让。当然这很难，我们是弱国，唯一的办法就是坚持原则，不屈服于压力，竭尽全力。"

梁如浩叹口气，说："坚持原则，要坚持多久呢，最终还不是要退让吗？现在各地民众强烈反对出让主权以向外国妥协求和，与其在谈判桌上屈辱地让步割让领土，留下千载骂名，不如拒绝当这个替罪羊！"

顾维钧内心一惊，不明白梁总长什么意思。梁如浩只顾顺着自己的话头继续说："我就始终纳闷，政府养着几十万军队，不在国家有难的时候派上用场，留有何用！难道光为了内部厮杀、争权夺利不成？"

顾维钧保持着沉默，他知道梁总长的话不无道理，军队应该在外患肆虐时挺身报国。但他觉得此时此地议论敏感的政治问题不合时宜，也于事无补。他知道梁总长虽然过去也曾在袁世凯手下奔劳效力，两人交情也不错，但最近他加入了国民党，对国内时局的看法，已然与大总统拉开了距离。不过当前外患紧逼，应该超脱党派分歧，以国家民族利益为上，一致对外。于是他问：

"梁总长，您打算如何应对俄国人咄咄紧逼的蛮横要求呢？"

"我打算辞职，立即辞职！"梁如浩一屁股坐下来，用拳头擂擂桌角，表示自己已下定决心。

虽然刚才梁如浩说了"拒绝当替罪羊"，已经话中有话，但现在"辞职"一语仍使顾维钧大感意外。"梁总长这是为什么？"

梁如浩长叹一口气，满脸悲凄地说："少川老弟，不瞒你说，让我当这个外交总长实在是赶鸭子上架，两个月时间，我深感力不从心。这个角色，肩负的担子太重了，面临几方面的压力，帝国主义的，内部朝野的，当然还有亿万百姓的，当洋人按着你的手在屈辱条约上签字的时候，你是签也得签，不签也得签。与其做一个当代李鸿章，不如拒绝拿这个签字笔！"

"其实，梁总长，事情可能没演变到非辞职那一步，现在不是还没有与俄国人谈吗？或许经过我们的坚持，会争取到我们能接受的结果。"

"谈何容易呀！俄国佬抢夺我们国家的领土最多，西北东北大片大片领土在短短几十年改了姓，而且人家还没有动枪动炮，通过几个条约轻而易举地划拉走了。现在又轮到蒙古。北极熊从来是下手狠扑食快，蒙古迟早是他们的囊中之物。也许我太悲观了，可是我不能不悲观，眼下掌权者骨子里怕洋人，与清王朝的皇上皇后如出一辙。我这个当总长的，不得不代表他们去说话，怎么能在洋人面前硬得起来呢？再者，老实说我留学美国专业是铁路建设，不像你学过国际法，学过外交关系专业，受过专门训练；何况我这人笨嘴拙舌又不善于跟那些洋鬼子迂回周旋。所以为了不负国家，不负国人，不负大总统信赖，我必须辞职！"

梁如浩说得斩钉截铁、慷慨激昂，眼眶也有点湿润了。顾维钧知道，总长决心已经铁定，难以挽回了。他说的话，也许有他个人的道理，可是当此国难之际，正该好男儿挺身报国，总不能等待国家富强以后，你再上阵对敌吧。其实呢，梁总长倒是个蛮有血性的人，只是不善与那些洋公使打交道，还未过招儿，自己先退出了擂台，未免可惜！

当天梁如浩就向袁世凯提出辞呈，袁世凯挽留不住，只好批准。梁如浩终于学了唐绍仪，避走天津退出官场。就这样，俄国一份照会先就逼跑了一位外交大员。袁世凯任命陆征祥再次担当外交总长。随后，陆征祥与俄国公使交涉多次，始终坚持中国对蒙古拥有主权这一原则不松口，但由于没有强大的军事实力做后盾，对俄国在外蒙实际存在的支配地位又丝毫改变不了，几十个回合下来，双方未达成任何协议，一直到次年11月，中俄签署了《中俄声明文件》，中国除了得到一个空洞的"宗主权"外，实际上承认了沙俄控制外蒙古，为若干年后外蒙脱离中国埋下了祸根。此乃后话，暂按下不表。

深秋，北京的天气渐入寒冷，最后一批树叶被西北风统统吹落，昔日点缀在各城区枝繁叶茂的杨、槐、柳和其他阔叶林木都变成了枯黄单调的干树杈子。民国政府的内政外交也都进入了更加萧瑟严酷的冷霜期。

11月末，外交部准备向英国交涉西藏问题，拟定了一份答复照会，经袁世凯首肯后，决定派顾维钧以秘书身份到英国驻华使馆递交照会。顾维钧心思缜密，觉得这是第一次单独执行对外交涉任务，虽说只是递交一份照会，但事关重大，面对的又是大英帝国一个老资格外交家朱尔典，必须尽可能准备周详。为此，他亲往蒙藏委员会请教在藏居住过多年的老专家，咨询了所涉及的重大事件的时间、地点、人物、甚至某些细节，至此，他觉得对神秘的雪域高原历史，有了一个全方位的认识。他不仅了解了自唐代以来藏汉两个民族亲密交往，元代以来西藏正式划归中国版图，还对清代开始实行的"金瓶掣签"决定历届达赖、班禅二佛转世的时间地点悉数在胸。另外他还查阅了中英两国近十几年来关于西藏问题交涉的所有档案和资料，弄清了所谓"西藏问题"的来龙去脉。

这天北京下了头场雪，纷纷扬扬的雪花笼罩住灰暗的天宇。当顾维钧踏进位于东交民巷英国使馆铁栅栏门的那一瞬，他放缓了脚步，目光瞥了一下眼前这座典型的英式楼房和顶端的米字旗，他觉得那巴洛克式建筑和那红白蓝相间的米字旗，好像在这阴晦昏暗的下雪天也不忘炫耀"日不落帝国"的霸权和威风。暗想大不列颠是第一个强迫中国订立不平等条约的西方强国，自己来这里见一位老资格的驻华外交官，双方代表的国家实力强弱悬殊，而且双方的资历和年龄很不对称。和朱尔典这样一位外交老手交涉，他不免有些忐忑，担心自己言语失当，让人家抓住把柄。但他蓦地想起在哥大校际辩论时常激励自己的一句格言：面对强势对手，你不能有丝毫怯弱，就会有取胜的机会。他自信来此之前做了充分准备，正义和公理在中国一边，惧他何来！于是整了整西服领带，在一个接待员引领下从容走进了一间会客厅。

使馆会客厅虽不十分宽敞豁亮，但却格外豪华和气派，正面白墙悬挂着一幅色泽鲜艳的肖像画，画面是一位下巴蓄着花白胡子、蓝色制服上披着彩色绶带、前胸缀满各种金银勋章、神色庄严的壮年男人，不用问那一定是现在的英国国王乔治五世；两侧的墙壁上几幅浓墨重彩的城市风景画，也同样吸引人的眼球；而从天花板垂下来的枝形大吊灯，倒像一束倒垂的百合花，尽显这里主人的富贵之气。

顾维钧刚刚在沙发上落座，朱尔典也准时出现了。顾维钧迎上去，很有礼貌地上前握手寒暄。虽然以前两人见过几面，但顾维钧是以翻译身份出现的，现在单独来晤面办交涉，感觉肩上有了担子。他迅速打量眼前这位公使，装束又跟夏季不一样：黑色西服，扎花瓣蝴蝶结，衬托着正中那张典型英国人脸形，蓝眼睛、鹰钩鼻，花白胡子，半秃的头顶，与第一次会面相比，更有绅士派头，举手投足不经意间就流露出一种高傲、矜持和骄态。而朱尔典眼里的顾维钧是：这个年轻人不仅长得帅气，英语也极流利，如果不看本人只听声音，还以为是个地道的美国人呢！纽约哥大的博士生，也许，只是一个银样镴枪头，中看不中用！

隔着一张油漆得锃光发亮的紫檀木长条桌子，双方正式落座。朱尔典来了个先声夺人："密斯特威灵顿，请问您代表外交部还是总统先生？"

"既代表外交部也代表总统。"顾维钧回答很干脆，但心里暗想：他连我的英文名也清楚，看来人家对我的底细也有所了解呀！

"那么好。您有什么话要说？我今天很忙，我们之间谈话顶多有十分钟。"

朱尔典的语气带有明显的蔑视、冷淡和以势压人。顾维钧倒很沉稳，他觉得这个英国佬连外交总长、次长甚至大总统都不放在眼里，何况他这个年纪轻轻的小秘书呢！心情反倒平静下来，"公使阁下，我代表中国外交部来贵使馆，对阁下 8 月份的备忘录做正式答复。请允许我宣读给贵使馆的照会。"

顾维钧迅速从皮包里取出照会文本，用中文缓缓念道：中华民国外交部接到贵国 8 月 17 日节略后，今日答复如下：

甲、中国按照 1906 年中英《续订藏印条约》，再次声明：除中国之外其他国家皆无干涉西藏内政之权，贵国节略谓中国无干涉西藏内政之权，理由甚无根据。现在中国重申，不许其他一切外国干涉西藏之领土权及其内政。

乙、查中国并无派遣无限制军队进扎西藏之事，惟按照 1908 年之通商条约，英国以市场之警察权及保护印藏交通，委托于中国，故中国于西藏紧要各处当然派遣军队。

丙、中英关于西藏问题交涉已经两次订立条约，一切皆已规定明确，今日无改订新约之必要。

丁、中国政府从前并无有意阻断印藏交通之事，以后更当加意保护，断不阻碍印藏交通。

戊、承认中华民国是另一个问题，不能与西藏问题并为一谈。深望英国先各国而承认中华民国。

朱尔典精通中文，只有在会见袁世凯或内阁要员时或重大场合才用翻译，今天中国外交部仅派一位小秘书送达照会，他本来就不满，原想叫一位助手接谈就足给中国面子了，可是临了，他改变主意亲自出面，就是要在第一时间掌握等了四个月之久的中国答复照会的内容。他做了几种猜想，最乐观的是中国政府急于求得英国承认，答应了西藏自治，或者答应不派军队进驻西藏，最不济也得答应就这些问题进行无条件谈判，那么就基本上达到自己的目的。结果呢，等来的是这么一个基本上否定英国节略的回复，而且是由这么一个小人物来送达的。他根本用不着翻译，每个字每句话他都清楚明白。正因为这样，他的情绪变化就不可遏制地表露在脸上。

顾维钧一边念一边观察朱尔典的脸色，见这位公使长方脸一会儿红，一会儿白，怒睁着一双蓝眼珠子似要发火而又不得不忍着，大英帝国高级外交官的绅士风度使他不便贸然打断对方，强耐着性子听。顾维钧刚说完，他就擂着桌子吼道：

"这不是把我的节略全盘否定了吗？岂有此理！岂有此理！"最后岂有此理几个字，是顺口用中国话喊出来。

"请公使息怒。"顾维钧则改用英语，"您说哪一条没道理呢？"

"哪一条都没道理！"朱尔典瞪了顾维钧一眼。

"不然。这五条都是我国政府再三斟酌，充分考虑到英国利益的情况下提出来的。"顾维钧把中国答复节略及英文副本递送给桌子对面的朱尔典。朱尔典接过来只是瞥了一眼，便撂在一边，说：

"不，不，不。第一条根本不行，你们派兵进犯西藏，镇压一个争取独立的民族，我们大英帝国绝对不允许贵国干涉西藏事务！"朱尔典振振有词。

"公使阁下，我提醒您注意一个国际上公认的事实：西藏是中国领土的一部分，贵国在 1906 年《中英续订印藏条约》中也是签字承认的！怎么能说中国'干涉西藏事务'呢？"

"事情是发展变化的嘛！"朱尔典狡黠地眨眨蓝眼珠子，冷笑一声。"西藏达赖喇嘛十三世活佛和藏民不能容忍中国的统治，强烈要求自治独立。你们中国人要明白，强扭的瓜不甜，应该尽快准许西藏独立，这样英国与中国之间、西藏与中国之间才能和平相处。现在中国对西藏大军压境，实在是不明智之举。"

顾维钧暗想，这位英国佬竟然如此信口雌黄，颠倒黑白，今天真是领教了这位资深外交官的强权理论和蛮横！但既然这位公使先生当面不讲道理，作为一名中国外交官，虽然是个低级外交官，也绝不能听其胡说八道无动于衷。

"公使先生，您说达赖十三世要求自治独立，那只是公使先生的一面之词。据我所知，外部势力挑唆离间，是达赖想背叛中央政府出逃境外的主要原因，至于哪个外部势力我不说您心里明白。"

"顾博士是说我们大英帝国背后挑唆啦？你们有什么证据？"

"我们进藏军队缴获的枪支弹药大多是英国制造，这是事实，公使先生不否认吧？"

"这能说明什么！军火生意嘛，买家卖家之间的关系，中国军队使用的武器不是也有大英帝国制造的吗？而且你们的政府也从德国、法国、日本购买武器，能说这些国家都在挑唆你们打内战吗？"朱尔典心想，你这个毛头小伙跟我较量，还显嫩点儿。

顾维钧暗忖，你们西方列强侵略干涉中国的勾当干的还少吗？眼前这个英国佬东拉西扯狡辩，我不能让他牵着走。于是，说："既然贵公使承认藏军使用英国武器，但不承认挑唆藏军叛乱，这事可以慢慢调查，或者两国共同调查，总会水落石出的。但现在我有责任向公使先生表明，西藏是中国不可分割一部分，是由历史决定的。西藏宗教领袖的封号从十四世纪中国元代开始，明代沿袭元代体制，对当地教派首领封为'王''法王''国师'称号。到了十七世纪清代初期，五世达赖到北京觐见顺治皇帝，正式受封为达赖喇嘛五世；到了十八世纪初，康熙帝正式册封了班禅五世名号为'班禅额尔德尼'。后来又调整西藏的行政管理体制，建立了西藏地方噶厦政府，由驻藏大臣和达赖喇嘛共同管理……"

"好了，好了！"朱尔典敲着桌子，不耐烦地打断顾维钧，"不要跟我讲历史，你们中国的历史悠久，上千年的往事可以啰唆几天几夜。中国有句谚语说得好：远水解不了近渴。中国还是面对现实的好，我感兴趣的是如何解决当前现实问题。"

"我也告诉阁下一句中国谚语：千里江河总有源，百年树木岂无根。西藏与内地关系源远流长，藏族与汉族和其他民族同气连枝，即使有矛盾也是暂时的兄弟之争，外来势力介入我们兄弟之争，挑唆民族不和绝不会得逞。另外我还诚恳地奉告公使先生，解决现实问题必须尊重历史。历史证明西藏早已是中国不可分割一部分，正如历史形成了英格兰、苏格兰、威尔士和爱尔兰统一于大不列颠王国一样。"

"不，不，不一样。"朱尔典的脑袋摇得像个拨浪鼓，"西藏和内地之间的关系根本不同于英伦三岛的关系，请不要东拉西扯。"

"我再讲一个道理。据我所知，属于大英帝国一部分的爱尔兰，自上个世纪以来就一直存在着一股要求自治独立的势力，这股势力包括爱尔天主教徒和一部分新教徒，近一二十年，独立运动越发展规模越大，他们成立了独立组织'青年爱尔兰运动''爱尔兰共和协会''新芬党'，甚至建立了独立武装，其目的在于与英国政府对抗，谋求独立。在这种情况下，如果有第三国出面支持这个独立运动，那么英国政府会怎么想，阁下会怎么考虑，是赞同爱尔兰从英国分离出去，还是坚决维护英国的统一呢？"

朱尔典睁大一双灰眼珠子颇感惊讶，此时再也不敢小觑眼前这位年轻人了，觉得他绝不是八旗子弟那样的废物，他似乎更像一位成熟老练、知识渊博、经验丰富的外交老手。但他这种感觉只是一闪念，随即被他往常的习惯思维代替：这位年轻人充其量不过是个初生牛犊，刚从美国回来的留学生，不足多虑。他能谋到这样一个所有年轻人羡慕的职位，肯定是走了上层的路子，不攀附权势，他怎么会当上总统的英文秘书？或者他本身就是官二代，靠着家族影响力推荐上来也有可能。年轻人，别得意！我要调查你从留学生到外交官的来历背景，你不怕我们英国，你还不怕中国的权势？哼，我有办法叫你尝到与我们大英帝国做对的苦果。想到此，他阴恻恻地笑了一声，说："顾博士扯远了，我们不要去谈论那么遥远的爱尔兰，眼下西藏局势严重，我们大英帝国不能坐视不管。"

"中国政府已经下令军队停止进攻，就是想通过谈判解决中英之间的争端。但谈判必须在不损害中国对西藏的主权的情况下进行，因此中国节略第一条就是重申对西藏的主权，希望贵国认真考虑，不要再支持达赖分裂国家的任何举动。"

"这是中国设置的先决条件，本国绝不能接受。"

顾维钧料到朱尔典绝不会松口，觉得送达照会的任务已经完成，于是看看怀表，说："公使阁下，您规定的时间已超过十分钟，我不希望再耽搁您的宝贵时间，这次会见是否到此为止？"

"请便！"朱尔典瞪大眼珠子，吼了一声。

顾维钧麻利地收起文件包，站起身朝朱尔典礼貌地点点头，就大步迈出了会客厅。朱尔典铁青着脸，手指下意识地弹着桌面，脑子闪过一个疑问：难道真的是初生牛犊不怕虎？

顾维钧返回部里，立即向总长陆征祥和次长颜惠庆详细汇报。两位总长指示尽快写出一份会晤纪要。顾维钧脑子记忆力超强，当晚便把纪要整理好，第二天一上班就呈报上去。总长们认为有必要报总统阅知，于是派顾维钧面呈大总统，以备其便于当面咨询。当天顾维钧携带着打印好的文件再次来到居仁堂。

与英国交涉事关重大，袁世凯挤掉别的公务专门听取了汇报。顾维钧呈递了文件，接着删繁就简地把情况口头陈述一遍。袁世凯托着下巴眯着一双虎眼专注地听完，微笑着说：

"你与朱尔典的一番口舌交锋，很有锐气，很有勇气呀！让他们洋人也瞧瞧，咱中国有的是人才！"

顾维钧听了夸奖，自然高兴，便抑制不住一颗热血激荡的心，情不自禁站起来，朝袁世凯鞠了一躬，朗声说："总统先生，我还有几句话想跟您汇报，不知当讲不当讲。"

"当然可以，坐下说、坐下说！"

"我觉得，朱尔典这样的洋公使对待我们中国的蛮横无理很具有代表性，俄、德、日等国的公使也都不是仁慈善良之辈，他们倚仗本国军事经济实力为后盾，往往向贫穷弱国提出领土和其他权益要求，逼迫对方签订他们蓄谋已久的条约，使他们攫取到的果实以法律的形式固定下来。这样可以不动枪炮不流血，通过非战争手段达到他们的罪恶目的。目前，除了英国步步紧逼西藏，北边的俄国对外蒙古怀有野心并有恃无恐，与英国图谋遥相呼应；东边的日本也很可能浑水摸鱼，在我国东北或其他地方获取更多的利益。那样一来，我们就同时三面或多面受敌，它们就像围拢中国四周的一群瞪着绿眼张着大嘴的饿狼。我中华民国初创，接收的是清王朝遗留的烂摊子，国家积弱多年，百废待举，不宜大动干戈，耗费国力，但如果我们向任何一国屈辱求和，让列强认为我中华民国软弱可欺，那么群狼必然同时向我们扑过来，后果不堪设想。我认为必须采取果断的军事和外交措施，坚决遏制西藏上层分裂势力，保障西南边陲的安稳，我们在军事上越取得胜利，才越有利于与英国人的谈判。同时对其他地方蠢蠢欲动也很可能有敲山震虎的作用。"

顾维钧一气说完这些话，好像释放出久已积累在心胸的憋闷，顿时轻松多了，因为自己终于冲破了"人微言轻"的束缚，敢于向国家最高首脑进言，践行了那句"国家兴亡，匹夫有责"的古训。不过轻快之余，心里也在打鼓：一个涉世未深的小秘书，在高踞于国家庙堂之上惯于呼风唤雨的大人物面前建言军国大事，岂非不自量力而"班门弄斧"！

但袁世凯没流露半点不满，他一直半眯着眼，不时摸着嘴唇上的八字胡，耐心地听完顾维钧的分析，大声夸奖道："顾博士，你年纪轻轻的，有这样的见识很是难得。西藏是我国不可分割的领土，我作为民国总统，绝不会在主权问题上退让的。不过，这件事关系全局，我们还不能硬着头皮顶，那样我们会吃大亏的，还得要统筹考虑，谋划万全之策。"

袁世凯前两句使顾维钧很振奋，大总统有坚决维护国家统一的决心，是民国之福；但后一句却使顾维钧如坠云里雾里，不知大总统究竟有什么锦囊妙策。

袁世凯说罢，将顾维钧呈递的材料，放进卷宗。顾维钧见状，以为袁世凯要结束交谈了，站起身夹起文件包说："总统先生，如果没有别的指示，我可以走了吗？"

"慢着，你坐下，我还有几个问题要向你请教呢！"

"您有什么吩咐尽管说，请教二字我怎敢承受？但不知大总统要问什么？"顾维钧重新就座，拿出笔记本、钢笔准备记下袁世凯的问题。

这时，办公室的门忽悠一下被打开了，一位身着西装、相貌堂堂的三十多岁的男子一瘸一拐地夹着黑皮包匆匆走进来。顾维钧第一感觉立即猜出，此人就是闻名遐迩的袁大公子——袁克定。虽然与他从未谋面，但他的相貌特征早被报章炒得家喻户晓了。袁克定见总统写字台前坐着一位英俊青年，也猜到是总统新聘任的秘书之类的助手，便不经意地点了一下头，算是打个招呼。而顾维钧则欠起身子点点头权作还礼。袁克定走近袁世凯身旁，从皮包内取出一份报纸，躬身压低声音说：

"父亲，这是今天的共和日报，看这篇报道——"

袁世凯接过报纸，又随手戴起花镜迅速浏览起来。顾维钧默默看着他，从他的脸色变化判断，报纸所刊登的消息对他可能是极其不利的，他整个脸阴沉着，这比看过朱尔典节略的反应还要难看，大总统最招人眼的那两撇花白八字胡，由于极端愤怒而肌肉扭曲致使一高一低左右不太对称；花镜后一双圆睁的虎眼再配上一副拧在一块儿的眉头，使人觉得像是一头即将咆哮的老虎。果然，看完报纸后，他纵身挺起，"啪"的一声将报纸拍到案头上，并吼了一声：

"竖子大胆！"

袁克定惊吓得一跳，急忙劝慰："父亲息怒！"

顾维钧也很惊讶，没想到大总统会如此震怒！他的目光扫一眼那张报纸，一条醒目标题赫然映入眼帘：宋教仁指名道姓抨击袁大总统。于是他脑子里闪过一个念头：最近舆论盛传，国会参众两院选举日益临近，国民党竞选异常活跃，该党领导人宋教仁在各地发表抨击现政府的演说，甚至还有文章披露，袁世凯曾尝试用重金收买宋教仁，被坚决拒绝……

只几秒钟，袁世凯的愤怒转化为一脸冷笑，他朝大公子低声吩咐道："克定，你通知赵智庵，尽快来我这儿。"袁克定答应一声便匆匆离去。顾维钧听得明白：赵智庵，即赵秉钧，现在的内阁总理兼内务总长。

"顾博士，我们继续谈。"袁世凯很快恢复常态。"你在美国喝过洋墨水多年，对世界情势也见多识广。本人仅在二十多年前驻节过朝鲜，除此之外并未曾迈出国门一步，可谓孤陋寡闻。近来常思虑一些问题，颇多疑惑，今日说出来想听听博士高见，请不吝赐教。"

"大总统要再客气，可就折煞我了，有话尽管吩咐。"

"民国取代清朝已经快一年了。民国，民国，何为民国？用时下朝野风行的话解释，就是民主共和。不过，实在讲，我对'共和'这个词的含义理解也是含含糊糊，对其精确要义说不出个子丑寅卯来。就请你给我讲讲'共和'到底是怎么回事。"

顾维钧暗忖：身为民国大总统，却不知民主共和为何物，也的确是个大问题。看来需要从头说起。于是说："共和或者讲共和制，起源于两千年前的古希腊和古罗马，当时它们都还是城邦国家，国家政体不是君主制，没有国王或皇帝，而是采用共和制。共和制有两种，一种是民主共和制，一种是贵族共和制。古希腊是前者，古罗马是后者。罗马国家政权由三部分组成：执政官、贵族元老院和平民大会，其中元老院由三百名终身任职的元老组成，掌握着国家的财政和外交大权，还决定执政官的人选；执政官共两名，任期一年；平民大会选举保民官，专为保障平民利益不受侵犯，以后贵族和平民共同组成立法委员会，颁布了一部法典，规定了平民的权利，这就是著名的《罗马法》。罗马共和制持续了四五百年，在一定程度上缓解了阶级和社会矛盾，促使经济迅速发展，国力强盛，通过多次对外战争，形成环地中海、地跨欧亚非的强大国家。后来罗马帝国取代了共和国，共和制也随之结束，但这种公民权利和共和民主的思想却扎根于后世人的心中。到了十三世纪，英国贵族为限制国王拥有的无上专制权力，逼迫国王签订了大宪章，大宪章最初有六十多条，后来经过反反复复的斗争，大宪章屡遭修改，但历代国王均不能忽视大宪章的存在。到了十七世纪，大宪章的作用更显得重要，渐渐演变成近代的君主立宪制，或立宪君主制，国家的大部分权力集中于国会或国民议会，国王只担任象征性的国家元首。十八世纪下半叶美国爆发独立战争建立了共和国。一百多年的发展证明，美国的模式是成功的。其成功的最主要原因是美国人继承了大宪章所阐述的公民应该享有政治自由和公民权利的理念，完全唾弃了不合理的君主专制这种陈旧的制度，建立起新型的进步的国家政体，使国家走上逐步富强的轨道。美国人的思想，传播到欧洲、拉丁美洲，近些年又传播到亚洲。"顾维钧讲到此处，暂时停下来，看看大总统有什么反应。果然袁世凯插话了：

"你说的不错，一个国家的政体是否优越，决定这个国家能否富国强兵。欧洲、美国的例子证明共和制和君主立宪制的确比君主专制要强。可是，中国的国情却与欧美不同，与日本也不同。咱中国自古信的是：国不可一日无君，民不可一日无主。中国现在有四万万国民，绝大多数处于贫穷、落后、愚昧无知状态，老百姓有多少人懂得自由民主，又有多少人明白共和的道理？比如一个家庭女仆天天打扫屋子，把垃圾和脏土倒到大街上，她关心的是屋子的干净，大街上脏不脏她根本不管。再比如山区一个农民，只知道沿袭祖辈刨土坷垃种地为生，他只关心天气旱不旱，什么时候下雨，收成好不好，至于国家是共和还是皇帝专制，更是八竿子打不着。这样的公民何止千万？你跟他们讲民主共和岂不是瞎子点灯白费蜡吗？"

"您说的也是事实。普通老百姓一时很难明白自己的生活与国家采用什么政体有什么利害关系，但公民权利意识包括民主意识、国家意识、自由平等、享有选举权利等等，是需要培养和教育的；同时国家也需要制定相关的法律，让法律推动民主制度的发展。"

"那得需要多少年呢？恐怕得上百年吧！"

"也许用不了那么长。但的确需要一定时间，国民要认识并认可一个成熟的国家制度没有十几、二三十年或更多时间怕是不行的。"

袁世凯点点头又摇摇头，轻轻捋着八字胡沉默了十来秒钟，随后说："民主，共和，咱中国老祖宗那里没传下来这一套，洋人国家行得通，我们却未必行得通。哎呀，这个问题太大，一时也理论不清，我看今天就先说到这儿，以后有时间再请教。哦，对了，我想再问你一个别的问题。"

"请您说。"顾维钧提起笔，准备在本上记下来。

"我是随便问问，没必要记。"袁世凯摆摆手，眯起眼睛微笑着，"听说你现在还是单身，我想给你做个月下老儿，你看中不中啊？"

顾维钧大吃一惊，绝对没想到总统要给他当媒人，但他反应极快："非常感谢大总统关心。不过，遗憾的是我已经订了婚，过几个月就要完婚了，实在辜负了您的美意。"

袁世凯脸色一变，眼睛也斜愣起来了。"咋说的呢？你已经订婚啦？哎呀，我的消息看来有偏差呀！那我就先恭喜你啦。但不知你的未婚妻是何处大家闺秀哇？"

顾维钧见袁世凯追问，暗想事已至此，干脆和盘端出，省得他心有疑惑，刨根问底。于是回答："不瞒您说，她是唐绍仪先生的女儿，叫唐宝玥。"

袁世凯一拍桌子，情不自禁地站了起来："怎么，是唐少川的千金？龟孙，原来他早有谋划呀，这个老盟弟向来见事早出手快！"

他苦笑一声，还想说什么，这时就见赵秉钧夹着黑公文包急匆匆走进来。袁世凯对顾维钧说："顾博士，我们先谈到这，刚才我问的只当没说，你别在意呀。"

"好的。谢谢大总统召见。"顾维钧起身鞠躬告辞。

返回路上，马车摇摇晃晃，顾维钧脑袋里也一会儿东一会儿西地回顾着刚才与袁世凯的一番关于民主共和的对话，觉得意犹未尽，一些问题仍然没有说透。但他对大总统初步形成了这样的判断：总统对民主共和缺乏最起码的认识，这对于整个国家来说，可能是个最大的不幸。如果一个国家的最主要领导人治国理念糊涂，思路不清或者混沌茫然，那么这个国家究竟要向何处去，就很难说了。中国政坛也许会出现剧烈动荡，甚至反反复复。不过，他也相信不管怎样，民国建立后，共和思想至少在一部分国民头脑里扎下了根，国民党势力的发展，说明了这一点，也许中国的前途应验在他们身上？下一步能否真正实现政党政治，国人还要拭目以待。袁大总统为首的军人势力，能否容忍国民党坐大，实在很难预测，令人担忧啊！

至于袁世凯问起他的个人婚事，他觉得很奇怪，身为大总统要给自己当大媒人，不合情理呀，谁家千金有这么大面子值得大总统亲自出马呢？只有一种可能，那就是大总统有意为自己的女儿提亲。想到此，顾维钧不觉惊得差点喊出声！他联想起前些日子部里两三个年轻同事在饭桌上窃窃私语，说大总统与朝鲜漂亮爱妾所生的千金要招婿，不知这乘龙快婿应在哪个大富大贵的人身上，按照民国初创时崇尚洋话、抢购洋货的风气，极有可能在归国学子中产生，究竟花落谁手，大家嘻嘻哈哈相互调侃一番，顾维钧听了一耳朵，只是当作谈资笑料。谁料到有今天这一幕！

他立即又想到未婚妻唐宝玥。好几个月未见了，好想她呀！眼看1913年春节将至，一定约她来北京一起过个年。于是，回到寓所立即给唐宝玥修书一封，约她到京共度春节。唐宝玥很快回信，说她老爸要去上海过年，她正好也不愿留在天津，来北京团聚也正是她所愿，两人想到一块儿了。顾维钧自然高兴，期盼着相会的时刻。可是，他绝没料到：大年三十那天他刚要准备雇车去前门火车站，却收到她的加急电报：她得了重感冒发高烧，不能来京了。

第五章

喜结连理

接到唐宝玥病情的电报，顾维钧心急如焚，乘当天下午火车，傍晚赶到天津唐宝玥家。病榻上的唐宝玥，脸庞见瘦，面色透红，说话无力，昏昏欲睡。顾维钧脚步轻轻走到她的榻前，她的眼睛睁开放光，精神也振作了许多。

"你觉得怎么样？"顾维钧在榻前轻轻问，并握住她的一只手，感到她的手心很烫。

"你来了，我的病就好了一半。"她打起精神要坐起来，用手捋了捋有些散乱的头发。顾维钧顺手给她垫上一个枕头。

一旁伺候唐宝玥的同父异母妹妹唐宝玙上前说："昨儿晚上姐姐发高烧三十九度五，我赶忙请英租界的一位洋大夫来诊断，说是重感冒，打了退烧针，开了药片，今天白天体温开始降下来，现在不到 38 度了，但还是有些烧。"

唐宝玙年纪十四五岁，虽然不是一母所出，但长相跟唐宝玥极像。顾维钧对她说："宝玙你辛苦啦，谢谢。"

宝玙调皮地说："谢我？你还没娶我姐，就以姐夫口气说话了！"

说得唐宝玥忍不住微笑起来。顾维钧脸色不觉微微泛红，他说："好一个宝玙妹妹，也是伶牙俐齿的。"

"我再伶牙俐齿，也比不上你这个哥伦比亚大学高才生！当着那么多洋人面登台演讲，慷慨激昂、滔滔不绝，先甭说别的，光那一口流利的美式英语就得让人翘大拇哥，天津人讲话，那才叫哏儿！"唐宝玙逮着机会使劲夸未来的姐夫。

唐宝玥咯咯地大笑。顾维钧则摇摇手，"宝玙过奖了，过奖了。"

唐宝玙故意不买账："嘛过奖了？好就是好，哏儿就是哏儿，别酸文假醋的，拽着胡子过街——谦虚。"

顾维钧也乐了。唐宝玥对妹妹说："好啦，别逗乐了，顾博士还饿着肚子呢，你快去弄点吃的。"宝玙很知趣，答应一声就到厨房去了。

顾维钧拉过一把椅子，坐在唐宝玥近旁，望着她有些憔悴的脸，心疼地问："怎么突然就病了呢？"

"我也不知道。好像每年冬天我都要闹一场感冒，发高烧，这十来年无一次幸免。也许是命里注定的吧！我母亲去世早，据父亲说母亲体质也不是很好，生下我不久就撒手人寰。那时她还不到三十岁，我很可能带有她的遗传基因多些吧。有时我常想，人是多么脆弱，好好的突然就病倒了，躺在床上起不来了，古语说人生苦短。怎么总结得这么经典呢！"

"别想那些苦长苦短的，生活中还是乐事多。你看，我来天津，你是高兴还是不高兴呢？"

"当然高兴啦！你一来，我的病立马好了一半。"

"那就好，多想着乐事、该笑的事，少得病，保你活一百岁。"

"你真会哄人！"唐宝玥乐起来。

大年初三一大早，天悄悄飘起了雪花。不大会儿工夫，就纷纷扬扬如梨花散落，漫天飞舞。这让入冬以来没见到雪星的天津卫市民们惊喜若狂。上街买回早点的唐宝玥一进门就大呼小叫的：

"姐姐，姐夫，下雪啦！"

唐宝玥闻声过来，见妹妹端着的小筐箩里堆满了油炸果子煎饼和一饭盒豆腐脑，连忙接过手，说："我们都看见了，瞧你头上肩膀上的雪，快到门外，我给你掸掸。"唐宝玥放下早点小筐，顺手抄起门背后一柄掸尘，这时顾维钧过来，说："我来吧。你别出去再受了凉。"

唐宝玥说："今天下雪天反倒不冷。我现在已经好利索了，这个礼拜天天在家养病，把我憋得难受。吃完早点，你能陪我出门散散心，看看雪景吗？"

"十分愿意奉陪。"顾维钧笑道，"只是你要多穿衣服才好。"

"这个自然，谢谢你这么关照我。"唐宝玥也嫣然一笑。

唐宝玥突然插进来说："看雪景还有我呢，我可不愿意一人待在家里闷墩儿。"

"玥妹，有维钧一人陪我就行了，你留在家里还有别的事情，我让你做的那个英文练习，你准备好了么？我今天要考问你的。"

宝玥嘴一撇老高，故意绷着脸："哼，有了情人，关键时刻就把亲妹妹甩一边儿了吧！"

唐宝玥脸一红，伸手去揪妹妹的嘴："看我不撕烂你这小蹄子的嘴！"

唐宝玥回头跑两步，扑哧一乐告饶："好姐姐，说着玩呢，饶了我吧，你当我真的不识趣，愿意当灯泡呐！"

唐宝玥忍着笑说："你这张嘴呀，巧舌如簧！"

"我这张巧嘴是爹妈给的，可是爹妈给了你一副漂亮的瓜子脸，比较之下，还是你占了很大便宜。姐夫，你说是不是？"

"玥妹，你同样也漂亮呀，你到了十八岁后，会更漂亮的。"

顾维钧的捧赞，把宝玥逗得乐开了怀。"瞧，还是姐夫向着我，姐姐可从来没这样夸过我！"

"瞧你，又来了。"唐宝玥、顾维钧一齐乐了。

三人一阵嬉笑后，趁热吃了煎饼果子，豆腐脑也喝了个精光。

民国初期那年月，在天津卫赏雪景，最好的地段就在海河岸边。一场雪降下来，把冰冻的河面覆盖得严严实实，好像一下子河面涨满了，白茫茫的，宽宽的，又像一条平坦的大道，一直延伸到远处。而雪天景观最有特色的还是排列在两岸租界的洋楼商行，尖顶的、圆顶的、三角顶的、多棱顶的，带钟楼的、带阳台的、带廊柱的、带浮雕装饰的，都镶上了一层薄薄的银边儿，使这地处中国北部的天津卫呈现出一种洋味儿十足的经典之美。

顾维钧和唐宝玥从家出来不久，就漫步到这里滨河的人行小路，边走边欣赏纷落的雪花。周围静静的，偶有行人也是脚步匆匆，白茫茫的河面上也有两三个半大孩子玩冰车打滑溜。这使唐宝玥悠然想起自己的童年时代，在海河冰面上滑冰的情景，那时她还是个烂漫纯真的女孩儿，正在跟随兄长姐姐们玩耍的无忧无虑的年龄。她是个生性活泼开朗、乐天、不受拘束的姑娘，今天是她感冒一周后第一次出门，有一种鸟儿放飞的感觉，病愈后的她心情格外轻松，似乎病魔困厄、压抑她身心的无形巨掌在顾维钧到来之后渐渐失去了魔力，以至于她完全恢复了原来的体力和精力，她心里十分感激他，现在又陪她一起在河边上散心，面对四周纷飞的雪花，有这样一位青年俊哥陪伴，这一切都在滋润着她青春少女的心田。

而此刻顾维钧却担心宝玥刚刚痊愈，就冒着纷飞雪飘出来走动，可别再次复发感冒。临出门劝她穿上棉大衣，但她没同意，说棉大衣太土气，她换上了平日自己喜欢的一件貂皮外衣，戴一顶厚厚的红毛线无檐帽，还说："女人嘛，到哪里也得显出有女人味儿，不能凑合着穿衣裳。"其实，顾维钧心里还是蛮欣赏唐宝玥服饰打扮的，他觉得东方女性只要穿戴合体，整体效果一点儿也不比欧美女人差，而且身材更苗条，更有韵味儿。他很钦佩她这种开放的心态，真实、通透、爱美、会美，很在意自己在别人眼里的形象，但又不矫揉造作、刻意追求，这一切又都与她内在的教养和学识天然结合在一起，越发使她有一种高雅的气质。他暗想，她如此年轻，而品貌出落得如此完美，的确是自己理想中的情侣！他不禁拉起她的手，轻声在她耳边说："你穿上这身冬装更显得漂亮了！"

她也悄悄说："只要你喜欢就好。其实我们做女人的，穿衣化妆，说到底，还是为喜欢自己的男人打扮的，'女为悦己者容'嘛！"顾维钧心里更甜蜜了，朝她的细嫩脸腮亲了一口，用一英文说"I'll love you forever."（我会永远爱你）她回答，"I am also."（我也是）

他们就这样偎依着，无目标地漫步着，到了一座桥头，向右拐进了一条大马路，一直朝西继续悠悠徐步。这条路仍然在洋人租界内，好像是英租界吧，叫马场道，唐宝玥对这条街印象非常深刻，而且对她有着一生都难以抹去的记忆。

宽宽的马路上已经有一层厚厚积雪，路中间被稀落的车辆碾轧出来的车辙，似乎很快就被落雪覆盖。雪，成为这街区唯一的主宰，马路两侧的洋房住宅，以及商行店铺，都处在连绵不绝的雪帘之中。顾维钧、唐宝玥的帽子上肩膀上也积存了一层白雪，甚至眉毛上也挂着霜花，他们不时对视一笑，相互欣赏。但在走到一片积雪覆盖下的断壁残垣前，唐宝玥脸上的微笑消失了，她停住脚步，微闭双目似陷入沉思。

"梅，哪里不舒服吗？"顾维钧轻声关切地问。

"没什么，我记起了一件往事。"唐宝玥睁开眼睛，低声说："庚子那年，我差点死在这片瓦砾之下。"

"怎么回事？"顾维钧惊奇地问，"以前你从没提起过。"

"这件事过去十几年了，往事真的不堪回首。那年夏天灾祸降临到天津卫，八国联军借口保护被义和团追杀的侨民和传教士，发动了侵华战争，先是攻占了海河口的大沽炮台，紧接着围攻天津市区，当时炮火纷飞，炮弹和冷枪不知什么时候从什么地方就打过来，我们全家躲在屋里不敢出门。那时爸爸还在山东为朝廷办差，当时袁世凯担任山东巡抚，需要紧急处理复杂的法国教案，爸爸从朝鲜回国担任关内外铁路总办，袁世凯把爸爸招去帮助他解决教案。因此那段时间，爸爸不在天津。另外我的几个哥哥姐姐也在外地，当差的当差，求学的求学，家里就我和大妈，也就是爸爸原配夫人张氏，还有爸爸在朝鲜娶的郑氏和两个小妹妹。当时我十一岁，我的生母在我幼儿时就去世，我一直跟着大妈长大，她待我如亲娘。可是飞来的横祸毁了我们这个家，一颗炸弹偏偏飞到我们家里，掀翻了屋顶，炸毁了墙壁，烈火熊熊，大妈被炸弹的散片击中，倒在火焰里，摇篮里一个幼小的妹妹当场死亡，我被炮弹的轰隆巨响吓蒙了，拼命哭喊，我大妈重伤下用尽力气把我推到铁架床底下，她自己却昏迷过去。这时马路对过洋人公寓里一位邻居叔叔，听到我的哭喊，冒危险跑来，钻进火势蔓延的屋子，把我从床下拖出来，抱着我冲出了即将坍塌的房子。那位朝鲜阿姨也抱着宝玥跑出来了，我们得救了，可是大妈没来得及送往医院，就死了……"

顾维钧始终静静地听着，没打断她，而她讲到最后，情不自禁紧紧偎依在他胸前，就像当年她紧紧搂着那位叔叔的脖子，好似就此得到了一种安全庇护一样。顾维钧抚摸着她的肩膀，感觉到她心胸正涌动着波涛，他沉默着，任她跌宕起伏的感情慢慢释放。

良久，顾维钧才问她："那位叔叔是谁，你认识吗？"

"他是开平煤矿的一位美国工程师，跟我爸爸有来往，也很谈得来，他有时来我们家，跟爸爸聊天，爸爸也带我去过他家做客。他叫赫伯特·克拉克·胡佛，爸爸习惯称他'胡工'。"

"我好像听说过这个人，在美国采矿业有些名气，纽约报刊上有时出现他的名字。"

"我的救命恩人，一辈子忘不了。"她喃喃道。

"是的，危难中援救过自己的人，是不能忘记的。"他也轻声说。

此刻，纷飞的雪花似乎并无减弱的趋势，他们两个站在雪幕中一动不动，像两个紧紧依恋的白色雕塑。

终于，唐宝玥抬起头说："维钧，咱们继续走走吧！"几分钟后，他们拐进了一条比马场道相对窄的马路，这里的雪被来往的车轱辘压出了两道深深的辙印，人行道上也脚印杂乱。迎面，一座教堂赫然仁立着：十字架耸立在红瓦三角顶端，在飘荡着飞雪的铅灰色天空中，显得异常高远，仿佛有天使神秘降临；那四周暗褐色墙壁，以及狭长的似乎透不进光线的窗棂，和外围多根粗壮的方柱，把教堂装点得厚重敦实，像个中世纪城堡，但在唐宝玥眼里，它并没给她多少美感。她喜欢色泽鲜艳的、给人一种明快爽朗感觉的建筑或装饰，而暗淡无光的东西总让她心灵也感到某种沉闷和沮丧。

"维钧你看，教堂旁边那排平房是一所教会学校，我就是在那里教课呢！一年前，我从美国回国后，正赶上这所学校招聘一位华人英语教员，我的一口美式英语大概得到主考神父迈克的赞赏，得以通过面试，顺利应聘担任英语教员。现在学生们正放寒假，大门锁了。要是在平日，我可以陪你看看我教课的地方。"

"你教的孩子们是初学英语吗？"

"是的。全部是中国人的子弟，他们的家长大多是在租界洋人公司里谋职，希望子弟将来能出国留学或者在租界里做事。"

"时代的确不同了。记得小时候父亲希望我苦读古诗书做八股文考取功名，逼着我去一位大户人家的私人教书馆读书，我死活不愿意去，父亲派人把我捆绑起来抬上轿子送到老先生那里，结果我还是逃跑了，到亲戚家躲起来。后来父亲终于向我让了步，同意我到上海英华书院学习，那是一家英国教会办的学校，不仅学习英文，还学地理、算术、历史等课程，以后又考取了圣约翰书院，接受完全西式教学，那些年的学习，对于我打好英文基础和其他学科基本功起到重要作用，也为我日后留学美国准备了条件。"

"这似乎是每个留学的学子必经之路。我也同样，在天津最初爸爸送我到教会学校学习，而后去美国留学。我们的经历很相似，只不过爸爸没捆我去读私塾。"

顾维钧笑道："此爸爸毕竟不是彼爸爸，此爸爸留洋美利坚，见多识广，自然比一直在旧衙门里做事的彼爸爸胜出一筹。"

唐宝玥也咯咯地乐了。

"不过我学成回国，才体会到我的国学底子过去没有打好基础，现在不得不抓紧时间自修补习。"

"我说呢！你衣兜里老揣着一本《古文观止》，原来是见缝插针呀！"

"拳不离手，曲不离口嘛。我深感古文造诣比我的同事相差不是一个等级，必须下功夫追赶。荀子说：不积跬步，无以至千里；不积小流，无以成江海。锲而不舍，金石可镂。我体会，学古文跟学外语有相通之处，功到自然成。"

"你的学习劲头可嘉，你的勤奋再加上你的天赋，精通国学指日可待。我可不如你，没什么值得夸耀的。"

"别这么说，你的文学修养比我深厚。"

"你真的这么认为吗？"

"我这个人从来不恭维别人的，除非我内心佩服。"

唐宝玥再次偎依在顾维钧怀里，细细地品味他的话，心里充满了甜美。过了一会儿，她抬起头挽起他的胳膊，说："走吧！"

教堂的正门前是片开阔地，有位老人正清扫积雪，但扫过的地方渐渐又被后来的雪花覆盖，又积攒成薄薄的一层。几辆小轿车停在角落里，车顶和挡风玻璃、后背盖以及凡是能接住雪花的地方，都披了一层雪。唐宝玥猛然想起来，节前迈克曾对学校校长说过，下周教堂要举办一对英国侨民的婚礼，教师们若有时间可自愿来助兴。年前突如其来的感冒，使她把这件事忘得一干二净。今天既然来了，就顺便去看个热闹也好。

"咱们进去待一会儿好吗？里面可能有办喜事的。"唐宝玥对顾维钧说。

"听你的。"顾维钧点点头。

教堂大厅里已经聚集了不少人，坐在头几排长木背靠椅上，绝大部分是金发碧眼的洋人，也有黑发黄皮肤的穿戴不俗的华人。前方是祭坛，一位身披黑色宗教长袍的神父正在为一对儿身着婚纱礼服的新人祝福，那正是迈克。看来婚礼已经进行到尾声，新郎新娘在主面前和神父及亲友们见证下完成了婚姻誓言和互赠婚戒的仪式。

顾唐二人悄悄在后排坐下，静静聆听神父讲什么。迈克正在拉长了他那悦耳的男中音嗓门，抑扬顿挫地读着《圣经》里的句子：

"耶和华神按照自己的形象造出了人，将他安置在伊甸园。当他睡着时，取下那人一条肋骨，就用那肋骨造成一个女人，领她到那人跟前。那人说，这是我骨中的骨，肉中的肉，因为她是从男人身上取下来的，因此男人要离开父母与妻子联合，二人成为一体。"接着，又十分虔诚地发自内心的真诚祝愿，"我们的主啊！我们目睹了这对进入婚姻殿堂的青年男女，按照主的旨意，缔结婚约，从此结为一体。愿您的祝福施恩于这对新人，从今天开始，他们将在您的仁慈和护佑下，互爱互敬互助，偕老终身，天长地久。阿门！"

迈克声情并茂的祝福，博得台下一阵热烈掌声，当然这掌声有一半是给那对新人的。于是，众亲友起身上前，纷纷与新郎新娘拥抱握手或亲吻表示祝福。

顾唐二人望着新郎新娘脸庞上荡漾起的幸福笑容，情不自禁也相视一笑，他们同时想到了同一个问题：我们自己的婚礼在哪里举办？教堂，饭店，还是别的什么地方？

······

春节过后，随着天气渐渐变暖，中国这块古老的大地也正涌动着历史性变革，民主、共和、政党、参院、国会、议员、竞选这些越来越多的新名词出现在报端，而全国竟然涌现出了三百多个党派，人们的政治热情似乎空前高涨起来。但是林子大了什么鸟都有，又如大浪淘沙，鱼龙混杂。在这热闹场面里不乏起哄架秧子的，抱着个人野心想捞个一官半职的，想混个名人名脸，哗众取宠、坑蒙拐骗的。其实，真正称得上政党的寥寥可数，像梁启超等人建立的进步党，黎元洪、熊希龄建立的共和党，有纲领有组织，也有一部分民众支持。但这两个党都依附听命于袁世凯，实际上根本起不到监督和制衡大总统的作用。只有国民党高举民主共和旗帜，明确建立一个对大总统制约的责任内阁，在国会形成政党竞争机制。总之，无论如何，政党林立，观点相左，各种政治势力争斗也仅限于口舌之争、笔墨之战，还没有到动枪动炮从肉体上灭绝对手的地步。

自武昌爆发推翻清政府的起义，一直到民国成立以来这两年多，虽然政治风云变幻，但中国境内基本上没有什么战乱，国人还是享受了一段相对平安的居家过日子的正常生活，婚丧嫁娶未受到干扰。顾唐二人的恋情发展异常顺利，至少顾维钧是满意的，他已经与父母书信往来筹划几个月后的婚礼事宜。

谁知，国运多舛。1913年3月下旬，从上海传出令国人惊悚的消息：国民党代理干事长宋教仁，在沪宁火车站被特务黑枪击中，两天后身亡。真是骇人听闻的变故，不啻是一场爆发力极强的政治地震！凡关心国事的中国人，都知道宋教仁在国民党组建后，一直致力于国会的政党竞选，在中国建立一个理想的责任内阁，他在南方各省奔走呼号，集会演说，为宣传国民党的政纲不遗余力，而且在年初的国会选举中国民党获得重大胜利，他的政治抱负即将实现，然而随着一声枪响，踌躇满志的宋教仁倒在血泊中，一代英才陨灭了。

随即引发了激荡全国的政治海啸，国民党领袖人物强烈谴责这起谋杀事件，孙中山刚赴日本考察铁路建设，闻噩耗立即发电，要求党人合力查出暗杀的真相，以谋昭雪；国民党从上到下呼吁捉拿凶手，以真相告天下，其舆论怀疑幕后指使者是袁世凯大总统。可是袁世凯也发电称，对宋被刺表示"意外"，谴责凶犯在"众目昭彰之地，敢行暗杀，人心险恶，法纪何存"？他还电饬江苏上海等地官员重悬赏格，限期缉获凶犯。支持袁世凯的党派报纸散布消息，说国民党内部矛盾触发了刺杀行动。一时间刺宋案件波诡云谲、迷雾重重。中国两大政治势力，南方国民党人和北方的袁世凯政府之间，隔空喊话，相互指责，唇枪舌剑，关系骤然紧张。这也使得包括顾维钧在内的知识精英们不得不把目光转到这扑朔迷离的案件上来。

由于凶手潜逃，国人大多以为此谋杀案破案很可能遥遥无期，然而令人晕眩的是，上海租界巡捕房很快缉拿住凶犯武士英和指使他的上海巡查长、共进会长应桂馨，而在搜捕应的住处时，查获其与北京政府内务部秘书洪述祖及现任内阁总理赵秉钧来往的大量与案情有关的密电，证据显示与大总统袁世凯有重大干系。案情一经公布，赵秉钧、洪述祖和他们背后的袁世凯立即成为舆论攻击对象。国民党敦促上海法庭公开审理此案，但始料不及的是，凶手武士英竟在看押下被杀人灭口，其直接指使人应桂馨拒不认罪，而重大嫌疑人洪述祖又潜逃青岛德租界，发表了一个通电，诡称与应桂馨电报往来是想毁誉宋教仁，并无杀害意图。赵秉钧借此推脱自己的责任，对上海法庭的传讯蔑视不理。案件侦破一时陷入困境，真相难以大白天下。国民党在诉诸司法手段失败后，于是策划诉诸武力，在南方兴兵北上，向袁世凯政权讨还公道。

国内局势像个变化莫测的万花筒，令人眼花缭乱。顾维钧身在北京政权中枢，虽然职务不高，但位置相当重要，是袁世凯的英文秘书。国民党要兴兵北上，矛头对着袁世凯，顾维钧就不得不密切关注政治局势的发展。平心而论，他内心是同情宋教仁的，认为宋在中国建立政党竞争体制的主张是符合民主时代潮流的，如果他的奋斗成功的话，无疑对中国发展前景具有开创性划时代意义。另外宋教仁还有一个令人敬佩的地方，他不光是理论上的鼓动者，还是脚踏实地的践行家。现今社会上夸夸其谈的人无处不在，而身体力行者寥寥无几，据说宋教仁为追求自己的政治理想，毅然拒绝了袁世凯的重金馈赠拉拢，坚定走自己所选择的道路。他披星戴月奔波往返于长江流域和南方各省，集会演说，神采飞扬又苦口婆心地卖力宣讲国民党的政治主张，终于使国民党在年初大选中获胜。面临大选后的形势，袁世凯电邀宋教仁北上到京共商国是，志在必得的宋教仁欣然答应。正在国人各阶层瞩目两人会晤对中国未来体制会做出怎样的战略安排的时刻，却被一声暗杀的枪响刺疼了脑神经，人们晕眩之后的第一反应是：谁干的？顾维钧的判断是，宋教仁的死亡在政治上对谁最有利，谁的嫌疑就最大。答案应该确定不疑：当然是袁世凯！

宋教仁在政治舞台的消失使中国走向民主社会的尝试骤然夭折，京城有人说袁世凯也可以引导中国走向民主，顾维钧对此说嗤之以鼻，因为他跟袁世凯面对面接触过，他觉得大总统对民主共和虚与委蛇，其实内心并不感兴趣，他关切的是维护和强化自己的个人权力。另外，在政府里军队里以及社会高层人士甚至中下层有文化的人们中间，绝大部分人都是从旧政权过渡过来的，民主意识也很淡漠，真正了解欧美经济政治社会发展的社会精英寥寥。宋教仁的观念也许太超前，忽略了在知识阶层和民众中做扎实的启蒙活动，结果欲速而不达，造成"出师未捷身先死"的悲剧。

最令人担忧的是，国民党要兴兵动武了，国家是否又要陷入战乱？国民党要员正云集上海南京，那里的局势怎样，战争能打得起来吗？顾维钧忧虑：与唐宝玥的婚期快到了，战争一旦打响，会不会受到干扰？正在他对局势迷茫，心绪烦乱的时候，收到了唐绍仪从广东发来的电报，这位不久要当他岳父的前任内阁总理讲了几句话，立即打消了他的疑虑。唐绍仪的电文说：

"……上海局势稳定，少川无忧，可按期赴沪完婚。我会在那里等你们。"

唐绍仪远离袁世凯后，暂居国民党人占优势的上海，还加入了国民党，后回到家乡广东当了省参议员，宋教仁遇刺案发后，国民党人群情激愤，为避免南北内战爆发，他在广州与国民党要员胡汉民磋商，同意赴北京做双方的调解人。唐绍仪是一位受国人尊敬的老资格政治家，又是即将成为顾维钧岳父的人，因此顾维钧相信他对目前国内局势的判断大致不会错的。于是决定请假，携手宝玥及早赶到上海，与父母兄长共同筹办婚礼事宜。

翁婿俩在虹口花园见面了。这座名为花园实则酒店的豪华建筑，位于靶子路，是广东一位赵姓富商的私人宅邸，它还有一个文雅的名字：扆（yi）虹园，也称赵家花园。园内主建筑是一座造型美观的三层红顶楼房，敞亮的弧形拱券，优雅的扇形屋面，厅室内欧罗巴式摆设，楼外水榭亭台、绿树环绕，堪称老上海最美的西式庭园之一。花园主人与唐绍仪不仅是粤籍同乡，而且政治立场同情同盟会和国民党，与孙中山交往频繁，唐绍仪选择这里举办婚礼，的确是最佳地点。那天唐绍仪还带来即将成为他续弦夫人的吴维翘，那吴女士之父本是香港一外国富商的代理人，而吴女士本人自幼生活环境优越，聪慧伶俐，又毕业于东吴大学，擅长绘画音乐，多才多艺。顾维钧看那吴维翘，年纪似乎不比宝玥大多少，他惊讶老岳父怎么有艳福觅得这样一位妙龄女子！

使顾维钧始料不及的是，唐绍仪还说：他与吴女士也要在6月2日结婚，希望顾维钧和宝玥的婚礼日期稍稍推迟到6月4日。顾维钧颇感意外，他的一切准备都是按照6月2日进行的，婚礼推迟就要改变预订好的婚宴时间，最大的麻烦是要通知证婚人、主持人、乐队，以及双方的亲朋好友。但他还是同意了老岳父的安排，中国传统的长幼先后顺序的老规矩还是要遵循的，倘若小少川结婚在前，老少川续弦在后，那成什么体统？

转眼到了6月2日，唐绍仪吴维翘的婚礼先在虹口赵家花园如期举行，证婚人也即婚介人是著名的老资格外交家、法学家伍廷芳。说起这老先生可不简单！他也是唐绍仪的同乡，出生南洋，父母皆广东新会县人。伍廷芳曾留学英伦获得林肯法律学院博士学位和大律师资格，在香港担任执业大律师，曾任立法局第一位华籍议员，以法为剑维护华人权益，随后被李鸿章聘为幕僚，成为其"外交顾问"；再后来被清政府任命为驻美墨等国公使。而他最辉煌的岁月是辛亥革命时期站在革命一方，担任沪军都督府外交总长，并作为南方各省民军总代表参加南北谈判，为结束清政府专制统治不遗余力，为创建中华民国、推进中国历史进步立下了汗马功劳。也就是此时他结识了当时的谈判对手、作为北方势力或袁世凯的代表的唐绍仪，他们二人最终因追求共同的民主共和理想握手言和，并走到一起。

伍廷芳虽已年至古稀，但精神矍铄，声若洪钟，在这中西合璧的婚礼上扮演了一个类似神父的角色，他对新郎新娘充满底气又带幽默的证婚词，使宾客们忍俊不禁，当唐绍仪与吴维翘交换婚戒，喝完交杯酒时，婚礼的喜庆气氛达到高潮。人们热情上前向这对老夫少妻诚挚祝贺，有人悄悄赞叹道：唐先生不愧为有福之人，在北京失去了高位，却在上海得到了娇妻！旁人耳语说，这叫"失之东隅，收之桑榆"嘛！

婚宴时，有一热闹好事者阿三借几分酒兴，问了新娘子吴维翘一个问题：坊间有一个传闻啦，说吴小姐婚前曾向唐先生提出三个条件，也叫约法三章啦——一是不许再留胡子；二是婚后要交出财权；三是不能再娶小妾。此事是真还是假啦？吴维翘一边微笑一边落落大方回答：确有其事。阿三转脸问唐先生：唐先生答应啦？唐绍仪哈哈大笑：那当然啦！对后两条嘛，我爽快答应啦。财权，我始终是交给以前夫人管的；至于不娶妾，我有了如今这样年轻漂亮的夫人，还娶妾就没什么必要的啦？只是我对第一条颇不情愿，我觉得男子留胡子是天经地义的啦，何况自己已经蓄须十几年，现今是天命之年，万不可弃！可是吴小姐说，刮了胡子才显年轻，谁愿嫁胡子拉碴五十岁的老头子？我只好心一横，把胡须剃得精光，你们看，我是不是像年轻了十多岁啦！唐绍仪绘声绘色的幽默回答，逗得全场亲友来宾开怀大笑，掌声连连。

时隔一日，6月4日，顾维钧唐宝玥的热闹婚礼也在虹口赵家花园宴会厅举行。伍廷芳仍然受邀担任证婚人，他既是唐家的老友，又是外交界的翘楚、顾维钧的前辈，德高望重，为顾唐二人证婚当然是不二人选。婚礼程序也是前日唐吴婚礼的翻版，只是主角由老夫少妻换成了金童玉女。当顾维钧身穿燕尾礼服，头戴高筒礼帽，而唐宝玥身披白绸婚纱拖地长裙，头遮面纱，两人在伴郎伴娘和花童陪拥下，在留声机散放出门德尔松婚礼曲中缓缓进场时，亲友来宾们热烈鼓掌，齐声喝彩。

伍廷芳上前一步，对宾客们双手一揖，朗声道："敝人伍廷芳，因顾唐两家抬爱，权作此次婚礼证人，在此宣读证书。"他捧起顾唐二人的婚约证书，亮起他那男中音嗓门，抑扬顿挫地读起来：

"顾维钧唐宝玥从兹喜结良缘，合二姓以嘉姻，缔结秦晋之好。古有诗咏雅歌，关雎麟趾；今同颂花好月圆，相敬如宾，白首同心，永谐鱼水之欢，共盟鸳鸯之誓。谨以此约，书明鸿笺。此证。"

接下来，伍廷芳把证书放进一个景泰蓝五彩盘子里，由一位花童捧着，先后走到新郎、新娘、顾维钧的父母亲、唐宝玥的父亲继母面前，请他们签名。

签名后，新人拜见公婆、岳父母。顾溶不停地捋着胡须，呵呵地傻乐；戴金丝眼镜、穿中式长衫的唐绍仪无须可捋，只好来回搓着下巴颏，喜笑颜开地念叨着一个字：好，好！两位老夫人（吴维翘不能说老，暂且称小夫人吧）不像老公那样喜形于色，只是保持一种矜持的微笑。最后是夫妻对拜，此时，唐宝玥早已揭去面纱，露出美丽皎洁的带笑靥的瓜子脸，她的腰身在婚纱长裙裹下，曲线优美，显得格外灵秀丰满；顾维钧则沉浸在幸福甜蜜之中，在黑色礼服、雪白衬衣，以及红领结的映衬下，他的额头、鼻梁放着光彩，目光闪烁着爱的火焰，他目不转睛地凝视着新娘的红唇，恨不能立即给她一个长吻，但他抑制住自己的情欲，乖乖地听从司仪的安排。夫妻对拜，他们按照新式婚礼没有相互行跪拜礼，而是相互九十度鞠躬。那一瞬间，不知怎么，顾维钧脑海里忽然闪现出五年前与张润娥拜天地拜父母、夫妻对拜时的情景，他像个木偶，任人摆布，没有感觉、没有情欲、没有喜悦，只有麻木懵懂。他只看见张小姐红裙下一双小脚，迈着纤纤细步，来回移来移去。

张润娥在他心头只闪过几秒钟，毕竟那种尴尬已经过去，他现在正式组建了家庭，梅成了他称心如意的妻子。婚礼仪式终于结束，婚宴开始，宾主陆续就座，能容纳上百人的偌大宴会厅顿时座无虚席。顾维钧刚刚坐稳，就见他大哥顾敬初悄然走近，低声说："三弟，你快随我来一下。"两人来到厅外走廊，大哥从上衣内胸，掏出一大红信封，右上角贴着一金色双喜字，正面写着一行工整楷书：顾维钧先生亲鉴。

启封展开来看，原来是一幅红底黑字的对联，今天顾家收到几十副贺喜的对联，这不足为奇，可是这副对联内容却很不一般。上联是：博士完婚前程似锦富贵双全切忌薄情寡义；下联是：痴女遭弃命途多舛形影单只怎度此世今生。

"三弟，这是冲着你来的呀！几年过去了，没想到张家仍然对以前的事耿耿于怀。我看，我们拒绝收下这副对联，给他们退回去！那个送信的还在门口等回音呢！"

"不可。大哥，张家虽然送来这样不适宜的对联，但他们还是很克制的，只是发泄一些怨恨而已，没有太出格的话。平心而论，张家小姐是无辜的，我总归是有负于她，她也是旧礼教的牺牲品。这样吧，大哥，你给那个送信的人六块大洋，并请他转告他主人，谢谢他们的对联。"

"三弟，你有这样的大气量，大哥我真心佩服。的确，冤家宜解不宜结，和为贵，既不能成近亲，也不能为仇。当初我极力规劝你与张家成婚，也是眼光短浅呐！"

"大哥何必自责！你也是为了不违背父命，也为了让我尽孝。事情都过去了，无须再提。你说的对，和为贵，与张家不可成为仇人。"

"唐老先生真有眼力，断定你是个干大事的人，所以选中你作乘龙快婿。我说的对吧！"

"你别夸我啦！能娶到梅，也是我的机缘。大哥，你快去见那个送信人，别叫人家等得不耐烦了。"

"我这就去。你也快回宴席就座吧！"

顾、唐二人蜜月刚刚度完，国内局势急转直下。袁世凯为对付南方数省因宋教仁被刺杀掀起的对抗声浪，将涉案的赵秉钧以辞职名义撤换，任命段祺瑞为代理总理，同时他批准政府向外国大举借款，用以补充军队军饷和武器。此举更遭到江西、安徽、湖南、广东等省都督强烈反对。唐绍仪原计划的调停行动不得不放弃。袁世凯仗着手中军队装备精良，挥师南下，将几省都督解职。孙中山决定兴师讨袁，于是南方各省（除上述外，加上湖北和四川、上海、江苏等）纷纷宣告独立反袁，这就是中国近代史上所说的"二次革命"。

但"二次革命"很快失败，国民党临时招募的军队难以抵挡袁世凯精锐部队的猛烈攻击，各省军队节节败退，先后坚持了不足两个月。领导这次"革命"的孙中山、黄兴不得不再次逃亡日本。

袁世凯荡平南方后，清除了他通向专制独裁的最大障碍。但为了掩人耳目，还要利用国民党势力已经大大削弱的国会，来选举中华民国的正式大总统。在这年10月召开的国会议员总统选举中，议员们在便衣军警包围下，被迫投票三次，才使袁世凯如愿"当选"。

这年10月10日双十节，袁世凯在故宫太和殿举行了规模盛大的民国两周年开国纪念和就职大总统的庆典，文武百官、各国公使、各界名流云集，庆典之后又进行了北洋军队的阅兵式，袁世凯威风八面过足了大总统和三军大元帅瘾。但集政权军权为一身的大总统仍然对国会内的国民党残余势力耿耿于怀，庆典之后，他又唆使各地文武要员纷纷致电北京，指责国会内国民党议员干涉行政、颠覆政府、危害国家，要求驱逐国民党议员。袁世凯借此指责国民党为乱党，下令解散，国会内的国民党议员凡坚持过去立场的统统被清洗。一个党派云集、维持着表面民主的国会，彻底解体了。

袁世凯摧毁了辛亥革命后建立的国会，自然也就抛弃了"临时约法"，为了使他推行的军事专制独裁制度合法化，他又指使手下炮制了一个"新约法"，鼓吹"大一统"的皇权思想，将原先政府机构彻底颠覆，撤销了国务院，设立所谓"政事堂"，类似前清的"军机处"，任命其亲信担任"国务卿"。改地方官制，各省行政长官改称巡按使，撤销各省都督，改设将军，而将军的任命权在由袁世凯直接控制的将军府……

袁世凯一步一步欲把年轻的中华民国引导到何处？许多关心国家前途的仁人志士都觉得眼前迷茫、忧心忡忡。

第六章

国难临头

就在袁世凯为权欲心所驱使，肆无忌惮地在独裁专制道路上越走越远的时候，远离中国的欧洲各强国正在酝酿一场你死我活的影响世界进程的大厮杀。

十九世纪末二十世纪初，欧洲北美各强国经济发展到一个新的历史阶段。金融寡头控制了国家政治和国民经济的命脉，垄断资本为无限攫取利润，争先恐后地占领海外殖民地，凭借着坚船利炮疯狂掠夺海外销售市场和原料市场。但是强盗也有分赃不均的时候，白脸强盗和黑脸强盗、饿狗和饱狗之间在可抢的东西越来越少的时候，总要相互掐架，咬得你死我活。而他们动用的不是牙齿，而是枪炮和战舰，各国都在高谈和平，但也都在疯狂备战。

1914 年 7 月，欧洲终于爆发了两大军事政治集团的战争，一方是德国、奥匈帝国为主的"同盟国"，另一方是英国、法国、俄国为主的"协约国"。战争的导火线在巴尔干半岛的塞尔维亚，仅仅两三个月时间，战火燃遍全欧洲，而且扩大到北非、亚洲和美洲。世界上先后共有三十一个国家卷入了这场人类大厮杀。

在亚洲，有哪些国家先后杀入战团呢？除了近东、中东距离欧洲较近的少数国家，再就是东亚。东亚与欧洲相距万里，何以会被欧战波及呢？山中无老虎，猴子称大王。英法俄德奥诸强专注于欧洲战事，无暇顾及亚洲事态，这就为日本这只狡猾的"猴子"提供了良机，它"呀，呀"地拔出了战刀，扑向了要厮杀的目标。这目标既不是欧洲的西线战场，也不是欧洲的东线战场，而是中国的山东半岛。

1914 年 8 月日本向占据中国山东胶州湾的德国发出最后通牒，要求德国撤出中国胶州湾的军队和附近海面舰队，将胶州湾交给日本。并于 9 月 2 日，派两万日军突袭登陆山东半岛北部的龙口和莱州，当天占领黄县、掖县，并分兵三路抢占胶济铁路上的重镇潍县、平度和金家口。其意图很明显：向西占领济南，向东占领青岛和胶州湾，控制胶济铁路全线，取德国而代之。这是假借向德国宣战，公然侵犯中国领土主权的罪恶行径。更不能容忍的是，日军在铁路沿线，霸占民房、掠夺粮食、强奸妇女、滥杀无辜，完全把中国人当作被征服者和奴隶。山东都督发电向北京告急。

初秋的北京城，风和日丽，天高云淡。东单西单，前门大栅栏，景山北海，皇城根，王府井，长安街，像往常一样，做买卖揽生意的，拉煤的运水的，逛街的听戏的，游玩的走街串巷探亲访友的，各干其事。好像千里以外发生的天塌下来的事，这里压根儿都看不见听不着。也难怪，那年月没有收音机没有电视机，更没手机这些现代通信玩意儿，普通老百姓哪里知道千里之外的惊天动地的事呢？可是，作为整个国家当家人的政府，在第一时间就得到了日军进犯的消息。

中南海居仁堂议事厅，袁世凯正召集内阁紧急会议，商讨如何应对日本军队进犯山东。奇怪的是当大总统通报了这个糟糕的消息，征求大家的意见时，竟然长时间哑场。那些平日里善于夸夸其谈的高官大员，那些目中无人趾高气扬的将军，那些自负有济世经邦之才的智囊谋士，一个个噤若寒蝉，大眼瞪小眼，或眼观天花板，或低头蹙眉作沉思状，谁也不敢放这第一炮。列席会议的还有三个年轻人，是总统特别批准邀请的。一个是外交部参事、曾留学美国的博士顾维钧；一个是曾留学英国、外交部条约审查委员伍朝枢，即老资格外交家伍廷芳之子，也是顾维钧的好朋友；还有一个是金邦平，曾留学日本，国务院参事。这三人都在国外学过法律，袁世凯的意思大概是如果与会者对国际法律有何疑问，可以向三人咨询。

顾维钧此时心潮起伏不可名状。第一次参加这样重要的会议，在国家安危的紧急关头，他期待着总统和总统身边的这些栋梁要员，对抑制外国的疯狂侵略者做出合乎逻辑的反应，提出反制侵略者的对策，给国民一个满意的交代。可是他失望了，面前的这些顶级人物，不是装聋作哑，就是长吁短叹，或是愣神地等待大总统的指示，他们究竟在顾虑什么呢？

坐他对面的要员，正是他的部门上司、外交总长孙宝琦。这位红光满面、正当盛年的总长却低头缩目，来回捏搓着自己的十根手指头，好像要发现指纹上有什么秘密似的。这位孙先生在前清可是位朝野皆知的大人物，曾当过山东最后一任巡抚，还当过清政府驻德国和西班牙公使，然而最使他闻名朝野的不是他做了多大的官、担任过几国公使，而是他有五房姨太太、二十四个子女，并与皇亲贵胄朝中大臣广结姻亲，包括现在主持会议的民国袁大总统也是他的儿女亲家。作为外交总长，此时正应该挺身而出，发表自己见解的呀！你为何缩头不语呢？顾维钧好生纳闷，不知这些大员们都琢磨什么！

正在他内心纠结、百思不得其解时，袁世凯发话了：

"今天在座的三位参事，都是留过学的洋博士，请你们说说吧。顾博士，你是学国际法的，请你先起个头。"

顾维钧没想到大总统点了自己的名，他只好应声站起身，说："既然大总统先叫我说，那我就斗胆进言了，有不对之处，请总统和各位总长包涵。"

"你坐下说，坐下说。"袁世凯抬手示意。

顾维钧重又坐下，略一沉吟，决定开门见山亮明自己的观点："各位知道，欧战爆发时，我国已经宣布保持中立，按照国际法，交战国必须尊重和保证中立国的中立立场。日军突然在龙口和莱州登陆，是公然违背国际法的侵略行为。日本军队借口对德宣战，侵犯中国作为中立国的主权，我们中国有责任有义务保卫自己的国土，维护自己的中立。总之，必须抵抗日本的侵略，理由是很充分的，也是显而易见的。"

顾维钧言简意赅讲完自己的意见，慢慢舒了口气，好像缓解了压抑在胸中的憋闷。在场的高官们一时刮目惊看：后生可畏，后生可畏呀！也有的表现出纳闷：真是初生牛犊不怕虎，张口维护主权，闭口保卫国土，谈何容易呀！他们内心嘀咕，可面目仍无表情。

"伍博士，你是留英研究国际法的，请你发言。"袁世凯又点名了。

伍朝枢是一位白净皮肤、年纪与顾维钧相仿的青年人，戴副金丝眼镜，发言慢条斯理，不紧不慢，却掷地有声：

"我完全同意顾博士的观点。我们中国必须履行中立的义务，按照国际法保障自己的权利。我们不能沉默，沉默等于是对日本侵略行为的默认。"

顾维钧暗自喝彩：不愧是伍廷芳老先生的儿子！他向伍朝枢递去赞许的目光。伍朝枢也回应他的目光，他们的心是相通的。

袁世凯又点了金邦平的名。此人已三十三岁，十九年前曾在日本早稻田大学留学，回国后大部分时间在袁世凯手下当差，民国成立初在中国银行筹备处干过总办，现在国务院当参事。或许是年龄比顾、伍二人大几岁，经历的多一些，显得城府较深，只说了几句不疼不痒、不着边际、圆滑躲闪的话：

"这个，我的意见嘛，日本在山东对德宣战，造成的局势超乎常规，超乎常规，情况太特殊了，如何应对，我嘛，这个，实在难以表示一个明确的意见。"

没有明确意见，其实也是一种意见，在这样大是大非的关键时刻，退避、不敢言声，不就是姑息纵容吗？顾维钧暗想：金的态度令人失望，他是糊涂呢，还是不敢说呢？难道他心里没有激起一点点对侵略者的愤恨吗？

会议又冷场了。那些个总长、将军们仍然无语。你看我，我看你，似乎等待大总统发话。袁世凯把目光转向了段祺瑞，这个在内阁中举足轻重、除袁世凯外军界最具实力的铁腕人物。

"芝泉啊，还是你说说中国军队能不能采取行动，和能采取哪些行动？"

"总统，如果你下令，部队可以抵抗，设法阻止日军深入山东内地。不过……"

段祺瑞咽了口唾沫，似乎很难启口，然而还是费力地挤出两句话，"不过，武器、弹药不足，作战将十分困难。"

"如果抵抗，我们可以维持多少日子？"

"四十八小时。"

"也就是两天？两天后怎么办？"

"听候总统调遣，总统说怎么办就怎么办。"

袁世凯不再问了。会场又陷入沉默。

段祺瑞的回答使顾维钧颇感吃惊：一支装备精良的对付国民党人可以杀气腾腾大显威风的十几万大军，对付两万日本侵略者却只能勉强抵抗区区两天，说得过去么？战斗力转眼就消失了么？他暗暗感到，段祺瑞是否在说假话，战争假如打起来，十几万大军怎么也得坚持两三个月或半年以上吧！或者，段是不是有意保存实力呢！可是国家养军队干什么，难道是为了专打内战吗……他不敢往下想了。

"幕韩,"袁世凯把脸转向孙宝琦,"你是外交总长,说说如何应对眼下这局面吧!"

"这个……"孙宝琦没料到总统又把球踢给了自己,原想段总长已经把话说尽了,中国军队只能坚守两天。外交又能有什么作为?谁有本事能使局势转圜?于是,他尴尬地苦笑一声:"我没有成熟的意见,愿听总统指示。"

袁世凯瞪了他一眼,心里骂道:龟孙!连人家二十多岁年轻人都不如,亏你还是总长哩!丢人不丢人!若不是看老亲家份儿上,我要让你下不来台!

袁世凯知道也问不出子丑寅卯了,从上衣口袋里拿出一张纸条,看了看,无奈地说:"根据国际法我们应该收回领土主权,可是大家知道,日本军队突袭山东时,我国毫无准备,仓促应战,胜利无望,怎能维护中立国的权利义务呢?"

顾维钧心想,这两句话是对我和伍博士说的。且看他下面如何说。

"国际法是洋人制定的,"袁世凯继续说,"我们中国人为何不可以根据实际情况制定我们的国际法呢?我介绍一些实际情况:十几年前,我们遇到过与现在类似的情况,1904年至1905年日本军队进攻辽东半岛,与防守的俄国军队交战,当时清朝无法阻止日军行动,不得不保持中立,给双方划出了'交战区'。历史经验可以借鉴。这就是说,我们现在可以照那次先例也划出一条走廊,日本军队可以通过走廊进攻青岛和胶州湾的德国守军,中国不干涉他们在此区域内通过,但在走廊以外中国仍保持中立立场,交战国不得进犯。大家说这个办法怎样?"

几个总长像被观世音用杨柳净水点到了死气沉沉的泥胎身上一样,顿时一个个活跃起来,七嘴八舌地表示赞同,孙宝琦总长还笑嘻嘻恭维说:"这是唯一可行的办法呀,也就是总统有这样的大智慧,一道难题迎刃而解啦!"

接着袁世凯下令三个参事迅速起草了一份中国政府关于山东事态的声明和执行中立的细则,并经总长们审阅和他本人批准后,尽快由媒体公布,同时由外交部通报各国使馆。

可是正如顾维钧预料的那样，这一纸声明简直是一张废纸，毫无约束力。对一伙入院抢劫的强盗，院主人和和气气地说："你只可在东屋抢，不可在西屋抢。"可是，强盗哪管你什么东屋西屋，哪有财宝他就抢哪里。实际上这声明倒是怂恿了日本军队，趁德军无兵防守而中国军队作壁上观的时候，肆无忌惮地向山东各地迅速推进，很快占领了胶济铁路各主要车站，并控制了青岛和胶州湾。大半个山东处于日寇铁蹄践踏之下，凡是有爱国之心的中国人谁不忧心忡忡呢？

有历史学家预言，日本帝国决策层通过在山东的轻易得手，摸准了中华民国政府高层的脉搏，得出了这样的判断：中国的民国政府与腐朽无能的清政府没多少区别，同样的虚弱无力，同样的惧怕洋人！欧战正紧，各列强无暇东顾，这正是日本肆意扩张的绝佳时机，他们能不紧紧抓住吗？

1915 年元旦刚过，袁世凯还沉浸在岁末的一系列重要军务国务活动的陶醉之中。首先是在军队终于建立了"模范团"，这是他近年一直朝思暮想的大事。建"模范团"名义上是为了改造北洋军队，改变传统落后的练兵方式，创办中国式士官学校，用新的教育方法，打造能适应现代战争的军队，但暗中却是另有用意：防止段祺瑞在军中培植自己的势力，因为他已经觉察到这个羽翼越来越丰满的铁杆老部下对他已经怀有了二心。袁世凯还有一个隐秘的目的：想让长子袁克定逐步插手军权，为日后能子承父业打好基础。段祺瑞自然也是极精明的人，对老袁的企图心知肚明，他极力反对建所谓模范团，并力图阻止袁克定当团长。最后袁改变策略，自任团长，并让儿子当了筹备委员，段祺瑞眼看老袁在自己势力范围安上一把楔子，自是愤恨不已。第二件事，袁世凯把祭天祭孔推向极致，去年年初以来袁世凯亲自下令发布尊孔祭孔和祭天令，年末袁世凯更是身体力行，身穿离奇古怪的长袍祭服，亲率文武官员到北京天坛举行盛大的祭天活动。袁世凯尊孔祭天，大有深意，中国历代帝王都把尊孔当作"敲门砖"，用祭天显示自己是一统天下的"天子"，袁世凯迫不及待的祭天复古，已是司马昭之心——路人皆知。第三件事，就是公布重新修订的《大总统选举法》，据此选举法，袁世凯可以连选连任，实际上成了终身总统。在明眼人看来，总统已经离皇帝只差半步，所欠的只是一个名号了。

这几件事他办得还算圆满顺利，不动声色却又风风光光，心里抑制不住扬扬得意。这天下午，正当他坐在舒适的圈椅里，拿着几幅祭天的照片凝神玩赏时，就见外交次长曹汝霖和一名参事急匆匆走进来。

袁世凯放下照片，颇显得纳罕："润田，你怎么来啦？"

"报告总统，日本公使日置益要求特别会见您，现在已经到新华门外了。"

袁世凯顿时皱起眉头："日本公使不是回国述职了吗？"

"上月返回了使馆。今天到部里说他已经归任，非要立即觐见总统，还说如果我不陪见，他就直接约见总统。"

"这么急匆匆的，有什么急事呢？"袁世凯心里顿时有一种不祥的预感，黄鼠狼给鸡拜年，准没安好心！他沉吟片刻，无奈地说："既然他来了，也不能怠慢了。传话，安排在怀仁堂见。"

日置益，这个看上去五十出头的日本公使，营养充足，脸面红润，留着两撇上翘的唇髭，他挺胸急步迈进议事厅。尾随他的还有使馆一位参赞和一名书记官。

等在那里的袁世凯和曹汝霖等笑脸起身相迎。袁世凯主动问："公使先生，近来可好吗？"

日置益淡淡地说："我很好。大总统也好吧！"他转身介绍他的两位助手："这是使馆参赞小幡酉吉，书记官高尾亨。"

袁世凯暗忖：这架势绝非一般拜访，究竟有何贵干，还是来者不善呢？

果然双方落座后，不等袁世凯发问，日置益就从公文包里取出一叠文件，脸色严肃，语气凝重。

"总统阁下，我今天特别要求会见，是有非常非常重要的事情。"

袁世凯心里咯噔一下，暗道：什么重要的事情呢？你们轻松地侵占了胶州湾和胶济铁路，整个山东都在你们控制之下了，还有什么非常重要的事呢？龟孙，倒要看看你放啥屁！

"我这样说绝非耸人听闻、无的放矢。"日置益捋了捋两撇黑胡子，加重了语气说："我们两国本应亲善，互相提携。可是近年来两国的想法沟通不畅，以至于产生不少误解。在中国来说，对我们日本采取的种种举措多有疑虑，因而，"他故作姿态地缓了缓语气，脸上闪过一丝冷笑，说：

"日本政府为了对大总统表示诚意，愿将多年悬案和衷解决，以达到日中亲善的目的。兹奉政府训令，面递条款，愿大总统赐以接受，迅速商议解决，并守秘密，实为两国之幸。"

说完日置益将条款说帖推送到袁世凯面前。袁世凯展开来看，中日文对照各一件，那说帖纸上还隐约有无畏战舰和机关枪的水印图案，他顿时觉得好像有股火药味迎面扑来。当他快速浏览了中文稿后，心下大吃一惊，头上直冒冷气。文件有五大号内容、共二十一条：其一，日本要求享有德国原在山东的一切权益，中国不得将山东的土地出让或租给他国，日本有权在省内建造铁路和开辟港口。其二，将旅顺大连租借期和南满、安奉铁路交还期延长至九十九年，日本人在南满和内蒙东部享有土地租借权居住权，以及开矿等权利。其三，设在汉阳的汉冶萍公司须中日合办，附近矿山不准公司以外的人开采。其四，中国不得将沿海港口、海湾及岛屿，出让或租给他国。其五，由日本人充任中国政治、财政、军事顾问，日本在中国内地设有的医院、学校、寺院拥有土地所有权，以及允许优先在武汉、南昌、杭州、潮州等地修筑铁路，在福建省内修铁路开矿等。

"这是要灭亡中国呀！"袁世凯脸色一阵黄一阵白，内心交织着惊诧、害怕、愤怒和无奈。按说他一生经历过多少军事的阵仗和政治的风险，不该心慌如此，可如今他面对的不是国内的对手，而是骄横跋扈的东洋外交官，他们背后有一个武装到牙齿的强盛帝国。他静不下心来，不知如何措辞应对，他急得掏出手帕，揩了揩额头上憋出的冷汗。

日置益两颗精明的眼珠子直勾勾盯在袁世凯脸上，好像猜透袁世凯的内心紧张一样，于是又阴恻恻地说："中国的革命党已在日本暗地秘密活动，与政府之外的日本人密切接触，使得日本国民已经相信中国大总统是排日的，从而在情绪上很不满意袁大总统。如果袁大总统接受日本政府这个文件上所提要求，必定使日本国民对大总统感觉由不满转为友好，以后大总统要是遇到难事，日本政府也好出面相助。"

日置益最后这句话的弦外之音，袁世凯自然不会听不出来。他暗道：龟孙！他们这是想以助我实现帝制为条件，迫使我吞下这丧权辱国的"二十一条"！他一双虎眼对着那"二十一条"，扫过来，扫过去，想着该说句什么话应对，终于，他拿起文件有气无力地说："公使阁下，这外交文件按照惯例，应该送到外交部吧？"

"惯例是送贵国外交部。但这次是特殊的非常重要的情况，属于例外。"日置益皮笑肉不笑地答道。

"不过，"袁世凯眨了眨眼睛，斟酌着说，"这些条款对我来说，有些突然了，我们需要商量一下。"

日置益立刻铁青着脸："商量可以。不过日本政府没有更多时间等待，请大总统的代表尽早与我开始商谈。另外我再次强调，贵我双方必须严守秘密，绝对不能让外界知道，否则我方将采取反制行动。"

日置益等人夹着皮包走了。袁世凯站起来，气急败坏地用拳头擂着桌子，吼道："他奶奶的，这不是敲俺老袁的竹杠吗？"

"大总统息怒，此事可从长计议。"曹汝霖进言。

袁世凯立刻觉得自己在下属面前失态了，他尴尬地苦笑两声"啊，哈"，脸色恢复常态，对曹汝霖说："润田，你赶快回去，跟幕韩先通个气，商量出个对策办法来。"

曹汝霖离开后，袁世凯回到自己办公室，把那份日置益留下的"二十一条"使劲儿往案头一摔，盯着它直运气！他自言自语道："这些东洋倭寇，二十年前在朝鲜我袁某就领教过他们的狠毒，现在又来缠上我了，这如何是好？"

他坐立不安，倒背手围着那套紫绒黄垫加长大沙发来回转悠，活像个磨道里的驴。当年他在朝鲜身历险境的一幕幕情景又浮现在眼前：

1885 年 11 月他凭借李鸿章的赏识和推荐，到汉城担任"驻朝商务委员"，其职责是"驻扎朝鲜总理交涉通商事宜"。这是他生平第一次得到清政府的任命，是他迈上官场的第一个重要台阶，也是他摒弃科举凭借自己能力和本事走上仕途的成功例证。正当他春风得意、踌躇满志，打算在朝鲜大展宏图的时候，朝鲜局势风云突变：1894年春，朝鲜东学党人在南部全州一带爆发起义，袁世凯力主清政府出兵帮助朝政府镇压，而李鸿章担心会引起日本出兵干涉，但袁世凯电告国内"日本肯定不会出兵"，敦请清政府赶快派水师赴朝平叛；当中国宣布派兵舰赴朝时，待在日本的驻朝公使大鸟圭介借口保护使馆，亲率海军陆战队四百人从日本快速赶往汉城，紧接着又有大批日军开进朝鲜，并声明不承认朝鲜为中国属国；袁世凯感到形势严重，但他仍然坚持清军在南部帮助朝政府剿匪，失掉了进驻汉城对抗日军的有利时机；东学党起义被镇压后，中国政府建议中日两国同时撤兵，日本置若罔闻，反而向朝政府施压，提出全面控制朝军事及内政的所谓改革方案，朝君臣在日军胁迫下，宣称朝鲜不再是中国属邦，而是独立国家。由此，结束了与清朝二百五十多年的宗藩关系，也断送了袁世凯在此大展宏图的志向；日公使还扬言，要派军队押送袁世凯出境，当时袁世凯身边没有一兵一卒，只有唐绍仪坚守岗位，其他办事人员皆逃离，身处危境，袁急电国内，允准他下旗回国。而直隶总督北洋大臣李鸿章仍然幻想俄国调停，复电说朝鲜尚未正式声称不是中国属国，应密劝朝鲜坚持，告诫袁"勿怯退"。那些日子，亲日派嚣张跋扈，朝鲜政府被迫"改革"，日军也扬言要炮轰公署，袁世凯惶惶不可终日，又赶上旧疾复发，高烧不止，接连发电报恳求准予回国，唐绍仪也致电李鸿章，言袁"病日重""势急情迫"，乞恩调袁回国。鉴于中日关系破裂，清政府最终同意袁世凯调离回国。袁启程时又得到东学党人要在途中行刺的情报，仓皇中改变行程，逃到仁川，上了清军的平远舰，这才惊魂附定，总算平安返回天津。

这段经历不堪回首，刻骨铭心，他从心底仇恨倭寇，却又害怕倭寇。眼前桌面上的这苛刻的"二十一条"，就像一叠催命符，他每看一眼都要心惊肉跳。他思来想去，究竟该采取什么对策呢……

这时，秘书夏寿田进来报告："大总统，陆征祥先生在外面等候传见，您看……"

不等秘书说完，袁世凯就招手示意："快，快请他进来！"

身穿灰呢西服、白衬衣打着黑色领结、腋下夹着公文包、举步沉静的陆征祥走进时，袁世凯迎上去和他握手。"子欣呐，一路上还好吧，长途旅行肯定劳累了，本想让你陪夫人在欧洲多逗留些时日，可是国内近期实在是外事繁忙，电召你回来也是情非得已呀！"

"大总统不必客气，如今强邻环伺，外事羁縻，国家有难，征祥接到电报，不敢滞留一天，星夜赶回。有劳大总统亲自派车到塘沽码头去接，征祥真是受宠若惊。"

"这点小事，何需挂齿呀！快快请坐。"

陆征祥说声"谢谢"，便在袁世凯对面坐下。夏秘书把两杯茶放在他们面前，返身离开。袁世凯继续关切地问陆征祥，"子欣，住处安顿好了吗？"

"暂住国际饭店。"

"我看你离开这几个月好像瘦了。尊夫人还好吧？你把她一人留在万里之遥的欧洲，放得下心来吗？"

袁世凯几句嘘寒问暖的话，让陆征祥感到非常亲切和温暖。民国初年，政府高层和外交界皆悉知，外交总长陆征祥以前在俄国当翻译时，曾娶了一位出身名门、娴淑优雅、风姿绰约的比利时女子培德为妻。当他担当唐绍仪内阁时期的外交总长时，夫妇俩成双成对常出入外交场合，陆的外交能力和才华得到夫人相助如虎添翼，招来许多国人嫉羡的目光。近两年陆征祥官场几次沉浮，唐绍仪挂冠后，他曾担任内阁总理兼任外交总长，但几个月后便辞职。只因他不谙政治权谋，厌恶党派争权夺利，也根本不愿再担任政府要职，但袁世凯正是看中他不持政治立场、性格温顺、比较听话这一点，挽留他继续担任外交总长。1913年他代表中方与俄国谈判外蒙问题后，离开外交部，被袁世凯聘为总统府外交顾问。去年夏天他告假半年陪同妻子回欧洲探亲，假期未满，就接到袁世凯急电，原来老袁被日本军队侵占山东搅得寝食难安，眼见孙宝琦对日交涉不力，遂萌生换人之意，因此急电召陆回国。陆征祥也真是个实在人，到北京刚放下行装就来向大总统报到了。

"谢谢大总统关心。我夫人虽说暂时跟我分开了，但她在比国亲朋好友众多，会很快适应的。不过战争的阴影时刻笼罩在比利时国民头顶上，不知什么时候灾难会降临。"

"比利时不是中立国吗？"

"是中立国。但战争期间谁敢保证侵略者不破坏协议，入侵中立国呢？"

"看起来不光是我们亚洲东方弱国受欺负，即使欧洲，也是弱肉强食！天下之大，弱国哪里有说理的地方？子欣，你今天来之前，我这里刚刚发生一件惊天动地的大事！"

"惊天动地？"陆征祥睁大眼睛，颇为迷惑。

"是惊天动地，可暂时还没爆炸开。你先看看这个吧，刚才日本公使送来的。"袁世凯显得有气无力，把那叠文件推到陆征祥面前。

陆征祥不敢怠慢，接在手里一页一页逐句细看，当他看完最后一页时，两手禁不住颤抖起来。

"大总统，这，这岂不是另一个《马关条约》吗？"他几乎失控地叫起来。

"子欣呐，你先别急。"袁世凯反倒变得冷静了，他眯起一双虎眼，叹口气说："马关条约是中国战败后留下的耻辱，可这'二十一条'并不是战败后的结果，而是和平时期谈判的草稿。"

"《马关条约》虽然是耻辱，但毕竟中国还打了一仗，尽管是一场惨重的败仗。可这'二十一条'还没等打仗呢，就要逼我们接受，除了没赔款，这比《马关条约》还丧权辱国啊！"陆征祥愤恨地说。

"那么以你之见，我国当如何处置眼下这危机呢？"

"一不做二不休，把这'二十一条'给日本公使退回去，拒绝他们的蛮横要求！"

袁世凯惊讶地瞧着陆征祥，暗想：没料到这个文弱洋秀才能说出此等话来。真是不在其位不谋其政啊！他苦笑一声，说："子欣呐，你想过没有，拒绝的后果就是战争。日本人是说到做到的民族，他们的侵略本性我早就领教过。战争一旦打起来，我们中国肯定要打败仗，我们没有那么多大炮和机关枪呐！说句实话，我国军队战斗力根本不能跟日军匹敌，我们又是穷国，没钱没军饷没武器，拿什么跟日本军队拼到底呢？最后军队打光了总不能让老百姓上战场吧，军队没了我们就全完蛋了，什么政府，总统，还有什么总长，统统是人家阶下囚。其实我一个总统受凌辱没什么，二十年后又一条好汉，可是老百姓跟着遭殃哪，千百万人头要落地，整个中国几亿人要在人家奴役之下，这代价可就太大了！你说，我能让战争打起来吗？"

老袁一席话，把陆征祥说得哑口无言。他不得不承认大总统说的是实话，推测得也有一定道理，可是他仍然想不通，中国这么个历史悠久的泱泱大国，就永远受制于这个东洋倭寇？他心里憋气，又一时找不到反驳的理由。

袁世凯见状，心里微微一振，觉得一番话不仅把这个洋秀才打动了，自己也似乎被自己的话感动了，于是接着刚才的话头，继续表达自己的意思："所以嘛，战火燃烧起来，吃大亏的还是咱们中国。为了维持和平，老百姓安居乐业，对日本人的无理要求绝不能简单拒绝，我们要想一个两全其美的法子才是。"老袁说到这儿，故意打住，端起案头上的茶杯，啜了一口。

"大总统已经有办法啦？"陆征祥一双谨慎的细长眼睛顿时有了希望的光彩。

"先跟你吹吹风吧，我还没来得及跟任何人讲。"袁世凯压低声音说道，"日本人逼得很紧，我们先答应谈判，一条一条地争，尽量往后拖延时间，找机会把信息透露出去，特别是透露给英国、美国、法国和俄国，他们总不会眼睁睁看着日本人在中国做大称王吧，到时候，一定会出来干涉，那时我们的压力就减轻了，或许把这'二十一条'给搅和黄了，最不济也得争回它几条，特别是最后那要命的第五号，一定要把它砍掉。"

陆征祥一听，这也算不上什么扭转局面的神机妙策，但比起全盘接受日本人的要求，吃亏略轻一些。但能否达到这一目的还很难预测，一是欧美诸强是否肯出援手向日本施压，不得而知，再是日本人能让中国牵着鼻子走吗？没那么容易呀！

陆征祥把自己的顾虑说了。袁世凯站起来缓缓走到他旁边，轻轻拍了拍他的肩膀说："能不能争取达到我们的目的，就看子欣你啦！"

"我？"陆征祥愣住神了。"此话怎讲，大总统？"

　　袁世凯笑笑，显出一副推心置腹的样子，说："你今天要是没来我这里，我明天还得要专门请你来呢！眼下国家有大难，靠战争解决不了问题，只能靠和平手段，那就是举行谈判。与外国人打交道，我看除了你，任何人都靠不住，你在国外使馆办差二十年，沉稳老练，富有经验，这一两年当总长与外国交涉也卓有成效。所以我打算请你再次出任总长，与这些刁顽日本人周旋，你一定不会辜负了我的期望。"

　　"这么重的担子，征祥恐难以胜任，还是另请能人吧！何况孙总长也必能挑起这副担子的呀！临阵换将总不好。请大总统谋全而后动。"

　　袁世凯摇摇手，说："子欣不必推辞了，就这么定了吧。孙幕韩那边我来安排。"

　　陆征祥不再说什么了，他知道大总统一言九鼎，说一不二，他只能服从。再说大总统对他有知遇之恩，民国第一届内阁组成时，他被任命为外交总长，当时他鉴于过去官场的恶劣积习，特别是用人上的腐败之风，他向袁世凯提出就任总长的三个条件，其中包括各部官员不得向外交部推荐人员，外交部一切管理归总长，任何部外之人不得插手干涉。他还制定了选拔外交官的原则，建立严格考试制度，杜绝一切徇情、请托、任人唯亲的陋习。袁世凯赞成他的要求，并以身作则没有向外交部推荐过一个人。因此，陆征祥得以顺利推进改革，使一个接手时办事低下、前清遗留的外务部烂摊子，面目焕然一新，变成了一个有活力的能适应国家外事需求的近代化办事机构。陆征祥为此呕心沥血、竭尽了全力，因此他对这个亲手创建的新型外事机构始终怀有眷恋的情感，袁世凯请他回任总长他从感情上说没有任何障碍，但他也是个聪明人，非常清楚这次回任与其说是代表中方与日本人面对面交涉，不如说是替大总统顶雷，替大总统做挡箭牌。很明显，这次交涉政治风险极大，弄不好将会使自己身败名裂。不过话又说回来，到了这个关头上，他顾不得考虑个人得失了，为了这个国家免遭战争之苦、为了报大总统知遇之恩，硬着头皮也得上。情思至此，他站立起来，竭力保持着情绪镇定，静静地说：

　　"既然大总统决定了，我服从就是。"

　　"很好，子欣！别有任何顾虑，你专心在谈判桌上与日本人办交涉，台下运作的事交给我，这次谈判每走一步你我都要保持密切沟通，咱们拧成一股劲儿，与日本人周旋到底。"

这时，桌案上的电话铃响了，袁世凯拿起听筒。

"润田吗？什么事？……啊，他们也太催命了吧，告诉他，明天答复。"袁世凯撂下电话，骂了句"龟孙！这帮倭寇真逼得紧呐！"转过脸对陆征祥说，"日本公使催要中方谈判名单，真他娘是催命鬼似的！这样吧，子欣，你先回去提出一个我方参加谈判的名单，除了你和润田，再挑几个得力助手，记住：先不要让其他任何人知道。"

"好吧，我明白，这就告辞了。"陆征祥拎起公文包走了。

袁世凯把夏寿田叫进来，并顺手在一张白纸上写下一串名单，叫他立刻通知这些人，当天晚上七点到怀仁堂来开紧急会议。

当晚他召集国家最高决策人物紧急会议，共商对策。应召到会的主要有这些个人：政事堂国务卿徐世昌、陆军总长段祺瑞、外交总长孙宝琦和次长曹汝霖，其他几个部的总长，加上原总统府秘书长、现任交通银行经理、税务处督办梁士诒。这些人里，徐世昌年纪最长，资历最老，而且与大总统关系也最深，两人的交情可以追溯到当初徐世昌还是个年轻落魄文人的时候，是袁世凯慷慨赠予了徐氏兄弟参加科考的盘缠百两，后来徐世昌中了举人再后来中进士而入翰林，十年后投笔从戎效力袁世凯编练的新军，成为袁的心腹和军师，再后来官运亨通，曾任军机大臣署理兵部尚书、东三省总督、邮传部尚书，可以说位极人臣，煊赫一时；辛亥革命后支持袁世凯逼宫清朝退位，建立共和，但民国初为规避弃清投袁的骂名，暂时退出政坛闲居不出，袁世凯镇压"二次革命"后，政权趋于稳定，徐才应袁恳请出任国务卿，北洋系圈子里的人称他为"老相国"。

为何袁世凯要召集一次秘密的最高级会议呢？毕竟日本提出的"二十一条"是涉及国家安危的惊天大事，老袁实在没有底气独断乾纲，还得听听他的高层助手们有什么真知灼见。但这次会一开始就陷入沉闷，当老袁把日本公使送的说帖内容讲述之后，征询大家有何对策，与会者都面面相觑，惊讶、愤懑、摇头、叹气、不知所措。那个充满强盗口气的"二十一条"

就像一摞凭空而降、沉重而又无形的夺命符咒，压在每个人的背上，大家都低着头蹙着眉，谁也不敢先发声。事情明摆着，说什么呢？大家已经习惯于听命大总统发号施令，特别是事关国家安危的重大决策，谁敢发出与大总统不一致的声音呢？大家都乖巧地等待大总统的表态。但就在这沉默难挨的气氛中，有一人先坐不稳了，因涉及对外交涉，他不得不先放第一炮。此人就是外交总长孙宝琦，不知是因为紧张还是冲动，他用颤抖的手捋了捋颔下那几缕长须，说：

"大总统、老相国、各位同仁，不是我孙某在这里说泄气话，现在中日之间，已无谈判的余地，只有接受日本要求一条路。"说罢，他叹口气。

"幕韩，说说理由吧！"袁世凯说。

"自从甲午战争以来，日本成了我们中国的世仇，庚子年八国联军侵华日本派兵最多，十年前日俄战争瓜分我国东北，去年又大规模进犯山东，我们就像是个被强盗紧追不舍的穷汉，我们打又打不过，只能忍气吞声屡受欺辱，越王勾践卧薪尝胆十年才翻身，我们忍辱负重少说也得三四十年，我们暂时的韬晦，可以少受损失，比打仗划算。至于说是否跟他们谈判讨价还价，我看是瞎子点灯白费蜡，日本人生性冥顽、凶狠狡诈，不达目的绝不歇手，谈来谈去，最终还得向他们屈服，何必多此一举呢！"

"我赞成孙总长的主张。"曹汝霖接着补充说，"依我对日本国民性的了解，他们企图做的事是一定要做到底的。侵略中国是日本帝国的既定国策，他们绝不肯轻易放弃。现在欧战正酣，日本看准了英法俄德等国无暇东顾的好时机，看样子要不顾一切在中国大肆抢劫。我们国弱民穷，军队装备很差，士气也低落，若要跟具有武士道精神的日本军队交手，无异于以卵击石！古语说：人为刀俎我为鱼肉，这就是现实。为保全自己，我们只能暂时忍耐，别无他法。"

曹汝霖这番话，袁世凯还没来得及应答，却惹得一位大员忍不住发话了。此人就是赫赫有名、手握兵权的陆军总长段祺瑞。段祺瑞是个职业军人，说话不像文人那样绕弯子兜圈子，简单扼要，开门见山："日本人欺负咱们中国二十年了，现在又来掐我们的脖子，我们可是个几千年历史的泱泱大国啊，被一个东洋岛国欺负到如此地步，是可忍孰不可忍！我们诸位都是国家的当家人，一而再再而三地屈服于日本，还有何颜面去面对天下人！'养兵千日用兵一时'，日本军队虽有大炮机关枪，我们手里的枪也不是烧火棍！身为军人，到了拼死一战的时候，宁为玉碎不为瓦全！"

段祺瑞一番铿锵发声，语惊四座，使得大家都刮目相看。袁世凯也不觉一惊：这个段芝泉，前后怎么判若两人呐！去年秋天日军在山东龙口登陆时，问他，中国军队若抵抗能坚持多久，他说部队缺少武器军饷，只能坚持48小时，时隔四月，如今却要宁为玉碎，到底是真话还是假话？袁世凯沉吟着摸摸下巴，心里暗自冷笑：芝泉啊，芝泉！别人不知你，我还不知你吗？你这是有怨气没处撒，在这会上趁机发泄呀！

袁世凯心里非常清楚，近年来他与老部下老心腹段祺瑞在建立"陆海军大元帅统率办事处"和军中"模范团"问题上产生了严重分歧，两人关系出现裂缝，而且隔阂越来越深。袁世凯决定搞这两个机构，主要是想削弱和限制段祺瑞在北洋军队中逐步膨胀的个人势力；这些年段祺瑞尾大不掉已成为他的隐忧，他必须重建在军队中的绝对权威；而段祺瑞当然不甘受缚，极力反对和抵制，两人明争暗斗互相较劲，就差撕破脸皮了。因此老段此言一出，袁世凯就认定，段肯定已猜到自己的对日和谈打算，因而一反常态来搅局，既发泄怨恨，又把他自己装扮成一个抗日派。但这样一来，很可能使今天的会议成了谴责日本的声讨会，那可就糟了！中日关系一旦恶化，甚至走向战争，势必破坏自己近年来呕心沥血暗地进行的活动：恢复帝制，建立袁家世袭天下。要当皇帝，那是绝对离不开日本人的援手支持！

老袁思忖到此，一股火气暗自升腾，按他以往的脾气，他会毫不客气地把老段给窝回去。可他今天忍住了，今天召集最高层会议的目的是要说服大家同意他与日本人谈判的决策，而不是由着大家吵成一锅粥、乱成蛤蟆滩。因此必须用转寰、迂回的办法，把段祺瑞的高调用软话劝导回去。于是他咳嗽两声，不等别人发言，先一步说：

"芝泉啊，你说得有一定道理。其实，我何尝不想亲自率军去跟日军拼个鱼死网破呢！可是你想过没有，我们手里就那十来万军队，现在国穷民困，军队筹集军饷困难，又缺少武器弹药，大炮机关枪这些重武器更少得可怜，说句丧气的话，与日军交起手来我们的胜算为零。战争一败，中国即使不亡，也得低头称臣，日本强加给中国的屈辱就不止这'二十一条'了，到时你我这些高官大员，不屈服就得成为阶下囚或刀下鬼。我这绝不是危言耸听，芝泉，你我都是带兵的人，比常人更懂得战争的残酷，战火一旦燃烧起来，千百万人要横尸荒野，老百姓要流离失所，当我们已经预见到这是一场输定的战争，又何必硬要打这场输不起的战争呢？"

"就是战死疆场，也比背个千载骂名好！"段祺瑞脖子一扭，鼻子一歪，似是一副慷慨悲壮的样子。

袁世凯心里道："好你个段歪鼻子！你就演戏吧！你的那点弯弯肠子，我还不知道？既然你口出狂言，那我就将计就计，顺水推舟，让你下不来台。"于是他一按桌子，站起矮胖的身躯，虎着脸，冲段祺瑞说："芝泉，军中无戏言，现在政府会议也无戏言。你既然有如此决心，我就成全你，让你带领十万大军，明日就开赴山东，与日军开战。同时让慕韩通知日本公使，退回他们的说帖，关上会谈大门！你看这样处置如何？"

姜还是老的辣。段祺瑞一时被"将"住了，他嘴唇翕动着，想说什么，可是终于没说出来，脸色有些尴尬。

一直在眯缝着眼睛听他们二人争论的徐世昌，这时打破沉默，出来打圆场。"慰亭、芝泉，你们都歇歇，听我说两句。"于是徐世昌慢慢悠悠、小心翼翼地说出一番道理来，使在座的一班人不由心服口服。

"其实，你们说得都有理由，都不能说错。日本人的刀架到我们脖子上了，逼迫我们签约让权，我们要是签了，就是奇耻大辱，我们得遭全国上下谴责，这辈子下辈子也洗不掉卖国的骂名，芝泉讲的就是这个理。可是选择武力对抗，现在看也不是上策。一是我们打必败，败必辱，战败之后失去的主权更多，慰亭刚才说得也是，我们这些人不受辱就得当阶下囚；二是武力对抗时机不对，日本人是以貌似和平方式外交方式递送说帖逼我们就范，我们也应当以和平的外交的手段给予回答，回答又有两种选择：一是快速回答，拒绝日本要求，退回他们的文件，这种回答十有八九会导致邦交破裂，引发战争，跟选择战争也差不多；二是同意谈判，同意谈判不等于全盘接受他们的无理要求，我们可以在谈判桌上拖延时间，最好拖它三五个月或更长时间，那时我们就有回旋余地；与此同时我们要做好打仗准备，军事的、财政的、后勤的、民间组织等等，这都需要时间进行动员，地不分南北、人不分男女，上下齐心协力，举全国之力抵抗，取胜或许有几分可能。我们这次会议应该对上述几种回答做出抉择。"

徐世昌不愧是老北洋的军师、政坛老手，其洞察世事、思谋划策，的确缜密周全、高人一筹。他看似在袁段二人之间不偏不倚，但其实是倾向老袁。袁世凯当然心领神会，他立即抓住机会，进一步阐述徐世昌的观点。他说："东海所言甚是，思虑很全面。我看就按你讲的最后一种办法跟日本人谈判，尽量拖延时间，我们加紧筹集粮饷、购买武器，积极备战，同时争取欧美各强国同情。我认为西洋各国绝不会允许日本势力在中国独霸，只要他们向日本施加压力，那时我们的回旋余地就大了，也许能把这'二十一条'搅和黄了，即使搅和不了，也要大大减少主权丢失或基本不丢失。一句话：我们要加强备战，但要力争和平解决。大家以为如何？"

袁世凯说完这番话，目光环视大家一圈，最后又盯在段祺瑞脸上，段祺瑞回避着老袁的目光，他心里刚才也反复琢磨：今天大胆跟袁项城叫了一次板，发泄了心中久已积蓄的闷气，胸腔内的怨恨也消了不少。自从老袁建起了"陆海军统率办事处"和那个所谓的"模范团"，他跟老袁疏远了，特别是他跟老袁的大公子袁克定，简直势同水火，那个小袁瘸子看似其貌不扬，但野心不小于其父，近年来暗地加紧复辟帝制活动，梦想着当东宫太子，将来有朝一日也登基做皇帝。段祺瑞看透了他们父子的企图：恢复帝制，首要一条是抓住军权。而手握重要军权又桀骜不驯的他，自然成了袁公子的眼中钉肉中刺。最近坊间又风传谣言，说日军之所以在山东得寸进尺肆无忌惮进犯，是因为中国陆军部无人负责，总长无能，军队不能作战，因而政府不能下决心抵抗，这谣传无疑是针对他段祺瑞的；老段派密探调查，谣言竟出自袁公子那里，段祺瑞气得要发疯，这就是他今天决心在会上公开亮相要武力对抗日本、为自己正名的缘由。他今天表明态度，还有更深一层的考虑，就是让更多的人知道他不赞成帝制。他认为，社会要求民主共和是不可抗拒的潮流，当权者应该顺应潮流，而不是逆反潮流，在这一点上，他要比老袁明智得多。为此，他在高级会议上斗胆公开顶撞大总统，做好了当众挨剋的准备。现在看，老袁的反应似乎并不激烈，给他留着面子，没当场压制他，他的对立情绪也就缓冲了一半。再说他毕竟也是靠跟着袁世凯小站练兵起家的，北洋军队也是他段某人的命根子，真要上前线跟日军拼命，军队打光了，'皮之不存毛将焉附'，那时他自己也就一文不值了，他绝不会冒险走这步棋的。思虑到此，段祺瑞自动下了台阶，说：

"既然大总统、东海先生都说做两手准备，我也就不坚持己见了。同意采取交涉第一，备战第二的对策。"

段祺瑞一变调，其他几个总长也跟进陆续表态。

孙宝琦、曹汝霖本来就是看大总统眼色行事的，这时也是异口同声附和称赞。

梁士诒做过总统府秘书长，是袁世凯的铁杆心腹之一，他早猜测到袁世凯肯定要以谈判跟日本人周旋，说了几句恭维的话："古语说，兵来将挡，水来土掩。不过，眼下还不能兵来将挡，真正动用武力还需要假以时日。大总统深谋远虑、高屋建瓴，眼下当务之急是如何对付日本人的'文战'，口舌之争看来是不可避免了，幕韩兄，以后就等着瞧你跟日本人比谁的舌头硬了。"

"翼夫老兄，我的舌头哪还硬得起来吆！"孙宝琦苦笑一声。他本来不想在会上说什么了，只等会后与大总统私下面谈，他想告诉大总统，他承担不了与日本公使谈判的重任，请求另择贤能。理由是，他现在正患高血压病，经常头晕目眩，思维迟钝，脑子反应慢，恐怕要耽误大事的。当然这是说得出口的理由，其实更深藏的原因是，假如大总统决定谈判，那么自己就要被推上对日交涉的风口浪尖了，但他判断：谈判绝没有好结果，不屈从日本人的压力是不可能将谈判进行下去的，最终还是要在一个屈辱的协议书上签字，谁签谁就得背个卖国贼的骂名。现在梁士诒当场将他的"军"，正好给他一个表明态度的机会，他何不来个金蝉脱壳，置身事外，而非沾这个祸包呢？于是对袁世凯说：

"大总统，对日谈判事关国家安危，使命重大，我作为外交总长，深感才学能力难以胜此重任，而尤其堪忧的是我近期头晕的老毛病又犯了，现在中医洋医都看了，说是血压高引起的，洋医生说正常血压值八十到一百三，我的高压到了一百九了，嘱咐我别太劳累，按时休息，但没有什么特效药。中医也说精神压力过大，血压会急剧上升，给我开了一副偏方，叫'芹菜苦瓜红枣汤'，专治头晕目眩、失眠多梦，但服用多日，似乎效果不大明显。这几日我正派人到处寻找京城名医，可大家也知道，糊弄人的大夫到处可见，而在世华佗踏破铁鞋也无觅处呀，南城北城、东城西城跑遍了，也找不到专治高血压的名医，我就纳闷了，这么大的北京城，就治不了……"

"幕韩，你停停。"袁世凯朝孙宝琦摆摆手，不满意地瞪了他一眼，说："你直说吧，你什么意思？"

"大总统，其实就一句话，我愿辞职让贤。"

袁世凯心里骂了一句：龟孙！又要当婊子又要立牌坊！临阵脱逃，还振振有词！但他嘴上说："既然你身体患病，可以考虑同意你的辞职请求。"

这次袁世凯召集的最高层紧急会议，达到了最主要的目的：决定对日交涉。顺便决定更换外交总长，以陆征祥替换了孙宝琦。

中方代表团很快组成了，除了陆、曹两位总长，还包括顾维钧在内的三位外交官。但狡猾的日本外交官怀着鼠窃狗偷的心理，坚持要求：中方除两位总长外，顶多带一名通日语的助手，组成三人代表团参加秘密谈判。这显然是怕谈判内容泄露给讲英语的美英等国家。袁世凯被迫让步，最后确定由陆、曹两位总长和秘书施履本参加，顾维钧被排除在外。

谈判一开始，日方外交官就盛气凌人，先发制人压中方就范。日置益提出每周谈判七次，周日也不停顿，其意图十分明显，就是要速战速决。但陆征祥完全按照袁世凯的"拖"字诀行事，回绝说：天天坐在谈判桌上，他根本做不到，因为除了要参加内阁会议，还要处理许多其他公务，每周可谈一次。日置益无法驳倒这理由，但坚决不同意每周仅一次。双方最后各妥协一步，议定每周三次，每次三小时。

进入实质谈判，日置益更是冷面霸道，咄咄逼人，强迫中方先对日方说帖有个总体回应，无须逐条商议。这种逼迫中方囫囵吞毒食的招数，陆征祥看透他的用意是把这"二十一条"一蹴而就，压中方尽早拍板定案。陆征祥性格上虽属于柔弱的人，但他心里保持着一条底线：凡涉国家主权尊严的，决不能让。但他在谈判桌上不敢一口回绝，因总统没授权。他采取了模糊回应、软顶软磨的策略，无论日置益怎样诱逼，陆征祥就是不吐"同意"二字，只说"大致可以商议，但需逐条讨论"。日置益见此招不灵，就改口求其次，硬要中方按五个大号表态，陆征祥还是那句话应对："可以商议，但必须逐条讨论"。日置益没耐心了，威逼中方必须在第三次会谈前提出总体对案，还虚伪地威吓：日本帝国为了东亚和平，不惜委曲求全，切望中国政府醒悟，拿出诚意谈判，否则帝国有坚强之决心达到目的。陆征祥感觉对方像个持刀强盗，却对被劫掠者厚颜无耻地说，你要想明白啊，我是忍无可忍了，你要是拿出诚意老老实实交出你的财物，咱们就和平了事，否则哼哼！

在袁世凯幕后指挥下，中方拿出了一个针对"二十一条"的对案，其中取消了对严重损害中国主权的第五号。日本人一看，火冒三丈，中方竟敢把获利最重要的一条取消，意味着独霸中国的企图将不能得逞，于是乎三位外交官甩掉原先还保持的矜持君子风度，狰狞面目暴露无遗。那位被日本人吹捧为"硬汉"的参赞小幡西吉，在陆征祥面前恶狠狠挥动手杖，把谈判桌敲得山响，嘴里吼道："支那人！敬酒不吃，吃罚酒！"但陆征祥不为所动，依然和颜悦色，"请小幡先生息怒，既然是谈判，我方提出对案合情合理，敬酒也好，罚酒也好，先放一边，我们最好还是喝茶！"

喝茶，这是陆征祥拖延时间缓解压力的一大妙招儿，每次开谈之时吩咐手下人上茶点烟，滚烫的茶水需要端起茶杯掀开茶盖儿慢慢吹凉，点烟也得一个一个来，中方人员四平八稳的举止，让日方外交官觉得时间一分分流逝，心急火燎，建议取消喝茶点烟这套程序。陆征祥则说，这是中国传统的待客之道，不好变更。日方虽然面有愠色，也只好勉强同意。小幡西吉暴跳如雷，也同样被不动声色的陆征祥举茶杯化解。

可是，日本人毕竟是日本人，他们已把独占中国认为势在必得，现在欧战正酣，世界上已经没有力量抑制他们的狼子野心。所以日本外交官相当强硬，蛮横无理溢于言表，就像中国已经是他们的囊中之物了。陆征祥和背后指挥的袁世凯也明白，第五号即是亡国条款，死活不能再让。双方谈判一度出现僵持局面，日方为了推进谈判，就将第五号暂且搁置，留待最后解决，谈判得以继续进行。在日方步步紧逼下，中方逐条退让。袁世凯、陆征祥把最终希望寄托在欧美大国调停干涉上。但借助外力能如愿以偿吗？

第七章　屈辱签约

顾维钧自从被排斥在会谈之外，成为一名"场外队员"，但他并未坐冷板凳，甚至比"场上队员"还要忙碌。每次陆征祥与日方会谈后，他都要随同一起去总统府向袁世凯汇报，每当陆征祥谈及日置益、小幡酉吉在谈判桌上如何飞扬跋扈，顾维钧都愤愤不已。他在激愤的同时，佩服陆总长真个好性格好修养，居然能在日本人重压下坦然对待，不急不躁不卑不亢，完全理性地与对手周旋，可以说这种本事在眼下中国外交界无人企及。但毕竟，谈判越来越艰难了，日方威逼日趋紧迫，中方后退的余地越来越小，时间也越来越少，袁大总统和陆总长都把最后希望寄托在美英等大国的干预上。这样，顾维钧的努力自然成了中外各方关注的焦点，不言而喻，顾维钧首先感到了这副担子的分量和压力。顾维钧是抱着"谋事在人成事在天"这样一种心态的，他始终觉得，把中国应当自救的事情寄托于列强身上，无异于指望出现一个大侠来主持公道，搭救横遭抢劫的受难者。如果说前些年他留学美国，对美国的国体制度社会风土人情心存好感的话，那么对另一个头号强国的大英帝国则无半点正面的认识，虽然它们都是讲同一语言，但两国还是有很大差异的。美国是在挣脱了英国的殖民统治，以武力战胜英军而走上独立自主并建立了民主法制发展道路的，华盛顿是个开国元勋；而相比之下，英国还是国王治下，对内政治保守、对外依然是推行殖民主义炮舰政策的大帝国，实在说，他不喜欢英国。何况他对这两个国家驻华公使的直觉感受也大相径庭。

美国驻华公使芮恩施，是一个初次见面就让你感到他是那种热情坦率、尊重你而且能尽力给予你帮助的那一类型的人。当然作为一国公使，不言而喻，他是一位担负政治使命的外交官，但撇开作为公使这一身份外，他还具备为人真诚、爱结交朋友的普通人特征。顾维钧跟他结识是在两年前他和清华学校校长周诒春共同发起创建留美同学会的时候，当时遇到两大困难：一是同学会必须有个相应的会址，二是必须建立一个图书资料馆，以供会员们随时查阅感兴趣的图书报刊，但经费无处筹集。会址问题周诒春通过教育文化有关渠道，很快得到批准，利用故宫东南角的太庙大门内侧一排空闲平房作为会址，无须付房租。另一难题，图书馆建馆购置图书费用，则使周、顾二人大伤脑筋，国弱民穷，政府和民间都拿不出钱。顾维钧只好抱着试试看的心态，去拜访了美国驻华公使芮恩施，请求设法给予支援。芮恩施原在美国时是康斯威辛大学的政治学教授，此时刚刚就职公使不久，一听顾维钧的讲述，很爽快地答应支持建馆的设想，他认为中国是亚洲第一个共和国，对如何治理国家和政府机构很需要加以研究。此后，他很快向国内卡内基基金会寻求帮助，不久同学会就得到了五千美元的款项，同学会的图书馆和会议室终于建起来了。这对于以后进一步联络留欧同学共同组建欧美同学会打下良好的基础。

芮恩施四十五六岁，正当中年鼎盛时期，人看上去说话果断有力，显得精明干练，办事效率极高，初次打交道，给顾维钧留下深刻印象。这次，当顾维钧将中日之间进行的谈判内容，透露给这位美国公使时，芮一开始也大吃一惊，政治家外交家的敏感使他迅速识破日本欲独霸中国的企图，当即表示要将这重要消息尽快报告国内。

反观老牌帝国英国的态度，则给人以隔岸观火的印象。顾维钧拜访资深公使朱尔典时，得到的是一副冷面。朱尔典似乎没有忘记前年与顾维钧交涉西藏问题时，被言辞锋利、初出茅庐的顾维钧反驳得无言以对的窘态，现在顾维钧登门介绍情况，朱尔典就摆威风拿架子，听完顾的讲述，半闭着眼好一会儿没言声，暗想你这黄毛小子也有来求我的时候？顾维钧看透面前这个老狐狸的诡诈心态，知道他还对以前的舌战耿耿于怀，就微微一笑，说：

"公使先生，您在中国当公使多年，应该了解中国对于贵国的利益举足轻重，大英帝国在中国沿海特别是在珠江三角洲和长江流域的贸易和投资有巨大规模，日本的军事侵华野心昭然若揭，经济控制也是志在必得，如果贵国对此采取隔岸观火和漠视的态度，势必严重威胁贵国在华的根本利益。我想这一点，即使智力再低的人也会看破。您是德高望重、深谋远虑的外交家，又是我国袁大总统的好友，肯定对日本人的企图洞若观火、心知肚明。对此，您是绝不会袖手旁观的吧！"

朱尔典暗想，这些何用你来教训我！他鼻子里哼了一声，阴阳怪气地说："我们大英帝国的事就不劳顾博士操心了。不过您既然来通报贵国与日本秘密谈判内容，我当然要报告国内。但有一事我想提醒贵国，大英帝国早在十三年前就与日本建立了同盟关系，而且就目前来说我们的关系是相当牢固的。这一点请您转告陆总长和袁大总统。"

"我们当然了解英日之间的同盟关系。不过，那是 1902 年贵国和日本为了共同对付俄国而结盟的，现时的国际局势已经与十几年前不同了，有了很大变化。况且，国与国之间，既没有永久的朋友，也没有一成不变的敌人。"

顾维钧撂下这几句话，就告辞出来了。他的任务是通报中日会谈情况，没必要跟那英国佬辩论，知道也谈不出什么结果。此行虽无大的收获，但探知了朱尔典的基本倾向，加深了对此人的认识。他是个只知吸中国血的帝国主义分子，对中国绝无交情可言，对其也不能有什么幻想，从他身上，可以看到西方大国居高临下对中国一向采取的傲慢、轻蔑和冷漠态度。回到部里，他立即向陆总长汇报，并建议向英国主要报纸在华记者吹风透气。

顾维钧的努力，几天后得到国际社会回应。纽约、伦敦的主要报纸就登出了日本强迫中国接受"二十一条"的消息，并很快在欧美各国散布开来。日本驻美国公使急电国内询问与中国谈判详情，显然日本政府强加于中国的所谓秘密谈判，并未对各驻外使馆和盘托出。而美国官方和舆论同情中国的反应使日本政府感到极为窘迫和难堪。

可是日本政府并未退缩，反而加大对中国政府的压力。前四号谈判告一段落，最后第五号谈判陷入僵局，日方要谈，中方要弃，各执己见，谈判暂停了三周。一直到 4 月 26 日，日本人耍了个新花样，对"二十一条"突然抛出了一个所谓"修正案"，要中国政府在 5 月 1 日前答复。这个修正案将第五号条款拆整为零，即：其一，原封保留两条：武汉至江西、杭州、潮州的铁路建筑权让与日本；日本在福建享有筹办铁路、矿山、整顿海口的优先权。其二，由中国外交总长以后声明：中国政府必要时，聘请日本人为政治、财政、军事顾问；中国政府允许日本臣民在中国内地设立医院学校、租赁或购买土地；中国可派遣武官到日本协商采买军械或合办军械厂。其三，由日本公使以后声明，传教问题日后再行商议。

明眼人一看就明白，这个"修正案"其实换汤不换药，只是换一个说法强迫中国政府就范。陆征祥在日本人的限期内提出了中国对案，说明中国答应签订前四号，已经是"让到极点，无可再让"，并阐述了理由。时隔一周，5月7日下午日本公使日置益向中国外交部递送了最后通牒，通牒继续玩弄花招，把日本的赤裸裸胁迫，说成是"忍无可忍"，并虚伪地称日方"酌量邻邦政府之情谊"，将修正案第五号与此次交涉脱离，以后另行商议，但协议内必须保留"在福建省筑路开矿建港"等内容，而且强调"修正案所记载者，不能加任何之更改，速行应诺"。该通牒限两日内做"满足答复"。否则，日本将在山东和"满洲"地区采取必要军事行动。这个最后通牒，表面看第五号与这个协议脱离，但依然保留了最重要的内容，而且"日后另行商议"，无疑为继续逼迫中国答应聘请日本担任政治、财政、军事顾问等控制中央政府的亡国条款，埋下祸根。这仍然是换汤不换药，而且不允许中方讨价还价了。袁世凯慌了，急忙召集最高层会议商议对策。

在这紧要时刻，顾维钧突然病倒了，全身骤然发冷，唐宝玥给他裹了两层棉被还冷得直打颤，一摸他身上，火炭一般。唐宝玥急了，赶紧要车就近送一家德国人开的医院，途中顾维钧已是半昏迷状态，嘴里还断断续续说："总长先生，我们要守住底线，不能再让了……"到了医院，一试体温：40℃，医生立即决定让他住了院。医生诊断是病毒性急性感冒，着凉受寒所致，打针吃药似短时间不见疗效，高烧时降时升。唐宝玥连夜守护在病榻前，不时换凉毛巾敷在顾维钧的前额上，焦急盼望着丈夫的体温下降。她知道丈夫的生病直接原因就是前些日子过于劳累，作为参与交涉级别最低的成员，却承担着仅次于总长的最繁重的任务。每次交涉结束，他都要参加最高级碰头，随同总长向袁世凯汇报，还得写出英文快讯，穿梭一般递送到美英法俄等国大使馆，会见公使，或会见某几个大国的报纸记者。如此疲于奔命，就是铁打的汉子也经不住折腾，在春天乍暖还寒的节气里，他被风寒袭倒了，这或许就是中医讲的内焦外寒吧。

唐宝玥心疼丈夫，因而憋着一肚子怨气，可又发泄不出来。她不是抱怨天气，而是憎恨日本人。她对东洋倭寇向来就没好感，而她这种情绪一部分是来源于他老爸唐绍仪的影响，一部分则是她亲身经历而积蓄起来的宿怨。

中日甲午战争爆发前夕，唐绍仪就临危授命，正式接替袁世凯任清朝驻朝鲜通商总领事，当时日军支持朝亲日派夺得政权，力挺朝鲜君主改变与中国的宗属关系，实现"独立"。唐在极其不利的局面下，坚持维护清朝利益，反对朝鲜的独立图谋。然而入朝清军在日本军队的突袭下完全溃败，唐绍仪在没有武力后援的情况下，自身生命受到严重威胁，不得不撤离汉城。随后战争全面展开，清军退守鸭绿江中国一侧；日军得寸进尺，又在辽东半岛夺取旅顺，在渤黄海全歼北洋舰队，甲午战争延时9个月，以中国完全失败告终。战争期间宝玥幼小，但她懂事以后常听父亲念叨这一国耻大恨，因而她对日本无好感。后来的八国联军进犯天津，她差点命丧联军炮火之下，罪恶的八国联军炮弹毁了她的家，炸死亲人，她刻骨铭心，而日本军队则是八国军队里的极其凶恶者。

不过对于日本国和日本人毕竟只是听说，只有一种概念，没有切身感受。她第一次接触日本人，是做了顾维钧的妻子、成为外交官夫人以后。那年外交部在六国饭店举行圣诞节元旦招待会，宴请各国驻华使馆外交官、武官和他们的夫人们。当陆总长发表了简短的致辞以后，乐队奏起了轻松舒缓、优雅浪漫的乐曲，与会者们翘盼的舞会开始了。身穿晚礼服的外交官们牵手自己的或别人的夫人小姐们，纷纷走下舞池，展示自己的舞艺。在众多花枝招展、浓妆淡抹的女宾中间，有两位的着装特别耀眼，先就胜人一筹。一位身着紫红色连衣套纱拖地长裙，左胸上方点缀着一朵金玫瑰，这是陆总长的夫人培德·陆，这位比利时贵族出身的大家闺秀，身材高挑，婀娜多姿，气质非凡，一般外交官夫人是不能与其比肩的，她一出场就吸引了人们的眼球。另一位着装纯粹中国气派中国风格：藏蓝色绸缎面亮线锁边高开叉旗袍，皮肤白皙，身段苗条，仪态万方，她那一颦一笑都迷倒瞩目她的人，而且她是所有参加舞会的女性里最年轻漂亮的一位，无独有偶，她左胸上方也点缀着一朵金玫瑰。这一位就是顾维钧的夫人唐宝玥，她像是一颗初升的耀眼夺目的新星，闪烁着绝对与众不同的光彩。

舞场上人们的眼神就像带电的光波，一瞥一瞄间，便知今夜舞会的女皇是谁？顿时宾客们特别是男士们心里都有了数：两个候选人，一个红玫瑰，一个蓝玫瑰，比较之下红玫瑰虽然气质高雅，然而毕竟已是中年风韵，青春已逝；而那蓝玫瑰风华正茂，靓艳而不失于妖艳，妩媚而不失于俗媚，端丽而不失于僵丽，魅力四射而不失于轻浮张扬。邀请她的绅士们一个接一个，几只曲子下来，唐宝玥身上已感到微微发热，第五支乐曲过后，她款步回到座位歇息，掏出绣花手帕轻轻揩了一下额头的细汗。

"梅，累了吧。我觉得你的舞姿越来越优美了，轻盈得像个飞燕。"顾维钧美滋滋地夸奖了妻子一句，下意识地握住了她的手。

唐宝玥咯咯地笑起来，露出一口整齐洁白的牙齿。"你呀，一个堂堂外交官还不会跳舞，在这儿坐冷板凳，还留洋博士呢！寂寞了吧！"

"我倒是想跟你学，可是哪有工夫呀！"顾维钧对妻子的挖苦并不介意，内心反而有一种特殊的惬意。半年前他们在上海婚典的舞会上，宝玥就要教他学舞，但他上场试了几步，因为老踩她的脚，推说"以后再学吧"，就放弃了。现在他明白了，一个外交官不会跳舞，等于是放弃了接触外国人的机会。要是在哥大学会跳交谊舞，该有多好！生活啊，就是这样，不能让你十全十美！顾维钧暗想着。

新的舞曲奏响了，是约翰·施特劳斯的圆舞曲《春之声》。此时，两个男士来到他们面前。一位是顾维钧的外交部同事、联络日本事务的参事施履本，另一位看上去三十五六岁，像个日本人，但顾维钧不熟悉。

"顾博士、顾夫人好！"施履本笑嘻嘻地说，"跟你们贤伉俪介绍一位日本朋友，这位是驻华使馆二等参赞小幡酉吉先生。"

"你们好，请多关照了！"小幡酉吉中国话说得不错，他朝顾唐二人略微点了下头，接着说，"我可以邀请夫人跳个舞吗？"

唐宝玥用眼光征求一下顾维钧的意见，顾维钧礼貌地回答，"当然可以。"小幡酉吉很绅士地说声"谢谢"，伸手牵起宝玥的手。

小幡酉吉舞姿不错，带舞伴很轻捷灵动，圆舞曲节奏快，旋转力度大，一般男舞伴没有相当娴熟的舞步，带起女方来很费力，姿势也容易走样，而小幡酉吉却不怵旋转，仿佛越转越悠闲，再加上他剑眉直鼻，身材微胖但不臃肿，有几分英武气，因此再配上唐宝玥这样的美人舞伴，在舞场上显得出类拔萃。小幡酉吉眼睛的余光已经感觉到周围舞动的人们飘过来的嫉羡的目光，他非常满足于北京外交界那么多西洋女士和先生们注视自己，并觉得自己为大和民族出头露脸争了光，他脑子里飞快闪过了一个念头。于是他脚步放缓，不再大幅度旋转，而是小步悠着，并对唐宝玥低声说：

"唐小姐，您是我接触到的舞伴里最轻松自如、又最年轻漂亮的，我感觉很荣幸。借这个机会我邀请您和您的夫君有机会去日本休假，我会专程陪同二位到东京、大阪、京都、奈良这些繁华和历史悠久的地方旅行。"

"谢谢您的邀请。不过维钧忙得很，恐怕没有工夫安排去休假。"

"如果他没时间，您可以自己去呀！有我这个外交官做您的护花使者，您就大可放宽心。京都、奈良这些地方历史古迹很多，其中不少东西是从古代中国传到日本的，包括佛教。我本人也非常非常喜欢中国文化，绘画、书道、武术、茶道，特别是方块字，我们大和民族和你们汉族同文同种，有过一千多年的友好历史，现在中国建立了民国，我们应该通过政府和民间渠道使这种共存共荣的道理深入人心，并发扬光大。"

小幡酉吉一番话，前几句听起来好像还比较顺耳，可是越听越觉得不对味儿，唐宝玥是多聪慧机敏的人，不由警觉起来。这日本人说"同文同种"，显然是套近乎，"共存共荣"就更扯不上了。甲午战争一仗，中国惨败，日本通过《马关条约》占领了台湾，割去辽东半岛，逼迫中国赔款两亿两白银，后来八国联军侵占北京，巨额赔款日本也占一份，你们何时跟中国"共存共荣"了？他的这些口不对心的话让她顿生警惕，不过她只是心里想着，嘴上并未搭腔。

小幡酉吉见唐宝玥未言声，以为对方对自己的话感兴趣，就继续口若悬河，顺着自己的思路信马由缰："历史上日本模仿了中国。可是近半个世纪我们大日本帝国按照自己思路和方式实现了全面革新，一个欣欣向荣的强盛日本正升起在世界东方，我们可以和欧洲强国并驾齐驱。中国和日本一衣带水，本应相互提携，我希望您的夫君顾先生能和我们保持合作和友谊，顾先生年轻有为，仕途无量，如果能获得我们大日本帝国的信赖，就可以指望我们强有力的支持，在升迁的道路上战胜其他竞争对手，将来有朝一日当上政府总理也绝不是梦想，那么您就是最尊贵的总理夫人啦！哈哈哈……"小幡酉吉越说越离谱，最后竟得意地笑出声来了。唐宝玥却脸上阵阵发热，感到蒙受了奇耻大辱。暗想，这个剑眉阔脸、不苟言笑的日本外交官原来是个不折不扣的倭寇，一个妄图收买中国外交官当内奸的阴险家伙！她不能再沉默了，必须立即堵住他的臭嘴，她停住了脚步。

"小幡先生，您太过分了！顾先生是堂堂正正的中国人，岂能跟您这样的人为伍呢？"唐宝玥压低声音但却充满愤恨地说完这两句后，甩开小幡的手，快步走出圈外。

小幡西吉立即赶过去，他对唐宝玥的怒斥大感意外：一个文弱妙龄女郎怎敢对他这个日本外交官如此无理！他本想征服这个舞场皇后，却碰了一鼻子灰，日本人的好胜心驱使他变得更强硬，抓住唐宝玥的胳膊，气急败坏地说："站住！我的话还没说完！"唐宝玥怒不可遏，盯住小幡西吉的双眼，愤恨但有节制地说："放开我的胳膊！您敢动粗，我就喊警卫！"

小幡一慌，下意识松开了手，并左右窥觅，见一对对舞伴快速旋转着，尽兴地陶醉在欢乐之中，没有谁关注他们的举动和话语，才定下心来。但他面孔变成一副狞笑奸诈、装腔作势的恫吓相："我是为你们好，怎么不识抬举！你们支那人如此不可理喻，敬酒不吃吃罚酒！就欠用大炮和军舰跟你们说话！"

"闭上您的嘴！你们有大炮军舰，就可以为所欲为了吗？不要忘了，世界还有公平正义，难道你们就不怕正义舆论谴责吗？"

"嘿嘿嘿！"小幡几声邪笑，十分露骨地说："如今的世界就是强权的世界，弱肉强食，优胜劣汰。我很庆幸大日本帝国堂堂立于强国之林，而你们支那只能任强国宰割。至于说到舆论，嘿嘿，只有强国才有话语权、评判权，世界哪有你们支那人说话的份儿？"

小幡西吉的一番毫不掩饰的蛮横无耻之极的话，顿时挤兑得唐宝玥无法反驳，她心里像燃起一团火一腔恨，她想喷发出来，可是一时想不出反唇相讥的词语，就像子弹卡壳了，她前胸一起一伏，呼吸急促，脸也憋得通红。小幡西吉见状，得意地又讥笑两声："大美人，你太可爱了，就是脾气倔点，你会温柔起来的，只要你能顺着我们日本人，听我们的话，用你们支那人的话说，就有享不尽的荣华富贵。"

"放屁！"唐宝玥双目圆睁，实在忍无可忍，"您不是讲世界弱肉强食的规则吗，可是强者多行不义必自毙。我也告诉您一句世界名言：雄鹰有时比燕雀飞得低，但燕雀永远飞不了雄鹰那么高！小幡先生，不奉陪了，告辞。"唐宝玥一转身，头也不回地走了……

唐宝玥回想起这些往事，以及如今传遍京城的中日谈判，就一阵阵憋闷和揪心，特别是当得知那个小幡酉吉竟然担任日方谈判骨干成员，更愤恨不已。维钧病成这样，难道不是被日本人逼迫而积劳成疾的吗？从自己的丈夫，她自然联想到多灾多难的国家。因此，她的担心，已经不是与小幡酉吉个人之间的芥蒂了，她忧虑的是偌大个中国要被日本欺负到何时才算个头儿！

黄昏时分，谢天谢地，维钧的体温总算降到接近 38℃，从昏迷状态苏醒，虽然仍属于高烧，但毕竟能看报纸了，饮食也可以进口了。不过依然输着液，主治医师嘱咐他不要治事，直到彻底康复。

"梅，我好多了。你也该回家好好歇息一下了，这两天把你也熬得不轻，看，人都瘦了。"

"维钧，我没啥。你体温不恢复正常，我就不能走。"

"我真的没事了，这里有护士守护，你放心，过一晚上，明天肯定就完全退烧了。"

"不行。我不放心……"

夫妻正说着话，就见病房门打开了，值班的年轻护士领着两位官员模样的男人进来。前面一位拎着公文包，披着灰色大衣的四十多岁，留着两撇向上翘的胡须；后面一位年轻一些，也蓄着两撇胡须，但胡梢向下挂着。顾唐二人定晴一看，原来是总长陆征祥、副总长曹汝霖。顾维钧挣扎着要坐起来，却被陆征祥抢先一步按下了。他说：

"少川，快躺下。得知你病倒了，没及时看你，很抱歉！顾夫人这两天也辛苦了！"

护士也上前说："顾先生，是主治大夫同意这两位先生来看望您的，只是时间不要耽搁太久。"

唐宝玥拖过两把椅子，请两位总长坐下，说："你们快谈正事吧，我出去一会儿。"说罢，就随护士离开病房。

顾维钧断定，中日谈判已经到了最后关键时刻，两位总长一定有重要事项交办，于是忍不住问："两位总长，有什么事要我办，尽管吩咐就是。"

陆征祥说："那我就长话短说，打扰你一会儿，事情实在紧急，请见谅。"陆征祥一改他平日说话慢条斯理、温文尔雅的语调，显得有些激动和慌乱。

原来这天下午他去参加袁大总统召集的紧急会议，没有按时到会，足足迟到了三十分钟。因他动身前被来访的英国驻华公使朱尔典堵在外交部，耽搁了时间。这位朱大人不仅仅是中国通，还对中国高层活动了如指掌；不仅了如指掌，还要指手画脚。他得知袁世凯召集最高层会议研究对日最后通牒是否允准，特来建言。他先是反对段祺瑞暗中运兵备战的活动，说是"开衅日本"，极力主张中国忍耐，后又请陆征祥转告大总统，他"与大总统是三十年老友，不愿看到他遭受惨运"，对日本条件，只能"暂时忍辱，十年之后再与日本一决高下"。他力劝陆征祥在会上负起责任，不可听信陆军总长的轻率举动。这位朱大人，好像处处为中国和总统考虑，动情之处，居然声泪俱下。陆征祥到会先把朱尔典一番话讲给一众高官听，正处于"允拒"两难之中的袁世凯，就像一个在漩涡中挣扎的溺水者，忽然遇到一块救命树桩，立即紧紧抱住不放，他将朱尔典奉为神明，用这位洋大人的话，痛心疾首、苦口婆心地劝说那些云集在会议室的高官，接受日本的最后通牒，以求"和平"解决，他说："朱公使之言亦为中国前途着想，……日本已经将第五项撤回，议决各条，虽有损利益，尚不是亡国条件。只望大家记住此次奇耻大辱，从此各尽各职，力图自强，此后或可有为，正如朱公使所言：十年后再决高下。"袁世凯征求与会者意见时，除了段祺瑞表示反对外，其余都沉默不语，堂堂一国政府最高级会议，竟无一人挺身呼吁：中国的事情不用外国人指手画脚！就这样，袁世凯主持的高级会议"讨论通过"了接受日本最后通牒的决定。

顾维钧听完陆征祥的介绍，心情格外沉重：中国与日本历经 4 个多月的艰苦谈判，得到的却是这样的苦果！心中沮丧、愤懑，却也无可奈何。他人微言轻，此时此刻他又能说什么。陆征祥要他迅速起草一个对日本最后通牒的答复文稿。

复文如何写？既然袁大总统主持的最高会议已经接受了日方的最后通牒，那么只能照抄日本通牒的说法，换上中国的口气就得了。这样的复文只需十几分钟即可草拟好，可是顾维钧暗想，自己是起草人，每一个字落在纸上都力重千斤，能让国家的主权利益在自己笔下流失吗？中日最后分歧关键是在第五号上，日方明说将第五号与协议脱离，但还留有一句对中国来说最致命的话："以后再行商议"。日本人要保留这句话，显然是为以后再逼中国出让更大更多主权以至完全控制中国做铺垫。顾维钧寻思，既然第五号与协议脱离，就不应再写"以后再行商议"。他把自己想法对两位总长说了，曹汝霖却提出异议，他担心日本人不会同意，肯定要将复文退回来。顾维钧愤然：日本人在给中国外交部所有行文，包括他们所谓的最后通牒时，考虑过我们中国人的感受吗？我们何必自作多情！这是顾维钧第一次对上司公开顶撞，因为他实在忍不住了。

顾维钧用眼色征求陆征祥表态，陆征祥的心潮正经历剧烈振荡，作为中方主谈判人，这几个月他宵衣旰食、夜不能寐，台前幕后据理力争，最后竟然屈服在日本人的最后通牒下，实在不好向国人交代，然而在今天的最高会议上，他违心听从了大总统的最后决断，没有表示任何反对意见，但会后心里觉得太窝囊，后悔没有站出来，理直气壮地说两句话，也算对国人有个表白。他深知自己性格软弱，优柔寡断，这个外交总长当到现在，实在是太勉强了，想辞职也不是时候呀！可是难道真要给国人留下一个像《马关条约》那样遭亿万人诟病的耻辱协议吗？当顾维钧说，起草时要删掉日本最后通牒中对第五号"以后再行商议"这一句关键的话，立刻得到他心理上的呼应：对！不写这句话，这是减轻中国权益损失的最后机会，他顿时觉得沮丧失落的心得到些许平衡。就点头说，同意你的意见。

曹汝霖见状，暗想日本人那里岂能善罢甘休，但嘴上没再表示什么。这样顾维钧就请护士来暂时拔掉针头，以床头桌为垫托，很快写好了一个近三百字的复文，经陆、曹两位再三斟酌，修改个别字句，算是定稿。此时已是次日凌晨，草稿由曹汝霖天亮后直送大总统审阅。袁世凯很快批示同意，陆征祥即命秘书誊写清楚，以便当日午后六时之前送达日本使馆。

日本人实在太精明！不知他们从哪里获得消息，还是日本使馆预感到对中方复文不放心，他们赶在复文送达前派了一个书记官，来外交部查看复文底稿，显然是企图发现是哪个胆大妄为的人敢于删掉他们最后通牒里的句子。

这叫堵上门欺负人！日本人连起码的外交礼节也不顾了，文来文去这是外交惯例，对方写什么怎么写，是人家最起码的主权，你反对人家的立场，同样可以通过照会或说帖或函件嘛。登门检查人家的复文底稿，世所罕见。在那个弱肉强食的时代，在那个荒唐无理的时代，在那个中华民族最羸弱的时代，这种荒唐事就这样发生了。人家一个小小书记官来到你所谓的大衙门，旁若无人地直奔外交总长办公室，强行索要复文底稿，曹副总长赶紧请示陆总长，陆总长也不敢拒绝呀，事到如今还有什么不能看的？

不出所料，那书记官看见复文提到"第五号与此次交涉脱离"时，后面根本没有"以后再行商议"这句话，大发雷霆，把底稿往桌上一甩，吼叫一声："不行，不行！必须按最后通牒原话写！"陆征祥想，跟他说没用，不如派人去跟日本公使日置益理论。于是派秘书施履本到日本使馆协商。那施履本怎敢与日本公使当面争辩，只是当个传声筒而已。最后还得陆征祥通过电话与日置益争辩，你来我往几个回合，尽管陆征祥争得已口干舌燥，日置益始终是那句话：此句必照最后通牒的原话，本国政府才能接受。眼看最后通牒的时限就要到了，日置益威胁说：时限过后，帝国将按通牒行动。陆征祥见实在无力挽回，内心感觉自己就像个被人捏弄的软泥玩偶，心情苦涩已极，暗自长叹一声，有气无力地说："事到如今，我也无善法，将来协商与否，全视日后之情形。现姑照原文添入吧！"陆征祥最后带文件报告了袁世凯，袁拍板定了稿，陆亲自将复文送达日本使馆。这次马拉松式谈判终于画上了句号，不过是个无奈的句号、失败的句号、耻辱的句号、也是象征陆总长人生污点的句号。

顾维钧作为中日谈判的间接参与者，深感弱国外交的困难处境，丧权辱国的最终苦果，使他痛恨不已。首先他痛恨的是日本帝国的狼子野心，攫取邻国权益不择手段、蛮横贪婪、明火执仗，其侵略本性昭然于天下。其次他痛恨中国高层掌权者的软弱退让，一开始就决策失误，一误再误，袁世凯的胆略智慧、驾驭全局、铁腕强人形象在他心目中已经黯然失色，至少是大打折扣了。

作为一个有骨气的中国人，一个敢担当的外交官，痛恨之余，顾维钧觉得：在和平时期，中国被迫屈服于日本帝国的压力而签订丧权辱国协议，国际罕见。他建议陆征祥应该把这段屈辱的谈判、签约的始末，以外交总长名义公之于众，以促使国人觉醒，警示当局，提醒友邦；也是对历史对后世一个交代，给历史学家一个记录。陆征祥接受了他的建议，并委托他起草。

当天，顾维钧请来一位朋友帮忙，此人担任伦敦《泰晤士报》记者，叫端纳。顾维钧英文口授，端纳用打字机作记录，两人紧张忙乎了一个通宵，才把这份文件写完，之后顾维钧又翻译成中文，请唐宝玥誊写清楚，一同交给陆征祥过目。于是，这份中国外交总长声明很快得以问世，文章揭露了日本帝国对中国政府提出的野蛮无理的"二十一条"款，如何步步紧逼，最后表达了中国政府的艰难处境和苦衷，既要维护国家权益，又要屈从和满足日本的大部分要求。这毕竟是一份官方声明，因此对日本的霸权侵略行为，删掉了草稿上的比较尖锐的措辞，语调总的比较温和，不过保留了基本的事实。声明最后是这样写的："此次交涉相持三月有余，争辩会谈数十次之多，中国政府期期以争者，只限于有碍中国主权之独立、领土之完全，以及与条约各国机会均等主义相冲突之条款。故于 4 月 17 日前，凡可勉强同意者无不予以承认。但是 4 月 26 日日本重行提出修正案，中方又力加考量，酌予同意。原想日本政府必能谅察中国政府之苦心维持，不幸日本政府 5 月 7 日仍不惜以最后通牒相胁迫，此则中国政府深为可惜者也。"

5 月 25 日是双方签字的日子。陆征祥和日置益分别代表中国政府和日本政府在统称为《中日民四条约》上签字，这个条约包括了《关于山东省条约》《关于南满州及东部内蒙古条约》以及汉冶萍事项、福建问题等十三个换文协定。一个总长，一个公使，在同一个文件上签字，两人的心情截然不同，日置益是春风得意、踌躇满志，他因此为日本立下汗马功劳，既可望得到本国政府嘉奖，又可指望得到升官晋爵。而陆征祥内心可苦透了，手握的笔无比沉重、屈辱、自责、愤懑，犹豫良久，怎么也落不下去，是的，他将要背上一个丧权辱国签字者的污名，一生一世洗刷不净，也许在不久的将来就会成为像秦桧那样的历史罪人，让后世千夫所指、被涂鸦被唾骂。

这一天下来，他像得了一场重病，面容憔悴，白发似增添了不少，八字胡也打蔫儿了。他匆匆地去觐见袁世凯，忧心忡忡地说："我签字即是签了我的死案。若干年后，一辈青年不明今日苦衷，只因陆某签了丧权失地的条约，他们还不得吃我的肉！"袁世凯安慰他说："不会的。这次的结果比我们预期的要好，日本欠下我们的账迟早要还。大丈夫能屈能伸，国家也是这样，只望上下记住这次奇耻大辱，从此各尽各职，力图自强，以后或可有为。陆先生这段时间的确辛苦了，付出的劳累最多，回去好好歇息歇息吧！"

袁世凯几句轻描淡写的安抚话，怎能抹去陆征祥刻在心灵深处的伤痛，他像背上了沉重的十字架，每当想起这羞辱的"二十一条"，就会觉得千夫指背，这种负罪感一直伴随他后半生，甚至一直到他当了天主教堂的主持，在郁郁寡欢中去世，那是后话了。平心而论，陆征祥是民国初期那个时代知识分子的一个悲剧人物，他有爱国心，有为国家做出贡献的一腔热忱，但由于性格上的软弱，又缺乏国际政治风浪中锤炼的经历，在那个强权时代担任重要的外交职务，实在有些勉为其难。当然，"二十一条"的谈判及最后签约，中方决定权在袁世凯，如果说谁对国家有罪过的话，首当其冲的应该是袁世凯，而不是陆征祥。

"二十一条"的应允和《中日民四条约》的签署，满足了日本愿望，缓和了中日之间的紧张关系，但袁世凯、陆征祥始料不及的是，此卖国条约激起了中国各地民众强烈反对，游行集会，反日示威、抵制日货运动，以及对当局不满的怒吼声，一浪高于一浪，此起彼伏。这种情绪一直绵延到欧战结束后巴黎和会召开，引发了北京等地爆发的前所未有的五四爱国运动。

第八章　总统婚典

　　1915 年临近年末，华盛顿和纽约乃至全美国的报纸传媒都在炒作一则轰动性新闻：美国第一公民、现任总统伍德罗·威尔逊将要与华盛顿公认的美女之一、著名珠宝商的遗孀伊迪斯·高尔特夫人近期举行婚礼。

　　威尔逊是美国第二十七任总统，由于他处在国家最高领导人的位置上，而且又年近花甲，其婚姻大事自然引起全社会关注和舆论的追踪。按照常理，威尔逊的婚礼应该安排在总统官邸白宫或华盛顿最豪华的酒店，邀请上层那些最尊贵的官员和名流出席，以此显出一个在职总统大婚的尊贵和荣耀。《纽约时报》《华盛顿邮报》《华尔街时报》等主流媒体都跃跃欲试，组织好了采编力量，拟派出最得力的记者抢发独家新闻。但出乎人们意料的是，威尔逊的结婚大典并没有像人们事先盼望的那样搞得轰轰烈烈，反而是在高尔特夫人家里"秘密"举行。此举大悖"民意"，一时间众说纷纭，舆论哗然。

　　原来，威尔逊与高尔特夫人的婚前恋爱别有一段曲折隐情。

　　一年前，威尔逊的原配夫人埃伦·路易斯因患肺结核病久治不愈，终于丢下丈夫、孩子和第一夫人的尊贵身份被上帝召进天堂。埃伦聪颖秀美、温柔善良，又具有一般女性不具备的艺术灵性，在绘画上小有成就。他们结婚后相当幸福美满，埃伦生了三个儿女，她既照顾丈夫，又抚养子女，一个人承担了家庭重压，使威尔逊没有后顾之忧，可以全身心扑到他的事业上。威尔逊先是在大学担任教授、校长，以后又得以在美国政坛驰骋纵横。当上纽约州长后，1913 年又登上美国总统宝座。每个成功男人的背后，必定都有一个贤惠能干的女人，因此当厄运降临，爱妻病殁，威尔逊痛不欲生，很长时间他都未能从悲哀中解脱出来。由于他成天愁眉不展，精神沮丧，不想治事，使绕在他周围的亲友和他的智囊们，万分焦急。1914 年欧洲的同盟国和协约国两大军事集团已开战，国际事务纷繁复杂，美国如何面对一个在经济、政治、军事、文化、历史诸方面都与自己有千丝万缕关系的欧洲，需要美国总统来通盘考虑和决策。威尔逊深陷于失掉爱妻的感情旋涡之中，无疑是对美国的国家利益有害的，那些把他推上总统宝座的民主党领袖和政客们也煞费苦心，设法使总统恢复理智，正常履行总统职责。可是他们的任何规劝努力都无济于事，总统始终不能从精神危机中回归正常生活。正在美国朝野议论纷纷、莫衷一是的时候，威尔逊的生活中走来了另一个女人。

那是初春的一天，威尔逊在白宫医生卡金·格雷森的陪同下打高尔夫球，因威尔逊精神委顿，兴味索然，挥杆无力，击球大失平日水准，两人只打了一场就匆匆返回。在白宫电梯门口，他们与两个刚出电梯的女人不期而遇。一个是威尔逊的表妹海伦·博恩斯，另一个是威尔逊不认识的看上去四十上下的美丽妇人。仓促之际，威尔逊有点不知所措。海伦笑着为他介绍："表兄，我给你介绍一下，这是伊迪斯·高尔特夫人。"然后又对女伴说："他就是我的表哥威尔逊先生。"威尔逊一边与高尔特夫人握手寒暄，一边打量了面前的妇人，他十分惊讶：她具有奇特的美貌和端庄，虽然她装束普通，但难以减低她照人的光彩，尤其那双与众不同的流露着热情但又不失自尊目光的紫罗兰色眼睛，她那浓密的黑发，匀称的体态，丰腴的肌肤，好像白宫里一幅油画上的古典仕女。在分秒间，威尔逊一扫往日笼罩在心头的阴霾和忧云，脸上浮现出爽朗笑容，他情不自禁地对她以及表妹说："我们一起去喝茶，好吗？"海伦自然高兴地接受邀请，但她还是瞧一眼高尔特夫人，征求她的同意，高尔特夫人只矜持地点头一笑，算是默认。席间，威尔逊跟过去判若两人，他侃侃而谈，远到欧洲战争与和平，近到白宫居家平凡琐事，滔滔不绝，好像他在当年普林斯顿大学的讲台上给学生们讲课，又像在竞选时跟选民显摆自己的演说才能，神采飞扬又不乏幽默掌故，使几位听众心无旁骛。陪同他的医生格雷森心里惊呼：总统的精神复活了！晚上，威尔逊又约她们共进晚餐。威尔逊还刻意修饰了一番，从发型到装束都精心设计，俨然像个四十五六的好莱坞明星。白宫上下都为总统高兴，因为总统一定是看上了高尔特夫人。

伊迪斯·高尔特夫人出生在弗吉尼亚州一个小乡镇，父亲原本是个庄园主，后来凭着渊博学识担任了一个巡回法庭的法官。他指导女儿读世界名作家狄更斯、莎士比亚等人的作品，又送她上了大学，由于家里子女过多，负担过重，两年后她不得不辍学。为了生计，她投奔到华盛顿她姐姐家，就这样她跟姐夫的堂弟诺尔曼·高尔特相识了。高尔特是华盛顿一家著名的珠宝店的年轻老板，生意做得红红火火，积累了一定财富，在美国也算个中等小富之家。高尔特见到美貌年轻的伊迪斯，立即爱上她，伊迪斯一开始并不喜欢这个老成的缺乏朝气的男人，但高尔特有一股不达目的不罢休的韧劲儿，经过几年不懈的追求，终于使伊迪斯接受了他的求婚，于是伊迪斯成了珠宝商高尔特的夫人。丈夫年长九岁，自然百般宠爱她，夫妻过着富裕舒适的日子。伊迪斯性格内敛，情操高雅，她虽然有上流社会女人的容貌和风度，但并不喜欢涉足灯红酒绿、纸醉金迷的交际场所，很少出入有钱人的晚宴和舞会，她和丈夫都热衷于到欧洲旅行或是到歌剧院看戏，欣赏莫扎特或贝多芬的音乐，她追求高尚、纯真的爱情，充满了浪漫和理想。谁知天有不测风云，1908 年高尔特得了肾脏急性炎症，经多方求医诊治无效，竟于那年秋天撇下爱妻和他经营半生的珠宝店，见了上帝。丈夫死后，伊迪斯默默承受命运的打击，继续经管丈夫生前的事业，但她发现自己不具备经商天赋，便卖掉家产，过起清净自在却又孤独寡居的生活。这期间，她收养了一个去世的好朋友的孤女，小姑娘名叫艾利斯·格登，就这样她们两人几乎成了相依为命的母女俩。那么，伊迪斯·高尔特夫人又是怎样与总统表妹海伦成为好朋友的呢？

美国媒体对总统隐私特别津津乐道，非要弄个水落石出，经过一番刨根问底儿，终于弄清真相：原来几年后艾利斯·格登长大成人，交了一个学医的男朋友，以后这个青年人成了她的未婚夫，他的名字叫卡金·格雷森。格雷森有幸被选中做了总统威尔逊的保健医生。格雷森亲眼看到总统丧妻之痛，非常同情他，同时也很怜悯总统的小表妹海伦·博恩斯，海伦自从总统夫人去世后，也像一个失去母爱的孤单女孩，再也见不到她往日欢快的笑脸，一个纯情少女像一朵快枯萎的玫瑰。威尔逊虽然陷入丧妻悲哀不能自拔，但更不忍看到可爱的表妹萎靡不振，他委托格雷森医生给海伦寻觅一位适合她性格的女友，经常和她在一起谈心交流，使她心理快活起来。于是格雷森医生自然想到未婚妻艾利斯的保护人伊迪斯·高尔特夫人，伊迪斯·高尔特夫人善良真诚，举止优雅，气韵不凡，如果能介绍给海伦，海伦一定喜欢。他把这个想法告诉了未婚妻艾利斯·格登，艾利斯·格登联想起自己沦落为孤儿的身世，很同情海伦，便立即把未婚夫的提议给伊迪斯·高尔特夫人讲了，起初伊迪斯·高尔特夫人对与总统的表妹做朋友犹豫了一下，但还是答应和海伦接触一段时间试试看。没料想，海伦与伊迪斯·高尔特夫人第一次见面就情投意合，随后两人频繁交往，渐渐成了亲密无间的朋友。海伦有一次约伊迪斯·高尔特夫人到白宫做客，伊迪斯·高尔特夫人感到很突然，她觉得白宫门槛太高，不是她这样的普通人进出的地方，便婉言谢绝。海伦知道伊迪斯·高尔特夫人自尊心很强，不愿意让人觉得她想接近权贵。她越是这样，海伦越喜欢她。终于有一天海伦再次约她去白宫，并说她表哥正好不在白宫。伊迪斯·高尔特夫人不好意思再推辞，于是来到白宫海伦的房间，无拘无束促膝谈天，就像以前在自己家里一样。当海伦送客人下电梯时，恰巧与打完高尔夫球的威尔逊和格雷森相遇。

伊迪斯在威尔逊情绪最低沉的时候出现，就像拨开他心头浓云黑雾的灿烂阳光，唤起了他对生活的热情和美好的追求。威尔逊像变了一个人似的，一扫过去低沉、抑郁、心不在焉和对一切索然无味的景况，代之以热情、开朗、向往生活和对周围一切充满好感，他频频与高尔特夫人约会，一起驾游艇海上兜风，甚至把她和表妹请去出席正式的场合。媒体更是追风关注总统的恋情，两人的浪漫时刻报刊时有披露。对总统抱有政治歧见的报纸舆论，则乘机传播流言蜚语，说威尔逊虽然对公众宣布了与伊迪斯订婚的消息，但婚礼何时举行、在哪儿举行却守口如瓶，里面或许有不可告人的秘密，甚至有的小报造谣伊迪斯和威尔逊谋害了前第一夫人。于是在局外人看来，总统的婚礼被蒙上一层神秘的色彩。但不管公众舆论如何猜测、如何评论，任何蜚短流长威尔逊都不放在心上，他唯一考虑的是要使新夫人满意，因而两人最终商定将伊迪斯的住所作为婚礼举办地。

应邀而来的宾客总共三十来个，都是总统和高尔特夫人最亲近的人和一些私人朋友。来宾虽说不多，但都位显爵高，身份地位自然是人中龙凤，威尔逊自己贵为总统，但对应邀而来的客人丝毫不敢怠慢，特请自己的表妹海伦和保健医生格雷森大夫出面接待应邀前来的男宾女客，他们成了婚礼最忙碌的人。尽管威尔逊总统和高尔特夫人想把他们的婚礼办得不张扬和尽量简约，但毕竟是总统结婚典礼，一些追随总统的亲信、美国政坛显赫人物都在被邀请的名单上。他们中有民主党重量级人物、前国务卿布莱恩，威尔逊的高级顾问、得克萨斯州富翁、退役军人爱德华·豪斯上校，总统的政治盟友、现任国务卿罗伯特·蓝辛，以及一些欧洲、美洲和亚洲国家的重要使节和夫人。

留声机轻轻播放着威尔逊总统和高尔特夫人最喜欢听的音乐，大厅里弥漫着轻松愉悦的空气，威尔逊和伊迪斯陶醉在幸福之中。风度翩翩、神采奕奕的威尔逊一边与客人们握手寒暄，一边用甜蜜自豪的语调向客人们介绍即将成为自己夫人的伊迪斯女士。他和伊迪斯不断地微笑着，应对所有来客的问候和祝福，像两只最欢乐的幸福鸟。宾客们大体上到的差不多了，离结婚仪式开始还剩下两三分钟，被委托掌管婚礼司仪的总管、医生格雷森在威尔逊身旁低语：

"亲爱的伍德罗，时间马上到了，但是还有两个国家的使节未到，婚礼仪式是否按时宣布开始？"

威尔逊先是看看腕子上的金壳瑞士手表，然后抬起头认真地问道：

"哪两国？"

"德国和中国。"

威尔逊的眉心不易觉察地蹙了一下，但很快又舒展开来，缓缓道，"不忙，再等等。德国人嘛，不来也就随它好了。可是那位中国公使是我的尊贵朋友，再等几分钟也无妨。"

威尔逊在这样的场合何以对德国公使冷淡，而对中国公使亲近呢？他周围的人大多数只知其一，不知其二。对德国冷淡，这已不是什么秘密，大多美国公民都理解这一点，自从这年春末德国海军潜艇在英伦三岛附近突然袭击了英国"鲁西塔尼亚"号邮轮，包括一百多名美国人在内的一千一百多名无辜乘客葬身大海以来，美国严守的在欧战双方即英法俄的协约国和德奥土的同盟国之间的中立立场，开始动摇，美国人的同情心渐渐向协约国一方倾斜，美国政府向德国提出了强烈抗议，甚至个别媒体呼吁美国政府出兵欧洲，支持协约国一方。但作为美国最高决策人，威尔逊对欧战仍然保持着清醒的判断：协约国和同盟国各动用几百万军队虽然经过一年多鏖战，但战争前景还很难预料，双方谁胜谁负仍不明朗，过早下注对美国不利，不如依然与双方都做军火生意，赚钱发财才是较为实惠的上策。所以他坚持欧战开始时的立场：坐山观虎斗。因此，在确定邀请哪些国家的使节出席总统婚礼大典时，威尔逊与国务卿蓝辛颇费了一番心思，原先名单中没有德国和奥国公使，但经过再三斟酌，还是把两国添上了。威尔逊考虑的是，美国不主动做损害与这两国关系的事，如果不邀请德国公使，就是美国外交上失礼，给德国以对抗口实，美国外交上会失分；如果邀请德国公使，而他们拒绝邀请，那是他们外交上失礼，自绝于美国，美国外交上得分。故而威尔逊对德国人来不来抱无所谓的态度。

至于中国公使，那却是另一回事。最近一些日子，每当提起中国公使，他脑海里便闪出一个英俊潇洒、学识渊博而又彬彬有礼的东方年轻人，同时他心里也涌起一阵阵怀旧的感情。这个中国公使姓顾名维钧，英文名威灵顿·顾，威尔逊曾与他有过一段鲜为人知的交往。

五年前，威尔逊担任普林斯顿大学校长的时候，顾维钧正在哥伦比亚大学攻读博士。那时，威尔逊与纽约著名学府哥伦比亚大学校长巴特勒是老朋友，两人同为执掌高等学府牛耳的同行，又是研究政治、哲学的精英，故而经常在一起切磋管理模式和经验，交流学术思考心得，议论美国朝野时政。一次两人聊起各自学校的青年才俊，巴特勒提起本校几名优秀学生，其中包括中国学子顾维钧。威尔逊爱才心切，当场要求与几个学生见面认识一下。他和顾维钧交谈仅几分钟，便十分喜欢这个年轻人，不久，就邀请这位中国学子参加他的一次周末家庭晚宴。顾维钧得此殊荣，自是欣喜万分，虽然按照美国人的习俗，到一位大学校长家做客，也不是什么特别了不起的事情，但对于一个亚裔留学生，尤其是中国留学生来说，的确是自中国与美国建交以来所罕见的，不但在普林斯顿大学绝无仅有，就是在哥伦比亚大学也没有先例。就在那次家宴上，他们进行了长时间无拘束的交谈，他们的话题从美国的国会选举、政党政治到中国国内正在酝酿的反满清革命，探讨未来中国将建立什么样的政体等等。一席谈话，相互留下难忘印象。威尔逊觉得顾维钧年纪轻轻，知识领域却相当宽裕，而且学术水平已非一般青年所能及，其对美国社会和国体制度的了解深度不亚于美国本土的学者，特别是他一口纯熟的美式英语，达到随心所欲地表达思想的地步，他惊讶这个年轻人出众的才华，并认为顾维钧若再假以时日，前途不可限量。而顾维钧也感到威尔逊的师长风范，对其关于美国政治的独到见解，精辟阐述，特别是他礼贤下士、与青年人平等探讨问题时的虚怀若谷，使顾维钧由衷地钦佩。

此后几年，威尔逊从高等学府的翘楚，变成了美国政坛的明星，在担任纽约州长期间，繁忙之余也曾想起昔日的高校朋友，其中自然忘不了那个中国青年学子，每每有再次聚首之意，但他听说顾维钧已经奉命调回祖国，担任了民国大总统袁世凯的英文秘书，他内心感到欣慰，并遥祝自己曾经欣赏的年轻人。

此刻，总统的政治盟友、亲密助手、人称"冷面蓝辛"的国务卿罗伯特·蓝辛挨近威尔逊，低声问道："亲爱的总统，您还在等那个中国人吗？"

威尔逊没有回答，只是颔首微笑。

"我估计他不会来了。"蓝辛补充了一句。

"您说什么？罗伯特，难道中国政府没有按我们要求发来电报吗？"威尔逊情不自禁大声问道。

"国务院已经收到了北京的电报。"

"那为什么中国公使还不能来呢？"

"因为中国人……"蓝辛迟疑了一下，欲言又止，把舌尖上的话又咽下去。

其他贵客见总统和国务卿在谈论中国公使，都竖起耳朵听，但又听不懂他们说的意思。越是听不明白，就越想探听这桩涉及外交公使的新闻。

原来，新任中国驻美国公使顾维钧最近经欧洲来美国上任，但由于国书尚未从北京寄到，没正式递交国书，就不算获得公使身份。此时威尔逊总统婚期在即，恰好顾维钧来到华盛顿，他决定邀请顾维钧出席他的婚礼。征求蓝辛的意见时，蓝辛极力反对，认为顾维钧没有公使身份，邀请他不符合外交惯例。于是威尔逊想了一个变通办法：请中国政府电报发来国书的副本，美国政府就承认顾维钧的身份，正式国书以后再补交。刚才威尔逊和蓝辛的交谈，就是指的这件事。

蓝辛的表情十分冷漠，他的冷面孔与众人的喜笑颜开形成很大反差。

他平日严肃冷峻、沉言寡语，不管什么场合，都没有一个笑模样，即使今天在总统婚礼上他也不破例。不过蓝辛犹豫片刻，还是说出了他想说的话，"因为中国人未必遵守时间，他们根本没有时间观念！那个前任公使夏偕复先生就是个白痴一样的人，英语结结巴巴，外交礼节不通、国际知识贫乏，真不知道中国政府派出这样的蠢货干什么？"

"不，亲爱的罗伯特，这个顾维钧跟那个姓夏的公使截然不同。我可以肯定，他一定来参加我的婚礼。你不信我们打赌好了？你输了罚白兰地一杯，怎么样？"

"好吧，今天是您的喜庆日子，反正输赢都得喝酒。"蓝辛嘴角第一次露出淡淡的笑容。不过他仍不相信会输，他从心里怀疑那些刚剪掉辫子的中国人是否有时间观念，因此不理解总统为什么对这个叫顾维钧的如此看重？他自认为对中国有深刻了解，并武断中国人就是中国人，难道会有什么不一样吗？况且他得知，这个新公使年仅二十七岁，充其量还是个刚走向社会的乳臭小儿，竟到美国来充任公使，太可笑了！这也许是国际外交界的一件奇闻！

蓝辛正思忖间，就听格雷森医生那好听的男中音报了一声："德国大使伯恩斯托夫伯爵和夫人到！"

话音未落，就见一个戴高礼帽穿燕尾服五十上下的德国中年男人走进大厅。他保养得很好的脸上浮现出微笑的光泽，他轻挽着夫人的手臂，姿态矜持、规矩又有几分绅士地走到威尔逊夫妇跟前，先表达自己的祝福，而后又吻了伊迪斯的手背。威尔逊对他们夫妇的到来除了表示感谢外，再没有多说什么。总统和大使都心照不宣，两国关系正处在冰点。威尔逊的亲协约国立场众所周知，尽管他与伯恩斯托夫的私人关系不错，但他不愿在这种场合对德国人表示过分亲昵和友好。伯恩斯托夫也很知趣，转身向其他美国政要寒暄。他向前国务卿布莱恩表示了特别好感，两人的手紧握了好一阵子。布莱恩一直主张在同盟国和协约国之间保持严格中立，即使在德国潜艇击沉"鲁西塔尼亚"号客轮以后，他仍坚持不偏不倚，特别是在威尔逊指示向德国发出抗议照会时，他竟拒绝签字，以至与总统发生矛盾，不得不递上辞呈。实际上他的不偏不倚是对德国有利的，因此被称为亲德人物。伯恩斯托夫当然心知肚明，暗地里感谢这位"理解德国"的朋友。但他见到蓝辛时，就截然不同了，两人只礼节式地握了下手，一句话也没再多说。蓝辛继任国务卿后，在美国领导层成为亲协约国的著名代表人物，对德国一向冷面相对，伯恩斯托夫为了尽力保持与美国的关系，争取美国中立，极力拉拢美上层人物，特别是这个主掌外交大权的新国务卿蓝辛，但这个冷面人物从不给他好脸色。伯恩斯托夫是个很有城府的老牌外交家，深知自己的使命，从不计较美国人对自己的冷遇，不管在什么场合，他都能以笑脸相对，因此也得了一个绰号：笑面伯爵。

在伯恩斯托夫笑面应对美国主人冷眼的尴尬局面当儿，就听格雷逊医生一声报唱，"中国公使顾维钧先生到。"所有人的目光都从德国大使身上转移到大厅门口：一个身着天蓝色服装的英俊年轻人出现在众人面前，大家的眼睛仿佛一下子豁亮了许多。在场的所有贵宾，包括总统本人和新婚妻子都呆了一呆。

顾维钧身穿深蓝色的长襟公使礼服，高领白边，胸前缀满了闪耀着银亮的支条形装饰，一条红色绶带从右肩斜披到左腰间，左胸前佩戴着一团银白如雪的饰球。这身装束与其他国家大使公使的燕尾礼服截然不同，格外引人注目。然而使大家更为惊奇的，却是身穿这身礼服的人：他是那么年轻，那么英俊，又那么精神抖擞。在众多的美国政坛名宿和各国老资格外交家面前，他简直就是一个小字辈。

顾维钧的到来，至少使全场定格了五秒钟。人们像欣赏一件稀罕宝物似的目不转睛地望着他。威尔逊高兴地伸出手欢迎贵客：

"密斯特威灵顿，亲爱的朋友，您的光临使我们的婚礼倍添光彩！"威尔逊亲切称呼顾维钧的英文名字，并紧握住他的手，随后目光落在顾维钧的公使制服上，一别五年，没想到当年的留美高才生，如今成了中华民国驻美利坚合众国的堂堂公使！这证明他当初没看错这个年轻人。威尔逊心里既生发感慨，又暗自得意自己的眼力。

接着威尔逊向顾维钧介绍自己的新夫人。顾维钧没有像西方人那样吻伊迪斯的手背，他仅以一个外交官的礼节，与总统新夫人文雅地握手问好。

"总统阁下和夫人，我十分荣幸应邀参加你们的婚庆典礼，借此机会谨向你们夫妇表达中国政府、我本人和我的夫人最良好的祝愿，祝你们美满幸福！"

"谢谢，谢谢！"威尔逊夫妇异口同声地回答。但伊迪斯提了一个她感到遗憾的问题："为什么您的夫人没有一起来？"

"我很抱歉。我出使美国之前，先被任命为驻墨西哥公使，未及上任，又到欧洲国家完成一项别的使命，最后才辗转来美国，路途遥远，车船劳顿，所以我的夫人没有与我随行。不过，她在明年春天可能来华盛顿。"

"哦，威灵顿，您可真行，这么长时间不跟您妻子在一起！要是我们美国人，夫妻离别一周都会受不了的！"

威尔逊的话，引起来宾们朗朗笑声，大厅里气氛顿时活跃、亲切起来。

格雷逊医生不失时机地宣布婚典开始。一位中年牧师为威尔逊夫妇做了祈祷，并问了两句通常向一切新郎新娘都问过的话："您爱您的妻子，并直到永远吗？"和"您爱您的丈夫，并直到永远吗？"得到肯定的答复后，两人交换了戒指，牧师又说了几句颂词。仪式非常简单，大概是应主人要求压缩到最省时间的地步。

接下来杯觥交错，琼浆玉液，流光溢彩，一声声赞美和祝福响在总统夫妇耳畔。顾维钧斟满玻璃酒杯，再次向威尔逊、伊迪斯碰杯致意。渐渐地威尔逊额头微有热意，而伊迪斯白皙的脸上也呈现红晕。

此刻，迷人的三步舞曲在不知不觉中轻轻响起，威尔逊和夫人首先移动起舞步，沉浸在甜蜜幸福之中。男女宾客们也纷纷结伴而舞，众星捧月似的环绕在总统夫妇四周。一曲终了，一曲又始。男女宾客们竞相邀请伊迪斯和威尔逊，大家都把与总统或总统夫人共舞看成是一种荣耀和宠幸。

顾维钧也终于得到一个机会，与伊迪斯跳上一曲华尔兹。顾维钧右手轻轻搂着伊迪斯的腰肢，带她在场中漫步。他尽量使自己的风度优雅健美，尽量使脚下的舞步轻捷悠然，尽量使对方感到舒适松快。

"密斯特威灵顿，您跳得很好，您的乐感和节奏都掌握得绝对准确，跟您跳非常放松愉快。"伊迪斯在他的耳边喁喁轻语，"您是这儿所有男人里的佼佼者。"

伊迪斯的夸奖，不由使顾维钧的脸红起来，他赶紧用话岔开："谢谢夫人。我听说夫人您多才多艺，特别对音乐和歌剧有非凡的鉴赏力，今天从您的轻盈舞步可以感受到您对音乐的理解。"顾维钧讲完这句话，自己也很奇怪，怎么跟总统夫人扯起音乐来啦，自己本是个门外汉，这不是在鲁班门前弄斧呀！

伊迪斯轻轻乐起来，她没再说话，继续沉醉在缓慢悠然的旋律中。她今天太幸福了：一是终于与伍德罗·威尔逊喜结连理，自己正式成为总统夫人，最尊贵的美国第一夫人；二是今天有这么多朋友来庆贺，她感到做女主人的荣耀和自豪；三是眼前这位年轻的中国公使带她轻松旋转，更令她无限惬意，在她一生中从没有像今天这样心情美好。

顾维钧也暗想，他来美国后就喜逢总统结婚，而且收到邀请，真是难得的机缘，于是他把参加总统婚典，看成是在美国的第一次外交活动，一定要给总统夫妇留下一个难忘的好印象。现在看来，他们对自己初次亮相还是肯定的，眼前的总统夫人似乎也很满意自己这样的舞伴。过去，他从未这样近距离接触一位美丽的上流社会的女人，特别是贵为总统夫人。伊迪斯的确很有魅力，她的风姿，她的容貌，她的柔发，她的呼吸，以及她身上所散发的香水味，难怪威尔逊总统爱上她……不知何故，顾维钧忽然想起自己的妻子唐梅来："她今天要是也在这里，该有多好！"他心里感激唐梅，自从那年六国饭店元旦招待会以后，要不是她坚持空闲时陪他练习舞步，使他舞艺突飞猛进，他也许到现在还得坐冷板凳呢！此刻他恍惚觉得，眼前的伊迪斯，忽而变成了自己的爱妻唐梅，她的眼睛多清澈，她的鼻梁多俊俏，定睛再看，依然是伊迪斯。由于他思绪飞翔，脚下的舞步稍有紊乱，差点踩了伊迪斯的脚。

"密斯特威灵顿，您好像在想心事？"伊迪斯敏锐地感觉到了。

顾维钧一惊，神情马上恢复过来，巧妙地敷衍说："夫人，在这美好的时刻，我想起了五六年前在美国留学时的难忘岁月，那段时间在课余跟朋友们一起去歌舞厅娱乐休闲，当时我绝对还是一个舞盲，没想到能在这里陪总统夫人跳舞。"

"您在哪个大学学习过？"

"先是在库克学院学习一年，然后考入哥伦比亚大学读了七年。"

"您主修的什么专业？获得什么学位？"

"政治和国际外交还有哲学，获得该校硕士和博士学位。"

"哥大培养出像您这样的青年外交家，也可以引为自豪和骄傲了！"

"谢谢夫人褒奖。但哥大毕业生中优秀人才多如牛毛，我不值一提。"

"密斯特顾，您不仅出类拔萃，又如此谦虚，真让人佩服，这是你们中国人的美德吧？"

顾维钧微微一笑，不置可否。他想，伊迪斯的美貌和聪慧配上总统的坚毅和博学，不愧是美国的第一家庭！眼见四周那些宾客男拥女抱，陪同总统夫妇尽情欢乐，忽然他感到有些惆怅、落寞，甚至孤独。他知道，这是自己思念唐梅所致。

一曲终了，伊迪斯舞兴未尽，特意把总统表妹海伦介绍给他做舞伴。

接着，留声机里播放出约翰·斯特劳斯的著名圆舞曲《美丽的蓝色多瑙河》，这首圆舞曲曾经在十九世纪七十年代风靡过全美国，作曲家亲自到波士顿和纽约指挥上万人的乐队，引起美国人狂欢如痴。这首舞曲非常强烈的节奏和轻松悦耳的旋律把主人和客人们带向了婚典的高潮。顾维钧陪海伦跳了这一曲，他带着她在人群中快速而机械地旋转、旋转，可是他已经远没有刚才和伊迪斯跳舞那样的情绪了，他的头脑里老是闪现出唐梅的身影，他尽力试图暂时忘掉她，但他怎么也摆脱不了。他控制着不使海伦觉察到他的心理变化，他温文尔雅地微笑着，坚持到这曲结束。

他和海伦互道了一声"谢"，回到原先的位置。他掏出手帕揩了揩额头微微渗出的汗粒，找了一个角落坐下来，要了一杯咖啡，慢慢地品。他微闭起眼睛，索性让唐梅那清秀的面孔更清晰地站在自己跟前，他默念着：梅，你现在好吗？孩子也好吧？我真想你们。

可是梅只含情脉脉地注视着他，并不答话……

这时，一个男宾端着酒杯摇晃着身子凑到他身边："公使先生，您为什么不跳舞，一个人坐在这里当观众？"

顾维钧睁开眼一看，原来是冷面蓝辛。这位国务卿满嘴喷着酒气，一对迷离的蓝眼珠子盯着顾维钧。显然他的酒量不大，两三杯葡萄酒下肚就几乎失掉了常态。

"我刚才跳过了，现在稍微休息一下。在一旁看别人跳舞，欣赏轻快的舞曲，也是一种享受嘛。"顾维钧微笑着应酬道，"再说，我对跳舞不很在行，恐怕踩别人的脚。"

"那您跟我一样，我跳舞也是刚及格。与其蹩脚地跳舞，还不如在这里喝酒痛快！"蓝辛一屁股坐在他对面，向附近的一个高个子红衣侍者招了下手。

侍者为两人斟满红葡萄酒，蓝辛朝顾维钧一举杯，说了句"祝贺您就任中国公使"，不等顾维钧举杯道声谢，他仰起脖子先自干了半杯，然后斜靠在椅背上，半觑着眼睛，神情揶揄又微带着几分冷笑地问道：

"中国公使先生，我可以向您提一个问题吗？"

"请说。"

"最近以来，贵国国民代表大会和参政院通过了决议，一致拥戴袁世凯总统恢复帝制，并两次呈递劝进表，袁总统也接受了百官朝贺，并拟定于明年2月正式举行登基大典做皇帝。对此美国和欧洲、日本等国际新闻报纸报道议论颇多。不知公使先生对贵国的国体变化有何见解？"

顾维钧沉吟起来，他缓慢地啜着自己杯里的咖啡，脑子里矛盾着。这是个非常敏感而又沉重复杂的话题。袁世凯对他虽有知遇之恩，但袁世凯的倒行逆施他绝对不能苟同。事关中国国体制度的重大问题，他不能在这种场合把国内政坛各势力的严重分歧和矛盾对眼前的美国国务卿表露，况且这个冷面国务卿突如其来提出这个问题，不知用意何在？是酒后随便问问，还是探听消息，抑或是给他难堪？总之现在尚不能向眼前这个美国高官吐真言，还不到时机。于是，他平静地说：

"关于中国恢复帝制和袁总统改称皇帝一事，我浏览过贵国报纸的不少消息和评论。我作为外交官，自然十分关心国内事态的发展。但目前我还没收到本国政府的训令和正式通报，因此在未搞清楚事实真相之前，我还不能回答您。请您多多原谅。"

"公使先生，看得出来，您虽然年轻，但很有头脑。您不肯回答这个问题，我并不勉强，不过我已经猜测出您对这个问题的立场。其实，我们美国人对贵国恢复帝制一直是抱有遗憾的，中国实行的共和制在亚洲是第一个国家，才短短四年时间，还没有显示它的优越性，怎么就要非改不可呢？我本人就不理解。当然了，这是贵国的内政，别人也不好说三道四，不过我们总还是为贵国的民主惋惜。"

蓝辛显出一种悲天悯人的神态，继续说："好吧，这个问题就先到此打住，不谈了。不过我还有另一个问题，很想听听您个人的真知灼见，希望不要拒绝。"

"但说无妨。"

"目前，世界各国的目光都注视着欧洲战争，这场战争使越来越多的国家卷了进来。密斯特顾，您认为这场战争的前景如何？中国是否也有可能在某个合适的时间参战？"

这又是一个令人难以回答或者至少不是三言两语能说清楚的问题。特别是事关中国参加欧战这样的重大外交政策问题，一个驻外公使怎敢私自表态呢？况且前车之鉴刚刚发生不久。

顾维钧的前任夏偕复在职时，不经授权私自表态"袁总统愿意充当协约国和同盟国之间的调解人"，而使袁世凯大为尴尬。袁大总统在国内可以呼风唤雨、说一不二，但在国际事务上，他不得不看列强的眼色行事，以中国这样的弱国怎能担起调解欧洲列强关系的重任，岂不是不自量力吗？袁世凯还不至于愚蠢到不知好歹的程度。因此当夏偕复的谈话传到他耳朵里，他极为恼火，盛怒之下将夏偕复革职，一点也没顾及外交总长孙宝琦的面子。因为孙宝琦不仅是夏偕复的姐夫和推荐人，更是袁大总统的儿女亲家。袁总统处理此事快刀斩乱麻、六亲不认！可见在涉及大国关系问题上，即使袁大总统本人也不敢贸然表示意见，何况驻美公使呢！眼前虽说不是外交谈判正式场合，但这个蓝辛是何等人物，堂堂的美利坚合众国的国务卿，他问得虽然很随便，可是顾维钧却不能简单对答。

"对不起，请阁下原谅，这个问题我现在同样无法回答。在没有得到本国政府的指示之前，我不便发表对欧战的评论特别是本国参不参战的立场。"

蓝辛眨了眨狡黠的眼睛，似乎对方的回答在他的意料之中，他的冷面孔露出一丝微笑，但很快又恢复了面容的傲慢与冷酷。

"我很理解您的难处。这样吧，我的后一个问题取消，但您总可以谈谈对欧洲战事前景的看法吧，我问的不是贵国政府的态度，只是想听听您本人的分析，也算是我们个人的私下交谈，怎么样？"蓝辛依然不肯放弃他的要求。

顾维钧看了看蓝辛，感到这个国务卿的确是个难缠的厉害人物，今天如果不谈出点什么，恐怕会得罪这个高官，对今后开展外交活动不利，略一思索，便说："好吧，既然您非常希望我谈，我也就不推辞了。首先我坦率地说，我反对这场旷日持久的战争。原因很简单：战争给世界带来的是什么？死亡和痛苦，上百万人死在战场，千千万万家庭失去亲人，数不清的伤残者流离失所。战争给各国老百姓最终带来的是苦难。这就是我的基本态度。"

顾维钧讲到这儿，喝完剩下的半杯咖啡，趁势看了一眼蓝辛，见他凝神静听，没任何反应，就继续说："至于这场战争的前景，我对军事一窍不通，不过我以一个旁观者身份观察，可以谈点粗浅看法。欧洲自从去年夏天开战以来，交战双方动员了庞大的军队，至今已经鏖战一年多，到目前似乎呈胶着状态，无论英法与德国对峙的西部战线，德、奥与俄国对峙的东部战线，还是意大利与奥匈对峙的南部战线，塞尔维亚与同盟国对峙的巴尔干战线，虽然经过多次大小战役，但从总体上看，任何一方都没能取得决定性胜利。比如在西线，战争初期德国集中优势兵力越过比、卢两国，进攻法国北部，法国政府迁往波尔多，巴黎处在危险境地，但德国军队犯了指挥错误，个别集团军动作不协调，只顾深入追击，战线出现空隙，法军和英国联军抓住时机在马恩河一带发动反攻，致使德军失利，德军统帅总参谋长小毛奇被迫指挥军队退守埃纳河到凡尔登一带据守，以后两军在几百公里战线上相互发动一些小的战役如伊普尔战役等，据说双方还使用了毒气，但对战争胜负没起多大作用。德国速胜战略未能成功，威廉二世中途换马，小毛奇被撤职。但在东线战场，德奥联军略占上风，起初俄军在东普鲁士遭到惨败，但在加里西亚却战胜了奥匈军队；德军在西线胶着状态下，抽出兵力到东线，在奥军配合下，在加里西亚连续对俄军发动攻击，迫使俄军连连撤退，德军推进到北起里加湾，南到布科维那的漫长地带，但俄军并没有被摧毁，而且纵深地域广大，德军想取得决定性胜利也很难办到。我认为，这场战争要彻底决出谁胜谁负，还很遥远。"

顾维钧一席话，使蓝辛大为惊奇。他绝对没想到顾维钧会有如此的谈吐，这个年轻人不仅对战争全局、对欧洲各国情势了然于胸，而且思维敏锐，见解卓尔不群，一口流利的美式英语，表达准确、层次分明，他越来越不能小觑这个外交使团里的小字辈了，本来他想借着酒兴试一试顾维钧的才华，看看这个貌似英俊年轻的中国公使是不是个银样蜡枪头！婚典开始时他觉得总统对这个中国人太抬举了，在这样的场合给予顾维钧与其他国家公使同样高的礼遇，甚至表示出比其他人更多的热情，他不以为然。在蓝辛的骨子里，把东方人分为几类：日本人狡猾，印度人低下，中国人愚昧。中国人愚昧在他思想深处根深蒂固，诸如男人留长辫子，女人裹小脚，官场的三拜九叩，沉湎于几千年的封建历史，对世界发展一无所知等等。但是，这次顾维钧向他的顽固观念提出了挑战，他似乎觉得自己看走了眼。

"密斯特顾，想不到您对欧洲战事的总体情况非常熟悉！"蓝辛情不自禁流露出这句赞扬。

"身为一个外交官，密切注视世界局势变化发展，这也是职业使然，不足为奇。"顾维钧轻描淡写地说。

蓝辛眨了两下淡蓝灰色的眼睛，又是一惊。他对眼前的中国公使再不敢轻视了，但仍然不愿放下高人一等的架子，他掏出一只雪茄，用打火机点燃，吸了一口，很有派地轻轻一吐，然后漫不经心地问道：

"您说战争短期内难分胜负，根据是什么？"

"这很清楚，战争胜负跟双方最高指挥部的决策和将士们的勇敢顽强有直接关系，但根本决定因素还是双方的军事实力和经济实力。况且这次战争不仅是两个国家之间的战争，而是两大集团的较量，双方都开动了他们的战争机器，动员了所有的资源投入战争，战争规模之宏大，涉及地域之广阔，都是空前的。因此在短期内不可能消耗掉他们的军队和资源，他们双方毕竟都是世界强国嘛！"

"依您的见解，这是一场没有胜负的战争啦？"

面对蓝辛的追问，顾维钧沉默了。舞场上的快节奏旋律一阵阵传到他的耳朵里，一对对舞伴沉浸在欢乐、愉悦之中，他们微笑着、快速旋转着从他的眼前晃过，谁也没去留意在大厅的角落这两个谈论战争的人。而且，即使听到他们谈到的只言片语，也根本不去想，谁在这样的歌舞场合去关心远隔大洋的战场胜负呢？

"不，我不是这个意思。"顾维钧经过短暂犹豫后说，"我是说短期内难分胜负，但随着时间推移，特别是双方都精疲力竭的时候，谁如果能在战场外和外交上采取主动，得到第三者的援战，谁就能赢得最后胜利。"

"那么，您说第三者指的是谁呢？"

"美国。"顾维钧毫不犹豫地吐出这两个字。

"您以为，美国最终能参战吗？"蓝辛颇感兴趣地问。

"我说不好，这是贵国总统和国会决定的事。其实，这个问题应该是我向您请教，您可以奉告您自己的看法吗？"

"哈哈。"蓝辛轻易不笑的面孔忽然绽开笑纹，他做了一个耸肩摊手的动作，"密斯特顾，您'反攻'过来了！那么，好吧，我可以告诉您，我个人是主张介入欧战的，和英国、法国人站在一起，全美和欧洲各国都知道我的态度。但是我们的总统、我们的国会还要等待，我们美国人中相当的一部分人不愿意介入这场战争，他们还深陷在和平中立主义或和平孤立主义的迷雾里……"

蓝辛的坦率也引起顾维钧的兴趣，他问蓝辛为什么美国人会有一种和平孤立主义，蓝辛直言不讳地解释道：

"阁下知道，美国与欧洲相隔浩瀚的大西洋，从地缘政治讲没有任何理由介入欧洲战争；从美国普通国民心理讲，更愿意与双方保持正常贸易往来，不愿打破宁静的和平生活方式。"

顾维钧脑子里想：冠冕堂皇的正当理由！其实是坐山观虎斗，老谋深算想从中渔利而已。但没吐出口。

蓝辛继续说："当然，还有一个重要原因：美国是个移民国家，来自英伦三岛和德意志、法兰西民族后裔众多，美国贸然参战，必然影响国内族群的团结……"

蓝辛正侃侃而谈，顾维钧也正洗耳恭听，却不料被一个走近的红衣听差打断："对不起先生们，请稍停一下。公使先生，门口有一位从中国使馆来的官员要见您，说有非常紧急的事要向您报告。"

顾维钧先是一怔，随即站起来，向蓝辛表示了一下欠意，"对不起，我出去看一下。"

于是跟着听差朝大厅外走，边走边猜：有什么公务这么紧急吗？或者是唐梅来美国了？事先没来信呐！要么她分娩了？也不对，日期未到；再不是嘉定来急电，老爹病危？是喜还是忧？他带着一团迷雾来到接待室。

一位使馆二秘兼译电员迎上来，递给他一个紧急卷宗夹。通常这个卷宗只有公使专用，其他人无权查阅。顾维钧迅速打开卷宗，原来是从北京拍来的十万火急的专电，那电文是一份简短的通告：

明年元旦起，各驻外使馆正式行文日期一律须注明"洪宪元年"，向大总统的呈文一律要采用奏折形式。特此通告。外交部　某月某日

顾维钧的心，像被一根针突然强烈地刺了一下，他怔怔地呆立了一会儿，脑子里似出现了空白，一下子有点晕头转向。对袁世凯复辟帝制，他早有耳闻。可是，他一直不相信传闻是真，总以为袁世凯放着好好的大总统不做，而甘冒天下之大不韪，再做遭国人唾弃的封建皇帝，除非他有精神病！现在看来，传言果然属实，袁世凯真相毕露了。顾维钧与译电员好一会儿相对无言，最后艰难地自言自语吐出一句话：

"难道他真的要成为'孤家寡人'！"

第九章 心系故国

袁世凯丢掉民主共和而迷恋独裁称帝这件事，在中国近代史上堪称一部开倒车的"经典"。凡是懂点中国近代史的人都知道，在这段历史上，最强势的人物、最显赫的人物、最有谋略的人物，就是袁世凯；然而最虚伪的人物、最愚蠢的人物、最令人唾骂的人物，也是此公；因而他也是最不可思议的人物。有人说，他本可以成为中国的华盛顿，成为国人世代景仰的共和开创者，但却走了相反的不归路。是命运使然，还是本性驱动，抑或是天地造物主的捉弄？堂堂共和国大总统还嫌权力不够大，非要当那个世袭罔替、倒行逆施的鸟皇帝，他玩弄了历史，折腾了国家，也坑害了自己。

1915 年岁末他宣布称帝的那一刻，就决定了他走向政治毁灭的命运。首先是蔡锷在云南举起了护国大旗，宣布独立，南方一些省纷纷响应，加入讨袁行列。袁世凯见势不妙，想以武力征伐，岂料他的北洋派大将早已跟他离心离德了。北洋所谓三杰段祺瑞、王士珍、冯国璋都是坚决反对或不赞成他称帝的，对镇压南方的反叛力量也不积极，冯国璋甚至秘密联络几省都督发电逼袁世凯放弃帝制。大势所趋，人心所向。袁世凯万不得已被迫宣布取消帝制，仅仅做了八十三天的短命皇帝。但事情并没因他不当皇帝而结束，南方发话：袁世凯必须下台，绝不能再当总统。孙中山发布《讨袁宣言》，表示须"除恶务尽"。袁世凯决心诉诸武力镇压，为拉拢段祺瑞，他撤销了政事堂，恢复国务院，任命段为内阁总理兼陆军总长。但段祺瑞已经不再听命于他，主张与南方起事各省谈判，和平解决。在此关键时刻，四川、陕西、湖南这几个由袁世凯亲信将军掌控的省份也宣告独立，袁世凯悲愤交加、身心疲惫，终于在众叛亲离、举国声讨中呜呼哀哉。

对袁世凯的悲哀结局，顾维钧的心情是极为复杂的。应该说袁世凯对他有知遇之恩，他进入中国外交高层，离不开袁的赏识与提携，这份恩情，他始终都铭记于心。然而这毕竟是一种私交情感，私交再深不能盖过国事之大。自从那年他与袁当面坦率交谈民主共和为何物之后，那个推翻腐朽清朝的历史功臣、他心目中的伟人偶像就已基本上萎缩了，虽然他当时还屹立在政治舞台上。

折腾中国的袁世凯消失了，谁来填补袁以后出现的政治权力真空？神州大地谁主沉浮？国人和内外舆论都翘首以待。谜底很快揭晓，北京政权接力棒，落到两个人手中：黎元洪和段祺瑞。

按照民国临时约法，副总统黎元洪接任总统，而段祺瑞担任国务总理兼任陆军总长。名义上大总统是国家元首，但此元首黎非彼元首袁了，掌握着国家实权的是军权在握的段祺瑞。段勉强把黎推上总统位置，但心里根本没把黎当回事儿，只是让他当一个盖印的"橡皮图章"。而黎元洪此时要的是有职有权，决不当傀儡。而远离政坛的国民党人特别是坚持民主自由新思想的人士重返国会和内阁后，与段祺瑞等北洋军头们的独裁专制旧思维水火不容，因而在黎段斗法中同情和站在黎元洪一边，于是，中国政坛又陷入另一轮的权力之争。黎元洪主导的总统府和段祺瑞控制的国务院之间针锋相对，史称"府院之争"。

到了1917年一开局，"府院之争"越演越烈。而且中国政坛的内讧，又与国际上龙争虎斗的局面交织在一起。欧洲大战处于僵持阶段，美德关系开始恶化，美日由于在华利益冲突，相互较劲儿，都通过外交对中国施加影响，以致影响府院两股势力缠斗不休，政局跌宕起伏，前景扑朔迷离。

1917年2月初，美国政府向世界宣布了一件大事：反对德国的"无限制潜艇政策"，决定与德国断交。紧接着，美国驻华公使保罗·芮恩施先生照会外交总长伍廷芳先生，表达了希望中国与美国外交步调保持一致，并承诺美国可以提供经济援助。不久伍廷芳先生照会芮恩施先生，表示中国政府同意考虑与美国政府采取一致行动。但是，正当中国准备对德采取进一步措施时，事情悄然发生了变化。美中两国的频繁接触，引发了第三者的嫉妒和猜疑。既敏感又多疑的日本政府眼见美国在争取中国参战上占了先机，唯恐自身在华利益受到损害，尤其是担心与中国签订的"二十一条"遭到破坏，因而一改原先阻挠中国参战的态度，来了个一百八十度大转身，日本首相寺内派特使西园龟三赴华，紧急会见段祺瑞等政府要人，极力鼓动中国参战，称中国可不派兵去欧，只需派劳工即可，并慷慨答应给予中国政府优惠贷款，供应军火给中国军队，条件是中国需按日本要求与德国断交。日本人这招棋着实厉害，"有钱能使鬼推磨"这句中国民间俗话在段祺瑞身上得到验证。由于美国答应的借款口惠而实不至，使正处于财政拮据、军饷枯竭的北洋军政首领，饥不择食，舍美就日，傍上了日本政府这个大款。

日本官员的动向，当然被美国洞察，国务院及时调整政策，指示芮恩施劝阻中国不要急于对德断交和宣战，以免美国被动，言外之意是中国不要追随日本人行事。美国的态度影响了黎元洪，也影响了伍廷芳。伍廷芳在府院争斗中站在了黎元洪一边。黎段二人在与德断交问题上分歧日趋尖锐，段祺瑞扬言通电各省长官来京评理谁是谁非，这是向黎发出的威胁，各省长官大多是北洋军阀将领。黎元洪深知那些军头到京，恐怕自己的总统位置就保不住了，只好让步。很快国务院的议案得到国会参众两院议员大多数通过。3 月中旬，中国外交部正式通知德国驻华使馆，中德断交。至此在第一轮府院之争中段祺瑞获胜，黎元洪无奈，只得忍气吞声。

但事情并没有完。4 月 16 日美国正式宣布对德处于战争状态，催发了中国府院争斗的第二回合。美国公使芮恩施曾照会中国外交部，表示美国虽然向德国宣战，但不支持也不反对中国宣战，实际上是希望中国慎重表态，暗示中国不要听从日本指挥。美国的低调且暧昧态度，使黎元洪反对宣战的意志更坚定了。他觉得自己身为大总统，有对外宣布绝交、宣战、同盟或媾和之权，参不参战，何时参战，怎样参战等重大问题，应由大总统主导做出决定，绝不做虚名总统，仅仅盖个图章而已。为抵制段政府在对德宣战问题上的胁迫，黎元洪搬出国会相抗衡。袁世凯死后，恢复了国会，国民党人、孙中山领导的中华革命党人等南方政治势力在国会代表占有一定优势，南方势力在府院之争中力挺黎元洪。而段祺瑞自与德断交以来的亲日举动，很快失去国会议员的支持。段政府的参战决策遭到国会多数议员抵制，他们认为段政府随日本参战目的只是为了加强北洋军阀的军事实力，从而巩固其对国家的独裁统治。

段祺瑞为迫使国会通过政府的对德宣战照会，先后利用所谓各省"督军团会议"和"公民团"来北京拥护段祺瑞的参战议案，向国会施加压力。段祺瑞授意"督军团"向总统联合签名呈文，要求"将参众两院，即日解散"。黎元洪拒绝批答，与段祺瑞当面闹翻，黎元洪随后发布通电，免去段的总理职务，由伍廷芳暂行代理并兼任外交总长。段祺瑞愤慨离京去了天津，临走也发通电，声称黎元洪的命令"非经总理副署，不能发生效力"，而且继续操纵"督军团"向黎元洪施加压力。

远在大洋彼岸的顾维钧得知国内上述黎段争斗恶化的消息，极为焦虑，作为驻外公使他一向不愿对国内政坛矛盾冲突做任何倾向性表态，可是这一次国内发生的事态对外交大局可能产生严重影响，他不得不发声了。6月10日，他致电黎元洪大总统，表明自己的立场：

"窃念国基未固，几经动摇，况欧战尚烈，和议无期，东亚均势既破，外交益难对付。……钧默查外交大势，亦见险象环生，今见报载某督军拟遣兵紧逼北京，更为焦灼。敢以钧个人名义，劝各方捐除意见，均以国家为前提，万无轻动干戈，召外来之大患。钧职居外交，本不敢于内政妄有所陈，只因身处海外，国际情势见闻较切，反观国内益用寒心，祸福所关，难安缄默。区区苦衷，谅邀垂鉴。"

顾维钧的警惕"强邻觊觎""劝各方捐除意见"的肺腑之言，可昭日月。但国内的军政势力人物，正热衷于争权夺利，谁看重一个外交官的大声疾呼呢！

春末夏初，华盛顿迎来她最具活力的季节，万木峥嵘、花草繁盛、绿树成荫。这个建城近一百二十年的首都，已经成为世界著名的"绿色之都""橡树之都"，街区内高大壮阔、枝繁叶茂的橡树再配上一片片翡翠般的草坪，把这座城市点缀得既沉郁古朴又生机盎然。在城西北有一条被成排的橡树掩映的街道叫作19 Road，此街中段有一处不显山不露水的淡褐色三层楼房，大门内的两颗橡树已经遮住了房顶，大门与楼房之间有块绿茵茵的草坪。草坪边缘是一丛青翠茁壮的竹林，竹林旁竖立着一个小小的六角亭，亭内有石桌石凳。一位穿浅蓝色旗袍的年轻俊秀的妇人坐在石凳上专注地看着报纸，她身旁坐着一个两岁左右的小男孩儿，正玩着石桌上的一副木制拼图板。小男孩手持一只"老虎"准确无误地填在图板的一个镂空的空位上，得意地抬头瞧着年轻妇人，喊着：

"妈妈快看！"

"昌儿真聪明！"那年轻妇人的目光从手上的报纸移开，看见"老虎"归位，夸奖了儿子一句。

于是，小男孩又将一头"大象"放进该放的空位，接着又喊，"妈妈快看！"

"昌儿真棒！"这次年轻夫人给他的奖励是俯身在他的小脸蛋上亲了一口，然后抚摸着儿子的头发，轻轻地说："昌儿，你真是妈妈的乖孩子。不过，现在妈妈正看报纸，不能陪你一起玩，你自己先玩，等妈妈看完后，再陪你玩好吗？"

"好的，妈妈。"孩子一双纯真的大眼睛望望自己的妈妈，爽快地答应了一声，随后在一堆动物里任意抓起一个，他得意地看看，原来是个长颈鹿……

那妇人的目光返回报纸，又专注地默读起来，她的眉心似乎微微蹙起，脸色也显现出内心的不安。她是谁？使她动容的又是怎样的一篇文章呢？

她就是中华民国驻美利坚合众国公使顾维钧的夫人唐宝玥。她看的是《纽约时报》外国观察专栏刊登的一篇通讯：中国外交总长伍廷芳挂冠辞职记。文章作者是纽约时报驻北京记者詹姆斯，记者通过对一个特殊人物在政坛漩涡中沉浮的追踪，披露中国高层政治斗争的复杂性和多变性。

在披露这篇文章详细内容之前，有必要交代一下唐宝玥阅读《纽约时报》的起因。自进入 1917 年以来，顾维钧在华盛顿的外交活动也日益繁忙，除了拜会美国国务院那位掌门人"冷面"蓝辛先生和那位爽快健谈的助理国务卿 B·朗曼先生、顾问波尔克先生，还要走访英法德日等国驻美公使，力求掌握时局变化的第一手信息。丈夫的忙碌身影，唐宝玥看在眼里，急在心里。一天晚上，昌儿熟睡以后唐宝玥悄悄跟丈夫商量，可否交给她一点什么工作，分担他的一些劳累，哪怕是抄抄写写什么都可以，她觉得使馆的人都在忙碌，她不能当个大闲人。顾维钧想想说："你英语底子不错，可以关注一下美国的报纸，特别是《纽约时报》《华盛顿邮报》这些名气大的报纸，对中国国内政局社情的专题报道或专题评论文章，把一些有价值的剪辑起来，可提供给我和各位参赞、秘书们传看参考。我们这里要看北京上海的中文报纸，最快也得二十天以后，太滞后了。所以使馆要及时了解国内的动态，除了与外交部往来电报，还必须依靠这里的英文媒体。现时国内政局复杂多变，我作为驻美公使，除了从外交部的官方渠道获得指示之外，必须及时客观地掌握国内动态。你每天可抽一定时间浏览当天的《纽约时报》《华盛顿邮报》，把关于中国的有价值的文章圈出来，再剪贴成册，我派一个馆员协助你。你觉得这样怎么样？""太好了！"唐宝玥干脆地答应丈夫，她认为这是她能为他分担一点工作压力的最合适方式。那么当下詹姆斯这篇通讯究竟写了些什么内容呢？

记者一开篇就以简练笔触介绍了中国资深外交家伍廷芳先生担任外交总长以前的经历：留学英国林肯法学院，获得法学博士学位，取得大律师资格；回国后在香港以大律师身份维护华人利益，享誉华界；以后两次担任清政府驻美国公使，出访巴拿马、古巴、墨西哥以及南美的秘鲁，为保护华商利益折冲樽俎；辛亥革命爆发后作为民国临时政府代表，与袁世凯的北方势力（名义上清政府）代表唐绍仪，在上海举行南北和谈，双方最终达成结束帝制建立共和的协议，为中华民国的初创、中国历史翻开新的一页建立了不朽功勋。北京政府成立后他留在上海，过起隐居赋闲的日子。这期间，伍廷芳为外交官顾维钧和前内阁总理唐绍仪之女唐宝玥的婚姻荣幸地做了证婚人。

读到此处，唐宝玥很自然想起伍老先生在婚礼上那儒雅绅士派头和爽朗幽默的音容笑貌。"时间真快啊，一晃三年过去了！"唐宝玥不禁感慨起来，从那以后她再没有与伍老先生见过面。这几年到底发生了什么？她渴望知道。

"当袁世凯执意想当皇帝的闹剧搅得政坛乌烟瘴气之时，伍廷芳旗帜鲜明地谴责袁世凯开历史倒车行为，在报纸连续著文驳斥一些帝制鼓吹手的谰言。袁氏死后，旧国会得以恢复，南方势力的部分议员回到北京，伍廷芳也答应继任大总统黎元洪之请，1916 年 12 月到北京政府就任外交总长。

可是好景不长，大总统黎元洪和国务总理段祺瑞之间短暂的和谐被相互的权力争斗取代，即所谓"府院之争"。最近两巨头之间发展到水火不容的地步，段将军的总理职务被黎元洪总统解除，段下野到天津继续掌控军队与黎对抗。黎一不做二不休，干脆任命外交总长伍廷芳代理国务总理。这样把伍先生从政治漩涡之中，又推向了风口浪尖。"詹姆斯继续写道：

"伍廷芳接任代理国务总理时已七十五岁，又正值抱病，他在儿子伍朝枢陪伴下去接手国务院这个烂摊子。伍廷芳以老年病体，怀着维护民国政体和国家法律尊严的决心不惜履薄冰、蹚险滩，将个人安危置之度外。在国务院举行的各部总长次长例会上，伍廷芳真诚地对大家说：'当此危难时刻，愿各位诸君同舟共济，首宜泯除私见，公忠体国，共同协力，维持时局，则民国或有万一之转机。'中国有句老话：屋漏偏逢连夜雨，船破又遇顶头风。此时北京正爆发金融危机，多家银行纸币暴跌，人心搅动，市面混乱。伍廷芳亲自出马，与美国财团协商，筹借 2500 万元救市解困。因政局动荡、谣言惑众，社会秩序混乱，这点钱无异于杯水车薪。

再说段祺瑞在天津一天也没闲着，据中国当地报纸报道，他的住宅前车水马龙，督军团的代表和追随他的议员云集于此，他策划成立'临时政府'，另外还成立了'军务参谋处'，意图对北京的黎元洪动武。黎元洪承受到空前的压力，苦于手中没有军权，困惑中，他选择了驻扎徐州的一位实力人物出面调停。此人就是辫子军首领张勋。张氏曾在前清官至总兵、提督，辛亥革命时率军与起义军激战于南京，后败退徐州。民国初创时归顺袁世凯，但骨子里仍效忠清室，所率士兵一律留长辫子，被人称为'辫子军'。当黎元洪和段祺瑞缠斗激烈之时，这位辫帅组织了一个所谓'十三省区联合会'，攻击国民党和国会，但同时又通电不参与一些省的独立行动，表示支持大总统黎元洪，愿意当黎段之间的调解人。这种两面手法，迷惑了黎元洪。黎元洪为摆脱困境，决定电请张勋到京做调停人。伍廷芳劝告黎元洪说：'这位辫子军大帅一进北京，不出半月肯定要出大事。'他说这话是有根据的，五个月前，当他接受黎元洪之邀离沪赴京途中，曾在徐州会见张勋，张勋错以为伍廷芳曾与他同在清廷为臣，对王朝必有旧情，因此就把自己的'复辟'帝制打算透露出来，希望伍廷芳跟他一起恢复清宣统皇帝。伍廷芳是个追求民主自由的理想主义者，又是个堂堂正正的大律师，视维护民国约法为天职的人，岂能与张勋为伍！只是张的阴谋没有公开暴露，伍廷芳只有规劝他，希望他三思而行，不要冒天下之大不韪，逆潮流而开历史倒车。这应了中国那句古话：道不同不相为谋。鉴于那次两人不欢而散，伍廷芳对张勋已有清醒的认识，所以向黎元洪进言：张勋不可信，请他进京等于引狼入室。可是黎元洪为解燃眉之急，根本听不进伍廷芳的话，下令伍廷芳给张勋发电，敦促其'迅速来京，共商国是'。

张勋接电后，正中下怀，于6月初率领五千辫子军乘车北上，到达天津后，致电黎元洪，提出调停条件：要黎解散国会，修改约法，特赦袁世凯时期鼓吹复辟帝制的罪犯。张勋复辟心切，未等黎元洪回电，派遣先头部队进驻北京天坛一带。黎元洪此时也看出辫子军来者不善，但后悔晚了，只得走一步看一步。他匆忙召集国会两院议长，借口多数议员辞职，下令国会解散。此令拿给代理国务总理伍廷芳签字副署，伍廷芳面对人生最大的一次抉择：副署还是拒绝。他深知解散国会就等于民国的民主共和制度夭折，他发誓要捍卫的国家法律将成为泡影。大是大非面前他毅然选择了'拒绝'。张勋派步军统领江朝宗逼迫伍廷芳就范，伍廷芳斩钉截铁地说：'头可断，此令不可署，法不可违。'黎元洪在关键时刻显出他性格软弱和毫无气节，为保住总统宝座，不惜撤换伍廷芳，任命江朝宗为代理国务总理，并副署总统解散国会的命令。江朝宗晚上率兵包围伍廷芳住宅，逼伍交出印信。伍廷芳深感国家政坛已经腐朽黑暗到极点，一个人难有回天之力，无望之下叫儿子把国务总理印信扔出大门外。随后给黎元洪写了辞职信，信中说：'际此时局艰危，必有干济之才，乃可刷新政治，廷芳衰迈滋渐，斡旋无术，迂拘之见，尤悖时宜。为此恳请大总统免去外交总长并暂行代理国务总理兼职。'

可以推测到，伍廷芳是怀着壮志未酬的悲愤和无奈写这封辞职信的。当日伍廷芳携同儿子伍朝枢乘火车经天津抵达山海关。他出京之时，张勋率兵耀武扬威地开进了北京，明目张胆地加紧复辟帝制活动……

伍廷芳从此离开了北京的政治舞台，他担任中国政府要职只有半年时间，但他一身正气，刚直不阿，为捍卫国家宪法的尊严，给中国知识界做出了表率。"

唐宝玥一气看完了这篇记者特稿，心情颇为压抑。作为一个成熟的理性睿智的中国人，一个驻外公使的夫人，听到国内高层的权力斗争引起的混乱局面，她怎能不忧心忡忡呢！说实在的，与维钧结婚以前，虽说因父亲唐绍仪官场沉浮的影响，她在涉及国家政权更迭和国家兴衰这些重大的政治问题上，是同情革命党或国民党的，可总的说起来，她觉得那些国家大事离自己很遥远，与自己并没有什么切肤之痛或搔皮之痒，自己安排好自己的生活，当一个好的英语教师，也就足够了。她安于在天津过着衣食无忧的日子。可是自从嫁给了顾维钧，一切都改变了，她好像从山脚一下登上山巅，视野顿觉开阔了许多，不仅看到了脚下的群山峻岭，还远眺到苍茫的原野乃至辽阔的大海。是的，当一个公使夫人，她一下子进入了国家高层社交圈，而且是美国的高层社交圈，过去她不去想也不愿想的事现在必须去想，因为这是她最亲的人所关注的事，自然也是她的事。国内政局的混乱，特别是关键时刻张勋这类清朝顽固遗老出面搅局，可能会使顾维钧随美参战而使中国获利的外交设想化为泡影……

她正遐想着，大门外响起一阵汽车的马达声。她收起报纸，站起身对儿子说："昌儿，爸爸回来了！"小德昌立即撇下那堆"帕仔"，赶在妈妈前面，摇晃着小屁股朝门口跑，妈妈紧随着他，叫他"慢着点，可别摔了跤！"这时，就见西服革履的丈夫夹着黑色公文包匆匆迈进大门。

小德昌扑向爸爸。顾维钧一把抱起儿子，在他的嫩脸蛋上使劲儿亲了两口。他也把妻子揽在胸前，他们一家亲密了几秒，这是他们每日见面后的幸福时刻，唐宝玥轻轻地在他耳边说："今天怎么这么晚回来？饿了吧！快到厨房用餐吧。"

顾维钧走进楼里，把儿子交给妻子，说："梅，我不进餐厅了。"

"怎么啦！你不舒服吗？"

"不是。今晚我还有个紧急应酬，英国军事代表团已来华盛顿，美国军方要举行欢迎晚会，邀请了一些国家的公使参加。现在只剩下三十多分钟了，我得马上去换礼服！"

"那也得吃点东西呀！你去换衣服，我给你简单准备点吃的，垫补垫补吧。"

很快，顾维钧在卧室换好礼服，用完唐宝玥为他准备的两块面包和一杯咖啡，戴上白手套，快步下了楼。岂料馆员们闻讯已经等候在门厅里了。两个参赞、几个一秘二秘甚至厨房大师傅几乎到全了。大家知道，公使到任后着礼服外出参加活动这是第三次，前两次是出席威尔逊总统的婚礼和美国建国纪念日庆典。有些近年进馆的新馆员看见公使披红绶带、胸扎银花、礼服上还缀着闪亮的枝形银饰，把他年轻英俊的脸庞和沉稳大度的举止，更衬托得风采迷人，情不自禁地拍起巴掌来，引起大家的共鸣：一齐为公使的风度喝彩！顾维钧在大家簇拥下走到大厅门口，可众人没有散去的意思，他转身向大家挥手致意并说："谢谢了！请各位都去干自己的事吧！"众人停步，目送公使和司机向大门口走去。二秘魏文彬情不自禁说了一句："瞧咱们的公使多年轻帅气！到了洋人堆儿里也是出类拔萃呀！"有人附和着："那敢情！顾先生就是给咱们中国人提气！"唐宝玥听见这些议论，心里也特别舒坦。

再说顾维钧在大门口上了汽车，那是一款二十世纪初的福特牌敞篷车，顾维钧前任留下来的，需要司机用一根直角弯曲的钢筋插进车头引擎内，然后使劲转动钢筋打火发动引擎，但由于车子老旧，司机鲁师傅将摇柄转了几次也没打着火。正在这时，就见一个身穿制服的邮差在门口下了脚踏车，他从邮包里取出一封电报交给顾维钧，说："您是顾维钧公使先生吧，对不起，打扰一下。这是您的加急电报。请在这里签个字。"顾维钧下车很快签了字，谢过了邮差。此时他已经预感到有什么不祥的消息，两个月前也曾收到家里来信，得知父亲顾溶腿摔坏住了医院，治疗得怎样了再没接到消息。莫非有什么大变故吗？他急忙拆封，电文这样写着：

钧兄，父昨日晨仙逝，后事正料理，预计过了五七下葬。弟维镶匆匆。

顾维钧的神经立即抽紧了。一阵懊悔袭上心头：早就该去电报问询父亲的病情，但公务一忙就搁下了，总觉得腿摔坏是可以治好的，没有性命之忧，岂不料，唉！他拿着电文呆呆地站在车旁，陷入深深自责中。在楼内一直张望着他的唐宝玥料定出了什么事，就领着儿子来看究竟。"什么事？"她看顾维钧神色不对。顾维钧把电报给她看，她也急了："你怎么打算呢？要不今晚的欢迎会你就别去了，尽快商量一下你要不要回上海吧！"顾维钧说："梅，你先把我要带的行李衣物准备一下，等我回来吧。今天的欢迎会我还得按时去，我要是不去，有个国家正巴不得呢！"说罢，他招呼鲁师傅摇动曲棍打着引擎，一阵突突突响声后，车子开走了。

不出所料，英国军事代表团访问美国受到隆重热烈的高规格欢迎。华盛顿泛美大厦灯火辉煌，招待会洋溢着美英两国传统友谊和已经开始的军事同盟的热烈气氛。威尔逊总统、蓝辛国务卿以及美国军界和政府的高层官员与英国代表团团长、外交大臣亚瑟·贝尔福热情拥抱，碰杯，彰显美英两国特殊的密切关系。包括顾维钧在内的协约国和中立国的公使们分别与贝尔福见面寒暄。贝尔福虽然年近七旬，但蓄着修剪得很整齐的翘边唇须，显得精力旺盛，风度翩翩，在与顾维钧握手时，以嫉羡的口气，赞赏顾年轻英俊，而这位英国绅士，据说平日不苟言笑，更是很少当面夸奖别人的。顾维钧第一次与贝尔福见面，也表示了对这位外交前辈的景仰。随后他游走在各国高级官员之间，他与老朋友、总统威尔逊先生、国务卿蓝辛先生握手并简单聊几句，他知道，今天的主角是来访的英国客人和这里的美国主人，自己不便多占用他们的时间。况且今晚他心不在焉，父亲的瘦弱身影一直在他脑海里浮现着，他必须及早结束这里的应酬返回使馆。当招待会进入自由交谈进餐阶段，顾维钧决定回馆了，不料他转身向宴会厅门口走去，恰好遇到一位熟悉的老朋友：美国助理国务卿B·朗曼。

这位朗曼先生来自美国南方，是威尔逊竞选总统时的坚定追随者，也是威尔逊就任总统后最信赖的大红人之一，负责亚太地区事务，对世界格局演变常有独到的战略眼光，办事又果断干练，深得总统和国务卿蓝辛的器重。大概是受威尔逊总统与顾维钧关系非同一般的影响，在国务院官员里，朗曼是与顾维钧最谈得来的人，两人的私交也非同一般。

"亲爱的威灵顿，您要提前回使馆吗？"

"是的，朗曼先生，我有点急事需要回去处理。"

"很遗憾。我本来想告诉您一件最近得知的您会感兴趣的消息，看来只能另约时间告诉您了。明天上午 10 点还是老地方，怎么样？"

"对不起，明天白天我有别的事，晚上见面可以吗？"

"不行，老朋友，我明天下午四点出发去佛罗里达休假。您若上午没时间，只好等我休假回来以后再见。"

"可不可以给我先透漏一点您的信息是关于哪方面的？"

"关于日本的，还有你们中国。"朗曼先生挤了挤眼睛，神秘的一笑。

顾维钧立即改变口气，说："那我明天上午改变安排，准时与您会面，一言为定。"

"OK！威灵顿，您总是那么机敏！明天上午十点，别忘了老地方，'檀香山咖啡馆'！"

"谢谢，再见！"

鲁师傅很快启动了车子。他知道，在使馆临上车时顾先生收到一封父亲去世的电报，顾先生忍着悲痛去参加美方的欢迎晚会，心情一定很难过，也一定很着急回使馆要处理一些家事。于是一脚油门，车子飞似的驶向使馆所在的十九街区。

换装以后，顾维钧来到卧室。唐宝玥正低声哼着催眠曲，慢慢拍着昌儿睡觉，见丈夫进来，就轻轻说："这孩子今晚躺床上就是不睡，非要找爸爸，好像他猜着爸爸要离开家似的，我一连给他讲了三个故事，才把他哄迷糊了。你说，他怎么有那么大的机灵气儿呢？"

顾维钧叹口气，"唉，孩子也许有先天感应似的，难道已经知道家里出了大事吗？"

唐宝玥说："这孩子活泼、聪明、伶俐、爱唱歌、嗓门儿响亮，叫一声妈妈，我的心就像被融化了。他结合了咱们俩的优点。"

唐宝玥握起丈夫的手，按在自己的已经隆起的肚子上，悄悄说："这个老二，也是个小调皮，我已经感觉他在动弹呢，维钧，你希望他是个男孩还是女孩？"

"是男是女都是我们的宝贝。不过，要是他们的爷爷也能看到，那得有多好！"顾维钧一句话，把他们夫妻俩的幸福感一下子憋回去了，两人同时沉默起来。

昌儿已经睡熟，夫妻俩来到书房，一起商量是否回国奔丧。顾维钧先问唐宝玥是怎么想的？宝玥半天沉思不语，她内心是不愿丈夫迢迢万里漂洋过海回国守丧的，自从她嫁给了他，她就觉得两个人就永远结合在一起了，再也不会分离。何况他们现在有了三岁的昌儿，眼下她又有了身孕，丈夫离去她怕自己陷入孤单，这种心态在她结婚以前是绝对没有的，那时她独来独往、信马由缰，想去哪去哪，从没想过和另一个男人的命运紧密联系在一起，即使对她老爸也没有如此眷恋过。可是现在她有了一个小家，丈夫、儿子是她生活生命中不可分割的部分了，他们的每一个举动，每一次言笑，甚至每一声咳嗽，都牵动着她的心。如果丈夫离开她一两个月，她会受不了的。

但她毕竟也是非常矛盾的，结婚后她与维钧生活甜蜜幸福，也深切了解了丈夫的脾气秉性。他是个外柔内刚的人，看起来他满口美式英语，西服革履，英俊潇洒洋气，举止彬彬有礼，但他骨子里的中国精髓中国血脉中国基因根深蒂固。比如他自从赴美留学至今多年一直远离父母，总觉得对父母养育之恩无以回报，每逢年节或父母的生辰日期都要去信问安，春秋换季还惦记二老的平安健康。他常说，我们不能像古人那样做到"为人子之礼，昏定而晨省"，朝夕侍奉父母，总是人生的一大遗憾。现在父亲离世了，他回去奔丧，尽人子之孝，也是情理之中。可是维钧此时的外交使命处在关键时刻，中国能否随美参战，涉及国家主权和尊严，并涉及今后能否为国家倍受强国欺凌讨回公道，一切都在苦争之中，何况国内局势现在变得更扑朔迷离，政治家们的外交方略也捉摸不定，他能在此时请假离职吗？思虑至此，她对丈夫说："你先看看这个吧！"她把今天剪下的《纽约时报》文章拿给丈夫看。

顾维钧快速浏览一遍，叹了口气说："国内政局变化很大，这是没有想到的，也是我们当外交官无能为力的。伍廷芳老先生被逼走了，张勋将军若执掌国家政权，政策走势更加不可捉摸，外交方针策略怎样变化更无法把握。的确让人揪心呐！"

一边是家事，一边是国事，他面临两难选择，唐宝玥知道，丈夫正处于举棋不定之中，作为妻子，自己的意见很可能在他掂量"回"还是"留"的天平上，起到决定性作用。可是她觉得自己不能直言吐尽想说的话，她明白丈夫是个善做决定的人，无须别人劝导什么，所以只是把头靠在顾维钧的肩膀上，轻轻说了一句：

"维钧，无论你做出什么样的决定，我都会支持你的。"

顾维钧握住了她的手，说："梅，谢谢你，我知道你的意思了。既然国内局势暂时扑朔迷离，中国参战暂时也不会有一个明确的定论，我们在国外做使节的，也决定不了国内的局势走向，只能静观其变，与其等待，还不如趁此机会赶回去奔丧，尽我的人子之孝。只是……"

顾维钧握住宝玥的手，凝视着她的眼睛。"你怀孕已经七个多月了，还要单独带昌儿，我实在不放心。"

宝玥的眼睛湿润了，把头依在他肩头，深情地说："其实，我也不想让你一人回去，这隔着浩瀚大洋，又跨半个地球，我能放心吗？可是你回去尽孝也是天道人理，我得支持。你就放心去吧，我会照顾好自己和昌儿的。做母亲的都要带儿女，人家能带，我也能。"

顾维钧轻轻吻了吻她的额头，说"谢谢你，梅！"

唐宝玥回答说："你快去快回吧，没准等你返回使馆时，老二就快来到人间了！"

顾维钧脸上绽开了一丝笑容。他拉着她的手，掀开纱帘来到阳台上。

此刻，夜空中月朗星稀，特别是圆月的周围呈现出一圈巨大的月晕，像在辽阔太空描绘的如梦如幻的光环。实在太美了！顾维钧的心头浮现出古人的诗句来：海上生明月，天涯共此时，情人怨遥夜，竟夕起相思……他默默想着，父亲要是还活着，一定也在仰望夜空的明月，他记得小时候每当阴历十五左右月亮正圆的时候，父亲经常会端着一个小茶壶独自坐在廊沿下的藤椅上，一边慢慢地品着茶，一边举目望着那一轮明月，若有所思，一坐就是一个时辰。父亲是个冷峻的性格倔强的人，要求儿女也很严厉。那年，父亲送他去一个朋友家上私塾学习经书和八股文，但他非常不乐意去那个严厉而呆板的老师那里就读，与父亲的安排尖锐对立，几次弃学逃跑，在月下被父亲捉获回家，父子俩的矛盾闹得全家不宁，还是母亲和姐姐出来转圜，他进了一所书院，才算结束了这段"父子冲突"；还有他第一次婚姻的曲折和离散，也完全违背父亲的意愿，当他在纽约写信把与张家小姐协议离婚的情况告诉家里后，张家小姐娘家的人反目为仇不说，顾家的人也曾一度抬不起头来，不敢出门见人，哥哥来信说，父亲常在洒满月光的庭院里沉思徘徊，对儿子暗生闷气。这些往事就像发生在昨天，父子俩的性格太相像了，可就是想不到一块儿，这也许是命里注定的吧！虽然以后随着时间推移，父子的矛盾烟消云散，他也早原谅了父亲，父亲也理解了他，但回想起来，多年前他悖逆父亲，导致父亲伤心和气闷，无论什么理由，也是不妥的。现今父亲走了，今生今世再也不会看见他的身影了，他感到深深的内疚和悔恨：为什么他忽略了老人摔伤以后的严重后果呢？竟然长达两个月没有去信问问父亲的安危呢？他的心灵在不停地忏悔，面容消瘦的父亲躺在病榻上遭受折磨的景象也一直飘浮不去，他欠父亲太多，而无法偿还，现在只剩唯一补救的办法，就是赶回家去，在父亲的遗体前忏悔和赎罪，祈求老人家的饶恕和原谅。

当晚，顾维钧在书房，亲自起草一封请求批准他回国丁忧守丧的电报稿，并把秘书魏文彬叫到书房，嘱咐他立即发给外交部，并请他盯着外交部的回电，一有回复立即报告。

第二天，顾维钧如约来到檀香山咖啡馆，会见老朋友——国务院助理国务卿朗曼。两人各点了一杯咖啡和一杯茶，几样小糕点，便攀谈起来。朗曼说话极简约，喜欢直奔主题。

"威灵顿，我说的事您一定感兴趣。"他压低声音，"据我的一位专门研究日本动向的专家朋友告诉我，日本外务省正准备派遣一个高级代表团访问美国，主要目的可能与中国有关。"其实，朗曼这里打了一个马虎眼。事实是近日日本政府照会美国政府，拟派高级官员访美。

顾维钧立即警觉起来，于是追问："有确切的访问时间吗？"

"没有。具体时间不好断定，但他们渴望派团访美是肯定的。"

"日本政府会派谁来美国完成这趟使命呢？"

"据说是前外相石井菊次郎，一个老资格的外交家。"

"老朋友，既然日方派团访美与中国有关，您能否说得再具体一点？"

朗曼低声慢语地说："我猜测，是要求美国承认日本在中国具有压倒一切的特殊权利。不过他们公开的使命是为了促进日美双方在华利益达成更好谅解。"

顾维钧的眉心微微跳动了一下，暗想：日本人这步棋可真够精明，也够毒辣。他们企图阻断世界上唯一同情中国的西方大国对中国的支持，无疑是为了孤立中国，任凭他们对中国的掌控和蹂躏，并妄想一步步将中国殖民地化，在国际事务上代言中国。这是一个非常重要的新动向。于是，他说："日本政府一贯说得好听，而其实居心叵测。我希望贵国领导能洞察日本人的阴谋，不使他们的诡计得逞。"

朗曼神秘地一笑，说："这个自然。我可以这样告诉老朋友：世界上没有任何力量可以强迫美国顺从他们的意志。"

顾维钧点点头，表示同意朗曼的话。不过，他心里却在飞速琢磨着另外一个问题：美国真的能为了中国而拒绝日本的要求吗？威尔逊和蓝辛会做出怎样的选择呢？朗曼虽然说"没有任何力量可以把意志强加给美国"，但现实国际格局是美国已经宣布加入了协约国对德宣战，也就是与日本处在一个阵营，怎么会为中国而跟日本翻脸呢？最终结果可能是：美国为了争取全力在欧战中帮助协约国战胜德国，需要在亚洲稳住日本，要达到这个目的，美国很有可能向日本让步，达成妥协，而牺牲中国。想到此，顾维钧感到有一种无形的压力朝自己逼近，怎样才能阻止日本的企图呢？顾维钧的心情变得不安起来。于是，他试探地问：

"朗曼先生，我们是无话不谈的朋友，您个人是怎么看待这个问题的？"

朗曼脸色顿时严肃起来，一晃脑袋说："顾，我可以直言不讳地告诉您，我很同情中国，在日中双方关系中，中国是受害的一方。国际关系上，各国应该维护公平正义的原则。但是，您也得明白这个现实世界上还有一个潜规则，您知道是什么吗？"

"潜规则？"顾维钧觉得很奇怪，自己是学法的，怎么没听说呢？于是说："请您指教。"

"物竞天择，适者生存嘛！"朗曼苦笑一声，"这是赫胥黎得出的生物界生存的法则，可悲的是被有的国家粗暴地用到了人类社会上。我最近从一本杂志上看到日本一学者，极力曲解达尔文的进化论，把生物进化的达尔文主义应用到人类社会，推论国家间的关系也是弱肉强食、适者生存。"

"这是为强国欺负弱国而找的理论根据，这种牵强附会的欺骗手法其实并不新鲜。二十三年前，日本军队进犯侵略朝鲜，进而发动对华战争，也就是中国近代有名的甲午战争，爆发前，日本人提出的理由是'文明与野蛮的战争'，日本是为了'世界的文明进步'，是'义战'，说得真够冠冕堂皇。近年来赤裸裸侵略中国，又找了许多好听的理由，把驱逐德国军队，占领中国的青岛和山东，逼迫中国签订屈辱的'二十一条'，说成是为了'防卫''为了支援协约国的欧战''为了解决悬案，为了日中亲善'，这些虚伪的理由和借口，在他们的枪杀和平居民的屠刀下，显得多么卑鄙和无耻啊！"顾维钧抑制不住自己的愤怒情绪。

"威灵顿先生，您的心情我完全理解。不过，作为朋友我得提醒您，弱肉强食虽然是个强盗逻辑，但人类社会严酷的现实却证实了这个动物界逻辑的有效性。狼总是要吃羊的，你要不被吃，就得变成狼，或者变成虎豹。据我所知，中国目前还是一只肥羊，有人说中国是只睡狮，还没有苏醒迹象。不可理解的是，中国目前政治局势一片混乱……"说到这儿，朗曼压低声音，悄悄说："我今天得到的北京最新消息，前王朝将军张勋，派兵进入北京后，想拥戴原先的小皇帝复辟，真是这样的吗？要是真的，威灵顿先生，那可是糟糕透了，可怜的中国又要倒退了。您说说，北京那里到底发生了什么？"

"今天还没有收到国内的信息。到昨天为止，北京政治局势还不明朗，张勋是个野心勃勃的将军，也是一个思想极守旧的人，他带兵入北京要挟总统黎元洪解散国会，又逼走了外交总长、代理总理伍廷芳，国内舆论认为他企图复辟前清皇室，不是没有可能，不过我认为想要开历史倒退的车，在中国朝野是不得人心的，纵然有少数前清遗老遗少死抱住皇朝帝制不放，终将难成气候。因为中国这艘巨轮已经驶向民主的海洋，有人再试图让它返回君主专制的小河，必定以失败告终。也许这艘航船的航行是曲折的，随时遇到大风大浪的考验，但毕竟不会再回头了。这就是我的观点。"

朗曼放下手里的咖啡杯子，情不自禁拍起手掌，为顾维钧的话喝彩。"顾博士，真为您的远见卓识高兴，而且，您可以做演说家。不愧是哥大造就的高才生！"

"朗曼先生，谢谢您对我的赞誉。其实，我现在一点都高兴不起来，我的祖国发生的这些事情，日夜纠结着我的心，政局混乱，国家贫穷，民众苦难深重，我作为一个驻外公使，深感无奈，我现在唯一可做的，就是在外交领域尽我所能，维护国家的尊严。您知道，与日本签订的'二十一条'，是我们国家和民族刻骨铭心的耻辱，我毫不隐晦自己的观点：坚决反对日本帝国对中国的侵略行径，只要一天日本军队不撤出中国领土，我就一天不放弃斗争。"

朗曼看着顾维钧满脸激动的神色，又一次伸出了大拇指。"顾，您是我见到的所有外国的外交官里最值得敬佩的人了，我为有您这样的朋友感到自豪！来，碰一下杯。"

"碰杯！非常感谢您今天跟我透露的这些内容。"

"别客气，其实日本外交特使访美的事美国报纸早已经在猜测了，不再是什么秘密。另外我还想告诉您，威尔逊先生和蓝辛先生很关心中国参战的事。他们希望中国政局尽快稳定，并能够尽快随美国参战，将来战争结束后贵国也能够以战胜国身份参加和平会议，分享战后成果。"最后这几句，朗曼说得很慢，也加重了语气。

顾维钧明白，最后这几句话才是朗曼这次约见的最重要目的。美国人的行事风格：欲取之，先予之。美国希望中国参战，其战略意图是早日利用中国博大的人力和丰富的自然资源，使协约国一方拓展了更广阔的后方，为战胜敌方大大加重砝码。毋庸讳言，参战对于中国来说是大有益处的。本来这一问题，国内政治家们无论北方和南方，意见基本一致，欧洲协约国各国也都是迫切要求的，最初唯一反对的是亚洲的日本。但不知什么原因日本突然又表示积极支持中国参战，其态度一百八十度的大转弯，使国内政治格局复杂化了，原先支持参战的黎元洪总统转而持观望甚至反对态度，国会和南方势力则力挺黎元洪。眼下，国内政坛又杀出个"程咬金"张勋，使得本来已经危机的政局更加雪上加霜，随美参战越加难以预料，这是最让人揪心的事……

"促使中国参战，一直是我近年来追逐的目标，但从目前看，目标变得渺茫了。不过，我深感我的使命，绝不会放弃。在这个问题上，可以用我们中国的一句古语来表述：谋事在人，成事在天。"

"顾，这句成语很有哲理！你们中国的古老文化总是让人着迷，只可惜我不懂中文，也没有去过中国，当然也体会不到中文表达的特殊含义。您说，我现在学习中文还来得及吗？"

顾维钧笑笑说："老实说，您现在学年龄是偏大了些，但凭着您的智慧和博学，您的个性和意志力，只要下决心，一定可以成功的。如果有机会去中国生活或工作，我一定介绍最好的学校，最棒的中文老师给您授课。"

朗曼爽朗一笑，"太好了，那我就把中文学习列入我的十年规划，一个多么诱人的设想！好了，今天就聊到这儿吧，亲爱的朋友，下个月再见！"

"再见，祝您和夫人佛罗里达度假愉快。"

"谢谢。也祝您和夫人孩子在华盛顿生活幸福！"

回到使馆，魏文彬立即呈上来国内外交部发来的加急电报，上面几行电文是：

顾公使来电悉。令尊仙逝，同寅不胜哀悼。部拟派员赴沪向贵亲属慰问致哀。台端回国丁忧之事，本应准予遵从旧制，但时下诸事艰难，国际交涉、中美关系处于关键时刻，驻美公使使命尤为重大，非阁下不可胜任。还望遵从先贤训导妥善处理尽忠尽孝为盼。

顾维钧把电报给唐宝玥看，她说："这也是意料之中的事。你是怎么想的？"

"我现在两难。一面是国事，一面是家事。按理应该国事重于家事，这是不言而喻的，父亲过去也是这么教导的。可我对父亲亏欠得太多了，这最后的丧礼再不回去，我的心将长期不会安宁。"

"难道你还要再次电报请求回国？"

顾维钧摇摇头，说："我不能因此事使国内为难。但是，我现在还不能从父亲离世的悲哀和歉疚中解脱出来，必须有一个让我自己可以原谅自己的理由。"

"重大家而轻小家，难道不是理由？"

"这个理由固然很充分，可是不能完全弥补我心里的罪戾和缺憾。"

唐宝玥不言语了。她已经完全明白了丈夫的心思，说到底他还是个重情重义的孝子呀！

晚上，顾维钧灯下看完了几篇国内发来的要情通报，北京政坛的乱局使他心情烦闷，他揉了揉疲累的双眼，习惯地来到阳台上，眺望茫茫星空。依然是月朗星稀，河汉浩渺，宇宙的无垠，时间的永恒，他不禁吟起唐代王勃的辞句来："天高地迥，觉宇宙之无穷；兴尽悲来，识盈虚之有数。"宇宙无穷，而人生短促，这实在是一个千古的无奈叹息。绵绵思绪中，父亲的音容笑貌又浮上心头，老人家已经走了三天了，后事安排得怎样了？母亲遭受如此打击能经受得了么？她也进入花甲之年了，千万节哀保重自己呀！我现在远隔大洋，不能回家尽人子之孝而苟活于世，岂是好男儿所为呵！想到此，又抚栏叹息。

宝玥不知何时站在身边，给他披上一件外衣。他感激地望着她，说"昌儿睡熟了吗？"她点点头。此刻，她知道丈夫在想什么，她想安慰他几句，又觉得多余。

门外传来几下轻轻的敲门声。大概是厨房刘师傅给送夜宵来了，宝玥想。这是她平日嘱咐刘师傅的，凡是维钧夜晚办公到十一点以后，她都要厨师准备一小碗素汤面，和几块小糕点或饼干，这是维钧最习惯的夜晚小吃。

门开了，她感到意外：门外站着的不是刘师傅，而是秘书魏文彬。"夫人，这是邮局快递送来的加急电报，是上海拍来的。"

上海电报，那一定是钰弟拍来的！宝玥接过电报，谢过魏秘书，转身回到书房，交给丈夫。顾维钧立即打开来看，果然是钰弟急电：

钧兄台鉴：父病重时，多次打消我们要你回家探望的念头。他总说你在华盛顿处理公务要比回家看望他重要得多。虽然他病榻上十分想念你，可是坚持不让你回来看他。我们和母亲商量，尊重父亲愿望，没再写信或电报叫你回国。现在父亲走了，根据老人家遗嘱，我们和母亲议定，请你不要回来参加葬礼，一切以国事为重，这是纪念父亲最好的方式。母亲和全家身体尚好。勿念。钰弟即日。

顾维钧默默看了两遍。看着看着，泪水模糊了他的双眼。宝玥递给他一块手帕，他捂住眼睛，再也忍不住自己的感情，失声抽泣起来，他的肩头一起一伏急剧颤抖不已。宝玥搀扶他坐在椅子上，疼爱地抚摸着他的头发，轻声说："维钧，人死不能复生，节哀顺变吧！现在我才知道，爸爸是个深明大义的好爸爸！我们要永远怀念他老人家。"说着，她自己也忍不住簌簌落泪。

"父亲越是这样，我就越觉得对不起他。其实呢，父亲是个极平凡极普通的人，在旧衙门里做过事，一生看似平平常常、规规矩矩，可是他却是个胸有大格局的人，心里装着国家和民族，临终前的遗言很有古圣贤风范，这是出乎我意料的，也是我自惭自愧的，我恨自己为什么没在他病重时多写信请安，多给予他一个做儿子的关爱呢？他走了，我再也没机会在他病榻前喂水喂药尽点孝心了，现在，连在他棺椁前磕个头的机会也没有了。我还算什么儿子呢？我不配读过十几年书，更不配在美留过学！"

"维钧，你别这样太自责了。将来你还有机会回国在爸爸坟前表示心意的。我觉得，爸爸的在天之灵正望着你呢，他一定是希望你尽快从丧父之痛中解脱出来，把时间和精力放到你的事业上。"

顾维钧握住宝玥的手，说："梅，谢谢你，我会调整好自己的。请相信我。"

"我相信你。"她把他的头揽在自己心口，轻轻舒了口气：丈夫心里的坎儿总算过去了。她换了个话题，"维钧，今天《纽约时报》刊登了一篇驻东京记者写的消息，说日本政府正准备派要员访问美国，就日美两国共同关心的问题交换意见，并寻求达成谅解与合作。这是否关系到中美和中日关系呢？"

"今天朗曼先生约我会面就是谈这个事。所谓日美共同关心的问题，无非是在东亚和太平洋范围内，两国战略利益的矛盾和冲突，其中在中国的利益冲突是两国分歧的焦点。日本企图独霸中国，这次派要员访美主要目的是要美国承认日本在华的特殊利益，就绕不开美国这个亚太地区最强大国家的同意和谅解。不过，美国是在日本侵犯中国时同情和支持中国的西方大国，日本人的企图想必没有那么简单就能获得成功。"

"朗曼先生是怎么看的呢？"

"他的观点很鲜明，同情和支持中国，反对日本的侵略政策。不过那位国务卿蓝辛的态度就很难推测了，我跟这位高官的接触很有限，感到他是个难捉摸的人，嘴上说同情中国，真实想法还无法探知。我得主动跟他约谈，增进了解中摸清他的思想脉络。"

"那么威尔逊总统呢？你们可是有一段不寻常的忘年交的呀！"

"不错。我在学生时代就结识了学识渊博的威尔逊先生，他当年是普林斯顿大学校长和著名学者，他的著作《国家》对民主制度的阐述，给人留下深刻印象。我很荣幸的是，他曾经邀请我参加他的家宴，讨论过一些政治和哲学问题，从此建立起个人友谊。他当选美国总统后邀请我参加他的婚礼，我认为他这样做不仅仅是对我个人的友谊，也是他向中国表达同情的举动。他是目前美国领导人中我最尊敬的，但愿他能在中国和日本关系问题上一如既往支持中国。至少在中国参战问题上，美国的态度是支持中国的。我断定日本人先反对后支持一百八十度大转弯是包藏祸心的，是有条件的，这个条件就是要英法美这些西方大国承认其在中国的特殊地位。这大概是日本政府派高官访美的最重要动因。"

"你的分析有道理。不过最近国内政局走向依然让人揪心，参战不参战可能不是那些政治家考虑的当务之急。"

"是的，北京政坛上演的剧目让人眼花缭乱。段祺瑞将军辞职去天津后，张勋将军应黎元洪总统之请带兵进驻北京，逼走了外交总长兼代理总理伍廷芳，又逼迫黎元洪解散国会，明显的这是要开倒车；各省实力派拥兵自重，政治倾向散乱不一，像一盘散沙。中国内政搞得一塌糊涂，参战问题也更变得扑朔迷离。"

"我看也是。袁世凯就是前车之鉴，张勋将军敢冒天下之大不韪吗？"

"我想，任何人开倒车也是短命的。封建帝制终归一去不复返了，这是历史总趋势，谁也阻挡不了，谁若阻挡，必将身败名裂。"

"说得太好了。这一阵子，自从伍老先生被迫辞职以后，国内的乱象真让人担忧，我心里老是忐忑难安，经你一说，我也就有了底了。"

"梅，我们做外交官最心痛的事，就是国家散乱，政令不统一，军队软弱无能，对外交涉感到无所适从，没有后盾支撑，腰杆子挺不起来。即使与比较投缘的朋友交谈，也感到没有底气，缺乏感染力和吸引力。有时候，我在洋人面前是强打精神，硬撑着自己的门面。我常想，中国虽弱，但是毕竟是文明古国，是大国，我深信中国不会永远落后下去，就连拿破仑也说过：中国是一头沉睡的狮子，一旦醒来，世界都会震惊。我们的外交前辈、大名鼎鼎的曾国藩长子、驻英法俄三国公使曾纪泽也写过文章，认为中国先睡而后醒。这些话的确是远见卓识，我对中国未来的发展还是充满信心的。"

"维钧，你说得对，我也是这样想！"宝玥把头紧紧偎依在顾维钧胸前，喃喃地说。

正如顾唐二人分析的，国内政局演变瞬息万变。7月1日这天，张勋伙同戊戌变法的领头人、以后思想坠落到保皇党的康有为、袁世凯老部下王士珍等，以前清旧臣打扮，进故宫请出被废黜的小皇帝溥仪再次登基，山呼万岁以后，"君臣"忙着颁旨的颁旨，朝贺的朝贺，一时间北京城乌烟瘴气，大街小巷出现了不少布缝的纸糊的黄龙旗，许多人穿长袍短褂，脑袋后边临时接上一根长辫子招摇过市。清廷又回来了，遗老遗少们又欣喜若狂地奔走相告，可是凡是有头脑的市民都冷静地观察事态如何发展。很快，引狼入室的大总统黎元洪不得不致电段祺瑞恢复其国务总理职务，同时致电坐镇南京的副总统冯国璋，请其代理中华民国大总统，自己宣布辞职退出政坛。躲在幕后的段祺瑞再次出山，以讨逆军总司令名义调动几路人马，进兵北京讨伐张勋。张勋的辫子军一经接战，立即溃散，张勋本人也逃到日本使馆，至此短命的复辟活动以失败告终。段祺瑞以再造共和的功臣自居，并电邀冯国璋速到京出任大总统。冯怕成为黎元洪第二，犹豫数日，经过幕后一番讨价还价，终于带部分亲兵入京。当年袁世凯手下最令人畏惧的北洋三杰"龙虎狗"齐聚北京，为显示北洋派军人团结，冯段二人公开场合亲亲密密，发誓再不会出现以前黎元洪与段祺瑞那样的"府院之争"，不久恢复了国会，虽然不是民国初期临时约法意义上的国会，但毕竟是国会，而且通过了被搁置已久的对德奥宣战议案。8月14日，冯国璋发布总统令，对外宣布中国与德奥两国处于战争状态，并废除与两国订立的一切条约。

无论如何，这一时段跌宕起伏的政治闹剧总算落下帷幕。中国对德奥宣战，对于中国这个积弱多年的贫穷落后国家来说，是近代以来破天荒的重大事件，是顾维钧期盼已久的中国应该做出的战略选择。有了这一步，中国在战后国际会议上就有了发言权，收回山东的主权才有了希望。

第十章　梅花凋落

国务卿罗伯特·蓝辛近几个月来不仅成了美国政府中最忙碌的高官，而且成了最引人注目的外交明星。他是随着美德关系的急剧恶化而上台的。前国务卿威廉·布莱恩因与威尔逊总统在对德外交政策上分道扬镳，被迫宣布辞职。蓝辛的主张被美国舆论称之为亲协约国立场，他被威尔逊选中，从国务院顾问一个鹞子翻身而擢升为这个美国最权威的对外机构掌门人。

国务卿在美国政府各级官员里堪称一人之下万人之上，是众多政治家和各路精英垂涎三尺、梦寐以求的职位，自美国1776年立国至今一百四十年以来，已有过四十二位国务卿。但是，蓝辛的这一任国务卿是与以往所有的国务卿有很大区别的，这就是美国介入了一场世界性大战，所以国务卿的角色也因倍受世界各国瞩目而显得异常重要，其历史使命是以往任何时期的国务卿所不能比拟的，这当然给蓝辛带来无上荣幸和自豪感。不过，蓝辛是个具有冷峻理性思维判断形势的人，他懂得出任国务卿除了获得政治明星的荣誉和光环外，也必定伴随着巨大的职业风险，他的前任布莱恩就是前车之鉴。所以他担任国务卿后，思考更为缜密，处理外交事务更为稳健。在对德关系上，他主张利用德国潜艇多次袭击英法商船事件一步步引导美国的舆论从中立的或孤立主义向亲协约国立场转变，同时抓紧时间积蓄力量备战，在外交上宣扬国际主义赢得国内外支持，适时与德断交；之后又抓住德国高官怂恿墨西哥夹击美国并承诺将加利福尼亚划归墨的策反言论，果断宣布与德国处于战争状态。这样，美国在这场大战的末期杀进战团，就为战后换取国际地位和分享战后果实奠定基础。蓝辛的战略和策略深得威尔逊赏识，两人在国际舞台的配合也天衣无缝，顺风顺水。

当然，对德宣战后，蓝辛的外交活动也成倍增长。协约国的主要成员国，如英国、法国、意大利的军事、外交、贸易、工业、金融等各类访问团蜂拥而来。到访的代表团团长都是政府和军界的头面人物，级别相当高，有时需要请威尔逊总统亲自出面会见，但大部分场合是由蓝辛出面洽谈和应酬，以显示美国政府在物质和精神上鼎力支持协约国的态度和决心，同时也给足了欧洲友国的面子。短短几个月，美国对协约国的军事援助和经济援助就达几十亿美元，创历史最高水平，美国成了欧洲国家最大的债权国。

他是个生活极有规律并严格守时的人，每天计划做的事细化到以分计算，他的同事们都很佩服他的一件事，就是每天上午八点整一分不差地跨进他的办公室门槛。可是近一个月来，他打破了这个规律，每天晚半小时到位。究其原因，是为了要阅读早晨送到家门口的两份全美发行量最大的报纸：《纽约时报》和《华盛顿邮报》。这两大报纸最近难道有什么特殊的报道吸引他的视神经吗？

是的，最近两报在热议日本帝国特使、前任外相石井菊次郎子爵来华盛顿访问，而且援引日本媒体的说法，什么日本高官此时访美肩负着重大使命：协调双边关系，巩固日美多年来形成的友谊云云。但报纸也披露了日本大员访美的真正意图是，要美国政府承认日本在中国山东所攫取到的特殊地位和权益，而美国政府也正在考虑日本的要求。蓝辛对这些不准确说法大为恼火，日本人来华盛顿的目的的确是要谈山东的地位问题，但此事涉及中国领土主权，美国政府高级官员包括他自己从未表态认可日本人的所谓对山东"特殊利益"的要求。这显然是日本方面在会谈前一厢情愿，企图先入为主把控舆论，以此向美国政府施压，迫使美方就范。但作为美国外交的重要决策者之一，蓝辛自信能够把控谈判的进程和节奏，不会被日本人牵着鼻子走。他的底气来自美国的经济实力现在已经居世界第一，军事力量也稳步增长，欧洲各强国为取得战争胜利都有求于美国。日本虽然未派一兵一卒到欧洲参战，在军事上不靠美国，但其需要美国的石油、煤炭、钢铁、粮食等重要资源，不得不忌惮美国在亚太地区的经济和军事强势和利益，这就给美国反制日本提供了条件。所以蓝辛有信心在与日本人谈判时掌握主动权。尽管如此，他深知日本政府派出的谈判代表石井菊次郎绝非庸凡之辈，而是一个老资格多谋善断的外交家，必须全力对待。所以蓝辛每天早晨要拿出半小时阅读报纸、了解媒体反应，把握谈判对手动向，随时调整自己的应对策略。

石井率领着日本代表团一到华盛顿，立即与蓝辛进行了接触性会谈，确定了正式会谈的时间地点和参加的助手等，第二天双方就进入实质性谈判，蓝辛初步领略了石井的个人风格：话音虽不洪亮，但侃侃而谈、具有滴水不漏的外交家做派和手腕。例如他发言时，避实就虚，避重就轻，大谈自 1854 年、1858 年江户幕府时代日本与美国连续签订《日美亲善条约》和《日美修好通商条约》以后，日本放弃闭关锁国，向美英法等欧美强国开放港口，开始进行国际贸易往来的历史，特别强调明治维新以后，一直到欧战之前，两国曾两次修订条约，继续推动太平洋两岸日美这种和平亲善关系的发展。这近四十年来的日美关系总的说，虽然不总是风平浪静一帆风顺，有时还有激流漩涡，但基本上保持着和平和协商，友好大于冲突。日本人在对美国和欧洲强国开放后，从思维理念到经济发展、文化繁荣以及建设近代化军队，都获益匪浅，而美国也从开放港口得到贸易税收和美国人在日本从事工商业文化传教等活动中享受到优惠待遇。因此，日本希望在政治、经济、军事、文化等领域积极发展和巩固与美国的友好合作关系，理解并尊重美国在这些地区的重要利益，坚决维护亚洲和太平洋的和平稳定。

石井菊次郎的一番甜言蜜语，一下子把蓝辛推进云里雾里。他原先准备的跟日方展开一场关于中国山东问题的激烈辩论的发言，只好暂时压下，既然人家谈日美关系，自己也不好拘泥于事先准备的发言，他沉下心，不露声色地倾听石井到底要讲些什么。果然，石井谈完一通发展日美友好前景，话锋一转，又喋喋不休地谈起日本与欧洲的关系，特别强调了日本和大英帝国自 1902 年以来就已存在的牢固同盟关系，由于有此同盟，欧战爆发初期日本就加入到协约国一方，出兵与德国作战并取得重要成果，即在中国山东胶州湾消灭了德国驻军，并在南太平洋一些岛屿肃清德国势力，以及出动船只帮助英国把澳洲的英联邦军队输送到欧洲战场，有力支援了英法等协约国军队对德奥作战。石井还称日英同盟是日本对外关系的基石，日本凭借这一同盟在 1904 ～ 1905 年的日俄战争中击败了强大对手，使日本一跃成为亚洲强国，在国际上的地位与欧美列强并驾齐驱。

听话听音，蓝辛凭着多年外交经验，立刻领会到石井的话外音：美国应该接受日本伸过来的橄榄枝，如果选择跟日本对抗，日本也无所畏惧，强大的日英同盟是其后盾。潜台词是，英国目前仍然是军事第一强国，美国虽然经济力量已经超过英国，但军事力量远未到称霸世界的地步；日本经过以往的日清战争和日俄战争完胜对手，陆军海军已经足够强大，如果美国与日英两国联合军力对抗，那胜算率极低。尽管石井发言的口气不紧不慢，但表达的意思确凿不移。

对于石井一套软中带硬、拐弯抹角的言辞，蓝辛意识到自己面临着一个很难缠的谈判对手，这是他所始料不及的，他自悔事先小觑了对手，对石井的老谋深算思想准备不足。可是他素有的冷峻严谨且尖刻果断的外交官声誉也绝非浪得虚名，他不拘礼节截住石井的啰唆话语，单刀直入地质问：阁下大谈贵国和英国同盟关系，令人很费解，难道是要游说美国也要加入你们的同盟吗？请不必绕圈子，我喜欢直来直去，请阁下亮明来美国要协商的主要问题。

石井的照本宣科突然被蓝辛打断，表情十分惊讶，但瞬间恢复正常，他习惯性地推了推鼻梁上的金丝眼镜，尴尬地一笑，说："早听说贵国务卿坦率直爽，今日相会果然风采独特。我刚才说的话，其实也是为讲下面的问题做铺垫。我本来还想谈谈本国军队出兵山东，一举消灭德国守军的来龙去脉，现在就略去过程，长话短说，本代表团赴美的使命是，向贵国政府说明日本帝国在山东包括胶州湾有重要的特殊利益，请贵国政府尊重本国的这一立场，承认日本在中国的特殊权利。"他说完此话，喝了口饮料润润嗓子，又补充道："当然我们日本政府不排斥贵国在华的利益，原则同意贵国提出的门户开放政策，不过涉及在山东和中国开发或投资的话，应事先与本国政府协商同意。"

对于石井吐露的真言，蓝辛本能地一脸惊讶，虽说这之前他听到过不少关于日本政府要对美国提出一个荒诞无理要求的传言，他认为那都是媒体记者的猜疑或主观评断，不能当真，他也没有去认真思考过，曾做过多年国际问题律师的他，向来是根据事实出发分析判断是非的，绝不能被那些捕风捉影的社会传言所左右。但此时亲耳聆听日本外交高官的言辞，他才恍然大悟：原来传言是真的！他觉得日本人也太明目张胆了吧！岂能如此赤裸裸地奉行强权政策呢？按照他的冷峻刚直的性格，本想据理反驳，可是一看怀表，会见预定结束时间已经快到了，只好说，对日本政府的要求，美国方面下次会面答复。

第二次会谈，蓝辛省却见面寒暄的客套话，开门见山直抒胸臆：美国不能同意日本方面的要求，即承认日本在中国山东享有特殊权益。他从三个方面阐述了理由：一是从国际法和国际外交惯例没有先例叫第三国承认一个国家对另一个国家拥有特殊权益；二是从道德和道义上讲，日本作为协约国参加对德作战，消灭了德国在中国山东的驻军，德国原本是侵略者，摧毁其占领军也无可厚非，但日本却想取代德国继续占领山东而不归还已经加入到协约国方面的中国，无论如何名不正言不顺，这是对一个主权国家的严重侵犯；三是美国一向主张维护太平洋和世界的和平与公正，国际贸易自由化，门户开放，机会均等，日本的要求与美国的政策背道而驰，故不能予以同意。

听完蓝辛直言不讳的表态，石井脸上失去了前次见面时显露的笑容，阴沉得像罩上一片乌云，他呆坐了好几秒钟，最终嘴里慢腾腾蹦出一句话来："难道国务卿先生为了中国的所谓主权，就不顾及日本和美国之间的多年友好和合作的关系吗？"蓝辛声色不动回答："发展美国和贵国之间的友好合作关系，我不持异议，但不能以牺牲另一个友好国家的主权为代价，特别是现在这个国家已经加入我们协约国阵营。"石井又追问："日本在中国的特殊权益已经写在以往的日中条约里了，中国政府是认可的，贵国承认也好不承认也好，这是已经存在的事实。不过我还是想强调，日本美国之间不要因为中国而产生裂痕。美国如果不承认日本对中国的特殊权益，是不是要牺牲日本和美国多年合作之友谊呢？"蓝辛反问："贵国和中国之间签订的条约，为什么至今也没有公布？听说是秘密签订，还听说中国政府是在贵国政府不断施加的压力下被迫签订的，我个人认为，贵国政府的做法不太光明正大，恃强凌弱，在国际上是得不到认可的。至于说本国与日本合作，则是另外一码事。"

石井这可急了，立即反唇相讥："1900 年八国联军进攻北京，美国不是也参加了吗？叫不叫恃强凌弱？我认为不是。中国虽说经历了变革，到了共和时代，但依然落后愚昧，日本是其近邻，帮助其摆脱愚昧落后，走向共荣义不容辞。为何阁下要对日本存有偏见？"

蓝辛觉得很惊讶，石井太厚颜无耻了，把赤裸裸侵略说得冠冕堂皇。但他强制自己保持冷静，反驳道："美国派少量军队参加八国联军是因为传教士被杀，解救被拳民围攻的使馆人员，日本并没有什么宗教人士被杀害，可派出的兵力是八国之最。战后签订条约以后，美国主动放弃一部分赔款，专门用于资助中国学童留学美国，为中国培养建设人才。而日本派兵占领中国山东和满洲后，加紧修筑铁路，据中国方面披露完全是为了掠夺当地丰富的自然资源。"

美国国务卿的话不仅深深刺激了石井那种日本人特有的自尊和孤傲，而且损得他怒火中烧，他的脸色由红变白，又由白变青，一副金丝眼镜后面的小眼睛眨着愤恨之光，他是日本帝国大学法律系毕业的高才生，一毕业就进了外交界官场，二三十年的外交历练，使他颇能善于辞令和保持着涵养深厚的形象，担任外交官以来还没有一个外国人敢面对面挖苦和贬低日本，现在身为美国国务卿的蓝辛出口不逊，竟然对日本不尊，公然提起日本在满洲经营铁路是掠夺，是可忍孰不可忍？他心里暗忖，美国佬傲慢无礼，实在可恨，不回复他两句，他不知道太阳升起之国的臣民是怎样的一种性格，大和民族是怎样的优秀民族。他脸色又转换出一丝微笑，高深莫测地说："国务卿先生直言不讳本人早有耳闻，阁下是读法律出身，本人也是。我想，我们学法律的最讲究的是尊重客观事实。在这里我愿意提供两个事实，不知阁下做何解释。其一，1905 年在罗斯福总统时期，贵国具有'铁路大王'之称的哈里曼先生带着他的计划，到日本向朝野游说，希望与日本共同经营南满铁路，并得到当时主政者同意，随后与日本签署了《关于南满洲铁路预备协定备忘录》，哈里曼表示要投入丰厚的资金，以期成立一个共同的公司管理南满铁路，并共享利益，但这项计划由于日本政府的最终否决而胎死腹中。其二，在塔夫脱总统时期，国务卿诺克斯先生提出了一个与中国政府事先谋划的所谓《锦瑷铁路借款草合同》，照会日本和英法俄德各国，试图组织一个国际共管机构经营这条拟议中的铁路线，但此计划的真实目的是取代南满和北满早已贯通的哈大线，由美国为主控制满洲铁路。该照会理所当然地被日俄两国断然拒绝，也受到英法两国冷淡，最后遭到失败厄运。现在姑且不论贵国如此热心开发满洲铁路抱有的其他目的，单就刚才阁下说的，是否也是为了掠夺中国东北的资源而跟日本合伙做强盗呢？如果不是，那么就是'狐狸吃不到葡萄就说葡萄酸'了？"

石井果然厉害，他这招以子之矛攻子之盾的手段把蓝辛质问得一时哑语。蓝辛正难堪际，他的亚太问题助手、助理国务卿朗曼在他身旁耳语一句，顺手在他面前摆放两份文件。蓝辛目光一瞥：那竟是刚才石井提起的美国驻奉天总领事和清政府地方官草签的《锦瑷铁路借款草合同》副本，另一份是诺克斯照会有关各国的备忘录蓝本。两份文件中有的句子被标出醒目的红横线。他的脸色立即转窘迫为冷笑，抄起两份文件，冲石井扬一扬说："外相先生既然把话说到这种地步，那我也就把话说透，本国代表与清政府地方官草签的建设铁路合同，白纸黑字明确写道：'铁路所有权属于中国'，诺克斯先生给各有关国家的照会也强调了中国东北铁路开发经营必须保证中国政治主权不受侵扰。我想，这就是美国和日本在中国修建铁路的差别。难道还需要进一步说明吗？"

这回轮到石井无语了。他急忙叫手下立即翻阅过去日本帝国与清政府订立的关于满洲铁路所谓密约、条款，半天也未找出涉及尊重中国主权的话语。两个助手急得满头冒汗。蓝辛乘势说道，"子爵先生不必找了，哪能临渴掘井呢？其实，我们议论满洲铁路，本不是应有之意。还是回到山东问题上来，贵国要求本国承认贵国在山东拥有特殊利益，实在强人所难，本国不能答应。"蓝辛语气坚定，似是不容动摇。

石井碰了个不软不硬的钉子，他尴尬地干咳了两声，来掩盖内心的慌乱。不过他仍然顽强表示，本人来贵国最重要的使命是巩固日美友好合作关系，并非为争论和吵架而来，希望国务卿阁下认真考虑，以日美两国的共同利益为重，不必为他国利益费心劳神。但愿我们的谈判有一个双方满意的结果。蓝辛见石井不再强辩，也就不继续紧逼。双方就此不欢而散。

此后数日，国务院再没收到石井菊次郎的约见函。蓝辛和朗曼都认为日本人知难而退了。可石井一行受到挫折真的知难而退了吗？没有。他们在蓝辛这里碰了钉子，就另打主意，派了多路人马到了国会山，还去了纽约，分头拜访了不少议员、财经寡头，凭借着他们的口舌之能，花言巧语、威胁利诱，他们说日美合作对双方有利，日美竞争对抗不仅对日本不利，对美国经济实力也大有损害。石井亲自在纽约会见华尔街某些大公司老板，苦口婆心地诉说现在美国正全力支援英法意俄鏖战德奥，需要大量金钱，假如美国否认日本在中国的特殊利益，一旦日本退出协约国或倒向德国，局面不堪设想，协约国不可能稳操胜券……

日本人的地下活动传到蓝辛耳朵里，他嗤之以鼻，认为石井是枉费心机。虽说他不特别看重石井，但也觉得这个石井的确是个难缠的主儿。这天他正思索着对策，忽然接到中国驻美公使顾维钧的约见请求，他断定顾公使此次求见，是来探听与日本人谈判的内情，并劝阻美国不要接受日本人的损害中国主权的要求，但在这个敏感关键时刻不宜会见顾先生，尽管他同情中国的立场，他知道只要他一出面见顾，就会遭到国内那些居心叵测的人诟病。为了避免误会，他派朗曼先生去会见顾先生，朗曼带回顾公使给蓝辛的一封亲笔信，信里大意是要求美国和日本会谈协议涉及中国时，需事先告知中国政府，如果美国承认了日本在山东的特权，就等于国际正义和公道屈服于邪恶势力，必定要激起中国政府和民众的激烈反对，也必然要影响中国和美国业已存在的良好关系。蓝辛当即写了简短回信，重申美方的原则性立场。当晚他留住朗曼在办公室，两人一起商议下一步如何对日本人的游说活动采取对策。

中秋的华盛顿夜晚，脱落的枫叶伴和着阵阵凉风，皎洁的月光融合了天宇的寒意，国务院虽然坐落在城市的中心地带，但在这凉秋之夜也显得分外冷清和静谧。国务卿和助理国务卿两人正坐在椭圆的办公桌前，调动起大脑的所有热能和心智，全神贯注地起草一份给石井使团的备忘录，他们决定不再与石井面对面谈判，而以备忘录形式照会对方，把己方要坚持的几个问题阐明，比如表示要共同促进美日合作，继续有效地开展贸易往来；在中国问题上坚持门户开放政策，各国在华利益均沾，并维护中国的主权和利益等，对于日方要求的承认其在华特殊利益闭口不提。正当他们字斟句酌地在打字机上草拟文稿之际，一声清脆的电话铃声，打断了他们的思路。什么人会在晚上给办公室打电话呢？蓝辛立即抓起听筒：

"哈罗，我是罗伯特，您是……"

"嗨，罗伯特。你肯定在办公室忙公务，我没猜错吧！"来电话者口气非同寻常，原来是美国第一公民、总统托马斯·伍德罗·威尔逊。

"晚上好，托姆。"蓝辛回复说。他和威尔逊不仅是政治上的盟友，也是个人之间的亲密朋友，所以平日素以小名相称。"你同样也在白宫办公室吧，让我猜猜，你在干什么？肯定在看大西洋彼岸的战情通报，对吧？要不，就是忙于跟将军们谋划派遣第一批美军登陆欧洲？"

"全不是，亲爱的，你猜得差了半个地球。我忙的事只与太平洋有关。"威尔逊幽默地苦笑一声，继续说，"你的那位来自东方岛国的矮个子谈判对手，活动能量却大得惊人，反对党的领袖，金融巨擘，财经大佬他几乎都拜访遍了，被他说服的那些耳朵根子软的人，今天接二连三给我打电话，说来说去就一句话，叫我们别得罪了日本人，现在我们暂时还用得着他们，而不是逼他们给我们制造麻烦。"

"是呀，我也听到了日本人的幕后活动。可是我们得坚持原则，秉持国际道义和公正，日本人无非是向我们施加压力，逼我们让步。"

"罗伯特，你听我说，我现在考虑的是，第一步要全力支持欧洲盟友尽快取得战争胜利，第二步谋划胜利后召开国际会议签订和约，以及建立一个广泛的国家之间的联盟组织，限制发展军备，维护世界和平。当然我们美国要起到应有的主导作用，这是不言而喻的。因此，与日本人的谈判要服从这个大的战略。为了使我们的精力放在欧洲方面，对日本的策略是，稳住他们，对他们的要求可退让一步，暂时答应下来。当然措辞必须保证我们美国的尊严和利益，还要重申我们对中国主权的维护。"

"可是托姆，如果答应了日本人，那么维护中国主权岂不是一句空话吗？中国政府会反应强烈的。"

"亲爱的，熊掌和鱼不能兼得。我们现在必须先要得到熊掌，也就是先赢得欧战胜利，确立美国在欧洲主导地位。亚太问题，或者说日本人在中国的扩张问题可以放到战后和平会议上解决。我们现在还不具备两个拳头出击的力量，先按我的意思办吧，罗伯特，别再犹豫了。要尽快打发走那些日本人，我相信，具体协定措辞你会斟酌变通处理的。好了，就说到这儿，祝你晚安！"

撂下电话，蓝辛用手指搓着下巴，沉默无语。在一旁的朗曼情绪波动，他知道总统已经准备向日本人妥协了。蓝辛终于说："总统这个决定，是我始料不及的。日本人有非凡的公关能力，这一点我们估计不足。"朗曼问：

"事到如今，我们怎么办？"

"只能按总统的指示办了。也许他是对的，熊掌和鱼我们得选择熊掌。"

"难道我们的备忘录直接写上美国承认日本在华有特殊权益？那我们在国际上太丢面子了！"

"当然不这样直白。我们要另外选择一句话代替它，你让我好好琢磨一下，你也想想，总之要用我们美国人的语言取代它。"

两人在写字台前和沙发上绞尽脑汁，终于蓝辛在身边的巨大地球仪前停住脚步，转动了一下球体，说："你看日本在东亚与哪些国家最相近，朝鲜和中国，也与俄国隔海相望。我们可以这样表述，你觉得如何：领土邻近产生国与国间的特殊关系，因此，美国政府承认日本政府在中国与日本属地接壤的部分，有特殊利益。"

"我看这提法可以，对特殊利益前边加了限制词'接壤'，这样就仅仅包括满洲，而排除了山东，留有余地。不过这对于日本人来说，他们基本上达到了访美目的，可以利用领土相近而做随心所欲的解释，他们肯定要欢呼自己的外交胜利了。"

"为了安抚我们的中国朋友，备忘录还必须强调美日两国政府否认有任何意图对中国的独立或领土完整加以任何侵害。"

"还要写进两国政府永远遵守'门户开放'原则或在华工商业机会均等的原则。"

"对，我们美国的利益一定要明确体现在文件里。"

在接下来的几天里，美日谈判以互换备忘录的形式进行，石井对领土接壤提出异议，坚持不写特殊利益之前的限制词，蓝辛让朗曼通知对方，美方已经做了最大让步，如果日方再坚持己见，谈判只能破裂。石井这才同意。于是11月2日这天，双方互换了内容完全相同的备忘录。备忘录对有关中国的句段称：

为平息不时流传之歪曲报道起见，两国政府对于中华民国的共同愿望与意向宜再有一度公开的声明。美国及日本政府承认，领土的邻近产生国与国间的特殊关系，因此，美国政府承认日本政府在中国，特别在中国之与日本属地接壤的部分，有特殊利益。

中国的领土主权继续存留不受损害，且美国政府对于日本帝国政府的再三保证具有十分信心，即日本虽因地理关系得有特殊利益，但日本政府并无意对于其他国家的通商加以歧视，或对于中国与其他国家所订条约所许诺的通商权利加以蔑视。

美国及日本政府否认两国政府有任何意图对中国的独立或领土完整加以任何侵害。两国政府并宣告，两国政府永远遵守"门户开放"原则或在华工商业机会均等的原则。并且，两国政府相互宣告：两国政府反对任何一政府取得任何影响中国独立或领土完整的任何特权或优例，或取得任何拒绝第三国人民充分享受在华工商业均等机会的特权或优例。

一石激起千层浪。这样一份前后互相矛盾漏洞百出的美日协议文件一经公布，国际舆论哗然。首先是中华民国政府和媒体反应强烈，无论是亲政府的报纸，还是南方反政府的报纸，都愤怒谴责日本的妄图独占中国的狼子野心，其次是美国的一些主流报纸，讽刺本国为虎作伥，助长了日本的嚣张和称霸亚洲的野心。甚至美国驻华公使芮恩施也表示对此协定不满。

当然，身处美国首都的中国公使顾维钧更是在第一时间迅速作出反应。《华盛顿邮报》刊登的蓝辛石井协定以后，他立即约请蓝辛会面，蓝辛也不再回避，欣然答应。顾维钧直率地提出几个问题对协定表达了严重关切和不满。他说，美国是否考虑到，承认日本与中国所谓地理相临就应有特殊利益的原则，对中国而言是隐藏的危险，也危及美国呢？因为日本人肯定会坚持自己的解释，继续对中国奉行领土扩张政策。蓝辛答到，无论日本怎么解释，协定已经明确写着，两国政府反对任何影响中国独立或领土完整的任何特权。顾维钧继续质疑，既然美国反对任何谋求影响中国独立或领土完整的企图，那为何还要在文件上承认日本在华的特殊利益呢？这种自相矛盾如何自圆呢？蓝辛自知理屈，其中隐情又不能对中国公使言明，只好说：石井作为日本特使访美总不能两手空空回日本吧，美国还要顾及欧战的胜利及战后问题，目前两国关系必须维持不能破裂，所以承认这个地理相邻原则也是权宜之计，还望中国能给予谅解。顾维钧本想说，是的，石井两手捧回了很有分量的日美协定，而中国却遭到最严重伤害！但这样抱怨的话他没说出口。他猜测蓝辛也可能有难言之隐。作为一个外交家，他能理解美国人的立场：美国和协约国为了取得欧战的最后胜利，需要日本在远东支持，特别是正在和德奥死磕的英国人，他们期盼美国和日本达成妥协，指望得到日本在太平洋地区给予援助。顾维钧在此之前一直与英国驻美大使斯普林爵士保持着友好接触，他从接触中得知，英国政府的战时主要目标是打赢战争，这是压倒一切的任务，其他任何问题都可以放到战后研究解决，因此英国急切期盼美日会谈取得成果，以确保日本对英国的战时支持。其实除了众所周知的日英两国早已建立的政治军事同盟以外，英国还有求于日本派舰船把澳洲的英联邦军队运往欧洲前线，并在西太平洋水域防备德国潜艇出没等等，作为交易，英国支持日本在中国山东和整个中国的特殊利益，两国曾经达成秘密协议，连美国都蒙在鼓里。当然这些黑幕都是在以后的巴黎和平会议期间被披露的，那是后来的事了。

不过，通过蓝辛石井协定，使顾维钧更清醒地认识到了一个问题：美国也好，英国法国也罢，这些列强虽然表面上都尊重中华民国的独立和领土完整主权，但一遇到与自身利益相矛盾的时候，他们无一不把自身的利益放在第一位，中国的主权和利益最终很有可能做了别国交易的牺牲品。

又是一年的中秋，华盛顿一连两天绵绵小雨，给这个凉秋增添了几多萧瑟和冷寂。正当人们被阴雨缠绕得心绪烦乱时，第三天清晨忽然阴云绽开了裂缝，慢慢地云层龟裂散开，缕缕阳光透过云隙激光般地投射到潮湿的大地上，美国首都上空出现了罕见的景观：东边太阳西边雨；而且更令人惊讶和欣喜的是，西南部天空呈现出近十几年未遇到的奇特气象，两条色泽鲜艳的大弧形彩虹，像两座巨大无比的彩色天桥搭建在云块之间，美轮美奂，吸引了正在户外出行的人们的视线。

此刻，一列开往费城的客车徐徐驶出华盛顿火车站。列车中部一节车厢里有两个穿戴不俗的年轻华人，看上去二十四五岁左右，两人面对面靠车窗坐着，其中那男士白净脸庞，戴一顶当时男人常见的黑色礼帽，一身灰色西服，显得很文静有教养；那女士瓜子脸，长长的眼睛，穿一件紫色绒面中式旗袍，外套一件开身的毛坎肩，领口下秀着一朵小红花。她的右手托着脸腮，凝视着窗外的彩虹，她的神情流露出一副尊贵而高雅的气质。

陆续登车的洋人旅客，走过他们身旁时，几乎都投来匆匆的一瞥。那些目光里，有的充满了惊讶和好奇：这位小姐的装束太出众了！有的或许内心欣赏和赞美：东方美人的确别有一番风韵！也有的抑或只有轻蔑和鄙视：这些个黄种人怎么跑到我们白人车厢里来了？！当然后一种不友好的眼神是少数，但他们那不屑一顾的神态确实让人不舒服。两个年轻人都是极聪明的，自然感觉到那些锋利如刀的蓝眼光暗藏着的是什么意思。但他们未显露丝毫的敌视，依然悄悄进行着他们的对话。

"梅姐，你看那彩虹，多鲜亮，多漂亮呀！我在美国五年多了，很少见到呢！"年轻男士说。被他称呼"梅姐"的人，正是唐宝玥，顾维钧公使的夫人。跟她说话的男士正是顾维钧的秘书魏文彬，哥伦比亚大学的高才生、哲学博士，顾维钧的校友和学弟，比顾维钧晚几年离校。

"确实很漂亮！对了，魏博士，听说你老家是苏南的，那里雨水多吗？应该经常见彩虹吧！"

"春季雨水多，俗称梅雨季节。但我的印象里似乎彩虹不多见。梅姐，听说您以前在天津多年，北方在雨季常有彩虹出现吗？"

"天津是个港口城市，但气候却是大陆性气候。每年雨水集中在夏天，雷阵雨过后偶尔有彩虹，但人们看见的都是断虹，不像现在看见的几乎是一条全虹，实在难得一见。"唐宝玥说罢，情不自禁地低吟起一首古诗来：

"石壁望松廖，宛然在碧霄。安得五彩虹，驾天作长桥。仙人如爱我，举手来相招。"

魏文彬轻轻拍起巴掌，赞道："梅姐真不愧是才女，出口能吟诵古诗。我对中国古诗一向是门外汉。这是哪位大诗人的杰作呀？"

唐宝玥笑答："李白的。不过诗人作此诗时并没看见彩虹，只是站立山头想象而已。其实，我也没读过多少唐诗，只不过一时高兴不知怎么就联系起李白的诗来了。"

"梅姐太谦虚了。早听说您喜欢英美文学，而今天才知道您的中国古典文学底子也如此厚实。我最佩服在东西方文化间游刃有余的学子们了，尤其是像您这样一位年轻漂亮又端庄典雅的有诗书气的女性！"

唐宝玥忍不住咯咯地笑起来。"魏博士，你怎么也学会拍马屁啦！"

"梅姐，我是真心佩服您和顾先生，不仅仅是我，咱们使馆上下都特别敬重你们夫妻呢！你们年轻英俊漂亮，又决事果断麻利，还精通中西文化，真是给咱们中国人提气呀！"

"谢谢你们！其实，我们使馆的使命和所有的公务，还得仰赖全体馆员的齐心协力。维钧再有本事，也独木难支，红花还需绿叶扶，维钧和我都还要仰仗弟兄们的帮助，只要我们团结一致，就不怕任何风吹浪打，就不怕别人瞧不起！"说到这儿，唐宝玥的脸色变得忧郁起来，沉默瞬间，又说，"我们华人在异国他乡，最重要的是抱团儿齐心才有力量，绝对不能一盘散沙，否则我们将受制于人呀！"

魏文彬知道，她想说又没说出的话是什么。这次他奉公使之命陪同梅姐去费城，是要完成一项重要任务。费城两个华人组织华胜堂和勇汉堂结束了多年的敌视与仇杀，在中国使馆的干预下终于实现了和解，定于今日签订和解互助协议。这是费城华人界一件大喜事，也是全美华人社会的一件影响深远的好事。本来顾维钧应邀要亲自赴会表示祝贺，并表达对华人社会的殷切期望。但他临时又有更重要的约请，国会要讨论对华援助，请他去演讲介绍情况。而两件大事在召开时间上刚好冲突，顾维钧权衡轻重，只好请夫人去费城代劳一趟，并吩咐魏文彬作为助手随同前往。

提起华人不同地域堂会之间的纷争和械斗，那是令每一个正直的华人华裔都顿足捶胸的伤心事。魏文彬此前查阅大量资料和使馆的档案材料，追踪了解到华人华裔在美国生存发展以及重要事件的大体脉络。华人华裔到美国谋生的历史是一部苦难史、血泪史，也是一部亲者痛仇者快的内斗史。华人来到美国谋生，始于十九世纪六十年代，那时美国为开发西部急需劳动力，于是与清政府签订《中美通商条约》，其中有条款规定华人愿常住美国或入籍，皆须听其自由选择，美国有关机构不得禁阻，此条约为美国招揽大量华工开启方便之门，特别是西海岸的旧金山等地。但十几年以后，美国西部加州地区经济低迷，继而出现第一次美国排华浪潮。到了八十年代初期，美国国会通过《排华法案》禁止中国移民。《排华法案》使得整个美国社会弥漫起歧视华人华裔的不正常氛围，从此华人华裔在入境、居住、就业、出行、入学、就医等等权益收到极大限制或非公民待遇，更有无数无辜者被抓进监狱，以莫须有罪名遭到严重迫害，致使许多人客死异乡，冤魂无处申诉。据此，清末和民国初期被中国政府派到美国担任公使的历任大员都把对美交涉取消《排华法案》当做一项重要使命，虽然公使们尽职尽责与美国官员会晤据理力争，但总的来说收效甚微。美国排华非但没有有所收敛，还变本加厉，在过去三十年内多次通过法案，无限制延长排华法案。美国国会和政府为何一而再再而三地敌视华人华裔呢？

顾维钧接任驻美公使后，把争取华人华裔合法地位问题放在非常重要的议事日程。他一有时间就驰往就近的纽约，体察华人华裔生活情况，还敦促驻旧金山等地的领事馆官员调查华人社区同胞的生活难题和要求，经过汇总研究共同得出一个结论：美国主流社会排华有一个重要借口：华人华裔赌博成瘾，吸染鸦片，聚众械斗，危害美国社会。他们分析，"危害美国社会"当然是耸人听闻，华人华裔当时总共也不过十多万人左右，有上述陋习者也是少数害群之马，而全美国在十九世纪末二十世纪初已经拥有人口近一亿，企图让华人华裔为美国社会问题背黑锅显然是无稽之谈，除了民族歧视外，任何解释都难以自圆。但是话又说回来，华人社会自身的陋习恶习也确实存在，被人家抓住把柄，很难自我撇清。因此最根本的是华人社会必须自尊自重自强，坚决根除恶习陋习，互助抱团，且遵守当地法律，让那些戴着种族歧视眼镜的排华分子无辫子可抓，从根本上赢得美国广大民众群体和舆论的同情和好感，使那些顽固的白人至上主义者陷于孤立或至少使他们明目张胆的歧视政策有所收敛。

这年春夏之交，费城华社最大的两个民间组织华胜堂和勇汉堂发生近十几年来最大一次群体械斗，引发五六十人拿着棍棒和铁器参与，当场有一人死亡，十几人受伤。这次火拼对华人华裔社会震动很大，对主流社会也有相当坏的影响。警方介入后逮捕拘留了双方持械人员。消息传到使馆，顾公使立即派出一名参赞和一名秘书赶往费城了解详情。原来起因仅仅是因为两个有不同会籍的华工在餐馆口角，发生肢体打斗，招来双方后援几十人群殴，有人手持木棒铁棍甚至猎枪参战，混战中桌凳碗碟损失惨重，餐馆老板很快报警，但不见警官现身，死伤数人后，警车才姗姗来迟。案件不幸发生，使馆要员会同华人商会领袖多次与两堂掌门人会面，苦口婆心，晓以利害，劝说两堂化解多年怨恨。这期间，顾维钧百忙中抽时间特别约请两堂堂主来华盛顿使馆，亲自调解双方矛盾，从维护华社团结大局出发，指出华人华裔内斗实在是亲者痛仇者快，在美国国会、政府不取消排华法案大环境下，华人内斗更容易授人以柄，取消排华法案更加遥遥无期；再者华人华裔本是来自华夏一母同胞，本应相互扶持帮衬，在异国他乡扎根站脚，共同繁荣昌盛才对，倘若一盘散沙，难以聚拢，不仅在政治上不能维护权益，经济商业上也难成气候，最终吃亏倒霉的还是华人自己。顾维钧循循善诱肺腑之言，使得本来有所悔意的堂主们完全明白了是非对错，当场表示感谢公使大人教诲，相互认错致歉。那时华人华裔自清末以来，虽然万里漂泊海外，但对中国公使一般皆认同为自己的父母官，况且见顾维钧谈吐举止儒雅，尊重华人华裔，晓以民族大义，实实在在是为华人华裔着想，再不回头天地不容。顾维钧见状，自然也欣喜万分，但他又提出一个建议，请双方堂主择定日期，在商会主持下正式举办一个团结和解大会，以公示于华界及美国社会，造成华人华裔团结一致，遵守美国法律秩序的广泛印象，把群体械斗这件大坏事变成一件大好事。顾维钧还表示，如果届时他没有其他重要公务，一定亲自出席这次集会。两堂主大喜，告辞返回费城做详细布置。

唐宝玥和魏文彬正是代表顾维钧去出席这次大会的，想起这些曲折复杂的背景，不禁使人生发许多感慨。忽然魏文彬指着车窗外天空说："梅姐你看，彩虹已经消失了。大自然真奇妙，那样一条横跨半空的鲜艳彩桥，说没就没了！"

唐宝玥正在漫不经心翻看一本美国作家的小说集，此时放下书抬头望望车窗外，有些失望地说："是呀，我刚才还想着那条迷人的彩虹陪我们一路到费城多好！谁知没多久就消失了。真应了那句老话：好花不常开，好景不常在！你是哲学博士，怎么解释这种现象呢？"

"世上的任何事物，自然界也好，人类社会也好，都有一个发生发展和消亡的过程。只不过存活于世的过程有的时间长、有的时间短而已。像昙花只能开放瞬间，松柏却能长青；动物界有的昆虫只能活几个小时或几天，而长寿的动物如乌龟仙鹤能活百年千年。"

"不过比较起来，人的寿命不算很长，七八十岁已是古稀耄耋之年。你说，对于人来说，生命的长短和生命的意义，哪个更重要些？"

"这个问题自古以来是思想家哲学家们认真思考的问题之一。我个人理解，做人不管寿命长短，总是要善良仁爱厚道，不光是不做恶事，还要多做好事，多做有益于社会文明进步的事。古希腊大哲学家苏格拉底说过，'世界上有两种人，一种是快乐的猪，一种是痛苦的人。宁做痛苦的人，不做快乐的猪。'他的学生、另一位大思想家柏拉图也说，'有理想在的地方，地狱就是天堂。'他们给我们的启示是，人活着要有理想追求，要为民族和人类社会做出贡献。我很佩服那些活得有价值、有意义的名人伟人。像法国大革命时期的启蒙思想家伏尔泰、卢梭、孟德斯鸠，美国的前总统华盛顿、林肯，都对世界历史进步发挥了重要作用。当代中国的孙逸仙、黄兴，还有令尊唐绍仪先生，也为推翻中国封建帝制建立共和民主制国家而功劳卓著。人生在世需为民族国家奉献力量甚至生命，这才是活得有意义有价值。所以说生命的意义不在长短，而在有没有价值。如果是一辈子吃饱混天黑的主儿，两耳不闻窗外事，即使活一千年，又有何用？"

唐宝玥被逗笑了。"你不愧是大博士，说起来一套一套的。你刚才提到家父，他呀，的确也是个有追求有理想的人，自从宣统年间南北和谈时加入同盟会追随孙中山，一直梦想着为在中国建立一个真正的民主共和国而奔走呼号。可惜中国像他那样有见识的仁人志士太少了，而为自己谋私利谋权力的人又太多了。中国的事情很复杂，说不清道不明。听说国内政局又有动荡，真不知什么时候才算稳定了？"

"我也担心这事呢！袁世凯死后才两年多点，总统换了好几茬，今年8月冯国璋辞职，安福国会9月又选出徐世昌为大总统，不知徐大总统又能维持多久？"

"安福国会是怎么回事？我还没弄明白。"

"安福本来是北京一个胡同名，位于中南海新华门和和平门之间，原本是个普通的狭窄胡同，但由于胡同里建立一个政治组织而声名远播，这个组织叫'安福俱乐部'，该俱乐部由一批支持段祺瑞总理的政治家们组成，舆论也称他们是安福系。8月份的国会大选时，冯国璋代理总统声明放弃竞选新一任总统，而原先国会里同情南方孙逸仙建立的军政府的议员，大部分人都云集广州，组成南方'非常国会'，因此留在北京的议员重新组成了以安福俱乐部成员为主的国会，并以多数票无悬念地选举了北洋元老徐世昌为大总统。"

"你这样一解释，我就清楚了。实际上中国国内现在有两个国会两个政府，一个是北洋皖系掌控的北京政府和安福国会，一个是孙中山领导的国民党人和反皖系势力组成的南方军政府和非常国会，这样双方对立下去，是不是又要大动干戈了？"

"可说呢！冯国璋辞职前双方已经兵戎相见，段将军主张武力统一中国，南方则高举反对军阀独裁政府、恢复临时约法的旗帜，冯将军原是属于北洋系军人，但他是直系，与段将军同属袁世凯部下大将，但袁死后也对段的独裁不满，他从南京到北京代理总统后，一直对南方势力主和，不同意武力打压，于是跟段貌合神离，终于分道扬镳。他不得已退出总统竞选，这样与段将军关系密切的徐世昌就被选为大总统。正在南北对峙时，半路又杀出个程咬金，属于直系的师长吴佩孚在湖南发全国通电，不承认安福国会选举的大总统，得到南方军政府支持，现在两方三派在剑拔弩张，中国可能又要陷入战争了。"

唐宝玥叹口气说："唉！真是烦死人了。维钧一跟我谈起国内的政局，就长吁短叹，摇头无奈。"

"其实不仅顾公使，就连我们这些下属人员，都有这样烦躁的心情。长期在国外，最希望的是国内局势稳定，中央有一个强有力的政府，国家强，我们也强，国家弱，我们也挺不起腰杆来；中国外交官最害怕国内局势动荡，战火纷飞，本来国家就穷就弱，还内耗不断，内讧连连，人家外国人怎么拿你正眼相看呢？怎么能拿你当平等谈判对手呢？"

"说得好！"唐宝玥禁不住赞道，"魏秘书，我有一个想法，我们这次去费城，一定要反复强调华人华裔内部团结这个最最要紧的大事，我有讲的不周详的地方，你可要及时纠正和补充啊！这毕竟是我头一次代表维钧参加重要的社交活动。"

"梅姐放心，凭您的才能和素养，凭您的尊贵和魅力，我保证您圆满完成这趟使命。"

"你又恭维我了不是！我跟你说真格的，有什么差池，你得给兜着点！"

魏文彬也咧嘴笑了。"您就一百个放心吧！梅姐！"

三小时后费城车站到了。费城华社商会一位副会长带一辆四轮马车接站，简单寒暄后马车直奔商会总会，德高望重的商会林会长和夫人在大门口迎接。林会长五十开外，穿一身中式长衫，外套一件棉毛马甲，慈眉善目、举止儒雅，其夫人显得比他年轻十来岁，打扮入时而不失端庄。会长和夫人迎到马车跟前，笑脸相迎。会长一拱手先说："顾夫人和魏秘书辛苦了！二位不辞劳顿莅临本会，实在是华社商会的荣幸啊！"唐宝玥答道，"谢谢会长和夫人，这次维钧另有公务缠身，派我和魏秘书前来与大家共襄义举，还望会长谅解。"会长哈哈一笑，"夫人过谦了。您来了，就是顾公使来了，今天见到夫人如此风采和气质，本会蓬荜生辉呀！"副会长等也齐声附和。接着会长夫人上来拉住唐宝玥的手，笑盈盈夸赞她说："瞧瞧，这仪态，这黑发，这秀气的脸蛋，标准东方美人，跟他们洋女人比毫不逊色，可真给咱中国女人提气！"说得唐宝玥脸色泛红，急忙说："夫人过奖了！我只不过是个普通中国女人罢了！"会长怕夫人一聊起来耽搁时间，就岔过话题，说："顾夫人长途劳顿，想必已经饥渴了，还是先到餐厅吃点东西喝口茶休息一下吧。"

唐宝玥摇手道："我们在车上已经用过午餐了。是不是按原定时间安排直接到会场。"

会长问："魏秘书真的吗？"魏文彬说："是的。"会长说："那好，我们就去会场。"

当林会长、唐宝玥和魏文彬出现在集会大厅时，座无虚席的会场立刻爆发出雷鸣般掌声，与会者全都站起来，目光聚焦在唐宝玥身上。后排的人惦着脚看不清，就干脆站在椅子上，为的是清楚目睹早已闻名遐迩的公使夫人芳容。每个人心里都在赞叹和惊讶：这么年轻，这么仪态万方！

林会长先介绍了两位堂主，华胜堂陈堂主、勇汉堂何堂主向唐宝玥鞠躬拱手请安，唐宝玥双手合十忙还礼，说："两位堂主好！上次两位堂主到华盛顿来去匆匆，未得谋面，今日在此相聚，也算有缘。"陈堂主说："夫人好风采！能邀请到夫人这样的贵客屈尊来我们这俗民闹市，真是三生有幸！"何堂主见陈堂主附庸风雅，也不示弱，咬文嚼字地说："兄弟们久闻夫人是大家闺秀，今日得见，才知道啥是耳听为虚眼见为实啊，不，夫人比耳听的要鲜靓一百倍呢！"何堂主是陕西人，说话抑扬顿挫，把大家都逗笑了。林会长请唐宝玥和魏文彬在前排就座，并向大家摆摆手，众人落座。然后他走向讲桌，亮开嗓门宣布：

"尊敬的唐宝玥女士和魏文彬秘书，尊敬的两位堂主老弟，诸位同胞们！今天我们费城华人两堂代表隆重聚会，为的是捐弃前嫌，开创我们华社历史新的一页。在以往我们最艰难的日子里，全美华人最尊敬的顾公使先生指派参赞秘书几次来调查详情，其为我华社前途着想，为华人华裔同胞福祉着想，诚意可昭日月。最难能可贵的是，顾公使先生礼贤下士，百忙中拨冗抽身，在官邸接见我和两堂堂主。他高瞻远瞩，深明大义，对过去发生的不幸事件晓以利害，痛陈其弊，可谓苦心孤诣、至诚至信，使两堂主和我等俗众，如醍醐灌顶，茅塞顿开。如今，笼罩在我华社上空的乌云终于散开，华人华裔终于又重新抱成一团，这是我们华界几十年来的一件大喜事。在这个喜庆日子，顾公使的夫人唐宝玥女士代表顾先生并携秘书魏文彬先生不顾车马劳顿，光临鄙会，与我们共同见证这个重要的时刻，共同庆贺我们华界的新生！我代表费城华人华裔工商界和在座各位同胞向唐女士、魏秘书表示最热诚的欢迎！下面请两堂代表宣读《和解宣言书》。"

一个身穿紧身青色衣褂、灯笼黑裤，留着寸头的年轻人，手里握着一卷纸精神抖擞地走到讲桌前，他展开纸卷，高声念道：

美利坚合众国费城华人社区华胜堂和勇汉堂，从今往后自愿捐弃前怨，化干戈为玉帛，共同携手营造华社团结和谐之氛围，发扬互助合作之精神，有难同当，有福同享，共同维护华人华裔利益，建设华社文明福祉，特友好协商达成以下三项共识：

一、华人华裔生活在美国社会当中，要赢得美国社会各族之尊重，必须提升华人华裔自身文明程度，在自尊、自强、自信同时，遵守所在国所在州的法律，尽力维护自身权益不受侵犯。

二、华人华裔同胞应像保护眼睛一样珍惜团结，妥善处理内部纠纷。华人华裔都是自己同胞和兄弟姐妹，一方有难八方支援，克服以往一盘散沙、各顾各的现象，时刻牢记：团结是华人华裔生存之本，团结是华人华裔力量之源。

三、无论我们来自母国哪个省哪个县，都是华夏儿女、炎黄子孙，秦汉唐宋文化是我们的根，我们生活在美国，说洋话读洋文，但绝不可丢掉母语母文，更不可丢掉千古文明和传统。敬老爱幼，孝顺父母，不忘祖宗，经诗史集，训诂传承，和气生财，为善友邻，强健体魄。厌恶杜绝陈规恶习，远离赌博鸦片，让华人华裔世代健康，享有文明。

四、以上诸条两堂各当家人应率先垂范，遂使华社知书达理，文明礼仪蔚然成风。为使华社后代兴旺文明，两堂决定与商会联合开办中文学校，对华人华裔幼童系统讲解中华传统文化，弘扬美德，伸张正气。具体办学方略计划，待当局批准后另颁布告。

签字人　华胜堂　勇汉堂

林会长接着宣布，请华胜堂陈堂主和勇汉堂何堂主刺血签字。一位助手，端上一个瓷盘，上面放着两把闪亮的小刀。那位宣读者早把和解书摊放在讲桌上，就见陈堂主和何堂主用左手各操起一把，分别在自己右手食指尖，用刀刃轻轻一划，鲜血便冒出来，他们用指血在文告落款处留下自己名字。

此时，大厅里响起雷鸣般掌声。掌声持续了一分多钟，林会长已经热泪盈眶，两位堂主和许多与会者也激动地直抹眼泪。大家都在想，兄弟们能从对立仇视走到这一步真不容易啊！何堂主不失时机地再宣布一个好消息：阴历八月中秋节这天，他与陈堂主已经正式结拜为异姓兄弟！大厅里再次响起热烈掌声，庆贺两堂主成为拜把子兄弟。有了这层关系，两堂会之间的关系更巩固了。

最后林会长请最尊贵的客人、唐宝玥女士致辞。唐宝玥走到讲台前，心情格外高兴，也很激动。她从衣袋里掏出一张折叠的纸，这是动身前魏秘书给她准备的一个讲稿提纲。虽然她已经多次在心里默想着如何开头，如何强调华人之间的团结，如何结尾，但她望着会场上这么多同胞，睁大了双眼在她身上脸上聚焦的时候，她心里禁不住怦怦直跳。虽然她教过教会学校的学生，但那毕竟是些未成年的青少年，而今天面对的是在美国打拼了五年十年甚至几十年的老华侨爷们和他们的后裔。该说点什么呢？她思谋瞬间，于是她没再看讲稿，心平气静、自自然然地说：

"尊敬的林会长、陈堂主何堂主，在座的同胞们朋友们，刚才，我听了两位堂主的和解书，感触很大，想说的话有千言万语。可是时间有限，我只能捡着最要紧的说。首先，我得代表中国驻美国公使顾维钧先生以及我本人向费城华社两堂正式签订和解协议，化干戈为玉帛，表示最衷心祝贺！接下来我想讲的，其实你们的和解书里已经提到了：我们华人若想在异国他乡立足，必须自尊自强自信。为什么讲要自尊自强自信？因为在美国这个地方我们华人华裔没有地位，受主流社会歧视。美国国会三十六年前通过了一个《排华法案》，禁止华人移民。排华法案使得整个美国社会笼罩着严重的歧视虐待华人华裔气氛，华人华裔在入境、就业、入学等合理权益受到严重损害，大量无辜者被投入监狱，致使许多华人客死异乡。直到如今，这种现象没有得到根本改善。美国的这种歧视华人的法律必须改变。这是问题的一个方面。另一个方面，是大家知道的，我们华人华裔有些同胞，由于生活所迫，走上了自暴自弃自毁的道路，参与赌博、吸鸦片，持械内斗不断，这些让我说出来觉得脸发烧的陋习。这些坏毛病往往成为美国那些民族歧视分子排斥华人华裔的重要借口。我们要想翻身，除了要跟美国的反民主反平等的排华分子斗争以外，还要跟我们自身的陋习斗争，这就是提升华人华裔自身的自尊自强自信的能力，也就是提升华人华裔自己的文化品质。文化品质哪儿来，首先是华人华裔子弟要有良好的教育。不受教育，就没有文化，不懂数学、格物、化学、自然生物，不懂中国的、西洋的文学和诗歌，不懂美国的法律和经济。一句话，没有文化知识，华人华裔就只能做二等三等公民或者最下等人。举个例子，现在华人华裔在全美拥有十几万人口，可是找不到一两个正儿八经的律师，华人华裔打官司都很困难。至于大学教授，更与华人无缘了。而在美国，这种高端人才只有从学校培养出来。所以，华人华裔要想自身的文化品质得到提升，必须从培养人、教育人入手。中国有句古话，十年树木，百年树人，我们培养人才是个漫长过程，但再漫长，我们也得做。刚才两堂和解书里提到建立华人华裔学校，我非常赞同。我们不仅要送子弟进入洋人的学校，还要送自己的子弟进华人学校，学习汉语和中国文字。中华民族有五千年的文明史，是世界上闻名遐迩的礼仪诗书之邦。先秦诸子学说、汉唐以来的诗词歌赋、戏曲小说等文学经典，是世界文化宝库里的重要组成部分。对于我们的传统优秀文化，我们应该有自信。虽然近代以来我们国家比起欧美国家落后了，变穷了，但中国人有句老话，人穷志不穷，人穷志不短。相信我们华人子弟资质不比洋人差，坚持用十年二十年时间，我们华人华裔一定能甩掉落后愚昧的帽子，平等跻身于美国社会种族民族之林。相信那时，在我们华人华裔共同一致奋斗下，美国社会一定会抛弃压在华人华裔头顶的排华法案，承认我们的社会地位。到那时我们可以说我们与其他民族同样自尊自强。我坚信这一天会到来的。现在，为了表达对费城华人华裔社会进步的希望，和对华社建校育人的支持，我愿以顾维钧和我两人名义捐赠建校启动资金2000美元。

最后，我要谢谢各位给予我这样一次讲话的机会！"

不言而喻，唐宝玥再次获得经久不息的掌声。林会长最后表示对唐宝玥女士精彩致辞的感谢，同时受到她的鼓舞，表示商会要捐赠两万美元启动资金，同时个人捐赠两千美元。在唐宝玥、林会长带动下，商会各副会长，两堂堂主和在场十几位有能力的华人华裔，都表示要慷慨解囊。会场变成了一次捐赠活动。

趁着大家踊跃报名捐款当儿，唐宝玥和魏文彬离开了会场。林会长追出来，挽留他们一定要用过晚餐并在费城逗留两日，参观一下著名的文化历史景点，再离开不迟。唐宝玥说："谢谢林会长挽留，本来想多待一天，但实在是家里离不开，孩子太小，他们还离不开妈妈。"魏文彬也说："夫人两个孩子，男孩儿三岁，女孩儿刚刚一个多月，这次出门白天就把孩子托付给了一个参赞夫人。"唐宝玥笑笑，"一到晚上两个孩子就要找妈妈，别人谁也弄不了。"林会长只好说："既然如此，我也就不挽留了。夫人、魏秘书，后会有期。"林会长派马车送两人赶到车站，已是黄昏时分。

费城火车站是有半个多世纪历史的老旧车站，自从通了火车，就没扩建整修过，英格兰式的钟楼以及令人憋气的窄小车站广场，让旅客视觉受到极大局限和制约。正是旅客高峰，熙来攘往的带着大包小捆的旅客拥挤在候车厅内，几乎所有的木背长椅上都座无虚席。魏文彬寻觅了十来分钟才为唐宝玥找到一个空位。

好在时间不长，又等了七八分钟就开始检票了，他们排队按序登上车，总算安顿下来。

"梅姐，难为你了，让你也像普通旅客一样赶火车挤火车。我说给你买张头等车厢的车票，不仅座位宽松舒适，而且可以在贵宾厅候车，但你就是不答应，坚持买普通票，还说要给使馆节约开支，您是否对自己太苛求了！"魏文彬的语气有些抱怨。

"小魏，我也是一个鼻子两眼睛呀！没什么特殊的。你没看见候车厅墙角，有人还躺在地板上吗？再说了，你也知道，咱们中国虽大却是个穷国弱国，能省一美元是一美元！我们出这趟差不是很顺利吗？干嘛非要讲排场呢？"

"可是梅姐，毕竟您是公使夫人呀！"

"可别这么说。大家都一样，我真觉得自己没什么好炫耀的。好了，咱们换个话题，今天我在商会讲的没出什么大格儿吧！"

"当然没出格儿。您说得太好了，全场的掌声就是证明。"

"起初我也想照稿子讲讲华人一定要搞好团结，但现场看到这个问题已经不是迫切的了，而且两个堂主又结拜成异姓兄弟，再重复讲就显啰唆。我临时改变了主题，重点讲了提升华人华裔自身文化品质问题，不知有没有纰漏？"

"其实，我跟您也有同感。我们华人在国外特别在美国受洋人歧视，最重要原因之一是我们有的同胞的确是扶不起的阿斗。追本溯源，还是自身素质较差，既没文化又没志气，怎么让人家尊重？所以你讲的从抓教育青少年入手我双手赞成。不过……"魏文彬欲言又止。

"不过什么？你直说，大姐我就想听听哪些话不妥当。"

"我觉得远水救不了近火。华人华裔受歧视最根本的原因还是中国国力虚弱，背后没有一个强大的祖国做靠山啊！"

"你说的不错。但我们人微言轻，决定不了也影响不了中国富国强兵的大事，心有余而力不足。我们常年在国外，也许只有在华人华裔圈子里还起点作用，华人华裔看我们是母国政府代表，我们尽最大努力为华人办点事，是职责所在，义不容辞，只有这样我们才无愧于心……"

"说得太好了！梅姐。"

列车慢慢启动了，窗外的天色也渐渐转暗。车厢里的顶灯亮起来。魏文彬忽然发现唐宝玥紧皱眉头，脸色苍白，显出很难受的样子。

"你怎么啦？唐姐？哪里不舒服？"

"突然感到一阵恶心，浑身发冷。"唐宝玥猛然咳嗽了几声。

魏文彬心里咯噔一下，他暗自叫苦，他知道唐宝玥是个很要强的女性，不到万不得已她绝不会表示自己哪里难受呢！看样子她有点撑不住了，这可怎么办？火车上哪里找大夫呀？情急之下，他说："唐姐，别急！我去找列车员想想办法。"唐宝玥说："别去了，我能坚持。怎么刚才还好好的，突然就变成这样子了呢？唉，天有不测风云，人有旦夕……"

唐宝玥有气无力地说完最后一句话，就闭上眼不言声了。魏文彬见状，急忙转身去找列车员。列车员是个留着蓬乱黄发的四十上下的男人，正在值班室小屋里啃着一只鸡腿，喝着啤酒，小茶桌上乱放着美女封面杂志和罐头面包之类，一片狼藉。当魏文彬敲开门，讲完需要他帮助找一名医生的请求，他眯缝着一对蓝眼睛，冷漠地说，这个车厢里没有医生，你去找列车长吧！魏文彬急问，列车长在几车厢？"六！"列车员不耐烦地吐出一个单词，然后打了一个嗝儿。魏文彬转身直奔六号车厢。

此时列车正运行到最高速度，车身晃动得很厉害，魏文彬跌跌撞撞找到六车厢列车长值班室。门开了，一位戴大盖帽身着深蓝铁路制服、蓄着两撇黑胡须的壮年汉子，放下手里正修剪指甲的小刀，颇带一股受到打扰而显出不满的语气问："有什么事？先生！"魏文彬说："我的一位女同伴出现紧急难受情况，请您帮助找一位医生去救助。"列车长上下打量了一下魏文彬，笑道，"是要分娩了吗？我们列车上遇到不止一次了。恭喜你了，得个大胖儿子。"魏文彬直摇头，"不，不，是有别的急病！"列车长翻了翻一双大牛眼说："对不起，我帮不上你。"魏文彬急得快要给他下跪了，颤声说："求求你了！"那列车长没表示丝毫怜悯，突然一挥手，大嗓申斥道，"哪个乘客额头上刻着'医生'这两个字？你自己去问好了！"魏文彬绝望了，他深深感到了羞侮和耻辱，也后悔和怨恨自己上门求这样不通人情的家伙。他毅然往回返，边走边呼喊："对不起，打扰各位旅客了！谁是医生？请帮助一位紧急病人！"见无人应答，他又奔向另一车厢，高喊同样的话，还是没人应答。他连跑了四个车厢，依旧没有寻到医生。他快急疯了！到第五个车厢，他的希望几乎降到零了，心情反倒平静下来，语调也显得缓慢清晰。"女士们先生们，我想求助一位好心的医生救助一位紧急病人。看在上帝分上，请帮帮忙吧！"话音刚落，车厢尽头站起一位留络腮胡子戴眼镜的高个男人。"先生，我是医生。请带我去吧！"魏文彬高兴得几乎掉泪，急步跨过去，一把握起医生的手，说"谢谢大夫，快跟我来！"医生拎起随身小黑包，紧随魏文彬来到唐宝玥身边。

唐宝玥斜靠在窗犄角，脸色苍白，嘴唇干裂，呼吸急促。大胡子医生快速掏出听诊器给她胸部背后静听几分钟，又让她张开口腔，看看舌苔和后嗓，又摸摸她的额头。然后起身，把魏文彬叫到两车厢的过道口，说："这位女士看起来已经在发高烧，初步判断是患流行性感冒。这是一种传染性疾病，需要马上到医院治疗。你们是到哪里下车？""华盛顿。"魏文彬答道。"这样吧，请你跟我来，我给她开点应急退烧药片，你们到站后必须马上住医院。我再提醒一句，这种流行感冒传播很快，美国有些州已经肆虐开来，不少病人不治死亡。所以请你们不要耽搁，尽快到医院就医。"魏文彬从医生手里接过药片，道了声谢谢，匆匆回到车厢，又打了一杯水给唐宝玥服下药片。

唐宝玥昏昏沉沉地蒙眬睡过去。魏文彬把自己的袂大衣给她搭在身上。

列车疾驰飞奔，车轮有节奏地不厌其烦地使劲儿咯噔着，但魏文彬仍嫌太慢，他担忧地望着她，内心如焚。前不久，他已经从《纽约时报》看到一篇记者文章，谈到今年秋季发生的流行性感冒，在一些城市已经流行起来，这种病来势凶猛，凡是被传染上此病的人，三天到七天内病情会严重恶化，严重的可能导致死亡。当时他并没有在意，一是华盛顿还没发现此病例，二是过去几乎每年都有过类似的报道，最后都不长时间逐渐消失。因此不仅他，连顾维钧和其他几个参赞也没有引起警惕。现在可偏偏让梅姐染上了这种急病，他这次奉公使之命陪同她去费城出差，还有一个保护她人身安全的责任。他深深后悔没有坚持买头等车厢车票，少接触人群，也许就不会染上急病了。唉，晚了，他抱住头，沮丧地叹气。

　　大约过了两个小时，唐宝玥苏醒了。魏文彬给她揩了揩额头的汗粒，用手背试试温度，也不像刚才那么烫手了，烧退了许多。他又递给她一杯水，她都喝光了。她终于清醒起来，"我好像做了个怪梦，可是现在又几乎全忘了，只记得昏昏沉沉走近一片迷雾当中，走呀走呀，怎么也出不来。好了，现在总算熬过来了。魏博士，这次多亏有你在身边，要不然真不知道要发生什么不测呢！辛苦你了，刚才那位医生可谢过人家了？""谢过了，那位医生真是个好人。梅姐，你现在感觉怎么样？""好多了。刚才那一阵子，浑身烧起来，心跳加速，像要从胸膛里蹦出来；头疼得要命，像要炸裂；心里恶心，可又吐不出来，难受死了，我想自己快玩儿完了。"

　　魏文彬安慰她，"千万别说这样的话。退了烧体温趋于正常就好，不过医生说，你需要马上住医院。到了华盛顿，我马上送你去医院，并报告顾先生。""不，还是先回家，我得先看看我的两个宝贝。"魏文彬暗道，她很可能还不知道这种流感的危险性和传染性，该不该跟她说呢？他觉得她是个聪慧开朗、果敢善断的女人，告诉她真相，她会把握的。思忖到此，他劝说道，"梅姐，刚才医生还说，你得的是急性流感。前不久我也从报纸上得知，这种病流行很快，而且一旦染上此病很快就引发高烧、头疼恶心这些症状，如不及时治疗控制，就有生命危险，而且从美国今年流行区域看已经波及一部分人口密集的大中城市和乡镇，有些不幸者已经死亡，现在流感正在蔓延，你最好直接去医院就诊，万一把孩子们传上可就麻烦了。"唐宝玥沉默了。其实，对这次流感的消息她也早就知道，但她从没想过自己也会染上，现在魏文彬转述的医生诊断使她恍然明白了。是先治病还是先回家，她脑子里急速掂量着，最后她说："我还是得先看看孩子再说，即使我万一有什么不幸，也不后悔了。"魏文彬听了，她的口气很有些决绝的意味，心里又难受又着急。暗想，先回使馆也好，由公使决定安排吧！

晚上9点，列车正点抵达华盛顿。魏文彬搀扶着体弱无力的唐宝玥出了车站，搭乘上按时来接站的使馆鲁师傅驾驶的轿车，鲁师傅一见夫人如此病情，二话没说，一脚油门车子飞似的驰往使馆。十多分钟后，唐宝玥见到丈夫和儿女，孩子们都已睡下了。顾维钧乍一见到面色苍白、精神疲惫的妻子被搀扶进家，大吃一惊，赶紧扶她在躺椅上，急问魏文彬到底出了什么事？魏文彬简单扼要地禀报了夫人在返回途中患急病以及医生建议的大致情况，顾维钧有些不知所措。"这太突然了，这太突然了！"他连喊两声。他失掉了往日会见国外要员或在谈判桌上面对强势对手时，那种镇定自若、应对如流的风度，脸色变得极为紧张。他毕竟不是医生，更不是专家，面对亲人突如其来的灾祸，也像普通人那样手忙脚乱。不过在慌乱中，他还保持着一份冷静，他知道必须立刻送妻子到医院。于是他吩咐鲁师傅备车出发到最近的圣约翰医院。唐宝玥请求道，"让我看看孩子！"于是顾维钧和魏文彬两边扶着她慢慢来到卧室。

三岁的德昌在被窝里酣睡，这孩子从小懂事，父母很省心，此刻他的小圆脸上显出幼稚的微笑，可能梦见了什么引他逗乐的玩具猴子；才刚满月的小女儿叼着奶嘴在摇篮里像个水晶娃娃，可爱的小脸蛋、小鼓鼻子真像她爸爸，唐宝玥俯下身，刚想亲她一口，但立刻又后退了，她警觉起来：千万不能传上孩子！瞬间，她的眼泪扑簌簌掉下来。

顾维钧最懂得她的心，轻轻安慰说："梅，别难过，孩子们这里有我在，你就放心去治病吧！唉，真不该让你去费城，竟染上这倒霉的流感，实在是怨我！"他掏出手帕给她轻轻擦掉泪珠。

"这怎么能怨你呢？要怨，就怨我的运气吧！其实呢，我的运气总的说还算不错呢……"她想说，她生在民国第一任总理家庭，又嫁给一个年轻英俊的高级外交官，并生育了一儿一女，整个中国数数，哪个女人有这样的富贵命？自己已经很知足了。老天爷不会把所有的好事让一个人摊上，老子也说过祸福相倚的话。今天灾祸临头，兴许是命中注定。但她没有说出来，她不想这时候说这些宿命的话。只是说："维钧，我可怜这两个孩子，他们还太小，如果没有了妈……"唐宝玥说到这儿，眼泪又涌出来了。

"梅，你会没事的。这是在美国，有世界一流的医疗条件，有一流的医生，你不必担忧，要听医生的话，配合治疗。孩子们我会安排妥当的，你尽管放心！"

"我放心。维钧，我走后你也要保重自己，别太劳累了，虽然你还年轻，但毕竟肩上的担子很重很重，要照顾好自己啊！"妻子的话，引得顾维钧心里一阵难受，真像是最后诀别，他似乎感到不是好兆头，难道真有什么不幸吗？他不敢想下去了。于是，赶紧收拾妻子随身携带的衣物和洗漱用具等，在鲁师傅帮助下，把唐宝玥扶上车，驰往最近的一所医院。

但出乎顾维钧意料，住院并非易事。病房床位已全部占满，据说都是最近一两天才接收的患流感急诊病人，唐宝玥只能被安排在走廊里。而走廊也已经几乎无放床之地，顾维钧既惊讶又无奈，哀叹心爱的妻子竟赶上这不幸的时刻，也只能既来之则安之了。唐宝玥被安排到走廊尽头一个角落，比起走廊人多拥挤处，这里还算比较安静，一位中年护士忙忙碌碌迅速量完血压、体温，血压偏高 90/140，而体温也高到 38.5℃；一位文静的女医生来做了各种检查：听心肺、查嗓子、化验体液等等，最后确诊还是急性流感。医生认为属于急诊病人里较轻的。之后护士送来退烧药，唐宝玥服下后，总算安稳消停下来。顾维钧一直到她病情平稳后，才离开。

第二天院方给唐宝玥调换到六人一室的病房里，此病房有一半病人是从走廊新调换来的，虽然病房条件比走廊好多了，但调换的原因却令人恐怖：并非病室痊愈的病人出院腾出空床，而是流感重病者死亡后腾出了空位，后来又传出更耸人听闻的小道消息：流感病人死亡率几乎高达一半。当然病人是不知道的，家属们私下嘀咕而且人人自危。

入院后第二天晚上，唐宝玥的病情突然恶化，流感导致了肺炎，咳嗽不止、高烧不退，不时有咯血。顾维钧又来到医院照看，妻子比起入院前已经消瘦得脱了相：眼睛深陷，颧骨突出，嘴唇干裂，只有眼神还像过去那样闪烁着生命的自信而顽强之光。顾维钧心里深深内疚，自己最钟爱的妻子，一个健壮丰满、思维解放、眼界开阔又勤奋好学的女中豪杰竟然被突如其来的病魔折腾成这样无奈无助的地步，她触犯了上天哪个主宰，玉皇还是上帝？老子还是佛祖？绝不会的，她出身高贵而心地善良，她学养深厚却从不倨傲凌人，她机敏聪慧而又从不炫耀自荣，她何辜遭此荼毒，我的梅！你千万挺住呵！他的心在呼唤，在祈祷，他恨不能以身置换，宁愿自己去替她受罪。可是，梅，已经不能进食，再无力说话，嘴唇微微颤动，却发不出声音了，最后竟靠输液维持生命。顾维钧靠近她的耳朵对她低语，梅，你不能走呵，德昌和菊儿在等你回家呢！她的眼睛微微张开了，两滴眼泪淌下来，她喘息着，要说什么，但始终发不出音来，最后她的手指动了一下，他赶紧捧起她的手，噙着泪说："梅，你有什么话，只管说吧，我会照办的。"她的食指向枕头下面指了指，就不再动了，好像用完了力气。顾维钧会意，立刻伸手在她枕头下摸了摸，竟取出一本书，细看原来是英国女作家弗吉尼亚·伍尔芙写的小说《远航》，再看，书的扉页夹着一张折叠纸条，他迅速展开看，是唐宝玥用铅笔艰难写下的绝命信：

钧：嫁给你是我今生今世的缘分和福分，我至死不悔。我就要走了，到遥远遥远的地方，从此将阴阳两隔，再难相聚。如果还有来世，我还会嫁你。我知道这只是个虚幻的梦，就让我带着这梦走吧！好好照看昌儿和菊儿，我对不起他们兄妹，一切都拜托你了。

常忆西山伴游，沉醉樱桃谷幽。畅叙古今中外，笑谈石头红楼。记否，记否？恨不厮守长久。

这是她的一首诀别词《如梦令》。顾维钧未读完已泣不成声，他把宝玥的手贴在胸前，心底呼唤：爱妻呵，你不能这样就走了，我们俩说好的要相伴到老，你为什么要撇下我和孩子们呐？你还这么年轻，孩子们还太小啊！……

顾维钧哀伤已极，心欲碎，肠欲断，无数次呼唤梅，但梅却再也没有从昏迷中醒来，医生护士们尽力抢救，终未能够力挽死神的暴虐，她去了，永远地去了，到那个再无病痛无纠结无爱恨的地方去了。

根据世界医学防疫史料记载，发生在1918年春季的大范围流感，短短几个月先后袭击了美洲、欧洲、非洲、亚洲几十个国家，导致大约十亿人（全球人口十七亿）感染，两千五百万到四千万人死亡，因为当时西班牙有八百万人感染，而该国国王也未能幸免，故医学界把这次大流感称之为"西班牙流感"。有人称，欧洲大战的主要参战国家英法美俄德奥等国军队也是被感染的重要群体，非战斗减员严重，或许这是战争应该结束的一个因素吧。

无论如何，战争总算在这年的11月中旬结束了。其实，早在头几个月顾维钧就对战争前景看出了端倪。他从美国报纸不断披露的战争消息分析，自从这年夏天美国远征军在总司令约翰·潘兴将军率领下陆续抵达欧洲战场，彻底扭转了交战双方的力量对比，打破了敌对双方相持不下的胶着状态。虽然潘兴指挥的美军正面进攻遭到德军顽强抵抗，造成双方很大伤亡，但美国部队毕竟是协约国方面一支生力军，自从美军登陆欧洲后，极大加强了协约国的战略地位，并鼓舞了英法等国军队的士气。从8月至11月的一百多天里，经过亚眠、圣米希尔、坎蒂尼、夏多·蒂埃里、贝劳伍德等多次战役，美国军队无论是单独对阵德军还是助阵英法联军，都大体取得了胜利，而且美军在盟军最后一次进攻发挥了重要作用。反观德国，本来俄国十月革命后与德国单独媾和且退出欧战，这对德国和奥匈帝国来说，是扭转战局的绝好机会，如果他们将与俄国对峙的主力部队调往西线，将会对协约国军队造成重大压力，谁胜谁负还很难说。但德国决策者判断失误，没有抓住机会把军力部署到西线，而是命令部分军队继续占地盘，分散兵力，致使西线以一对三。而且在关键时刻德国君臣出现不和，德皇威廉二世和德军带兵将领兴登堡和鲁登道夫在战役指挥上各持己见，德国军队的士气最终崩溃，军心涣散无可挽回。见大势已去，德皇仓皇出逃荷兰，兴登堡和鲁登道夫无奈之下宣布向协约国投降。11月11日，德军代表抵达法国境内森林，登上了法军统帅烈旭的指挥车，交战双方代表签订了停战协议。历时四年之久的世界大战终于迎来和平。

顾维钧还没有从爱妻的离世中缓过神来，一项新的任命又降临到他头上。

第十一章　风云际会

冬季的北大西洋。

强劲的冷风夹杂着冰雪，在茫茫大洋中肆虐。大自然的恶劣气候，终究不能阻挡人类的活动。一艘从纽约出发的大型客轮正日夜兼程驶向法国。自从开辟了这条航道以来，往来于这条航道上的轮船和旅客，并不总是沉醉于海景风光的轻松浪漫之中，而是有时会遭遇风险甚至不测事件。远的不说，仅以战前1912年冬春之交曾发生过英国巨轮泰坦尼克号撞上冰山而沉没的灾难来说，就足以证实这条航线的不安全性很令人担忧，那次灾难事件导致一千五百多人葬身鱼腹。而在战时，这条航线就变得更加恐怖：德国为对付英国的海军，出动居于优势的潜艇，并宣布用潜艇封锁所有来往欧美舰船，包括商船，实际上执行的策略不管你是商船还是客船，一律击沉。这种极端措施导致多次客运巨轮被袭击，包括美国人在内的多少无辜民众的生命惨遭荼毒。德军暴行促使美国最终站到协约国一边并对德宣战，交战双方的天平最终向协约国倾斜，同盟国被击败。现在是战后了，可以放心地在两大洲之间安全旅行，但天灾与人祸给人们心理上造成的创伤并非短期内可以抹平的。

当阳光明媚风平浪静时，顾维钧的几个助手经常在甲板上议论的话题之一就是上述那些令人不堪回首的海难事件。顾维钧总是默默地站在护栏边，很少加入他们的聊天。他神情专注地遥望着远方天水相连的苍茫处，似乎在沉湎于他心头难舍难离的往事之中，助手们不约而同地觉得他是在思念新近亡去的爱妻，大家都很理解他、同情他、怜悯他，这件意外的打击降临到谁的头上，谁会很快恢复常态呢？

顾维钧是个正常的青年，而且是个外表温文尔雅，内在情感异常丰富的人。刚刚丧妻的那几日，他的精神处在崩溃的边缘，白天昏昏沉沉地在魏文彬等同事协助下忙乱料理唐宝玥的后事，晚上照看嗷嗷待哺的一对儿女。卧室里宝玥使用过的一切，她的梳妆台、她的梳子和化妆盒、她的衣柜衣架、她的头巾和他们同床共枕的被褥，物还在，人却离去不再回还，他怎能不心痛欲碎，肝肠欲断。他再无心思治事，像一个被夺走灵魂的人，每日不思饮食，眼看着脸庞急剧消瘦下来，他的秘书魏文彬和使馆上下无不同情叹息和焦虑：这样下去怎么得了？然而，大家都觉得顾公使是个极聪慧理智的人，别人是规劝不了的。只有在无奈中等待他熬过这人生最难熬的时刻。

顾维钧在精神最窘困的时刻，内心还保留着自己的底线：自己再不幸，再痛苦，也不能耽误了公事，自己这样颓废下去会给外交使命带来无可挽回的损失。于是毅然提笔写了报告，请求中国政府批准他辞职，建议任用他人来接替。外交部很快回电，对他的丧妻之痛深表同情和理解。在劝慰他节哀的同时，却又给他加了一副重担，任命他为出席即将在巴黎召开的国际会议的代表之一。电报还说希望他能以国事为重，无需再考虑辞职云云。

顾维钧终于从陷于亡妻的痛苦之中振作起来，这封电报使他头脑恢复了正常人的理智：人死不能复生，活着的人还得继续前行。他想，我的梅是何等品德的女人，她若地下有知，会赞成自己这样萎靡不振地消沉下去以至于寻死觅活吗？肯定不会，她一定会大声疾呼，维钧，我的夫君，死者已矣！你我恩爱一场，为妻我已经知足，你要坚强地好好活着，不仅是为了把幼小儿女抚养成人，更要紧的是你肩负着高于凡人的重大使命，千万不能沉湎于悲悲戚戚的小家痛苦之中！他进而联想起父亲临终前同样的话，于是一夜之间他又重新找回来自己。他给外交部回电，感谢政府的信任和任命，将全力以赴不负重托……

战后的法国。一列客车在冒着浓浓黑烟的车头牵引下，从诺曼底半岛著名港口瑟堡出发，一路风尘仆仆抵达巴黎，停在站台已是夜幕降临时分。从车上前后走下几个头戴礼帽、身穿大衣的中国乘客，他们就是顾维钧和他的秘书助手，以及专程到码头迎接的中国驻法国使馆一位姓赵的参赞和一位领事。出了站台，他们没有任何耽搁，径直上了两辆马车，车夫们一扬鞭，拉车的几匹大洋马就撒开四蹄飞奔起来。

马车经过中心市区，远道而来的乘客们看到了一个与原先想象不一样的巴黎，这座著名的国际繁华大都市给了他们一种特别萧条冷落的感觉。这是顾维钧第三次到巴黎了，以前那个灯红酒绿、光怪陆离、充满温馨和迷人色彩的浪漫之都不见了，代之以色泽单调、灯光黯淡、毫无生气的衰败城市，就像一个年轻漂亮充满活力与风姿的女人，变成一个弯腰驼背的苍苍老太婆。战争给世界带来了什么？虽然法国是个战胜国之一，但结果也是损失惨重，元气大伤啊！

"顾先生，"赵参赞说，"巴黎在战时人口迁移外地大约有一半，因巴黎距离与德军控制的战区较近，战争开始后富人和有权势的人家太太小姐就陆续撤离，巴黎城里留下来的基本上是行政管理人员和军队及所属后勤人员。"说到这儿参赞笑笑补充道，"巴黎没有了女人，所以往日的繁华落尽。战争一结束，那些逃亡的女人们才陆续回家，但现在远远没有达到战前的人口密度。而且更重要的是，战争彻底改变了巴黎市场的供给秩序，一切前线优先，城市、粮食、水电、交通工具供应紧张，特别是现在严寒冬季燃料奇缺。胡惟德公使这些日子使出浑身解数，正多方联系给前来参加和会的中国代表解决驻地煤炭取暖问题。"

"胡公使和你们大家都辛苦了。在这样的时刻、这样的季节，人的生存和生活都面临着种种考验，我们的到来也给你们使馆增加了不少麻烦和劳累。"顾维钧客气地说。

"谢谢顾公使理解我们的苦衷，其实我们大家都是为了一个共同目标：大战之后参会的中国代表能为我们中国人争回主权，争回自尊和自信。我们辛苦一点又何足挂齿！"

"你说得太好了。"顾维钧望望身旁的赵参赞，不由称赞他。同时想到：是的，现在全中国的人，大概都在期盼巴黎和会能一举解决我们中国人的诉求，我们作为参会的代表，身上的担子不轻啊！顾维钧觉得身上有点儿发冷，他不禁把衣领往脖颈拽了拽，眼睛透过车窗探向昏暗的街市。

马车已经穿街过巷，来到一处巴黎中心地带但又不属于闹市区的较为安静的小街道里，停在一幢灰色的三层法式小楼前。顾维钧和助手们预先租用了其中的几间客房，房东是个四十多岁中年妇女，人挺随和也挺热情，她站在门厅欢迎客人们入住。赵参赞临走时嘱咐女房东，多想想办法帮助解决"燃煤"之急，因为他听说这里的煤炭只够一周消耗的。女房东耸耸肩摊开双手，幽默地说："战争结束了，一切会好起来。放心吧，现在客人多了，即使没有煤炭，我的房子也会热起来的。"大家都乐了。

一切安顿就绪后，已过了午夜12点。助手们都相继回各自房间歇息，而顾维钧独自坐在卧室的壁炉前，仍然没有睡意。他望着壁炉里燃烧殆尽的炭火，拾起一根木柴准备往里添，此时他想起房东太太的话：房间里木柴仅够用四天的，节省着用吧，四天后新木柴和煤炭就到了。他把拿起来的木柴又放下了。巴黎，这个冬天很难熬呵，他想。战争结束了，但人们的生活远没有走上正轨呢！不过，他没有睡意，并非因为取暖不易，而是想着即将面临的这次国际会议所显现出来的复杂局面。从他收集到的情报看，世界上所有的战胜国都在眼巴巴盯着在和会上分享战后的胜利果实。有的报纸称之为"分享战果"，而有的则斥之为"分赃会议"，褒贬不一。但无论如何，战败国的罪恶总要清算，战后的欧洲和世界秩序总要恢复，开会协商还是必要的。而且各国早都在打着自己的如意算盘：欧洲各战胜国如法国、英国、意大利等觊觎着从德国和奥国割让毗邻的领土；日本等远离战线的国家想着占领原先德奥在海外的殖民地；美国要求什么？威尔逊总统发表了对和会的十四点原则意见，他想的不是一城一地一岛的得失，而是希望建立战后世界的新秩序，他提出了一个国际联盟的设想，当然这个联盟的领头羊非美国莫属。中国的诉求呢？收回过去被德国强占而现在又被日本霸占的领土主权和一切经济特权，最好能把以往的不平等条约统统废除，这是国人上下的共同呼吁。在战争还未结束时，顾维钧就已经考虑了七个方面的预案，希望驻英法等国使馆共同参与准备文件，这个计划报回国内，陆征祥总长很赞赏他未雨绸缪的想法，当时就回电予以批准，并转发给有关使馆分头准备材料。驻美使馆分担的任务是准备关于收回山东胶州湾主权和胶济铁路等四个方面内容。据外交部通报说，中国方面准备参加巴黎会议的人员是比较多的，包括政府派出的和民间团体的，足有一百多人，北京政府派出了以陆征祥为团长的代表团，成员有驻法公使胡惟德，驻英公使施肇基，驻美公使顾维钧，驻比利时公使魏宸组等驻欧美国家的重要使节，而且引人注目的是，政府邀请了南方军政府的代表到会，体现了对不同政治派别联合组团一致对外的包容谅解态度。在巴黎和会这样的重大国际场合，中国各政治势力应该暂时放下分歧，联合起来向国际社会展示团结和力量，这无疑是正确的。据说，这一举措出于外交总长陆征祥的建议，顾维钧对此十分赞赏。不过，究竟这次会议如何开法，主要议题有哪些，每个参会国派多少代表到会等，都需要等待会议秘书处的通知。但是有些事情还不能消极等待，必须积极争取，比如本国关切的议题以及参会的正式代表名额，应该及早向美英法这几个掌控会议进程的大国领导人反映和沟通，而这些事情都需要陆总长到来后赶快定夺。陆总长从中国到巴黎，没有走经过印度洋、中东、过苏伊士运河、地中海这条航线，而是横跨太平洋先到美国，再搭乘轮船飘越大西洋到法国，路途更加遥远，他现在到了哪里了？一路还顺利吗？思虑至此，顾维钧往壁炉里扔了最后一根木柴，他一连打了几个哈欠，多日车船劳顿，他再支持不住了……

此刻，外交总长陆征祥与夫人及随行人员一行正乘坐轮船，在北太平洋的浩瀚无际的洋面上由西向东飘游。这位体弱多病的中国外交掌门人躺在一等舱铺位上，身上盖着一条猩红毛毯，他的脸庞明显消瘦了，额头仿佛又多了些许皱纹。妻子培德递给他一杯水，又送到他嘴边两个药片，并用温柔地然而又显生硬的中国话对丈夫说：

"祥，喝下去吧，医生说你必须按时服药，否则你的病很难好的。"

陆征祥顺从地接过药片含在嘴里，又抬起身接过水杯，喝了一口将药片咽下去。"谢谢你，培德。"他往里腾了腾，让妻子坐在身旁。他像往日那样打量着妻子那常看不厌的容貌：典型欧洲女人的白皙皮肤，金发碧眼，挺直鼻梁，端庄美丽、沉稳娴淑，酷像比利时大画家鲁本斯笔下的贵妇，但要比画中娇柔妩媚的贵妇多几分飒爽刚毅之气。可是近二十多天来车船劳顿，她也显得瘦了些，眼窝里一双漂亮睿智的蓝眼睛也带有某些倦意，他不由抚摸着她的手，内疚地说："这些日子让你受累了！"培德爽朗地一笑，"我们是夫妻，我照顾你难道不应该吗？""可是，我总觉得你陪在我身边，受了不少苦。真是对不起！""你要是老这样想，我要生气的。你还记得我们结婚时，牧师问我们：你愿意跟这个人相爱到老，厮守一辈子吗？你我是怎么回答的？""当时我们回答了相同一句话：是的，我愿意，白头偕老，至死不渝。""既然我们在上帝面前发了誓，就不必说谁对不起谁，好吗？""嗯，我以后再不说了……"

夫妻俩正你恩我爱地说着悄悄话，忽然舱门打开一条缝，一个妙龄少女伸进脑袋来。"爸爸，妈妈，快出来看日落呀，甲板上来了好多人呢！"

这眉清目秀的少女是他们的女儿莉莉。莉莉本是一个孤儿，民国成立那年陆征祥从驻外使馆公使任上奉调回国担任外交总长，在一次做慈善活动时，夫人培德看中一位可爱的四岁女孩儿，想收为养女，回来与丈夫商量，陆征祥欣然同意，他考虑到他们夫妇虽然一直恩爱，但结婚后培德年龄已经超过四十五岁，婚后十来年也未能生育，因此想收养一个孩子。培德看中孤儿院的那个小女孩，也很符合他的心意。这样两人一拍即合，小女孩就加入了他们的家庭，夫妇俩给她取名莉莉。莉莉聪明伶俐嘴巴也甜，给他们家庭带来了无数欢笑和天伦之乐，夫妇俩对这个养女也视同己出，呵护溺爱有加。在这样一个中西合璧家庭中，莉莉由一个不懂事的孩子出落为一个会说几种语言活泼可爱又有几分娇惯的少女了。莉莉的召唤，对陆征祥夫妇来说，犹如接到命令一般。

"培，你跟女儿去吧。海上航行这些天，常有阴霾风雨，单调无聊的船舱生活，难得看到日出日落的，你陪女儿去看景吧。"

"好的，你躺好了，盖好毯子。"培德嘱咐了一句就随女儿出去了。

陆征祥把毛毯拽了拽，重新躺好，微微闭起双眼，想让疲惫的身心安静一会儿。可是脑子里乱哄哄的，一直静不下来。他的体质本来就比较羸弱，这次途中又得了这么一个令他十分懊丧的病，他真后悔选择了经日本和横渡太平洋再渡大西洋到法国这条航线。最初预定船票时，他和夫人选择的是经香港新加坡穿越印度洋红海地中海到法国马赛，再乘火车到巴黎的。这样选择纯粹是从节省路费考虑的。由于国库空虚，政府行政经费难以支付参加巴黎和会代表的路费和办公食宿等开销，财政部只好硬着头皮从一家外国在华银行借款六十万元，专项用于整个代表团活动经费，这笔款项是以关税做担保的。筹款来之不易，必须精打细算节省开支，为此陆征祥把原先计划赴巴黎人数从二百多人减少了一半。同时改变了航程路线：订船票时打听到西行航线必经的埃及苏伊士运河过河费实在昂贵，等于整个航程费用的三分之一。只好放弃西行而求其次，另选东行航线经过太平洋到美国，再越大西洋到法国。但这条航线又绕不开日本，中国港口到美国西海岸没有直航，必须在日本大阪或横滨转乘。但陆征祥心里不愿意经过日本国土，因为可能会有一些不必要的应酬而使自己处境尴尬，正当他犹豫不决的时候，驻日公使章宗祥拍来电报，称如果总长取道日本并顺访日本，赴美去法船票不成问题，而且可以给予适当优惠。陆征祥最终同意了。

但万没想到"一步走错，步步皆错""一招儿失误，全盘被动"。代表团动身时，在前门火车站举行了送行仪式，政府要员、各国公使、社会名流、民众团体、媒体记者云集站台，场面宏大，群情振奋，激荡人心。陆征祥知道，国人都期盼代表团到国际会场上争回国权，收回领土，特别是胶州湾和山东省丧失的权益，自己身为团长，责任重大。另外他也深知自己在签订"二十一条"所扮演的不光彩角色，几年来像压在心上的一座大山，或时刻笼罩心头的一片黑云，此次衔命赴会，一定要雪耻前辱，给国人一个交代。动身前他已从顾维钧的电报得知，美国总统威尔逊同情中国立场并答应对中国出席会议给以支持，他更增添了这样一个信念：此次国际高层大会很有可能使中国的弱国地位来一个鹞子翻身，与列强平等讨论问题，最终能收回丧失的领土及其他主权，使中国跻身大国行列。陆征祥踌躇满志地告别了京城父老，踏上为代表团临时增开的驶往东北的专列。

天有不测风云，人有旦夕祸福。专列驶出山海关，在凛冽的寒风中疾驰奉天，不料给专列供暖的热力锅炉突然停止输送热气，车厢内骤然降温，深更半夜情况不明，专列飞速行进，谁也不敢冒着严寒出去攀上火车头，请司机停车。大家只能苦苦受冻忍到奉天，才弄明白，原来是锅炉工操作失误，前半夜煤炭添加过多，消耗已尽，后半夜已无炭可加。代表团成员中已有几位感冒发烧，而最严重的则是团长陆征祥，本来身体瘦弱，再经一热一冷的折磨，神经受到严重损害，全身关节麻木，尤其坐骨神经疼痛难忍，不能站立，只能卧床，唯一正常的是他的大脑神经，尚能如平日一样思维。夫人培德这时的作用无人替代，日夜照料左右，在奉天和在汉城，请中医和日本医生来诊治，病情见好转。可是经这么一折腾，陆征祥的性格弱点也暴露出来，他动身时的雪耻雄心消失了，他觉得实在难以胜任此次重大的外交使命，不若辞职撂挑子，以免耽误大局。于是在汉城短暂逗留期间，他想给国内发报以病体不支为由请求辞职，请政府另派大员替代他。但跟夫人一提，即遭阻拦。培德说了几句话让他心里深深震撼。她说："自从与日本签订了'二十一条'，你就为国家背上了一个负罪的十字架，经常耿耿于怀要翻这个死案，现在机会来了，你竟以有病为由打退堂鼓，其实，你是惧怕即将面临的日本人，对不？我真不明白，你们中国人为何见了日本人就像老鼠见了猫一样胆怯？"这几句话刺到他的痛处，真是一针见血啊！陆征祥羞惭难掩，无言以对。暗道：自己堂堂一国外交总长，见识竟不如自己的老婆。于是猛地坐起来，朗声回答说："培，你就是我的主心骨，我听你的，此行绝无反顾。"

陆征祥信誓旦旦，可是一到了日本国土，他就又举棋不定了。轮船抵达日本东海岸港口城市横滨，以下船看医生治病为由，迟迟不肯前往东京，驻日公使章宗祥急得像热锅上的蚂蚁，拟议中的陆总长在东京会见日本外相内田，出席日本政府的宴会招待，觐见日本天皇等活动将有可能告吹，作为此次外交活动穿针引线之人，章宗祥心急火燎，屡次催促陆尽快赴东京，而陆则横下一心不再行动，只待动身赴美。章宗祥一气之下电报北京，告了陆总长一状，并也如法炮制，自己也称起病来，请求离职休息。中国外交总长和驻外公使先后撂挑子，一时引起中日两国舆论大哗，并成为人们议论笑柄。北京政府急电令陆征祥立即抵东京按计划行事。陆征祥两难选择，又没主意了，问计于培德，培德说："过去听你说过中国有句古话：既来之则安之。既然到了日本，外交礼节不可缺，还是应该去跟日本官员应酬一下，礼节到了，日本人挑不出什么刺儿来。但不要出席他们的宴请，也不要去见他们的天皇。你说过：吃了人家的嘴软，拿了人家的手短，现用上了。你一不吃请，二不收礼，三不见他们的皇帝。在自己同胞面前也没有亲日之嫌，各方面都说得过去。"陆征祥闻言，心里佩服得五体投地，暗想"培德呀培德，你就是我陆某的女诸葛呵！"他的神经病顿时好了一半，于是，打起精神到了东京，按照培德的嘱咐只与内田外相等官员礼节性匆匆见了一面，但以身体难支为由谢绝了日方的午宴和取消了拜会天皇，当日便返回横滨。

又熬了两天，终于拿到了去旧金山的船票。陆征祥像躲避瘟疫一样离开了日本国土，踏上东去的邮轮，身心好像放松了许多。谁知上天有意安排他此次巴黎之行注定要多灾多难似的，船刚启程，就见一个随员前来禀报：一箱子随团携带的机密文件遗失了！陆征祥大吃一惊，忙问详情，什么时候遗失的，在哪儿遗失的，是搬运疏忽还是有贼行窃？这些那随员也说不清道不明。他只知道，登船时搬运工搬箱子，那个装机密文件的箱子就已经不见踪影，其他箱子和文件物品倒是没丢失。陆征祥一跺脚，叹道：出师未捷身先伤，叫人怎不泪沾巾？可是仔细想想，疑点很多，为何单单丢失了机密文件箱，那里边装有与日本几次秘密签约的副本，以及这次动身前由顾维钧等人建议的准备在巴黎会议要求收回中国权益的行动方案，这都是绝对机密的，箱子上也没写着机密二字，只有编号，怎么就偏偏不翼而飞了呢？他把这件奇事告诉培德，培德帮助他分析：如果是盗贼行窃，必是冲金钱或贵重物品下手，为何丢失的不是行李衣物箱子，而是机密文件箱呢？可见不是贪财的盗贼所为；而如果是因车船装卸多次，某个火车站或码头搬运工疏忽而丢失，那也应该及早发现并报告失主了，为何拖至现在？所以这种可能性不大；最后很有可能是出于政治目的盗窃，行窃者早就盯上了文件箱，而日本人的嫌疑最大。火车经过的奉天、安东、汉城、釜山，直至乘船到日本境内的下关、横滨等地，都在日本人掌控之中，因此偷窃一份文件箱易如反掌，关键是文件丢失会造成代表团和陆团长的困难，并引起中国人内部的思想混乱，这是日本人乐于见到的。因此文件箱丢失日本人的嫌疑最大，这一点毋庸置疑。培德的分析，不无道理，可是接下来又如何办呢？若为此事向日方提抗议又拿不出证据，反受其辱，此事纠缠下去，可能正中日本人下怀。此事也促使陆征祥反思自己的疏漏，机要文件怎么能混同一般托运件呢？没有随身携带，又没有专人看管，自己是有责任的。真是哑巴吃黄连，有苦难言呀！陆征祥寻思，反正自己忍气吞声、忍辱负重已经习惯了，再忍一次又何妨？夫妇俩共同祈祷上帝，保佑代表团别再出差池，一路顺风抵达巴黎，结束这趟倒霉的旅程吧！

还好，离开日本后再无遇见龌龊尴尬之事，到达美国港口之后，美方外交官接待热情得体，又透露出同情中国收回山东的立场，还从中国接待人员口中得知顾公使强忍丧妻之痛，很快投入到准备赴巴黎参加战后国际会议的紧张劳作之中，这使陆征祥大为感慨，也为之精神一振。他想，美国虽然参战较晚，但作用影响举足轻重，英法这些欧洲强国也得给美国面子，中国在会上的诉求或许有几分把握实现，再加上有顾维钧这样的忠于使命奋发图强的一代中青年外交家，何愁不能争回山东权益，不能雪耻外辱？更使他欣慰的是，他在纽约下榻旅馆认识了一位不速之客，使他对巴黎之行的信心似乎又增强了一分。

那天晚餐后，他正准备更衣沐浴，忽听几下敲门声，开门一看是旅馆服务员。"先生，楼下大厅有一位客人想会见您。"

"他没说是哪里来的吗？"

"是从中国来的，姓王的一位先生。"

陆征祥一脸疑惑：从中国来的，姓王，到底是谁呢？一时想不起来是谁。但既然人家慕名来访，又是同胞，还是在大厅见一见吧！于是他跟培德招呼了一句就下楼了。走进大厅接待间，一位西服革履戴一副宽边眼镜和一顶黑礼帽的中年人从沙发上站起来，主动迎向他并彬彬有礼地打招呼：

"陆先生，您好。还认识我吗？"

陆征祥闻言，立即走近打量来人的面相，终于认出来了，不觉惊讶起来："原来是王正廷议长！真是少见呐，您何时来的美国呢？别来无恙吧！"

"不瞒您说，我来美国已经半年多了。今天打听到您的住址就专程来拜访，没有事先通知贸然来打扰，还请多包涵。"说完，王正廷向陆征祥拱了拱手。

"王先生别客气，您来寻访是给我面子，何言打扰呢？不知阁下前来有何赐教？"

"说来话长。我们坐下说吧！"

两人沙发上落座，王正廷掏出一个装饰着金色花边的烟盒，取出一支递向陆征祥，"您抽烟吗？"

"谢谢。我不抽烟。"陆征祥连忙摇手。

王正廷就把烟含在自己嘴里，掏出火柴，擦火点烟。他使劲抽了两口，慢慢吐出一股烟圈。当他脸前弥漫一片云雾的瞬间，陆征祥暗自猜想，王先生到底想要说什么呢？当初，他可是个政坛风云人物哩！遗憾的是，我们不在一个营垒里，以至分道扬镳……

王正廷，字儒堂。早年追随孙中山加入同盟会，留学美国，辛亥革命曾任武汉军政府外交部副总长，以孙中山为临时大总统的中华民国诞生后，当选临时参议院副议长并参与起草《中华民国临时约法》；袁世凯当民国大总统时期曾在唐绍仪内阁被任命为工商部副总长，随唐绍仪辞职后，加入国民党，不久当选参议院副议长。袁世凯为称帝迫害国民党人，王正廷被迫出京回南方；袁世凯逝世后在黎元洪总统时期王正廷返回北京恢复参议院副议长职务，但黎元洪与内阁总理段祺瑞之间的府院之争愈演愈烈，国会又遭解散，王氏又离京到广东，在军政府任代理外交总长；后代表军政府赴美国寻求援助和支持一直到今。王氏在民国初期几年，多次进出北京，活跃于中国政坛，声名远播，煊赫一时。但陆王二人虽然曾在民国政权高层任职，但毕竟属于不同营垒，偶尔参加会议各坐其位，虽说认识但并无直接接触或交谈过，故彼此并不了解更无私交。

王正廷简要介绍了自己的大体经历，紧接着话题转到此次拜访的来意。

"陆先生，我们之间虽无深交，却也是同道中人，都为国家的富强投身庙堂社稷，政见可能不同，但我们都想着希望国家摆脱列强的欺凌是一致的。在这一点我想我们有着重要共识。今天我冒昧前来打扰，就是基于这样的考虑。因此，我的意思也就直说了。"说到此，王正廷又抽一口烟，烟云在他脸前轻轻缭绕，渐渐散去，他眉心两道皱纹紧缩着，好像经过深思熟虑似的，低声说："实不相瞒，我最初来美国的目的，是为了寻求美国政府对广州军政府的承认和支持，包括组织一个师的部队，开往欧洲加入协约国一方对德奥作战，也需要美国在部队装备上和财力上给予援助，美方有关人士也答应了帮助组建并运兵到欧洲前线，但谁知还没落实，欧战结束了，我的努力也成了泡影。"

陆征祥听到此，不由插言："请原谅我打断一下，广州方面不是一直反对中国参战的吗？"

"您掌握的情况可能有出入。您大概还记得：黎元洪继任总统后，最初是赞成参战的，但随着府院之争日趋激烈，参战问题成为矛盾焦点之一。日本的态度起了很大变化，由反对中国参战转而支持段祺瑞政府参战，而南方革命势力基本上是支持黎元洪，并反对北洋军阀借参战之名，投靠日本加强军队来镇压南方革命势力的，因此转而采取反对参战的立场。美国对德宣战后，广州军政府认为欧战最终会以协约国胜利告终，不失时机地宣布对德奥宣战，是战后以战胜国地位争取收回丧失的山东等地主权的最佳时机，因此从这个大局出发，采取支持中国参战方针，并计划组建军队派赴欧洲协助协约国，虽然这个计划随着欧战结束而流产了，但广州军政府的态度是鲜明的正确的。"说到此，王正廷顿了顿，查看了一下陆征祥的脸色，见他正精神集中地听自己的阐述，便继续往下说。"中国被邀请参加巴黎即将召开世界瞩目的战后会议，这对中国争取国家主权和民族利益是难逢的机遇，广州军政府决定派遣我和另外几位代表赴会，去争取上述目标的实现。我今天拜会总长的目的，就是请求贵我双方联合起来组团，一致对外，在会上显示我们全中国人的共同愿望和力量，推动会议讨论我们的诉求，我想欧美各国首脑不会不考虑我们四万万国人的呼吁的，胜算的把握也就比较大。以上我的想法和要求无保留地和盘端出，希望您认真考虑。我再补充一句，联合组成代表团，也是缓和南北关系的重要步骤，希望北京政府不要失掉这个良机。"

王正廷一席话，让陆征祥沉思良久。他认为王陈述的意见大体上还是合情合理的。目前中国境内实际上存在两个政治实体，北京政府和广州政府，虽然北京政府得到国际各国特别是各列强承认，但广州等地的反北京政府势力毕竟是客观存在，段总理的北洋军屡次征讨也未能征服对方，国内矛盾和争锋很难在短期内解决，但巴黎国际会议绝对不会等待中国统一再召开，因此必须面对现实，组成一个联合代表团统一对外，在国际会议上说话的分量可能更有利。而刚刚王正廷的话里特别点到了"二十一条"，这是陆征祥从事外交生涯中的一个污点，也是他对不起中华民族的一个抹不掉的耻辱，南方的反对势力谴责"二十一条"最尖锐最坚决，但当年他们主要矛头对准的是袁世凯和亲日派，并没有把他陆征祥划作"卖国贼"一类，可以说算是手下留情，但他深知自己作为"二十一条"中方签字人给历史留下一桩铁案，中国参加巴黎和会，给自己提供了洗刷罪责的机会，王正廷代表广州军政府主动找上门来，要求参加代表团不是壮大了中国代表团的权威性么，况且人家也没有嫌弃我这个有罪的人……

王正廷见陆征祥沉思不语，以为他有什么疑虑或不同意见，便道："陆先生有何为难之处，不妨说出来一起商量。"

"呵，不，我在想，您提出的要求是合理的，我们南北双方应该联合起来统一对外，让外国列强听听我们中国人团结一致的呼声，这样我们的诉求在国际会议上才有力量。我完全同意您的见解。"

"您能这样认为，我很高兴，也很受鼓舞。"王正廷脸上终于微笑了。

"不过，"陆征祥语气放缓，似又有些迟疑，"我个人还不能最后决定，还得请示国内批准。"

"这个，我理解。"王正廷心里打了个颤，但嘴上还是保持了冷静和淡定。"正常的程序还是必要的，我希望能早点得知结果。毕竟时不我待，会期就快到了。如果可能的话，我们一起同赴巴黎就更好了。"

"王先生的心情我能够理解。请放心，此事我会尽快电报北京，我想明天或最迟后天会有答复的。一旦有消息，立即通告您。"

"再次感谢陆先生理解和大力支持。"王正廷把剩下的烟蒂在茶几上的烟灰缸内使劲拧灭，并从衣兜里掏出一张名片。"这上面有我的地址和电话，一有消息请打电话告知。今天晚上多有打扰了，就此告辞！"

"王先生不客气。"

王、陆二人同时起身拱手告别。

当晚，陆征祥让秘书以急电报请北京政府国务总理钱能训并大总统徐世昌，请求准予王正廷作为代表团成员赴巴黎。第二天未见回电，第三天仍渺无音讯，陆征祥有点坐不住了，因为预定赴法国船票还有两天启程，如果王正廷作为代表的事定不下来，他就不可能随团出发，而日后是否能批准恐夜长梦多，陆征祥唯恐此事落空，自己的信誉受广州方面耻笑，而且将影响南北紧张关系的缓解，他准备再发一急电催促北京政府尽快定夺。正在他吩咐秘书办理时，正好接到国内复电：准予王正廷为代表之一，随陆同行。陆征祥放心了。

王正廷得知确切消息，十分高兴。他原以为陆征祥一行即将赴法，北京政府迟迟不来答复，必定是亲日派阻挠。他已经做好两手准备，那天返回住地时，也给广州军政府拍了电报，并连夜给美国国务院的一位过去的耶鲁大学校友打电话，请美国驻北京外交官出面向徐世昌总统施加影响，王正廷不知道美国方面是否采取了劝说行动，更不知道效果如何，他猜测通过美国人疏通关系比较迂回曲折，不可能这么快就有结果，肯定还是陆征祥这边的电报起了决定作用。因此他对陆征祥萌生好感，打电话再三致谢，话语间已经把对方认同为朋友。至此，王正廷如愿以偿，陆征祥也很欣慰：代表团又增加了一位能言善辩的得力干将。

大西洋航行的旅程是愉快的，王正廷又结识了陆征祥的夫人培德，一路顺风，三人经常出现在甲板上言谈甚欢。他们凭借对欧美社会习俗、风土人情的了解，以及大体相同的宗教情结，产生许多共同的话题，英语是他们的交流语言，不时也会插入某些拉丁语或法语词汇，以缓解只说英语的单调。

闲聊中陆征祥夫妇进一步了解到王正廷早期留学的一些不凡经历。十年前，他在美国大湖之畔的密歇根大学攻读法律，曾代表中国一基督教青年组织参加在美国总统官邸白宫举办的劝助募捐演讲会，以风度优雅、举止得体、嗓音动听、英语流畅的讲演，赢得包括总统西奥多·罗斯福和其他高级官员以及一百多位著名企业家在内的听众赞扬，为中国几个地方的基层团体募得一百八十万美金的捐款，使他一时声名远扬，被称为中国留学青年的翘楚。之后他转读于名气更大的耶鲁大学，攻读本科和硕士，担任过留美中国学生联合会主席，他还以学识渊博、能言善辩入选耶鲁大学辩论队，多次参加大学校际之间的辩论比赛，为耶鲁大学也为中国留学生争得了荣誉。当时有人看好这位风流倜傥游刃于学界的中国青年人，称其为未来的"外交明星"。自然，树大招风，有不少洋女生盯上了这位才华横溢、踌躇满志的年轻人，有一位金发碧眼美女特别钟情于他，而他也想倾心于那姑娘，但遗憾的是他已经与国内的表妹有婚约在先，只得很理性地与那位美国姑娘止步于好友关系，与她保持着纯真的友谊……无疑，王正廷过去这些逸闻趣事，也或多或少为他日后进入仕途职业生涯加了不少分。

十天的轻松航程转瞬即逝，陆征祥一行抵达法国瑟堡港，随即换乘火车第二天黎明抵达巴黎。身着厚装冒着零下五六度的严寒欢迎人群聚集在站台上，中国驻欧美各国公使和提前到巴黎来的中国专家顾问及民间团体代表，东道主法国外交部、会议秘书处以及各国驻法机构都派了官员迎接中国使团，人头攒动，盛况空前。陆征祥下车与大家握手寒暄，他看到在自己周围云集着的这么一大群外交精英，诸如顾维钧、施肇基、颜惠庆、胡惟德、魏宸组、戴陈霖、王广圻、唐再复加上一起到来的王正廷，还有一批高级专家和外籍顾问，阵容不可谓不强大。他心里不由得增添了取得外交成功的自信心，多天以来的车船劳累顿时飞灰湮灭，他精神抖擞地发表了不乏热情却简约扼要的致辞，表达了对和会寄予殷切希望和对欢迎者的感谢。然后在中国驻法公使胡惟德陪同下驱车前往位于巴黎中心区的吕德西亚饭店。胡惟德在这座饭店租有若干单间，作为中国代表和公使们的办公地点。

当时应邀来巴黎参加和会的多达三十二个国家和地区，除了各国国家元首政府总理和代表团长及其必需的助手和秘书人员入驻巴黎中心区的几个著名酒店，其他各国参会人员都分散住在各处旅馆或民居。这也是受到战争重创的法国，一个精疲力竭的巴黎为了这次国际会议尽了最大努力。

早餐后，陆征祥洗了个热水澡。他在镜子前仔细地刮了刮脸腮和下巴上的胡茬子，耐心地修剪了他保持了多年的八字翘尾胡，这胡子是他相貌的一个显著特征，也是爱妻培德最欣赏的地方，中国古语说，女为悦己者容。他觉得对于男人来说，应该为悦己者修胡子，胡子美是一个男人健美的标志。梳理完胡子，他站在客厅的窗前望着街道上景物，凝神良久。金色晨光照射在几乎是统统四层或五层的灰色的楼房上，也照射在来来往往的有钱有权人的汽车、贵妇小姐们的马车上，以及脚步匆匆的普通巴黎人，这阳光好像为战后的灰头土脸的巴黎注入了一些明快的色彩。这一刻，巴黎人正在想什么，官员们想的是要努力恢复原先的体面职务？老板们想的是如何尽快恢复生产赚取高额利润？贵妇小姐们如何去吸引新的情人？也许全不是，他们奔忙的身影或许仅仅是为了去咖啡馆喝一杯称心的奶茶或咖啡。也许和平来得太突然了，人们还没有对和平生活准备好。作为一个来参加国际会议的外交官，他扪心自问：自己准备好了吗？老实说，没有。

最紧迫的一件事，就是中国有一个庞大的人群聚集在巴黎，但究竟谁能作为出席会议的代表呢？如果会议分给我们五个名额，那么谁可以最终入选呢？自己必须先提出一个名单。驻欧美十多个公使都是外交官中百里挑一的人才，但谁最适合作为正式代表呢？他心里对他们一个个筛选，总算有了一个初步名单……

门铃响了。驻法使馆参赞兼中国使团秘书长岳少瑜有急事进来报告，他呈给陆征祥一份会议秘书处通知，陆征祥接过来一看，心里顿时凉了半截。"才两名？"他气愤地惊叫一声，一屁股跌坐在沙发上。"为什么？"他满腔怒气朝岳少瑜质问道，好像这位参赞决定了中国代表的名额。可他立即明白向自己人发火无济于事，又缺乏风度，于是连忙道歉，"对不起，岳参赞，不该这样冲你发火。"

岳少瑜苦笑一声，无奈地说："总长，没什么。决定权操在几个大国手里，我们无能为力。"接着他介绍了各国代表名额大体情况。原来，三十多个参会国家和地区是分四个等级的，第一个等级是直接与德奥交战一线国家，所谓有整体利益的交战国，英法美意日五国，各五名代表，可以参加大会和各类专门会议；第二等级是对协约国提供人力物力支援的国家，即有局部利益的交战国，如巴西、沙特、塞尔维亚、西班牙等，各三名代表；第三等级是与德奥断交，间接支援国家，如希腊，葡萄牙，把中国列入了这一类，各两个代表名额；第四等级是其余发表声明支持协约国的，各一个名额。

"中国派遣了十几万华工，挖战壕筑工事，抢救伤员，运送枪械、炮弹、棉衣等军用物资，有两千人牺牲在一线战场上，还有三千多人因德国潜艇攻击死在赴欧途中，中国为取得胜利做出巨大贡献，至少也得三个名额吧！"

"他们根本不听这些理由，听说是日本人背后捣鬼。"

"日本人捣鬼不奇怪，他们本来就反对中国参会的。令人不解的是英法美几个大国，不是一贯讲公平合理，讲普世价值吗？为什么对我们这么不公平？两个名额？怎么也说不过去，中国代表团不答应，我们背后的国人也不答应。这样吧，你尽快通知顾维钧、施肇基两位公使，请他们立即亲自出马去拜见美英两国已经在巴黎的政府首脑或代表团长，另外通知胡公使随我一同去见法国总理克雷孟梭和外长毕勋，目的是要求他们增加中国代表名额，至少增至三名。法国这边联系好了立即告诉我，越快越好。"

岳少瑜答应一声，转身出去了。当天下午陆征祥在胡惟德公使陪同下到法国总理官邸拜访克雷孟梭。克雷孟梭在小客厅会见了他们，但直觉告诉他们，这个七十多岁的白胡子白头发的法国老头儿出于外交礼貌虽然嘴上还算客气，但脸色却冷若冰霜，对他们的拜访似乎很不感兴趣。陆征祥见状，对胡惟德耳语一句，然后微笑着对克雷孟梭说：

"总理阁下，今日来拜访，主要是受我国徐世昌大总统委托，向您担任巴黎和会组织主席表示祝贺。本国政府对阁下为取得战争胜利以及对这次和会筹备所做出的重要贡献深表钦佩，我代表本国政府和徐大总统拟向阁下授以金质和平勋章，希望总理阁下确定仪式的时间和地点。"

克雷孟梭眨了眨一对灰蓝色的小而精明的眼睛，不动声色地淡淡说了两句话："谢谢贵国美意，不过我向来无意领受别国的勋章，贵国的勋章请恕本人拒纳。"

一张热脸贴到人家冷屁股上。陆征祥顿觉尴尬，窘态异常。他心里万分懊恼，后悔出此下策，使自己下不来台。胡惟德见总长一时语塞，急忙转圜，"此事可从长计议，从长计议。陆总长还有别的话说。"

陆征祥暗道，头一炮就打哑了，闻听这倔老头子外号是"法国之虎"，今天领教了。但中国的立场还不得不叫你听明白，于是干咳一声，清了清嗓子，正色道："今天还有一事当面请教阁下，本国在战争中的牺牲和贡献是巨大的，陆续派遣了十几万华工，其中大部分在法国前线，挖战壕修工事，抢救伤员，运送军事物资，还有的在后方代替正规军守卫军事目标和阵地，战场上牺牲两千多人，还有三千多人受到德国潜艇袭击，死在大海上，中国为战争胜利付出了相当大代价，现在参会人数至少应该像巴西那样得到三个代表名额吧！为什么只有两个，这有欠公平了吧！"

克雷孟梭狡黠地一笑，对陆征祥这番表白，似早有准备，他慢条斯理地却异常强硬地说："不错，巴西是给了三名代表，因为他们在战争中出动了军舰保护了大西洋的航道，不受德国的袭扰，也算间接支援了协约国。所以中国不能与巴西类比。"

"难道中国派出了十几万人上战场出生入死，竟然比不上出动几艘军舰做出的贡献大吗？"陆征祥质问道，他真的压不住自己的愤懑了。

"国与国不能简单类比，各有各的作用。我不否认贵国为协约国做出的贡献，"说到此，克雷孟梭左右捋了捋两撇浓厚的白胡子，讥讽地说，"可是我们分配给贵国两个名额，本意也是为了贵国好。目前中国一南一北存在两个政府，如果给你们三个名额，很有可能引起你们内部争锋，所以两个名额，省得你们相互争斗。"

克雷孟梭悲天悯人地说出这么一番话，使陆征祥和胡惟德又气愤又惊讶，中国内部的事关你屁事，纯粹找借口搪塞和无理狡辩。"本国内部的事不劳阁下操心，这不是分配两个名额的理由，请阁下不要听信别国说三道四。"陆征祥没有明说日本背后搞小动作，但想必对方知道是影射谁。为了不使关系搞僵，陆征祥尽量放缓口气，"三个名额更好分配，本国要求再增加一个名额，这样才与中国的贡献相符，请阁下予以考虑。"

"不行。这是十人会决定了的，不能改变。"克雷孟梭做了一个劈手的动作，意思是没有再讨论的余地。

陆征祥看一眼胡惟德，希望他还有什么办法对付这位法国总理，胡惟德撇了撇嘴，表示无计可施。陆征祥只好说："既然如此，我们告辞。"

陆胡两人迈着沉重的脚步离开法国总理府。当天顾维钧、施肇基也都带回拜会美国国务卿蓝辛和英国外交大臣贝尔福的结果。蓝辛表示同情中国，但美国孤掌难鸣，说服不了其他几个国家；贝尔福对中国的要求很冷淡，虽不像法国总理那样直接拒绝，但也不同意增加名额。陆征祥彻底绝望，刚抵达巴黎时的热情和自信被冷却了一半儿，他陷入了困境：两个名额，实际上只有一个名额选择，自己是中国政府派出的首席代表，总不能不在两个名额之内吧，另一个选择谁呢？自己已经答应过王正廷，现在不能说话不算数吧！如果确定了王，团里的多位公使怎么摆平？他感到一阵阵头疼，浑身乏力，仿佛路途中出现的那些个症状又显露了，这如何是好，会议再过几天就要开幕了，偏偏又遇到这样一个大难题，自己这不争气的体质也来添乱……

第二天岳少瑜转给陆征祥会议秘书处最新通知：中国的两个参会名额

不变，但不固定名单，中国代表团成员可轮流参会，希望尽快将参加开幕式的名单报告秘书处。焦虑中的陆征祥好像得救了一样，立即松了一口气，认为他和顾维钧、施肇基争取增加名额的努力虽然失败，但几个大国给中国开了一个小口子，名额虽不增加但出席重要会议时名单可更换，这就使中国代表团内部有了很大回旋余地。他指示岳少瑜立即通知住在巴黎各处的相关人员，当晚到吕德西亚饭店开会确定参会名单和其他重要事项。

7 点 30 分，当陆征祥准时步入会场时，可容纳五六十人的会议厅几乎座无虚席，围坐在长方形会议桌第一圈的是驻欧美各国公使，广州军政府代表王正廷，第二排和第三排则是他们的主要助手以及代表团聘请的专家和顾问。陆征祥落座在主持人的位置上，环顾了一下周围相识的和不相识的人，问候一声"大家晚上好！"并向大家挥挥手，算是寒暄打了招呼，接下来，直奔会议主题：

"举世瞩目的巴黎国际和平会议就要召开了。今晚召集大家来，主要是协商确定我们最关切的几个问题。首先是确定参会的名单，这里我先要给各位通报一下参会各国名额分配情况。根据会议秘书处通知……"

陆征祥把参会各国被分为四等，中国被列为三等，仅有两个名额的结果概述一遍，这时场内开始七嘴八舌议论开了。

"两个名额？这太不公平了！"

"这不是欺负人吗？中国的地位连一个小国都不如！"

"我们十几万劳工白白累死累活地挖工事了？几千人白死了？"

有的脾气火爆干脆骂娘了："什么他妈和会？明明是一个强国压弱国、富国欺穷国的黑会！我们找他们说理去！"

陆征祥赶紧摆手让大家安静，他抬高了声调继续说："昨天我和顾维钧、施肇基两位公使紧急约见法国、美国和英国领导人，表达了中国代表团的意见，强烈要求至少给我们三个名额。但大国领导人仍然拒绝给我们放绿灯，只有美国同情我们，但也孤掌难鸣，会议的决定权操在英法美意日这五国的十人会手里，英法两国话语权很重，又与日本同声连气，因此我们只能争辩而没有决定权。不过今天正式得到秘书处通知，给我们开了一个口子，允许中国的两个名额可以轮换，这样我们内部确定名单可以列出五人，轮流参加各种会议。现在就请各位提议这五人名单。"

会场里鸦雀无声。陆征祥等了片刻，见无人提议，就先端出自己的考虑："我作为中国政府的外交总长，这次受命于领衔代表团，五人中我先毛遂自荐算一位了。以后的四位提名，我考虑，在座的各位公使个个都是能把控局势、独当一面的外交精英，只是正式代表名额所限，只能少数入选。因此遴选要顾全国家的整体利益大局，顾及会议期间需要跟美英法等大国首脑人物的联系沟通。基于此，第二代表提议由王正廷先生出任，众所周知，王博士早年加入同盟会，留学美国，由于学业优秀、才华出众，是当时留美学子之翘楚，回国后恰逢辛亥革命，在武汉军政府担任外交次长，后在孙中山先生任民国临时大总统时期，选为临时参议院副议长，以后在袁世凯和黎元洪总统时期继续担任参议院副议长，现在为广州军政府的外交副总长。王先生多年从政和在外交领域担任要职，此次加盟代表团成为正式代表，可增强我国一致对外的权威性，彰显中国人团结的分量。第三代表提议顾维钧先生，顾先生也是诸位所熟知的，现任驻美公使，早年留学美国，获博士学位，也是中国留学生里的佼佼者。回国后在外交部效力，担任过总统、总理英文秘书，参与过与外国的重大谈判。这次国际会议需要随时与美国保持密切沟通，顾公使是不二人选。第四位代表是施肇基先生，老资格外交家，现任驻英公使。施先生早年也曾在美国留学，学业优秀，曾在几个驻外使馆效力。回国后在前清邮传部和外务部衙门担任重要职务，民国建立之初曾被任命为交通总长、总统大礼官等要职。会议期间与英国的沟通就要仰仗施公使了。第五位代表是魏宸组先生，魏先生早年留学比利时，并加入同盟会，回国后多次担任政府要职，先是在南京民国临时政府时期任外交次长，袁世凯总统时期担任国务院秘书长，驻荷兰公使。魏先生学贯中西，文笔一流，这次又担任我国外交部巴黎和会筹委会秘书长，会议期间需要向国内呈送大量公文和电报，文电的撰写把关要委托魏先生了。"

陆征祥一口气讲到这里，停顿下来，扫一眼四座，见大家聚精会神等着自己把话讲完，于是端起茶杯，慢慢喝一口清茶润润嗓子，继续说："这里，我要特别解释的是，最初曾考虑驻法国公使胡惟德先生作为代表之一，这次调整确因名额所限，不能如愿。但胡先生和正式代表享有同等地位，他身为驻东道国公使为我们全团人员在巴黎的办公及生活条件付出了极大心血，今后仍然有赖于他和使馆同仁的不懈努力，就此机会我代表外交部和全团成员向胡公使和驻法使馆同仁表示感谢，也希望胡公使能理解我上述的安排。"

离陆征祥不远就座的胡惟德立即站起来，朝陆总长及左右一拱手，很有风度地笑笑说："总长过奖了。本人分内之事，理应尽责，不足挂齿！至于是否加上'代表'这个头衔，对我来说无关紧要，紧要的是我必须一如既往地做好代表团与法国方面的联络沟通，包括工作和生活的各种保障。这一点请总长和各位同仁放心。"

胡惟德是一位从晚清到民国都走得顺风顺水的外交官，辛亥革命前后曾多次担任驻外国使节，这一方面是得益于袁世凯的赏识与提拔，另一方面也是由于他办事稳健干练、能力超强，曾在世纪之交代表政府与俄国交涉收回辽宁权益和天津租借主权，在艰难谈判中有不俗表现，受到当权者的首肯。此刻，他的表态无疑是对陆征祥总长有力的支持。在其他未得到提名的公使看来，驻法公使尚且没机会进入正式代表席位，我等更无指望了，所以胡惟德发言后基本上再无人站起来表示异议。陆征祥感到胡惟德的支持很重要，于是感慨地回应说：

"胡惟德先生胸怀大局，我非常钦佩，我们的团队就需要发扬这样的以国家大局为重的精神。各位公使专家顾问还有什么高见？如果没有的话，就按此上报……"

"我有几句话要讲，占用各位一点时间。"陆总长话音未落，顾维钧站起来说。众人的目光顿时集中于这位最年轻的公使身上。"我请求把我的名单顺序放到最后，即第五。我的理由是，施公使魏公使的资历比我深厚得多，他们在涉外谈判中的丰富经验也是我不能比拟的，而他们的年龄也是兄长，是前辈。魏公使过去任国务院秘书长时，是我的直接上司。将我排在施、魏两位公使之前等于把我放在针毡上，请陆总长务必考虑做个调整。"

陆征祥回答："这次会议在讨论中国有关问题时，需要与美国领导人密切接触和沟通，这一点对我们至关重要，而你是最适合的人选。魏公使的主要任务是用中文起草文件与国内紧密联系，还有负责代表团内部事务，排在第五是恰当的。"

"魏公使的情况我理解了。不过我还得恳请把我的名次放在施公使之后。清光绪三十年我作为学生最初留学美国时，施先生当时已经在驻外使馆和国内担任过要职，又是我们一队学子的领路人和照料监护人，可以说与我有过一段师生之谊。因此，无论从哪一方面讲，于理于情，我都应列在其后，请陆总长成全。至于联系美国代表团的事，似与名次无关，无论前后我都会全力以赴，请总长和各位同仁放心。"

顾维钧这几句话，打动了陆征祥，他心里暗赞，别看顾在所有公使中最年轻，但见识和度量却超群，心怀坦荡，以大局为重，以团结为重，真君子也！于是说："既然顾公使如此说，我就不勉强了。现在我正式宣布最后名单顺序：陆征祥、王正廷、施肇基、顾维钧、魏宸组。会后请代表团秘书长岳少瑜先生将名单以外交部函件送达和会秘书处，也请魏宸组先生以我的名义起草电报，将名单直接报送徐世昌大总统，并请按名单任命正式代表。文件电报要同时发出。"陆征祥最后一锤定音，结束了中国代表团面临的最迫切问题的讨论。

期待已久的巴黎和会终于在蜚声世界的凡尔赛宫拉开了序幕。凡尔赛宫始建于十七世纪法国国王路易十三，最初规模较小只是作为狩猎行宫，后经历路易十四、十五到路易十六几代国王的扩建和维修，建成为世界最富丽堂皇、景观独特的皇家宫殿，不仅外观宏伟壮阔，内部装修也豪华极致，世所罕见：无数精美雕刻，巨幅油画和挂毯琳琅满目，其中以七十米长的镜厅享誉欧洲和世界。法国大革命狂飙突进时期，路易十六被送上断头台，凡尔赛宫终结了它作为皇家宫殿的荣耀，随后也一度被暴众掠窃，昔日王宫的魅力和影响力日渐式微。直到1833年法王路易·菲利普下令修复，并辟为博物馆，才逐渐恢复生气。到了1870年普法战争，法国战败，普鲁士军队占领巴黎，普王威廉一世霸气十足又狂傲至极地在凡尔赛宫举行"德意志皇帝加冕"仪式，法国民众认为这是对法兰西民族最大的侮辱。如今欧战取得胜利并在凡尔赛宫举行战后和会，法国作为东道主如此安排，或许也有雪耻当年奇辱的意味吧！

巴黎和会汇集了世界三十多个国家和地区的一千名左右的参加者，这是近代以来甚至自古以来空前规模的各国首脑大聚会。应邀各国政府都派出了强大阵容的代表团，因此这也是一次政治名人荟萃的大会，谁不希望在会上为自己国家争取更多权益而青史留名呢？

不过国际观察家和媒体评论家们也敏感注意到，有一个重要的协约国成员缺席会议，那就是俄罗斯帝国。众所周知，一年多前俄国爆发十月革命，推翻了克伦斯基临时政府，建立了工兵代表苏维埃政权，随之俄罗斯帝国沙皇尼古拉二世也命丧革命枪口之下，紧接着苏维埃俄国与德国单独媾和，退出欧战。苏俄举动引起欧美以及日本等列强的恐慌，它们眼里哪容得下一个颠覆了一千多年沙俄君主制的所谓苏俄政权？于是乎，纷纷派出干涉军，配合原沙皇将军在各地的割据势力，围攻年轻的苏维埃国家，要把她掐死在摇篮里。此次巴黎国际大聚会，自然没有这个"另类"国家的份儿，想想也并非怪事，一个昏暗的混沌世界，掺和进来一个红颜色的火炬，那些习惯了黑夜的蝙蝠还不得拼命地扑灭那火炬，尽管她微弱、她孤独。

再说陆征祥和王正廷步入会议厅，按着座签指引找到自己的座位，还好不前不后在中间位置。落座后陆征祥好一阵感慨：这个席位来得太不易了。除了在几个大国面前费口舌奋力争取，最后还是忍受他们的蔑视和脸色给予中国两个可轮换名额的恩赐以外，还因几天前参加大会开幕式的预备会时，与日本代表进行的一场舌辩有关。当时大会秘书长刚宣布完开幕式的时间地点，大会议程，以及座席分配情况，日本代表突然站起来插话，说中国作为战胜国参加和会名不副实，中国政府虽然对德宣战了，但未派一兵一卒，更未打死打伤一个德国兵，因此会议秘书处不应给他们下请帖，更不应给中国代表设立座席。日本代表的挑衅言论，激起在场的平时不太爱激动的陆征祥满腔愤懑：东洋人太不把中国当回事了吧！想怎么踩咕就怎么踩咕呀！日本人还真把自己当成中国的太上皇了！陆征祥当即站起身驳斥："中国虽无派兵，但派出了十几万民工修工事、挖战壕、搬运炸弹、造枪子，无论在前方后方，都奋勇当先，没有贪生怕死之辈，几千华工牺牲在岗位上，中国哪一点对不起协约国啦？"陆征祥的激情反驳，得到与会者大多数人的同情和理解，一致通过给中国代表团发请帖设座席。日本代表受到孤立，只得默认偷袭失败。

陆征祥似乎又恢复了一些自信，觉得在国际社会，毕竟还有人主持公道，不像在国内跟日本人面对面、一对一对阵，谁敢针尖对麦芒说"不"呢？日本人动辄给你发最后通牒，要么出动军队吓唬你，上司说别硬顶，硬顶的结果会更糟。就这样，把青岛丢掉了，又把山东几乎丢光了，日本人真是贪心不足蛇吞象，又想吞下整个中国！更倒霉的是自己充当了一个不光彩的角色，"二十一条"是自己签的字，以后的秘密协定也是自己签的字，外界还不知道秘密协定是谁签的呢！这次和会要是一举收回山东权益，以前的一笔笔对国家的欠债就两清了……

他在座位上忽东忽西地遐想着，大会主席、那位外号"老虎"的克雷孟梭首先致开幕词，这位对德国异常强硬的法国总理，欢迎致辞也是硬邦邦冷冰冰的，毫无热情；接下来讲的内容，就连精通法语的陆征祥也没完全听懂。本来抑扬顿挫、极富音乐感的法兰西语，被这个脾气火爆、性格倔强的老头带有浓重的旺代乡下口音，听起来像扔过来的一块块石头瓦块，不过对随后的英文翻译王正廷倒是听得很清楚。王正廷告诉他，1 月 23 日开始，大会将分五项议题分别以小组委员会形式进行讨论，这五项议题是：国际联合；战争赔偿；惩罚战争祸首；制定劳动法律；海口及水陆交通。各国参加小组委员会名额由五大国十人会确定，具体分配是：第二项战争赔款五大国各三人，比利时、希腊、罗马尼亚、塞尔维亚各二人，其余各国均不参加。其他四项议题，每项限十五人，五大国各二人，各项余五个名额由二十二国推荐，最后由十人会确定。

克雷孟梭宣布的十人会决定引起了会场一阵骚动，几个中小国家要求即席发言，对小组会名额歧视性限定大为不满。陆征祥在群情激昂影响下，也鼓足勇气表达中国意愿，他说：

"我代表中国政府表达如下立场：关于第一项，国际联合的根本原则是国际社会平等公正，中国拥有四亿人口，国土面积一千多万平方公里，理应加入该议题讨论。第二项，中国派遣的上千华工乘坐的轮船被德国潜艇偷袭，船毁人亡，也应赔偿，为何该组名额没有中国？第四项，中国在英法等国劳工不下十四万，华工为取得战争胜利出力不少，应加入该议题讨论。第五项，中国海岸线绵长，战后交通急需发展，也应加入讨论。十人会应听取各国意见，建议参照海牙国际和会先例，由各国选择与该国有关的各项，决定一到二人参加。"

陆征祥的建议获得中小国家鼓掌赞同，会场里一时七嘴八舌、议论纷纷，举手要求发言者一片喧嚷。克雷孟梭见秩序乱了，立即停止继续发言，他脸色阴沉着说："这是严肃的国际会议，不是拍卖场，十人会议定的程序和办法绝不能更改。各位有何建议，会后向秘书处递交文字说明。散会！"

和会开幕式就这样结束了。陆征祥这是第二次领教会议主持人克雷孟梭的专横跋扈，他既气愤又无奈，既惊讶又沮丧。会后他向国内呈送电报称：

法总理独断专横，如此态度，和会前途堪忧。我国在会中期望之结果，毫无把握。

中国古语有句：福无双至，祸不单行。就在陆征祥被五大国操纵会议，无视中小国家权益的蛮横无理而导致情绪极度颓丧之际，在中国代表团内部也爆发了一场令亲者痛仇者快的内讧。事情的起因也完全出乎陆征祥的意料：

中国正式代表名单报送大会秘书处同时电报徐世昌大总统之后的第三天，接到徐世昌大总统发来的训令电，将报送的名单顺序来了个重新排位：陆征祥、顾维钧、王正廷、施肇基、魏宸组。顾维钧的名次被提到第二，王、施二人依次推后。这封电报无疑像一块巨石投进了平静湖水，在代表团内部掀起轩然大波。顾维钧第一时间被陆征祥叫到自己的办公间。

"你看看吧，今天刚刚收到的。"陆征祥脸色显得阴沉灰白、似旧病又复发了，他心烦意乱地递给顾维钧一份大总统来电译稿。

顾维钧虽然在来总长办公间之前曾听岳少瑜简略说了个大概，思想上已经有所准备，但阅罢电报，还是震惊不已。他急切地说："这怎么可以？总长，是否立即复电，讲明名单已经报送大会，如果更改，将会对中国代表团的信誉产生不利影响，而且对总长本人的威信也有损害。"

"名单是以中国外交使团名义报送的，更改顺序可能是有些不利，但大总统的训令又怎能违抗呢！我们是下级，得尊重总统的决定。这事搞复杂了，出人意料呀！"

"这要看遇到什么情况，现在代表团内部关系还比较融洽，大家都在忙于自己分担的任务，如果此训令一公布，我们自己人非起内讧不可，我们现在面临着收回国权的艰巨使命，若内部再起纷争，就很难一致对外。望总长三思。"

"你说的有道理，不过大总统的训令不能不执行……"陆征祥显得非常为难，内心极端矛盾，他怎么会不知道，此封电报一公布，第一个挨嘴巴的就是他陆某人呢？他在代表团里的信誉会一落千丈，连他的人品也会受到质疑。可是，他更坚守的是，绝不能犯颜拒上。在袁世凯总统时期，他遵命与日本谈了"二十一条"，经过苦苦相争半年多时间，最后还不得奉命签约呀！在段祺瑞重新出任总理期间，他又奉命与日本人换文批准秘密军事协定。在"二十一条"罪责上，又添了一项罪恶。他，真是有苦难言……

"总长，虽说我们外交官处理大事要听命于本国政府或大总统的指令，但断事要根据具体情况而定，代表名次问题不是个举足轻重的问题，并不影响我们对外交涉的大局，你应该有权做些微调。中国古语不是说，将在外，君命有所不受吗？"

陆征祥仍然坚持说："顾先生，我给你交个底，你可能不知道，现在国内政治局势很严峻，南方军政府正集结兵力，准备武力讨伐北京的北洋政府。段祺瑞将军虽不担任总理但依然掌控着军队，并信誓旦旦要武力统一全国。在这种情况下，他们怎么可能让一个南方代表占据代表团次席位置。我想他们顾虑的是，一旦我因病不能致事，那王先生就理所当然地成了首席代表，你说他能代表北京政府在和会上处理国事么？"

顾维钧道："大总统他们也许有他们的道理。不过我总觉得你现在身体远非到了不能理事的程度，我们大家还指望在你领导下全力争取丢失的国权，特别是山东的权益呢！"

陆征祥苦笑一声，说："唉，我是心有余而力不足。我从事外交二十七年，一个重要心得就是不擅自做主，大事要听上司的指令。即使当了外交总长，面对大总统，我这个总长也只是个打工仔，是个仆人。"

顾维钧无语。暗道：与他相识七年了，还不知他性格如此软弱，他总是压抑着自己的判断和本能，往往不得不扭曲自己的内心，他这是何苦呢？也罢，他既不肯决断，我得尽量减少这封电报带来的负面影响。于是说："请叫岳秘书长先别急于报大会秘书处，我得先见见施公使。"说罢，转身就离开了。

1月的巴黎街头，寒风肆虐，刺肤砭骨，虽说巴黎地处欧洲大陆的西端，大西洋暖流常常来此光顾，抵御或抗拒着来自北冰洋的极寒气流，但毕竟改变不了冬季严寒的总趋势，况且大西洋海风中包含着高浓度的湿气，往往吹打在人们的脸上脖子上，感到透心的阴冷和浑身的颤栗。顾维钧急匆匆走在街头，他戴一顶高筒礼帽，裹着一件过膝的大衣，为了抵御迎面而来的寒风，他把大衣领子竖起来，护住脖子和半个耳朵。

他默默地走着，心潮一直不得平静。他感到陆征祥的决定势必引起严重后果，代表团内部也许再无宁日。他必须提前去登门拜访两个名次推后的人：王正廷和施肇基。他需要做些解释，需要表明自己的真实态度，让他们知道自己并非计较名次的那种狭隘心胸的人，至少让他们不要对自己产生误解。可是他们能理解吗？要是他们反过来理解，认为自己欲盖弥彰，得了便宜还卖乖呢？他心里犹豫了，步子放慢了。还去拜访吗？是否多此一举？不行，即使不理解也要剖心掏肺给他们看，自己不是那种争名夺利的小人。他又加快了步伐，朝施肇基家的公寓走去。他先选择施肇基而非王正廷，还有一段家庭背景。

施肇基是江苏吴江县人，自美国康奈尔大学获得硕士学位回国后，进入湖北省督衙门供事，1905年随总督端方出洋考察，回国后被保举为道员，这年秋他与广东中山县唐杰臣的女儿唐钰华在上海结婚，其岳父唐老先生正是民国首任国务总理唐绍仪的堂兄弟，也就是说顾维钧夫人唐宝玥的堂姐是施肇基的夫人唐钰华。四年前顾唐二人在上海结婚时，唐钰华和父亲参加了他们的婚礼。如果说，顾维钧早年留学美国时就已经结识了施肇基，那么婚后又与其有了堂姐夫这层关系。今天他去拜访这位正儿八经的亲戚，总不能拒人千里之外吧！

施肇基的公寓不太远，大约半小时就到了。顾维钧敲开了门，施公使见是顾维钧，热情迎他进屋，在客厅沙发上坐下来。施公使夫人见是堂妹夫，立即端来咖啡放在茶几上，朝顾维钧打招呼，"维钧妹夫，好几年不见了，快把我们忘了吧。"言语中似有责怪之意。顾维钧苦笑一声，"钰华姐，会上实在是太忙，抽不出工夫。""唉，要是宝玥妹妹还在，跟你一起来就好了，她太可怜啦！"说罢，她眼圈竟红起来。施肇基见状，立即制止她："顾公使来，是有公事的，你先回避一下好吗？"唐钰华也是大家闺秀，立刻用手帕擦擦眼眶，知趣地说："我也是，见了妹夫就忍不住话了，那你们先聊，我就不打扰了。"她朝顾维钧抱歉地点点头，转身出去了。

顾维钧直接把来意说明："徐大总统来了电报，对代表名单有训令，陆总长给我看了来电内容。"

施肇基立即追问："电文具体怎么说的？"

顾维钧把名单顺序更改情况照实说了。

施肇基脸色立刻沉下来，锁眉立目，不再言声。也许是事情变化太出人意料，一时转不过弯儿来。瞬间，他脸色又变成紫红，非常可怕，怒火已经上头，太阳穴上的青筋也明显暴出。突然，他重掌一拍茶几，怒道："开什么国际玩笑！"这一掌，震得杯中咖啡液飞沫四溅。顾维钧心头一惊，难得见一位高级外交官发这么大火，连忙劝解道："施公使息怒，这事连陆总长也没料到，我也觉得莫名其妙。对我来说，我是极不愿接受这个第二位的，没有任何意义，无论排第几甚至不排进名单，我都会尽力干好我自己的分工。我只是来通个消息，表明我自己的内心想法。我顾维钧没有做任何对不起大家的事，这一点放心好了。"

施肇基沉默不语，似乎在压抑着怒火，他内心其实在想：陆总长为什么首先告诉你，你从中做了什么手脚现在又来装好人……

顾维钧这时后悔自己到这里来了，施肇基的反应说明自己多此一举。既然他漠视自己的表白，表明他肯定在怀疑自己，人心真是难测，事已至此，再多半句也多余了！

他站起来，从衣帽架上取下围巾、大衣和礼帽，给施肇基点头鞠了一躬，低声说："对不起打扰了。"他离开会客厅，向隔壁房间里的唐钰华告别。"钰华姐，我走了，这次来去匆匆，不及细聊了，以后找机会再谈谈宝玥和孩子们的事。"顾维钧一脸忧伤和无奈。

"德昌兄妹俩还好吧！现在谁照看他们呢？"

"使馆一位热心肠参赞夫人临时照看，他们很好，请放心。"

"可怜的孩子们，从小没了妈……"唐钰华鼻子一酸，眼圈又湿润起来。

顾维钧截住话头，说"钰华姐多保重，现在公事正忙，等消停下来再拜访你和姐夫。"

"其实，你们刚才的话我都听见了。你姐夫是个火性子犟脾气，想事不打弯，你放心好了，我会劝他的。他有什么冲撞不妥之处，你也多担待些。"

"我并不介意。都是为了国家，路遥识马力，日久见人心。你可转告施先生，我顾维钧任何时候都对得起他，也对得起同仁，我心可昭日月，坦然磊落。"

"我怎不知？宝玥每次信里都会提到你，堂堂男儿，心胸如海，志在报国。其实你姐夫也是个干大事的人，只是脾气秉性暴烈一点，但他慢慢会平息的。你千万别有芥蒂。"

"钰华姐，没事的，我一如既往，该怎么做还怎么做。谢谢你这么宽慰人。"

顾维钧告辞唐钰华出来，心情好一些。他觉得她的确如宝玥生前夸奖过的那样，这位堂姐知书达理，温文尔雅，聪明娴淑，也是她们唐家的一颗闪亮女星。要是宝玥活着该有多好，也可以随夫来巴黎，静观这举世罕见的国际上叱咤风云人物大聚会，她肯定会作不少诗的！此时此刻，他越发想念她，她一定在遥远的宇宙某处，一双含情脉脉的大眼睛在热切注视着自己，似乎在说：维钧，别在乎别人怎么看，要做最好的自己，君子坦荡荡……

一阵冷风劈头盖脸地吹过来，他弯腰紧了紧围巾，正了正礼帽和大衣领，又挺起腰杆，朝前大步流星走去。

第十二章　一鸣惊世

第二天，陆征祥义无反顾地公开了大总统来电内容。正如顾维钧所预料到的，代表团内部分裂了。

当陆征祥在五位代表和全体公使、顾问、专家联席会上将徐世昌来电内容通报之后，施肇基立即发言，建议更换秘书长。理由是岳少瑜不经代表团全体知情并讨论，将更改之后的名单报送和会秘书处，是不称职行为，秘书长不是外交总长的私人代理，而应该代表全团成员的意愿。为此，建议由驻英使馆一秘石斌担任秘书长。

此议得到王正廷力挺。

显然，旁观者都明了他们实际上是表达自己对名次重新排列的不满，既是冲着陆征祥来的，也是对徐世昌为代表的北京政府怨恨。但这样一来，秘书长岳少瑜就可能成了这种情绪的牺牲品。岳少瑜现场正做记录，施肇基的提议使他颇感难堪，脸色涨红，低头捻着笔，似觉得特别委屈。

会场里的空气仿佛凝固了，没有人再吭声，那些没有被任命为代表的公使、专家、顾问都集体沉默，或许因为他们对此事背后暗藏的隐情或玄机不甚了了，不好贸然表示态度；抑或是这件事与他们没有切肤之痛，而采取一种"闭门不管庭前月，任凭梅花自主张"的冷漠态度，这就是相当多的国人面对事态的思维观念，即使眼前这一批自诩为国之精英的人也未能免俗。会议冷场几乎一分钟，有的眼望天花板，似在默默数着那盏吊灯里究竟有多少灯泡；有的目光盯着对面墙上一幅油画，好像欣赏画面上一位贵妇的轻柔飘逸的半裸体纱裙；还有的干脆低头锁眉凝视桌面做沉思状；最让人心烦的是有一两个若无其事的吸烟者，大口地喷云吐雾，使得会议室空气更浑浊不清。

不过，终于有人打破了这尴尬的局面。顾维钧站起来了，众人的目光立即聚焦在他身上。对于大多数局外者来说，他们也正想听听一个疑似局内人的发声，因为顾维钧是更改后名单里唯一提升名次的人，按照通常逻辑理解，似乎应该是个局内人，或者起码是个了解隐情的人。大家都竖起耳朵，静听他讲什么。

"各位同仁，首先我要表示一下对徐大总统电报的态度，因为涉及我的名次更动。毋庸讳言，我不认为这调整是适宜的和必要的，因为它对我们

263

面临的交涉使命没有丝毫帮助，我们几位代表出席和会的专业小组会议跟我们的分工有关，跟内部名次无关。因此我说，它对我们来巴黎的使命没有丝毫帮助和影响，要说有影响的话，恕我直言，就是给我们内部造成负面影响，给我们内部造成了关系紧张。就我个人而言，无论什么名次，我都要尽职尽责去完成任务。其次我想对岳秘书长说句公道话，他在代表团来巴黎前后给予的准备工作无可挑剔，他与法方联系广泛和有效，总的来看是称职的，而且他对调整后的名单报送是奉命行事，如果有何不妥的话，责任也不应该由他承担。因此，没必要撤换他的职务。"

施肇基说："我的提议，得到一人附议，一人反对。我希望全体代表就此进行表决。"

魏宸组说："我同意顾公使意见，秘书长还是不换为好。"

二比二。五位代表就剩下一人未表态。大家的目光自然都集中在陆征祥身上，他的一票成了关键。陆征祥慢慢站起来，脸上布满愁云，表明他的心情很低沉，也很沮丧。他怎么也没想到这个会开成这样，他原打算宣布两项内容：一是宣布大总统的电报，二是大家再碰一碰即将提交大会的各自准备的陈述材料进展情况。谁料施肇基突然发难，提出撤换秘书长的动议。这说明陆征祥对公布徐世昌电报后引起的矛盾估计不足，之前顾维钧与他交谈提醒他的话也当成了耳旁风，至少是没有引起他的重视。对于施肇基上演的这出逼宫戏，令他极为难堪，也使他手足无措。如何面对这一尴尬局面呢？

陆征祥虽文弱一些，但毕竟在外交界也算个见多识广的老江湖，只见他慢腾腾说出几句话来，把各方都摆平了。

"施公使指出更改名单应该让当事人知晓并讨论后，再送达和会，有道理。岳少瑜先生是按我的指令办事的，要是有不妥之处，我应承担责任。这名单最初是由我提议的，未经大总统批准就同时报送给大会了。这是我的疏忽，虑事不周。大总统复电调整了原先的名次，的确也出乎我的意料。但引起如此大的风波，我同样没料到。这都是我的责任。我向各位致歉。至于岳少瑜的秘书长一职，我的意见，以下这样处理可能比较妥当：他不再担任秘书长一职，由施公使推荐的石斌先生担任，不过职责略微变动一下，石斌先生只负责内部会议记录和对国内电报联系等事宜，而与大国代表团的日常联系一些秘书性工作仍旧由岳先生负责。大家看，这样可以吗？"

陆征祥的话缓缓的，似与大家商量的语气，毫无独断决定的意思。但细细品味，大家不得不认为这是一个不得罪任何一方的妥协办法。实际上他将秘书长的职责一劈两半，由两人分担，一个对内，一个对外。不过秘书长的称谓给了石斌。施肇基、王正廷没意见了，顾维钧也没再说什么。他佩服陆征祥把对外谈判妥协的办法用到了代表团内部，矛盾暂时化解了，但不和的种子已经埋藏在了心里。这不能不说是中国代表团的一个悲哀。

1月27日是个晴朗朗的天，北风把连日阴霾吹了个一干二净。根据和会秘书处通知，中国代表团被邀出席第一次关于建立国际联盟的专题讨论会，按照之前的分工陆征祥和顾维钧到会，而且陆征祥做了一次精彩的发言。他代表中国政府表态：赞成成立国联，愿意协助欧美国家一起铲除战争祸源，维护世界和平。陆征祥用标准的法语，简洁精辟地表明了中国的立场，赢得在场各国与会者欢迎，特别是表达了中小国家、经济不发达贫穷国家代表的共同心声。陆征祥颇受鼓舞，进一步发言要求国联的筹备机构应该有中国代表参加，因为中国在战争中向协约国前后共派出了十几万人的劳工，战后他们分布在西欧各国，其生存就业和安置等问题急需协调妥善解决。此建议也得到有关国家的好评和响应。陆征祥这个尝惯了失败和屈辱味道的外交官，第一次品尝到成功的滋味，体验到赞扬的喜悦。他似乎找到了自我，恢复了自信，他甚至乐观地认为，国际社会虽然豺狼当道，但毕竟还是主持正义和公平的，中国人最揪心的或耿耿于怀的山东问题和其他主权问题也会逐渐得到解决。不过，散会后顾维钧提醒他注意一个令人不解的事实：五大国的首脑人物一个也没出席今天的讨论会，特别引人疑惑的是美国高官只来了一位助理国务卿，按说美国总统威尔逊或国务卿蓝辛应该出席，因为国际联盟本是威尔逊总统在会前提出的十四点原则里非常重要的一项倡议，可以认为是美国的创意和构想，可是他们为何不到会坐镇呢？陆征祥也纳闷了，他专注于自己的演说，听众席到底来了些什么人，他根本没理会。

那些叱咤国际风云的大人物为何集体缺席呢？原来，五大国首脑齐聚在法国外交部一个豪华会议厅里，秘密地但又紧张而激烈地争吵战后德国遗留的殖民地归属问题。由于在瓜分过程中，矛盾重重，互相之间死掐硬磕，争夺之激烈似几条饿狼拼命撕夺一头死畜的尸体，一个个睁圆通红的眼睛，将锋利的牙齿死死咬住死尸的脖子或大腿或胳膊或前胸或后臀，就是不松口，一个个抛弃了文明大国领导人的绅士伪装，露出赤裸裸的贪婪本性。法国总理克雷孟梭正如外界形容的那样，更像一头凶狠的老虎，曾发誓不仅要彻底摧毁德国人的战争能力，不仅要割占德国阿尔萨斯和洛林这两块毗邻的国土，还要占领德国在东部非洲和西部非洲的殖民地，这样一来，就与英国的海外利益尖锐冲突。而劳合·乔治这位英国历史上第一位来自威尔士的首相在争吵中，毫不相让，虽然他在对待德国的态度上不像克雷孟梭要毁掉德国的再战能力那么置人于死地，但在抢夺德国海外领地时也绝不手软，他声称大英帝国在非洲大陆和西太平洋上拥有无可争辩的权利。实际上，德国在非洲和西太平洋地区的殖民地和领地，在战时已被英法日等国以武力抢夺了大部分，会议上争吵的是他们的军事占领要得到国际上的承认，才算合法化。意大利总理奥兰多自知本国军事实力不如人，且战争初期曾与德国结盟，次年因与奥匈帝国争夺领土，并在英国拉拢下加入了协约国，但军队战绩实在稀松，要不是俄军在东线给奥军施加重大压力，意军早已溃败，只是到了大战最后一年才惨胜对手，所以在瓜分会上，对德国前领地所求只好缄默不言，但奥兰多是个绝对的民族主义者，他口口声声要其他大佬兑现与英国的早先协定，割占奥匈帝国巴尔干半岛的港口阜姆，但英法却装聋作哑，而美国总统威尔逊指责他说，十人会本次会只讨论如何处理德国在海外殖民地问题，其他不涉及的问题免谈，硬是把奥兰多的话封死。奥兰多气得眼睛发直，对威尔逊耿耿于怀。

轮到日本代表牧野发言了。牧野全名牧野伸显，他是日本代表团次席代表，首席是西园寺公望。这两人既不是首相，也不是外务大臣，但在日本却威名显赫。西园寺曾在明治天皇时期随一代名相伊藤博文赴欧洲考察，也曾两度担任内阁首相，现为枢密院元老，在日本帝国权倾一时，贵族等级也最高，是公爵。不过毕竟年事已高，现已七旬，此次赴欧参加巴黎和会虽任首席，但主要出头露面角色让给牧野，意在历练新一代外交新锐。其实牧野也并不年轻了，年龄看去有五十大几，与在场的英意两国政府首脑在伯仲之间。与西园寺家族类似，牧野出身高贵，其父是明治维新的有功之臣大久保利通，他本人也是大正的御前重臣，此次到巴黎和会，虽为代表团次席，实际是全权指挥。赴会之前就雄心勃勃，对日本所瞄准的目标，志在必得。

牧野发言语句不多，但句句都是干货。首先日本必须获得原德国位于菲律宾以东太平洋的马绍尔群岛、加洛林群岛和马里亚纳群岛的管辖权，这些岛屿极具战略意义。另外他还提出与英国分享巴布亚新几内亚及附近岛屿，但劳合·乔治坚决回绝，这些地方已由英属澳大利亚军队占领，不容他国指染。其实，这是牧野的一个小小策略，明知英国会断然反对，故意提此动议，然后收回分享巴布亚新几内亚的提议，让别人看日本人是看在与英国结盟份儿上，才退让的，但目的是以确保上述三群岛的占领权。这点小伎俩，当然瞒不过面前欧美几位大佬。

威尔逊见德国往日殖民领地被几位同行瓜分完毕，心里很嫉妒和憋气，特别是处于太平洋彼岸的日本人在这次大战中捞取诸多好处，与美国的战略利益有相当大的冲突，他暗自思忖：美国一寸领土也没得到，只因美国考虑的不是一块领土几个岛屿的短视行为，而是世界的未来和国家的长治久安。经过这次战争，英国、法国势力衰落了，美利坚肯定要后来居上，在不远的将来经济、政治、军事上全方位碾压英法！这两国也只配当美国的小伙伴而已。想到此，威尔逊发话道：

"我请各位阁下不要忘记，我们召开这次国际会议的宗旨是建立战后世界的持久和平和公正，必须组建相应的国际机构——国际联盟。因此，各国获得的原德国海外领地也必须得到国际联盟的认可，办理托管手续后才算合法。当然以后国际联盟所涉及的职能范围不仅仅限于殖民地领地的托管，还有各国领土纠纷、经济纠纷、外交纠纷和军事纠纷等等，有必要设立一系列国际仲裁机构，以使国际社会逐步走向有法可循的轨道，这对各国和平发展意义重大……"

对于威尔逊的高谈阔论，乔治和克雷孟梭只得说赞成，其实他们的心态是很矛盾复杂的。他们必须感激美国，如果没有这位总统站到协约国一边，他们与德国人的厮杀最终谁胜谁负还很难说，特别是俄国由于十月革命退出东线战场，使德国可以拼全力对付西线的英法情况下，也许英法的溃败比胜算要大。所以他们现在对这位财大气粗的盟友设计的蓝图不敢说三道四，但他们实在不愿意听任这位山姆大叔在面前指手画脚或颐指气使。所以，欧洲盟友们的态度用一句话形容：嘴上颂扬但各怀鬼胎。大家的目光都眼巴巴盯着分割战败国的领土和殖民领地，这是现实得多的实际利益。今日上午威尔逊原本要亲自参加国联筹备专题讨论会，却让克雷孟梭和乔治硬拉来出席十人会，威尔逊只得迁就他们，他知道如果没有英法两国支持与配合，国联设想就是画饼充饥，这大概叫欲将取之必先予之吧。

但日本人的心态不比英法，对美国没那么感恩戴德。在大战中日本不仅没受到任何损害，反而大捞特捞，有诸多斩获。亚太地区远离欧洲主战场，德国人在占领的几片领土和岛屿防守薄弱，日本派重兵攻克，包括中国的山东胶州湾，以往他们在崛起的道路上，不仅打胜了日清战争、日俄战争，又经过这次大战"打败"德国，终于顺风顺水成为能和欧美列强平起平坐的大国，虽然对财大气粗的美利坚合众国还有几分忌惮，但总体上说对美国敬而远之，至少不仰承山姆大叔的鼻息。值此十人会良机，牧野趁势提出要国际社会承认其保留占领胶州湾并以胶济铁路为轴控制整个山东的动议。

这是事关中国主权的一个非常敏感而复杂的话题。英法两国在战争结束之前与日本有秘密协定，把中国的主权拿来与日本做交易，他们自1840年以来，通过历次侵华战争吸吮中国血肉而充肥自己不知悔改更不懂感恩，此次又落井下石，承诺日本在中国享有特权，实际上充当了日本宰割中国的帮凶。当然此时的威尔逊还被日本与英法密约蒙在鼓里，牧野一提出山东问题，他的眼前就浮现出驻美公使威灵顿·顾的年轻面孔，顾苦口而执着地多次跟他讲述山东与中国的血肉联系，希望美国主持公道，在和会上支持中国收回山东包括胶州湾主权的诉求。平心而论，威尔逊的天平是倾斜中国的，且不论中国是被损害的一方，凡是支持公道的、有是非原则的国家都会站到中国一边，单说日本这个战争暴发户的疯狂和野心就让威尔逊厌恶，他深知将来在亚洲与太平洋跟美国为敌的非日本莫属。此刻是美国站出来说话的时候了，否则以后如何领袖群伦？于是，他与身旁的国务卿蓝辛低语几句后，发言道：

"山东问题事关中国主权，我们应该听听中国代表的意见。"威尔逊郑重其事地说。

牧野一听就爆了，"我反对。中国无资格参加十人会。"

蓝辛插话道："不是参加十人会，而是受邀列席到会做说明，他们有权做说明，因为他们是当事一方。"

牧野想说，你蓝辛先生不是去年在与石井互换文件中认可日本在中国的特殊地位吗？怎么打自己脸呢？但转念又想，中国人到会说明又怎样，难道想翻盘不成！他与西园寺老先生嘀咕了两句，说："请会议主席决定。"

十人会主持人是克雷孟梭。他看日本没坚持反对意见，把球踢到自己这里，就对威尔逊来了个顺水人情："附议威尔逊先生的提议，今天下午请中国代表到会对山东问题做说明。"

一锤定音。威尔逊和克雷孟梭没有料到，他们无意中的举措，给一位中国青年外交家提供了一个发出中国声音的世界级舞台，从而唤醒并激发了一代乃至几代中国人的爱国情怀……

吕德西亚饭店午餐时间大概是最繁忙也最让人们活跃的时刻。当中国代表团成员们端着食品饮料餐盘陆续在餐厅的一个靠窗的长条桌子旁扎堆围坐下来，各类消息或逸事趣闻便纷至沓来。诸如，巴黎阴冷潮湿的天气，塞纳河沿岸的冬季风光，埃菲尔铁塔、凯旋门、香榭丽舍大道、红磨坊歌舞明星；卢浮宫的古典名画和雕塑，巴黎圣母院精美的建筑艺术，以及雨果笔下的吉普赛美女艾丝美拉达和敲钟丑人卡西莫多的悲情惨剧，都是餐桌上的话题。对于外交官们来说，最热门话题还是刚结束的这场世界战争，凡尔登、索姆河、马恩河、亚眠、阿尔贡，这些战场是如何变成屠杀人类的绞肉机的。当然大家最关切的还是本次国际和会的经典演说。

自从陆征祥入住这里以后，中国代表团里的公使专家顾问便有了这样一个日常聚首放松闲聊的场合。不过这天，核心成员陆总长竟缺席了，大概是他上午在会上的精彩演说获得成功后，他的神经经不起强烈的感奋刺激，乐极生悲，又被迫卧床不起了。此刻，顾维钧担当起解说人的角色，很有兴致地给同胞们介绍陆总长如何演说，以及之后如何博得听众欢呼和掌声，哪些人上前去和他握手致敬，又有哪些人上台效仿他呼吁国际社会主持公正，废除不平等条约……

一个人走近打断了他。原来是岳少瑜，他虽已不是代表团秘书长，但仍负责与大会秘书处的联络。他附身对顾维钧耳语："美国代表团顾问、国务院远东司司长威廉士来电话让我转告您，今天上午十人会上，日本要求保留在山东的租借地和权利，十人会决定邀请中国代表团出席下午的十人会，说明中国对山东问题立场。威廉士希望中国做好辩论准备。"

顾维钧立即惊起，暗道，没想到我们说话的机会突然来了！第一时间，他把这一消息通报给在座的其他代表和公使们。顿时，大家都齐刷刷撂下刀叉，好像被施了魔法似的，呆定在位子上，愣愣地瞅着顾维钧，每个人心里都在惊奇：这消息来得太快了，没有一点预兆哇！但毕竟是个激奋人心的事，瞬间人们又像被观音大士点了金瓶净水，七嘴八舌地活跃起来。

"好呀，终于轮到我们诉求了！"

"巴黎和会还是主持公道的，日本人想一手遮天，难了！"

"谁代表我们中国去申诉呢？陆总长知道吗？"

"……"

顾维钧先冷静下来，对岳少瑜说："请你去问问大会秘书处，确认何时给我们来书面通知。另外将这个消息报告陆总长。"

岳少瑜很快返回来说，已经与大会秘书长、法国驻瑞士公使迪塔斯塔取得联系，说邀请中国的通知书正在办理，下午2点左右送到。另外，陆总长让转告诸位，医生叫他近日不要治事，需要绝对卧床休息，实在不能出席了。接到正式通知后，请大家推荐两人出席并决定谁发言。

一会儿正式通知送到了，确认：下午3点整开会。代表们、公使们互相传看，大家都低头不语了。谁去代表中国赴会呢？每个人心里都在问。顾维钧一看怀表，离开会不到一小时，时间很紧迫了，必须马上决定谁去。

他说："各位先生，我提议王正廷博士和施肇基博士到会，事不宜迟需要立即决定。"

"我不去，我没有准备这个议题。山东问题一直是你准备的，应该你去。"施肇基说。

顾维钧说："两个代表，陆总长既然不能去，应当由第二位王博士代替并发言，按照排序施博士也应该去，不需发言的。时间不多，请大家不要客气了，必须马上定下来报名。"

王正廷说："如果非要我去的话，我可以去，但不发言。顾博士一直准备山东问题，应该去，并代表中国代表团发言。"

顾维钧说："我的确在准备这个问题，了解一些情况，可是未经过大家讨论，不成型的东西不能仓促上会。"

施肇基再次说："我重申一次，我不参加。请大家务必以大局为重。"说完，扭身上楼去了。施肇基退席弃权，五人代表还有顾王魏三人。魏宸组专职起草文件，显然不合适上会。合适人选只剩下顾王两人。

"顾博士是必去的。我如果不发言，去也可以。"王正廷最后表态。

"陆总长缺席，理应你代理发言，这符合常规。"顾维钧说。

"我无准备，你有准备，这是大家都知道的，请不必推辞。"王正廷坚持自己意见。

"既然这样，我来发言，只是有个前提，当主持人宣布中国代表阐述立场时，你要起身回答一句话：'请我的同事代表中国发言'。可以吗？"

"如果需要，我可以这样做。"

至此，谁去参会、谁来发言最后敲定。顾王施三人的讨论，在旁人听来，像是一场机敏谈判。不过好在他们还识大体顾大局，理智地解决了这个"难题"。

当天下午3点，王、顾二人准时到达十人会会场。这是中国代表第一次迈进由五大国控制的会议圈子。会址设在塞纳河南岸奥赛街法国外交部大楼内的会议厅，会议厅装饰极奢华，虽然面积并不太大，但富丽堂皇堪比昔日王宫，座席呈四边形，可以容纳三四十人。当王、顾二人在工作人员引导下就座时，他们看到几国的首脑人物陆续就座，他们是中国代表熟知的或是通过报纸人物图片知道的：会议主席、十人会主持人法国总理克雷孟梭、外交部长毕勋；英国首相劳合·乔治、外交大臣贝尔福；美国总统威尔逊，国务卿蓝辛；意大利总理奥兰多、外交部长桑理诺，以及日本首席代表、前首相西园寺公望和次席代表牧野伸显。各代表团的秘书助手们，散坐于首脑人物背后或附近，会议厅总共大约近四十人。

克雷孟梭宣布开会，先由牧野陈述日本政府对山东问题的立场。

牧野在发言席上没有过多阐述，只是用日式英语拿腔拿调地宣读了日本政府的一个简短声明。声明说，日本在战争期间为协约国夺取最后胜利尽了最大努力，做出了重大贡献。为此，日本政府认为要求德国无条件让与在胶州湾租借地、胶济铁路以及德国原在山东所享有的所有权益，是合理的公正的。况且日本与中国签订过一系列条约，日本尊重这些条约的约定，因此山东所有问题，应在日中两国之间遵循以往所商定的协议为基础来解决。

牧野说完，克雷孟梭即请中国代表考虑是否对日本声明做个回应，或者需要有一定时间作准备再发言。王正廷与顾维钧低声商量几句，然后站起身说："日本代表的声明关系中国利益甚大，中国代表团将由顾维钧先生做答复，但需要时间准备，望允准。"克雷孟梭裁定说："十人会将很高兴听取中国方面的声明，明天上午9点准时继续开会。"

中国代表团争取到了宝贵的十几个小时的准备时间。会议结束后，顾维钧又来到陆征祥的寓室，向他汇报了下午会议情况，顾维钧建议他如果能走动的话，一起去拜见威尔逊总统。陆征祥见山东问题到了关键时刻，也顾不得神经疼痛了，立即穿戴好了，随顾维钧来到美国代表团住地。威尔逊在客厅会见二人。陆征祥简单寒暄后说明来意，顾维钧便把准备演讲的几个重点方面讲了一下，征求威尔逊的意见，这样讲是否妥当。威尔逊听了后，大加赞赏，说很完美，并鼓励顾维钧说："上午牧野的发言很直白，赤裸裸暴露了日本想霸占山东权益的野心，顾先生的发言也可以直截了当一些。"当顾维钧请求威尔逊在明日会议上支持中国收回山东权益的诉求时，威尔逊一口答应。

当晚，中国代表团几位成员聚集在顾维钧住地，紧张商议明日的演讲提纲。之后顾维钧又鏖战半宿，落笔纸上，一遍一遍审读，烂熟于心。自从哥大毕业后，他很少这样熬夜准备发言稿，当年他作为哥大学生代表上台参加校际辩论，准备材料也时常通宵达旦，那时他风华正茂、文思泉涌，颇有一种指点江山、纵论美利坚国事的豪迈气概。但那时一切命题和辩论只不过是一种虚拟假设和推论而已，没有框框限制，凭着自己的法律知识储备，信马由缰，放飞思想，往往出奇制胜。现在的辩论是在国际大讲坛，是国与国之间关系的调整，实力的比拼，是正义与邪恶之争，公平与歪理之争，弱势与霸权之争，因此他与那时相比，谨慎多了，也现实和理性多了，但有一点没变，那就是敢于担当、敢为人先的勇气和信念，过去是为母校争荣誉，而现在是为了维护祖国主权和尊严。凌晨 3 点左右，他才蒙眬睡去。

第二天上午 9 点，王、顾带着一位秘书再次来到会场。今天到会的人数似比昨日要多，几乎座无虚席。在讨论山东问题之前，还有一个议题是讨论德国海外领地最终归属，各国代表争夺激烈，在涉及各自利益面前，争吵达到白热化，王、顾二人旁听别人论战，也颇受教益，一个国家代表为了民族利益拼尽全力，声嘶力竭也在所不惜。口舌混战终于停止，主持人克雷孟梭宣布，领地问题告一段落，下面请中国代表阐述关于山东问题的立场。王正廷站起身说，我的同僚顾维钧先生代表中国对日本政府的声明做答复。

顾维钧今天特意穿一身公使服，前胸缀满了金色纹饰，像一个耀眼明星似的闪亮登场了，全体与会者眼球立即被吸引住了，人们惊讶的目光和脸上的表情似乎在说：这么年轻啊，多么英俊呀！也有人悄声低语：以前大概就是个演员吧！当然也有个别西方白人对东方人和有色人种歧视傲慢惯了，脸上不屑一顾，心里可能想着，别看他外表模样好，说不定是金玉其外败絮其中呢！顾维钧在众目睽睽下，一开始心里不免有些许紧张，毕竟相对于周围这些蓄着白胡子或黑胡子的外交前辈来说，他还是资历和经验很浅的小字辈，特别是面对世界最强大的几个国家的顶级人物，出现在这个讲坛上的中国政府代表似乎应该是内阁总理或者最起码是外交总长，但今天命运却把他推到这讲台上，是个历史的巧合，还是历史的必然呢？总之，他已经款步走上讲台，心情已经平静了许多，为了这一刻，他付出了最大的心血，古人讲宵衣肝食、呕心沥血，他做到了。他必须抓住这个机会，倾诉出他久藏在心底的话，代表全体中国人发声。他摊开手里的讲稿：

"尊敬的主席先生，尊敬的各位代表、朋友们，今天我非常高兴有机会代表中国把中国山东问题立场提交大会。刚才我们很有兴趣地听取代表几百万人民的自治领发言人的谈话。而我现在代表占人类人口四分之一，也即四亿中国人说话，这一事实使我感到责任格外重大。中国代表团要求和会归还山东省胶州租借地、胶济铁路，以及德国在大战前所占有的其他一切权利。为了不占用'十人会'太多的时间，我愿意只讨论某些大的原则问题。一些技术性的细节问题，我国代表团在提交大会的备忘录里将有全面的阐述。"

念到此处，顾维钧顿了顿，眼光环顾四周，会场里十分安静，一双双眼睛都在凝视着他。此刻，他似乎又找到了在哥大时面对上千师生大声演说时的感觉，他觉得念稿子不能完全表达自己已经激荡起来的情怀，四平八稳也难以舒展包含着自己和全中国人的爱憎，他索性离开讲稿，不再抑制自己心潮的起伏，用满腔的悲愤去讲述那一段民族灾难和国家的屈辱。

"山东胶州租借地是中国领土完整不可分割的一部分。山东省有三千六百万同胞，其在种族、语言和宗教上都属于中华民族。大家都知道，该租借地是德国在 1897 年用武力强行夺取的。当时发生了在山东内地两位德国传教士被杀死的案件，这本是清王朝末期发生的一起普通教案，地方政府正调查处理时，德国抓住借口派军舰占领了胶州湾，并派遣陆军深入山东内地，要挟清政府答应割让胶州湾为租界，才能撤兵。在此强力威胁下清政府无奈签订了丧权辱国条约。

"按照这次和平大会所秉持的民族自决和领土主权完整的原则，中国代表团强烈要求山东主权归还中国，这符合正义的和平要求。反之，如果大会另眼相看，把山东主权转交给任何其他一个强国，在中国代表团看来，那将是错上加错。下面，我就讲一讲为什么中国必须收回山东。

"大家可能知道，山东省是中华文明的摇篮，是中国古圣人孔子和孟子的诞生地，对中国人而言，这是一块全中国人神圣膜拜的地方。多年来，全中国人的目光都聚焦于山东省，期盼着山东早日回到祖国怀抱。

"山东省在中国的发展中起着不可替代的重要作用。就经济而言，该地区人口稠密，在三万五千平方英里的土地上居住着三千六百万人。人口的密集导致了激烈竞争，也使得这里极不适合殖民。某个强国的介入只会造成对该地居民的盘剥，而非真正的殖民。就战略而言，山东可谓华北的重要门户之一，它控制着从海边到北京的最短通道之一，也就是通过青岛出发的胶济铁路，并在济南连接通往天津的铁路而直达首都。为了中国的国防利益——中国终要形成自己的国防——中国代表团不能允许任何列强强求如此重要的地方。中国不能失去山东，正如西方不能失去耶路撒冷！"

说到此，顾维钧见听众鸦雀无声，好像掉根针都听得见声音，他确信大家都被他吸引住了。于是他迅速扫一眼听众席上的日本代表，他们个个面色铁青，呆若木鸡，他暗道，该直接点你们了，不过他言语并不刚硬，而且也很讲策略。

"当然，中国完全清楚不怕牺牲的日本陆海空军为把德国势力清除出山东所作出的贡献，中国也深深感激英国在欧洲面临危险之时对此给予的帮助，中国也没有忘记其他协约国军队在欧洲为她所作的贡献，即牵制了德军，否则他们就会轻易地向远东增派援军，从而延长那里的战争。中国感激这些贡献，因为在任何军事行动中，老百姓不可避免地要遭受苦难和牺牲，尤其是在各种劳动力和物资供给的军事征用方面。"紧接着顾维钧话锋一转：

"尽管我们深怀感激，但是中国代表团认为如果通过出卖同胞的天生权利，借以对协约国表示感恩，这将是对中国和世界的失职行为，并因此播下未来混乱的种子。因此中国代表团相信大会在考虑处理德国在胶州租借地及其占有的其他权利时，能充分重视中国基本和天然的权利、政治主权和领土完整，以及中国为世界和平事业服务的强烈渴望。"

一直默默听取顾维钧演说的日本代表牧野再也按捺不住了，他突然站起来说，他非常关注他的中国同事关于将胶州直接归还中国的问题。但他说在前一天他提出的声明中，解释了日本政府除掉德军据点的原因。

顾维钧立刻识破了牧野纠缠攻打德国守军意在赢得英法等国同情的诡计，立即接着说：

"当初，日本政府对占领胶州湾是怎么说的呢？我认为读一下日本给德国的最后通牒是有用的，该通牒如此说：

日本帝国政府真诚地认为给德帝国政府如下两条建议是他们的责任：（1）立即从日本和中国的水域撤退德国陆军和各种战舰，并当即解除那些不能撤退的德军的武器。（2）至迟在 1914 年 9 月 15 日，须无条件无补偿地把胶州全部租借地交给日本帝国政府，以便将其最后归还给中国。

大家看，日本出兵占领山东胶州湾和胶济铁路言之凿凿地说，以便最后交还给中国。可是事实是怎样的呢？自占领山东胶州湾和胶济铁路后，几年来日本一直占据着这里。他们根本没有归还中国的意思，还变本加厉要占领整个山东省以至中国其他地方。"

牧野打断顾维钧的话，说："根据中日两国政府既已达成的所有协议，中国完全明白日本占据意味着什么。双方关于该问题已友好地交换了意见，并且日本已经同意一旦日本能自由处置胶州，就尽快将其归还中国。关于胶济铁路问题，也已达成若干协议。"

顾维钧暗道：好一个"友好地交换了意见"，你们公然露骨的威胁中国谈判代表，还少吗？既然你们一再强调与中国达成协议，那么就让这些协议以及中国的态度大白于世界吧！他对着主席台上的领导人说："中日之间的确交换过照会，我认为十人会应该考虑对这些交涉作出正确判断和公正声明。"

机敏的威尔逊立刻问牧野："您是否应当在十人会上出示这些协议？"

牧野仿佛被威尔逊重重地将了一军。他有口难言，因为日本与中国历次谈判都是在秘密状态下进行的，各类协议从未曝光，而且逼迫中方不得对外公布，否则后果自负。此刻美国总统发问，不得不回答，他紧皱着眉，硬着头皮说："您的要求是个意外，我必须请示本国政府允许才能出示。我不认为本国政府会提出任何异议，但这个要求是个意外。"

威尔逊点点头说："很好。"他接着问顾维钧，"中国是否也这样做？"

顾维钧说："中国政府没有异议。"

克雷孟梭要求日本和中国代表确认他们是否会向十人会通报他们之间商定的归还条件。

牧野说："我会这样做，只要本国政府不反对。我认为本国不会反对。如果是在我的权力范围内，我会尽快准备好这些文件的。不过呢，有一点我希望表明，本国实际上正在考虑：领土是从德国征服的，在将其出让给第三方之前，日本必须获得德国给予的自由处置权。"

威尔逊当即指出：这次会议正是在处理以前德国占领和割让的领土，根本没必要咨询德国。

一句话堵得牧野直憋气，他心里暗想，你贵为美国总统，如此偏袒中国，岂有此理！嘴上不敢硬顶美国总统，只好硬着头皮狡辩说："我们当下的工作正是为向德国提交此案做准备，因此在进行之前，德国必须同意让与胶州湾和胶济铁路给日本。此后才应该成为与中国交换意见的主题。"

顾维钧心里骂道，真是无赖！你们抢都抢了，现在又要扯上德国这个濒死的强盗做掩护，说些让与不让与的屁话。现在绝不能跟牧野兜圈子，必须把中国的立场亮明。于是说："在如何归还胶州问题上，中国与牧野先生持不同的观点。他昨日在关于中国问题的声明中，并没有表明日本在从德国获得胶州租借地及其他权利后，不会把它们归还给中国。我理解，就是同意将山东还给中国，我特别高兴地听到牧野先生在会上确认了这些保证。但是在直接和间接归还问题上存在着选择，中国宁愿采取第一个选择，即直接归还。如果两者目标相同，一步到位总是容易的。"

顾维钧说完这些，把话锋一转，直指日本想竭力掩盖的要害。"刚才日本全权代表所指的那些协议，这应当是指1915年因'二十一条'谈判所产生的若干条约和照会。这里我没有必要对当时环境加以详细描述，一句话，中国政府所签的条约是在日本最后通牒威胁下，于惊恐失措中被迫同意的。在中国政府看来，它们充其量只是临时的、暂时性的协约，并将由这次大会的最后讨论来决定其是否有效，因为它们都是大战爆发以后所产生的问题。而且，即使这些条约和照会一直是完全有效的，中国对德宣战的事实，也已经改变了原来的情势，今天看来这些条约和照会也已经无须遵守。中国曾被迫同意日本在山东的特权和租借地。但是该协议没有排除中国加入大战，也没有阻止中国作为参战国参加此次和会；它也因而不能妨碍中国要求日本直接归还山东权利。更何况，中国在对德战争宣言中，已明确声明两国间以往达成的所有条约和协定都视为无效。既然租借协定已被废除，那么作为领土主权完整，胶州租借地以及其他德国在山东享有的类似权利和特权都应全部归还给中国。即使根据原德国租借条约不因中国对德宣战而终止，德国也无权替代中国，将山东权益转交给其他强国。

最后，我代表中国政府再次重申，包括胶州湾在内的整个山东是中国不可分割的一部分，日本坚持其占领山东权益的立场，既不符合法理，也不符合逻辑，更不符合情理。"

顾维钧以凛然正气、铿锵有力的话音，清晰明朗地送达到这座豪华会议厅的每个角落。大概由于这个会场里很少出现如此有法理依据、有事实根据、又有雄辩逻辑的演讲，加上眼前这位讲演者年轻英俊而彬彬有礼，使得听众们被彻底征服了。

威尔逊首先为他鼓掌，紧接着蓝辛，英国首相劳合和外交大臣贝尔福，法国总理克雷孟梭以及意大利总理等都为他拍起了巴掌。当魅力四射的顾维钧走下讲台，威尔逊、蓝辛、劳合等大人物和他们的助手们围上前，一一与他握手，祝贺他演说成功，称赞中国观点阐述的非常卓越。克雷孟梭还特意说，建议中国代表团一周之内抓紧提交给十人会关于山东等问题的书面声明，并附上中日两国签订的若干协定。这无疑也预示着西方几个主要大国要着手解决中日之间的悬而未决问题。这对顾维钧、王正廷及中国代表团来说是个好兆头。

顾维钧此前从没经历过如此被追捧的场面，一时兴奋难抑、心潮澎湃，连声表示"感谢"，同时他肩上也如释重负，心想：总算代表国人把久憋在喉咙里的话在世界讲坛上呐喊出来了！他眼角里涌现出些许不易察觉的泪光。

会议结束了。顾维钧和王正廷被会外的一群西方和中国的新闻记者围起来。

很快，各种媒体的通讯电波从巴黎传播到世界各地。西方各国的主流媒体均报道了一位中国年轻外交官在世界最高讲坛上，对野心勃勃的日本人说：还我山东！有的报纸惊呼：中国睡狮真的醒了吗？当然反应最强烈的还是中国本土的舆论。几天内，中国代表团收到如雪片般的连续不断的电报，上至大总统、国务总理、外交部和其他政府部门，下到各省行政长官以及学生团体等纷纷发电表示赞扬与支持。有的报纸还援引法国总理克雷孟梭评论顾维钧的话，"其对付日本人，犹如猫之弄鼠，尽擒纵之技能"；美国国务卿蓝辛也著文称赞顾维钧"观点完全压倒了日本人"。

顾维钧演说的成功，使在巴黎的中国代表团全体成员信心大增。此前大家心头所弥漫的担忧、怀疑、恐慌以及等待几大国首脑裁判的消极情绪一扫而光。大家认识到，外交收回国家权益不能低三下四祈求，只能靠挺起胸膛面对面进行说理斗争，而且咱们中国外交官里一点儿不缺乏能战胜日本人的学识渊博、能言善辩的英才。

巴黎的冬夜。阴冷、潮湿而且异常昏暗和寂寥，阵阵呼啸而过的凛冽寒风，肆虐地摇撼着临街梧桐树的枯枝败叶，暂时打破沉静的黑夜，狂风过后街区道路依然恢复了空旷和寂寥。然而，在这个宁静的寒冷之夜，参加和会的各代表团中，至少有两个代表团还在通宵达旦、活跃如白昼。

首先是中国代表团的主要成员和公使们都集中在顾维钧的下榻公寓，陆征祥主持召开紧急会议。座椅不够，女房东让大家把其他屋子里的凳子椅子都搬过来了，大家把顾维钧卧室外的客厅全挤满了。代表、公使和专家顾问们先是兴高采烈地议论了一番白天顾维钧的精彩发言，以及引起的各方面积极反响，并纷纷祝贺顾维钧演讲获得巨大成功。

顾维钧本人虽然对自己的演说也感到欣慰，感谢大家的好评和褒奖。但此时他却保持着足够的冷静，他从这些年与日本人直接或间接打交道的体会得出一个结论：日本人自明治维新迅速崛起以来，对外侵略扩张已经成为他们的基本国策。亚洲和世界各国对他们称霸亚洲乃至全球的狼子野心不能小觑了。狼总归是狼，它吞进嘴里的肥肉绝对不肯再吐出来，这次面对面交锋，他们暂时失败了，但他们绝不会善罢甘休。中方必须坚持联美制日的策略，继续不懈地努力，才有可能达到目标，现在千万不可盲目乐观。他向陆征祥建议，眼下得赶快把十人会需要的材料写好，首先得把大纲确定下来，毕竟书面材料与口头演说还是不同的。大家一致的意见，认为顾维钧一直是准备山东问题的，通过这次成功的演说，大家更认同了，就委托其负责到底。接着顾维钧又提出需要把中日间的谈判所有协议收集齐全，作为附件。而陆征祥的一句话让他和与会公使们大吃一惊：代表团所携带的一个保密文件箱，已经在来巴黎的路途中丢失了。大家忙问在哪里丢失的？陆征祥也说不清楚，只说那一箱文件交给一个随员专门保管，大概是在从横滨到旧金山登船托运时弄丢的，之后委托驻美领事馆的人去查问也杳无音讯。秘密文件包括中日两国去年秋天签署的换文全都丢了。

"这是谁的责任？""为什么当时不追查？""这么重要的材料为什么交给一个没责任心的人保管？"有人大声质问，矛头直指陆总长。陆征祥有苦说不出，只好承认自己"麻痹大意，负有不可推卸的责任"。不知谁说："是不是日本人在途中做了手脚？"一句话提醒了大家，于是纷纷猜测起来，有说在奉天被盗走的，有说在朝鲜釜山，还有的说在日本横滨等港口，总之是七嘴八舌，莫衷一是。

当中国代表团热议的时候，日本代表团也没闲着，西园寺公望在住地宾馆主持全团成员会议，分析上午十人会日本代表的发言和表现。次席代表牧野主动做了检讨，他说自己犯了轻视对手的错误，在中国外交官凌厉攻势下显得措手不及。不过他又说中国占上风是暂时的，建议日本内阁对中国北洋政府施加更大压力，迫使中方换掉顾维钧和王正廷的代表资格，必要时采取一定措施，离间中国代表团，使他们陷于内讧不能自拔，因为日方得到可靠情报，中方代表团内部因代表排序问题已经势同水火，再加一把火就能使他们彻底分裂……

第十三章

亲痛仇快

2 月初的北京，在北风和严寒的肆虐下迎来了又一个春节。与自然气候的寒冷干燥比起来，北京政坛的气候多少有了点初春的暖意。

自从去年秋天徐世昌担任大总统以后，考虑到欧战结束后中国在国际上的地位，响应美国总统威尔逊的呼吁，下令缓和南北敌对关系，停止内战，呼吁南方进行和平谈判。南方军政府也下令停战，而且双方正在准备派出代表开议和谈，这之前陆征祥率中国代表团赴法参加巴黎和会，途中吸收王正廷为正式代表，共同赴法参加和会。年前从巴黎传回消息，顾维钧在和会最高级十人会上演说成功，对中国诉求收回山东等重大权益的外交行动，朝野呈现一片乐观气氛。节日前夕，在内政外交一派看好的气氛中，京城政府官员按时放假，但大部分街市里的店铺酒肆照常开业，前门、大栅栏、西单、东单、王府井等商业集中街区，每日人群涌动，摩肩接踵，到处一派祥和繁忙景象。

可是，就在阴历正月初二，代理外交总长陈箓不得不中止年节休假，急匆匆赶到外交部，参加一次不情愿的紧急会见。这次会见的客人不是别人，正是日本驻华特命全权公使小幡酉吉。这位日本公使，也正是四年前参与逼迫中国政府签订"二十一条"谈判的日本驻华使馆参赞小幡酉吉。由于为日本立了大功，前公使日置益如愿以偿地被调往欧洲某国当公使，小幡酉吉也毫无悬念地升任驻华公使。不过，大年初二他到中国外交部绝非是给代理外交总长拜年来了，而是来兴师问罪的。

会见之前，陈箓对小幡酉吉的来意始终是一头雾水。除夕之夜，他正与家人团圆聚餐，共度良宵，忽然接到一个陌生电话，自称是日本公使馆的秘书，要找陈箓总长接电话。陈箓疑惑地从管家手里接过听筒，说"我是陈箓，您是哪位？"对方说："我是日本驻中国使馆一等秘书，陈箓先生，我们公使找您讲话。"接着听筒传来一个带明显日本味的口音，"陈总长过年好！除夕夜打扰了。我的是大日本帝国驻中国全权公使小幡酉吉，今有重要事情要向贵国政府通报，请尽快地安排时间与我的会晤。"陈箓一听发了毛，的确是那个小幡公使，元旦前夕外交部举办了一次迎新晚会，邀请各国外交官到场，他曾经与这位公使先生交谈过几句，故还能识别他的口音。不过这大过年的，有什么要紧事呢？日本人一向是来者不善呐！他急忙问，"请问是什么重要事项，能否先告个大致题目。"对方说："电话里不便说，请立即确定见面时间！"

"那就定在 2 月 2 日下午 3 点，外交部会议厅。"

"再见！"

陈箓再想问什么，对方已经撂下电话。这下，陈箓再也不能一门心思跟一家老少安稳过节了，他像被吸入了一个充满药味的闷葫芦里，左闻右嗅弄不清这日本公使到底往里装了什么药？思来想去，他最担心的是日本人又要出什么幺蛾子，类似 1915 年春节和 1918 年秋那样，又策划出一个害人利己的条约逼迫中方签字，那样一来，自己这个代理总长可就要倒八辈子霉了，老上司陆征祥已经是前车之鉴，他的艰难处境至今仍没有摆脱，难道他陈箓也要步其后尘，做陆征祥第二吗？看来这个外交总长的确是个高风险职位，说它插满了刀尖子也不为过呀！

接电话之前他还在家宴的酒桌上踌躇满志、豪言痛饮呢！亲朋好友不断举杯祝贺他荣升外交部掌门人，一跃成为中华民国屈指可数的重量级人物之一，家族宗亲也都倍感荣幸！陈箓听了乐滋滋地纠正："大家言过其实啦！本人只是临时代理，临时代理嘛！"嘴上如此说，可心里着实美哉美哉的，举起一杯红葡萄酒一饮而尽！一抹嘴大呼："痛快！痛快！"得意忘形之态，使人感觉外交总长宝座他已是十拿九稳了。一位多年知己老友在他侧旁窃窃私语，"陈兄，现在朝野舆论对陆大人不利呀，依弟所见，少则三月，多则半年，这总长之位非兄莫属！"陈箓诡秘地一笑，摇晃着脑袋说："古人云：不自见，故明；不自是，故彰；不自伐，故有功；不自矜，故长。夫唯不争，故天下莫能与之争也。"那老弟听得迷迷糊糊，不解其意，但以为最后一句似乎听明白了，急忙点头逢迎："陈兄高见，不争不争，天下人也都别争！"陈箓哈哈大笑，众人也凑热闹拍巴掌取乐。

陈箓引用的古人这番议论，其实也是他内心剖白和自以为这许多年仕途顺利的切身体验。可惜那位被称为知己的老弟并未品出味道来。他早年漂洋过海到法兰西巴黎大学求学，选择了华人不敢问津的法律专业，为了日后能出人头地，踏踏实实攻读了几年，成为中国第一位在法国获得法律学士学位的留学生。清末年间，懂西洋法律的人才奇缺，回国后，陈箓被授予法科进士，随后进法部制勘司任主事、翰林院法律馆编修等职。民国成立后，外交总长陆征祥为建立现代外交机构，网罗留学人才，看上了陈箓的专长，委任他为政务司司长。从此他在外交领域步步高升，当过驻墨西哥公使、外交部次长，去年秋天陆征祥赴巴黎和会，陈箓被委以代理外交总长。这一路走来可谓春风得意、水到渠成，既没有拜门子也没有送银子，他很自负也很自信。在他担任代理总长两个月内，总的来说他也没遇到什么外交难题，毋庸讳言，因为中国急需交涉的主要问题和对象，都云集巴黎和会，第一线外交也随着移到巴黎，北京外交部实际上已经成了外交总长陆征祥和大总统、国务总理之间电报来往的中继站，虽然每天也忙忙碌碌，但他这个代理总长不担责任，更不担风险。

岂料，在过大年的节骨眼儿上让日本人打碎了他的内心平静，使他惶惶不可终日，坐立不安。一位平日撒娇惯了的宠妾不知深浅地冲他嚷嚷："瞧你，蔫儿头耷脑的，霜打的茄子似的！不就是日本人来了个电话嘛，有嘛事儿值得你愁眉锁眼、垂头丧气的，哎？"他一听火冒三丈，瞪眼呵斥道："嘛事？嘛事？给你拜年来了！"吓得那女人赶紧躲屋里哭泣起来。

总算挨到初二下午，陈箓和一位助手提前在外交部会议厅等候，动身之前，他刻意在外表修饰了一番，刮干净脸上的胡茬子，戴上一顶新礼帽，西服革履，外套一件时髦的浅灰呢子大衣。他想绝不能让日本人小瞧了自己。3点钟，小幡酉吉和一个秘书准时到来，小幡白衬衣黑领结，外罩一身燕尾西服，手持一根笔直的文明棍。双方见面简单寒暄后，就直接入座。小幡表情异常严肃冷漠，本来就略长的脸更显得五官拉远了。他劈头一句话就来了个下马威：

"我代表大日本帝国政府向贵国政府提出强烈抗议！"

一句话，像给了陈箓一闷棍似的，差点儿把他打懵了。好在他事先有精神准备，调息了一下紧张的呼吸，极力保持语态平和及礼貌："阁下请息怒，请问所为何事？"

"贵国政府做的事，何必装聋作哑？"小幡没好气地反问。

"我一直在北京，不知本国政府哪些事得罪了贵国？"

"巴黎！巴黎！"小幡震怒了，举起文明棍敲得面前桌子山响，呵斥道："你们的代表顾维钧在巴黎发言有损本国体面，故意给本国难堪！是何道理？"

至此，陈箓才明白日本公使的来意，既然不是逼迫中国签订新的条约，他反而放心了。暗想，我陈某好赖也是见过世面的，几年前在恰克图面对俄罗斯帝国飞扬跋扈的使臣，谈判蒙古问题，都没对他们低三下四，最终虽然承认外蒙古自治，但好歹保住了中国宗主权。现在你日本公使出言不逊，举动蛮横，太有失外交官风度。想到此，他镇静多了，反问道，"贵国代表在巴黎会上阐明贵国声明，本国代表同样在会上陈述本国立场，各为其主，有何不妥？"

"顾维钧违反外交惯例，对媒体声言要发表两国以前签署的秘密文件，这完全破坏了两国约定。大日本帝国政府并非不愿意发表，但必须事先经过本国政府同意才行。顾氏代表中国政府违规行为，本国政府极为不满，中方必须纠正错误。"

陈箓暗忖，你当中国人都是三岁孩子呐？要经过你们同意？可是，怎么反驳这个来兴师问罪的东洋人呢？又不能硬顶，那样会惹起更大麻烦，只能慢慢消减他的火气。他决定采取敷衍的办法，把这个凶神恶煞打发走。于是言道：

"据我所知，顾代表和陆总长发回的电报，都没有言及要发表任何文件，本国政府也从未训令驻会代表表态谈及此事，而且本国代表团团长陆总长一贯重视中日邦交，我相信他更不会草率从事的。我认为一定是外国记者探听到顾代表在会上与主持人对答的内容，加以渲染扩散，造成舆论反响。"

"阁下如此回答，本公使很不满意。我郑重要求贵国政府严厉查办顾维钧，还有那个王正廷，撤销他们的代表资格。"

"阁下的意见我可以向本国政府反映，至于撤销代表资格嘛，我们需要调查核实问题再做决定，请原谅。"

小幡酉吉显然不满意陈箓的答复，见再诈不出什么油水，站起身，拿上帽子就悻悻地离开了。陈箓送到会议室门口，说声"恕不远送了"，回身对助手说，"赶快把这次会见的记录整理好，尽快上报。这个瘟神，真难缠呐！"

不久，北京外交界传出一则消息，日本公使到中国外交部向中国施加压力，且态度飞扬跋扈、指手画脚。消息引起北京及各地舆论热议，一些有识之士发表文章，表示抗议日公使对中国政府施加压力并干涉中国内政的拙劣行为。各地民众团体也纷纷致电北京政府和巴黎中国代表，请坚持其收回山东权益的正义主张，不得退让，有的还呼吁废除 1914 年以来中日所有约章。在民意沸腾下，一些高层人士也表态呼吁政府顺乎民意，不要向日本强权屈服。在上海议和的南方代表唐绍仪致电大总统徐世昌，表示以全国之力为后盾，支持中国代表坚持其正确主张，不要后退；北方议和代表朱启钤也致电北京政府，勿对日本屈服。但阁员中亲日派惧怕开罪日本，担心日本将不借款给中国怎么办？北京政府综合各种反应，举棋不定，先是致电巴黎代表训令暂不发表两国所订秘密文件，认为该项文件是否有效，本属疑问，今一旦公布，或反而增加其效力。接着又复电中国代表，对秘密文件公布问题，可就近斟酌办理。北京政府两次电报，态度摇摆，其小心谨慎、首鼠两端、唯恐进一步得罪日本的心理，可见一斑。因此，这样的软弱无力的电报指示对于中国代表团来说，不仅没有起到鼓舞人心的作用，反而引发了内部矛盾的再次公开爆发。

事情是这样的：北京政府发给中国代表团两次电报第一个看到的是新任秘书长石斌，按照规定他第一时间报送了陆征祥，但同时也将抄件报给了他顶头上司、驻英公使施肇基。施阅后，建议陆征祥应该通告所有代表和顾问专家及全体参会人员周知。陆征祥觉得既然来电指示就近斟酌办理，应该让有关人员知情并讨论，因而同意开会传达，不过仅限于代表和顾问中的公使们。这天晚上他把代表团正式成员、顾问、驻欧各国公使召集来住地，通告北京政府两次来电内容。

不出所料，来电内容受到一部分人非议，认为这是向日本软弱屈服的一种表现，目前我们正在争取收回国权，这种忍让与软弱是有害的。但另一部分谨慎者认为对待日本人还是小心为妙，不必过多刺激他们为好。正在众说纷纭七嘴八舌时，施肇基一句话使讨论转了向：

"还是请陆总长说一说，中日之间除了《中日民四条约》以外，还有哪些秘密合同换文？"会场里立刻安静下来。施肇基继续说："大总统和国务总理电报要我们酌情办理，总得把哪些条约哪些换文弄明白呀！中国外交上的大事，在座的各位中恐怕只有陆总长说得清楚。"

王正廷也接着追问，"是呀，究竟中国跟日本除了那个臭名昭著的《中日民四条约》，也就是'二十一条'外，还有哪些换文，我们这些局外人怎么能知道呢？请陆总长亮亮底吧！"这两人一开头，有的公使也附和赞同，敦促陆总长回答。一时，众人的目光都对准了陆征祥。

陆征祥此时已经坐不住了。他迟疑了片刻，回答说："大家质询的这个问题，在座的各位中，只有我一人了解来龙去脉。我本来也是想跟诸位交代的，现在时机已到。我先说明一下，这个换文是经过我国政府答应保密的，并只有在日本政府公布后才能公布。今天各位问及此事，我就打破承诺，亮明底细，望大家斟酌把握。"说到此，陆征祥从黑色公文包里，取出一叠文件，翻了翻，继续说，"中日两国换文是指去年9月24日驻日公使章宗祥先生与日本外相后藤新平交换的关于山东铁路问题的照会。大家知道，段祺瑞将军内阁时期，为解财政燃眉之急，向日本先后借款总数达到三亿多日元，这些借款是附有大量条件的，其中除东北满蒙铁路、吉黑两省金矿森林等权利让与日本作为抵押外，另一条件是山东铁路让与日本。大体有这么几条：一是胶济铁路沿线日本军队除济南留一部分外，全部调集于青岛。二是胶济铁路的警备事宜由中方组成巡警队负责，但巡警队本部及枢要驿所内关键岗位，应聘用日本人担任。再是胶济铁路归中日两国共同合办经营。章宗祥公使给后藤的复照中尚有'中国政府对日本政府之提议欣然同意'之语。1918年中日之间还有一个换文是关于两国共同防敌协定，是两国军事当局签订的。主要是针对俄国上年10月建立了苏维埃政权后与德国单独媾和退出欧战，散布在远东二十万德国俘虏有可能借道中国东北返国而对中日产生威胁而产生的协定，当然这是日本的一个借口，目的还是要控制中国军队。因这换文与山东问题关系不大，我就不详说了。"

陆征祥讲完该说的话，望望大家，看还有没有要问的。此时，施肇基发言了："山东问题秘密换文是继《中日民四条约》后，日本又一次严重损害中国主权的行径，目的就在于把永久霸占山东、控制胶济铁路这条大动脉合法化。日本帝国主义的狼子野心可见一斑。但我这里撇开日本这个祸源不说，我还有个问题想不明白，问问陆总长：这么大的事，为何要保密，其实说白了，就是为日本人保密。我们受到如此欺辱，还要保密？最令人不解的是，如果不是这次十人会上日本代表被美国总统追问下露出马脚，我们蒙在鼓里还不知要多久呢！我们代表政府和国人来此地争取挽回国权，却被自己人瞒着事实真相，陆总长，这件事您是否一直想对我们瞒到底吗？"

施肇基的质问，像连珠炮，轰得陆征祥有口难辩，有苦说不出来。王正廷见状，一改在纽约对陆征祥恭敬谦卑的态度，也刻意兴师问罪。"施公使问的，我颇有同感。北京政府瞒着全国民众与日本签订条约合同和所谓换文，已经铸成大错，又要瞒天过海，欺骗国人，如此丧权辱国之行为，还要保守秘密，这就更错上加错。更加不可思议的是，我们这些代表顾问漂洋过海到巴黎，就是为了外争国权，重点是从日本手中收回山东，可令人气愤的是，我们面对面与日本人唇枪舌剑，可中国究竟与日本签订了哪些条约和换文，外交官都说不清楚，实在是可怜又可悲！我们难道不应该早就知道详情吗？为什么拖到现在，陆总长，您是明白人，为何也要藏着掖着，置对敌斗争、置国家民族利益而不顾呢？"王正廷最后这两句话，分量很重，也很有鼓动性。有几位公使也随后跟进，朝陆征祥步步紧逼：

"这么重要的外交事件，怎么我们当公使的一无所知呢？把我们当阿斗么？"

"是呀，为什么对我们不信任？"

"政府对本国外交代表保密，世所罕见！陆总长这是为什么！？"

"……"

陆征祥不能再保持沉默了，他脸色凝重，嗓音低回，似有一种难以言说的负罪感："各位的质疑和愤慨都是有道理的，我接受大家的批评和指控。我作为外交总长对上述与日本签署的换文虽然没有亲自办理，但我知情，而且我一直遵守我国政府的保密承诺。这一点，我的责任难以推脱，我也不推脱。不过……"说到这儿，他摘下眼镜，从镜盒里掏出一块软布擦擦镜片，复戴上。细心人发现，他的手动作有点发颤，看来他心潮中涌动着巨大波澜。他声音颤抖地说："不过，请大家别因为此事影响正在准备的书面材料，希望这个月中下旬能将山东问题和其他几个问题的材料，先后提交大会，以争取主动。"

在这场看似澄清问题实则对陆总长进行讨伐的反常行动中，顾维钧始终没有发言。诚然，他本人也是山东问题秘密换文的局外人，作为一个驻外公使，对国家重大外交行动被保密多时，他同样对北京政府出卖国家利益不满和愤慨。但是，大错已经铸成了，主要责任应该由当时掌握国家最高权力的人来负，外交总长是个代人受过的角色，如果把攻击的火力施加在他身上，确实也欠公平。对陆征祥这个老上司，顾维钧是这样评价的：他实在是个想为国家干一番事业的外交家。民国初年，他大刀阔斧对皇朝的外交机构进行改革，建起了一个比较高效的外交机构，可以毫不夸张地说，他是中国近现代外交机构的奠基人，他在强势而保守的军人统治包围下，革故鼎新，唯才是举，实在难能可贵。可是陆总长这个人的最大问题是性格懦弱，虽然他立志于改变中国近代以来对外交涉总是丧权辱国的局面，不过实际上他根本无法实现自己的抱负。因为在事关国家命运的大是大非面前，他不得不听命于最高当权者的指挥棒，而他不过是被后台操纵在前台表演的木偶而已。最高当权者考虑的是个人的权力得失，而非国家的兴衰，对内狠辣，对外软弱，这是目前中国政坛无视民主的可悲局面。尽管陆总长主观上想为国家做出贡献，而性格的软弱，总是让他精神严重扭曲，不时陷入痛苦之中。其实，陆征祥也是一个受害者，他毕竟还有值得同情一面。虑及此，他接着陆征祥的话，说：

"陆总长对于我们这些来到巴黎在一线同列强争国权的代表们，的确没必要保守所谓的秘密，如果我们不了解真像，何以与对手周旋？自己封锁自己，这对于我们实现参会目标很不利。因此我觉得大家抱怨甚至愤慨是有道理的。但我又觉得陆总长毕竟是中国代表团团长，现在不仅不是追究他责任的时候，而且比以往任何时候都需要保持我们内部的团结，更需要上下勠力同心，绝不能自伤筋骨，内力相互消耗，让日本人看笑话。"

"顾公使的意见我赞成。"接着发言的是颜惠庆，现任驻丹麦瑞典公使，代表团顾问。"眼下我们全力以赴争取欧美列强的同情支持，尚且力不从心，千万别在内部爆发冷战，我们经不起内部折腾。今天陆总长已经把中日两国换文内容给大家交了底，我们心里有了数、就要守口如瓶，不再向媒体扩散，给日本人以攻击借口。建议此事到此为止，我们还是把精力放在研究如何写好我们的诉求材料，动脑筋继续争取欧美列强的支持为上策。"

颜惠庆是民国初年的外交部次长，老资格外交家，他的一番话和刚才顾维钧的警示对其他与会者影响很大，后续发言的纷纷附和他们的意见。就这样扭转了矛头对准陆总长的偏向，讨论了一些向大会递送材料时还需要附上哪些文件等问题。

会议结束后，陆征祥回想起自己屡次遭到代表质疑和不信任的情景，感到自尊心受到极大伤害，气闷之余，他起草了一份给国务总理并大总统的电报，交给秘书长石斌当日发出。他的电报这样写道：

"祥自率团抵达巴黎后，虽殚精竭虑，然因身体和能力均欠佳，往往办事力不从心，至今未显寸功。祥唯恐耽误国事，故恳请另派大员出席和会并率领全团，祥愿意从旁襄助。望允准为盼。"

很快，国务总理钱能训回电，对陆征祥予以挽留，拒绝了他的辞职要求。

虽然北京政府不准陆征祥辞职，但这位代表团团长的威信每况愈下，处境也日益艰难。代表团甚至传出他有可能被替换的小道消息，一说陆征祥最有可能被南方军政府的议和代表唐绍仪取代，另一说与当局关系密切的梁启超已经启程来巴黎，将取代陆征祥担任代表团团长。古语说：流丸止于瓯臾，流言止于智者。可是在被国人称之为精英阶层的外交代表团，却谣言四起，搅得人心浮动。

就在代表团内部冲突涌动的时刻，顾维钧牢记自己来巴黎的使命，日夜操劳，最终完成了他起草的山东问题的备忘录，经过代表团审议通过，于2月中旬以说帖的形式提交到大会秘书处。这份说帖，约两千多字，是以顾维钧在十人会演说为基调，重申了中国政府对收回山东权益的立场，即要求原德国占有的胶州湾租借地以及胶济铁路和其他权益，直接交还中国。强调了日本不能以军事占领者之地位，获得所占土地或产业的主权。

1915 年中日间订立关于山东省条约，即《中日民四条约》，也即舆论称之为"二十一条"，是在日本最后通牒恫吓情况下不得不协商和签字。故该条约本非定局，违反交战国所承认的和平基础主义。日本于中国将加入战争之际，设法与第三国订立关于山东问题之秘密条约，也违背了交战国所承认的和平基础主义。1915 年条约及 1918 年之合同与换文，至多不过为暂时办法，必须经和平会议为最后修正，因其所涉问题本系因战事而发生，且中国加入战团以后，依据事变境迁的法理，1915 年之条约已根本失效，况中国在对德宣战文中已声明，前此中德两国间所订之一切章约概行废止，且胶州湾租借条约中也尚有不准转租之规定，而 1900 年中德胶济铁路章程中也有中国可以收回之规定。此说帖还附有若干中日间签署的文件。因陆征祥来巴黎途中将保密文件箱丢失，所以所附文件系顾维钧直接向国内索取的副本。

这份说帖是中国代表团向大会提供的首份也是最重要的一份正式文件。可想而知，全团的人都殷切希望列强能给予积极回应，尽快解决山东问题。为此，顾维钧又拜访了美国总统威尔逊，反复申诉中国立场和说明情况，威尔逊也重申了表示同情中国的态度，答应尽可能帮助中国。随后他透露一个消息：美国主导的国际联盟委员会起草的"国联盟约"草案已经获得各国通过，威尔逊很快要回美国将草案提交美国国会讨论修改，并处理国内一些紧迫的事项，大约半月后返回巴黎，山东问题只能等待他返回后再协商决定。

威尔逊离开了巴黎，这让渴望山东问题尽快得到解决的中国代表团很失落。不过，回顾巴黎和会召开一个半月以来的过程，中国代表团所取得的初步成果，还是可圈可点的。首先是积极参与了国际联盟盟约的起草工作并获得了创始国会员国资格。其次是向大会提交了山东问题备忘录，充分表达了中国收回山东权益的诉求。再是保持了与美国以及其他大国的联系，特别是获得美国的同情和支持，顾维钧在十人会上的精彩演说，在和会产生了巨大影响，中国收回山东的势头让代表团处于一种乐观与期待之中。

中国有句成语：人无远虑必有近忧。威尔逊暂离巴黎，和会的一切议事活动似乎也原地踏步，停止不前。中国代表团内部的裂痕似乎越来越大。有人把代表团比喻成了牛蹄子分两瓣，反对陆征祥的和拥戴陆征祥的，并将顾维钧划为拥陆派。顾当然不买此账，他对任何上司从来都不是无原则追随的，但他反对在这个特殊环境里同室操戈，内讧不休。有一次在审阅拟提交大会的废除1915年中日民四条约的备忘录时，陆征祥不可避免地再次成了攻击的对象，因为他是与日本人面对面的谈判者，又是亲手在最后文件上的签字画押者，他背后的指使人袁世凯已经作古，陆征祥依然活着，理所当然被千夫所指，甚至被同僚诟病。陆征祥对大家夹枪带棒的讥讽和嘲弄，只能默默忍受，觉得自己活该受到批判，谁让自己当年一念之差铸成大错呢？他出于感念袁世凯的知遇之恩，而勉强衔命在第一线与日本人苦苦周旋，竭力拖延时间等待欧美列强的干预，可是最终老袁和他都没能等来列强的打抱不平，不得不在日本人最后通牒下屈辱签字。一跤跌成千古恨，当陆征祥颤巍巍在协议上留下他名字的那一刻，他想到了陆征祥三字可能被永远钉在了历史耻辱柱上，他心里悲哀痛苦已极，却又后悔晚矣！几年过去了，他时常面对国内舆论的围攻和谴责，有时连死的心都有了，在夫人培德的劝阻下他寄希望于战后有机会雪洗此辱，巴黎和会给他提供了这样的机会。现在他再次经受抨击，这抨击不是来自社会舆论，而是来自他选定的代表，他感到颜面扫地，恨不能钻到地板缝里去。

顾维钧看不下去了，他觉得大家不能这样对待陆征祥。诚然这个条约是陆征祥有生以来致命的污点，但现在应该给他一个立功赎罪的机会，而不是把他踩踏在地，让列强特别是日本人耻笑。他提议，大家的注意力最好放在废除此条约的理由上，而不是停留在追究谁的责任上。此提议使王正廷不满，认为是为陆征祥打掩护，而且他始终有个心结：怀疑顾维钧与陆征祥合伙炮制改变了代表团成员的顺序，又假借大总统之名发来电报予以确认。于是，王正廷阴阳怪气地说，国事可不能掺杂私交嘛！施肇基也得到点拨，立刻想起顾维钧由第四位变成第二位，而自己退居第四位处于被排挤被捉弄的尴尬境地，他怒火又燃放起来："请陆总长谈谈为何要改变代表顺序？"陆征祥措手不及，心下疑惑：为何又提出这个问题，早就宣布过呀！他犹豫片刻，终于说："这是徐世昌总统拍来密电谕示的，我在一个月前就对大家说明过。"施肇基又问："难道你第一次报送大会的名单没有经过大总统批准吗？""的确没有。我向大会递送名单的同时，也发电北京，我以为大总统会照准的，没料到回电有很大改动。因此我决定按大总统的密电批准名单再报大会。""你在撒谎！我怀疑徐大总统根本就没有什么密电，完全是少数人背着大家暗箱操作的。如若不是，请你拿出大总统的电报让大家看看！""恐怕不行，这是机密文件，不好公示吧！""一份名单算什么机密文件，纯粹是一个骗局！"施肇基步步紧逼。陆征祥一脸惶惑，他皱着眉头，终于吐口："好吧，我拿给大家看。"他从黑褐色公文包里摸索了一阵，取出一个文件夹，双手颤颤巍巍地拿出一张电报纸，眼睛里含着泪花无奈地递给对面的施肇基。施肇基翻来覆去看了，最后勉强点点头，又摇摇头，不知是什么意思。此刻顾维钧悄悄站起来，走向担任记录的石斌附身低声说了句什么，就快步跨出门外。他预感到要发生什么，自己赶紧抽身退出走人，以免陷入争锋，使局面更糟。

施肇基将电报递给王正廷，王正廷又传给了魏宸组……

"电报的确是大总统发来的，我收回刚才对陆总长说的过激的话。"施肇基说："不过我还有一事不明，既然是秘密文件，为何在团内人员都不知情的情况下，个别人已经知道了秘密？"

王正廷紧接着也大声发问："是不是个别人背地里做了手脚，而企图让自己排名第二？"他的矛头很明显是针对顾维钧的。陆征祥暗想：他们指责我陆某倒也罢了，自己本来就是个罪人，但不应伤害无辜的顾维钧，这不公平！他解释道："我收到电报后，因内容涉及顾维钧公使名次提前，所以将内容告诉他了，他表示没必要改动代表排名顺序，建议我不要往大会报送这份名单，也不赞成在团内公布。他说，他并不介意排名第几，排第四或第五都不影响他正常工作。其实我最初将他排在第三，他坚持要排在最后，最后我们互让一步把他排在第四。所以对于大总统的电报，他保留自己的意见，即暂不公布也不报送大会。但我最后考虑必须按大总统的指示执行。我可以告诉大家，顾维钧先生是光明磊落的，是顾全大局的，是出于公心的。我说这些绝无任何个人好恶和亲疏，请大家相信……"

王正廷突然插话："陆总长敢保证顾先生没有在幕后操纵，做手脚为自己争名次吗？"

"我……这个，呵，他有没有操纵我拿不出什么证据，但我实话实说，顾先生一心为国家争利益，绝非为自己争名。"陆征祥暗想，究竟谁在争名，大家的眼睛是雪亮的。

会议开到此，惹恼了一个人，他不得不说话了："今天这会开得有些蹊跷，究竟是讨论报送材料，还是追究谁的责任，抑或是非要澄清排名席次的来龙去脉呢？大敌当前，任务艰巨，我们能否成功达到会前目的，实在没有太大把握，眼下正需大家通力合作，公忠体国，困心衡虑，和衷共济，同仇敌忾，而不是要在这里相互倾轧，口舌争辩，虚耗光阴，做毫无意义的蠢事。"

颜惠庆的话像重击鼓面的锤，像青天白日的雷，在众人耳畔轰响。大家都默不作声，低头思考什么，或许大多人心里佩服这位资深外交家的仗义执言，感谢他登高一呼，惊醒了在内斗中的迷途羔羊；或许个别人对颜的话语不以为然：颜顾问原是顾某人的老上司，自然说话有明显倾向性；也有人担心：陆总长这处境这状态，怕是再当团长就勉为其难了吧！

谁知几日后，代表团接到北京政府来电。内称"此次全权人数及次序，系在临时更定……各员皆一时茂选，同受国家付托之重，自必一德一心，无分畦畛，应即照送会单开全权次序列席"。此电终于认可了陆征祥报北京政府同时又报大会的"陆王施顾魏"的代表排名顺序，排名争端似乎可以告一段落了。但谁知，江暗雨欲来，浪白风又起。代表团内部风波一阵接一阵，浪涌一波接一波，翻滚不止。

这天清晨，顾维钧突然收到上海一朋友电报，告知他一件令他震惊而又莫名其妙的事：当地《字林西报》刊登一篇攻击他的文章，称中国最卓越的外交家顾维钧在国家朝野上下共济时艰在国际会议力争国权之际，欲通过与亲日派首领曹汝霖先生之女订婚，建立亲日联盟，从而损害国家利益。顾维钧一时如听晴天霹雳，立即坠入云里雾里。这是从何说起呢？谣言也太离奇了吧！而且这不是一般的谣言惑众，刊登在报纸上广为扩散，纯属政治诬陷和不可告人的阴谋暗算。因为他与曹汝霖先生虽然在外交部成立初年认识，曹担任过外交部次长，与他是上下级同事关系，除此之外他们没有任何特殊的密切关系，与曹的千金订婚绝对是莫须有的事。这突如其来的恶意宣传肯定是有来头的。于是顾维钧当即给朋友回电，请其查明文章来源。朋友也很快来电，说谣言来自广州，由新闻通讯社发往上海的。这事太蹊跷了，由广州联想南方政府？ 是否与巴黎有关呢？

数日之后，顾维钧做东在巴黎一家著名中餐馆招待一位旅法教育家李石曾先生，名为朋友叙旧，顺便查证心中一些疑虑。这位李先生家世相当煊赫，其父是清朝同治年间军机大臣、著名的清流派首领李鸿藻。他自幼家教严格，除了苦读四书五经和历代经典古籍打下厚实的国学基础外，按说他应该继承其父忠君体国、维护皇朝统治的传统士大夫思想，但李石曾却是一个叛逆者，他与老父的愚忠守旧和顽固保皇截然相反，早年留学法国，参加同盟会，追随孙中山，与蔡元培、张静江等人关系密切。辛亥革命后，他主张发展教育才能使国家富强，与吴稚晖等人在北京创立留法俭学会，也曾在北大任教，1918 年再次赴法为留法学生当后勤总管，解决学子们学习、工作和生活中遇到的难题，留学生中有口皆碑。同时，他在南方政府和北京政府的高层人士中都有很多人脉关系。

和会期间，北京政府和广州方面派遣来参会的和观察动向的以及献计献策的人近百，再加上民间团体来为代表助阵的和新闻媒体的人员就更多了，所以形成一个阵容庞大的中国军团。于是中国人把最常见的围圆桌喝酒吃饭的交际方式也带到了巴黎。应顾维钧邀请来的客人不多，除了李石曾以外，主要是代表团内的几位熟人，包括王正廷、魏宸组等几个老同盟会成员。李石曾欣然答应顾维钧的邀请，主要是欣赏顾的人品和才能，旅居巴黎一年来，他除了为留学游子们四处张罗分忧解难外，还经常关注着巴黎和会中国代表团的一举一动，顾维钧在十人会上慷慨陈词，也深获他心。李石曾是位很和善很健谈的人，席间话题，自然少不了对巴黎和会的期望和对顾维钧、王正廷等人的溢美之词。餐馆老板是来自广东潮州的老华侨，见餐馆来了几位中国政界和教育界名流，高兴地合不拢嘴，端着酒杯来包间敬酒，更加增添了朋友们的热闹气氛。酒过三巡，菜过五味，大家脸色微红，说话也就口无遮拦。

顾维钧端起酒杯站起来，说："今天能与李先生在巴黎小聚，并有几位外交界朋友作陪，实在令人高兴，在此我向李先生和各位朋友表示感谢。这酒，我干了，再次表示我的诚意。"顾维钧说着，一仰脖把半杯葡萄酒全倒进口腔里，用餐巾擦拭了一下嘴巴，继续道，"古语说，人之相交，贵在相知。我有一事不明，在此想斗胆请教一下王先生可否知情。最近我收到上海朋友电报，说当地报纸披露我与曹汝霖先生的千金订婚。这是一桩凭空捏造的谎言。大家都知道我的妻子去年秋天不幸离世，给我留下了两个幼小的孩子，我至今每念及此都忍不住心痛，因此续弦之事从未想过。而且，曹汝霖与我自四年前一起共事不到一年，除了工作来往，其他方面我们未曾交流过只言片语，他有几位千金我也一无所知。谣传与我订婚的曹小姐，也从未谋面。订婚之事从何说起呢？据了解，订婚的谣言是从巴黎传到广州，又从广州传到上海的。我想请问王先生，是否听说过此事，或者也传播过此事？"

王正廷不胜酒力，两杯红酒喝下去脸本来就微红，经顾维钧一问，变得更红了。这时他才回过味儿来，原来今天摆的是鸿门宴呐！向我兴师问罪呀！暗想，我承认了，又怎样？明人不做暗事。借着酒兴，他干脆回答："我知道，并且我也传过。"顾维钧说："很好，好汉做事好汉当！那么你觉得这是真实的吗？"王正廷迟疑一下，说："我既然听说了，有闻即报，这是我的责任。"顾维钧说："我本人就在巴黎，而且我们几乎每天碰面，你电传此事时应该问一问我，把事情搞清楚吧！"平日口齿伶俐、儒雅潇洒的王正廷，此时话音不畅，有点语无伦次，说："是想问来着，可我又犹豫，希望这不是真的。但是，但是传播这事的不止我一个，好像伍朝枢也发出同样的报告。"

王显然是想找个垫背的，顾维钧压下了自己的怒火，平静地说："订婚与否，这纯粹是我个人隐私，况且这是谣言。我觉得毫无根据地炒作谣传是对我极大的伤害。"

顾维钧的话软中带硬，无疑是一种悲愤的控诉。王正廷自然听得出来，顾的话对自己还是留有余地的，没有冲自己怒吼起来，已算克让三分，于是尴尬地苦笑两声，赔礼说："顾先生如此说，我无容身之地了。其实这事我也是道听途说，在一次会议后，记者们围上来，有位日本记者问我，顾维钧先生是否即将娶曹汝霖先生的女儿为妻，我随口答了，可能有此事。事后我琢磨了，日本人打听此事是否另有玄机呢？他们自己造谣又利用别人之口呢？"

王正廷的回答当然有为自己开脱的意思，但顾维钧暗想要是日本人掺和进来，事情就复杂多了，或许日本人出于离间代表团成员之间的关系制造了这个谣言，又假手王正廷散布出去，如果王的话是真，那么日本人是造谣的罪魁，他们的目的就不仅仅是挑拨离间了，而是要瓦解中国争回国权的斗争意志。这样一想，他也就不追究王了，说开了就好，毕竟是自己人，而王是出于什么目的，也不去刨根问底了，让时间慢慢消化或消解它吧！思至此，他说：

"此事到此为止。今天请李先生和几位老朋友，也做个人证。"

到此，李石曾方明白了被邀的真正意图，他暗想：代表团成员内部无谓的锋争，是要坏大局的，于是操起他典型的京腔表态说："误会澄清了就结了。不过这也给咱们大家伙儿提了个醒儿，大敌就在咱们眼巴前儿，咱们千万小心日本人耍阴谋，不要中了他们挑拨离间的诡计。你们处在对日斗争第一线，顾先生在会上争国权挺直了腰杆，大声疾呼，为咱中国人长了志、露了脸；王先生一向内护国法外争国权，反侵略抗东洋闻名遐迩，国人有目共睹。但愿你们两位气度海量，不计前嫌，携手共克时艰，共同实现四万万同胞的心愿，以谢国家。"

李石曾当了和事佬。但他一番话句句在理，赢得在场几位喝彩赞同。

会后，心细如发的顾维钧给暂住纽约的伍朝枢写一信，询问谣言是否知晓，伍朝枢回信，他根本不知道所谓订婚一事，传谣更是没影儿的事。至此，顾维钧对追查谣言一事画上了句号。他觉得最终粉碎谣言，让造谣者羞惭，还得让事实说话。

对于顾王二人的这段私案，他们同代人和后代人均有评述，看上去公说公有理婆说婆有理，角度不同，结论不一，对二人褒贬也各有说辞。依本书作者愚见，若想人不知，除非己莫为。王正廷本人已经承认是其所为，只是这承认很勉强，半弹琵琶半遮面，扭捏一些。不过毕竟是承认了自己所为。为此，顾维钧也没再深究，希望此事不了了之，体现了他大度和容忍。而从巴黎和会围绕山东问题斗争发展结局来看，二人在维护中国权益抗争到底的立场是一致的，并没有因这点芥蒂而影响斗志。此是后话了。

如果说顾维钧做东的这次聚会结果带给人的是遗憾和思虑的话，那么另一场宴请结局则使人惊悚和哭笑不得。这天傍晚顾维钧、胡惟德和代表团几位朋友应邀出席中国驻欧军队司令唐在礼将军举办的家宴。唐将军正值盛年，看上去体型微胖，腰背挺直，脸膛红润，虽然只穿着中式便服，但精神饱满，透着军人的气质。这是一次非正式朋友聚会，不拘礼节，不限话题，海阔天空。唐将军简单致词欢迎大家莅临赏光，之后来客们就频频举杯，开怀畅饮。席间，有位新朋友问唐将军："战争期间，只听说国内派遣了十几万劳工来欧挖战壕搞运输抢救伤员，怎么从没听说中国还派来过军队呢？"

唐将军做了一番解释："中国对德宣战后，除了先后派遣十几万劳工到欧洲为协约国军队服务，的确没有正规部队参战，但战争进行到后期，政府考虑为了战后话语权的分量，决定派一支四万人的远征部队赴欧参战，这支部队在国内进行了特殊训练，国人期盼它成为一支劲旅亮相欧洲。1918年初秋，我被任命为这支军队的总司令，并在法国建立了远征军司令部。正当我与法国军政界交涉给予中国军队财政支持以及运送军队赴欧等问题时，欧战突然结束了，中国军队来法参战计划便流产了。巴黎和会召开后，政府又下令让我作为代表团军事代表与协约国交涉遗留的一些问题。"说到此，唐将军哈哈一笑，自嘲道："总之，竹篮子打水一场空，公鸡抱蛋瞎忙乎了！"他的两句歇后语引起大家一阵笑声。胡惟德也在笑声中补充道："唐将军说的对，这支部队生不逢时，无缘这次欧战，虽然避免了人员死伤，但也失去了扬我国威的机会呀！"

胡惟德最后一句话，勾起了唐将军话题，他大大哈哈地讲起了自己的一番经历，"可不是嘛！我从军半辈子，可惜没捞上一次打仗的机会。光绪十五年，我弱冠之年考进日本陆军士官学校专修炮科，回国后……"唐将军说起个人履历，滔滔不绝，看起来他对自己的从军升迁之路非常得意又有点不知足。唐在礼回国后，投在北洋大臣袁世凯手下，历任北洋新军教练处参议、参谋处帮办。在新军多次秋操中担任裁判官，后升任教练处总办。辛亥革命头一年，调任外蒙古库伦兵备处总办。中华民国成立后，唐在礼有幸作为北方代表团成员，参加南北和谈，南北统一后，荣任临时大总统袁世凯的侍从武官。以后仕途更加顺畅，不仅升任大总统府军事处处长，兼署参谋次长，代理参谋总长。军衔也一路迁升到陆军中将。此后，他在徐世昌大总统府担任军事顾问。而最使他感到荣耀的是1918年被任命为赴欧远征军总司令，派往欧洲。正当他踌躇满志准备大显身手之际，欧洲停战了，他的几万将士在准备迈出国门之际，戛然止步。

唐将军终于有声有色地讲完了自己的独特"升迁史"，惋惜地摇摇头，大有壮志未酬之感慨。众人听罢，也随声附和，有的对唐将军壮志未酬报以同情；有的甚至说，如果唐将军的部队按计划开进欧洲，打几个漂亮仗，大大地提振国威，作为战胜国我们来参加和会更理直气壮，列强对我们也可能另眼相看，不至于处处刁难。

顺情说好话，端杯说胡话，这是中国官场、酒场的陈年旧习，特别是在酒场上国人更有一种从众心理。唐将军受到朋友们吹捧，也就频频举杯，醉意微醺。他一手拿瓶子，一手握酒杯，起身走到顾维钧面前，似醉非醉地说："顾公使为何不吭气，我特别想听听您的高见。"顾维钧也礼貌地站起来，说："唐将军未能带兵赴欧，的确是一件憾事。不过，这未必是一件坏事。"唐将军大惑不解："此话怎讲？"

顾维钧沉吟片刻，他暗想：唐将军虽是日本炮科出身，但回国后一直担任北洋军教练和操练官，在军队任过高职参谋，从未带兵实战，这样一支队伍乍来到异国他乡与德军对垒，胜负殊难预料。况且北洋军队一贯打内战耀武扬威，在列强洋枪洋炮面前没交手就先认怂，倘若跟德国军队一旦交火能否胜算，绝无把握，如果吃了败仗，那可就丢人丢大发了。与其如此"远征"还不如"不征"……

正待他琢磨如何措辞，既不使唐将军尴尬，又能表达自己的意思之际，突然唐将军的一个贴身警卫闯进来报告：代表团一位秘书要紧急求见顾公使。顾维钧立即打断自己的思虑，说："快请进来！"一个西装革履的青年人慌张地闪进餐室，顾维钧一看，是自己的秘书魏文彬。

"怎么回事？别慌慌张张的！"顾维钧有点责备地望着魏文彬。

"陆总长失踪了！"

在场的人都大吃一惊。顾维钧问："究竟发生了什么，说清楚。"

"陆总长夫人在厨房准备好了晚餐，唤丈夫用餐，但几个房间却不见他踪影。猜想他可能去街上散步了，于是请秘书上街去找，也不见他人影。不知他去了哪里，只好在家等待。可是一等不来二等不来。她急了，赶紧电话通知您，我接电话后立刻到陆家查看，家里也没有留下任何字条。最后确认陆总长可能失踪了，立即赶来向您报告。"

顾维钧说了声"糟糕！"立即向唐将军告辞，胡惟德也跟着告辞了。他们与魏文彬一起返回陆总长所在的饭店。陆总长家乱套了，他夫人培德在客厅用手帕捂着脸低声哭泣，好几位公使、顾问围坐在沙发上一筹莫展。看到顾维钧，培德停止了哭泣，说："顾先生，子欣不告而别了。我真担心他会出什么问题的，他体质一向不好，万一病倒在路上，可怎么办呢？"说着，培德的眼泪又涌出来。

"夫人，别急。"顾维钧安慰她说，"我看不会出什么大事的。他精通法语，对巴黎也不陌生，头脑清晰，肯定不会走失。这样吧，我建议在座的各位公使顾问立即回去动员你们的下属，我们分片去寻找，今晚对周边的旅馆、饭店、酒吧、餐馆和大的娱乐场所查找一遍，找到找不到都通告一声。大家同意吗？"在座的都无异议，于是简单划分了街区，大家就匆匆离开了。驻意公使王广圻出门前与顾维钧低语，"我猜总长可能是乘火车去了瑞士南部一个小城洛迦诺，我知道他在那里买过一处别墅。"顾维钧立即说："那烦劳您去火车站跑一趟，要是能碰见他，千万说服他回来。""好吧。"

王广圻离去后，顾维钧一直陪着培德说话，请她放宽心，一定会找回陆总长的。培德情绪稳定了。她说："多亏您来了想办法，真是太感谢了。""我与陆总长相识也七八年了，他为人忠厚诚实，严于律己，虑事周详，不会做出出格的事来的。最近一段时间，他因重任在肩，操劳过度，搞得身心疲惫，找个地方暂时休整一下，也是有可能的！"顾维钧这几句话引发培德极大伤感，她叹口气说："这些日子，子欣一直心绪不宁，老唉声叹气的，晚上也辗转反侧睡不着，我问他有什么不顺心的事，他从来不说。他这个人呐，有什么困难有什么委屈，总是憋在肚子里，现在又不告而别，巴黎这么大，到底去了哪儿呢？唉！只有全能的上帝知道他去了什么地方，上帝是仁慈的怜悯的，保佑他吧！"说着说着，培德又莹莹垂泪。

陆征祥夫妇感情甚笃，这在北京官场和朋友圈子里是公认的。他们结婚多年一直形影相随很少分离过，此时培德悲切，的确让人同情。顾维钧说："夫人不必太多虑了，我断定总长只是暂时离开，他不会擅自丢弃自己的职责而不顾大局的，那样做我们中国人叫挂冠辞职。退一万步说，如果他要不辞而别，无论如何他也会带您同行的，怎么会丢弃您不管了呢？""您说得也是呀，他诚实温顺得像个绵羊，怎么会做出悖逆常理的事情呢？……"

他们聊着，很快过去一个多小时，出去寻找的人陆续返回报告，均无发现陆征祥的踪迹。王广圻最后也风尘仆仆回来，对顾维钧低声慢语说："火车站候车厅没见总长，去瑞士的最后一列客车早已开出巴黎，现在已经在半途了。"顾维钧也悄声道："今天晚上我们的寻找努力就到此了。请您明后天无论如何与总长联系上，我断定他去了瑞士。音信得知后第一时间请告诉总长夫人。"王广圻点头说："好，就这么办。"王广圻走后，顾维钧也向培德告辞，并嘱咐她晚上放心安睡，一两天内准有总长消息。培德说："上帝在天，我相信您的话。你们都是好人，没有你们的宽慰和帮助，今天晚上我非得急疯了不可！再次感谢你们。"

隔日后上午，王广圻终于与陆征祥电话联系上，陆不愿赘言，只说他在洛迦诺别墅一切安好，嘱咐王转告夫人，不必惦念，更不要来瑞士，他不久即归。虽然没说何时回巴黎，但已知他去向，培德和代表团成员们心上的一块石头也就落了地。

代表团群龙无首了，其肩负的历史重担丝毫没有减轻。多亏各成员和公使们都是能独当一面的精英，3月上中旬大家按照原先确定的时间表，加紧完成了两份需递交的正式文件，即《对德奥和约条件说帖》和《关于废除中日1915年签订的民四条约说帖》。

《对德奥和约条件说帖》是顾维钧主持起草的，共九款，主要内容是：从对德宣战之日起，两国过去所订一切条约均废止，是以依照该约章德国以前获得的一切权益包括租借地以及其他利益，在法理上应认为均已归还中国；中国愿与德国在平等互惠原则上重新订立通商条约；德国放弃庚子赔款；德国在华财产，除使领馆外，全部让与中国；在华德裔遗留问题解决办法；德国赔偿中国在战事中的损失；庚子事变中德国掠夺的天文仪器、美术作品等均应归还中国，等等。

《关于废除中日 1915 年签订的民四条约说帖》，王正廷主持起草，阐述了日本提出"二十一条"的背景，指出其性质在于独吞中国。说帖指出，1915 年条约全因欧战所发生，是日本强加给中国的，研究解决此案，是和会职权之内的事。因此和会不能拒绝解决废止该条约问题。至于英法意等国承认日本继承德国对山东的占领，均发生在中国对德宣战之前，自中国对德宣战后，中国地位与其他协约国相同，英法意对日本的种种承诺也应自动失效。日本应反省的是，与他国订立关于山东的秘密条约，违反了交战国承认的和平基础主义。

之后，代表团又报送了《中国希望条件说帖》，提出废除外国在中国的特殊利益的要求，涉及七个方面：废弃势力范围；撤退外国军队、巡警；裁撤外国邮局和有线无线电报机关；撤销领事裁判权；归还租借地；归还租界；关税自由权。说帖强调，以上外国人在中国的各种特殊权益，虽然并不是欧战期间发生的，但中国认为列强在巴黎和会既然要建立公平公道新秩序，那么就需要消除过去的障碍，改变中国自近代开始的殖民地和半殖民地局面，和会应该讨论中国的这些诉求。

十多天后，陆征祥终于回来了，同时也带回一把"尚方宝剑"。原来，他躲到瑞士小城洛迦诺，不是去避风头，也不是去疗养，而是办了一件事情：以体弱多病为由，电报请辞代表团长职务，要求北京政府派合适人选来巴黎取代他。可是北京政府再次挽留，并经过调查后，以总统谕令给代表团发来电报，电报加派陆征祥"为全权委员长，所有和会事宜，即由该委员长主持一切"。另外"著派胡使惟德、汪使荣宝、颜使惠庆、王使广圻均参预和会事宜，在内部讨论时，准其一律列席，发抒意见，加入可决否决之数……在未经讨论之前，除委员长得便宜行事外，在会人员概不得以个人名义对外擅行发表。"此电在全团宣读后，再无人提出代表名序问题，也无人再公开藐视陆征祥的权威。

第十四章　台前幕后

以往世界性战争最后的结局，往往是这样的：一两个或几个大国铁腕人物操控了战后分享果实会议，并相互争夺和划分势力范围。远的不说，十九世纪以来的欧洲战史足以佐证：1812 年冬曾席卷欧洲的拿破仑大军从俄国败退，1814 年波旁王朝复辟，并在这年秋天召开了所有参战国的维也纳国际会议，俄皇、普王、奥皇和英法等国的外交大臣云集奥地利首都，这些大人物在处置战败国的问题上，各怀鬼胎，英奥主张不要使法国彻底衰弱，希望大国保持平衡对自己有利；而吃过法国大亏的俄国和普鲁士则极力主张分割法国，使其永远沦为二三流国家。这些大人物中奥地利首相兼外交大臣梅特涅和法国外交大臣塔列朗是幕后最活跃外交家。这次国际会议延续了 8 个月，没有开幕式和闭幕式，一切都在幕后交易，讨价还价，严重损害了中欧东欧南欧小国弱国的权益，充分暴露出弱肉强食的分赃性质。

维也纳会议后的欧洲格局，主要是形成了针对法国的俄国、奥地利和普鲁士三皇同盟，及后来英国也加入的《四国同盟条约》。但英国希望保持欧洲均势，担心俄国成为欧洲大陆霸主，特别担心俄国在近东的扩张，反对俄国势力进入黑海两海峡。而法国拿破仑三世极力分化四国同盟，在近东问题上，支持奥斯曼帝国。1853 年 10 月俄国和土耳其为争夺巴尔干爆发战争，英法两国支持土耳其对俄作战，战火由巴尔干半岛延伸到黑海，英法联合舰队驶进黑海，俄国与英法在黑海地区展开激战，1855 年 9 月英法联军在遭受重大伤亡后攻占克里米亚半岛塞瓦斯托波尔要塞，战争结果俄国战败。次年奥地利首相布沃尔建议议和，于是在巴黎召开了战后国际会议。参加者涉及十多个国家和地区。战胜国和战败国的外交大臣齐聚巴黎，法国外长瓦利夫斯基、英国外交大臣克拉林敦、沙皇亚历山大二世的代表奥尔洛夫以及土耳其首相、撒丁首相等云集巴黎，经过一个多月台前幕后的钩心斗角、对黑海周边弱小民族国家利益当作鱼肉肆意争夺反复讨价还价，终于缔结了《巴黎和约》，至此历时三年的克里米亚战争才最后画上句号。

历史是一面镜子，历史也往往有惊人相似之处。中国代表团的代表们有充分的理由担忧：1919 年的巴黎和会，列强还会不会像以往那样对小国弱国的领土主权和其他权益任意践踏，当做交易筹码，来实现他们各自的扩张争霸图谋呢？或许，时代不同了，历史演进到二十世纪二十年代，民主自由、公平道义已经成了很时髦的字眼，本次会议能否改写历史的惯例，塑造出一个真正维持和平正义的国际新秩序呢？不少代表之所以持有这样的期待，是基于一个大人物对世界做出的承诺。这个大人物就是美国第一公民、现任总统威尔逊，他在巴黎国际会议之前向全世界宣告了十四条原则，对像中国这样的参战弱国来说不啻为一种有力的声援和鼓舞。问题是，在这个群雄角逐、众兽争食的年月，他能够特立独行、力撑乾坤吗？

威尔逊 3 月中旬重返巴黎，国际会议沉闷的局面又呈现出活跃与生机，这生机的表象就是，各方利益到了摊牌阶段，你来我往的会晤磋商，台前幕后的明争暗斗，以及拉帮结派的软硬兼施，达到了高潮。此前，中国代表团的最主要的三个文件已经递交上去了，还剩下第四个也正在赶写当中。因此趁威尔逊返回巴黎，中国代表团展开新一轮外交攻势，争取列强同情中国的立场并答应支持中国的最终诉求：归还山东！

顾维钧一马当先，在 3 月下旬接连两次拜会威尔逊。第一次是在威尔逊下榻宾馆的办公室，第二次是在威尔逊私寓，这第二次是威尔逊安排的一次纯属朋友间的聚会。顾维钧欣然前往，他很乐意登上威尔逊的高门槛，重温他与威尔逊在纽约时两人的旧谊。他特意从花店采购了一束鲜艳的大丽花，送给了女主人伊迪斯·威尔逊。伊迪斯还是那么温文尔雅、恬静美丽，只是人到盛年，身段略显富态，不过风韵犹存。自从与她在总统婚礼上相识，顾维钧再没跟她见过面。在华府当公使期间，他和威尔逊都是各忙各的公务，没有也不便邀请对方到家里做客。他当然更没想到在巴黎能有机会以私下方式与威尔逊夫妇聚会，共享一段老朋友美好时光。

"亲爱的威灵顿，我太高兴了。我一直特别喜欢这种花，它雍容华贵不逊色于牡丹，它雅丽大方胜似于秋菊，它浓郁芳香丝毫不让于玫瑰，而她的花期长易于栽培，生命力顽强挺拔又堪比蜡梅。"伊迪斯对送给她的大丽花赞不绝口。

"夫人讲得太好了，用我们中国人的话说，您真是才高八斗、学富五车呐！"顾维钧笑着顺口恭维两句，不过他确实佩服伊迪斯的欣赏力。

伊迪斯咯咯大笑，说："威灵顿，您知道我为什么对这种花情有独钟吗？"

顾维钧耸耸肩，做出一个不解的动作。"还请夫人赐教了。"

这时威尔逊插话并自我解嘲说："我来替夫人解释，要不我就受冷落了。"伊迪斯和顾维钧同时乐起来。威尔逊狡黠地眨眨眼，对夫人说："不过，我们先得请客人入座再说吧！"伊迪斯立即耸肩摆手，说："呵，对不起，你早该提醒我。密斯特顾，请到客厅沙发上坐。"顾维钧和威尔逊落座后，伊迪斯把花插进一个白瓷花瓶，放在茶几上。然后问顾维钧，喝茶还是咖啡？顾微笑说，喝咖啡吧！其实，他在使馆的时候一直喝的是浙江龙井茶，记得那年他父亲托朋友给捎来两筒西湖龙井，他每次用手指撮一点儿，节省着饮用，一直到他来巴黎之前还没用完。他知道巴黎的茶叶几乎都来自印度，印度茶味儿偏苦，没有龙井那种清香，因此他点了咖啡。趁着伊迪斯煮咖啡的当儿，威尔逊瞧着那束鲜花眉飞色舞地赞扬起他的妻子来，"您大概还不知道吧，亲爱的威灵顿，伊迪斯是一个古老的印第安人波瓦坦部落领袖著名公主宝嘉康蒂的直系后代，她的家族有栽培高贵品种花卉的传统，其中大丽花是她们最喜爱的花种之一，伊迪斯从小在大丽花陪伴下长大，是她一生的最爱，所以您今天送她大丽花，可谓是正中她下怀呢！"顾维钧笑道："这我倒不知情，可能是偶然巧合。按我们中国人的说法或许是一种缘分。"威尔逊也乐了，说："在西方的传统观念里，虽然没有缘分一说，但相信万事可以由神的指引，人生轨迹不同，相识相交看似偶然，但也是必然。比如您和伊迪斯对大丽花的喜爱，让您送花给她。又比如，我和您的忘年之交，是我们共同的志趣和爱好，对国际关系对政治对哲学对人生的许多共同点，把我们拉近距离，在大学在纽约在巴黎，你看我们老是相聚相随，莫非真的应了你们中国的说法，是缘分吗？"顾维钧朗声大笑，他觉得贵为美国总统的威尔逊说出这样推心置腹且纡尊降贵的话，他有点承受不起呀！于是立即回应："您是我一生认识的朋友中最珍视的也最尊贵的，虽然我们为各自的国家效力，但我们有共同的思想理念基础，比如对民主自由，对国际关系应遵循公平正义，对战争与和平的看法也很相近。中国古语说：道不同不相为谋，就是讲见解和志向不同，人就无法沟通和共事，于是就应了中国古语另一句话：话不投机半句多。"

威尔逊连声叫好："你们中国真不愧是文明古国，古代人能讲出这样深刻的话来，堪比古希腊的苏格拉底和柏拉图！"

顾维钧无不自豪地说："中国一位古圣人叫孔子，这您是知道的，他生活的年代大概比苏格拉底还早些，他是中国伟大的思想家、哲学家和教育家。孔子的学说流传两千多年，在中国被称为儒家学说，另外中国还有道家和佛家学说，这都是影响中国人几千年的不朽思想。"

威尔逊若有所思地说："中国古代圣贤的思想太迷人了。我要是当初不选择致力于政治使命，说不定要选择去北京留学攻读中国古代哲学呢！"

顾维钧吃惊了："真的吗？您是开玩笑吧！"

威尔逊说："当然是认真的。因为在大学时我曾想献身于哲学，要把世界各国的古代哲学家的理论学透，就得亲身到产生哲学家的国家去学习，当然包括中国。"

顾维钧说："您的这一愿望如果得以实现，那么美国就要少了一位杰出总统啦！"

威尔逊大笑起来，"威灵顿，您真会说话！"

两人开怀畅谈，这时伊迪斯用托盘端上咖啡来。她把托盘放在茶几上，给顾维钧和丈夫各一杯，托盘里面还有一小罐牛奶、一碟精致的小糕点和几块方糖。伊迪斯对客人说："这是我亲手煮的咖啡，请威灵顿先生品尝。牛奶和糖您自便。"

顾维钧说声"谢谢"，便在咖啡杯里倒了些许牛奶，又放了一块方糖，用汤匙搅几下，端起尝了一口，赞叹道："夫人，好味道啊！浓郁香醇，又带些酸甜，这是巴西或墨西哥的咖啡吗？"

"不，是夏威夷产的著名 Kona 咖啡，味道很特殊吧，这是我特意从美国带来的，托姆平日喜欢喝这种咖啡。托姆，你说呢？"

"那当然，亲爱的，你是最了解我的嘛！"

伊迪斯也抿嘴笑了。她转脸对顾维钧说："您在家里也常喝咖啡吗？"
顾维钧说："在家里我一般喝茶，但有时晚上忙会喝一杯咖啡。"

"是您自己煮，还是您夫人代劳呢！"

"我夫人唐梅煮的。她煮咖啡的手艺也相当不错呢！"说到这儿，顾维钧的神情呆住了，眼前好像出现了唐宝玥的身影。

伊迪斯立刻意识到自己失言："对不起，我提起让您伤感的人了。"

"没什么。她离开我已经半年多了，我已经从人生最低谷走出来了，这几个月完全扑在公务上，倒使我渐渐淡忘了悲哀。"

"人生在世最悲痛的事就是失去亲人，我非常能理解您的心情。听说梅是个非常漂亮高雅和聪慧能干的女人呢！可惜我无缘相见，她得急病去世我还是一个月后听蓝辛先生说起的呢！"

威尔逊插话，说："当时我主持内阁会议研究采取紧急措施防止流感蔓延，蓝辛谈到驻美使馆外交人员死亡和染病情况，提到您夫人的情况。那简直是一场国家灾难，我们不得不动员尽可能多的医疗资源控制流行病的蔓延，但是我们仍然抵御不住上帝的安排，失去了成千上万的公民和朋友。"

"您的儿子谁照看呢？他们几岁了？"伊迪斯关切地问。

"一个三岁，一个还不到一岁。现在托使馆同仁的夫人照看。唉，一切都过去了。我们活着的人，还得要在这个世上活下去，继续走自己的路，干自己的事。梅在天之灵也会欣慰的。她是个有坚守的女人，永远活在我心里。我们中国古圣人老子说得好：'不失其所者久，死而不亡者寿。'意思是说，人虽然离世了，但他没有失去自己所坚守的大道和做人的本真，即使肉体消亡了，但精神永存。"

"亲爱的顾，您说得太好了。"威尔逊称赞道，"中国古代圣贤老子非常有智慧，不愧是哲学大家。他的话，颇类似于基督的教诲，基督说：有圣灵与你相伴，你还有什么不知足的呢？"

"是的，人们心中坚守的东西是永存的。"

他们又聊了几句，伊迪斯知道丈夫与威灵顿有公务要谈，就向顾维钧抱歉地道声"对不起，失陪了"，起身离开客厅。

接下来两个男人的交谈，转向了他们各自最关切的问题。首先是威尔逊较深入地谈了关于建立国际联盟的战略思想。过去几个月顾维钧已经几次听他谈起过，不过这次他的理念看起来比去年提出十四条原则时阐述的更深刻一些。他认为建立国际联盟是基于以下几个方面的现实理由：一是国与国之间的利益是可以调和的，也就是说可以通过建立集体安全体系调和相互之间的利益矛盾或冲突；二是组成社会体系的人是可以通过教育和学习被改变的，人类社会可以克服固有的缺陷最终走向文明，而不是走向对立；三是战争不是不可以避免。人类社会有走向文明的善良愿望，能够调和相互之间的利益矛盾，各国政府的执政者能够反应普罗大众的愿望，通过和平协商找到利益共同点，从而可以化解冲突，避免战争。而建立国际联盟正是顺应这一历史潮流，因此是必需的可行的。

对于威尔逊的理论高见，顾维钧非常欣赏，而且他是从内心佩服这位美国总统能够如此高屋建瓴审视世界局势。如果国际社会在美国总统主导下实现他的预见，何尝不是世界各国之福呢？可是，他又想，总统的理念与国际社会的现实还存在巨大差距，要实现这个理念谈何容易啊！于是顾维钧表达了自己的意见：

"我可以肯定地说，您的观点是非常卓越的、无与伦比的，也是史无前例的。我并非恭维您。在此之前，没有哪个国家的领导人提出过建立国与国之间公平公正合理新秩序设想，这对于国际格局的形成和世界和平事业的发展有不可估量的影响。不仅我自己，我想我们中国政府也必定会一如既往地支持您的这一战略构想。不过，也请恕我直言，要实现您的这一伟大构想，困难还是不小的。眼前和会反映出来的种种问题和矛盾，如何获得公平公正合理的解决，就是一次最实际的检验。"说到此，顾维钧端起杯子，喝口咖啡润润嗓子，提高了声调继续说："山东问题已经到了最终解决的时候了，期望总统真诚帮助中国，促使十人会尽快做出决议。"

威尔逊仔细听完顾维钧的话，他说："山东问题是该做个结论了。现在大会正起草对德奥和约，将对德国以前的殖民地和占领地或租借地进行处理，这个问题涉及中国山东问题，因此不仅关系到中国和日本，也涉及世界几个大国之间的关系，英日之间早有同盟协议，法日之间看来也有承诺。日本人立场很强硬，这使得山东问题解决起来很棘手。"接着他试探地问顾维钧："日本代表要求和会先确认它从德国手里获得的对山东胶州湾的租借地和山东铁路的权益，然后再归还中国。这样中国能接受吗？"

"中国当然不会答应。"顾维钧斩钉截铁地说："如果大会确认日本的特殊权利，日本就有长期霸占山东的理由，所谓以后归还中国就是一句空话。"

威尔逊又问："如果日本人同意归还胶州湾租借地，而只经营胶济铁路，中国有可能接受吗？"

"这其实还是换汤不换药。日本人看似把胶州湾归还中国，铁路仍由日本经营管理，至少满足了中国一半的诉求。但细想起来这是个障眼法，或者叫釜底抽薪。日本归还胶州湾是假，试想：它不归还胶济铁路，势必向中国勒索在胶州湾划出供铁路管理及日本人生活等地段作为专区。如果和会承认了日本人得到胶济铁路和胶州湾日本专区，那么山东回归中国也就有名无实。胶济铁路的战略位置非常重要，它贯穿山东省东西全境，连接着华北重镇天津和首都北京，要是合法地落入日本国手中，就好比永久地卡住了中国的喉咙，到那时日本政府可以随心所欲地要挟和勒索中国政府，使中国独立变得更加岌岌可危，势必也危及远东和世界和平。中国政府绝对不能同意日本的这一无理要求。"

威尔逊讲的上述问题也是一种试探，见顾维钧态度坚决，也就不再提此事。他还一再表示对中国同情和支持的立场是一贯的，但能否实现中国的理想目标，还要看几个大国最后商量决定。顾维钧乘机建议：十人会再召集一次会议听取中日双方的陈述，以便大国领导人吃透情况，利于决策。威尔逊说，不必了。因十人会现已改为四人会，即由英法意美四国首脑召开的会议，主要议题是研究与欧洲国家有关的事项。他表示，已经掌握了山东问题全部情况和中国的原则立场，其他大国也收到了中国代表团递送的正式文件，各国都会认真考虑的。但是否有可能再听取中国意见，到时再说。

拜访结束后，顾维钧立即将会晤情况报告陆征祥。两人又具体分析了当下和会总的进程趋势以及各国在幕后活动的情况。陆征祥认为，威尔逊总统重返巴黎后，明显在推动和会的进度，起草对德奥和约进入紧锣密鼓阶段，因此山东问题解决也迫在眉睫。顾维钧也有同感，并且觉得对美英法意等列强首脑人物的争取工作要加紧加快。

按照分工，4月上旬顾维钧又接连拜会了美国国务卿蓝辛和总统顾问爱德华·豪斯上校。豪斯上校是美国政经两界和外交领域的风云人物。其实"上校"这个头衔是他十五年前在德克萨斯州充当州长顾问时，某州长赐给他的名誉头衔，虽然他在美国军队没有服过一天役。他之所以在美国政坛和金融业声名鹊起，是因为他在 1912 年发表了一部叫《菲利普·德鲁：管理者》的小说。此书塑造了一个神通广大的政治强人，通过一系列谋划，掌控了美国两党最高权力，并且在金融财政领域采取了果断措施，如建立中央银行，改革收入所得税率，废除传统关税，筹建国际联合组织等等，其所预见都与美国近年发展多有相似之处。小说也因此产生轰动效应。此前威尔逊与豪斯上校相识，谈话投机，相见恨晚。豪斯遂助力威尔逊竞选总统，一举成功，其被威尔逊聘为白宫高级顾问，核心幕僚。随后豪斯奔忙于国会、银行和总统之间，促使总统和国会领袖们建立良好的关系，他在起草总统在国会所作对德宣战演讲，以及召开巴黎和会十四点和平原则的演讲，都起到了重要作用。这样一位威尔逊核心圈子里举足轻重的人物，对中国代表团和顾维钧来说，是绝对不能忽视的。

会见在美国代表团所在的豪华饭店举行。豪斯上校按中国人说法已经过了花甲之年，但看上去还很健壮，比实际年龄要年轻一些，他穿一身燕尾西服，雪白衬衣，蓝色蝴蝶式领结，给人一种精精干干的印象；宽宽的额头下一双精明的眼睛，显得颇有智慧和远见；而嘴唇上蓄着的一撮浓厚的灰白胡须，则展示他富有心机和老谋深算。顾维钧已经在公开场合多次见过豪斯上校，但单独会晤这还是第一次。简单寒暄之后，谈话直奔主题。

"豪斯先生，关于中国山东问题，我近日拜会威尔逊总统时，已经表明中国的立场，即反对将原德国攫取的山东权益转交给日本，中国要求直接归还。我国政府认为，如果威尔逊总统坚持公正公平地解决这一问题，中国就能得到满意的结局。我们唯一的希望是贵国能伸张正义，真正按照总统先生十四条原则办理。如果山东问题得不到圆满解决，不但会助长我国亲日派势力的增长，而且必将影响包括美国在内的西方国家在中国的利益。"

顾维钧的意思，豪斯当然听得明白，他表示他本人是同情中国立场的，不过他直言目前美国面临的困难："由于欧洲大国与日本有密约承诺在前，要让他们与美国站在一起说服日本将山东归还中国，并非易事。威尔逊总统提出的和会基本原则将受到考验。目前的工作在于找到一个中日双方都能接受的办法。"说到此，豪斯就此打住，眯起双眼，似乎在考虑什么。顾维钧对日本要求英法意答应日本抢占山东为条件，助力协约国参战并订立密约之事早有耳闻，但今天得到美国官员从旁证实，还是首次。他立即说："谢谢豪斯先生坦诚相告。不过我觉得威尔逊总统提倡的公平公正的和平原则得到世界各国欢迎，并期待能够实现，希望豪斯先生向威尔逊总统转达中国政府的关切，继续做出努力。"

豪斯上校表示，这没有问题，一定转达。

过了一天，顾维钧又拜访了美国国务卿蓝辛。这个蓝辛，曾在上年与日本的石井互换备忘录，承认日本在中国的特殊利益，受到中国政府和舆论的谴责，也受到美国媒体的诟病。蓝辛憋着一肚子怨气，那次与日本人的谈判，要是按照他自己的意思，绝不承认日本有什么特殊利益，最后由于总统的电话指令，而他为了维护总统的权威，才最后答应与石井换文。其实他心里一直认为只有日本才是美国在太平洋的战略竞争对手，现在如果对日本人退让，会助长它的扩张和侵略气焰。此次来巴黎参会，在中国山东问题上，他极力反对日本的强霸野心，支持中国收回失地和权益。与顾维钧交谈，他表示同情中国，支持中国直接收回山东的立场。但也表示，目前要使日本改变立场有相当难度，美国正寻求办法使日中双方接近或找到一个什么办法，使日方立场有所松动。顾维钧感谢了蓝辛支持中国立场，同时表达中国要求直接归还山东权益，而非转给日本后再由日本归还中国的意愿。他说，日本是个不讲信誉不讲是非不讲正义的国家，中国希望四人会做出决断，彻底解决中国山东问题而不留后患。蓝辛对此表示理解和赞赏，又说美国作为中国友好邦交国，必将尽力而为，并向总统转达中国的意愿。

对于豪斯和蓝辛的表态，中国代表团成员们心里虽然都感到宽慰，但他们也都清楚山东权益最终能否回归中国谁也没有多少把握。最近获悉，日本政府原敬内阁指示巴黎和会本国代表团，对山东问题"一定要贯彻要求"，因此牧野等代表全力以赴游说各西方大国，确保对德和约中明确将德国在山东的权益转到日本名下。形势逼人！中国代表团不能有丝毫松懈。

接连几日，陆征祥、施肇基、王广圻等轮番出马，相继拜会了法国外长毕勋、英国外交大臣贝尔福、意大利总理奥兰多等多位西方大国政要，力陈中国要求，请对方助力中国收回山东权益。但这几国领导人的表态却让人担忧，他们顶多说了"同情"二字，并未承诺支持中国。而法国人建言中国可直接找日本人去谈，英国人回答更为冷淡，认为英国与日本有盟约关系，不能不虑及日本的诉求。一时间，中国外交家们又陷入了焦虑和困惑之中，山东问题从有利于中国收回的局面，变得扑朔迷离起来。陆征祥在给大总统徐世昌和总理钱能训的密电中，流露出一种毫无把握和无奈的情绪：

"山东问题已与美英法意递送说帖接洽，眼下该问题实无把握，无论如何只能听任会中处置，惟自当于无可设法之中，竭力设法，尽其在我。"虽然无奈，但仍然尽全力争取。这就是陆征祥当下的心态。

4月中下旬，一场茫茫大雾悄悄降临到包括巴黎在内的法国沿海地带。大概是受大西洋暖湿气流的影响，这次的大雾由西向东蔓延而来，据当地媒体天气预报称，这场大雾是三十年以来罕见的，其波及的范围从英吉利海峡（法国人称为拉芒什海峡）北岸的英格兰和爱尔兰各城镇，到欧洲大陆的法国、比利时、荷兰、丹麦以及德国北部都受到影响。巴黎市可以说完全被浓雾笼罩了两三天时间。浓雾弥漫严重影响了城市交通，普通马路上行走的车辆奇少，甚至路人也罕见，只有巴黎的夜市和红灯区还像往常那样人来车往，不过那忽隐忽现的霓虹灯在雾气中显得更加神秘和鬼魅。

大雾弥漫之中，这天上午塞纳河边法国外交部办公楼会议厅主宰乾坤的五大国外交官正秘密进行着磋商，他们在讨论德国须放弃北非和其他地区有关殖民领土时，产生很大分歧。蓝辛提议：对德和约应该写明，德国宣布放弃欧洲本土以外的所有占领地区的特权和领土，包括中国山东，由五大国和协约国共同暂时管理。日本代表牧野一听就忍耐不住了。暗道：美国人在搞什么鬼？一贯以不偏不向标榜，实际上是替中国人说话，大大损害日本的利益，必须反驳。蓝辛话音刚落，他无不激昂地说："我想澄清一点，山东胶州湾只是租界，不是德国属地，因此不能与德国原先的殖民地相提并论。山东和胶州铁路本是战争期间日本从德国手中夺取的，如何处置，日中两国早有定约，应该按照两国协议办理。蓝辛先生提出五国共管山东极为不妥。"

蓝辛争辩说："但中国方面屡次申诉，当中国宣布对德处于战争状态后，以前与德国的一切协议都宣告作废。中德以前的协议既然不存在了，日本继承德国占领山东，就没道理了。应该归还中国，但作为第一步，德国原先在华权益先由国际代为管理，然后交还中国比较合适。"

"我反对。"牧野抹下脸来，神色冷冷地道："我抗议这种安排，大日本帝国为战胜德国，在东亚和西太平洋群岛尽了最大努力甚至牺牲，应该得到应得的胜利果实。如果没有日本解除德国在亚洲的武装，英国、法国、意大利能放心在欧洲与德国、奥国一决雌雄吗？现在把日本的胜利果实拱手送给和会管辖，这公平吗？"牧野说罢，眼睛瞄着英国外交大臣和法国外长，希望他们出面为日本说话。此时，贝尔福和毕勋以及意大利外长桑理诺，一副装聋作哑的态度，他们心知肚明，美国人的提议，他们不敢反对，而与日本人先有密约承诺，也不好反悔。贝尔福最后打破尴尬，说："蓝辛先生的提议是建设性的，不过我得向我们的首相劳合·乔治先生报告，再作决定。"毕勋回答更圆滑一些，说："现在讨论北非未决问题，中国山东问题是否离题远了？"而桑理诺本就对中日争端山东问题漠不关心，他跟意大利总理奥兰多一样，只关心从奥匈帝国那里割让港口阜姆，对蓝辛的提议只是含混地说："这个，不反对，但我还得请示奥兰多先生。"

蓝辛见英法意外交官一副事不关己的样子，也怕把日本逼急了适得其反，只好缓一步说："巴黎和会已经召开3个月了，但现在诸多重要问题还没有确定下来，包括中国山东问题。而和会所有讨论的问题都必须写进和约里，这是和会最重要也是最终成果。我建议将今日所议提交和会起草委员会讨论。我们必须加紧工作，时间不容许我们再拖下去了。"

正如蓝辛所说，以美英法为主导的和会起草委员会密集安排日程，紧张商讨一些迄今为止最棘手的问题。和会需要解决的问题多如牛毛，归纳起来涉及建立国际联盟、领土归属和划界、战争赔偿、追究战争责任、相关国际内陆和海陆交通等若干项，其中最重要的是领土归属和划界，这主要涉及欧洲部分领土重新划界，一些国家如波兰、巴尔干半岛等一些民族指望摆脱德意志、奥匈帝国的统治获得独立；中东北非的一些国家和民族也将挣脱奥斯曼土耳其帝国的奴役得到民族自决。有些领土归属已经在战争结束时得到确认，如法国从德国手中重新获得在普法战争中丧失的阿尔萨斯和洛林这两个经济发达地区等等。不过，这些领土还需要和会以定约方式确认下来。经过2月到4月战胜国之间多轮磋商和幕后交易，大部分问题已经得到解决，并写入相关草案中。但是仍然有几个老大难问题至今未能达成谅解。比如阜姆问题，阜姆原本是亚得里亚海东北岸的一个港口，原属于奥匈帝国治下南斯拉夫民族的地盘，而隔海相望的意大利人对此地觊觎已久。意大利最初与德国结盟，属于同盟国一方，由于英法挖德国的墙角，把意大利拉入协约国一方，条件是战胜德奥后，答应把阜姆划给意大利。和会召开后意大利要求英法兑现承诺，但美国以威尔逊的十四条原则提到"奥匈帝国治理下的各民族，他们的国际地位应获得保证和确定，给予他们发展自治的自由"为理由拒绝意大利的要求，为此，意大利人十分不满。再一个老大难问题是山东是否应归还中国。日本因仰仗与英法订有密约，同时其海军陆军势力迅猛膨胀，称霸太平洋野心也越来越不加掩饰，对美国一味"偏袒"中国极为愤恨，对美国的解决方案顽固抵制，致使山东问题一直成为僵局。

但会议进程必须往前推进，这是几大国首脑的共识。和约起草委员会再次开会，山东问题也再次成为焦点。蓝辛在会上重申了在外长会上的提议，即：将德国原在山东租界和铁路管理等权益交由五国即美英法意日共同管理。日本代表牧野再次表示抗议，坚持对德原属地归属问题不能包括山东。蓝辛对日本人的顽固态度极为反感，他说："日本想要另案解决山东问题，就必须提出你们的提议。"牧野回答："当然可以，今日就提出。我再次声明，任何与山东问题有关的议案，日本都会保留意见。"说完，牧野率助手愤然离席而去。

日本代表的无理举动引起各国委员不满，英法代表也觉得日本人作法太过分了，终于接受了美国这一折中方案，同意将五国共管写入对德和约条款草案。至此，起草委员会通过了蓝辛提议，同意将"共管"方案拿到几大国首脑四人会讨论。蓝辛和牧野在起草委员会上的交锋，中国代表团很快得知了。

陆征祥立即与顾维钧等碰头商议。他认为：虽然共管方案不令人满意，但如果能将山东从日本魔爪下解救出来，也算取得不错的成果。看来美国人尽了努力，比起英法意这些大国来，对中国相对友善。顾维钧想的是：五国共管仍然是侵犯中国主权，其中铁路共管更是难以实现，且不说国际各大银行矛盾错综复杂，统一借款给中国困难重重，而国内各派政治力量比如北京政府南方军政府、北京政府内部派系如研究系和新旧交通系之间对此也绝不会统一认识，争论没完没了，因此五国共管实际上前景并不乐观。但他同意陆征祥一个观点：这作为退一步方案，五国共管总比被日本的魔爪独霸好些。他目前顾虑的或怀疑的是，日本人真的会放弃已经得手的权益吗？拱手让其他四国指染山东，这不像日本人一贯的行事风格。他们会不会再耍什么狠毒诡计呢？还得要拭目以待。

果然，围绕德国原先属地归属问题，包括山东权益问题，各大国之间在幕后进行着一场空前的博弈。起草委员会的初议很快摆到四人会议上讨论，威尔逊首先指出山东问题是该解决的时候了，中国已经向大会提交了几份备忘录，其中一个是要求各大国尊重中国的领土主权，放弃在中国的势力范围。美国认为这一要求是合情合理的，因此建议各国政府能从远东和平和世界和平的大局考虑，放弃在中国的势力范围。日本代表坐不住了，认为威尔逊的话是针对日本的。牧野说，在中国有租借或势力范围的不光日本，欧洲的英法意等国都在中国有势力范围。如果大家都放弃，日本也可以放弃。劳合·乔治见牧野扯出英法意，大为不满。他建议，山东问题与战争有关，因此应该与处理德国占有的其他殖民地的方法同等对待，即由五国共同托管起来，这样比较合理。威尔逊心里暗道，你的提议正合我意。于是他目光投向克雷孟梭，克雷孟梭心想，法国在中国的租界不止一处，怎么能放弃呢？他回答是照英国首相的葫芦画瓢，表示山东问题不能从德国所占领土单独解决，同意先由五国共同托管方案。奥兰多虽然对山东问题不感兴趣，但也附和了英国首相的意见。威尔逊见英法意不再坚持他们与日本的所谓密约并不再替日本辩护，就有了底气。最后他定了调：

五国共同托管山东，是解决这一问题的最好方法。他宣布，会后将四大国决定再与日本代表沟通，以期取得日本最后谅解。

牧野心急火燎，威尔逊用心计争取了英法意三国，使日本第一次感到了孤立。事关重大，他立即向东京发电，报告四人会情况。日本外相内田回电：山东问题必须依照日中已有成约处理，然后再由日本有条件交还中国。日本要求如果得不到满足，将不在协约上签字。

巴黎的重重迷雾似乎渐渐消散开去。太阳从云堆后重新露脸，缕缕阳光像一道道光剑从云雾缝隙撒向大地，但很快又被云雾遮蔽，天空顿时又陷入昏暗。风起云涌，大团大团的黑云从西北向东南奔涌，太阳也忽隐忽现，好像也在与浓云浊雾进行着激烈搏斗。大半天工夫，天气骤变，据当地气象部门称，北冰洋的冷空气大规模急速南下，范围遍及整个西欧，其风头与大西洋暖流在英法之间海峡交汇，于是有了乌云翻滚、遮天蔽日的可怕景象。紧接着强烈的暴风雨席卷沿海诸国。法国不愧是世界上第一个早就拥有了预报天气手段的国家，对这场突如其来的暴风雨做了预告，巴黎市政部门也做了预防灾害的安排，因此市民没有惊慌失措，暴风雨来临前夕，大都躲在家里，任听狂风怒吼、雷电交加和暴雨倾盆。

巴黎和会的各国代表所幸也都安然无恙。但他们却担心会议的气氛也如这恶劣的天气一样，会出现令人难以预料的突发事件，虽然这次战后会议美其名曰"和会"，但其中包含的内容却是战胜国之间赤裸裸的利益冲突，冲突得不到满足和解决时，必然要有所动作，动武看起来不大可能，但翻脸不认人却是大有可能。

4月22日上午，四人会照常在法国外交部会议厅举行，克雷孟梭照例主持会议，威尔逊、劳合·乔治都准时到会了，日本代表牧野也被邀请到会。但意大利总理的位置上迟迟不见人影。如果病了，该国代表应该提前预告呀！克雷孟梭两次看看怀表，说，不再等了，今天议题是继续商讨中国问题，上次四人会决定将德国原先占有的中国山东权益暂时归五国托管，今天先请威尔逊总统发言，然后再听取日本代表意见。

威尔逊说，考虑到日中两国对山东权益处置各执一词，起草委员会拟就的将德国在山东的权益包括租借和铁路暂归五大国管理是必要的可行的，希望这次最高会议最后确定下来，写入对德和约。威尔逊话音未落，牧野未等克雷孟梭同意就急不可耐地发言："我非常遗憾地声明，日本反对威尔逊先生的提议。我可以明确的通告各位尊敬的领袖，日本过去是现在是将来也是绝不放弃从德国获取的山东的权益。至于将来是否归还中国，何时归还，那是日中两国之间的事，与和会无关。日本代表团已经得到本国政府的最新指示，如果和会判定山东归还中国，日本将不得不拒绝在最后对德协议上签字。"

牧野的话像一块块四棱八角的坚硬石块，扔给在场的三国首脑，威尔逊、劳合·乔治、克雷孟梭以及他们的高级助手都瞠目结舌。日本人这是怎么了？急眼了吗？竟然如此不把世界顶级几位首脑放在眼里？国际外交界都知道，牧野伸显在国内是以著名的伊藤博文和西园寺公望为领军人物的立宪政友会的骨干成员，曾担任过外务大臣，对外推崇美国英国式民主，主张温和的协调外交。牧野在西园寺回国后，担任日本代表团首席代表。自从1月28日在十人会上被顾维钧的精彩发言压倒之后，日本国内高层有人诟病牧野，并建议撤换他，但西园寺极力为他说好话，才不致被撤换。牧野毕竟是个老练多谋的外交家，他吸取了失败的教训，暗地思考怎样说服美国人并巩固住英法意的支持。如果说中国人占据了优势是高举了道义和公理这面旗帜，博得国际社会对弱小者的同情，那么牧野深知再在霸占山东问题上进行狡辩是绝对讨不到便宜的，因此他更多地准备了从法理上为日本辩护。现在他首先用极其强硬的语调向威尔逊等几个西方大国大发了一通威胁，然后又缓转语气来了一阵和风细雨：

"尊敬的各位先生，日本在战争期间是协约国最忠实的盟友，毋庸置疑，日本为战争取得胜利发挥了重要作用，不遗余力地帮助过英联邦军队从澳洲运送大量兵力到欧洲，并保证协约国侧翼安全。山东是我们从德国人手里获取的，并且付出了血与火的代价。这次和会理应得到确认。至于涉及中国领土主权问题，那只能由日中两国谈判解决。如果说中国抱怨在对德宣战之前与日本签订的条约存在不平等的话，那么中国对德宣战后的1918年仍然与日本以换文形式，确认了日本对山东的权益，以获取日本贷款。所以，两国之间的协议不能轻易说否定就否定吧！中国代表宣称因为对德宣战而废除以前的成约，在国际法上不能成立。国际惯例宣战不能废除割让领土的条约。况且，中国外交总长陆征祥先生来巴黎途中经过东京时，曾对本国承诺，在和会上与日本合作，但到巴黎后就散布对日本敌意的舆论，实在令人费解。总之，日本对于驱逐德国势力付出了牺牲，更重要的是日本现在为名誉而争，绝不容忍任何有损日本名誉的现象发生。"

这一番话，使三个大国首脑呆住了。他们没有想到牧野发表一通这样直击中国软肋的又对几大国咄咄逼人的言辞。威尔逊暗想，以前还是把这个矮个子日本人低估了，看起来他的论辩能力不弱，不能小觑了。他觉得牧野以法理为武器反驳中国观点，的确是厉害的一招。如果威灵顿·顾在场肯定会有力地驳斥他。而现在我们只能听日本的一面之词了。

正在这时，大会秘书处给克雷孟梭送来一份紧急报告，上写：今天意大利总理奥兰多离开巴黎回国。该国代表团宣布今日起退出和会。克雷孟梭脸色骤变，急忙递给另一边的威尔逊，威尔逊看完，愤怒地嘟哝了一句：这个意大利佬！ 他把报告又推给克雷孟梭。克雷孟梭有气无力地宣布说："意大利代表团退出了和会。奥兰多先生也离开了巴黎。"

全场震惊！这是近代外交史上罕见的举动，与会者鸡一嘴鸭一嘴地议论开了，一时跑了议题，出现了瞬间紊乱。日本人暗自窃喜：真是天助皇国啊！意大利人走得恰到好处，无疑给了牧野刚才的发言擂鼓助威。牧野眯起犀利的目光瞧了劳合·乔治一眼，正好和劳合四目相对，牧野向他眨眨眼，似乎说：敬爱的首相，你为何还不表态，难道日英密约是一张废纸吗？再说劳合呢，现在的心情是极为矛盾的，一边是美国总统的劝说和拉拢，他得从大不列颠帝国的利益考虑，战后的经济恢复必须靠美国的援助，威尔逊的面子实在是不好驳回，因此在上次四人会上他支持了威尔逊的五国共管主张；而现在日本牧野从法理上通过英日同盟以及战时密约将两国紧紧绑在一起，这使劳合处境非常尴尬。他寻思，从国际战略上考虑，维持英日这样一种关系目前看对英国还是有利的，两强同盟本身会使英国在与美法等大国讨价还价中处于更为有利的地位。此刻他从牧野的目光里看到日本人祈求助力的渴望。这一刻，他的天平倾斜了，他最终觉得英国去亲近一个很虚弱的中国，远不如亲近一个强盛的日本对英国有利。

于是他发话了：

"英日两国早就定有密约，英国不能自毁成约，失信于国际社会。而且战时英国确实得到日本许多不可或缺的帮助，现在理应是回报日本的时候。"

劳合这一番高论一亮明，牧野乐了，他将了将上唇的黑胡须，情不自禁地叫起好来。

劳合之后，克雷孟梭也就势表态，"法国对解决山东问题与英国持同样立场。法兰西共和国政府与日本国政府也定有密约，法国不能失信于日本。"

至此，威尔逊已经陷于一种孤立无援的境地。三巨头会议，英法相继从共管立场后退，翻盘支持日本，再加上一个列席日本，美国是绝对少数。威尔逊为难了：要坚持五国共管，就是站到了英法日的对立面，他心里虽然怨恨劳合与克雷孟梭这两个政治老手的圆滑狡诈，但细想一下这两人处境困难也是实情。关键是日本的态度对他来说是致命的，他担忧的不是怕与日本产生对抗，论经济实力，美国已远超日本，军事实力也不逊色日本。但他怕日本也效法意大利愤然退会，那就等于拆了和会的台，也就拆了他威尔逊的台，谁不知道巴黎和会的召开是秉承和接受了威尔逊的十四条原则？十四条原则的最终目的是要建立国际联盟。意大利退会了，日本再要步意大利后尘，那国际联盟这台戏就告吹了。思虑至此，威尔逊精神堡垒坍塌了。为了挽救他的十四条，为了国际联盟，也为了他自己的大国领袖面子，他向日本妥协了。

人呐，特别是当他站在世界权力的最高点时，一念之差，会决定一个国家或一个民族的兴衰或命运。贵为美国总统的威尔逊，此刻正站在这个制高点面临抉择。虽然不是中国的国家元首，但在列强主宰历史的年代，他的亲疏或冷暖，对中国这样一个疲弱不堪的国家来说，是生死攸关的。

当天下午，三人会紧急约见中国代表团，通报上午三人会决定并最后听取中国方面意见。中国代表团派出陆征祥和顾维钧到会。他们已经知道上午三人会的议题，但对最后结果却一无所知，同时他们也得知意大利总理退会的消息。陆顾两人已经预感到此次紧急约见凶多吉少。下午的会场安排也别具匠心：选择在威尔逊寓所。大概是为了使中国人在一场严肃的对话氛围中感到一丝温馨吧！显然这是出于威尔逊的心思。因是公事，女主人只出面打了声招呼就退出客厅。陆顾二人见过已提前到场的英法两国首脑，以及两名英文和法文翻译，在两个空沙发上就座。顾维钧一眼就看出来，今天三巨头脸色都阴沉着，劳合·乔治和克雷孟梭无精打采，而主人威尔逊也没有往日的笑容。顾维钧心想：是福不是祸，是祸躲不过。且看你们怎么说。

克雷孟梭作为主持，勉强挤出一丝笑容，说："今天在威尔逊总统私寓开会，别开生面。这样的场合，更便于我们与中国同事相互沟通。请威尔逊总统代表我们三人先讲讲吧！"

威尔逊没有客套，直奔主题："众所周知，我们的和会遇到诸多问题和前所未有的障碍。比如山东问题就是其中之一，由于障碍太多，我们始终未找到一个妥善解决的办法。障碍之一就是英法两国和日本早有约在先，承诺在战后支持日本获得德国原在山东的权益。美国虽然不受任何协议约束，但我们不能不顾及协约国之间的协调一致原则。大家都已经知道了，今天意大利人突然宣布退会，带来的负面影响是巨大的。虽然我们面临的困难更多了，但我们有信心把和会预定的任务进行到底。对山东问题，我们提出了一个解决方案，它也许不能令中国满意，但我认为在目前是我们预想的几张方案中比较好的一个了。这个方案是：确认日本获得中德条约所规定的在山东的全部权益，然后再由日本把租借地归还中国，日本仍享有包括胶济铁路在内的经济权益。这一方案可能不符合中国的愿望，但希望中国能体谅和会其他成员国的困难。"

克雷孟梭请中国首席代表发言。陆征祥与顾维钧低声耳语一句，回应说委托顾维钧代表他发言。顾维钧直言道："我非常坦率地告诉尊敬的威尔逊总统和各位领导人，这个方案太不公平了，太令人失望了！中国人民闻听后会举国震惊！我认为此方案会使亚洲播下动乱的种子，对中国和世界和平有百害而无一利。我不得不指出，这个方案完全采纳了日本的建议，本质上还是以 1915 年《中日民四条约》以及 1918 年两国换文为基础，我必须再次强调指出，这个条约和这个换文都是在日本武力胁迫下最后签订的，就像一个强盗把刀架在受害人脖子上，让他签署自愿献出家财一样。这样的协议和换文，国际社会主持公道的话，就应该反对。今天中国得到的结果正相反。"说到这儿，顾维钧喝了口水稍停，扫一眼对面沙发上几位大国领袖，见他们托腮沉思或拧眉冷目，知道这些铁石心肠的领袖们已经无法被他的激昂言词所打动了，于是最后一次发出中国式的呼喊。

"退一万步说，且不论这个方案公平不公平，如果日本真的以后要归还山东，为什么归还的时间表一字未提？说明日本人心里有鬼！说到底，日本根本想永久霸占山东。这是中国人民绝不答应的，永远不答应！我代表中国政府再次呼吁尊敬的三大国领袖，中国要求和会决定德国直接归还山东的权利，而不是经由日本转手。这也是我们向大会提交的备忘录中所阐明的。"

威尔逊自知对不住中国政府对他的绝对信赖，特别是像顾维钧这样的几乎是推心置腹的私交朋友！会前曾多次承诺支持中国立场，而现在突然翻盘背弃，实在是无异于给自己脸上扇耳光。他显出很为难的样子，勉强为自己辩解，"我完全理解威灵顿·顾先生阐述的理由，同情中国的立场我是一贯的，但这样的选择也是迫于无奈，在我看来这是为中国谋求的最佳方案了。请中国政府相信，我已经做出了最大努力。至于中国担心的山东权益的归属，我认为和会以后国际联盟会主持国际道义和公正，考虑各国要求，重新做出调整。中国无疑会成为国际联盟成员国，可以随时向该机构提出愿望和诉求。"

"可是为什么现在能解决的事，非要等到国联成立以后呢？时间毫无保障，虚无渺茫，不就是一句空话么？况且现在不能解决的事，国联就一定能解决吗？那么三人会是否议论了将来山东归还中国的事呢？我们希望得到三人会所提方案的抄件，以及各位首脑讨论的会议记录。没有文字材料做凭证，中国代表团将来怎么向中国人民交代？"

威尔逊觉得顾维钧问得有道理，就示意劳合·乔治解答，劳合又转向他的英文翻译，那个翻译是个将军，大概他是主管记录的。将军立即说："三人会记录是绝密的，不需对外泄露。"

"但此方案关系到中国的核心利益，应该向中国代表团提供讨论内容和方案形成过程的全部记录。请大会网开一面，答应中国代表团的请求。"

威尔逊只好说："我和我的几位同事会后研究一下，再答复。希望中国代表团花费一定时间考虑我刚才的发言。"

劳合·乔治见威尔逊说话有气无力，暗道：你身为美国总统，为何如此在这两位中国人面前软弱呢？于是他向顾维钧提了一个很刁钻的问题，力图打压一下顾维钧的倔强劲头。他给中国设定了一个框框，问道："中国是愿意接受早先与日本订立的那个方案呢？还是经过一番考虑之后接受刚才威尔逊先生提出的新方案？"

这分明是给你两份都带毒的面包叫你选择哪一个毒性轻些。顾维钧为了让陆征祥弄明白劳合的问题，就站起身在陆的耳畔轻说了几句。陆征祥紧锁着眉头并让顾维钧回答。

"刚才劳合·乔治先生提出的问题中国很难回答。这两个方案都是不公平的，其本质是一样的：确认日本霸占山东。对此，中国无法接受两个中的任何一个。劳合先生说的所谓第二个新方案，实际上给了中国一个主权空壳，而日本却享有经济实际控制权。这只能助长日本妄图建立大东亚帝国的野心，不仅对中国是危害，而且必定会更加排斥西方各国的利益，向独霸中国的目标迈进一步，最终危害亚洲和世界和平。"

威尔逊说："我也知道这个方案不是最好的，但由于英法等国处境困难，这个方案已经是我们努力争取的最佳的了。所幸国际联盟即将成立，其宗旨专为维持各国独立和领土完整。中国再遇到类似欺凌者，国际联盟自会出手援助。"

劳合·乔治可能因刚才提出的问题太偏袒日本也太损毒了，于是也随威尔逊转圜两句，"世界各国对中国还是有感情的，英国因条约所限，做此选择也是无奈之举。以后如果日本再欺负中国，英国一定为中国助力。"

克雷孟梭对山东问题已经厌烦，立即抓住劳合的话："是啊，劳合先生的话，也是我想说的，我们已经尽最大努力了，希望中国认真考虑。今天下午的会就开到此吧，散会！"

这天的外交气候对中国代表团来说简直是灾难性的疾风暴雨。当晚中国代表团召开紧急会议，陆征祥、顾维钧向大家通报了三国首脑讲话内容。代表们深感震惊和失望，群情沸腾，大家七嘴八舌地抱怨三国的领导人屈服于日本压力，出卖中国。但是大家抱怨、叹气，最后是无奈，一致同意将此次三国领导人会见结果电报总统和总理，并再次向大会提出说帖，作为最后一搏，力图挽回山东。

隔天后，中国代表团向美英法三国提交了解决山东问题紧急妥协说帖，核心内容是：胶州湾在交还中国之前，先五国暂收管；日本承认对德和约签字后一年内将胶州湾交还中国；胶州湾全部开放做商埠，可开辟专区，作为各缔约国通商人员居住。这一方案其实是迎合了两日前四人会上美英等国提出的但被日本否定的五国共管主张。此时由中国再次提交和会，三大国首脑能答应吗？

由此，又引发美英法日首脑及外交官新一轮幕后紧张磋商和拼斗。日本代表牧野和珍田成了最活跃的人物，他们拜访英国外交大臣贝尔福时，贝尔福大发了一通议论，说："日中对山东展开博弈，英国站在哪一方？当然是日本。即使与日本没有密约，我也完全同情日本。日本代表保证门户开放，各国商业机会均等，我赞成山东归日本管理。中国代表的发言不值得同情。"贝尔福曾在十几年前担任过英国首相，是位擅长向亚非的虚弱国家或民族落井下石的政治家，此前他已经有过两次外交杰作，一是提出在中东巴勒斯坦阿拉伯人居住地建立一个犹太国家，被世人称之为《贝尔福宣言》；一次是抢占衰弱不堪的奥斯曼帝国原在北非西亚的占领地，使这个几百年庞大帝国分崩离析，英国势力从此在这些地区取而代之。

与此同时日本人也在大力游说美国代表团，表示如不让日本继承德国在山东的权益，就坚决不在对德协议上签字，并不加入国际联盟。日本的发声绝不仅是一种威胁，而且即将效法意大利付诸行动。威尔逊在与他的心腹随从密谈时表露，美日如果因中日山东问题摊牌，英国法国必将站在日本一方，美国孤掌难鸣；而如果英法站在美国一方，必然迫使日本孤注一掷，退出和会、退出国联，和会所有的成果将付之东流。美国只希望找到一个方法保持日本的面子，以便保存国联。

但顾维钧仍没有放弃。一连几日，他分别拜访了美国代表团几位大员：国务卿蓝辛、威尔逊的高级顾问豪斯上校，代表团重要成员怀特、威廉士以及威尔逊总统机要秘书贝克等人，使顾维钧感到欣慰的是他们都异口同声地对中国抱歉，并对当下的三国方案也很失望，他们不理解为什么威尔逊总统会同意给中国这样一个屈辱的方案。顾维钧由此断定,威尔逊与英法首脑商定的方案并没有在美国代表团内部讨论过。当然作为美国总统威尔逊有权行使自己的权力,可是这对中国太不公平了。顾维钧试图再次拜访威尔逊,但他多次被总统助手以总统正在忙于别的事务所婉拒。他知道,威尔逊一贯热忱同情中国的心冷却了,想让它重新温暖起来已经不可能了,修改方案也就没指望了。

4月30日,三国首脑会议最后议定:德国原在中国胶州及山东所有各项权益一概放弃,交与日本。日本需做一口头声明,自愿将山东半岛主权归还中国,但对日本军队撤离时间只做了含混规定。三国还决定,将上述内容纳入对德和约第156~158条。其中,有关山东问题是这样表述的:

德国将按照1898年3月6日与中国所订条约关于山东省之其他文件,所获得之一切权利及特权,其中以关于胶州领土铁路矿产及海底电线为尤要,放弃以与日本。

所有在青岛至济南铁路之德国权利,其所包含支路,连同无论何种附属财产车站工场,固定及行动机件,矿产,开矿所用之设备及材料,并一切附随之权利及特权,均为日本获得,并继续为其所有。

自青岛至上海及自青岛至烟台之德国国有海底电线,连同一切附随之权利特权及所有权,亦为日本获得,并继续为其所有,各项负担概行免除。

此外,还规定德国在胶州领土内的动产不动产,区内的行政财政司法等权利和特权交与日本。

会后,中国代表团收到和会上述正式通告。代表团当晚紧急开会商议对策,大家提出了三种对策:第一,退出和会;第二,不签字;第三,签字,但声明山东条款不承认。对退出和会,代表们最后意见是暂不退出,因意大利是西方列强之一,退出和会能引起震撼,中国若退出,未必能有多少影响,况且对德奥不能签署和约,日后单独媾和,说不定会另生障碍;对不签字,大家意见不一致,有人认为,对德和约除山东问题外,还有撤废德国领事裁判权,取消辛丑条约赔款等问题,不签对德和约,等于与德国还处于战争状态,以后单独签约能否顺利很难预料;对签字但声明不承认山东条款,有人担心:美英法在中日间斡旋多时,如果中国仍不认可,必定会在国际社会产生负面影响。对于上述几种对策，代表们议论来议论去，莫衷一是。最后决定先对山东问题决议案提出严重抗议，表达中国强烈不满。随后由团长陆征祥致函最高三人会议，要求对山东问题决议以正式文件通告中国代表团。

5月1日，英国外交大臣贝尔福约见中国代表，陆征祥派施肇基、顾维钧去英国代表团驻地会晤。贝尔福已是古稀之年，肌肉松弛的面孔，显得眼睛更凹陷，颧骨更突出，而已经秃发的前额，再配上嘴唇一撮白胡须，颇像一个骷髅头贴上一撮白毛，怪吓人的。不过他的眼神还不显老，说明他脑子还好使。当施顾二人说明来意后，他只是照本宣科将三人会决议案复述一遍，问他"日本承诺何时归还山东，以什么做保证"这些关键问题，他支支吾吾，所答非所问；向他索要正式文件，他说没有书面通告，只能口头通知。面对这样一个老政客，施顾二人一无所获，只好告辞。

陆征祥对收回山东、洗雪国耻彻底绝望了。他觉得自己这个外交使团团长辜负了政府，辜负了国人的殷切期望，再当下去毫无意义了，于是连续两次致电大总统，要求辞职。第二次是联合其他全权代表致电的，电报字里行间，表达了外交官们对国际社会弱肉强食的愤懑沉痛心情以及无奈的感叹："这次和会仍凭战力，公理莫敌强权，祥等力竭智穷，负国辱命，谨合呈大总统，请即开去全权，并付惩戒，以重责任。"辞职电报理所当然未被批准。

威尔逊为了安抚中国，派其秘书贝克到中国代表团驻地，对他先支持后舍弃的助华立场表示深深歉意，还一再解释美国被迫对日本让步的原因。说实在的，以前中国人对美国总统伸张正义的十四条和平原则给予了充分的信赖，满怀信心地试图依靠跟美国的友谊，在巴黎和会争回属于自己国家的权益，没承想最后结果仍然是冷酷地将山东判给了侵略者。从满怀期望到彻底绝望，这是一种什么滋味！中国代表团成员们以沉默无声表达心里的愤懑。对于威尔逊总统派代表来致歉，他们又能说什么？ 总统最后给中国人留下的印象不过是，很有同情中国的善意，对助力中国收回山东，在与日本对手争论和博弈前期和中期也一直坚持站在公正立场说话，但在关键时刻他倒退了撤劲了，而去投了对手一票，最终使中国的希望化为泡影。威尔逊总统用自己的手扇了自己耳光，用自己的脚践踏了自己宣扬的十四条原则的核心——公平与正义。

不过，除总统外，美国代表团几位重要成员曾在 4 月 30 日之前，还在做着最后努力，蓝辛曾递交给威尔逊一份备忘录，认为把山东胶州湾交给日本以保全国联，是出卖了美国主张的民族自决原则，放弃中国和牺牲美国在远东的尊严。按说，蓝辛倒是个颇有远见的政治家，他从美国在远东的战略利益考虑进言不能同意日本占领山东，而且虑及此举失信于中国，美国就等于失掉了一个重要的战略伙伴。蓝辛还和另外两个代表怀特和布里兹私下商议，由布里兹写信给威尔逊，阐述日本继承山东权益的不合理性。但这些，都被威尔逊当成了耳旁风。

中国代表团外交官们出于对威尔逊总统本人的礼貌和尊重，对前来道歉的总统秘书只能用沉默表达愤怒和不满。但远在万里之外的中国，当强权战胜公理的噩讯传来之时，青年学生不再沉默了，他们公开怒吼了，上街游行强烈抗议了！

5 月 4 日这天，北京爆发了震惊中外的学生大规模游行示威活动。这天下午北京大学、高等师范学校等十多所学校的三千多学子们冲出校园，奋步走到北京市中心天安门广场集会，他们打出了"还我青岛""保我主权""内惩国贼、外争国权"的标语口号，接着他们冲破军警阻拦来到东交民巷外国使馆区请愿示威。当他们走到美国使馆时，学生们推举代表向美国使馆递交一份说帖，上写："吾人闻和平会议传来消息，关于吾中国与日本，国际之处置，有甚悖和平正义者。"群情激昂的学生队伍离开东交民巷向赵家楼胡同涌动，他们的标语旗上还点了三个人的名："诛卖国贼曹汝霖、章宗祥、陆宗舆"，曹汝霖的宅邸就在赵家楼胡同。怒火燃烧的学生们翻墙入院，打开大门，随后学生们蜂拥而入，到处寻找曹某人，但终未能找见，于是一把火点着了曹宅。此时藏匿于地下室的章宗祥被大火逼出来，被学生捉住一顿痛打。此时大批警察赶到，将三十多名学生逮捕。曹汝霖去哪儿了？

原来这日他刚刚出席了大总统徐世昌专为驻日公使章宗祥卸任回国举行的午宴，一同回到曹宅不久，就听到警卫报告学生队伍来了，顿时心惊肉跳。曹章两人自知学生为何而来，又为何专点曹、章、陆三人为"国贼"？他们三人心里都明镜似的。原来他们有着大致相似的经历：早年都留学日本，回国后又都在晚清和民初袁世凯手下或段祺瑞手下担任过高官，其中两人还当过驻日本公使。当然单凭这些履历要认定他们为"国贼"，还不足为据。关键是他们身居要职时的言行。曹汝霖在段祺瑞内阁时任交通总长和财政总长，多次积极推动向日本银行大宗借款，以牺牲中国山东等地权益为代价；章宗祥也在段内阁时期担任驻日公使之际，经手了向日本八次借款，把东北和山东的铁路权益和矿产资源出卖给日本，1918年代表北京政府与日本政府秘密互换备忘录，对日本侵占山东表示"欣然同意"；陆宗舆在任交通银行股东会长时，是向日本大宗借款的积极推行者。这三人平日的言行早已在国人面前暴露无遗，此时理所当然地被爱国学生们所唾弃。但学生们火烧曹宅之前，曹汝霖藏在一间秘密小屋里，躲过一劫。

赵家楼曹宅一把火当天被警方扑灭了，但在大江南北引燃了更大的"熊熊烈火"，伴随着反对日本侵略，还我青岛还我山东，拒绝和约签字，严惩卖国贼的声浪，各地学生、市民、工人、中下层工商人士广泛参加的游行示威和罢工、罢课、罢市等爱国活动此起彼伏。

第十五章　抉择两难

五四学运的狂涛怒浪强烈地震撼着中华大地，也强烈地震撼着统治中国的北洋政府，甚至波及巴黎的中国使团。很快陆征祥就收到了学运爆发后来自北京政府关于签不签约的第一封电报。电报称："日本要求于和约草案内专列一条，将山东胶州问题由德交日自由处置，招招进逼，殊堪痛愤。此事在我国只有坚持，断难承认。如果总约案内加入此条，我国当然不能签字，希照此办理。"

此电言简意赅，非常明确：将山东问题交由日本处置，中国断难接受，不签字是唯一选择。但在老于世故的陆征祥看来，这份电报颇多玩味之处并引起他质疑。他自袁世凯当临时大总统时期就已经担任外交总长，多年浸润在官场上层，耳闻目睹宦海明枪暗箭、尔虞我诈，贪婪狠毒者有，阴谋诡计者有，而落井下石者和明哲保身者也大有人在，浩然正气者居少数至寥寥。不过前几类人有一个共同特征，对待西洋或东洋的洋大人他们绝对会卑躬屈膝、摧眉折腰，挺不起腰杆来。此电拟稿人必是外交部代理总长陈箓上报国务院，经钱能训总理报告大总统，最后签发人一定是徐世昌。涉及如此重大涉外又牵扯内政的问题，任何人做不了主，只有大总统。徐大总统是袁世凯的政治盟友，私密甚久，两人共同崛起于清末官场，在北洋集团里，徐世昌是军师角色，地位与袁世凯几乎平起平坐。只因徐某未支持袁某复辟当皇帝免遭厄运而幸存下来。不能不说他老谋深算，见识比老袁更胜一筹。值此国际国内风云变幻之际，此电干脆利落地对列强说不签字，恐怕不是出自徐世昌等高层人物的心底实话，很可能是虚晃一枪，装个样子给外界舆论看的。否则不是引火烧身吗？想到此陆征祥释然了。

但既然陆征祥判断电报并非出于徐世昌等人真心，那么他能贸然按照国务院电报执行吗？他毕竟是个谨慎小心的人，政坛多年历练，他不会再往风口浪尖上冲的。他必须再回电政府，摸清底细，再考虑下步行动。于是他给北京发电：

国务院电悉，谨即照办。……惟所谓不签字者，是否全约不签，抑或不签山东胶州问题一条？

这里，陆征祥暗示政府应采取保留一条不签而其余可签的策略。但究竟政府会采取什么方略，他也没底，只能等待。

北京中南海。微风拂面，碧波荡漾，桃红柳绿，春意盎然。

下午两点，大约二百多位国会议员陆续走进怀仁堂会议厅，参加国务总理钱能训召开的茶话会。这么多人云集到中南海开会，还是民国创立以来甚至有史以来破天荒第一次。这些国会议员大部分没有到过中南海，乍来到这闻名已久风光旖旎、春光无限的原皇家园林，两眼好像不够用了，东瞧西望，湖光阁影，人们望着湖中被绿荫掩映的仙岛，免不了要窃窃私语："瞧，那就是慈禧老太后禁闭光绪帝的瀛台！""是啊，光绪帝在这儿一关就是十年呐，一直到死。慈禧这老太婆也忒狠了！""政治对手嘛，哪个不心狠手辣？""那倒也是。你老兄对今日的茶话会有何高见？""名义上是茶话会，背地里还不知那老狐狸使什么损招呢？""你说的是那位双立人军师爷？""除了他还有谁……"

议员们的牢骚低语预示着这次所谓的茶话会，绝不是一次普通的喜庆茶话会，更不是闲得无聊的友情聚会，而是暗藏机锋和陷阱，参会者都抱着一种不满情绪和争斗的架势而来。主持人是国务总理钱能训，这位前清进士翰林出身又当过某省巡抚的民国总理，宽宽的前额，稀疏的头发，白净面皮，看上去像个儒雅饱学之士。他首先谦卑地朝议员们一拱手，然后文质彬彬地说："我代表国务院热忱欢迎各位贤达来怀仁堂做客，大家都知道，目前我国内外都遭遇到困难，今天恭请各位来恳谈，就是希望国会与政府携起手来，共克时艰。眼下最紧迫之事，即中日对于山东问题博弈到了紧要关头。巴黎和会开了近 5 个月，我国代表团呕心沥血在一线与各国首领艰难交涉，岂料西方大国无视我国代表一再诉求，最后决定仍将山东权益交给日本，这是对中国主权最严重的伤害。我国政府签字还是不签字，利弊得失，孰重孰轻？如果不签字，是否全约不签字，还是仅适用山东问题不签字？ 望各位贤达对此发表高见。"

钱能训这番开场白的目的说得很清楚，希望政府能与国会携手共度时艰。但后面的话，显然是暗示不签字仅适用山东问题，而其他涉及中国的条款则可以签的。那么国会议员们是怎么想的呢？

出乎意料的是全场鸦雀无声。冷场一两分钟，议员们大眼瞪小眼，不知作何回答，这与平日在国会会议厅议事时七嘴八舌吵成蛤蟆坑截然相反，一时间这些伶牙俐齿、满嘴尖刻的议员们成了哑巴。

"各位议员，刚才钱大总理讲的都听明白了吧！大家可以各抒己见，不要受约束，有什么说什么，啊？"说话的是众议院的头儿——议长王揖唐。此人长相很特殊，长圆脸，长鼻子，一双小三角眼，一看就是那种极善钻营、精明透顶的人。说起王揖唐，就不能不涉及安福国会，说起安福国会，不得不扯上安福俱乐部。王揖唐，安徽合肥人也，清末进士，后赴日留学，回国后投靠封疆大吏徐世昌在东三省督军署当参议。清朝覆灭，他又投靠军权在握的袁世凯北洋新军，为袁当皇帝鞍前马后效力，被袁视为心腹之一，因而官运亨通，由参议到总统顾问，再到陆军中将加上将衔，并获封一等男爵。袁氏死后，王揖塘又找到新靠山、同乡段祺瑞。当段氏扑灭了企图复辟清朝的张勋辫子军，驱赶了总统黎元洪，与接任总统冯国璋争权夺利时，积极为段出谋划策。原先与段祺瑞唱反调的第一届国会被张勋解散，国会成员大部投奔广州孙中山，另组非常国会，与北京的北洋政府形成南北对立态势。段氏"再造共和"之后，无意恢复老国会，于是授意心腹徐树铮另谋新国会。徐树铮找到王揖唐，王献策并密谋组织了安福俱乐部。为何叫安福俱乐部，因俱乐部成员经常在北京宣武门外安福胡同秘密集会，因此外界称他们是"安福俱乐部"。为筹备"新国会"选举，王揖唐派俱乐部的人到各地活动参选国会议员，组成了新的议会，自己也因劳苦功高被推举为议长，其国会也被称为"安福国会"。安福国会里绝大多数是安福俱乐部成员，旧交通系的人也占三分之一，此系也与段祺瑞有千丝万缕联系。在段祺瑞幕后操纵下，国会顺利选举老北洋军师徐世昌为新任大总统，冯国璋无奈卸任，段祺瑞也退居幕后，卸去国务总理职务。徐世昌任命亲信钱能训为国务总理。至此，国家最高权力机构都被北洋军阀系统高官占据，但是权力的争夺并没因此而停止，权力舞台没变，但舞台上争斗的对手却换了面孔。

很明显，安福国会因背后有段氏皖系军方支持，无疑是个强有力的国会，而总统总理的文官政府相对处于弱势。徐世昌贵为总统，但不愿做被幕后人捆住手脚的傀儡。他原先打的算盘是，与南方护法军政府和解，实现全国统一，条件是南方非常国会与北京的安福国会同时取消，再恢复民国六年国会。实际上他的意图是借南方势力，制衡段祺瑞的皖系势力，来确保自己大总统有职有权。如果巴黎和会交涉能收回山东，他这个大总统功莫大焉！立马可以扑灭亲日的皖系势力气焰，在全国可以迅速提升自己的声望，政府权力得以巩固。不幸的是现在对外交涉失败，五四学潮工潮一闹，国人势必追究政府责任，政府主动找上国会协商对策，无非是找一个垫背的，至少政府和国会分担骂名。徐世昌这个意图，岂能掩人耳目？安福国会的人个个贼精八怪，不会愚蠢到一点儿悟不出来。可是他们如何表态，确也两难：若是拒签，等于扇了1918年9月亲日借款秘密换文的段氏政府一记耳光；若是签字，就是在全国愤怒声讨卖国贼时不打自招，并代政府受过。茶话会出现瞬间冷寂，背后原委即为此也。

"我说几句。"一位议员终于打破沉默。众人举目一看，原来是一位黑西服白衬衣打着蝴蝶领结的中青年人，他就是联系八方、神通广大的众议院秘书长王印川。王印川籍贯河南焦作，早年留学日本，法学博士，回国后到北京，与袁大总统长子袁克定义结金兰，成了拜把子兄弟，当了众议院议员。袁氏倒台后当过煤矿经理，办过报纸，后加入安福俱乐部，因在河南为安福俱乐部拉票有功，当选众议院秘书长。深得王揖唐信任的王印川，从此联络各方，在政坛炙手可热。王印川不仅在议员里年纪最轻，说话也快人快语、开门见山、铿锵有力："如果签字与不签字都得失去青岛与山东的话，依印川意见，与其签字断送青岛和山东，不如不签字断送。不签字，他日尚可设法补救。所以绝对不能签字！"

一炮引得排炮来。王印川的痛快表态，立即引起议员们响应。众议员李继桢说："政府所任命的全权代表，未经国会通过。政府不察，乃使陆征祥等人为专使，他们争名义、争座次，争来争去，而青岛已断送于人。山东问题交涉失败，完全是政府对日方针失误所导致。"李继桢当过上海《文汇报》、北京《新民国报》记者，笔头子硬，嘴头子损，他把矛头直指国务总理钱能训，斥责政府"昏庸错乱，轻举妄动，竟演成今日之失败"。

议员们见李继桢打开天窗说亮话，也就无所顾忌，纷纷发言表态，拒绝签约。重量级人物光云锦词语更为激烈，颐指气使、横扫政敌，他说："外交失败，政府措置失当，丧权辱国，固难辞咎，而一般丧心病狂之官僚，自命名流之政客，假外交问题以行个人营私卖国之实。若不明正其罪，依法惩办，则何以谢国民，而警来者？"这位李议员指名道姓点出研究系重要成员梁启超、汪大燮、林长民、熊希龄等，指责他们利用政府设立的外交委员会，干预使团交涉，不惜将全国铁路置于各国共管之下，彼等卖国营利之心昭然若揭。

国会议员们把指责矛头对准政府的同时，为何要扯上研究系呢？其实他们的目的是敲山震虎，"虎"就是徐大总统。这里需要交代一下研究系与徐世昌联姻的由来，研究系起源于民国初年的进步党，是第一国会里仅次于国民党的第二大党，以黎元洪、梁启超、熊希龄为首领，主张宪政治国，反对袁世凯复辟帝制。袁死后，进步党一分为二，一派亲国民党，后与该党合并，一派称宪法研究会，简称研究系，以梁启超为首，主张政治体制应加强内阁责任制。在段祺瑞粉碎张勋复辟"再造共和"之际，也是研究系与段氏内阁蜜月期，曾给予段内阁坚定支持。但双方在筹备和组建新的国会时分道扬镳。第一届国会被张勋进占北京逼迫黎元洪解散，部分议员迁到广州后，段祺瑞就想组建一个听命于自己的国会，于是授意心腹大将徐树铮策划落实，而梁启超的研究系另有所图，想在新国会成为第一大政党，从而在政治上实现更大的抱负。秀才遇上兵，有理也下风。徐树铮通过各地督军并用金钱操纵选举，参众两院大部分皖系和交通系人马当选，而研究系当选仅有20人，是国会内最小派系，因而研究会强烈不满，于是转而支持徐世昌和钱能训而远离段祺瑞。

徐世昌当上大总统之位靠的是皖系推举，但他并不情愿做傀儡，他徒有"偃武修文"和平统一的政治抱负，光杆司令难成大事，于是拉拢研究系作为自己的政治基础。徐世昌聘任梁启超为总统高级顾问，以为有了这位才高八斗的"当代诸葛"，就可以慢慢收拢天下。他们共同谋划，为了对付段祺瑞他同时下着两盘棋：一是，接受了美国驻华公使芮恩施的建议，同时也是顺应全国民众的希望，派出了北京政府代表朱启钤，与南方势力代表唐绍仪在上海实现了南北和谈，为和平统一迈出重要一步。但和谈最大障碍是南北两个国会，哪一个是合法的？徐世昌提出"两个国会同时取消"，再恢复民六国会即张勋复辟之前的国会。这无疑是毁了安福国会的老窝，安福成员哪有不痛恨的！二是，巴黎和会召开和国内对收回山东权益的强烈呼声，给徐、梁提供了一次加大政治筹码的难得机遇。徐世昌想做一个有职有权的总统，而段祺瑞独断专行为实现武力统一，必然要依靠日本帝国的军事和财力支持，而欧战胜利后美英法等国处于世界舞台中心并掌控话语权，不愿看到中国受日本独家支配，使徐氏看到清政府"以夷制夷"的策略有可能在当代中国实现。于是他批准了梁启超的建议，在总统之下设置了一个外交委员会，其成员基本上是研究系人马，此外还派梁启超亲自远赴欧洲，以巴黎和会中国代表团会外顾问名义，协助并监督使团的对外交涉。可惜到头来，徐世昌的两个如意算盘都将落空，南北议和面临破裂，巴黎和会收回山东也基本无望。国会议员轮番指控，虽然掺杂派系私利，然弱势大总统徐世昌和钱能训政府也只能忍气吞声，耐心静听。

第二天政府继续听取国会议员意见。议员们仍然集中火力，猛烈抨击政府不作为，一致表态拒签巴黎和约。至此，政府在决策签字或拒签问题上陷入困境。最后只得发密电给各地，征求意见，表示对和会将山东权益转交日本"断难承认"，但又"颇难决定"，"此问题拟正式提交国会"。为配合密电，同时由外交部发一专函，对签字和不签字的弊端作一番比较，结果是不签字有五害，签字有两害，暗示两害取其轻，选择签字危险较小。但出乎意料，政府的暗示并未得到各地认同，反馈意见几乎一致："暂不签字""誓勿签字""严拒签字"。国务院经过精心策划，向国会正式提出山东问题咨文，将此烫手山芋转交国会决策。安福国会的政客们岂肯为政府背这个锅，竟以"难以开议，亦无从审查"，又将球踢回政府。

南北和谈搁浅，国家统一无望，战争是否再起，国人担忧；国会政府斗法，太极互推扯皮，政府决策两难，巴黎使团着急。

国内政坛乱局如麻，政府对巴黎和会山东问题决定到底是签字还是不签，陷入困境。陆征祥得知国会议员们的拒签呼声，他觉得应该把自己的真实思想报告政府。于是他再次致电北京，阐述自己的观点："如果中国单独不签和约，难免有破坏协约国联合对德之嫌，将来影响所及，非祥所敢揣拟。建议我国隐忍签字，而将山东条款保留。但保留一层，签约时能否办到，现尚未敢断言，此层实费踌躇。"接下来，他分析了国际局势，认为"近来国际对我情形危险，似迫在眉睫"，他分析法英日各列强觊觎中国边疆和内地，暗示北京：保留不成就应签字，否则与列强关系更加恶化。如果签字，谁来签？陆征祥在电报中明确表示自己绝不再签字。他说，1915年签字在前，"若再甘心签字，稍有肺肠，当不至此"。最后请求政府迅即裁定，保留难以如愿时，是否不签？虽然他主要顾虑的是自己的名誉，但能明智选择置身事外也算躲避风口浪尖的自我保护之举。

中国内部的乱局和政府的两难困境，被作为局外人和当事人的日本时刻窥测着，它在掂量着合适的机会，暗施手段，使中国政府决策的天平毫无悬念地倾斜签约一方。果然日本突然出手了：外相内田康哉发表了一个非正式声明，称"帝国对支那方针，以公正共助为义，山东问题当然恪守公法，将山东半岛及完全主权交还中国"。但这仅仅是一个口头非正式声明，而且一句没提何时交还。这个声明是单独对中国代办的秘密声明，还是面向日本国内外舆论，都不得而知。中国已经尝够了秘密谈判或签订密约的苦头。再者，如果日本真心想交还山东，必定要有一个正式的书面备忘录通知中国，写明交还的时间，并公之于世界，才算有诚意。显然，日本施放出这样一个东西，仍然是一个诱饵，或是一个骗局。日本随时随地都可以否认有这样一个承诺，它要找一个理由是轻而易举之事。可是当驻日代办将这一所谓声明以密电形式报告中国政府时，徐世昌、钱能训等高层立即如获至宝，在他们看来，对德和约中方所顾虑的山东问题障碍已经排除，中国的诉求虽不能在和会得以圆满解决，但有了日本外相的承诺，以后解决也是可以接受的。于是以国务院外交部名义给巴黎使团再发训电，称"日本政府既有此项正大之声明，我国为顾全国家实力及国际交谊起见，第一步应仍主张保留，倘保留难以照办，应即全约签字，以固国本，希即查照办理。"

紧接着，国务院又向各地发出一份冗长的敬电，主要是表达了两个意思：一是对山东问题经过深思熟虑，第一步应"力主保留，以俟后图；如果保留实难办到，只能签字"。电报在罗列了一大堆交涉经过和最终做出此决定的理由；二是电报特别提到此决定"经征询两院议长及段前总理的意见，亦属相同"。这是指参院议长李盛铎、众院议长王揖唐、前总理现任参战督办段祺瑞都同意国务院决定，特别是段氏支持，使这一决定具有普遍效力，关键是原先那些国会议员们一齐叫喊的"拒签"声，只能闭嘴。

国务院敬电发出同时，段祺瑞也亲自致电各地大员，呼吁各地"封疆大吏，真知灼见，赞襄政府"。一些皖系大员回电呼应，虽然一些地方保持沉默，但至少从政府和皖系这个层面上看基本上取得了认同。

陆征祥接到北京保留签字的明确电示后，立即部署对美英法三国首脑人物的轮番交涉，争取"保留"签字。首先是陆征祥到法国外交部会晤法国外长毕勋，毕勋一听陆征祥说明来意，就一口拒绝，说："中国如果开保留之例，各国不满意者甚多，倘使纷纷照此办理，和约岂不是支离破碎或千疮百孔了吗？"陆征祥力陈中国山东问题的特殊性，应该准予保留签字。但毕勋守口如瓶，不再多做答复，只吐出一连串的"哝、哝、哝"。施肇基仍然去说服英国外交大臣贝尔福，也遭到这位傲慢的英国大人物冷脸拒绝。

顾维钧先后拜会了美国国务卿蓝辛和豪斯上校，他们都认为中国的做法是可以的。但豪斯还说："保留很可能极难获准，这会为其他代表团也提出类似的保留开了先例，这是几个大国所共同担心的。"不过蓝辛坚持自己的观点，说："因不能保留而不签字，则咎不在中国。"蓝辛还建议顾维钧拜会总统威尔逊。顾维钧明显感到，在山东问题上蓝辛与威尔逊之间有不同的态度。但能否得到威尔逊对保留签字的支持，还需最后一搏。

果然，陆征祥和顾维钧一起会见这位美国总统时，感到他早已失掉往日支持中国的热情，变得推三阻四，冷言冷语。当顾维钧简明扼要地指出："现在中国人民，无论在国内或国外，全体主张不签和约。政府顾念民情一致之主张，又不愿破坏协约各国对敌之联合，万不得已确定签字而保留之计。请总统先生予以考虑。"威尔逊却答道："保留签字跟法律问题有关，我不敢骤答，务请与著名公法家慎加考量。"威尔逊一句话把问题推给国际法专家。其实，他完全是托词，顾维钧和陆征祥心里明白，总统的政治需要才是使威尔逊转变立场的主要原因，由于意大利退出会议，日本也威胁退出，威尔逊要顾及和会圆满收场，他主导的国际联盟得以实现，其他一切都得服从这一目的，所以他对日本让步妥协了，中国被无情地"出卖"了，虽然陆、顾二人忌讳说出这个词，但内心真切地感到被出卖的痛苦。

中国代表团关键时刻的努力全部铩羽而归。何去何从，到了最紧要关头。

5月28日神情沮丧和疲惫的中国代表们和具有表决权的公使们一起聚会，秘密商讨山东问题保留不成，最后是否签字的问题。陆征祥声音低沉地向大家通报了与美英法三国领导人和外交高官交涉结果，请大家发言下一步如何办？签字还是不签？

王正廷首先发言，他讲话像以往那样犀利尖锐和旗帜鲜明。"我们迢迢万里来巴黎，所为何求？说一千道一万，不就是为了争回山东权益吗？但是几个大国仍然决定把偌大一省权利转让日本，这难道是我国加入协约国参战的报酬吗？这样的屈辱结果，中国绝不能接受！"讲到此，王正廷用手指习惯地推了推眼镜，扫了一眼在静听他讲话的同事，决定竹筒倒豆子，把憋在自己心里的话全部吐出来。"如果不签字，尚可鼓励全国民意，并可促使南北统一之速成。中国从前外交皆主逊让，遂损失种种权利，今则让无可让，不得不改变方针。各国屡欺中国，不可再受其欺。总之，不保留则万不能签字！"王正廷铿锵有力的声音，像一面播响的战鼓，在代表们公使们的心上震荡。

但，并不是所有与会者都认同王正廷的观点。有人觉得王某是南方政府所委派，慷慨激昂唱高调，并不能理解北京政府的意图：选择拒签则有害于中国。驻意大利公使王广圻虽没有正面反驳王正廷，但大讲了一通不签字的危害。他说："签字不签字之利害，要有缓急轻重之别。签字，国内之害在目前，然不签字，则国际之害在将来。至于国际之害达于何点，则尚不可预测。如不签字，日本必想出种种方法扰乱中国，将如何？如果不签字，我们则与英法美三国脱离，倘日本以武力相加，则无第三国出面相助，将如何？强国外交，孤立尚其难，而况弱国。"王广圻曾担任驻俄国、荷兰、比利时使馆外交官，长期追随陆征祥，由一般随员，一步步提升到参赞和公使，思想上比较靠近陆征祥，属于"弱国外交不忍让又能怎样"一类型外交官。显然，他更强调的是不签字的害处，倾向于签字。

随后发言的是伍朝枢，即黎元洪当总统时代理内阁总理伍廷芳之子，系南方政府派出的代表，他被委派时正值南北和谈进行当中，虽不是北京政府任命的正式代表，但北京政府同意其可以参加代表团内部会议，其意见的效力与公使胡惟德、王广圻一样，可计入决否之数。伍朝枢的见解出乎所有人意外，公使们原以为他既然是南方政府代表，也像王正廷一样，会措辞激昂地反对签字。但他说出的话，意思颇暧昧："此次和约草案，应再详细研究，计算中国直接得利益若干，又依赖协约国间接得利益若干。此次和约，已收回德、奥租借地，如不签约，则又失此权利。取消德奥赔款，其数额亦不少，以此兴学练兵，中国未尝不可自强，不签字则又失此权利。"伍朝枢虽无直接说签字还是不签字，但他讲的一通算计的话，分明是倾向于签字。

驻法公使胡惟德接着伍朝枢的话，说："深赞伍先生之说，必须权衡利弊。和约的有效性在于英美法三大国批准即能实行，中国签字与否，本来无足轻重。但国际联盟对于中国国际地位关系甚重，不签字就不能加入国联。一是无助于已经失去之山东权利的收回，二是不能废除既定之中日换文，三是失去和平与独立的保障，四是徒伤中国与列强的感情，岂非百失而无一得？"

以上会议发言表明，主张保留不成就签字的占了上风。接下来是顾维钧发言。他用极简洁明快、立场鲜明的语言表明自己的态度："日本志在侵略，不可不十分留意。山东形势关乎全国，较东三省利害尤巨。不签字则全国注意日本，民气一振。签字则国内将自相纷扰，永无宁日。"顾维钧的对日态度是前后一贯的，几句话准确地抓住问题的要害和本质。

驻英公使施肇基最后表态："此次和约，各小国均不满意，恐不能永久践行，中国亦可以不签字。"

六位代表和公使发言结果三比三。大家的眼光最后投向陆征祥和魏宸组，特别是陆征祥，他是代表团团长，具有最权威的一票。但陆征祥选择了沉默，他内心是同意签字的，但他不想自己去签字，故矛盾的内心表现在脸上，就是抉择两难。

王正廷见陆征祥瞻前顾后不吭气，就忍不住脱口说道："请诸公记取国人声讨曹、章、陆的教训，万勿再蹈前车之辙！"这话本是冲陆征祥说的，但却激起胡惟德的抵触情绪，他立即反驳说："签字一层，苟利于国家，毅然为之，不必考虑个人毁誉！"

陆征祥见状，匆匆宣布散会。这场争论没有结果，但每个人的真实想法都表露出来，而陆征祥的决断能力再次遭到质疑和诟病。此次秘密会议之后的几天内，一部分公使认为大势已去，"飞鸟各投林"，返回各自驻节地：施肇基以陪同梁启超访英为由，返回伦敦；颜惠庆早于两个月前返回丹麦；王广圻返回罗马任所。留下来的代表团成员继续各持己见，争论不休，一些被邀请到使团当顾问的洋专家，此时趁机进言：中国先签字，声称日后英法美列强可以担保山东交还中国。其中包括像朱尔典这样的退职公使，不过这些聒噪对于具有深厚定力的顾维钧和王正廷来说，当然是白费口舌，但对于陆征祥来说，则平添了烦恼和苦闷。他终日苦思，内火上攻，思来想去，他只有辞职一条选择。于是他给北京发了一封私人密电："祥因病请免外交总长之职，并保举胡惟德继任，留待签字。"该电以私人名义发出，又是密电，说明极为隐秘，收电人必定是大总统或国务总理，任何其他人都批准不了陆征祥的辞职请求。另外他为何要推荐胡惟德，这可能有两层意思：一是胡是坚定的签字支持者，虽不是代表团正式成员，但若提升外交总长后去签字名正言顺；二是胡从清末到民国长期担任驻美、俄、日、法、西等国外交官，还代理过外交总长，资历颇深，老成持重，能不打折扣地贯彻和执行政府意图和命令。而正式代表中王正廷的身份是南方军政府代表又坚决表态拒签，故推荐人选将其排除在外，施肇基已经返回伦敦，顾维钧一贯对日持强硬立场，这次又毅然表态拒签，故亦不能委托大任。

发电后陆征祥急切等待北京回电，但眼巴巴盼望了一周，辞职电如石沉大海，杳无音讯。原来这些天，北京政坛正发生强烈震荡，大总统和国务总理的宝座自身难保，谁还有精力关注陆征祥的辞职报告呢？

第十六章

民心所向

　　五四学运的波涛浪涌，经过一个月的汹涌澎湃仍然没有停息。6 月 5日上海部分工厂、商店和学校爆发了罢工、罢市、罢课的三罢风潮，许多店铺商行张贴出"坚决要求政府夺回青岛""不诛卖国贼不开市"的大标语，还有的呼吁全市万众一心，抵制日货。上海的三罢很快波及天津、汉口、南京、长沙等大城市。与北京学生运动不同的是，上海等市的工界和商界参与抗议当局的行动，不仅仅是经济上震撼统治者，而且在政治上也给北京和地方当局造成相当大的压力。

　　在各地国人愤怒声讨中，曹汝霖、章宗祥、陆宗舆三人成了众矢之的，他们惶惶不可终日，先后提出辞呈，但都遭徐世昌婉拒，并发布命令为山东密约借款合同辩护，也即为三人辩护。但各地军政头面人物如上海淞沪护军使、湖南督军、江苏督军等，受不了民众冲击，纷纷致电北京，代达民意呼吁将三人免职。6 月 10 日，徐世昌终于发布命令，免去了曹、章、陆的职务。三个"卖国贼"被免职了，国人的愤怒即平息大半，学潮、工潮、商潮自然也逐步平息，徐世昌、钱能训政府应该可以暂时渡过难关了，但徐世昌仍然面临着严重困难。

　　其一，曹、章、陆三人与段祺瑞和安福系关系密切，撤掉他们等于加大了总统与皖系的矛盾，曹汝霖曾发牢骚说："利用学潮攻击我们，以剪除合肥（段祺瑞字合肥）羽翼。"得知曹氏被免，段氏亲自到曹家慰问，并赋诗为其鸣不平，"曹迭掌度支，谰言腾蒉苡。款皆十足交，丝毫未肥己。列邦所稀有，污蔑乃复尔……"此诗韵味实在一般，但为曹表功却意味深长。

　　其二，三个"卖国贼"倒台了，按着逻辑推理巴黎对德和约应该拒签。但拒签后不仅得罪日本，也严重影响与美英法的关系，而且也得不到除山东以外应该得到的好处。因此拍板拒签实难做到。

　　徐世昌还有一个难题：南北和谈现在处于停滞状态，武力统一既不可能，和谈仍是可能选项，但在与安福国会关系恶化的现实条件下，重启与南方和谈又寸步难行。

　　作为一个没握有军权的弱势总统，面临这几多难题，他必须使出浑身解数，绞尽脑汁应对，否则他就可能被别人撵下政治舞台。最终，他选择了一个以退为进的策略：曹章陆三人被免职的第二天，徐世昌向国会两院递交了辞职咨文。辞职咨文讲了他不得不引咎自责的对外和对内两个理由，对外指的是对德和约需签字，政府选择是"两害取轻之计，仍以签字全约以维持我国际地位"。但是"国内舆论，坚拒签字……而共和国家，民为主体，总统以下，同属公仆。欲以民意为从违，而熟筹利害，又不忍坐视国步之颠踬"。对内指的是南北和会，"沪议中辍，群情失望……此皆本大总统德薄才疏无统治国家收拾时局之智能，知难而退"。

徐世昌不愧是驰骋政坛的高手，玩对手如烹小鲜。他向国会递交辞职咨文当天，就引起朝野震惊，特别是安福系的担忧：怕政局更加混乱，不可收拾。很快，参众两院议长发表通电，说："一切外交、内政，由国务院负责，大总统无引咎辞职之规定。"李盛铎和王揖唐还躬赍咨文登门退还。不仅如此，皖系掌门人段祺瑞也亲自出马，驱车到大总统府挽留。主帅带头，各地军政要员纷纷跟进挽留徐大总统，同时对徐氏提出的两个问题表态，其中对德和约几乎异口同声赞成签字。

徐世昌终于又收回了辞职咨文，他保住自己大总统职位的政治目的达到了。但事情并没有完，接下来徐世昌不得不为外交内政失败抛出一个替罪羊，这个替罪羊就是国务总理钱能训。很快，徐再颁布免去钱能训职务的命令，钱氏就此下台。时任财政总长的龚心湛被指定"暂兼代国务总理"。龚心湛在就职电中，声称"心湛迫于主座重委，到院暂任维持，以十日为期，务希公推贤能继任揆席，斡旋大局，是所至跂"。此电不难看出，龚心湛是个被赶上架的鸭子、不敢担当的人，他深知被推到风口浪尖，肯定要成为众矢之的，因此预先声明"以十日为期"。

民国官场大多趋福避祸，高官厚禄者尤为甚。但是，在北洋系内部，竟也有桀骜不驯、敢于唱反调者。此人就是北洋直系驻扎在湖南衡阳的陆军第三师师长吴佩孚。当徐世昌辞职咨文引发各地普遍挽留和一片赞同巴黎和约签字的表态时，吴佩孚发出著名的删电。此电最惊人之处有以下几点：其一，巴黎签字犹辱军人之职。"吾国数百万军人，厚縻饷糈，竟坐视强迫执行，不能做外交之后盾以丧失领土，是军人无以对国家，而政府亦无以对人民也。"其二，敢于质问列强。"欧洲战争……他国加入协约，皆获利益，我国加入协约，反而受损，揆诸公理，岂得为平！"其三，痛斥两害取轻论。"如谓两害相权取其轻，目前之害较轻，而后祸无穷。丧失要塞、军港、铁路、矿产之大权，与损失区区不可必得之关税、赔款，两害相权，孰轻孰重，当有能辨之者。"最后，删电呼吁"与其一日纵敌，不若铤而走险；与其强制签字，贻羞万国，毋宁悉索敝赋，背城借一，军人卫国，责无旁贷，共作后盾，愿效前驱"。此电在沉闷昏暗的中国大地，犹如"鹤鸣于九皋，声闻于天"，顿时轰动九州。但吴佩孚毕竟不处于执政地位，而且在军队里也仅仅是师长，还不能起扭转乾坤的作用。不过此举为他日后在政治上崛起打下了基础。

龚心湛上任后处理的与巴黎和会有关的第一件事，就是致电陆征祥，答复他不批准其开去外交总长："此次钱揆乞休，各阁员联带辞职，业经一致慰留，勉维现状，所请未便照准。"而至于对其"保举胡惟德继任留待签字"，根本未予理睬，这使得陆征祥大为失望。来电还简要通报大总统辞职与留任过程，指示使团，"德约签字大局已定，不会再生反复了。"这封电报明确了"签字大局已定"，不会反复了。但是，陆征祥的心湖却像投进一块大石头，掀起层层涟漪，甚至浪翻涛涌：辞职不行，德约要签，难道这又是自己的一劫？不，说什么自己也不能签，不能在已有的耻辱账上再添一笔了！自己不签，谁又能代自己顶雷呢？思来想去，搅得他昼夜不宁。

夫人培德见他整天闷葫芦似的，知道他又遇到最难抉择的问题。就问他怎么回事？他叹口气，把北京来电的大致意思说了。"这么说，中国的山东省就必须交给日本了？"培德说。陆征祥无奈地点点头。"那你们在巴黎几个月的艰苦努力不是前功尽弃了吗？""也不完全是。至少还能从德国奥国收回一些别的权益，不过我们必须得在和约上签字。""我懂了，这叫什么来着，中国有一句俗话叫'抓了芝麻，丢了西瓜'。是吗？"陆征祥苦笑一声，"可以这样比喻吧！""为什么中国政府还要签字？""因为不签字就会失去更多。""失去什么？""首先是日本肯定要发怒，中国财政困难，正借着人家的钱，政府怕撕破脸，日本会变本加厉侵犯中国。其次是不签字要得罪美英法诸列强，他们希望中国签字，保持和会的完整性。况且他们已经对日本施加了压力，日本外相也声明以后将山东归还中国。""什么时候归还？有书面文件吗？""没有。只是口头半正式声明。""如此说来，我觉得日本人很可能设计了一个骗局，一个口头声明，还是半正式的，这么严肃的国家间的主权大事，就这样轻描淡写的糊弄中国。我认为，欧美列强考虑的是他们自己的利益，不会为中国利益而尽力的，中国的事，还得中国人自己争取。我还是那句话：不明白中国泱泱大国，你们的政府为什么总是怕日本？"陆征祥又叹口气，说："中国的事情，你弄不清楚，连我也搞不明白。有一点我可以告诉你，中国人像一盘散沙，内斗不止，矛盾错综复杂，很难合力对外。唉！""那你就准备按照政府指示去签字啦？你忘记那一年你签了那个《中日民四条约》，让你悔恨一辈子的事了吗？""我怎么能忘记呢？这正是我的苦恼郁闷的，我是绝不会再当一次千夫所指的罪人了！""你打算怎么办？"

"我实在身心疲惫了，再煎熬下去真的要完蛋了。我得住医院去！""你的工作总不能也丢弃吧，交给谁代理呢？""顾维钧。"

第二天陆征祥接到和会正式通知：6月28日将举行对德和约签字仪式。这无疑对心急火燎的他又泼了一瓢油。他一不做二不休，赶紧住进医院，并给北京政府发了电报："祥旧病骤发，异常困惫，不得已赴圣克鲁医院治病。医生说，现在不能用心，须将公事一切放下……我国保留签字问题，虽一再向各方接洽，迄今未有相当解决，祥床褥呻吟，万分焦急。届时祥如果不能行动，拟即派顾使在会签约。"

在北京，大总统徐世昌和新任代总理龚心湛也正面临着最尴尬最窘迫的时刻。他们要接待山东省一个八十五人的请愿团，请愿团由省议会、济南总商会、省学联、省教育会、省报业联合会、律师公会、农会等群众团体代表组成，受省内各界父老重托，在省议会秘书长王跃华带领下风尘仆仆来到北京请愿，他们亮出两面大旗，一面以醒目大字书写着"山东各界请愿团"，另一面书写"拒签对德和约，废除济顺、高徐铁路合同、严办卖国贼"。但请愿团八十多人，如果没人引荐是绝对进不了中南海的。所以请愿团找到山东同乡会会长、现任军警督察长马长彪，在他陪同下徒步来到故宫西侧的新华门。新华门前早已戒备森严，一排警卫士兵荷枪实弹，如临大敌。

虽然有马督察长陪同，但他的官职还是小了点，面子不够大，因而请愿团在门口被警卫队长阻拦，交涉多时都未得准许进入。警卫队长见来人众多，干脆关闭沉甸甸的大红漆门，把请愿团一干人众晾在门外。时值6月中下旬，天气趋于炎热，心急火燎的人们在太阳底下更加酷燥，有个老教师当场热晕，若不是被同伴扶住，定然昏倒在地。大家愤怒了，振臂高呼："请大总统快点接见！"这群从孔圣人家乡来的请愿者毕竟还拘泥于"君臣礼仪"的传统约束，不敢太放纵自己的愤怒感情流露。他们觉得签字和约等于承认了日本人占领山东的特殊地位，自古以来就是堂堂华夏子孙的山东人，有可能成为倭国皇民，这次来北京请愿，就是要对华夏中华的当家人一诉衷肠，岂料被拒之门外，大有被抛弃的感觉。一肚子委屈向谁倾诉？他们实在憋屈得难受，有人禁不住失声痛哭，霎时引发众人扑通扑通陆续跪倒在地，顿时一片哀号，哭天抢地，声动京城。不知谁，高声撕裂嗓音吼道："今天宁愿死在这里，不达目的，绝不回去！"众人应和，"不达目的，绝不回去见家乡父老！"

早有警卫向上禀报，于是总统府秘书传出话来，一小时后大总统准备在怀仁堂接见请愿团，请愿团少安勿躁。总算等到一个回应了，众人哭声才平息下来。一会儿，新华门重又打开了，请愿团在马长彪陪同下，由两个警卫引领走进了中南海。大家静悄悄的，没有人交头接耳，他们在门外就被告知，进了里边别东张西望、大声喧哗。经过了中海和南海之间的通道，有秩序地迈进了绿瓦飞檐歇山顶的怀仁堂，在大厅两侧屋内待命。大约半小时后，他们来到大厅恭候，就听一位礼仪官报了一声：大总统到。正装礼服一脸严肃的徐世昌大总统在一群警卫簇拥下现身了。他朝请愿团一拱手，算是向大家打招呼，然后慢慢地说：

"各位贤达，让你们久候了。予桑梓之地，与山东毗连，过去多有往来，省内名仕也多所熟识。刚才听秘书说请愿团风尘仆仆是为山东问题而来。各位有何诉求，予愿洗耳恭听。"徐氏一席话，说的倒也顺听，早已蓄势待发的请愿团按事先安排，由一口齿清楚的代表捧起请愿书，一字一句读过，递给大总统，由一位秘书接过去。随后山东议会秘书长王跃华代表大家补充说明此次进京晋见大总统的缘由。

王跃华三十五六岁，看上去文质彬彬，戴一副圆圆的近视眼镜，略显消瘦的脸颊，颇有几分书生气。但他一亮嗓子说话，众人吃惊了：铿锵有力、口齿清晰、声振厅堂，如果不看本人，他哪里像个书生，而是活脱脱一个山东大汉！"我们这八十五人的请愿团，代表着全省三千万父老乡亲，今天得以面见大总统倾诉衷肠，实乃三生有幸！ 自从日本军队凭武力占据青岛和胶州湾以及胶济铁路后，山东百姓惨遭蹂躏，水深火热。仅以去年半年对日交涉公署统计为例，日本军人和宪兵警察以及日本骄横跋扈的浪人，无故枪击和用凶器杀害我同胞案件就有五十多起，一直到现在凶手依然逍遥法外。在省城我同胞没有集会自由，稍有三五人群聚集，日本暗探就会告密，日方就会向我方当局施加压力，污蔑为反日集会，横加干涉。而我学校同胞在社区演出，只要涉及外交，日本人就来捣乱威胁。这样的例子举不胜举。人们不禁要问，济南堂堂省府，还是不是中国管辖？大好山东河山，还算不算中国领土？请愿团临出发时，省城万人空巷到车站送行。父老昆季姊妹跪在站台上久久不起，对请愿团千叮咛万嘱咐：请求不遂，不得生还！"说到此，王跃华激情难抑，已然泣不成声，他强忍悲愤，最后问徐世昌："大总统是否还要我山东？如果还要山东，我山东三千万子民尚可忍死一时……"他的话音未落，请愿团所有的人都捂脸呜呜地痛哭起来，就连马督察长和总统卫队里有的官兵也都抹起眼泪。

徐世昌见状，摆摆手，让大家安静下来。他叹口气说："唉，其实，诸位担忧的，也是我所思虑的；你们爱国，政府也爱国；你们不放弃桑梓，我作为一国总统更无放弃山东宝地主权不思补救民众于苦难之理。想当初德人占据青岛和胶州湾，人民所感受到的与今天很类似，我当时正在军界参与帷幄，曾拟定武力收复计划。马督察长，你大概也听闻过吧？"

马长彪立即回答："记得，卑职的确有耳闻。"

"可是大家想必也明白，这战端一开启，就非打出谁胜谁负不可！要单凭我们中华民国的实力跟德国对抗，没有打赢的可能，所以最终放弃了武

347

力收回的决策。现在对日本我们也面临同样的难题。关于山东问题，政府多次电令专使抗议，前不久日外相亦有完全交还之表示，我国从此相机处置，或可达到目的。总之，政府以人民为后盾，人民以政府为主脑，此中之委曲维护，政府只能自喻，不能尽告途人。而外交也必应守秘密，时尤未便公然宣布，是非真相，久而自明。"

对徐世昌的一番答复，大家似懂非懂。开始几句大家还听得心里热乎乎的，觉得大总统和民众想到一块儿去了，爱国不分上下嘛。可是越听越不对味儿，什么山东问题，"日本外相亦有完全交还之表示，我国从此相机处置，或可达到目的"，日本人说话算数吗？如果真想把山东归还中国，和会是个好机会呀，为何还要拼死不放手呢？大总统如此轻信日本人的话，让人不解。至于什么"外交必守秘密，是非真相久而自明"，更是莫名其妙，这样的话似是而非，模棱两可，叫人实在没有底。请愿团来北京的目的就是要向政府讨一个明确说法，特别是把山东权益转让给日本，绝对不能签字。这是请愿团最主要目的，可是大总统的话让人感觉是在敷衍和搪塞。

王跃华敏锐感到徐世昌是在糊弄请愿团。作为请愿团的领头人，他怎么能让徐世昌这样轻描淡写、不得要领的几句话给打发走呢？他早年加入同盟会，参加辛亥革命和后来的二次革命，反对袁世凯称帝，当过《齐鲁日报》主编，什么场面没见过，什么风浪没遇过，徐世昌的虚与委蛇骗不了他的眼睛。他追问道，"请大总统对请愿团所提三项要求，再予以明示。我们也好回山东向三千万民众有个交代。"

徐世昌斜觑了一眼王跃华，流露出怨恨和不满，暗想此人年纪还轻，就当了省议会秘书长，嘴巴也好厉害！不知政治背景如何，眼下先把他们应付过去再说。于是他干咳两声，缓慢地说："请愿团所提几项要求，一是不签和约，政府已经电示巴黎专使，暂缓签字；二是高徐、济顺两铁路，可以废除，不过日本人给垫支的两千万元，政府没钱偿还；三是惩办曹章陆三人，属于司法管辖的范围，我虽是总统也无法过问。"最后他建议请愿团去国务院见代国务总理龚心湛，说："内阁负有专责，必有妥善办法，不使人民过于触望。"

徐世昌转身退场。大总统如此态度，早惹恼请愿团几位青年学生代表，按捺不住怒火，欲上前与徐理论，被王跃华及时拦住。他心里暗道：追问这个老北洋政客不会再有什么结果，这些个官僚除了保官位，是不会把国家、民族利益放在第一位考量的。于是对众人低声说："既然大总统说国务总理负专责，我们就去找他！"

第二天龚心湛果然在中南海居仁堂会见了山东请愿团。在请愿团再三要求下，以国务院名义对代表们所提要求公开批复如下："政府责任所在，于国家领土主权亟当全力维护，于国际地位必慎为保持，总期熟权利害，妥筹因应，保全国土国权，以慰喁喁之望。"

但是请愿团仍然对这个空洞不实的批复颇感失望，他们在京分别致电各地带兵的吴佩孚、王占元、卢永祥等山东籍军队将领，呼吁他们向政府施加影响，力挺请愿团要求。一时间，"山东请愿团跪求中南海"舆论疯传大江南北。

再说巴黎中国代表团大多数成员已"各飞各巢"。总长陆征祥因病住进圣克鲁医院，胡惟德因未接替陆征祥而不再出头露面，王正廷始终坚持不保留就拒签，但因得不到政府信任，好比老牛掉进井里有劲儿使不上，只好静观其变；魏宸组一直负责内务，交涉事宜无能力。因此唯一支撑局面的人就剩下顾维钧。陆征祥住院时曾请示北京，把签字权交给了顾维钧。陆的用意很明显，把签字权甩给顾维钧，等于把黑锅甩给别人，避免自己以后再遭诟病、背骂名。顾维钧是何等聪慧之人，不会愚钝到不知不觉的程度，但他还是临危受命，接下了这盘危局死棋。他既是出于对共事多年的陆总长的理解和帮助，更是出于一个具有家国情怀的外交家赤子之心，他决定利用签约前的几天时间，为中国保留签字做最后努力。这里用两句林则徐的诗，来表现顾维钧的胸怀也许最合适："苟利国家生死以，岂因祸福避趋之。"

6月24日，陆征祥接到北京来电：国内局势紧张，人民要求拒约，政府压力极大，签字一事请陆总长自行决定。这种把签约大权放给一线外交官的做法世所罕见，也只有中国政府做得出来。陆征祥无语，他把顾维钧叫到医院看电报，顾维钧也苦笑一声，说："我们还是要力争保留签字。"

当日中午，顾维钧拜访法国外交部，与和会秘书长迪塔斯塔会面。

"今天拜访先生是表达以下意图：遵照我国政府训令，在德约签字时，请予写明将山东转让日本条款声明保留。"顾维钧说。

迪塔斯塔的脑袋摇得像个拨浪鼓："不行，不行。按照定约同例，不存在保留条件办法，只有签字或不签字两种选择。"

"希望将我国要求转达主席克雷孟梭先生。"

同日下午，迪塔斯塔回复："贵国关于将山东条款保留一层，已报告主席克雷孟梭先生，他说，根本不可行，只有签字或不签字两种方式。"

"中国的情况特殊，希望能以特殊的方式解决。"

"除了中国，还有几个国家对和约持相似态度。一方面承受对其有益条款，另一方面又对有的条款不满意而声明保留，比如罗马尼亚，约中已经将其边境土地增加几倍，还不满意，仍反对关于保护少数种族及宗教的条款。像这样一手承受有益条款，一手将不满意的声明保留，各国都来反对和抗议，岂不是乱了吗？"

"中国和罗马尼亚不能类比。罗马尼亚所得土地加倍，尚且对个别条款不满意，中国在此次和会中所得有哪些呢？"

迪塔斯塔被顾维钧反问而语塞。他只得承认，"中国所得比较其他国家的确不多。"

"是呵，"顾维钧乘机说出另一个保留方式，"如果在约内注明保留不行的话，我们希望在签字仪式之前数分钟，允许我国政府致函和会主席，声明保留，同时分别致函各国，然后我国代表可以签约。这个办法想必阁下同意吧？"

迪塔斯塔眨眨眼，他大概没想到顾维钧会提出这么一个很具体的方法。只得说："对不起，我不能直接回答您，还得请示克雷孟梭先生。"

第二天下午，迪塔斯塔约见顾维钧。"主席让我告诉贵使，保留的办法一概不能行。过去无论哪个国家哪个条约，均无在约内保留一说。"顾维钧立即问，"我昨日提出的是在约外保留，依主席之言，是否是指约外可以保留呢？"迪塔斯塔赶紧摇头补充说："不，不。他指的是各种保留，当然也包括约外。"一句话，切断了顾维钧约外保留的一线希望。

但他仍没有完全放弃。此时距签字仪式还有两天半时间，当晚他紧急拜会了美国总统威尔逊。"总统先生，请原谅我再次向您表达我国关于山东问题保留签字问题。国内人民对和约转予日本异常激愤，主张绝对不能签字。不过，我国代表考虑到与协约国对敌一致关系，所以退而求其次，作签字保留之请。可是……"威尔逊接上顾维钧的话头说，"亲爱的威灵顿，您的意思我明白。此事中国人民不满意，我深表理解。至于保留的办法，我也不主张。不过，事不得已之中，似可找到一个转圜的办法。中国可以准备一个正式通告或宣言，声明中国对于和约中的山东问题，将来于相当时间及适宜之机会，有请求继续讨论之权。"顾维钧想了想，这样提法没出现保留二字，只强调山东问题没解决，以后有适当时机再继续讨论。这既回避了西方大国忌讳的"保留"之说，又满足了中国最低要求。顾维钧点点头，表示威尔逊的主意可以考虑。

顾维钧与威尔逊约见后的第二天下午，就听说这位美国总统就回华盛顿了。另外一个大国英国首相劳合·乔治也回伦敦了。他们两位大人物离会，说明巴黎和会已经进入尾声，这台戏即将落幕。各国代表团都在等待着最后签字仪式到来，但中国代表团仍然处于焦虑不安之中。中国代表团自从 5 月末以来实际上就已经解体，用"飞鸟各投林"形容也不过分。只有顾维钧独自苦撑着局面，他虽然感到孤独无助，但暗下决心：不到最后一刻，争取山东问题保留绝不放弃。

这时，负责与和会联络的岳少瑜向他报告了两件事。一是接到和会秘书长电话通知，要中国代表团尽快将参加签约仪式的代表印章送大会秘书处。"陆总长和王正廷的印章不是早已送过去了吗？"顾维钧道。岳少瑜说："可是他们说陆总长住了医院，必须再报一个全权代表名单。""请岳先生回复他们，我们要到签字之前最后一刻再决定是否送交图章。提前送去可能会危及我们力争保留的尝试，他们会觉得中国并不十分认真争取保留。"岳少瑜有点面呈难色说："秘书长迪塔斯塔先生说，送交印章纯属大会程序要求，没有任何承担义务或妥协让步的意思。"但是顾维钧还是没有答应，说："法国首脑们已经产生这样的错觉：中国代表并非为了争主权，只是想为中国争取更好一点的待遇而已，因为中国政府已经训令代表团签字了。我们这时送去印章，就会加深他们这种错觉，我们的努力就更难实现。"岳少瑜只好按照顾维钧的意思去回复法国人了。

顾维钧知道，他的外交努力到了最后关头。在 6 月 28 日正式签字仪式的前一天下午他又拜访了法国外交部长毕勖。毕勖这个人一贯对中国人抱有一种鄙视的心理，虽然他接触的中国外交官都彬彬有礼，也耳闻战争期间中国来自山东的劳工吃苦耐劳，给法国人留下了好印象，可是他为什么看不起中国人？他觉得中国好歹也是拥有四亿人口和辽阔国土的国家，为何对一个日本岛国害怕得像老鼠见猫一样呢？从这一点说，他佩服顾维钧，感到他是中国外交官里最让人尊敬的。可惜，他生不逢时，偏偏遇见日本这个劲敌。而日本又与法国和英国提前订立了密约，中国只能败诉。要说怪罪谁，只能怪罪中国自己，谁让你们自己不争气呢？最近，他收到法国驻中国公使的密电，称中国政坛乱象丛生，议会和政府钩心斗角，对巴黎和会签不签约各唱各的调，北洋政府与在野的广州军政府更是水火不容，而民众团体拒约呼声此起彼伏，山东议会代表团抵达北京，向政府施加压力，力促拒签和约。政府虽然也害怕民众，但他们更不敢违背西方大国的意志和政策。目前看，民众呼声暂不至于影响政府允约决策。总之，毕勖得到的情报是：中国国内一团糟，政府是个软弱的政府、跛子政府，最终中国代表会签字画押的。掌握了这些动态，对毕勖很重要，认为已经摸准了中国人的底牌，无论中国代表如何费尽心思和口舌，他都坚持一条：不行！

因此，当顾维钧再次要求和会同意"中国声明约外保留山东问题"时，毕勖断然说："不行。克雷孟梭先生说过，和约签字之前，不能允许有任何保留之举。如中国政府非要声明，可在签字之后，准备一函件交会。"

顾维钧想，签了字画了押，再递交声明即是废纸一张。这家伙把中国人当三岁孩子啦！他顿生怒火，但极力抑制着自己的愤懑，说："中国为顾全大局，一再退让，由约内保留，退到约外保留，既然约外保留不准，那中国再退一步：中国可否签约前发一书面声明，不提保留，只提中国将来有权再向国际组织重议山东问题，这对大会签字仪式没有任何妨碍，总可以了吧！！""不行，不行！我再说一遍，中国要递送书面声明也得在签字以后！"

毕勋把大门关死了。顾维钧撂下最后几句话："阁下如此说，实在令人不解！我不得不指出，中国已经退让到极点了，还不答应，如果中国不签约，责任不在中国，而在和会！"最后这两句话，憋闷在心中已久，现在终于吐出来了。不过，他没有放弃最后的努力。

顾维钧回到吕德西亚旅馆自己办公室，立即伏在写字台上给威尔逊总统写了一封短信。信中通报了与毕勋会见的情况，接着写道，"请总统先生利用您的威信和影响力，以使中国代表能在不牺牲他们的民族荣誉感和自尊心的情况下签约。"信后，还附上了他用打字机打印的一份关于山东问题的声明草稿抄件。草稿是这样写的：

"在签署对德媾和条约之前，中华民国全权代表因该约第156、157及158款竟使日本继承德国在山东省之权利，阻碍中国恢复其领土主权，这实在不公正，兹特以中国政府之名义声明：中国之签字于条约，并不妨碍将来于适当之时机，提请重议山东问题。巴黎和会对中国之不公正，将妨碍远东永久之和平之利益也。"

他把信和声明附件装好信封，交给秘书，嘱咐他以特急件送达美国代表团，请美方以最快速度转达威尔逊先生。这时已经夜幕四合。他匆匆吃完两块抹了花生酱的面包，喝了一杯茶，拎起公文包就又出了门。夜色中，他驱车前往圣克鲁医院。

巴黎郊区，空旷辽阔的原野。满天繁星被涌上来的云层遮盖得严严实实，夜显得格外黑暗、静谧和寂寥，只有汽车的轮子在坑洼不平的土路上碾压发出沙沙声，而车头的灯光大概是这旷野中唯一的微弱灯光了。在这个巴黎和会对德签字前的特殊夜晚，当其他各国代表们分别走进市区灯红酒绿的花花世界，拥抱着美女和品味着红酒，尽情享受由于得到新的领土和自然资源而兴高采烈的时候，中国代表顾维钧，像个孤独的战士，却还在为自己国家的领土主权受到极不公平待遇而准备最后的一声呐喊。此刻，随着车子的颠簸摇晃，他不自觉地打了两个哈欠。是的，他太疲乏了，只要闭上眼睛他一会儿就能睡着，可是他又不能蒙眬睡去，今晚和明天早晨他还有重要的决定性的工作要做。他下意识地摸了摸怀里抱着的黑色公文包。

这里面有他起草的中国政府的声明，这个声明草稿一式两份，一份已经送美国代表团，另一份现在他要把它送到陆总长那里，请他过目之后，明天可能要派上用场，但也可能派不上用场。这要看天意了！如果给威尔逊总统那封信和附件能尽快传到他本人手中，再如果他尽快地与克里蒙梭和乔治·劳合沟通并能说服他们的话，事情就会有转机，中国代表就会出席明天下午的签字仪式……但这一切实现的可能性究竟有多大呢？百分之一，还是百分之二？顾维钧实在没有任何一点把握，现在他更像是一块上满了弦的怀表，一分一秒地分毫不差地走向终点，他牢记着自己的使命：为国家为民族争得领土主权和其他权益，不到最后一刻，绝不放弃。他心里反复默念着苏东坡的几句名言：

"古之立大事者，不惟有超世之才，亦必有坚忍不拔之志……"

只听司机说了声：医院到了。顾维钧下了车，径直迈向医院台阶并登上二楼，当他风尘仆仆走进陆征祥的病房时，看见岳少瑜也在那里。他们俩正在谈事，见顾维钧进来，陆征祥说："顾公使快请坐，我们正盼着你来呢！岳先生也有急事找你。"顾维钧拉过来一把椅子坐下，先问岳少瑜，"岳先生有何急事？"岳少瑜沮丧着脸说："那个大会秘书长迪塔斯塔又催要签字人印章了。""你没跟他说，要等到最后签字那一刻吗？""说了，但他强调各签字国代表都已送交了印章，就剩中国的了。"顾维钧问陆征祥，"陆总长，你说呢？"陆征祥说："印章的事一会儿再说，顾公使，你先谈谈下午跟毕勋的会见有进展吗？"

"毕勋的态度没有丝毫改变，我费尽口舌，他还是不松口。我打算明天早上再找他们谈最后一次，要求大会允许我们在签字前发表一个口头声明，这也是我国最低最后的条件了，如果他们同意，下午就签字；如不同意，我们就不出席签字仪式，以示抗议。"说到此，顾维钧从公文包里取出那张声明草稿，说："总长，这是口头声明的草稿，请你过目。"

陆征祥看过后，拿起笔就在右上角写下"同意"二字，并签上自己名字。他转过脸对岳少瑜说："印章的事，不到最后一刻看来确定不了，你回去再等顾公使交涉结果吧！"岳少瑜答应一声就先离开了。

顾维钧把陆征祥签过名的草稿收起来放进公文包，又把来医院之前给威尔逊写信的事汇报了几句。"少川，你说美国代表团能及时把信转给他们的总统吗？"陆征祥问。

"我觉得美国代表团里像国务卿蓝辛和其他官员基本上都同情我们的立场。他们很可能会把我们的声明以紧急电报形式发给威尔逊先生的。""那么，威尔逊先生能为中国的事及时与英法首脑沟通吗？""我认为会的。其实这个办法也是他建议我们的，我觉得这是我们最后的底线了。只是我以为英法两国首脑很可能不给威尔逊这个面子，毕竟他们追求的利益与美国还有很大差异。如果他们再拒绝，我们只能拒签。""我们做到了仁至义尽，我们不签字，怨不得我们，是他们逼的呀！"陆征祥叹口气，摇摇头，皱着眉头说。

"谋事在人，成事在天。我们在巴黎的日日夜夜，千思百虑、台前幕后，与日本人斗智斗勇，跟几个大国反复交涉周旋，总算也对得起国家，对得起我们的良心。我想，我们虽然不参加最后的签字仪式，但我们仍然要发表一个拒签的声明，让世界知道我们为什么拒签。""对。你再准备个稿子，明天下午签字仪式结束后就散发出去……"

两人正商议着，忽然见岳少瑜跟跟跄跄闯进来，上气不接下气地说："总长，不好了，医院被占领了！"

陆顾二人立刻终止交谈。陆征祥问："怎么回事？"顾维钧说："别急，慢慢说。"岳少瑜仍然惊魂不定，前言不搭后语地讲了他刚才经历的一场"风险"。

原来，岳少瑜离开病房，下楼一出楼门便被眼前的景象惊呆了。大约有二三百号人把楼房前的车道、草坪和空地全占满了。他们可能意图进楼里，但被值勤的人员拦在楼外，并正在劝说人群退后，"病人需要休息，请勿打扰病房安静。"岳少瑜定睛一看，聚集在这里的都是华人华裔，从装束看有相当一部分是学生。岳少瑜的出现，立即吸引了众人的目光。"他是代表团的人！""他是陆征祥！"人群中有人喊起来。人们呼啦啦一片全围拢过来，把岳少瑜困在中间。人们七嘴八舌大声质问他："为什么赞成签约？""你签了'二十一条'卖国条约,还嫌不够吗？""痛打这个卖国贼！"岳少瑜哪见过这阵势呀！又惊又吓,他急忙护住头,为自己辩解:"我不是陆征祥,我只是代表团秘书长,无权决定签不签字。请大家别误会！"但激愤的人群没人听他解释。一位身材高大威猛的汉子,操着山东口音吼道:"你不是陆征祥,俺看你八成也是他的亲信,决定签字的都不是好东西,是孬种！"有人说:"打死他,对卖国贼不能手软！"岳少瑜见人们要动手,脸色变得煞白,说:"我只是个跑腿办事的,请大家一定相信我。"这时,一个留着短发披着褐色风衣的女青年挤到前面,她瞪着两只闪亮的大眼睛,嗓音脆亮怒斥道:"谁要是敢签字,我这支枪绝不会放过他！"岳少瑜顿时感到,他的左腰间,被一个硬硬的枪管抵住了,那女子手插在风衣兜里,握着枪把,威风凛凛,像个女侠。他吓得哆哆嗦嗦,也是他急中生智,喊了一声"请让我向陆总长报告！"说罢不由分说,从人群中挤出来,狼狈跑回病房。

讲完这段历险记,岳少瑜心有余悸,说:"陆总长,我今晚不回巴黎了。让我在这里陪您过夜吧！"陆征祥脸色十分难看,暗想事情很严重,人们肯定是冲着自己来的,这如何是好呢？他瞅了瞅顾维钧。顾维钧这时却异常冷静,他微微一笑,说:"依我看,来的人群不过是吓唬威逼一下而已。他们并不想真的要杀死谁。"他掏出怀表看看,说:"已经深夜2点了,总长,我看这样吧,我陪岳先生出去,您早点休息吧！"岳少瑜连忙说:"这恐怕不行。他们可能连你也一块伤害呢！"顾维钧有把握地说:"不会的,我担保没事,我负责你的安全。走吧,我们一起出去。"于是,顾维钧穿起大衣,戴上礼帽,拿起公文包,跟陆征祥道声"再见",就离开病房。岳少瑜赶紧跟着也跨出了病房。

他们一迈出楼门,就被外面的人群围住了,他们攻击的矛头对准了岳少瑜。那位短发大眼女青年威胁说:"既然你是秘书长,到底你们答应不答应我们的要求,不答应就别想离开这里。你四周看看,今晚这么多中国人汇聚这里,他们代表着国内许多团体,代表着中国的亿万大众,他们中也有我们山东的兄弟,还有许多人是当地华侨。"顾维钧说:"请允许我说几句,可以吗？""你是谁？""我叫顾维钧,是代表团的正式代表。"山东汉子说："你就是那个在辩论会上打败日本人的顾博士吗？俺们山东人知道你是个英雄好汉硬骨头，不是孬种。你给俺们大伙儿说说，到底这个把山东权益转给日本的狗屁合约是该签不该签？"

"我们对山东问题有一个声明，也就是说有保留意见。如果他们不允许保留，我们当然不会签。从目前情况看，他们一再拒绝我们保留，因此签字的可能性已经不复存在。大家尽可放心，不必为此担忧。"

"你这话当真？"那女青年忽闪了两下大眼睛问。

"我顾维钧说话从来算数，我以自己的人格保证。"

山东汉子道："一言既出驷马难追。俺们信得过顾博士，你的大名俺们4个月前就听说过，你是敢作敢为的外交官，是为中国人争气的外交官。各位弟兄们，今晚上顾博士给大伙儿讲清楚了，俺们也就放心啦！走，大家撤了吧！"女青年也说："同学们，我们也回去吧！"

山东大汉和女青年一招呼，众人便散去了。

这位用手枪抵住岳少瑜的女青年究竟何许人也？二十年后这个谜底才揭开。二十世纪四十年代顾维钧担任民国驻英大使，期间曾赴美陪同蒋介石夫人宋美龄在美国访问，有一次宴会上与驻美大使魏道明和夫人见面，魏大使夫人聊起当年在巴黎圣克鲁医院里那一幕。顾维钧问她，"你也在其中么？"魏夫人咯咯地笑起来，说："那个用手枪抵住你们秘书长的就是我。"顾维钧也笑了，"巾帼女侠原来是你呀！"她又问，"当时你为什么那么镇静，一点也不惊慌？"顾答："我断定你是用的假手枪，吓唬人的。"她不住地称赞顾临危不乱、镇静如常。顾维钧也夸奖她有血性，胜过男子汉。魏夫人还告诉他，她的名字叫郑毓秀，籍贯广州，清末接受孙中山思想影响，投身反清革命加入同盟会。曾协助汪精卫等人刺杀清朝高官。在法国留学期间刻苦攻读并获法学博士学位。巴黎和会召开后她受南方军政府委派，在巴黎从事国民外交工作。和会签字前一天夜晚，她与众多学生和华侨华工聚集圣克鲁医院，在草坪上可巧遇到岳少瑜，为了吓唬住他，她急中生智撅断一根玫瑰枝藏在风衣内，没想到弄假成真，把岳少瑜吓了个半死。七年后郑毓秀与同学魏道明结婚。以后魏道明从政，抗日战争时期担任了驻美大使，郑毓秀成为大使夫人。这段往事，被后人传为佳话。作者不惜笔墨，在此补叙几句，以赞扬这位巾帼女性，也可反映出当时民心所向。

再说顾、岳二人离开医院时，顾维钧嘱咐岳少瑜：返回办公室后，连夜联系秘书长迪塔斯塔，就说顾代表凌晨六点四十分要求会见他。

顾维钧返回住地已经 28 日凌晨 3 点多了。他用冷水洗了一把脸，将袭来的困倦驱赶走了。坐在写字台前，又看了一遍那份口头声明的草稿。接下来，他摊开另一张稿纸，写下另一份声明，那是为中国代表拒签以后准备的。

凌晨 6 点 30 分，他驱车前往法国代表团住地。三小时前，岳少瑜经过苦苦相求，迪塔斯塔终于同意 6 点 40 分会见顾维钧。两人见面，迪塔斯塔阴沉着脸，冷冷地问，"不知阁下这么早约我，有什么急事啊？"顾维钧说："对不起，打扰了。但时间紧迫不得不来打扰。""究竟何事？是来送印章吧？岳先生送来就可以了，何劳阁下亲自一大早来呢！""你猜错了。我来的目的是要求在下午签字之前，允许中国代表团发表一个口头声明。这个口头声明内容，请阁下过目。"顾维钧从公文包里取出一份中法文对照打字稿，交给迪塔斯塔。迪塔斯塔看完，说："对不起，中国这个口头声明恕不能在签字前发表，请你收回。""因事关我国的尊严和主权，我恳请阁下将此文稿转报贵国领导人，我在此等候阁下回答。"顾维钧坚定的神态及冷峻的目光，迫使迪塔斯塔改变了态度："既然阁下坚持，我就转报。"迪塔斯塔到另一房间拨电话。几分钟后他回来说："我国外交部长毕勋先生让我转告阁下，中国的口头声明只能在签字以后，签字之前不安排任何声明或通告。对不起，请你收回这文稿吧！"

顾维钧料到了这个结果。他默默地将文稿收进公文包，转身离去。在这个无助的早晨，他的心情异常沉重和失望。他失望的倒不是法国人一次次拒绝他的请求，而是中国作为一个拥有四亿多人口的大国，国际地位如此低下，中国的外交代表在国际交往中得不到应有的尊重，他感到憋气和愤懑，也感到心太累了，他觉得在这个世界上国际上只有强权，没有公理，弱国处处受欺凌。现在中国寻求妥协的各种办法都宣告失败了，已经无路可走了，只剩下最后一条路，那就是：拒签。他看了看怀表，离下午 3 点签字仪式还有一段时间，他先返回住地，在卫生间洗漱完毕，又用剃须刀刮了刮脸腮和嘴唇上的胡茬子，看见镜子里自己渐渐消瘦下去的脸庞，他自我解嘲地一笑：没想到我顾某越瘦越英俊啦！可是局外人却不这么看。那天，有朋友说，中国代表团里的公使们都带着老婆，在巴黎生活得很滋润，逛街看景买美食，个个养得膘肥体胖、满面红光，唯独顾公使脸瘦了、腮瘪了，一个鳏夫，没女人照顾可怎么行啊！别人闲言碎语他付之一笑，听之任之。谁知此刻，他猛然想起，上周末他曾答应一位久居巴黎的华侨，在本月末回复人家是否出席下月在他们家的一次聚会。这十来天脑子里成天转悠的是保留签字，两眼一睁忙到黑灯，他把应邀聚会这件事给忘得干干净净。今天刮胡子才想起来！"等过了今天一定答复他们！"他嘱咐自己。

洗漱完毕，穿好衣服，拎起公文包，他又驱车来到圣克鲁医院。出乎顾维钧意料的是，王正廷、魏宸组和胡惟德以及岳少瑜也不约而同聚集于此。他刚才从法国代表团住地出来时的低沉情绪稍稍有些好转，因为毕竟他觉得不是自己在孤军奋战，代表团成员支持拒签的还有王正廷和魏宸组，他们虽然二十多天不见踪影，此时现身也不算晚，最终拒绝签字的决定还需要大家共同做出。他通报了会见迪塔斯塔的情况，说："法国，还有英国把我们最后签约的路堵死了，我们已经无路可走，现在唯一的选择就是不参加签字仪式，也就是拒签对德和约。当然这会在国际社会引起震荡，但却顺应了本国民众的心，历史将证明我们的选择是正确的。陆总长，你看呢？"

"事到如今，也只有这样了。不过，我有一事想不明白，为什么政府迟迟不回答我们多次的请示呢？大会眼看就要签约了，就是不明确保留不成，签还是不签，竟然让代表团自己决定，真是滑天下之大稽！"陆征祥无奈地摇头叹息。

"我看，这是怕负责任，说来说去还是保自己的官位。"王正廷直言不讳。

胡惟德不愿意再听抱怨的话，他看了看怀表，转移了话题，"我们还有最后几个钟头的时间，还能做点什么？"

"死马当作活马医。建议请胡公使带上我们的口头声明，到签字会场，面见法国总理克里蒙梭，要求他准予中国在签字仪式前发表这个声明，声明发表后就委托胡公使在对德和约上签字。如果不准许声明，就退出会场。大家认为如何？请总长定夺。"

"我同意再试试。"魏宸组说。

"也只能这样办了。不过挽回的概率很小。"王正廷说。

陆征祥最后说："昨天晚上顾公使曾写紧急信件给威尔逊总统，到现在也十几个小时过去了，如果他立即采取行动，对英法两国首脑施加影响，转圜的机会也不是一点儿没有。这是最后一根稻草，天可怜见，祈求上帝保佑！"陆征祥说完，用手指在胸前画十字，口中念念有词。

王正廷笑道："上帝能听到总长的祷告就好了！"一句话，把大家引逗得也苦笑了起来，笼罩在屋子里的低沉憋闷的气氛也驱散了不少。

顾维钧把中国代表团的口头声明文稿给了胡惟德。胡惟德迅速浏览一遍，就放进自己的黄色公文包里，对大家说了声"我去了"，转身离去。

胡惟德刚走，陆征祥的秘书匆匆进来，报告了一件刚发生的事。原来，就在陆征祥与顾王等人议论的时候，医院门口来了两位不速之客要见陆征祥，被门房拦住，秘书进来请示陆见不见？陆征祥问他们是什么人？秘书说，他们的姓名叫汪精卫和徐谦。陆征祥知道这两人都是中国政坛比较著名的人物，汪精卫又叫汪兆铭，早年参加同盟会，投身反满革命，刺杀过清摄政王载沣未遂，袁世凯称帝后参加护国斗争，现在是国民党新秀；徐谦的经历也不同凡响，早年攻读法律，曾任民国初年司法部次长，后加入国民党，任南方军政府的秘书长。他想，这两人的身份是南方政府派到巴黎和会的观察员，主要是监督代表团所作所为，现在他们来面见无非是在签字问题上向自己施加压力和影响，中国代表团的态度已经明朗了，无须他们再来费口舌了。于是他对秘书说，告诉他们："我身体不好，恕不能接待他们。"秘书出去将陆征祥的话转告了汪徐二人。汪精卫生气了，厉声说："好大的架子啊，身为外交总长，却以养病为名躲到医院里不见人，岂有此理！"

过了十分钟，又有几个山东华工和学生代表的请愿者来到医院，他们听说下午要举行签字仪式，自动来阻止中国代表团签字的，要求会见陆征祥。秘书只好再去请总长出来与大家相见。陆征祥说："不见了吧，再过三四个钟头就一切透明了。"

当这话转达给等候的请愿者时，汪精卫怒气冲冲地说："太不像话了，他以为他是谁呀？我干嘛在这里低三下四求人家接见我们？他又不是历史功臣，他不配！"汪精卫越说越气，对徐谦说："徐先生，你愿意待在这里随你，我是不愿意再待下去啦！"说完，头也不回地大步流星地跨出门去。这位汪先生表面看起来气壮如牛、义无反顾，但谁会意料到十八年后日本帝国主义大举侵华，民族危亡之际他竟公开投敌，在南京组织伪"国民政府"，成为亿万人唾骂的头号汉奸。一个曾在王朝监狱赋诗"引刀成一快，不负少年头"，准备慷慨赴死的热血青年，竟堕落为民族罪人，到底发生了什么？史学家们尽可挥洒笔墨研究探讨，作者就不在此费笔墨了。

书归正传。陆征祥没想到汪精卫反应如此激烈，后悔得罪了这个"政坛精英"。他从病榻上坐起来，对在场的王正廷、顾维钧等人说："汪先生年轻气盛，是我一时疏忽得罪他了。"王正廷建言，"汪先生在国民党内是有名的大炮，陆总长不必介意。但我建议可以见见徐谦先生，他资格也比较老，人也稳重。"顾维钧也说："我觉得可以见面谈谈。现在也没什么可保密的了，开诚布公，肝胆相照，交个朋友嘛！"

"好吧，既然大家都说见，我就破个例。"他吩咐秘书去请徐谦和请愿代表。当徐谦等人来到病房，陆征祥主动对大家说："各位为了国家利益不远万里漂洋过海来巴黎，期盼代表团能为国家争回山东的主权和利益，我非常欣赏各位的爱国热情和举动。其实我们代表团也是抱着同样目的而来的。但掌控会议的大国首脑无视我国政府和民间的正义呼声，一次又一次拒绝了我们的要求和建议，最后连我们最起码的签字条件也不答应。我们已经让无可让，只有拒签一条路了。但我们要致信大会，声明保留本国政府的最后决定权。"

"陆总长的话，意思很明确，就是代表团已经决定不签字。但由于尚未得到政府指令，特向大会发一声明，给政府保留一个补签的余地。是这样吗？"徐谦问。

"是的。最后的决定权在政府。"

"如果大会签字结束后，政府才来电指示叫代表团补签，您打算怎么办？"徐谦打破砂锅问到底。

陆征祥长叹一声，"到目前为止，国际重要会议历来不曾有过条约过时补签的情况，此次中国遇到的情况，说的是万一发生怎么办？如果真的发生政府电示要代表团补签，我是决计不会签字的。'二十一条'是我签的，已经铸成大错，如果再签类似条约，我何以面对国人？"

"如果政府指定您签字呢？"徐谦又紧追不舍地盯问一句。

"那就请政府再派别人来签，我是不会签的。"

陆征祥的话终于使徐谦和山东请愿者放心了，他们感到满意，山东汉子说："昨天俺们来医院见到顾博士，他说的那番话俺们很兴奋，但回去后几个同乡合计后，觉得今天是签约的日子，弟兄们不放心就又派俺们几个人来医院见陆总长。刚才陆总长一番话，俺们心上的一块石头落了地。俺这里也向你们外交官说句心里话，以前国内传说你们不少闲言碎语，误会了你们，其实你们并不孬，有你们在，俺们山东主权回归祖国有望！"

几句理解话，说得外交官们心里暖暖的。

徐谦等人离去了，病房里恢复了平静。大家的心安静得出奇，心思也一致得出奇，每个人都在想：胡惟德到大会去做最后的试探，已经过去两三个钟头了，还不见回还，究竟怎样了？会出现奇迹吗？可能性究竟有多大？眼看到了午间，正在大家翘首以盼的时候，胡惟德回医院来了。他一进病房就说："失败了。我见了那位秘书长，递上了我们的声明，并要求在大会签字前发布，但他拒绝了。说法国总理和外长早有指示，签约前发表声明或通告，一律不准。我反复阐述中国立场，但那厮面冷词横，还把我们的声明甩在桌子上。我当时对他的不公正举动表示强烈抗议！"

顾维钧说："结局早已料到，我们没有退路了。总长，我们要立即起草一个抗议声明。"

陆征祥问王魏二人，他们也都点头同意。于是请顾维钧起草。顾维钧早已将最后要说的话烂熟于心，马上在草稿纸上写下几行字来，写完又仔细看了一遍，然后交给总长过目。陆征祥看罢，点头认可，于是交给岳少瑜正式打印若干份。待签字仪式后，向与会各国代表团和新闻媒体广为散发。

6月28日注定是个不平凡的日子。下午3点，以高贵典雅、富丽堂皇著称于世的凡尔赛宫明镜殿迎来各国衣冠楚楚的外交官，外交官们按照会前登记的签字人名单制作的标签纷纷落座。当主持人克雷孟梭身着古典式的深色燕尾西服登上主席台，宣布签字仪式开始时，人们的目光并没有全集中在他身上，而是大部分人停留在中国代表团席位上。两个席位空空如也，没有一个人影。就连克雷孟梭本人也心头一惊：中国人真的敢不来签字？中国人始争终让的结论难道不灵了？他开始诅咒那些该死的本国驻北京外交官，他们是怎样向中国政府施加压力的？真是太让人失望了！这帮蠢猪！他心里谩骂着，可是还幻想着中国代表能突然出现在会场，毕竟他是巴黎和会无可争议的主席，他要尽力使这次国际会议圆满画上句号。中国虽说是弱国，但是拥有四亿多人口，现在敢于蔑视世界大国权威，不给他这个法兰西共和国总理留一点儿面子，他们哪里来的底气呢？莫非故意演出一幕最后一分钟才亮相的喜剧？但是当程序官宣布请中国代表签字时，中国代表依然没有喜剧性地出现，这时会场内静极了，似乎掉下一页纸也能惊动大家！这一瞬间人们的目光里流露出怎样的心态：赞扬、钦佩，还是疑惑、惊讶，抑或是仇视、鄙视呢？不同国家的人可能心绪有天壤之别，不过有一点是共同的：中国代表缺席签字仪式，以此抗议和约条款的不公正，就像无声的惊雷，引起了各代表团巨大震动以及各国新闻媒体的密切关注和反应。

克雷孟梭彻底泄气了。中国，第一次让他感到，她不是想怎么捏就怎么捏的那个国家了。他隐隐觉得，拿破仑曾经称之为睡狮的中国可能要觉醒了，以后越来越不好对付了……

签字仪式结束后，各国代表团和有关新闻媒体均收到中国代表团的郑重声明。声明是这样写的：

中国代表团与其承认违悖正义公道之第一百五十六、七、八三条款，莫如不签字。中国全权之此举实出于不得已，惟于联合团结上有所损失，殊觉遗憾。然舍此而外，实无能保持中国体面之途，故责任不在中国，而在于媾和条款之不公也。

此声明看似言辞平和内敛，却极有韧性和刚劲，表明中国此举为的是国家体面和尊严，是忍无可忍不得已而为之。

很快中国拒签对德和约的消息通过无线电波传播到世界各地。有意思的是，这一幕过后不久中国代表团收到了本国政府姗姗来迟的电报，电报指示代表团"拒绝签字"。显然这是一封经过深思熟虑后的可以把任何责任都推得干干净净的电报。电报的运行时间是经过精心计算的，恰好在签字完成以后让中国代表团收到。1919年从北京发报到巴黎和会中国代表团收报，要运行55个小时，按此计算代总理龚心湛在6月26日上午签发的电报，而到达巴黎中国代表团手中，签字仪式已经结束了。政府高官的目的是让代表团自行决定签字与否，但为了应对国内舆论的谴责，最终发出拒签的指令。如果代表团签字了，陆征祥等人就得替政府背锅，如果代表团拒签，列强追究起来则可把责任推给代表团，就减轻了政府所受到的国际压力。政府的小算盘再精当，也不能掩盖其推脱责任的真正用心。相反，却暴露出徐世昌、龚心湛为首的政府虚弱本质。

与政府尽力开脱自己的不负责任行为相反，留在巴黎的代表团四位代表陆、王、顾、魏对交涉没有成功并拒绝签字对德和约，勇于承担起责任，他们当日联名给北京发去电报，请求引咎辞职。电报说：

"弱国外交，始争终让，几成惯例，此次若再容忍签字，我国前途将更无外交可言……窃查祥等猥以菲材，谬膺重任，来欧半载，事与愿违，内疚神明，外惭清议，自此以往，利害得失，尚难逆睹，皆由祥等之奉职无状，致贻我政府主座及全国之忧。乞即明令开去祥外交总长、委员长，及廷、钧、组等差缺……"

历史从来是公正的。就在国际舆论对中国拒签对德和约的举动众说纷纭之际，中国国内主流舆论却几乎一致地盛赞代表团拒签的壮举，不但没有责怪他们，后来当他们返回中国时还受到英雄般的欢迎。

如果把中国代表团拒签的举动当作是一次重拳出击的话，那么在国际上谁是被击中或者是失分者呢？观察家认为第一个是日本。中国拒签针对的并不是战败国德国，而是企图取代德国攫取山东特殊权益的日本。中国拒签对德和约，就使得日本占领山东合法性存在质疑，成为悬案，为日后中国重提山东问题提供了条件。而日本占领者和侵略者的嘴脸在国际上暴露无遗。日本政府想安稳地享受占领者的特殊地位已经不可能了。通过巴黎和会一场场激烈的斗争，日本并没有取得最终的结果。山东问题，成了日本高层统治者的一块心病，有可能使他们的对外交涉陷入困境。第二个失分者是美国，或者说是美国总统威尔逊。巴黎和会由于威尔逊在日本压力面前中途妥协退让，出卖中国利益，引起美国国内激烈批评，政治对手共和党人以此为"炮弹"，猛烈攻击他的对外政策，甚至指责他倡导的过于理想化的国际联盟的主张，有的国会议员扬言要否决《凡尔赛条约》。毋庸讳言，自此威尔逊威信大跌，严重影响到他以后的执政生涯。

第十七章　枫丹白露

这是一个温馨妙曼的又撩拨人心的夜晚。

巴黎布尔多纳街一处公寓里，灯红酒绿，杯光碟影。前来聚会的新老朋友在公寓主人的热情款待下，酒过三巡菜过五味，宾客们渐渐把目光收拢到了两位青年男女身上，他们都心照不宣，明白公寓主人请他们参加这次家宴的目的是来做配角的，是来给那两个年轻人当绿叶的。这家公寓主人是谁？那两个年轻男女又是谁，他们之间又有什么瓜葛或故事呢？

公寓主人是一对华侨夫妇，女主人黄琼兰和她丈夫崇涵。他们在巴黎属于富有的华人家庭。黄琼兰的父亲是荷属印度尼西亚"糖业大王"、华侨巨富黄仲涵，黄仲涵因不满荷兰殖民当局的种族歧视，与其姨太太迁居新加坡。黄仲涵的原配夫人即黄琼兰母亲魏氏为了避开一团乱麻似的家庭纠纷，与琼兰夫妇和小女儿蕙兰从爪哇岛来到遥远的欧洲定居，并从父亲那里每年得到一笔可观的生活费用，这笔钱黄仲涵委托女婿崇涵掌管着。起先她们居住在伦敦豪宅，过着衣食无忧奢华享乐的上等人生活，琼兰已是有孩子的母亲了，而蕙兰也已经二十六岁了。蕙兰自幼到长大一直被父母视为掌上明珠。现在的她正当青春年华，在母亲眼里早已到了谈婚论嫁的年龄，希望她尽快找到一位如意郎君，并鼓励她涉足社交场合，融入伦敦有钱人交际圈，甚至出入舞场。由于她天资聪颖，早年在家庭教师培养下，已能熟练地运用英、法、荷以及马来等几种语言，使她在洋人和华人上层圈子里如鱼得水，许多翩翩男子对她垂涎三尺，当然有的是看中她背后老爸的万贯家财，有的也是真心喜欢她，可又不入她母亲的法眼，因此她至今还没有一个真正意义上的男友。而她本人，对于那些男人只是一个富家女玩玩而已，并不把那些真爱或假爱的男子放在心上。而且她牢记母亲的教诲，"绝不嫁一个白种人"，所以始终与舞友们不即不离，不论他们是有爵位的洋大人还是风流倜傥的公子哥儿。

然而母亲魏氏在伦敦温布尔顿待腻了，琼兰蕙兰也觉得该换个地方了，于是母女三人加上崇涵等渡过英吉利海峡到了法国巴黎。当时欧战结束不久，巴黎百废待兴，物资供应相当紧缺，其中住宅需求暴涨，即使你再有钱，也难寻觅舒适满意的居所。打前站的崇涵琼兰夫妇一时找不到合适的房舍，一家人只好在几个旅馆里临时"打游击"。魏氏觉得居无定所的日子挺无聊，决定去向往已久的意大利威尼斯旅游，于是留下琼兰夫妇，自己带着蕙兰和马来厨娘乘车到了那个水上古城，她们在一家旅馆租了一套房间，生活得很愉快，不仅威尼斯，周边的城市景区如米兰、佛罗伦萨也都游过了，这一待下来就是几个月。

这天魏氏突然收拾好行装，对女儿说要马上返回巴黎。蕙兰在威尼斯玩得正兴头上，"乐不思蜀"，回说意大利好多地方还没去过呢！母亲说，现在必须回去，有重要的事要办。蕙兰问什么事，母亲告诉她：琼兰来信了，叫她们近日赶回巴黎，因为琼兰和崇涵要举办一次家庭晚宴，届时参加巴黎和会的几位代表和夫人将莅临，其中有一位年轻的外交官是这次家宴邀请的重要客人。说起这位外交官，母亲便眼里放光，充满期待地说："这个人在中国大大有名，现在是驻美国公使，听说在几个大国的大人物面前，跟日本高官辩论，得了个满堂喝彩呢！你要是能跟他交上朋友而最终结亲，就是你一辈子的造化！"蕙兰听后，暗想：原来是要让我相亲呀！母亲原来对我的婚事，并不是很着急的，倒是希望我稳重一些，还说这是自己一辈子的大事，马虎不得呢！怎么现在忽然对这个外交官如此上心呢？而蕙兰自己对未来的男友是不是外交官从来也没想过，也没有一点儿感觉。

"妈，你不是说要我别急找男朋友吗？"

"可这回真的跟别人不一样。这是个高级外交官！打着灯笼也难找啊！"

"外交官难道不是两只眼睛一个鼻子一张嘴吗？"

"看你说的！跟我抬杠不是？妈什么时候给你瞎摆棋了？你听我的没错。"

蕙兰毕竟是个孝顺女儿，见母亲那样激动，一时也不好反驳。就顺情问了一句，"他多大岁数了？"

母亲说："你姐说三十刚出头，也就大你五六岁。"

"人长得怎么样？"

"这我可不知道，你一见面不就都看清了！"

"姐姐是怎么跟他认识的？"蕙兰非要刨根问底不可，她怀疑姐姐是为了炫耀自己的能力而故弄玄虚。

"说来话长。你姐这人你也知道，是个在家闲不住的人，跟你一样又喜欢跟人交往，秉性外向，好表现自己。刚到巴黎那时节，正赶上中国代表团那些外交官们忙于工作，没闲工夫陪夫人们逛商场，公使夫人们常扎堆结伴一起出门去采购，但苦于不通法语和英语，常常闹笑话也闹误会，有时还迷路。于是法国使馆的人就找到巴黎华人商会，请求帮忙找个懂法语的人当翻译，那时你姐夫正在商会打听哪里有合适的公寓，了解到代表团要找翻译陪公使夫人们这桩事，就主动推荐了你姐姐。琼兰当然很乐意为外交官夫人们效劳，她的法语英语也说得呱呱叫，陪同夫人们逛街购物绰绰有余。这样，她就跟夫人们混熟了。有时候，她还请一些夫人到她公寓来做客，慢慢的她的公寓就常有中国外交官和夫人们聚会。有一次家宴，其中来了一位年轻外交官但没带夫人，他与别的外交官不同的是，不住地端详钢琴上一桢照片，就是你的那张美颜照，他左瞧右瞧的被你的美貌和气质深深吸引了。接下来他还向琼兰打听是谁的照片？琼兰回答是我妹妹蕙兰。他还问了你的其他情况，琼兰凭直觉感到：这位年轻的外交官看上了妹妹。于是她也打听对方的经历，原来他是个留学美国的博士，后来回国当了袁世凯大总统的英文秘书，以后又当了驻美公使。论学问和人品，真是没挑了。只是他前妻命薄，去年得急病死了，留下两个可怜的嗷嗷待哺的儿女……"

魏氏津津乐道地介绍男方情况，倒像个保媒牵线的媒婆，说起来没完没了。蕙兰一听对方是个鳏夫，理想中的白马王子标准立刻打了折扣，暗想自己这么一个人见人爱的漂亮小姐，怎么能去当两个孩子的妈妈呢？她本想对母亲说，我不想一出嫁就当孩子的妈。可是她又觉得对母亲的热情泼一瓢冷水，对她打击太大了，就把那句拒绝的话咽下去，只说了句"现在没什么感觉，看看再说吧！"就这样，她顺从了母亲的建议，母女当天夜里就坐上了返回巴黎的火车。

第二天晚上，琼兰夫妇在公寓客厅接待几对代表团的外交官和夫人。应邀而来的人大多成双成对，男人们一个个衣冠楚楚、举止文雅、言谈得体；夫人们打扮入时且着装合体，脸露微笑且谈吐自如，身份高贵且不显骄矜。他们中有驻法公使胡惟德和夫人，参赞岳少瑜和夫人，驻荷兰公使魏宸组和夫人，唐在礼将军和夫人，还有就是备受瞩目的驻美公使顾维钧。

琼兰把来宾一一介绍给蕙兰，蕙兰虽然没有在官场应酬过，但也是经常在华人富有阶层和洋人堆儿里出入，也是见过大世面的人，她应对寒暄自然大方言吐得体。今天她特别在衣着打扮上下了一番功夫，选了一件白色的开领衬衫，左胸上方缀着一朵粉红玫瑰，显得耀眼醒目，下配一件紫色的紧身过膝短裙，更衬托她的身材曲线美；她的发型也经过精心梳理，末梢弯曲成波浪形，与她的细眉俊目和匀称的瓜子脸搭配得明媚艳丽，特具青春活力。顾维钧第一眼见到她，就感到眼前一亮：比照片还楚楚动人！顿时涌动起一种激情，这种感觉与他第一次与唐梅见面时不一样，那时双方均无先验心理，是天真无邪的，而现在与蕙兰初遇，却是为未来婚姻做铺垫，心里自然有一种羞赧之情，他虽然跟外国高官周旋游刃有余，却在情场显得经验不足。所以与蕙兰握手问候之际，略微显得有些局促不安。不过在女主人黄琼兰招呼下，一切都顺乎自然，安排得妥妥帖帖。她把年纪大些的客人请到主座，其他客人也都各就其位，还特别把蕙兰和维钧安排在相邻座位上，她和崇涵则做主陪。男主人崇涵请来巴黎中餐馆最好的厨师，也把"管家"的才能发挥到极致，采购的食料、调料美酒一应俱全，他告诉厨师：今天请来的客人非同一般，必须使出绝招献艺。而厨师自然也心领神会大显身手，冷盘热碟、荤素佳肴摆上了桌席，色香味顿时勾起了宾客们的食欲。女主人琼兰的致辞也非常得体，热情洋溢、简明扼要，又不乏幽默，让客人们感到轻松、愉悦、温馨和随意。蕙兰觉得姐姐今天表现得真棒，像个忙碌的餐厅招待员，又像个娴熟老练的戏剧导演，她除了与贵客们频频举杯痛饮外，还不时引导大家边喝酒享用美味佳肴，边畅谈这次巴黎和会的得失和感言。她很清楚，来的都是外交高官，巴黎和会对日本人的唇枪舌剑这是个最好的话题，也是让蕙兰听听，外交官们是些雄才大略、抱负致远的非凡人物，特别是他们言谈中肯定要涉及顾维钧所发挥的作用，也必定会引起蕙兰的注意力和兴趣，甚至对他产生好感。

胡惟德首先发表了一番感言，"说实话，我原先认为拒签和约对中国害大于利，我最担心的是拒签会得罪西方大国，影响我们加入国际联盟。但事实发展出乎我的预料，美国国会批评总统威尔逊在和会没主持公道，损害中国利益。世界舆论也谴责日本妄图霸占中国山东。这一切也许是几个大国首脑所没有预见到的。虽然我们中国没有达到收回山东的期望，但是日本占领山东合法化的企图也化为泡影。山东权益归属问题仍然悬而未决，中国有权在以后的国际会议上再次提出山东问题。由此可以得出，中国使团在和会上败中有胜，失中有得。"

岳少瑜插言补充道："胡公使说得对。我要说的是，那些洋大人眼里瞧不起咱们中国人，那是百分之一百的没冤枉他们，这次和会我跟他们没少打交道。一开始他们就把中国列为三等国两个名额，胡公使和我多次访问法国外交部会见外长毕勋和担任大会秘书长的迪塔斯塔，这两个人总是牛哄哄的，不拿正眼看我们，说'中国只派了劳工来欧洲，并无军队参战，故只能作为第三等'。我们说，中国劳工在战场牺牲了数千人，难道不是贡献吗？毕勋却说，这正是分给贵国两个名额的理由，否则只能跟其他国家一样，没有代表名额，除了可以参加大会，其他的小型会和专业会都不可参加。听他这么说，两个代表还算给中国恩赐呢！那个迪塔斯塔总是阴沉着个脸，只会说，不行，不行。好像我们中国十几万华工来法国流血流汗帮助他们打仗，倒是我们欠了他们似的，真叫人窝火！这次对德和约，我们最后没有签字，完全是那些洋大人给逼的。不过这样也好，我们使团的不屈服表现倒是叫那些外国洋大人们刮目相看。更令人振奋的是，使团拒签的决定，赢得国内各界团体支持赞扬，我们收到发来的支持电报如雪片一般。国内国际对中国拒签的反响也给我上了最生动的一课，那就是对付不讲理的洋大人，也许坚决斗争比一味地退让更有效！不瞒大家说，通过这几个月的会议，我感到最值得我敬佩和学习的就是顾公使！"

顾维钧摇摇手说："我们使团的每一个人都尽力了，我只不过做了应该做的事。最后拒签也是不得已而为之，从内心讲我们何尝不愿意顺利签字呢？但必须以收回山东权利为条件，任何损害中国利益的条约我们都不会同意的，作为外交官，在谈判桌上用口舌维护国家利益是我们的天职，就像在战场上用武器保护国家利益也是军人天职一样。"

唐在礼将军向顾维钧伸出大拇指，插话道："顾公使言之有理。我作为军人，很想为国家出力尽忠，我国参战的目的也是为了要在战争结束后能在和会取得合法席位，争取山东回归，但是我们军力有限，只能派出劳工挖战壕抬担架运送物资，却也为战争胜利立下汗马功劳。刚才胡公使和岳参赞讲了，巴黎和会把我们看作第三等国家实在不公平，《凡尔赛条约》把山东权益转让日本更不合理。假如我们早半年训练成一支远征军，到欧洲来参加真刀真枪的战斗，打几次胜仗，打死若干德国人，也不至于让人家从门缝里瞧我们呐！"

对于唐将军这番话，魏宸组并不认同。这位公使早年曾参加同盟会，现如今身在曹营心在汉，始终同情孙中山在广州建立的军政府，而对段祺瑞掌控的北洋军处心积虑打内战持否定态度，因而对唐将军离谱的大话不以为然。但这种场合又不好意思戳穿他的大话，他向来话语谨慎，不善言辞，席间大家热议的话题引发他憋不住自己的感慨，他说："巴黎和会给我们最大的有益经验或教训是，要敢于对列强说'不'，我们中国人并不比洋人低多少笨多少，同样长着一个脑袋，同样有两只手，我们何必要在他们面前低三下四呢？和会结果证明，我们越是低眉哈腰人家越是藐视我们，如果我们挺起腰板，自强自重自尊，人家洋人反倒正眼看我们。还是顾博士说得好，我们拒签可以使国内注意力一致对外，有利于一致谴责和对付日本，而一旦屈辱签约，顺从了列强，便会引起我们内部论战，各种势力相互攻讦，甚至再次爆发内战。顾博士的话，现在得到了验证，国人都行动起来了，声援我们使团。日本人就害怕我们内部团结一致。照这样下去，我们收回山东，有希望呢！"

平时不爱言谈的魏宸组侃侃讲了以上一番话，引来宾主一阵掌声。同时大家都把目光聚焦到顾维钧身上，顾维钧受到追捧，不好意思地笑笑，说："其实，我只是做了一个外交官应该做的事。我想，凡是有一点骨气和血性的中国人都会拒绝把山东让给日本的，作为代表国家与世界大国交涉的外交官，必须坚守我们民族和国家的底线，也就是亿万普通中国人心里设置的底线，民心所向就是我们的取向。古人说过：政之所兴在顺民心，政之所恶在废民心。虽然我们是弱国使者，但我们不管受到国际上多大压力，在收回国土和主权问题上，必须寸步不让，如果说我们在别的方面可以让步的话，那也是最终为了收回国土，收回主权。我们一位先辈说得好，

'苟利国家生死以，岂因祸福避趋之'。这两句话，可以作为我们一辈子恪守的座右铭。"

顾维钧的这番表白，过去没向任何人吐露过，今天在黄琼兰的家宴上面对同事和新老朋友披露自己的心声，究竟是为何，他自己也不清楚，也许是巴黎和会已近尾声，对德和约签字或不签字已成历史，他身心放松，口随心想，也就无所顾忌？抑或是今日宴请非同一般，身边坐着一位异性美女，虽然陌生但冥冥中已将其视为知己朋友，他情不自禁袒露胸怀，好让她尽快了解自己呢？

黄蕙兰始终被上述闻所未闻的话题和大家热烈场面牢牢吸引，她敏锐感到自己是唯一一个局外人，还不如琼兰，琼兰不时问一句靠谱的问题，而自己却任何话也插不上。他们谈论的全是国家大事，外交斗争是那么变幻莫测、扑朔迷离同时也那么迷人，但对她来说都是一片空白。不过她在爪哇岛居住时父亲就亲口跟她说过："洋人势大惹不起，他们骨子里歧视华人，我们即使再有钱，在他们眼里也是下等人，我们也得对他们避让三分。所以后来父亲选择躲开他们，眼不见心不烦。"她自幼就有一种对洋人不服气不低头的天性，将小比大，她对顾维钧顿时也就产生了好感，觉得他是个敢担当的男人，不同于以前认识的那些花花公子式的浮夸男人。不过她不欣赏顾维钧的穿着，觉得他那件黑色西服有点不合身，他的平式头发也显得太土气，脸庞五官么倒还英俊年轻，言谈举止大度文雅，虽然外观尚有不太满意之处，但总的说来，她心里大体上是通过了。不过她还要继续深入的观察和体验，他到底适合不适合自己……

酒过三杯，贵客们虽已红头涨脸，但仍然神情明朗，琼兰不失时机地把客人们请到客厅跳舞。当带有黄喇叭的留声机响起一首华尔兹圆舞曲，爱好跳舞的外交官和夫人们陆续离开座位一试身手。蕙兰期待顾维钧邀请自己，她觉得他是在场的最年轻英俊的外交官，想必舞功也十分了得，而自己确信也是女士们中最年轻靓丽的女神。但没料到邀请自己的却是唐在礼将军，而顾博士迟了一步只好邀请了琼兰。唐将军身体虚胖，舞姿笨拙，不一会儿就气喘吁吁的了，蕙兰觉得有些扫兴，感觉与其说是男带女，不如说女带男，快三步几大圈下来，竟然是蕙兰牵引着这位胖将军旋转，总算勉强坚持到舞曲的最后。唐将军还依依不舍地拉着她的手说："黄小姐真是女中豪杰，舞功高强呀！"蕙兰抿嘴一乐，"唐将军过奖了。"刚落座歇息，琼兰上来对她神秘一笑，悄悄说："顾先生跳得不错呢，跟你很般配。"琼兰的话一语双关，蕙兰当然听得出来，但她故意说："他为什么不主动邀请我，难道我去邀请他吗？"琼兰嘻嘻地说："嘿嘿，你急了？好吧，我告诉他主动点，否则那几个年纪大的又抢先邀你了，真没个眼力见儿！"

又一曲华尔兹开始了，果然顾维钧上来彬彬有礼地邀蕙兰，蕙兰顺从地跟他进场，两人搭肩搂腰，随着乐曲节奏移动起舞步，蕙兰感觉比刚才好多了，顾维钧的音乐节奏感比较强，步子总能准确地踩到点儿上，不似唐将军那般紊乱；而且旋转时两人互为旋轴，借力使力，配合默契，舒适自然，也就轻松多了。不过毕竟蕙兰是舞场高手，一圈下来就掂量出对方斤两，顾维钧的舞步还是单调一些，进退没什么花样，舞艺平平，但他跳得很认真，一丝不苟，这让蕙兰断定他做事也是个严谨的人，这一点又让她喜欢和心里踏实。而顾维钧呢？初次接触蕙兰，感觉蛮好，自知跳舞不是高手，甚至业余爱好者也算不上，在舞场上顶多是个参与者。但他很欣赏蕙兰这身本事，觉得她很适应作为外交官夫人出入外交场合：外貌靓丽端庄，性情爽朗大方，谈吐明快利落，听说她法语英语也呱呱叫，这样的女性即使在洋人堆儿里也是百里挑一呢！两人一边配合着舞步，一边想着各自的心事，不知不觉中连续跳了三只舞曲。顾维钧建议到阳台上凉快一会儿，蕙兰答应了。

夏夜的巴黎，果然名不虚传。邻街上的霓虹灯映得周围的高大建筑像涂上了一层美颜，战争结束半年多了，巴黎慢慢地恢复了她的繁华与浪漫。夜空中河汉星斗把冷寂广袤的宇宙装点得富有生机和热情。望着那些神秘遥远的星座，蕙兰突然问近在咫尺的年轻外交官："你是哪个星座的？"顾维钧迟疑了一下，不好意思地笑道，"这个嘛，我真的说不准。"他知道西方社会的年轻人谈朋友都热衷于查看对方是什么星座的，就跟中国青年找对象看对方什么属相一样。但他在美国大学期间虽然知道同学们大行此道，而他却对此不屑一顾，认为星座决定性格之说不过星相家哗众取宠而已。现在蕙兰一问，倒把他问住了，不过他赶紧补救了一句："我是阳历1月29

日的生日，你说该符合哪一个星座？"蕙兰心想，"不愧是外交官，脑筋转得倒挺快！"她很快回答，"那当然是水瓶座啦！"顾维钧一乐，"那你说说，水瓶座的人，应该具有怎样的特征？"蕙兰想想说："我说不全，只能说个大概吧。水瓶座的人最大的特点就是胸怀大局，干事执着，持之以恒，为人诚实厚道，对朋友忠心不二，对爱情坚守誓约。是个可以依靠的类型。"顾维钧笑了，"怎么全是优点呢？难道没有不足的方面吗？""要说不足嘛，当然每个星座都有不足，只是不尽相同罢了。水瓶座共同的缺点在于生活上不拘小节，虽然能发大财，但是破费也大，大手大脚守不住财富。"顾维钧故意问："你看我是个能发大财并守不住财的人吗？"蕙兰沉吟片刻，思谋着怎样回答他，她本想从星座试探顾维钧的性情，没想到让他反倒占了先机，她机敏过人，自然反应也极快，说："你是干大事的人，自然对财产之类不放在心上，但是否有人帮你发财也未可知？不过由于你不善理财，也可能得到后不久就会丢掉。对于你来说，财富并非你安身立命的东西，丢弃也无关大碍。"顾维钧听罢乐起来，他又连忙捂住嘴，怕引起屋内其他人的注意。

　　此时一阵微风吹过，夏季的夜风也颇有些凉意，顾维钧把身上的外衣脱下来，轻轻披在蕙兰身上。蕙兰扭头望望他，四目相视，虽然她刚才并未有凉的感觉，但披上了他的外衣，的确一股暖流涌遍全身。这是她从未在一个除了父亲之外的任何一个男人身旁所产生的感觉，她以前交往的男友中，对她温情脉脉的，或对她甜言蜜语的，甚至对她要动手动脚的，她都会巧妙地婉拒或者回避，使那些垂涎三尺或心怀不轨之徒，望而止步，不敢对她过于亲昵和猥亵。而顾维钧一个轻轻的无声的动作，竟令她心潮翻腾不已。她不清楚自己为何如此，难道这就是那种萌生爱意吗？还是女人特有的羞涩和敏感呢？她困惑了。她终于说了句"谢谢你"，不过她性格里另一面也暗暗显示出来，那就是矜持和倔强不羁，她在想：我黄蕙兰不是那种轻易被人俘虏的，今天初次见面，虽然给我的印象不错，但你到底是什么样的人，我还看不透。于是，她很礼貌地对顾维钧笑笑说：

　　"谢谢你啦！不过我真的不觉得凉呢！"

　　而此刻顾维钧对她内心活动浑然不觉，他所想的却要比蕙兰超前许多。

自打那天第一眼看到黄蕙兰的照片，他的心就放不下了。他有一种预感，这个看上去气质不凡的女子就是自己理想伴侣。今晚亲睹其芳容，更坚定了自己的信念。他寻思，在自己人生已过往的旅程中，得出一条经验，紧紧抓住看准的机遇，否则会稍纵即逝，不复再来。他还特别想到，自己使命在身，必须有效利用宝贵的空闲时间，及早建立起一个新的家庭，不仅为了自己，也为了两个嗷嗷待哺的儿女。于是，心思敏捷的他忽然萌生起一个行动方案，他轻轻问正在眺望星空的黄蕙兰：

"黄小姐，你去过巴黎郊区最迷人的地方吗？"

"你说的最迷人的地方是什么？"

"枫丹白露。离巴黎市区大约五十多公里吧！"

"很遗憾，没去过。但听说，那是法国几代帝王的豪华行宫，富丽堂皇，园林景致一流，珍藏的宝贝都是价值连城呢！"

"其实，我也没去过。但我想，现在巴黎和会主要议程已经结束，剩下一些次要议题不那么紧张了，有一些空闲时间。我准备邀请胡公使、魏公使、唐将军和他们的夫人，结伴去枫丹白露参观游览，不知你和你姐感不感兴趣，如果感兴趣的话，我们可以一起前往。你觉得呢？"

"太好了！我和姐姐早就想去那里观光呢！只是没有合适的时间，如果你们要去，我很乐意与你们同行。我想琼兰也会很高兴的，不过我得问她一下。"

"好的，你们定下来，尽快告诉我，出发的时候我来接你。"

美酒佳肴，轻曲曼舞，星汉无涯，良宵易逝，没有不散的宴席。当琼兰送别客人们离去后，问妹妹蕙兰："你感觉怎样？"

"现在，还不好说。"蕙兰不愿把心里的隐秘都袒露给姐姐，但又不想让她失望，只是说"初步印象外貌还不错，人也文明礼貌，只是他的发型太土气，像个平头小子。他邀请我与他们几个公使和夫人同游枫丹白露，还问你是不是也愿意参加？"琼兰立刻说："他的邀请说明他愿意跟你进一步发展关系，你是怎么回答的？"

"我说不去了，对游玩不是太感兴趣。"

琼兰立刻急了："我的傻妹子呀！你这不是拒绝人家了吗？人家一个

留美博士，现在又是堂堂一国公使，要学问有学问，要地位有地位，要品貌有品貌，配你绰绰有余。你怎么就轻易辞掉这样一桩姻缘呢？你叫我怎么说你呀，到底是聪明还是糊涂呢！你为什么对自己的人生大事这么草率呢？"

黄蕙兰最不爱听她姐叫她傻妹子，更不爱听她唠里唠叨，立即皱起眉撇起嘴说："既然你这么夸他，你干脆改嫁他算了！"

一句话惹恼了琼兰。琼兰气呼呼地说："我要是再年轻六七岁，遇到这样的男人，肯定不会放弃的！ 你不懂，一个女人在关键时刻选错了人，会后悔一辈子的。"

黄琼兰自己因不慎嫁给了崇涵，婚后感到此人本事平庸而且性情蝇营狗苟，他娶了糖王的大女儿就是为了将来能分一份遗产。现在管理着黄家在巴黎伦敦的财产大权，在外面拈花惹草。有一次偷情竟然被琼兰抓住，琼兰坚决要跟他分手，可是他脑袋转轴似的扑通一下给琼兰下跪，并啪啪抽自己的脸，说再给他一次机会改过自新。此事闹得被琼兰父亲知道了，她父亲认为他毕竟是个管家理财的人才，与琼兰已经有了女儿，再说家丑不外扬，劝琼兰饶过他这一次。于是琼兰渐渐也就把分手的心思压下去了，可是那家伙偶尔还是狗改不了吃屎，一有机会就故态复萌，琼兰对此总是耿耿于怀。

蕙兰对姐姐和姐夫的关系也了解一些，但远非全部。姐夫的为人她有所体会，最可恨的是爸爸给她寄来的生活费，要经过他的手，花销开支需要经过他年终给爸爸报总账，他掌管着这点权力就不把她这个小姨子放在眼里，还偶尔向爸爸那里告黑状，说她花销一掷千金，买车买首饰项链太奢侈，还无中生有地说她夜不归宿。父亲有时给她来信劝告她开支要有节制，不可大手大脚，并且每年给她规定了支出上限，对她进行约束。她觉得姐夫是个小人，自己行为不端，还恶人先告状。所以在姐姐跟他的关系上，蕙兰同情姐姐。但是她与琼兰也有矛盾，她怀疑琼兰一直嫉妒她。因为她深得父亲母亲的宠爱，特别是她们姐妹跟着母亲移居欧洲后，父亲只对蕙兰关怀备至，给她优渥的生活条件不说，还时常寄信嘘寒问暖，唯恐他的掌上明珠受到一点点委屈，而作为他的大女儿，琼兰却绝对没如此殊荣。有人说天下的女人有个共同的弱点，就是嫉妒别的女人。琮兰嫉妒妹妹已不是什么秘密，所以蕙兰有理由疑惑，姐姐突然热衷于为自己牵线搭桥图什么？真的为妹妹前途着想吗？她心里不结疙瘩，眼里不揉沙子，她顺着琮兰的话茬儿，追问琮兰：

"我就不明白，你为何对我的婚事这么上心？"

"蕙兰，我知道这些年你对我有些芥蒂。可是我再有不是，也是你的亲姐姐呀！"琮兰显出一副推心置腹的神色，沉重地说："你早已知道，我跟崇涵是一种没有爱情的婚姻，不瞒你说，我们在一起真的是同床异梦。详细的我就不抖落了，总之一句话，找了他算是一辈子窝囊。我是真心希望我身上出现的恶果绝不可以在你那里重现。出于这种想法，平日我就留意寻觅与你般配的人。说实话，母亲一直不希望你找一个洋人，因此在华人圈子里物色出色合适男人确实受到很大的限制，年龄、学问、地位、人品都兼优的华人真的是凤毛麟角，但我从没放弃过。这些想法我以前也从没向你透露过，我也是怕费尽心思毫无结果，竹篮子打水一场空，要是提前告诉你，肯定费力不讨好落埋怨。还好，近一两个月我在商会朋友介绍下，给中国使团夫人们当起了临时翻译，通过陪她们逛街，商店购物，我听到了她们议论公使中有一位大名鼎鼎的人物顾维钧，来巴黎之前他的妻子得急病去世，给他留下一双儿女，现在也正想物色女友。代表团在巴黎使命已经大体结束，他们很快就要各奔东西返回自己任所。我看准时机，邀请几位公使夫妇和顾公使来家做客，幸运的是，顾公使一眼就看中了你的一张玉照，就是摆在钢琴上的镶玻璃框的那张，他左看右看，还向我打听你的情况。我心中暗喜：这冥冥之中也许就是缘分在牵动你们的姻缘，第二天我就赶紧给妈妈发电报，要你们立即回巴黎。事情就是这样。我作为你亲姐姐，若对你的事漠不关心，我也会后悔一辈子。人生在世几十年，看起来漫长，但关键转弯节点却很短暂，就看你能不能紧紧把握住。如果你和他真能结为连理，全家皆大欢喜，我是牵线人，当然人前背后也有面子，我会为有你这样一个妹妹和顾维钧这样一个妹夫而万分自豪的。"

黄琮兰一口气说完自己的心里话，眼含着泪花望着蕙兰。不用再问了，她的语气、她的眼神都在说，她的确是真诚的。蕙兰被打动了，如果说过去对姐姐有什么误解或有什么疙瘩的话，现在经过姐姐一番掏心窝子的话，也被她的热心肠融化了。蕙兰双手把琼兰拥抱在怀里，悄悄说："姐姐，谢谢你，让你费心了！顾先生的邀请我答应了，我们一起去枫丹白露吧！"

琼兰一直含着的泪珠扑簌簌掉下来。两姐妹终于冰释前嫌，拥抱了好一阵子。

出发这天早晨，顾维钧乘坐一辆与众不同的黑色轿车来接黄蕙兰，使她感到特别荣幸。这辆车虽然外观很普通，但却是由法国官方临时提供的，这种殊荣只有参加巴黎和会的外国正式代表才能享有，而且都挂有特殊的外交牌号，还专门配有一个司机，这些非寻常待遇，足以让那些豪华车主羡慕不已。

蕙兰、琼兰出门前告别了母亲魏氏，魏氏则站在阳台上望着蕙兰、琼兰上了顾维钧的车子，满意的微笑荡漾在她富态的脸上，她心想蕙兰果真能当上顾公使夫人，自己不也就成了公使岳母了！琼兰总算也办了一件大好事。她越想越美，顾维钧的车子跑得不见影了，她还站在阳台上心里乐呢！

枫丹白露果然名不虚传。导游是一位三十上下的高个子漂亮小姐，她的纯正巴黎口音，像行云流水似的自然顺畅，中国观光者们觉得眼前这些富丽堂皇的宫殿再配上导游柔美抑扬的音调，更加魅力无穷。当然，她的法语还需要琼兰适时地轻轻地翻译给几位公使夫人们，夫人们都跟随丈夫来欧洲数年，对所在国风土人情有一定了解，但来枫丹白露还是第一次，大家兴致很高，对法兰西六七百年来的皇家历史和建筑文化渐渐有了一个粗浅的认识。从十二世纪法王路易六世在这里兴建城堡，作为他狩猎行宫开始，直到后世君主弗朗索瓦一世、亨利二世、路易十四、路易十六和拿破仑等都曾在此大规模增建和改建，使之成为一个融文艺复兴和法国传统风格于一体的豪华建筑群。它包含了一座古堡主塔、六代国王宫殿、十多个各具特色的院落和园林。而令游客们叹为观止的是这些宫殿内部装饰的豪华和典雅。天花板和护墙板都是用昂贵的细木做成，厅室内的Ｖ型吊灯晶莹剔透，而墙面上和地板上石膏浮雕和巨幅彩画，尽显艺术家们的天才禀赋，可以说行宫内的装饰之精美，风格之浪漫活泼，色调之艳丽夺目，乃至集欧洲几百年之大成。有人称，枫丹白露宫是几个世纪的室内装饰博物馆，的确如此。中国游客们边看边交口称赞。

公使夫人们出于好奇心插话提出几个具体问题，如枝型吊灯在没有电之前是如何放光的，马赛克是哪国人发明又是怎样制作的，以及国王御座上的金叶粉饰使用了多少黄金等等，这些问题由琼兰翻译给女导游，女导游都给予满意的回答。黄蕙兰也提了一个有趣的问题，她问女导游："帝王时代的贵族夫人包括王后都喜欢戴高耸的羽毛头饰，请问最高的头饰有多高，她们上下车方便吗？"

女导游乐了，她说："您提的问题真好！当时贵族妇女头饰高耸如塔，一般一米左右，最高的可以达到她身材同样高度。她们上马车时先得把头伸进去，在车里跪着。她们的马车和豪宅的楼梯都要专门设计。高头饰带来生活不方便和风俗的败坏。社会上有评论家对此讽刺挖苦，说'傻瓜决定着时尚'。"

参观者们都笑起来。黄蕙兰乘机又问了一个刁钻的问题："路易十六的皇后穿的丝绸广角长裙，裙脚被撑得又宽又大，而且花饰又繁多，看上去分量不轻，到底有多重？"

女导游一下愣住了，她一时回答不上来，只好说："非常抱歉，这个问题把我考住了，我不能准确回答。不过我可以查查资料，如果您需要，我可以写信答复您。"蕙兰摆摆手说："谢谢您，不必了，我只是随便问问。"

在进入著名的弗朗索瓦长廊以前，导游换了，是个五十左右的矮胖男人，其眼窝深陷，蓄着拿破仑三世一样的山羊胡子，尤其是上唇两撇胡须末端向上翘起，像飞燕的一双黑翅膀。他的形貌虽然具有帝王相，但他的嗓音却让人不敢恭维，一副不折不扣的公鸭嗓。当然更使游客们反感的是，他那趾高气扬、目空一切的神态，似乎他自己就是拿破仑三世。他夸下海口说，弗朗索瓦长廊的白色和金色浮雕墙以及天花板天使和花环图案在欧洲乃至世界是最棒的，再没有之一了。见多识广的中国外交官们心想此导游太不谦虚啦，但嘴上都缄默不言。

黄蕙兰低声对身旁的顾维钧说："这个导游太傲气了！哪能这样夸自己国家天下第一呢？照他说法，古希腊罗马，还有欧洲其他国家英国、西班牙、德国的建筑和艺术都不值一提了吗？"顾维钧只是微微一笑，说："看来法国人的语言和他们人一样，不仅优美典雅，而且善于夸张和浪漫。这可以理解，世界上谁不为自己的民族文化而自豪呢！"

蕙兰会心地一笑，她觉得顾维钧不愧是外交家，说话得体，即使批评的本意，话锋也会藏在礼貌的语言之下。很快，导游带他们来到一个中国人十分感兴趣的展厅：中国馆。

中国馆是法国皇帝拿破仑三世为他的皇后欧也妮兴建的。这个馆的建设有一个特殊的背景，1858 年英法联军发动第二次鸦片战争，1860 年联军攻占北京并抢劫焚毁了中西合璧的皇家园林圆明园。侵华法军司令孟托邦把抢劫来的宝贵文物作为战利品敬献给拿破仑三世和欧也妮皇后。皇帝和皇后龙颜大悦，立即批准在枫丹白露这块风水宝地选址建造场馆保存这些文物。这里展出非常珍贵的金银器皿、古代编钟、香炉、官窑瓷器、宝石首饰和中国历代名画，加起来有三万多件。

按说这中国馆的文物是法国倚强凌弱从中国抢掠而来，是不光彩也不道德的事。作为一个解说员，当着这么多中国游客，身段应该收敛一些吧，至少应该说一些客气话或者口头表示一下个人的歉意。本来这是半个世纪前的一段往事，谁也没有强迫现在的法国人给前人背黑锅，起码有个正确的姿态吧！但这位胖导游，非但不如此，而且拿出一副殖民者有理的架势，满嘴跑火车，把法国侵略军占领北京说成是"文明正义之师的胜利"，把盗窃圆明园宝物说成是"保护历史文物，避免被烧毁"。对这批中国游客说如此犯忌的话，如果不是愚蠢，就是别有用心。当即他犯了"众怒"，中国游客们脸色都挺难看，大家面面相觑，敢怒不敢言。兴许是身份特殊，怕引起外交麻烦，抑或是跟一个普通解说员争论或纠缠于一个历史事件是非，有失国家公务人员体面，因而在场的公使和夫人们几乎都选择了沉默。

黄蕙兰实在忍不住气愤，大胆向导游提出质疑："既然法军是为了保护文物，为何不将这几万件国宝级东西完好无缺交给中国政府自己保管，反而迢迢万里运到巴黎来呢？"

胖导游狡辩说："法国具有珍藏世界珍宝的条件，您看，放在这里不比放在落后的北京安全多了吗？"

这真是强盗逻辑！黄蕙兰忍住愤怒，质问道，"可是这些宝物毕竟是从中国抢来的呀！"

胖导游嘿嘿地狞笑两声，得意地说："是中国的还是法国的，让两国政府去争论吧，不过现在，这些宝贝是在法国手中那就是法国的。各位对此如果有异议可以到政府去申诉。"

黄蕙兰还要争辩，被顾维钧以眼色拦住。他上前对导游说："先生，我们无意争论这些宝物现在的归属，但是我想请您回答一个问题：1870年普鲁士军队在色当打败拿破仑三世的法军，并长驱直入进占巴黎，如果普军把凡尔赛和枫丹白露的文物虏掠走的话，您作为一个法国人，有何感想呢？"

胖导游眨了眨蓝眼珠子，嘴巴张开又合住，半天说不出话来，显然他被顾维钧的问题噎住了。最后总算尴尬地挤出一句话："情况不同嘛！"

顾维钧、黄蕙兰他们见好就收，转身离开中国馆，在一处清澈见底的喷泉池旁，琼兰跟公使夫妇们约好时刻，大家便散开自由活动了。

黄蕙兰和顾维钧并肩漫步在森林小路里，蕙兰主动挎上他的胳膊，看上去颇像一对情侣。偶尔迎面而过的游人，向他们投过来羡慕的眼光。顾、黄二人心湖里荡漾起甜蜜的浪花。

"顾博士，你真行，一句话就把那个骄横跋扈的导游给降住了！"

顾维钧微笑着说："对付这种狂妄的人，以其人之道还治其人之身，很见效。"

"你的知识渊博，随口就能举出例子来批倒对方，不仅让我佩服，也让我长见识了。"

"你今天的发问也很精彩呢！想不到你出生在海外长在海外，倒是有一颗热血中国心呢！"

"父亲常跟我们说，我们出生在印尼，祖籍是福建，是地道的中国人。我的祖父家境贫寒，因在前清道光年间参加过太平军反抗朝廷，起义失败后，为躲官府追捕偷渡去南洋，在大海里漂流几个月才到达爪哇岛的，他凭着一身力气干些拖船扛包的重体力活，晚上住难民窝棚。后来业主见他身强力壮、相貌堂堂，就招他做了女婿。再后来祖父祖母单独立户，祖父成了一个走乡串村的货郎，经过千辛万苦劳累经营，他们的小家逐步富裕起来，父亲从小就被要求勤俭节省过日子。殖民者荷兰人不喜欢华侨，他们非常嫉妒抱怨聪明勤劳的中国人将困难转化为财富的本领。祖父一生未加入荷兰人控制下的印尼籍，虽然他会说马来话，但他始终心向中国，平时只讲华语，起居习惯生活方式都是传统的，我们从小受祖父母影响。祖父母去世后，父亲继承了祖父的家业，靠着头脑的精明和智慧，打通了与荷兰统治上层人物的关系，事业做得风生水起，他眼光远大，也有魄力，他的事业发展成一个影响力广大的王国，人们以'糖王'称呼他。我母亲是父亲的原配夫人，她是个十足的华裔美人，皮肤细腻白皙，一副水灵的黑眼睛，但就是脾气火爆，生气的时候我都要礼让她几分。母亲只生了我和琼兰两个女孩儿，大概因为没男孩子，父亲为了有子嗣娶了多房姨太太。这就造成夫妻之间、妻妾之间的隔阂。父亲虽然对母亲越来越冷淡，但对我和姐姐却很珍爱，尤其视我如掌上明珠，聘请家庭教师精心培养我的法语、英语和马来语能力，可以说父亲的溺爱，和生活上尽可能满足我的需要，再加上我天资聪颖，造就了我任性不羁、我行我素性格，我在家庭中就像一个王国的公主。但母亲终于受不了父亲的冷淡和受宠姨太太的冷言冷语或夹枪带棒的讥讽，向父亲提出带两个女儿离家移居欧洲，父亲虽然舍不得我，但还是勉强同意了。就这样我们母女三人来到伦敦和巴黎。"

顾维钧一直静静地听着，没有插话，他从蕙兰讲述她家的往事感悟到了她的真诚和信赖，他们仅仅是第二次见面，就像对一个亲近的朋友那样无话不谈了，一个相识没多久的女子能将她的家事几乎和盘托出，这就是一种对他的态度呀！他心里荡漾起一种感激和荣幸，于是投桃报李，也对她删繁就简地讲了自己几十年前一些往事：

"我小时候听祖母讲过，祖上原先在距上海不远的一个小镇为官，虽不显赫也算是当地大户人家，到祖父那一辈，因附近省份太平军起义，战乱蔓延到家乡，祖父几兄弟遭绑架，后经抵押全部家产营救回乡，但身体屡遭摧残，不久就去世了。祖母挑起全家重担，带着儿子和抱着几个月的女儿逃难到上海，投奔亲戚，她靠着勤劳灵巧的一双手，夜以继日为人刺绣、编织挣钱养活全家，供唯一的儿子读书，儿子后来长大娶妻，生有三个子女，我当时还没出生。我出生时父亲正失业在家，正在四处奔波求职，祖母年事已高已不能担当家务，一家老小六口负担全压在母亲一人身上，如果再添人口全家更得挨饿了。母亲父亲对于我出生颇费踌躇，本来决定要堕胎的，母亲已经含泪咽下一碗中草汤药，试图把我打掉。谁知我生就命硬，母亲说我在娘肚子里蹬腿踢脚表示反抗，好像非要来到这世间不可。母亲咬牙一横心坚持把我生下来。自打我降生以后，似乎家庭转了好运，父亲找到了一份招商局船务账房工作，有了一定收入，家境得以改善。"

听到这里，黄蕙兰扑哧一声笑了，调侃道："你在娘胎里就是一个不安分不听天由命的调皮小家伙！"顾维钧也哈哈大笑了，这由衷的笑声是他出使巴黎以来所罕见的。

"你说奇怪不！我们的祖辈分别属于相互仇视的两个营垒，他们绝对想不到自己的后代却并肩走在一起握手言欢！"黄蕙兰道。

"这就叫三十年河东三十年河西，闹太平军那会儿到现在已经过去一个甲子年了！"顾维钧无限感慨地说："悠悠岁月，时过境迁，我们的出生环境是无法选择的。可是我们能够努力争取选择自己成长的道路。你刚才说得一点儿不错：我的确是个不听天由命的'小家伙'，记得我十岁时，父亲送我到私塾读四书五经和八股文，他总想让我为应科举做准备。父亲给我安排的道路，并非我所愿，因此一场矛盾闹得家里翻了天。父亲逼我进私塾，我就逃学，父亲派轿夫押送我，我就跑到亲戚家躲避，最后在父亲追查下，我回家躲进姐姐的闺房，反锁起来，姐姐见父子冲突也哇哇大哭，一时间这件事闹得街坊四邻都晓得了。最后是妈妈出面说和，加上姐姐姐夫的劝和，我被安排进了英华书院求学，这是一个折中方案，爸爸虽然伤心但最后也妥协了。这样我进了英华学校接受了现代教育，以后又进入圣约翰书院，期间正赶上八国联军进犯北京，列强在中国瓜分势力范围，清政府腐败无能，丧权辱国一波又一波令人沮丧的消息传来，学生们再也不能在书院里安静读书了。那一年日本和俄国两个强盗在我们辽宁开战，清政府罕见地表示所谓中立，更加刺激了学子们的心。在学业结束面临是否出国留学的时刻，我选择了去美国留学，我觉得中国需要自强，我也需要更多知识充实自己，需要更多地了解世界，就毅然报名去美国，父亲这时也想通了，支持我的想法。离开上海之前我到理发店毅然剪掉了脑后的长辫子，母亲见我剪掉了辫子，伤心地落泪，我知道她不是因为我剪了辫子才流泪，而是我要漂洋过海离开她了。"

"是啊，儿行千里母担忧呢，我离开爪哇岛时，父亲难舍难离，千叮咛万嘱咐。做父母的谁舍得儿女远走高飞呢？他们的心情可能我们现在仍然理解不了。那你到了美国就直接进入哥伦比亚大学了吗？"

"没有。我们留学几个人先进了一个叫库克学院的学校读预科，一年后再次面临着选择。当时国内发生了一件大事，就是延续一千多年的科举制被废除了，一批新兴的近代学校建立起来。海外学子们一时掀起了教育救国、实业救国的风尚，纷纷选择了学工科和理科，把以后从事实业作为奋斗目标。"

"你也选择了工科专业了吗？"黄蕙兰插话。

"我的一些同学选择了学工程、学矿山或交通，确实对我影响很大。我犹豫了好久最后还是选择了政治和外交。当时中国政坛还发生了一件大事，孙中山先生建立了同盟会，主张推翻清朝统治，口号是'驱逐鞑虏建立中华'，他举起的反清大旗得到许多海外学子的支持和追随。我在一次学生集会上做了题为《觉醒了的中国》的演讲，表达了我对戊戌百日维新以后人心思变要求革新国家体制的看法。有一位教授听了我的演讲，建议我投考哥伦比亚大学攻读国际政治和外交学。这样我下决心报考了哥大……"

他们走着聊着，不知不觉到了树林深处。这里游人稀少，只有他们俩人的身影。两侧高大繁茂的橡树在空中合抱而结成一体，既给他们遮挡着初秋的烤人阳光，又似乎在静默地倾听两个年轻人的喁喁絮语。

他们的话题越聊越多，黄蕙兰似乎对顾维钧的一切都感兴趣，无论是他留学时期在校际辩论会上叱咤风云、英姿勃发，还是与唐宝玥结婚前后的趣事逸闻，甚至与第一任妻子的离散，她都问得仔细，听得精神贯注。当一对情投意合的年轻人在一起谈古论今的时候，很难察觉到时间在飞快流失。二人交谈甚欢，直到黄琼兰从林间小道里出现在他们面前，他们才意识到约定集合的时刻超过了。顾维钧看了看怀表，抱歉地说："哎呀，对不起，让大家等了。"这是他担任公职以来，首次误了约会时间。不过琼兰丝毫没有责怪的意思，她抿嘴一笑说："没事的，出来游玩嘛，不必那么准时！ 这座森林面积太大，岔路很多，我是怕你们在密林里万一迷了路。看见你们我就放心啦。"

蕙兰笑着调侃道："我跟一位命硬的高级外交官在一起，什么危难不能化险为夷呢？"

顾维钧也说："即使迷了路，也不要紧，我身旁有一位钟灵毓秀、聪慧过人的美女陪同，还害怕迷路吗？"

琼兰道："哈哈，你们两位一唱一和，我在这里显得多余了。我先返回喷泉那里，你们随后赶来就是了。"

"好的，你就放心吧，我们随后到。"蕙兰回应。

琼兰转身离开了。望着她的背影，顾维钧赞道："你姐真是个热心人！"

"她从小就是这样，风风火火的，像个假小子。"

"你看那几个公使夫人都跟她很亲近，说明她讨那些夫人们的喜欢。"

"她生性乐于助人，愿意在别人面前显摆自己的能耐，体现自己的价值，别人一夸奖她，她就找不到北了。"

顾维钧笑了。"虚荣心人皆有之，这不能算作一个缺点。虚荣心可以使人向好的一面发展，就是使人诚实善良，也可以使人向坏的一面发展，比如华而不实、沽名钓誉。往大的说，可以使人懂得大是大非、正义和邪恶。"

"你呀，不愧是学过哲学的，分析得头头是道。"

"不瞒你说，自从我在哥大攻读哲学后，我觉得看待世间万物有了一个比较好的思维方法，这就是辩证来看问题，要能透过现象看到本质。比如今天你向那个胖导游提问质疑，直接点到了英法联军进攻北京的要害，他说得言辞再漂亮也掩盖不了法军的侵略本质。"

"听你这么一分析，我真的长了见识，我要是也能进大学就好了……"

不知怎么，或许是仰慕面前这个男人的胸怀和学识，她身不由己地将头轻轻靠在他的肩膀上，而他也就势挽起她的胳膊，他的头触到她的黑发，闻到她的发香，她也听到了他起伏的气息。他们默默走了很长一段路。

离开枫丹白露，顾维钧把她送到家门口，分手时对她再次发出邀请："下月15日晚在大剧院有经典歌剧演出，希望你能跟我一起去欣赏。"蕙兰微笑着答应了。

巴黎歌剧院也叫加尼叶歌剧院，加尼叶是它的设计者。那日傍晚，当顾、黄二人走近歌剧院台阶时，他们眼前顿时被这座享誉欧洲及世界的建筑艺术瑰宝照亮了。平日，偶尔驱车路过此地，来不及仔细观察，今天他们有幸可以打量它的外貌了。

在夕阳余晖中歌剧院端庄雄伟、辉煌夺目，给人视觉最有冲击力的是古希腊罗马风格的三角顶和中层几组对称的巴洛克式廊柱，以及下层意大利式多间连拱形门洞，使人感到它的庄重雄阔和磅礴气势，加上顶部、墙体和开窗点缀的无数精美雕塑，使人惊叹它的豪华典雅。顾维钧常驻美国，黄蕙兰也旅居过伦敦，都是见过大世面的人，但他们也不住地赞叹如此华美绝伦的歌剧院！而他们走进歌剧院内部，无论是走廊、休息厅、楼梯、天花板和地板，其装饰也更令人惊讶！如果说枫丹白露尽显王宫皇家的富贵和奢华，那么歌剧院则穷极艺术殿堂的高雅和完美。顾黄二人每前行几步，都可以看见极其精美的雕塑、晶莹的挂灯和具有古典风格的巨幅壁画。这一切都让来到这里的人们未闻歌声，就先感受到它浓郁的艺术氛围了。

黄蕙兰今天刻意穿一件天蓝色碎花尖领收腰大摆长款连衣裙，戴一条金项链，与她白皙脸庞和秀美身材适配，更显得东方女性清丽和仪态万方；顾维钧则换上了不常穿戴的高礼帽和燕尾西服，他挽着蕙兰的胳膊，登上二楼的走廊，在洋人男女惊羡的目光注视下，神情自若地款步走进自己的包厢。黄蕙兰坐定后才看清包厢在整个演出大厅的位置，她心头不禁一阵惊喜和激动。原来他们的包厢在中心大包厢的右侧第二间，位置相当好！顾维钧悄悄告诉她，在重要的庆典节日，大包厢通常是给国王和王后，现今是给法国总统总理或外国首脑准备的，它占据了两层空间，比一般包厢要高出一层，里面的帷幕和装饰也是剧院顶级的。其他包厢虽然比不上大包厢，但也是政府要员或社会名流或外国的公使和政府高官以及他们的夫人来访时才可享用的。蕙兰心里很美，也很幸运，当她环顾大厅那非同凡响的舞台、池座以及两侧高达五层的包厢，穹顶那无与伦比的天使巨画和悬垂在空间的枝型大吊灯时，两眼的余光已经感到池座里和其他包厢有人用观剧镜对准她和顾维钧，她一边微笑一边暗忖：你们瞧吧，我们来自东方，是地地道道的中国人！

演出的歌剧非常诱人：莎翁名作《罗密欧与朱丽叶》，这是一部天才剧作，而要把它改编成歌剧也是天才。法国著名作曲家古诺在半个世纪前就完成了同名歌剧，当时在大剧院上演后反响空前，也让作曲家声名鹊起。扮演剧中人罗密欧与朱丽叶的男女高音歌唱家都表现出非凡的艺术才能，他们以自己美妙的歌声精心诠释这一对贵族男女对爱情的忠贞不渝，他们时而缓慢抒情，显露对爱情的向往和幻想，时而高亢激越，表达对爱人的思念、追慕和渴望，把他们因家族互相仇视而不能公开恋爱，最后吞药结束自己生命的悲惨结局表现得淋漓尽致。但这又是一出"乐观主义的悲剧"，演员们把诗情化的唱词用具有音乐感的法语演唱出来，使文学与音乐完美融合在一起，集中赞扬了男女主人敢于冲破传统礼教约束的勇敢精神，热情讴歌了爱情的伟大力量。顾黄二人虽然不是音乐艺术的评论家和鉴赏家，但他们因天生的聪慧和灵秀，不难领悟剧中所蕴含的深刻含义。特别是歌剧最后的高潮，罗密欧看到墓穴里的朱丽叶"尸体"后，悲怆地唱道："这是一个坟墓吗？不，这是一个灯塔，朱丽叶睡在这里，她的美貌使墓窟变成了光明的华堂！"而后罗密欧毅然喝下毒酒追随爱人而去，及至朱丽叶醒来，发现罗密欧，怎么也唤不醒他，她绝望中呼喊着爱人的名字，举刀自刎。如此结局让观众唏嘘不已。蕙兰眼眶里甚至满含着泪水……

散场后，顾维钧吩咐司机先送蕙兰。晚间街灯若明若暗投射在车里，蕙兰似仍在回味着剧情，她问顾："你以前读过莎士比亚这个剧本吗？"顾答："在哥大三年级时，看过一遍，故事情节大体记得。"

"你说，莎士比亚为什么要让罗密欧和朱丽叶去死呢？"

"这的确是个遗憾。我对文学艺术是个外行，不过我猜，大概悲剧要比大团圆喜剧更能表达作者的意图，对读者更具有震撼力吧！"

"可我总觉得让两个充满活力的青年人匆匆赴死，太使人伤感了！"

"是啊……"顾维钧语塞，脑际闪现出去世的爱妻唐宝玥和遗留在美国的两个孩子，他想孩子们半年多不见，都长高了吧！

"你怎么啦？想什么？"蕙兰问。

"呵，没什么。"顾维钧答道，"你说的对，人们虽然不拒绝看悲剧，但总喜欢自己生活中充满喜剧，一家人在一起快乐活着有多好！"他情不自禁握起蕙兰的手，蕙兰起初一惊，然而也没缩回手来，任凭他握着，并把头依在他肩上，就这样他们相互依偎着，希望车子走慢点……

巴黎和会对德和约之后，不久又逢对奥和约，中国代表这次没有缺席，顺利签约，并依此约，中国名正言顺地加入了国际联盟。此举打消了国内一些军政大员反对拒约的最重要担忧：中国将被国联拒之门外。其实，对奥地利和约第一部分也照样写明签字国即是国际联盟缔约国。陆征祥顺势推荐顾维钧为出席国联的中国代表，得到北京政府批准。

中日之间围绕山东问题的博弈，历时一年，似乎又回到原点。正如顾维钧所预料的："日本志在侵略，不可不留意，山东形势关乎全国，不签字则全国注意日本，民气一振，签字则国内自相纷扰。"他还指出，"我坚信如果中国在力争保留失利之后拒绝签字，将会得到内外舆论的支持。"

首先，美国的政坛动态和舆论风向变化出乎各国外交官意料：巴黎和会对德和约签字后，美国总统威尔逊踌躇满志返回美国，原本期盼着到国会做一次精彩演讲，顺利地获得议员们投票通过凡尔赛和约，支持他一手缔造的国际联盟。但共和党议员并不买他的账，强烈反对他的观点，尤其是他在山东问题上对日本妥协，出卖中国利益，倍受谴责，而且社会舆论也对他大为不利，有媒体尖锐指出，对德和约因山东问题未能公平处理而使中国拒签，引起美国民众普遍不满。这很有可能导致他的建议被否决。于是威尔逊决定做一次从东海岸到西海岸重点城市的旅行演讲，为最后赢得国会通过做舆论宣传。但他费尽心思的努力，仍然不能挽回民意，以至于他本人半途被累垮了，不得不终止继续旅行。随后参议院以多数票否定了他的提案，威尔逊的国联理想也泡了汤。美国倡导了国联，却又抛弃了它。威尔逊动议参院表决失败，也为日后共和党上台埋下伏笔。除了美国社会舆论外，以蓝辛为代表的美国外交官员仍然坚持给予中国一定程度的支持，这使陆征祥、顾维钧等希望通过美国支持收回山东的目标存有一线希望。

其次，是中国老对手日本动向。中国拒签，打了日本一个措手不及，日本政府根本想不到中国代表不仅敢于对抗日本，而且也对美国总统的意志说"不"。就此认为中国拒约肯定会得罪美英法等欧美列强，中国将被孤立起来，这对日本也并非不利。但美国国内事态发展让局面翻转过来，美国国会表决不承认凡尔赛对德和约，等于给了日本当头棒喝！日本还是相当忌惮美国态度的，焦虑之后日本外相内田康哉发布了一个自相矛盾的声明，一方面仍然称德国在山东利益应"无赔偿无条件引渡给日本"，另一方面声明将山东"全部还付中国"，依据还是日中之间的"二十一条"，何时归还也没有期限。美方得知后，曾通报顾维钧，问询若日本承诺归还山东，可否与日本直接谈判并补签对德和约。顾维钧答道，日本想以承认"二十一条"为交还条件，又不明确保证交还时间，中国断难与之商议。同时他急电北京政府，建议考虑到现实情势，"以暂不补签为宜。"北京政府也征询了美国前驻华公使、离任后担任中国政府外籍顾问芮恩施的意见，芮认为直接交涉就认同了日本在山东的霸权，现在以不理睬为上策。为此，中国政府表态，拒绝日方以"二十一条"为谈判条件，而且强调日本必须确定归还山东时间，否则免谈。日本很失望，虽然急于挽回面子，试图通过美英两国寻求与北京政府找到一个解决方案，但又拒绝中国提出的日本必须公开一个书面承诺的要求，也就是说日本不愿对此做任何保证。两国关于山东问题的博弈陷入僵局。

巴黎和会全权代表牧野伸显返回日本时，曾经分析过日中两国在巴黎和会争执的深层原因，认为中国抵制日本不能孤立地归结于代表个人所为，更不是中国代表为功名所激发，而是中国一般国民的民族感情酝酿数年之久的总爆发。这种见解还是比较透彻的，其实中国国民感情何止仅仅酝酿数年，早在十九世纪九十年代甲午战争就已经积累下来了，日本通过《马关条约》割占了中国多少领土，又索赔了多少亿两银子，这笔账还没清算，现新仇旧恨叠加一起，岂是数年就酝酿成的呢？作为一个老资格外交家，牧野还提醒他的政府："此次中国委员代表的是国民全体之活动，因此若留意中日根本关系而欲图永久亲善者，又岂可漠然视之乎？我国或因中国问题而陷入意外之难境，未可知也。"牧野这里讲中日永久亲善，固然虚伪，但他承认日本因中国问题将"陷入意外难境"，还算比较有见识。

秋去冬来，又是一个 12 月冷风萧瑟的日子，陆征祥携夫人培德和王正廷、魏宸组等人一起告别了顾维钧，从巴黎乘火车抵达海港马赛，并登上一艘客轮，启程驶往阔别一年的祖国。继巴黎和会拒签对德和约后，和会陆续还有一些涉及中小国家的议题，但主要任务已经结束，各国代表都先后撤离了。

陆征祥漂洋过海，感受着一日复一日的单调景色，他在甲板上望着起伏的地中海波涛，心中却没有了去年底横渡太平洋穿越美国大陆经大西洋抵达巴黎时那样的踌躇满志，当初期盼在和会依靠美国支持，一举收回山东主权，给国人一个圆满答卷，也雪洗自己四年前与日本签约《中日民四条约》的耻辱。但事与愿违，操纵和会的列强最后还是把山东转让给日本，多亏顾维钧、王正廷他们坚持拒签立场，自己也最终没到会签字，虽然收回山东的历史使命失败了，但这结局也没让日本如愿以偿，算是打了一个平手。经过这番曲曲折折，他实在累了，谁知道回国后什么风浪在等着他呢？反正这个外交总长早就不想当了，一切顺其自然吧！如此心境，也让他的情绪平静了许多。每日除了和培德到甲板看海，与王正廷等人也很少交谈，就这样他沉言寡语地在海上漂流三十多天，终于抵达上海。出乎意料的是，码头上出现大批欢迎他们的人群，有的甚至举着"欢迎拒绝签字的陆专使归来"，还有人热情给他们献花。陆征祥等被深深感动，他终于明白了：中国代表在巴黎和会的交涉看似失败了，但拒签赢得了民心。他终于清醒了：一个外交官关键时刻要选择符合民意的立场，做顺乎民情的事情！

陆征祥返回北京后，归于平淡的心湖又掀起了波澜，他面对的依然是一片扑朔迷离、灰蒙蒙的天地，国内政治和军事形势依然混沌一片。和会结束后，国内舆论要求恢复南北和谈，徐世昌和龚心湛推举安福国会议长王揖唐为北方总代表，但名单公布后，遭到南方激烈反对，南方认为南方国会是民国初临时约法建立的合法国会，因受袁世凯、段祺瑞等北洋势力排挤不得已才迁往广州，而北方建立的所谓国会是非法的，如果王揖唐代表北方谈判，就等于南方承认了安福国会的合法化，这是南方不可接受的。

徐世昌和龚心湛如果另推举他人，安福国会必担心被徐、龚出卖，而持坚决反对立场。至此，南北重新和谈胎死腹中。

安福国会不仅遭到南方势力的抵制，也受到国内舆论谴责，追本溯源是因为其背后支持的段祺瑞皖系势力对日秘密出卖国家利益签订密约导致的，巴黎和会和南北和谈的结局，使安福国会和皖系势力一时间成为众矢之的。其中对皖系势力最具威胁的是北洋系统内部的直系势力。直系原首领冯国璋下野后因年老体弱，回乡养疴，直系大权落在曹锟和吴佩孚身上，曹锟觊觎大总统的权位已久，吴佩孚作为南征军队一线指挥官，不仅拒绝段祺瑞的向南进攻命令，还呼吁停止内战，主张武力收复山东，巴黎和会后挥师北上，与驻守直隶的曹锟相呼应。皖系首脑段祺瑞虽然不担任国务总理，但仍然牢牢掌控着皖系军权，并将战争结束前训练的参战军改编为边防军，从西北调遣到北京周边，以震慑其他派系。这样，京畿周边形成一山二虎之势，皖系、直系暗地博弈，公开冲突迟早到来。而久居东北的奉系首领张作霖早已对关内虎视眈眈，曾派劲旅加入南征战团，在直皖两系矛盾之间，表面保持中立，实则见机行事为自己打算。大总统徐世昌和国务总理龚心湛虽然不想当傀儡，但毕竟心有余而力不足，是个软弱的跛腿政府，靠的是借力使力的权术把戏，对内治理无方，对外软弱无能……

国内局势扑朔迷离，令陆征祥心烦意乱，以往的教训告诉他：不管哪家军阀势力上台国家都好不到哪儿去，哪个不是绞尽脑汁找列强做靠山，甚至向洋人出卖国家利益借钱买军火，穷兵黩武打内战，确保自己的权位和既得利益，什么国家富强民族复兴，什么百姓死活民生民计，在当权者看来是无足轻重的东西。贫穷要挨打，羸弱无外交。多年担任外交总长的他，深深体会到，他只是个台前木偶，关键时刻必须听命于总统和政府首脑的指令，在洋人那里他挺不起腰杆来，退让屈辱，尽量表现得温文尔雅，最后还得代表政府签字画押，违心地承办他力所不及的事，成为舆论唾弃的替罪羊，他疲惫的身心时常战战兢兢，他脆弱的灵魂也往往经受拷问，他觉得当了七八年外交总长，不但没有实现自己的抱负大展宏图，反而活得很憋屈窝囊，像个受气包，猪八戒照镜子里外不是人。回顾以往，观照现实，他断定前途迷茫，一片灰暗。他再次萌生退意……

第十八章 驻节伦敦

时光荏苒，巴黎迎来战后又一个春天。经过一年多的逐渐恢复，巴黎重新焕发出浪漫之都、时尚之都、艺术之都乃至奢华之都的魅力。在宽阔整洁商业气氛浓郁的香榭丽舍大道，各式各样的霓虹灯争奇斗艳，时髦广告令人眼花缭乱，一幅幅化妆品和人体修饰的女郎招贴画更是夺人眼球。伊丽莎白·阿登美容院是一家著名的美发美容修甲老店，不过来这里常做美容的大多是巴黎上层贵妇和富有阶层的女郎，因为要做一次全面的美容，要花几百甚至上千法郎。那些收入中下等家庭的女人即使想把自己变得漂亮，在昂贵的价格面前，也只能望而却步。此刻，有一位东方年轻女人正在美容，看来她经常光顾这里，店里的美发师和修甲师都习惯称她为"密斯兰"。她靠坐在皮椅上，头上罩着一顶锃亮的头盔，镶着朵朵粉红色发杠的黑发被拢到脑后，脸的上半部被头盔遮住，但仍然可以从脸庞、鼻子和嘴唇认出她不是别人，正是黄蕙兰。她的左手背朝上摆在跟前一张小方桌的软垫上，一位身穿职业套裙的女修甲师动作优雅地捏着一根油彩笔，聚精会神给她的指甲盖上色，一水的玫瑰色，这是黄蕙兰喜欢的颜色，这时她闭着双目，从容享受这每月一次的美发美甲的神仙般时刻。

"密斯兰"，前台一位男接待员轻步来到她跟前，很有礼貌地低声说："有一位先生来看望您，他现在门厅等您，您看是请他在店里继续等，还是不用等……"黄蕙兰睁开眼，颇感意外：谁会来这里找自己呢？她忽然明白了，"莫非是他？"她立即对接待员说："劳您告诉那先生，再等我五六分钟，我这里就结束了。谢谢您！"接待员答应一声离开了，蕙兰暗自纳闷：他怎么会找到这个地方呢？转念一想，她又暗自欣喜：这说明他心里常惦记我呢，今天他一定要跟我谈什么要紧的事，否则他不会轻易往这里跑。可是我从来没告诉过他这美容店的地址呀，他是如何得知的呢？难道他是从琼兰那里或是母亲那里打听到的……

发型经过美发师的精心摆弄，已经与她的脸型皮肤匹配得近乎完美，指甲也已修饰染好，黄蕙兰满意地对着镜子左瞧右看，对美发师和修甲师道了声"非常感谢"，转身来到前台付款，付完款她来到隔壁一间休息厅，一眼就看见了他在沙发上，正在看一份报纸。

"顾先生，真对不起，让你久等了。"蕙兰先打招呼。

顾维钧闻声，立刻站起来，看到蕙兰的美颜装束他的眼睛直放光。"黄小姐，你太美了，你的发型简直就像上海百老汇的大明星！"

蕙兰咯咯地笑起来，"是吗？那说明我到这里来美容是值得的吆！顾先生，你是怎么知道我在这里的？跟神探似的，真出乎意外啊！"

顾维钧笑道，"你看，你自己告诉我的，都忘记了？那天我们一起去看歌剧，送你回家时，路过这里，你顺手指指这里说了一句，'我美发时就来这里'，我就记住了。今天打电话给你，伯母接的，说你出门做头发了。我猜你起肯定是到了阿登美容院。"

"原来如此，你的记性可真好，不愧是当外交官的！大事小事都不含糊。不像我，整天大大咧咧的，脑子里不存事。"

"这跟外交官有关系吗？哈哈，我看你不仅长得标致，也非常聪明，遇事反应快，加上讲究时髦和新潮，在女人堆儿里是个出类拔萃的人物，我想你很适合一种新的职业和身份……我们在附近找个地方聊聊可以吗？"

"当然可以。"

离开美容院，他们在近处进了一家环境雅静、装修精致的咖啡店。此时店内十来张覆盖着雪白台布的方桌，每张桌上还分别点缀着一簇紫色或粉色或蓝色的紫罗兰，散发着浓郁的清香。顾客不多，都是一些成双成对的男女，男的闲装散淡，女的时尚浪漫，他们低声细语谈笑有度，为的是来这里享受环境的幽雅和时光的安逸，乃至爱情的甜美。

顾黄二人选了一张靠窗子的小方桌落座。侍者上来问他们要咖啡还是茶？顾维钧为蕙兰要了一杯牛奶咖啡，而自己点了一杯热茶。咖啡和茶很快端上来了。

蕙兰先品了口咖啡，顾维钧问："怎么样？味道还不错吧！"

"是的，味道香浓，很可口的。"

"这是法国有名的波尔多咖啡。"

"你为什么没要咖啡，而要了茶？"

"咖啡，我有时也陪客人喝一点，但我主要是喝茶，多年习惯了，一时改不过来。"

"你刚才说我很适合一种新的职业和身份，到底是指什么，我很想听听。"

顾维钧慢悠悠端起茶杯，抿了一口，微笑着说："先告诉你一个关于我的消息。不久我将要从驻美国公使离任，到欧洲来驻节。"

"是来法国吗？"

"不。很可能是去英国，接替施肇基公使。"

"那意味着你被提升了还是降低了？"

"无所谓升降，是平调吧，驻美、驻英同等重要。这次调整主要是因为我要兼顾在国际联盟机构中的任职，伦敦和日内瓦距离并不远。"

"那我得要祝贺你被任命为新的职务并预祝你的使命获得成功！"

"谢谢了。"

"可是，这跟我有什么关系呢？"

顾维钧又端起茶杯饮了一口，脸色似乎有些欲说又止的样子，停顿一两秒钟，最后还是说了："我遇到一件难办的事，必须跟你商量。"

"我能帮你什么吗？"

"当然能。别的人都不能。"

"究竟什么事？"

"其实也很简单。"顾维钧好像卖着关子。"你看，我担任驻英国公使后，第一件重要的事就是要递交国书。什么是国书？就是中国政府向大英帝国递交的关于任命我为特命全权公使的正式文件。递交了国书意味着我得到驻在国承认，才能够正式行使公使职权。"

蕙兰不解，追问道："跟我有什么关系呢？"

"别急，听我说呀！你知道，大英帝国跟别的国家不一样。别的国家像美国、法国接受国书的是国家元首，也就是总统。而英国国体是君主立宪制，国王仍然是国家元首，现在的国王是乔治五世。自立国以来，英国皇家很讲究外交礼仪，接见别国使节递交国书时，通常国王和王后必定同时出现在白金汉王宫的接见大厅，以宣示对外国使节的尊重。而且他们事先要向外国公使和夫人发出邀请，你看这对于我来说即将面临一个难题，我必须和我的夫人一起出席这个仪式。"说到这儿顾维钧停下了，瞧着蕙兰有什么反应。

黄蕙兰何等聪明，这时已然明白顾维钧的来意了，真可谓用心良苦啊！转了这么一个大圈子，最后才露出正题。但她佯装不知，显出遗憾和不解的样子，说："你夫人不是前年就因病去世了吗？"

"是啊，她还给我留下了两个幼小的儿女，孩子们也正需要一个母亲。"

蕙兰沉默片刻。她想，他这是向我求婚吗？求婚是这样的吗？看看他还要说些什么。

但顾维钧似乎没有再往下说了，他只是端起茶杯品茶，用沉稳的目光静静凝视着她，使她心神不宁。终于她憋不住了，脱口说出一句："你的意思是想娶我为妻？"说完，她的脸庞骤然一片红晕。

"是的。这是我的希望，但愿你也乐意。我是认真的！"顾维钧脸色也微微泛红，好像生平第一次跟女性接触似的那么腼腆和难为情。

蕙兰扑哧一乐，差点笑出声来，不过她赶紧捂住嘴，又咳嗽一声掩饰过去。她恢复了常态，说："这对我来说，可是件大事呢！容我想想可以吗？"

"当然可以。我等待你的决定。"

随后，顾维钧掏出五法郎纸币，压在茶杯下，站起身说："我们回去吧！"他像完成了一次外交谈判那样，准时来又按时去，毫不拖泥带水。蕙兰又是一个没想到，她原以为他会情意缠绵地与她再多聊一会儿，特别乐意听听他对自己发型的赞美，或是谈谈对女人染指甲佩首饰之类有何褒贬，但他对这些似乎视而不见，或是不感兴趣，还是外交官对女人红妆或淡妆这些脂粉话题难以启齿呢！她左右猜想着，身不由己地离开座位，随他出了店门。

顾维钧抬起臂肘，让蕙兰轻轻挽着，俩人漫步在人行路上。香榭丽舍大道车水马龙，不时有豪华的小卧车和高贵的四轮马车忽悠掠过，像飘走的一片片彩云；来来往往的巴黎人脚步总是那么从容不迫；而街市上的招牌广告霓虹彩灯为这条繁华大道增添了无穷魅力。

走着走着，顾维钧说："黄小姐，你今天显得特别漂亮，我第一次领悟到，合适的化妆对一个女人是多么重要。"

黄蕙兰听了很舒服，刚才他那淡漠得似乎不食人间烟火的表情给她留下的一点不太高兴，竟一扫而光。她说："你真的这样认为吗？"

"是真的。只要不是奇装异服，或者修饰过于妖艳，凡是合体的时尚我都喜欢。"

蕙兰的头向他肩膀靠得更近了，她心想：他真爱她，不是吗？呵，香榭丽舍大道，你永远是迷人的。

黄蕙兰驾车一回到家，就向母亲报告了顾博士"求婚"这件事。魏氏自然喜欢得不得了，她叮嘱女儿："千万别犹豫，顾先生可是百里挑一呀！过这个村就没这个店了。"蕙兰笑道："妈，瞧你，比我还上心呢！"

"我不上心谁上心？你是妈的心头肉，早盼你嫁给一个称心如意的君郎呢！我们母女远离祖居，身在海外，光有几个钱是远远不够的。我现在有糖尿病，不知以后还会得什么病，迟早会有见阎王爷的一天。妈知道，现在有我跟你在一起，你可以无忧无虑，一旦我走了，你和你姐夫姐姐都不可能一起生活，你自己也不可能单独过日子。你最后的去向很可能回新加坡找你爸爸，但那个姓贺的女人容得下你吗？她和她娘家人说不准会使坏像弄死个蚂蚁一样弄死你，谁会为你喊冤？ 所以，你现在要是有个好的归宿，我就是死也瞑目了。"

"妈！看你，说这些死呀活呀的话，多不吉利。"

"妈说的全是大实话，你有个牢靠幸福的家，我说不定还能多活二十年呢！"

蕙兰和母亲相拥而乐，母亲高兴地落下泪来。

"可是，"蕙兰又说："爸爸那里怕不好通过呢？"

"你爸那边你不用担心，有我给你做主呢！"

蕙兰说："好吧，我听妈的。"

母亲的口气虽然大包大揽，但她还是给丈夫黄仲涵拍了电报，告诉他女儿蕙兰和顾维钧约定婚姻这件事。糖王黄仲涵闻讯吃惊不小：掌上明珠怎么忽然间要嫁人了呢？他好像即将失掉最珍爱的瑰宝似的，赶紧派私人侦探去上海调查顾维钧的底细，侦探电告他顾先生曾经在上海有一位前妻，是老中医的女儿，结过婚又离婚了。他在美国担任公使时去世的第二任妻子是前国务总理唐绍仪的女儿。糖王以为抓住了要害，立即回电魏氏，称"你不要干傻事。如果把蕙兰嫁给顾先生，只能做他的偏房，他在上海还有一位活着的妻子。你这不是害蕙兰吗？"魏氏对此嗤之以鼻，因她早就知道顾先生有两位前妻的事，顾先生自己也从不讳言。魏氏毅然给丈夫硬邦邦回复：不要以己之心度君子之腹。顾先生若是贪色纳妾小人，堂堂国务总理竟糊涂到把亲生女儿往火坑里推吗？

黄仲涵深知原配夫人秉性，自此也就不再阻拦女儿婚事了。若干年后，顾维钧从伦敦离任携黄蕙兰回国，路经新加坡时翁婿见面，彼此虽然客客气气，但两人心知肚明：谁也不喜欢谁。两个都在人生道路上获得成功的男人，却因为追求目标不同、性格不同而话不投机，似乎他们之间隔着一座难融化的冰山。作为他们的女儿和妻子，蕙兰只能遗憾和惋惜。此乃后话。

蕙兰把自己的决定最后告诉了琼兰。琼兰拍手叫好，她说："蕙兰，你的决定绝对正确，嫁一个好男人是一辈子的幸福。我真为你高兴！"

"这也得谢谢你呢，你牵线搭桥有恩于我。"

"我们是亲姐妹，为你做点事是应该的。以后，我们互相帮衬吧，日子还长着呢！"

蕙兰紧紧拥抱了姐姐，真诚感谢她。不过以后世事难料，琼兰最后这句话为日后索取埋下伏笔，后来发生的事笔者提前交代一下：她曾要求蕙兰在顾先生面前说情，给自己丈夫在外交机构中谋一肥差，理所当然地遭到婉拒，以后姐妹关系从此冷淡。

顾维钧急切追求心中女神终于如愿，黄蕙兰成为他人生旅途中又一个伴侣，这也是对他今后的生活和事业都有长远影响的一次结合。按照顾维钧原先计划，希望与蕙兰尽快成婚，然后一同返回华盛顿，等接到驻英公使的任命就携夫人去伦敦上任。但蕙兰和母亲考虑的是无论如何嫁妆是要认真采办的，婚礼也不能举办得太匆忙了。最后他们一致商定，婚期定于中秋节前后，地点选在比利时的布鲁塞尔。但这之前蕙兰和母亲答应要去一趟华盛顿与顾维钧的儿女和使馆同事见面，然后再到伦敦赴任。

10 月 10 日是中华民国国庆日。中国驻法国使馆举办了一次盛大的节日舞会，法国外交高官和华侨要人以及中国驻欧洲各国使馆外交官代表云集巴黎，共庆佳节。就在主持人致辞结束时，高调宣布了一条喜讯：驻美公使顾维钧先生和印尼糖王之女黄蕙兰小姐正式订婚。这个消息无疑为整个舞会增添了喜庆祥和的气氛。在众人欢乐声中，顾维钧给黄蕙兰的一个无名指戴上一粒蓝光闪烁的镶宝石戒指，蕙兰脸上显出幸福的笑容。舞会开始了，顾黄二人自然成为所有人关注的中心，蕙兰有生以来第一次在百人的舞会上抛头露面，更觉得荣耀得意，再加上她跳舞本是强项，因而成为舞会众人羡慕的"公主"；相比之下顾维钧倒成了配角，他本意是请主持人在舞会结束时顺便告知一下外交界和巴黎华侨界一些朋友们的，没想到主持人把这喜事在致辞时就公布于众，也使他在众目睽睽之下稍显局促和腼腆，一个在与欧美日列强首脑和外交高官面前气定神闲、周旋自如的人，在舞会上竟想避开众人的注目，不得不说这是顾维钧性格的另一面：私生活尽量低调。再者，他的舞艺本来就平平，他也不好意思频频主动邀请女士们下场，故而他大半时间在场边坐冷椅，或偶尔跟认识的朋友聊上两句。他想早点离开，但见蕙兰舞兴正浓，不好扫她的兴。大概蕙兰也意识到了，未婚夫不是那种在舞场上尽情享乐、放浪形骸的人，在自由热闹场面他会保持冷静，不会和她同步肆意忘形的，蕙兰开始明白一个道理：做了顾维钧夫人，就得收敛自己大小姐我行我素的脾气，这当然是违背她本性的，可是她必须努力去适应。日后她可能时常会遇到两人不一致的尴尬局面，想到此，蕙兰心湖稍稍有点波澜。

第二天，顾维钧按计划先回华盛顿了，他必须去处理使馆一些堆积下来的重要事务。

蕙兰和母亲也很快告别琼兰夫妇和巴黎住所，赶回伦敦温布尔顿，开始紧张的置办嫁妆活动。蕙兰在魏氏陪同下几乎跑遍了伦敦所有的首饰店、服装鞋帽店和家具店，订购了大量质地优良的亚麻床单、被罩、枕套和桌布、窗帘；价格昂贵的金银餐具；魏氏给蕙兰订制的项链、发卡、耳坠、戒指足足耗费了近万英镑；而给蕙兰在品牌老店订做的西式结婚礼服，更是显尽了一个富家女雍容华贵；魏氏还特意到汽车行订购了一辆大罗尔斯·罗伊斯轿车，并配备了一个专车司机。魏氏为女儿精心准备的这一切，并不在于为了炫富，她是想要让世人看看她的女儿是一个多么出类拔萃的人物，堂堂有名的中国顾公使娶到这样的妻子绝不是纡尊降贵，而是雌凰配雄凤、柳绿配桃红。

一切就绪，蕙兰和魏氏横渡大西洋来到美国。一到纽约，中国驻纽约总领事在码头上迎接她们，并把她们安顿到一家普通旅馆，这家旅馆从外观到内部装修都不尽人意，设备简陋陈旧，房间不宽敞，而且所处地段比较偏僻，更不在商业区。母女俩顿生怨气，自从侨居海外，从未"享受"过如此待遇，领事见她们不高兴，急忙解释道：顾公使特意嘱咐旅馆无须高标准，普通客房即可。二人再无话可说，蕙兰暗想，看来，未婚夫真是个严于律己的人呢！以后我可能要受约束了。魏氏倒没想那么多，她一直还沉浸在女儿找到一个好的归宿，自己得到一位乘龙快婿的欣喜之中。

第二天她们乘火车抵达华盛顿，顾维钧和生活王管事到站台接上母女俩。一进使馆，就被使馆上下员工给围拢住了，谁不想一睹公使先生未婚妻的风采呢！蕙兰此时却有几分羞涩，毕竟面对的是一些陌生的同胞，她的身份毕竟不是一个清纯少女了，而是公使未婚妻，她在他同事们面前尽量表现得沉稳和恬静甚至谨言慎行；但魏氏神态就不一样了，她是个见多识广阅历丰富的女人，具备大将风度，对大家前来迎接围观，报以亲善的微笑，还像模像样地频频挥手向大家致意，似乎她一下子成了"《红楼梦》里的贾母"。

众人簇拥着两位贵客来到休息厅，顾维钧分别给母女俩介绍使馆的几位参赞、秘书和其他随员，另外还特意给她们介绍了两位小主人和他们的黑人保姆。魏氏一看见保姆跟前两个水灵可爱的德昌和菊儿，就喜欢得眉开眼笑。德昌五岁，妹妹也两岁多了。魏氏一把抱起了菊儿，亲了一口她的小脸蛋，然后又把德昌揽在怀里，亲热地问："你是小德昌吧？"顾维钧教德昌："快叫阿婆！"聪明的德昌干巴脆地喊了一声"阿婆！"魏氏高兴地合不上嘴，顺手从手提包里拿出一个从法国带来的见面礼：一只长耳朵红眼睛浑身雪白的小兔子，最逗孩子喜欢的是，拧紧胸前的旋钮，放在地板上以后它就会一蹦一跳往前冲。德昌高兴地抓住它，小嘴巴甜甜地说了声："谢谢阿婆！"魏氏也在他额头上亲一口，道："这孩子真乖！"随后她又给菊儿一个金发蓝眼漂亮红裙子的洋娃娃，菊儿抱着也学哥哥朗声说："谢谢阿婆"。魏氏高兴地喊了声："好孩子，真懂事啊！"蕙兰虽然心里也很喜欢初次见面的两个孩子，但她始终闪在魏氏身后，没有上前亲抱孩子，她还不好意思，或者说还扭捏以继母的身份出现。当然顾维钧很理解蕙兰此时的心境，不要求也没暗示，一切都顺其自然！

相逢是缘，团聚是福。顾黄两家合二为一，愉快欢乐地度过了三天。这期间，顾维钧收到来自北京新的任命：中国驻大不列颠及爱尔兰联合王国特命全权公使。他是与施肇基对调，后者来华盛顿当驻美公使。这次任命一个重要原因是，顾维钧要兼任驻国际联盟总部的中国代表。不用说，他的任命是加重了肩上的担子，也表明他在外交舞台上地位的提升。未婚妻和未来丈母娘闻讯自然也欢天喜地。短暂相聚结束了，蕙兰和魏氏先一步离开华盛顿返回伦敦温布尔顿住所，而顾维钧随后不久也携儿女及秘书管事等齐聚伦敦中国大使馆。

婚期到了。布鲁塞尔一家饭店宴会厅，聚集来一百多来宾。主持人是驻法国使馆临时代办岳少瑜，原公使胡惟德已经改任驻日公使离开了巴黎。岳代办宣布婚礼开始，留声机的大喇叭响起欢快的乐曲，新娘黄蕙兰被一位年近五十，戴一副宽边眼镜，像个老学究似的人挽着手臂，缓缓进入婚礼大厅，这时熙攘等待的来客们突然安静下来，大家争相目睹新娘子的芳容。

"快看，新娘子的婚纱真漂亮啊！"

"听说是伦敦卡洛特名牌店订做的。"

"她的身材多美，比陪伴她的老爸还显高呢！"

"别瞎扯，那个半大老头是驻西班牙公使，不知道别乱咧咧。"

"她老爸为何不参加婚礼呢？"

"许是离得太远吧，从新加坡来一趟可不像从巴黎到这儿这么近便！"

"毕竟是糖王的千金，打扮得像个公主！"

"那是！ 百万富翁的千金小姐嘛！"

戴陈霖公使扮演着长辈将新娘带到新郎身边。此时主持人岳代办就像个牧师那样按预定程序，询问新郎新娘可否爱对方，得到肯定回答后，他说了几句祝福的话，顾黄二人交换了结婚戒指，给对方戴在无名指上。在给蕙兰戴戒指的瞬间，顾维钧忽然想起前妻唐宝玥，他暗自祈祷：梅，我又结婚了，德昌兄妹又有了妈妈；我爱蕙兰，愿你在天之灵也为我们祝福！接下来魏氏和戴公使夫妇代表双方长辈接受了新郎新娘的三鞠躬大礼。至此中西合璧的简单婚礼仪式结束。

黄蕙兰一回住所，径直到套间卸掉婚装，换上晚礼服，准备出席戴公使为新婚夫妇举办的晚宴。她在镜子里左照右照，这身西式礼服也是在卡洛特店定做的，她真的佩服妈妈挑选服装的眼力，颜色款式跟自己皮肤、脸型和发型简直是绝配。她拿起香水瓶在上衣和套裙上喷了两下，对着镜子里的自己微微一笑，心满意足。她要给维钧展示一下她的身段和晚装，给他一个惊喜！但他一回来就在起居室没露面，大概是忙碌一白天累了，在沙发上闭目养神呢！她悄悄轻步来到起居室，以为可以马上会吸引维钧的目光，但起居室的景象却让她自己呆住了：维钧坐在沙发上，他的几个秘书围在他周围，正在笔记本上忙着记录他的口述。黄蕙兰突然明白了，丈夫正为明天出席日内瓦的国联第一次会议做准备，他这是见缝插针，临时把起居室当成自己的办公间。她刚才兴冲冲地欢喜劲儿顿时无影无踪，只好悄悄坐在门边一把椅子上等待。顾维钧好像没看见她的出现，眼神丝毫也没移动一下，继续全神贯注向下属布置任务，直到把话说完。秘书们走后，他对蕙兰说：

"今晚宴会一结束，我们就得赶到火车站，夜间乘车，明早抵达日内瓦，上午参加国联大会。所以时间很紧的，你和妈妈也准备一下，宴会一结束，我们直接奔车站。"

蕙兰脑袋有些转不过来。不过她记起来维钧婚前曾对她说过结婚那天时间可能很紧张。但女为悦己者容，她不甘心自己精心打扮竟得不到丈夫一句赞评，说："今晚宴会是戴公使夫妇专为我们举办的，你看我穿这身晚礼服怎么样？"

"嗯，呵，好嘛，你穿什么都好。"顾维钧似乎心不在焉。"只是别太单薄了，晚上乘车免得着凉，据说从布鲁塞尔到日内瓦要九个小时呢！"

蕙兰得到这么一句评语，很不满足。她执拗地追问："好在什么地方啊，你说具体点嘛！"

顾维钧这才仔细打量了新婚妻子的装束，他觉得蕙兰生就的时装模特架子，身段好，肤色好，穿什么都匀称合身，眼前这西式套装更显得妻子健美时尚，忍不住说了句："你走几下时装步看看。"蕙兰果然单手叉腰，像走T台那样扭动腰肢走到窗根，又走回来，活脱脱一个时装模特儿。顾维钧忍俊不禁两手拍掌，蕙兰也扑哧笑出声来。其实她从未上过T型台，今天要不是丈夫下令，她恐怕一辈子也不会这样扭捏走步。

婚宴热烈而有序，毕竟是外交官的婚宴，参加婚礼的宾客凡夫俗子很少，所以插科打诨起哄架秧子给新郎新娘出难题的没有。宾客们少不了轮番举杯到新郎新娘面前祝贺，没有出格的闹腾，而一对新人也有来有往，礼节性到各餐桌前答谢，总的说婚宴顺顺当当。

当晚，顾黄及王管事、随员、魏氏及保姆等大小一干人乘火车离开比利时首都驰往瑞士日内瓦。魏氏出手大方，与王管事出面给顾黄二人包了一节专用车厢，具有卧铺办公间及餐室盥洗等功能，其余人都乘包厢。一切安顿好后，顾维钧嘱咐蕙兰，"明天的会议很重要，我今晚还得仔细校阅一下发言稿，你早点休息吧。别等我！"说完他拎起公文包，去了隔壁办公间。

蕙兰只好更衣躺在床铺上，翻来覆去难以入眠。她绝对没想到新婚之夜竟然在冷漠的火车上度过，她觉得委屈，想蒙头哭一阵，她反复问自己：我找到幸福了吗？不错，她已经嫁给了一个外交家，成为他的妻子，毋庸讳言，这是一般中国女人梦寐以求却得不到的福分。但她要从此一辈子失去自由自在我行我素的日子，嫁鸡随鸡嫁狗随狗吗？自己甘心遵从中国传统的妇道吗？不行，我还得要自由自在，这是我的本真，不可改变。可问题现在是不可走回头路了，我嫁给了他，就得服从他的意志，他毕竟是做大事的人，为国家做事，我得帮他才对。我从父母那里继承了华人的血脉，骨子里是华人，皮肤是黄色的。父亲经常说，我们虽身在海外，但老祖宗不能忘，秦砖汉瓦唐山武夷山鼓浪屿是我们的根。可是，可是我虽不小鸟依人，但毕竟是个女人呐，我需要爱抚，需要同情，需要赞美，甚至需要恭维和奉承，这些维钧能给予我吗？唉……她的思绪如翻江倒海，最终迷迷糊糊，似睡非睡，蒙蒙胧胧，又翻了个身。不知什么时候，维钧躺在她身边，她忽悠睁开眼。他轻轻在她耳边说："对不起，亲爱的，打扰你的好梦了吧？"她心一热，眼泪差点流出来，情不自禁搂住了他的脖颈……

列车带着有节奏的呼隆呼隆响声在夜幕中穿行，仿佛一条不肯停歇的游动巨兽，喷云吐雾，终于在清晨放慢了速度，缓缓驶进了法瑞边界的日内瓦车站。顾黄一行受到先期抵达的中国代表团成员的热情欢迎，随后他们住进了风景秀美的日内瓦湖畔的波丽法旅馆。刚刚安顿下来，几个秘书出现在顾黄套间的客厅里，顾维钧简单整理了一下衣装和领带，跟蕙兰说了声："我去开会，回来见！"拎起公文包在大家簇拥下匆匆走了。

黄蕙兰好像失落了什么，走近窗棂前，目送顾维钧上了一辆黑色卧车，转眼车子消失了。她呆立了片刻，凝望着开阔的被微风吹皱的湖水，以及远处阿尔卑斯山顶的苍凉雪峰，心湖也涌动起淡淡的惆怅，她再次意识到自己现在有了新的身份——公使夫人，这一角色要求她必须适应丈夫的生活节奏，当好配角，辅助他干一番大的事业。想到此，她脸上露出了微笑，自忖道：黄蕙兰，黄蕙兰，你真正的有意义的生活刚刚开始，尽快适应它吧，不要太小姐气了，一切都会正常起来的。

王管事不失时机地轻步走进来。"夫人，令堂在房间等您呢！她说，要陪您一起去逛商店。"蕙兰这才回过神来："好的，我马上就来。"她回到卧室一边打扮，一边想：妈妈还沉浸在得了个乘龙快婿的兴奋之中，这些日子忙这忙那，比新娘还上心呢！其实，对结婚这件事，她承认思想上准备不足，进展也许太快了点，她仿佛还没尝到青春恋情的真谛，就迅速成婚了。这大概就是命，命里注定新婚之夜要在火车上度过。以前在爪哇岛一个占卜老先生给她算卦，说她名字属木，将来可配一个属金的夫君，维钧不正好应了那老先生的预言了吗？妈妈也说过，二女儿跟维钧的属相最合，是绝配。的确，维钧是男人里出类拔萃人物，许多华人女子梦想能成为他的妻子，可他偏偏看中她，这难道不是幸运和幸福吗？蕙兰脑子里虽然翻腾这些甜蜜的烦恼，但却动作麻利地装扮好了，抓起自己玲珑剔透的小坤包，出了门。

顾维钧在国联政务会议上做了精彩发言，支持和维护国际联盟为维护世界和平与安全所制定的宗旨，强调了在解决国与国之间争端和冲突本着公平公正原则，完全支持各国平等协商解决争端，并谴责在国际关系中诉诸武力和侵犯别国主权的行为，博得各国与会代表欢迎，尤其是弱小国家的赞赏。遗憾的是，国际社会的龙头老大美国代表却因国会反对凡尔赛和约而缺席国联会议，美国民众对凡尔赛和约的反感，一个重要原因是确认了中国山东权益从德国转让给日本，国联的根本宗旨从一开始就得到颠覆，再者日本在太平洋和远东地区疯狂扩军已影响到美国的利益。顾维钧密切关注美国国情风向的变化，他觉得美国虽然没有参加国联，但世界上任何重大国际问题都绕不开美国，中国必须很好地利用国联这个世界组织中的席位，审时度势，把握机会，适时向国际会议提出山东问题，力争求得有利于中国的解决方案。作为中国在国联的正式代表，他时刻惦记着应该为此不懈的努力。

在日内瓦日子里，顾维钧夫妇频繁活跃于各种外交场合，出席外交使团举办的社交活动和晚会。黄蕙兰真切感受到丈夫在洋人外交官面前所展现出来的风度和气质，他以温文尔雅、平易近人、沉着和蔼的品格颇受尊敬。蕙兰也逐步学会作为公使夫人角色在外交场合应具备的修养和能力，特别是在丈夫言传身教下，凭着她的聪明天赋，以及娴熟的英语和法语能力，很快熟悉了有关的外交礼仪和应酬方式。当他们年轻靓丽的身影出现在洋人堆儿里时，总会吸引不少嫉羡的目光。有一次顾维钧在私下里跟蕙兰悄悄说："我们俩配合得多好！洋人传递的眼神我看得出来，你的举止做派都很到位。"蕙兰开心地笑了："洋人欣赏不欣赏其实我并不太在意，但得到你的夸奖真不容易！"

不过，也有让蕙兰感觉压抑和憋屈的时候，比如当各国外交官夫妇按次序等待某国首脑会见的时候，中国是作为二等国排在中后的，她想不通：论人口论面积中国怎么也排前几名吧，何至于同南美小国混在一起呢？每当此时顾维钧就安慰她说："我们国家实力不行，只能低人一等，虽然这不公平，但很无奈。所以我们要在我们身上体现出东方古国的气度和文明，至少在精神气质上不输于他们。"蕙兰渐渐明白了，自己再不是一个散居异国的一个华裔女子，而是代表中国人，自己走在巴黎、日内瓦和伦敦街头，在路人眼里，不是什么黄某某，而是一个中国女人，自己走在哪里，中国人的标签就到了那里。

伦敦，这个大不列颠日不落帝国的首都，在重重烟尘和迷雾笼罩下延续维持着以往工业中心、国际金融中心和商业贸易中心的繁华和躁动，欧洲大陆战火最激烈紧张的时候也没有波及英伦三岛，伦敦社会像一架用不停息的永动机照常运转和发出震动世界的轰隆声。工业化过程中的伦敦是灰色的，正如一位英国著名作家讽刺道：浓浓烟雾笼罩着的城市，是伦敦的特色景观。那是英国光明的时代，也是黑暗的时代。伦敦自十九世纪后半叶到二十世纪最初一二十年，在人为的烟尘和自然的雾霾混合而成的浑浊空气弥漫下，社会精英们宁可选择金钱和利润，也不去花钱治理污染，因而伦敦得了个"雾伦敦"的雅名。不过，浓烟之中有色彩，浊雾之中有光亮。伦敦毕竟还有大本钟、大教堂、伦敦塔桥、大英博物馆这些吸引世人眼球的地方，甚至还有庶民仰慕的王宫——白金汉宫。

从白金汉宫往北大约两公里的地方有条波特兰大街，大街 49 号是一座普通的五层楼房，这幢楼房在伦敦千万座楼房中看似很不起眼，但对于旅居在伦敦的华人华裔来说，这里可是跟他们息息相关的重要处所——中国驻大英帝国使馆。从清朝开始派往世界的第一个使馆就在于此，这期间出了两位赫赫有名的公使。光绪初年，中国出使英国的首任公使是大清朝著名洋务派人物郭嵩焘，他奉旨到英国的目的之一是因当年发生的"马嘉理"案件代表朝廷向英国政府道歉。马嘉理本来是英国驻北京使馆一个翻译，受公使威妥玛指派到中缅边境迎接一支英国从缅甸到云南的"探险队"，这种擅自闯入中国的侵略冒险活动理所当然受到当地军民强烈反对，包括马嘉理在内的探险队员被杀，这就是震惊中外的"马嘉理"案件。此后英国政府要兴师问罪，清廷被迫派李鸿章与洋人签了一个屈辱的《烟台条约》，除了赔款和惩处当地官府相关人员，还规定中国须派大员赴英向维多利亚女王陛下道歉谢罪。向以谙熟洋务的郭嵩焘时任福建按察使，被选中到英国履行道歉使命并兼驻英公使。在任期间，郭细心观察英国社情，认为不仅要学习西人坚船利炮，更要了解其政治、经济、教育、治理社会等富国强兵的理念和做法，并撰写了《使西纪程》，通报朝廷高层参阅。结果受到守旧派群起围攻，指责其出卖祖宗，唾弃孔周，大逆不道。不仅该著作被禁被焚，还被彻查回国。他不敢到京复命，直接归隐湖南老家，终日郁郁寡欢苦闷而死。但他临终前留下这样的诗句：流传百代千龄后，定识人间有此人。郭嵩焘一生虽悲剧结束，但后代承认他是第一个走出国门探索的"孤独者"。

与他相比，他的继任者曾纪泽境遇要好于他，但也好不了多少。曾纪泽是声名威震华夏的曾国藩长子，在国内时不仅国学深厚，还自学英语，结交洋朋友，主张西学中用，对郭嵩焘的遭遇十分同情。光绪四年接任大清驻英法两国公使，一年以后兼任驻俄国公使，并以钦差大臣身份赴圣彼得堡与沙俄外交官谈判收回被侵占十年之久的伊犁，谈判异常艰难险阻，讨回伊犁无异于"障川流挽即逝之波，探虎口夺已吃之食"。曾纪泽坚守着维护国家领土主权的决心和担当，凭着他百折不挠的毅力和大智大勇的才能，经过近10个月的马拉松式的与对手唇枪舌剑，终于迫使俄国退回了伊犁等地大半占领的国土和部分权益，成为此前近代外交史上唯一可圈可点的重大案例。曾纪泽收回伊犁的功绩将永远镌刻在历史丰碑上。可惜的是，在随后的中法战争期间他一直主张以武力在越南北部和海上对抗法国侵略，并在外交谈判中持强硬立场，但被朝廷内的妥协派所排斥，并被解除了驻法公使职务。中法战争最后以承认法国占领越南，中国从越南北部撤军，法国海军从台湾海峡撤离而告终。这就是中国近代史书上所谓"中国不败而败，法国不胜而胜"的评论。不久，曾纪泽从英国离任回国，担任海军衙门里一个闲职，时常郁郁寡欢，加上久在国外呕心沥血操持对外交涉，体弱多病，盛年即终。

曾纪泽以后大清朝还有几位公使驻节于此，其中值得一提的是薛福成，此人曾是曾国藩麾下重要谋士，后被李鸿章揽入幕府，他对当时清朝面临的内政外交难题提出与众不同的见解，特别是他的变革旧法、发展洋务、加强防务、建设近代海军等主张，受到朝廷重视。担任驻英国公使并兼任法意比公使后，细心考察欧洲各国政经、军事、教育、法律等制度建设，并将耳闻目睹撰写成《出使四国日记》，另外他还写过许多史论和散文，具有重要的史料和文学价值，其著作被选编成多部文集。后世史学家认为薛福成的思想已从洋务派，演进到冲决封建官僚体制罗网的早期改良派，并对当时和后来的维新派思潮有较大影响。

民国建立后驻英公使仍驻节于此楼，但此建筑自清朝购得以前，已经历时百年以上，虽然整体结构完好无损，但外容内貌已陈旧不堪，家具陈设等急需修缮更新，但由于民国政府财政十分拮据，正常薪饷还难以为继，整修馆舍更是天方夜谭。顾维钧携夫人从日内瓦来到伦敦，当天便对楼内设施家具等一个房间一个房间地踏看一遍，感到墙壁地板以及所有家具装饰等太过陈旧，黄蕙兰认为馆舍太寒酸，与泱泱大国名声不相称，必须马上修缮。顾维钧则认为房子旧是旧，可并非到了不能居住和办公的地步，何况眼下最主要的困难是没钱，国内哪有钱拨给使馆装修呢？想都不要想。即使使馆申请要钱也白搭，与其碰钉子，不如穷日子穷过算了。蕙兰说，不需要政府拨一分钱，我们自己投钱装修。她保证父亲那里会帮助解决资金问题的。顾维钧仍没点头答应："以后我们离开这里了，你爸投进去的钱就收不回去了，这你考虑过了吗？"蕙兰斩钉截铁地说："我担保除了装修费用不收回，所有新添置的家具器皿以及其他装饰品，一概充公产。我们离开时一件物品都不拿走，统统留下！"顾维钧被妻子的深明大义打动，做了决定，"好，就这么办，我们先暂时住进附近旅馆，装修的事立刻抓紧进行。"他和蕙兰召集王管事和负责行政事务的参赞布置此项任务，大家分头行动起来，争取尽快开工。

黄仲涵接到女儿电报，没有犹豫，立即给蕙兰汇来一笔巨款，解决了资金燃眉之急。使馆同仁都对"糖王"交口称赞：黄老先生慷慨解囊，不愧是华侨典范！

使馆施工期间，顾维钧接到英国政府通知，英王乔治五世和玛丽王后近日将接见中国公使顾维钧及夫人，并接受呈递国书。紧接着，英外交部又约请顾维钧夫妇去该部会见了王室一位管礼仪的宫廷大臣，听他介绍觐见国王和王后的程序及必要的礼节和注意事项。回住地路上，两人在车里热议感受：

"没想到，英国皇家的礼仪规矩还真不少呢！"蕙兰说。

"的确，比我想象的还要细致。"顾维钧答。

"美国人也是这样吗？"

"美国人与英国人虽然同文同种，但毕竟国体不同，官方礼仪有不少差异。初步感觉英国人似更讲究细节和程序，做派上偏于严谨和绅士风度，而美国虽然也讲究程序，但更注重实用和简捷，注重效果。"

"我早期盼着这一天，毕竟这份荣幸恐怕连英国人也不是人人都能享有的。但是说实在的，我真的有点担心，怕万一出点纰漏，还不得贻笑大方，还给你给中国人丢脸。"

顾维钧笑了，他拍拍蕙兰的手，宽慰她："放心吧，我们入乡随俗。依你的交际和英语娴熟能力，应对这次觐见，没有一点问题。我们要趁这次机会，展示我们东方人的风貌，给国王和王后留下美好印象。"

黄蕙兰点点头，"有你在，我就踏实多了。"她紧紧握住丈夫的手，他的手温暖敦厚且有力，她感到增添了足够信心和力量。

入觐王宫这天上午，顾黄二人做了精心装扮。蕙兰选择了自己最喜欢的一身装束：浅蓝底色饰有粉红碎花的金丝缎旗袍，凸显皮肤白皙和青春女性的曲线美，雪白的长臂手套陪衬她身段的苗条修长，蓬松浓密的黑发配上了镶着晶莹闪亮的钻石发卡，不亚于戴了顶花冠。她站在立镜前左右照来照去，换了几次耳坠和项链，总算满意了。当顾维钧穿戴好走进她的化妆间，她惊讶地呆了一呆，觉得自己被他比下去了，他一身公使礼服更光彩夺目：前胸斜披着一条缀着大嘉禾章和文虎章的红绶带，腰间紧身缠裹着金丝带，侧旁挂一把佩剑；下身则是一条马裤，长丝袜和尖皮鞋；而使她惊叹的是他头上的高礼帽还挺立着一根白色羽毛，猛一看像个英俊潇洒又年轻的将军！ 蕙兰情不自禁拍手叫好，顾维钧却说："这套行头，常年不用，也就特殊场合偶尔用一次。其实穿在我身上并不太合身，老觉得紧巴巴的。"

蕙兰问："你看我这身旗袍怎么样？还进得了王宫吧！"

"很提气，没准儿把王后比下去了！"

蕙兰咯咯乐起来，"真的吗？那王后嫉妒了可怎么办呢？"

顾维钧也乐了，"你想多了，不会的，王后肯定会夸你漂亮的。好啦，时间到了，我们出发吧！"

他们的专车准时抵达白金汉宫，缓缓驶入由高皮帽卫兵守备森严的铁栅栏大门，一位王宫的接引官员立即领他们步入宫内门厅，门厅展现宏大富丽的皇家气派，厅顶垂下枝型大吊灯，脚踏的是一尘不染的暗红长地毯，一直通向楼梯，当他们缓缓登上台阶，发现楼梯被金色的叶片装饰得贵气辉煌，墙体上的巨幅油画和拐弯处的艺术雕塑更彰显大不列颠文明富足的帝国风范。二楼走廊里十分安静，透过另一侧的窗玻璃，可以瞥见白金汉宫建筑群大体布局，原来她是一座东西南北合围起来的大规模楼体，中央是类似天井式四合的空旷大院，院内通道是一色的红细沙铺就，没有花坛和树木之类，空旷和洁净，而淡灰色的宫墙看似朴素无华，却很庄重典雅，这一切都显示出皇家禁宫的静雅和高贵。顾黄两人被带进一间等候厅，没过几分钟，又来了两位礼仪官，把他们分别引到隔壁两间国王和王后所在的接见厅。

当顾维钧迈进接见厅时，乔治五世已经站在红地毯上等候他了。国王中等身材，五十多岁年纪，目光炯炯，鼻直口阔，若不是脸的下半部被浓密的大络腮胡子遮盖，可以肯定他年轻时是个非常英俊的帅哥。此时作为国王的他早已脱去了青年小伙儿的稚气和朝气，凸显大英帝国君主的威严和沉稳，他的深蓝礼服从上到下处处披金缀玉：金穗肩章、银光闪烁的勋章、大宝章、金丝带、斜披带、黄腰带以及镶宝石的佩剑。这一刹那间，顾维钧突然想起事先看到过的一份材料，说乔治国王为在欧战中表明自己的立场，毅然废弃了自己的德国姓氏，改成地道的英国性——温莎，赢得英国民众的爱戴和尊敬。

顾维钧对眼前这位君主怀着尊敬的心情站到了距国王三米远的位置上，接下来按照程序用中文和英文宣读了由徐世昌大总统签署的国书，内容无非是中华民国政府派遣顾维钧为驻大不列颠及爱尔兰联合王国特命全权公使，本国大总统向国王陛下问好，祝愿两国共同维护已建立的友好合作关系等吉利话。乔治五世致词也同样是套话套语，对顾维钧就任驻英公使表示欢迎，对大总统的问候表示感谢，并一如既往地愿意为敦促两国友好合作发展不懈努力。

接下来顾维钧上前几步，脱帽捧在左手，向国王鞠躬，而国王也鞠躬还礼，然后两人握手。至此官方安排的觐见程序基本结束了。再接下来，谈话就轻松得多，乔治和善地问道："没料到公使先生如此年轻英俊呐！"顾维钧答："谢谢。陛下看上去也很英武健壮。今天得以拜见，十分荣幸！"国王微笑了，"谢谢。我也很荣幸见到您。听说您留学纽约获得博士学位，并且已经在美国当了五年公使了。"顾维钧答，"是的。在美国学习和使馆工作加起来十二年了。""您的英语说得非常漂亮。听说您的夫人英语也很好，是吗？""是的，她从小就学习英语、法语和荷语，外语能力胜过我呢！""真了不起！我猜，现在王后和您夫人也许正谈得火热呢！我们去'打扰'她们一下吧！""好主意。"

乔治五世和顾维钧来到隔壁的王后厅，果然玛丽王后和黄蕙兰正促膝而谈。见两个男人进来，不约而同站起身。国王首先向顾维钧介绍，"这是玛丽王后。"玛丽笑盈盈地伸出一只手来，顾维钧赶紧上前低头吻了玛丽王后的手背；随后顾维钧向国王介绍蕙兰："这是我妻子黄蕙兰。"同样，国王也吻了一下她的手背，算做还礼。然后宾主在高背椅上落座，王后的一位红衣女侍从及时来献茶，她从托盘里提取龙凤双飞白瓷壶，在茶盅里斟上茶，端在每个宾主面前，随后带着微笑慢慢倒退出房门，其动作连贯优雅、娴熟自然，顾黄二人心里不由赞叹王宫侍从差仆人员训练有素、举止温雅。

乔治五世对贵客说："请二位品茶。这茶是来自中国，是我平时喜欢的饮料。不过我要考考你们了，能说出这茶叶出自中国哪个地方吗？"说完，乔治狡黠地一笑，端起茶盅先自啜了一口，随用白手帕揩了揩唇须。

顾维钧暗自思忖，国王这个爱好事先可没有料到。既然他出了题目，自己不可怠慢，也捧起茶盅品了两口，说："的确是上等好茶。我猜产地在中国浙江，具体可能是西湖龙井。不知对不对？"

乔治五世立刻伸出大拇指夸奖说："完全正确，不愧是中国公使！看来公使阁下平日里也爱好喝茶啦？"

"是的。我平时大多饮用茶水，有时也喝咖啡。"

"巧了。英雄所见略同！我平时饮用咖啡，有时喝茶。"

国王的话把大家都逗笑了。聊天气氛一下子活跃多了。玛丽王后说："你们看这茶具也是来自中国，几年前驻新加坡的一位总督在我过生日时送的礼物。他说这壶上面的这对儿龙凤图案象征了皇帝和皇后呢！"

顾维钧打量了茶壶上蓝色的飞翔龙凤，点点头说："我对瓷器是门外汉。不过我猜这把壶很有可能是清代早期景德镇官窑的青花瓷，距今有二百年左右历史了。也许是民国初年从故宫里流出的宝贝，又辗转到了新加坡。"

王后双肩一耸，两条细眉高挑，一双蓝眼睛也睁得大大的，惊讶道："密斯特顾，您真不愧是才子，说得太准确了。那个总督说是一个北京朋友送他的，还说是生产这种瓷器的地方在中国很有名，叫景—德—镇！"

国王也大悦，"太好了，今天碰巧遇到懂行的了！你们都知道，英语里瓷器和中国是同一个词。我和王后都是中国瓷器的爱好者和收藏者，密斯特顾，我们这里还有一些瓷器呢！请您鉴赏一下。"

说罢，国王站起身，引顾黄二人来到这座会见厅的另一边。顾黄二人这才看清，这厅室墙壁上除了多幅名人油画外，还有一排五颜六色大小各异的陈列品，都用玻璃框罩着，显然也都是珍贵极品。顾维钧一看，几乎全是造型不一的盆、碗、杯、罐、瓶等青花或彩色瓷器，俯腰细观，个个色泽绚丽、精细镂雕、光彩照人，顾维钧猜想大概都是明清时期的官窑制品，每一件都价值连城。这些收藏品怎么来的，恐怕不全是正常渠道吧！想到此，他心里不由打了个寒颤。但他脸上没一丝变化，只是静静地看，还不时称奇赞叹。当然国王和王后的收藏，还有产于印度和中东一带的珍品。顾维钧知道，英王富甲天下，这里的藏品仅仅是皇家宝贝的冰山一角，整个白金汉宫和温莎行宫的收藏究竟有多少，无人知晓，这或许是欧洲各皇室共同的秘密吧！

告别的时刻到了，乔治五世和玛丽王后亲切与顾黄二人话别。玛丽王后还特别邀请公使夫妇参加以后英王为欢迎欧洲其他国家帝王和王后而举办的舞会，蕙兰代表维钧愉快地答应并接连做了两次下蹲式致礼，感谢王后的美意。

乘车返回路上，顾维钧问起蕙兰跟王后谈了些什么？蕙兰说："也没什么大事，无非是女人共同关心的事。我尽量回答王后的问题，比如喜欢穿戴什么服饰啦，喜欢什么发式啦，还问我会几国语言，夸奖我英语说得好呢！对了，还问过我一个非常难回答的问题……"

顾维钧忙问，"什么问题呢？"

"她问我，现在中国国内男人们是不是还留长辫子？"

"你怎么回答的呢？"

"我从没回过国内呀！哪里知道呢？但又不能说不知道，我想了想说，民国建立后男人再留长辫子，会惹人耻笑，海外华人也都入乡随俗，很少见了。不过，我听说戏台上大概还会有穿马蹄袖留大辫子的官员。"

"王后还跟你说了什么？"

"她说我穿旗袍很合身也很好看。我说您要是喜欢，我可以请华人裁缝给王后量身定做。她微笑说不必了，但她说可以介绍给她的朋友。"

"蕙兰，你今天表现得很不错，可以打个满分呢！"

"真的呀，我太高兴了。说实在的，我特佩服你回答国王和王后有关瓷器的询问，你怎么懂得那么多？"

"其实，我是预先做了功课的。我打听到国王和王后爱好收藏瓷器，就多看了些这方面的资料，果然用上了。蕙兰，我们搞外交的，必须尽量多的了解将要见面的对象，我们掌握的材料越多，交谈的主动性越大。我们的准备，也许用得着，也许用不着，但有了准备就会应付多变的局面。"

"维钧，你的话对我启发很大，今天我第一次感觉到做个公使夫人不简单。看起来我还得认真学习礼节，学习相关的知识。对了，我问问你，现在的英王叫乔治五世，难道过去还有同名的国王吗？"

"有。从乔治一世到四世好几个国王。但他们不属于温莎王朝了，是上一个王朝汉诺威王朝的国君。"

"那么，英国历史上究竟有多少王朝呢？它们跟中国的改朝换代一样吗？"

"你问的问题很好。我们驻节英国，需要了解英国皇家和政府的大致历史沿革，这是一个基本常识。你可以简要记住：公元1066年法国的诺曼底公爵渡海征服了英格兰，建立了第一个王朝诺曼王朝；一直到现在又经历了金雀花王朝、兰开斯特王朝、约克王朝、都铎王朝、斯图亚特王朝、汉诺威王朝、温莎王朝等七个王朝。这些王朝的更替有时不是长子长孙世袭，而是由非直系子孙继承。比如先王死了，没有子嗣，那么就找女系后人继承，往往把欧洲邻国的什么近亲请来做国王，这样王朝名字就换了。就像乔治五世从其父爱德华七世手中继承王位，而爱德华七世是前一位国王即威名世界的维多利亚女王的儿子，但他父亲是德国血统的阿尔伯特亲王，因此就有冯·萨克森·科堡—哥达这个德国姓，因而王朝就由汉诺威改成萨克森科堡哥达，乔治五世成为这个王朝第二任君主，但欧战期间德国与英国是死对头，乔治五世毅然抛掉德国姓，改成地道的英国姓温莎，获得英国国民拥护。当然，接续王位也有靠打仗凭武力上台的，不过登上王位的都是血缘很近的皇族。所以这与中国历史上改朝换代从先秦两汉到宋元明清靠农民起义和少数民族入主中原取得皇权是根本不同的。但英国的王权，自十三世纪与贵族签署大宪章后得到很大抑制，到1668年确定了君主立宪制，王权的立法权和行政权归到议会和内阁政府，国王只是行使国家元首礼仪性的一些虚设权力了。因此，英国和法国、美国的国体是不一样的。"

"维钧，今天你给我讲的，都太需要了，看来我必须多读点欧美历史方面的书了。"

"你聪明好学，一定会成为一个合格的外交官夫人的！"

"不过，你得帮助我呀！"

"这是必须的，谁让你是我夫人呢！"

"……"

使馆装修工程终于完工，王管事和一位参赞指挥把各房间的家具陈设用品等一概配齐，一切准备停当，这天他们陪同顾维钧夫妇视察了楼内主要厅室和房间，从一层的接待室、大饭厅、厨房、会议厅；二三层的议事厅、办公室、秘书室、阅览室；到四五层的员工宿舍以及其他用房，所到之处皆粉刷一新，天花板、地板、门窗和各种灯具、办公用具都除旧换新，但会议厅、议事厅和一些办公室内仍保留了原有的珍贵油画和雕塑，又添置了中国山水画，在接待室和大饭厅还装饰了传统的红灯笼。全楼唯一没有触动的地方是顶层最边上一间六七平方米的昏暗小阁间。顾维钧与施肇基交接的时候，对于馆舍情况施肇基曾提起过这个特殊的小屋。随后顾维钧吩咐秘书查找了二十四年前的当地报纸和资料，弄清原来这间小屋蕴藏着一位大人物的蒙难故事。

那是在十九世纪末的 1895 年十月反清斗争先行者孙逸仙（即后来民国临时大总统孙中山）先生在广州发动推翻清朝专制皇权的武装起义，因有人泄露消息使起义胎死腹中，失败后为躲避清廷悬赏追捕，流亡海外，次年远渡重洋辗转来到伦敦，受到他当年在香港学习时的导师康德黎先生盛情接待，并安排他在老师家附近一家旅馆居住。中秋 10 月一天上午，孙逸仙像往常一样步行去老师家做客，路遇三个陌生广东同乡，聊天中同乡邀他去家喝茶略叙乡情，但孙先生婉言谢绝了。随后走到一幢楼房附近，几个同乡硬把他裹架到楼里，他一看楼里来回走动的怎么全是留辫子的国人呢！他恍然大悟：此乃大使馆！他想冲出门已然晚了，那几个"同乡"把他架送到五楼这个小黑间，咔嗒一下落了锁。原来清廷得知孙逸仙潜逃海外，早已密令各驻外使馆，如发现其行踪立即设法捉拿，并押送回国法办。孙逸仙抵达伦敦的消息，被使馆获取，当时的公使叫龚照瑗，据说此公与前任薛福成人格迥异，其病重在身仍期盼抓捕朝廷钦犯，进而邀功请赏，故策划了这场捉拿孙逸仙的卑鄙行动。孙逸仙被困于加固铁窗的黑屋内，随时都有被遣送回国危险，危难之中他想出各种办法，如请送饭人捎信给老师，或把密信包上硬币投到马路上希望有人捡到送达老师那里等，但都未能成功。馆方看管越加严厉，并加紧联系码头出高价租用货轮并建造一个木头囚箱，不久将他秘密押解回国。正在呼天不语叫地不应焦急无奈中，有一叫克林的英国送煤人上楼送煤，孙逸仙用英语请求其帮助传信给自己的朋友，并直言不讳说自己是谋求改革中国皇权专制的政治犯，被使馆非法囚禁于此。善良的克林很同情他的遭遇，把他的信带出使馆并转给了康德黎。康立即发动自己的好友到警署到英国外交部等机构呼吁解救孙逸仙，还雇用侦探监视使馆动静。但一切奔走呼号效果不大，康德黎约见《环球报》记者，披露了这一骇人听闻的随意抓捕人的丑闻，报纸刊登消息后，引起英国许多媒体强烈反响，数百名同情者到中国使馆抗议示威，要求立即释放孙逸仙。事态闹大了，英国外交部才出面与使馆交涉，以维护伦敦法治，制止非法滥捕来英居住任何公民为由，通知使馆放人。龚照瑗心知连朝堂上的皇帝太后都惧怕洋人，他更没胆量硬抗了，于是下令悄悄放人。孙逸仙终于得救。

这段民国开国伟人的蒙难经历，从清末到民初历届驻英使馆口头相传，关押孙逸仙的不起眼的小屋也成了一个很特殊的地方。顾维钧记得在纽约留学时，1909 年秋天他已经在哥伦比亚大学法学院读硕士，在留学美国的学子们之中都非常关注国内的政治走向，对走向共和还是实现君主立宪，有不同的见解，有些同学秘密参加了同盟会。此时，正逢孙逸仙流亡美国，在纽约华侨中宣称鼓动"推翻满清，建立共和"。顾维钧清楚地记得，在一个朋友引荐下，他们一同去孙先生住所拜访。孙先生热情欢迎他们来访，他把第一次见面的青年人当成朋友，他谈吐豪迈大度、激情澎湃又坦诚相见、循循善诱，给顾维钧留下深刻印象。他们一同去附近餐馆吃晚饭，回来后继续畅谈。孙先生的话，就像具有无限磁力似的，把顾维钧的心紧紧吸引住了。特别是他那些高瞻远瞩鼓舞人心的话，让他至今记忆犹新。孙逸仙说，中国具有建设成为强国的一切条件，地大物博，人口众多吃苦耐劳，几千年古老文化，虽然我们近代落后了，但我们如果走对了路，就可以振兴强大起来。当务之急，是要推翻阻碍中国历史发展的封建专制皇权政府，掀起铲除清朝统治的革命斗争，建立新型的共和国。希望每个有思想的青年人思考如何拯救中国这个大问题。孙逸仙热情激昂的话语和深邃的思想，使顾维钧衷心佩服，加上他早已耳闻的这位革命家的奋斗经历，使他感到孙逸仙将是中国历史上不可多得的伟人。

睹物思人，物是人非。一间小屋见证了一段伟人的坎坷经历，也见证了中国近代历史长河中光明与黑暗进行苦斗中闪现的一朵浪花；时代毕竟在前进，清朝已成为历史，但孙逸仙先生提出的建设强国之梦仍然遥遥无期，任重道远。顾维钧嘱咐下属，要保留小屋的原貌，还要撰写一篇孙先生在此蒙难的短文，悬挂墙壁，以飨昭后人。

第十九章　白宫策划

　　新一轮美国总统大选吸引了全世界的目光。经过几个月两党内部竞选和两党之间的博弈，最终"大象"获得了"驴与象"决战的胜利。被共和党人推向权力顶峰的人名叫沃伦·盖梅利尔·哈定，具有讽刺意味的是他的人品和才能都不被看好，居然能从一个普通参议员鲤鱼翻身跃登总统宝座。

　　这是因为在通往总统宝座的路途中，哈定的运气出奇的好。本来，共和党内部角逐总统候选人前半阶段他根本没戏，他还基本上是个旁观者，因为另外两名主要候选人拼到第四轮投票仍然不分胜负，最后第五轮投票前夕党内大佬们才推出没有棱角、但有人缘的哈定作为平衡两派的人选，居然顺利当选。这应了一句古语：鹬蚌相争渔翁得利！岂知，哈定更好的运气还在后边，哈定能否夺得总统位置，还要看与民主党候选人的最终决战。当时民主党的状况更是一团糟：在任总统威尔逊已经中风瘫痪在病榻上，自顾不暇，无力处理国是，也无力推举党内新秀对抗共和党，该党提名总统候选人大会陷入混乱，一直到三十七轮投票后，目标才相对集中于俄亥俄州州长考克斯，最终四十四轮投票确定考克斯为总统候选人，这场马拉松式的拼斗严重损耗了党内的力量以及在选民中的影响力。所以，哈定在决定命运的全国选举中以高达61%的选票轻松获胜。选战后有评论家分析道：哈定之所以取胜，并非他本人具备超人才能和魅力，根本原因是美国人早已厌倦了威尔逊总统时期战时各种紧缩和管制政策，希望更换政府，彻底摆脱困难窘迫的日子，回归到过去孤立的"正常生活"状态中去。这也可以解释为什么威尔逊倡议的国际联盟遭到美国国会拒绝。

　　哈定1921年3月4日宣誓就任美国总统。几个月来的总统实践，他已经体验到这把美国第一交椅不是好坐的。上任后面临着国内外诸多矛盾，就像一团乱麻，剪不断理还乱。首先是国内工业、农业、交通运输等行业危机日益加重，加上大量失业人口，社会酝酿着或潜伏着大的动荡。他明白他当选总统不是由于他自己多有才能和本事，而是美国社会对前任政策的反感，并给了他一个改变美国的机遇，因此他这届政府必须有新的政策和举措，才能满足民众的期盼。于是他采纳了并准备采纳经济助手们的一系列刺激经济的建议，诸如宣布不干涉企业的经营活动，放任垄断资本扩大势力；废除了前任颁布的战时高税收规定，使垄断资本得到进一步发展；

将铁路和航运划归私营管理；为缓解农业危机，准备提高关税减少进口，解决农产品过剩问题，等等。这些政策措施有的正显现效果，有的还得假以时日，有的也许只是隔靴搔痒。不过他上任以来最忙乱最累心的日子总算挺过去了。他可以靠在总统软椅上松口气了。

这天上午，他在椭圆形办公室一边品着咖啡，一边看完两篇当天的《纽约时报》刊登的华尔街股市大盘行情平稳上涨的分析文章，让他心情格外欣慰。股市，是经济走势的晴雨表，股市看涨，说明政府的刺激政策正在渐渐推动经济复苏，就像这春光灿烂的天气一样，一天天变好变暖。他放下报纸，慢慢踱步到背后通透敞亮的通顶大窗户前，撩开雪白的轻纱网眼的大窗帘，他的目光停留在绿色大草坪和散布周围那些姹紫嫣红的花坛上，此时阳光明媚，春意浓浓，这里的环境真棒！他内心不觉感叹并赞扬那位老总统西奥多·罗斯福，是他在白宫西侧扩建了这个椭圆办公室……

正思忖间，忽然电话铃清脆响起来，他脑子立刻一闪：准是国务卿休斯先生打来的，他昨天说今天有重要的事来面谈，莫非要改时间了？

他连忙走回办公桌旁，摘下听筒："哈罗，是休斯先生吗？我是沃伦。"

听筒里突然传来一阵咯咯的女人笑声。"亲爱的沃伦，我是南希·布丽芝，你还是那么忙吗？"

"噢，亲爱的百灵鸟，我最近的确很忙呢！你最近也过得很好吗？"

"不太好。你知道，我离开你，就无法愉快地活着。转眼才半个月，就像过了半年。我的女儿小珍妮，当然她也属于你，她虽然刚刚一岁零九个月，但已经可以清晰地叫妈妈了，她的胖乎乎的小圆脸可爱极了，模样越来越像你。我打算现在立刻到你那里，让你看看我们的女儿昨天刚洗出来的照片。你千万别拒绝我，好吗？亲爱的，我现在就动身去了，一会儿见！"

哈定急忙回绝道："等等，小百灵，你千万别现在来！求求你，马上要有大人物来见我，你一来就太让我尴尬了。最近我实在太忙，等过一段时间消停下来，我们再相会。"

"什么大人物？比你还大吗！你是否有了新欢，还是你那位第一夫人对你监管太严了呢？"

"哪儿的话呢！亲爱的，真的，我说的是实话，我每天都在思念你呀，上帝面前不说假话。"哈定顺手在胸前划了一个十字。

"既然如此，我相信你。但你告诉我，什么时候我们才可以见面？"

"下月中旬以后。到时我一定电话告诉你，好吗？"

"太残酷了！我要等上二十多天！这对我不公平，亲爱的，我一天都等不了啦！"

"好了，南希，我们就聊到此吧！马上那位大人物要到了，我还得准备一下呢！"

说完，哈定咔嗒一下挂上了听筒。"这个小鸟，真难缠！"他心里默默发出一声感叹。

哈定与南希的情人关系已不是什么秘密。二十年前他们相识，南希还是个十三四岁的小姑娘，她是哈定一位老朋友的女儿，当时已经是州参议员的他只是南希的叔辈大人而已。几年后南希写信给他希望给她找一份工作，他爽快地答应了。后来他们约好在纽约一个旅馆见面，正值怀春又对哈定充满敬慕之情的南希，看到风度翩翩正当盛年的偶像，毅然投怀送抱，而哈定此时对几年前还是黄毛小姑娘而现在出落得青春靓丽、貌比天仙的金发女郎，再也忍不住欲火焚身，抱起美人同床共枕，自此以后参议员哈定又多了一个情人。两年前南希怀孕了，产下女儿，哈定倒也对母女不弃不离，表现得像个男子汉。但入主白宫后，仍然花心难改，且越发放肆，半月前在南希要求下竟敢让贴身警卫将她带入白宫，在密室里云情雨意多时，实在令人不齿。其实他的桃色绯闻，经常使他的原配第一夫人暴跳如雷，闹得沸沸扬扬。

要说哈定在情场春风得意光凭着诱骗欺诈，那也有点冤枉。其实他年轻时长相英俊，堪称十足的美国标准帅哥，一些情窦初开只看外表的姑娘恨不得立马许身于他。即使他中年以后，甚至五十上下年纪也依然风流倜傥魅力迷人，红粉接连不断。当然要说他的优势全靠颜值，也不准确，他的口才相当不错，善于雄辩，性格又随和，好结交朋友，因此广得人缘。除了南希，他以前就曾有多次艳史，甚至狂恋一位朋友之妻，当女方提出结婚时，他又成了缩头乌龟了，毕竟他还要为自己政治前途考虑。那次白宫与南希私会后，他也很后怕，这丑闻如果传出白宫，定然对他的声誉大为损害，他刚上台半年多，还得在总统位置上辛苦三年半，而且下次大选争取连任也有很大概率。谁不贪恋权力？谁不期盼富贵？特别是像美国总统这样的人类社会顶端权力。自己能做个像华盛顿、杰弗逊、林肯那样的总统，流芳百世，也算没白活。可是林肯却被暗杀了，美国总统虽然至高荣耀，但也会有极高风险的，所以玩政治不能走极端，把对手逼急了就可能使其铤而走险，祸及自身……

正在哈定东一榔头西一棒槌思维乱跑之时，办公室的门被警卫推开了，随后进来一位身材修长蓄着络腮胡子、西服领带挎着黑色公文包的男人，他马上起身相迎：

"哈罗，查尔斯，我正等着您来呢！"

"您好，沃伦，我没迟到吧！"

哈定看一眼手表说："不，很准时，您总是踩着钟点到我这里。"

来者正是美国政府重量级人物、国务卿查尔斯·伊文思·休斯。他们相互贴了贴脸，哈定开玩笑说："我说查尔斯，您的胡茬子老是这么硬，跟钢针似的，您妻子也不抱怨吗？"

"哪里会呢！她要是见我刮净了脸才抱怨呢！"

俩人同时哈哈大笑。哈定请休斯到沙发上就座。白宫一位服务员很快端上来两杯咖啡和两瓶橘子汁，码在茶几上。

休斯麻利地打开公文包，取出一份文件和一幅地图。他理了理宽阔额头上稀疏的头发，开口道："总统阁下，"休斯谈正事时总是这样称呼哈定，"您已经知道巴黎和会以后我们在太平洋和远东地区面临的窘迫状况。最近国务院得到的情报使我们对这一地区的形势不得不做出令人不安的评估。"

"您指的是日本人在这个地区的军事方面大肆扩张吗？我最近也得到了国防部和情报部门的详细报告。"

"是的。我也得到他们的报告，但是我今天向您谈的是整个太平洋和远东地区的军事和政治面临的趋势和我们应该采取的战略对策。您先看看这张地图。"

休斯把地图展开在茶几上，哈定凑近了看，原来是北美和亚洲之间太平洋的大比例尺地图，辽阔的大洋中星星点点散布的岛屿尽收眼底。

"这是夏威夷，位居太平洋中部偏东，这是太平洋西部的马里亚纳群岛、加罗林群岛和马绍尔群岛，这几个群岛在战前属德国，战争后巴黎和会确认被日本占领。"

"等等，查尔斯，我们的关岛不是也在马里亚纳群岛吗？怎么会让日本占领呢？"哈定插话。

"不错，您问的正是我下面想说的。"休斯接着说，"美国控制的关岛属于马里亚纳群岛最南端的一个大岛，1898 年美国和西班牙战争后，关岛割让给美国，而后西班牙将北部马里亚纳群岛转卖给德国。另外，加罗林群岛和马绍尔群岛也被德国占领。这就是欧战之前的北太平洋西部各群岛的大致势力范围。战争期间日本出兵占领了原德国的领地，巴黎和会又得到确认。问题在于近些年日本采取迅猛扩张海军的战略，对我们美国的战略利益挤压越来越厉害。据可靠情报，日本政府前几年就开始建设'八八舰队'，即建造八艘战列舰和八艘巡洋舰为主的庞大舰队，他们不惜把海军年预算提高到财政收入的三分之一。从总的战略态势看，日本帝国海军在太平洋西部占据了很大优势，日清战争前后他们占据了琉球群岛和台湾，日俄战争后势力又扩张到中国东北部的南满，南库页岛和千岛群岛，加上近年从德国人那里夺取的上述三个群岛，他们的舰队可以在太平洋广泛海域任意驰骋巡弋，这对美国的利益威胁太大了。您看，关岛再往西就是我们在亚洲最大的领地菲律宾，我们从夏威夷到东亚、东南亚、南亚以及中东和欧洲的海上航线都要经过马里亚纳群岛和关岛，如果日本在北马里亚纳群岛和别的岛屿上建立海军基地，将对我们的海上航行构成最严重威胁。"

休斯这一番话，使本来就担心日本崛起威胁美国的哈定，更加重了忧虑。他立即说："查尔斯，您快说您有什么对付日本的新策略。我知道，凭您的智慧一定会找到一个既不损害美国利益又能化解与日本的潜在冲突的办法的！"

"谢谢您对我的信赖和鼓励。对于如何抑制日本的军备竞争，我的确考虑了很长时间，日本帝国虽然这些年经济实力和武力迅速崛起，已成为美国潜在的竞争对手，但它还没有强大到羽翼丰满的地步，另外也没有在军事上公开与美国对抗，两国之间的经济贸易往来也很正常。因此两国间的战略利益矛盾应该寻求外交方式和平解决。基于这样的考虑，我建议由美国发起召开一次有关国家参加的国际会议讨论限制海军军备问题，美国作为发起国，事先要提供各国讨论的限制军备方案，最后各国达成共识，签署一个共同条约。对于远东和太平洋岛屿的归属问题也可以签署正式文件，共同遵守。"说到这儿，休斯停下了，他觉得讲得嗓子有点干，端起咖啡杯子啜了两口，顺便看看总统有何反应。

"查尔斯，我非常赞赏您的建议：召开一次国际会议来限制军备和解决太平洋远东问题。但是我们的对手能听从我们的安排参加会议吗？还有欧洲几个大国会跟我们站在一起限制军备吗？要知道，大英帝国和日本帝国是缔结了同盟的国家，如果他们站在一起反对美国提议，那会议不就开不起来或者虽能开起来但达不成协议，最后归于失败了吗？"哈定说出自己的担忧。

"总统先生，您想到的也是我正考虑的。日本能不能参加会议，以及会议能否达成一致，我认为关键是大英帝国的立场，会前必须拆散英国与日本的同盟，拉住英国跟美国站在一起，法国、意大利也会跟进的，这样日本跟美国对抗的力量就势单力孤，他们就范的可能性比较大。"

"那么，英国人会按照我们美国的意图行事吗？"哈定也打开一瓶橘子汁，慢慢喝了两口。

"我分析，英日同盟最初签订条约是日俄战争爆发之前，本来双方是为了共同对付俄国的，日俄战争后同盟延期是为了对付德国。巴黎和会把德国在北太平洋上的领地大部分转划日本，实际上有的岛屿归属与英国存在分歧，另外日本在中国满洲和山东的扩张，企图单独控制北京的北洋政府，也与英国利益产生冲突，所以此时拆散他们的同盟正是时机。再说经过欧战的消耗，英国欠下我们美国大量债务，他们战后恢复经济也主要靠美国支持和援助，美国的建议，英国不会不考虑的。不过争取伦敦方面向我们靠拢，需要派密使前往伦敦，与英国首相劳合·乔治先生秘密会晤，说服英国政府与我们采取一致立场需要一定的时间。我打算委托一位助理国务卿完成这项特殊任务。但动身之前，需要总统您给劳合·乔治先生写一封信，使这趟使命更具权威性和重要性。这封信我和我的助手已经准备了，今天我也带来了，现在请您过目。"

休斯从公文包里取出两张饰有美国国徽图案的已经打印好字句的信纸，递给哈定。哈定接过来，认真浏览一遍，心里暗自佩服这位国务卿心思缜密，把一切都考虑周全了。他很满意，对休斯说："很好，我完全同意。"随后在落款之处飞快签上了自己的大名。

休斯见状，立即称赞了两句："总统先生，您真是个善于决断的领导人。我来前还准备等您修改后誊清再呈递您签字呢！没想到您这么快就签了字。"

哈定哈哈一乐，说："召开国际会议这个问题，我们所见略同。既然事关我们美国重大利益，事不宜迟，该定则定。"

"您说得太好了。从我们美国的利益出发，再不能无限制地跟日本人搞军备比赛了。您知道，因为参加欧战，美国的经济转向战时体制，国力消耗巨大，失业率逐渐增加，战后民众要求休养生息，舆论呼吁恢复正常和平时期的经济运行，提高生活水准。这些诉求大概在去年总统选举时选票投向已经表现出来，所以我们必须限制军费的增加，而把政府和企业资金投到增加就业上来，以缓解失业的压力。但是如果我们单方面采取缩减军备的举动，会助长日本的扩张野心，使两国的力量不平衡向日方倾斜。我预料英法等强国也面临着同样的困惑，因此召开限制军备的国际会议是有很大把握成功的。这一点我可以向总统保证。"

"我完全相信，这次会议成功，将大大提升美国的国际地位，英国这个日不落帝国已经从顶峰开始走下坡路了，我们美国要趁势而上，二十世纪注定要成为美国世纪。您说对吗？亲爱的查尔斯？"

"您的一番话使我倍受鼓舞。来，让我们预祝这次会议成功！"

他们站起身共同举起咖啡杯，叮当一碰，两个美国大人物共同酝酿的一次国际会议即将开始，并将在世界历史上留下浓重的一笔。

尽管国际风云在悄然变化，但对于黄蕙兰来说，日常的社交活动仍然必不可少，而且令她十分满意。且不说她能受到玛丽王后邀请，参加只有英国少数贵族们进入的舞会，另外还能与顾维钧一起出席英国王室或政府欢迎外国政要和夫人的正式宴会，但是她总感觉到丈夫似乎对这一切都没有她所希望的那种热情，他心头好像一直潜藏着某种期望或愿望。因此平时在对别人彬彬有礼的举止下，他似乎对这种礼仪性的场合露面显示一下自己的存在，并不特别感兴趣。他内心究竟在想什么？即使在蕙兰跟前他也很少提起。不过作为妻子，平日生活在一起，蕙兰又是那种善于察言观色、聪慧敏锐的女人，她猜到丈夫表面平静、实则内心焦虑和不安的原因，那就是：黄海渤海之滨的山东何日摆脱日本铁蹄的蹂躏？现在几个与山东问题有直接干系的中国大人物都已经离开了政治舞台。下令签署"二十一条"的袁世凯早已离世，欧战末期决定与日本签署秘密条约的段祺瑞也因前不久爆发的直皖大战皖系失败而下野，再就是五四学生运动以后被国人痛恨的亲日派曹汝霖等三人被撤职查办，而两次条约违心签字的陆征祥也远离北京政治舞台，赴欧洲小国当公使，这些主要当事人无论去世的、下野的、撤职的，还是远走的，不同程度地为他们的所作所为承受了"处罚"，然而山东问题并没有得到解决；巴黎和会虽然经过顾维钧等人的艰苦卓绝的斗争，最终也只能因拒签而将山东问题悬而未决，山东省至今还在日本人的控制之下，这怎不让一个立志外争国权维护国家尊严的青年外交家耿耿于怀、寝食难安呢！

黄蕙兰明显发现，丈夫这几个月来明显精神不振，她虽然努力在生活上照料他，有时亲自下厨为他烧菜，还与王管事商议给顾维钧的伙食专门制定了食谱，但看来她的努力见效不大，顾维钧的体重不但没增，还减了两公斤。

入夏以来，伦敦的天气变得越来越暖和，有时感觉气温偏高了，天又适时地下点小雨，使空气添加了湿润和清爽。这个季节也是伦敦人出行最频繁的时候，黄蕙兰建议丈夫到伦敦周边一些知名小城镇休闲旅行，如剑桥、牛津等最高学府历史悠久、名扬四海，而且风光独秀，人文积淀深厚，走出办公室，离开公文资料堆，出去呼吸一下新鲜空气多好！可是顾维钧说，那两个地方距离远一点，一天打来回太紧张。他说可以找近一点的地方，当天能回来。黄蕙兰查看了地图，又给他选中了伦敦西郊的汉普顿，那地方有森林小溪，自然环境没得说，更值得游览的是还有一座几代先国王的行宫，现在已经向游人开放。顾维钧接受了，黄蕙兰特别高兴，立即吩咐王管事定好日期，准备行程。但是，临到头天下午，顾维钧又变了卦，他接到英国外交大臣的秘书打来的电话：外交大臣乔治·寇松约他第二天到他官邸会晤。

原来，最近顾维钧从英国报纸得知，美国与英国正在进行秘密协商，筹划召开一次国际会议，试图解决太平洋和远东地区日趋严重的军备竞赛和力量平衡问题。顾维钧曾电话约见外交大臣寇松，寇松因事务繁忙一直未约定会晤时间，现在终于搞定。

黄蕙兰的安排再次失败了，她叹口气道：维钧就是与休闲娱乐无缘！

英国外交部坐落于伦敦市中心地段，具体地点是查尔斯国王街和白厅大道之间的一片淡黄色楼群，它与首相官邸唐宁街 10 号和财政部海军大厦等政府和机构毗连。这里的掌门人被称为外交大臣，是英国内阁里除首相外最有权势的人物之一。顾维钧要去拜访的寇松正是一个经历不凡的政坛精英。

对这位英国外交高官，顾维钧已经不是第一次会晤了。向乔治五世递交国书以后，他又专程礼节性拜访了寇松，那次时间很短，不过给他留下的印象很特殊：这位外交大臣是个没有时间概念的随心所欲的"工作狂"。他有时心血来潮在假日休息时将部下召来汇报工作。顾维钧此前与其两次见面竟然安排在夜晚，其实他们约见的事由也没什么特别紧急的。

寇松感兴趣的话题不只是英中关系，他还对美国与中国的关系密切特别关注，他试图从顾维钧口中了解美国新总统上台后对亚太及远东局势政策上会有哪些改变？以及以第三国眼光看英国和美国之间的关系如何发展趋势等。有的问题让顾维钧颇感疑惑，作为大英帝国的外交大臣，却与中国公使谈论英美关系，是随便提及，还是有意为之？他不由联想到英国媒体披露的消息，寇松与首相劳合·乔治因政见分歧面和心不和。其实寇松属于保守党，而劳合·乔治是自由党，劳合在战时上台，组成自由党与保守党联合内阁。在劳合之前自由党已经组成过两届内阁，但到劳合当首相时，自由党已经因党内分裂而衰落，内阁实际上由保守党人支撑着。寇松主掌外交，自认为大材小用，首相位置才更适当；然而劳合作为战时首相，以领导英国取得大战胜利居功自伟，内阁第一把交椅非他莫属，根本瞧不起寇松。

顾维钧还从侧面得到消息，劳合绕过寇松直接与美国高层接触商谈两国关系特别是共同关心的亚太地区和远东局势，可能要联合采取某些行动，这也让寇松极为嫉妒和不满，他觉得自己在印度当了六年总督，访问过中国、朝鲜和日本，对亚洲和远东情势比英国任何一位高层精英都占有优势，而且他是现任外交大臣，劳合竟然越俎代庖，绕过他与美方秘商实在令他愤愤不平。对于顾维钧来说，这些背景都是必须掌握的，他在会见任何一位外交高官时，都要把谈话对象的方方面面提前做一番了解。

会见地点在外交部大楼小会议厅。因为不陌生，见面落座后没有更多的客套，寇松开门见山，主动引出话题："密斯特威灵顿，今天我们不是正式会见，而是私下交谈，因此不必介意限定什么话题。"顾维钧当然点头同意。随后，寇松从公文包里取出一样东西，原来是一帧照片，在顾维钧眼前晃了晃。"您看，这是我二十多年前的一张照片，您猜猜上面都是谁？"

顾维钧一头雾水。把一张旧照片拿出来让别人猜其中有谁，这个洋大人打什么哑谜？他摇摇头，笑笑说："这可把我难住了，实在猜不着。"

"您看了照片后再猜，我可以告诉您拍这照片的背景。那是1892年，我当时担任英国议员和印度事务次官，我访问了中国和朝鲜。这照片是在临近渤海的天津照的。其中有我，您猜猜中间这位端坐者是谁？"

顾维钧接过照片仔细端详，原来与寇松一起合影的是几位戴着圆锥形凉帽的清朝朝廷官员，大部分人都站立着包括身穿洋装的年轻人寇松，唯一坐在椅子上的一位是留着山羊胡子的老者，看上去有六十开外年纪，一身朝服，但相貌看似还矍铄有神。他想：1892年正处在中法战争与中日甲午海战之间，是清廷内洋务派致力于引进西方军事科学技术以图自强求富的火热阶段，一般洋人官员来访，洋务派必定出面接洽，天津是中国北方最大通商口岸，而直隶总督在此地设立了最大的官府衙门，衙门最高官员当然是洋务派首领、直隶总督李鸿章了，难道照片上的老者就是他？顾维钧暗忖，从寇松洋洋得意神态看，照片上的老者十有八九就是声名远播的李鸿章。但李在本世纪初已去世，顾维钧那时才十来岁，不可能见到李中堂本人。因此要单从照片确认这位大官是谁，的确颇费踌躇，不过他最后还是说："这个老人极有可能是李鸿章。"

寇松立即伸出大拇指道："您的判断太准确了！非常佩服！以前我也曾问过几个华人朋友，他们都摇头说不知道。看来这位李鸿章阁下虽然位高权重，也并非任何一个中国人都认得出来。"说罢，寇松又从公文包里取出一本深蓝色封面的书，说：

"这是我二十六年前写的书，我手头仅存这一本了，现在您可以浏览一下。这本书是 1894 年出版的，记述了我曾游历日本、朝鲜和中国时的见闻。"

顾维钧接过一看，书名叫 *PROBLEMS OF THE FAR EAST*（《远东问题》），副标题是：JAPAN，KOREA，CHINA（日本、朝鲜、中国）。他随手翻翻，虽不可能细观，不过已感到作者耗费了很大的精力和时间来撰写这么厚的一部著作。"了不起，写了这么一部长卷。"顾维钧把书还给寇松，并顺嘴夸赞道。

寇松见顾维钧夸奖，更来了精神，顺着话题说起自己不平凡经历："不瞒您说，我最初希望能成为一个作家，我特别喜欢游记考察，到过波斯和阿富汗，也写过关于波斯和中亚的游记，后来我的事业转向政治，我最自豪的是担任过七年印度总督，这是我一生最感荣幸的时期。"

顾维钧观察眼前这位英国外交官，他脸色红润，前额宽阔，头顶的稀疏白发显示他已年过六旬，但仍然精力充沛、思维敏捷，蓝眼睛里闪烁着对未来充满希望的目光。对寇松这个名字，顾维钧并不陌生，他记得回国效力不久，外交部派他向英国驻华公使朱尔典传递复函，交涉西藏问题，他曾翻阅过大量历史资料，其中 1904 年一位英军上校指挥一万英印士兵从印度入侵西藏，野蛮屠杀藏民，并占领拉萨，逼迫西藏地方政府签订屈辱的《拉萨条约》，侵略军就是这位英国驻印度总督寇松派遣的。眼前这位决策入侵西藏的英国人好像对这段历史淡忘了吗？如果没忘的话，他大谈担任印度总督就是为了显摆他的光荣历史吗？不过跟我袒露这些目的何在？恐怕不仅仅是一种炫耀吧！且看他还有什么更深的用意。于是，他说：

"看得出来，您对亚洲包括远东的事务很熟知，也很精通嘛！"

"您说对了。我的真正大半辈子事业和心血付出是在亚洲，包括印度、中亚和远东。据我观察，欧战结束以后，世界各国的目光对准了远东，这一地区的局势越来越让人忧心了。"寇松说到这儿，停顿了一下，看了看顾维钧，见客人正全神贯注听他的下文，就稍微提高了声调说，"日本和美国都在亚太地区增强军事力量，特别是海军的军备竞赛正你追我赶，地区力量不平衡可能会造成严重后果。据可靠消息，美国新政府正酝酿发起召开一次国际会议，探讨和解决目前存在的一些矛盾和冲突。不知贵国听到些什么动向或对此有什么打算？"

顾维钧暗道，按说英国和美国关系要比中美之间关系密切得多，美国那边的动向应该比中国更清楚，何来反问中国呢？莫非寇松目前处境到了非常尴尬的地步：与首相乔治·劳合内斗已经白热化？如果这样，可以推测劳合绕开外交部亲自掌控与美国总统哈定的联系，发起召开国际会议，磋商解决亚太和远东问题也不是没有可能。外交大臣寇松被晾台，其焦虑程度可以想象。

"阁下所问，也是我本人所关心的。美国新总统关注亚太和远东地区的动向，美国和欧洲各大媒体均有所披露，但我国还没接到过任何正式通报或消息。不过我还是愿意谈谈我个人的一些看法，与阁下共同探讨。众所周知，亚太地区力量平衡正在被悄悄打破，其中主要因素是日本快速崛起，在军事上已经和英法美等大国并驾齐驱。此消彼长，因此各大国在太平洋和远东的利益肯定要受到冲击，这是不必讳言的。美国眼看日本军事力量特别是海军实力膨胀，当然不会没有警惕，也不会坐视不管。哈定总统对外政策将做某些调整，在我看来势在必行，舆论盛传美国酝酿召开国际会议也就顺理成章了。不知贵大臣对此有何高见呢？"顾维钧顺势把球又踢回寇松。

"密斯特顾，您的看法与我很相似。我认为世界各大国在亚太和远东都有切身利益，因此保持这一地区的和平稳定是很重要的。我们英国当然也持这样一种立场，如果美国提议召开一次旨在维护地区和平，抑制新一轮军备竞赛的国际会议，我个人是非常支持的。同样，本国外交部也没收到美国方面任何正式文件，因此许多具体问题没有深入探讨。不过，我想会议议题应该包含以下几个方面：一是各国海军力量，比如总吨位如何保持一种适当的平衡以抑制竞赛；二是确定各国对西太平洋各岛屿的归属范围，避免冲突；三是重申相互尊重领土主权完整的原则，不诉诸武力激化矛盾。"

"阁下的观点我赞同。特别是第三条对我们中国很重要。您知道，日本现在仍然占领着我国山东，这是巴黎和会令人遗憾地留下的未决问题。我想如果美国和贵国发起召开国际会议，我国应该是参加国之一，并且山东问题也应作为一个重要议题，山东不回归中国，远东各国相互尊重领土主权就很难有说服力。如果阁下代表英国参加此会，希望能支持中国收回山东的努力。"

"对山东问题，我一直认为，日本人使用系统的和恬不知耻的手段侵犯中国的主权和霸占中国的资源，妄图成为控制中国的主人。对此，我曾经给予谴责。《凡尔赛条约》中对山东问题的表述，存在严重缺陷，应予以纠正。但至于酝酿中的国际会议能否将山东问题列入议程，我不能肯定。现在中国和美国关系比较融洽，建议中国多与美国沟通，我认为有希望讨论山东问题。"

寇松这一番对山东问题的话语，是巴黎和会结束以后，顾维钧听到的英国高官最为明确的支持中国的表态了，虽然寇松只是个人意见，不代表英国政府，但至少可以肯定在英国高层人士里，有相当一部分人持有相同的观点。这对顾维钧不啻为一个有鼓舞力的消息，因为迄今为止英国官方对以往中日争端，始终偏袒日本一方，认为《凡尔赛条约》中对山东问题的表述，不可更改，中国反对也没用。寇松的态度确实出乎意外，这无疑又点燃了顾维钧胸中久已未熄灭的收复山东的火种，他敏锐地感到，如果美英联手支持中国立场的话，就能使日本感到沉重压力，山东问题也就有希望最终得到解决。于是他立即向寇松表示：

"您刚才的话使我很感佩，尽管您表达的是个人意见，但我还是非常感谢您的美意。现在面临的紧迫问题是哪些国家可能被邀请参加这个会议，您对此有什么瞻望？"

"亚太地区军备问题涉及的国家主要是当今军事实力最强的英美法日意

五国，远东局势当然涉及中国和日本，太平洋岛屿归属问题除了上述五国，还涉及荷兰、葡萄牙等。会议的地址很可能是华盛顿，但最终确定哪些国家现在还没有揭开谜底，估计在这个月之内会有结果。"

与寇松会晤后回到使馆，顾维钧立即整理出一份简报，电告北京外交部。接下来，他的全部注意力集中到密切关注欧美媒体对美国发起召开国际会议的反应。他相信，在一到两个月内，这次会议召开的时间、地点、参加人员和主要议题，肯定会公布于世。于是，他开始着手做一些准备性工作：指定一位参赞负责收集整理关于酝酿中的国际会议消息以及中国拟向会议准备提供的基础性材料和备忘文件。

第二十章　俳句禅韵

转眼又过月余，美国与相关国家会前秘密磋商告一段落。有关国家政府陆续收到美国总统哈定邀请出席华盛顿会议的函件。英法意等国政府都回复表示愿意参加。但日本政府却迟迟未予答复。日本高层对是否派代表出席发生了严重分歧，政界和军界观点出现了前所未有的对立。

东京。首相官邸会议厅，一场激烈的辩论在进行。主持人、首相原敬，六十开外年纪，虽然满头银发，但从红润的脸庞看上去似乎比实际年龄要小一些，猛看还不到五十六七；如果仔细打量，他眉宇间还透着一股政治家的刚毅和倔犟之气。在外务大臣内田康哉宣读完美国总统哈定的邀请信以后，原敬认真地对内阁成员们说："各位大臣，刚才大家已经听明白了吧？美国总统邀请日本政府派代表出席在华盛顿举行的国际会议，其议题是两个：一是限制军备问题，二是讨论太平洋和远东问题。这两个问题都与我国密切相关。我们要不要参加？参加或不参加对我国各有什么利弊，请各位大臣各抒己见。"

"我先说吧。"发言者是海军大臣加藤友三郎，此人年龄也已六十左右，因他曾在日俄战争期间担任过联合舰队参谋长，是除了舰队司令东乡平八郎外的最高舰队长官，那次的日本海大海战取得了辉煌胜利，加藤自然也是立下赫赫战功，所以在海军中威望极高。他脸庞消瘦，颧骨突出，然而嗓音却很洪亮。"美国倡议的国际会议把限制军备和太平洋及远东问题列为主要议题，显然是针对日本，这一点已毋庸置疑。既然是限制军备，那我国海军首当其冲。最近几年不可否认，日本海军规模有了长足发展，不谦虚地说，正是我本人提出了打造'八八舰队'的计划，即未来要拥有八艘战列舰和八艘巡洋舰的两支舰队，总吨位接近英国和美国水平。但就目前而言，我国舰队的主力战舰和总吨位都与英美有相当大差距。建设一支强大海军，是我们几代日本军人的理想。但是大家知道，我国是个岛国，鉴于领土和资源限制，经济规模特别是工业实力要远远落后于美国，我们要造出更多更大的军舰，必然要以举国之力支持，耗费更多资财。而从目前财政状况看，我们再增加军费用于海军建设，已经难以为继。如果在和平时期勉强维持这种军备竞争局面，经济就有被拖垮的危险，战时后果将更加堪忧。因此，美国的倡议，也给了我们调整的时机，他们要限制我们，反过来我们也必定要限制他们，总的来说，对我们也是有利的。我同意我国参加这次国际会议。但是，我国代表必须坚持我国底线的立场，这是不言而喻的。"

"首相阁下，我说几句。"发言的是陆军大臣田中义一，他看上去五十大几年纪，平头、细眯缝眼、花白八撇胡子，其相貌平常，但胸脯挺得很直，配上肩章领章和胸前的多枚大纹花勋章，给人一种强硬军人姿态。此人阅历相当丰富，参加过甲午中日战争、日俄战争，在军政两界异常活跃，颇能呼风唤雨，有时还能掀起政坛波涛巨浪。曾因对国家战略和军事战略提出过新的见解，先后受到日本元老级大人物伊藤博文和山县有朋以及桂太郎的赏识和推荐，他担任陆军局长期间对陆军教育操典也很有建树，在陆军内部很有声望。1915 年作为参谋次长、少将的他，幕后策划了向袁世凯提出伤害中国人民的"二十一条"，这是日后媒体披露的。现在对于参加不参加美国提议的国际会议，他情绪异常激动："美国召开国际会议的建议矛头针对日本，这是没有异议的。既然如此，我们大日本帝国为何还要甘受屈辱去捧这个场呢？我是个军人，现在又肩负着陆军大臣的责任，我在这里发言也就不仅是我个人意见，而是代表了整个陆军的观点。我主张反对参加美国人倡议的这个会，有三条理由：其一，我们要想想美国人为什么现在要限制军备？自从美国参加欧战以来，他们凭借着强大的工业实力，把海军迅速膨胀到与大英帝国旗鼓相当，远远超过日本。但同样，他们也遇到日本所面临的问题，军费不堪重负，今年新总统上台，鉴于国内问题诸如经济衰退、失业增加、劳资矛盾加深等等，迫使美国政府调整对外政策，当然他们最不愿意看到大日本陆海军力量强大，想出倡议国际会议这个一石二鸟的招数，既打压日本，又降低军费刺激经济发展，可谓如意算盘。其二，我国有必要限制军备吗？海军情况我不多说什么，但陆军目前需要的绝不是限制和减裁，而是要增加。大家知道，陆军除了本土驻军外，主要部署在朝鲜、中国台湾和满洲，在'支那'天津也有少量驻军，那是八国联军占领北京后，根据条约在天津到北京沿线部署的一千多名驻屯军。现在我主要向各位说明驻满洲的军队概况。日俄战争后我国与清政府签订条约，在南满铁路沿线驻屯军队，1919 年正式命名为关东军，司令部设在奉天，现有驻军一个甲级步兵师团，加上工、炮、车等兵种和铁路护卫队，共有近三万人。大家想想，这么一点军队如果全面布防在旅顺到长春的千里原野上，就好比蜻蜓点水，遇到打仗关键时期，怎么应付得了危局？而满洲对于日本的重要性，各位心知肚明，建设一个固若金汤的满洲基地，不亚于我们本土防御，我们现在就应该逐步大量向满洲移民，开发和建设满洲，使其成为我们的第二故乡。当然，我不是说马上就必须实现这个目标，目前我们还得利用当地的华人武装，以华制华。大家明白，张作霖仍然是满洲的'土皇帝'，他靠我们供给的军火，有一支十几万人装备精良的军队。张作霖要想当稳东北王，就需要日本的机枪和大炮；而我们要在满洲修建更多具有战略意义的铁路，也需要张作霖的鼎力支持，只要张作霖听我们的话，我们在满洲就可以稳坐江山。为了达到这一目标，更重要的是，需要扩大驻满洲的军队，平时保持十个师团，战时必须增至二十个或更多师团，总兵力达到八十到百万，才能应付各种不可预测的局面。"

说完这番话语，田中觉得口干舌燥，端起面前的饮料水杯，咕嘟咕嘟喝了个底儿朝天，然后一抹嘴唇，冲首相原敬和各位大臣们补充说："首相阁下和各位同仁，二十年前我国受人尊敬的元老、前首相山县有朋先生在帝国会议上发表施政演说，他有几句著名的经典语录，我想有必要在此重温一下，他说，'维持国家独立自卫之道有二，第一守卫主权线，第二保卫利益线。主权线者，国之疆域之谓；利益线者，乃与主权线之安危有密切关系之区域是也。'我理解利益线的范围，除了已经实现的征服台湾、朝鲜外，第三步是完全占领满蒙，此地对于日本帝国的重要性，已经毋庸置疑。至于以后的利益线范围划在何处，要看我们的利益延伸到何处。'支那'的天津一带和山东半岛，对于日本来说已经具有相当大的利益关系，并且帝国已经派驻了一定数量的部队，守备铁路沿线和基地。所以我返回到今天的话题，总起来说一句话：反对参加美国发起的国际会议。如果首相权衡利弊最后决定参加的话，我也不执意阻拦，但如果涉及军方以上几个已成为现实占领的地方，我国代表当果断拒绝讨论。"

田中义一说完，会议冷场了。大臣们眼神各走一边，看天花板吊灯的，瞅窗外樱花树的，慢慢品尝饮料的，还有摸着秃脑顶轻轻梳理稀疏头发的。会议厅呈现短暂的少见安静，只听见墙犄角的几台叶片式电扇，嗡嗡的旋转声。阁员们心里都清楚，田中义一是什么来头，靠山又是谁，姑且不论他本人在陆军中的地位，就凭他背后的强大支持，大家也都心底打颤，不敢得罪呀！虽然今年听说陆军内部争权夺利日益激烈，田中义一和总参谋长上原勇作大将矛盾不可调和，那位上原勇作更是一个有极端倾向的家伙，一贯打着天皇统帅的旗号，藐视文官政府，动辄抬出皇室对政府施压。在对外行动上无视政府存在，甚至独立于政府之外，一味诉诸武力。其所作所为一向是原敬内阁所忧虑和警惕的。田中和上原虽然对立，但在文官们看来，不过是一丘之貉。他们一个共同点，就是陆军至上，铁拳为尊，靠实力征服周边对手，而且他们的野心越来越大，什么出乎预料的事都可能做得出来。

会议沉寂几分钟，原敬首相坐不住了，这次会如果让一个陆军大臣给搅黄了，还叫什么内阁会议？他用目光看了看大藏大臣高桥是清，而此刻高桥也正在目视原敬，两人目光一接触，相互会意。于是，高桥轻轻咳嗽了一声，开始他低沉而有力的发声："刚才田中大臣讲的，我不完全赞同。比如他提到的扩大满洲的驻军的师团数量，以及其他利益线部署的军队数量。当然，我不是绝对反对在上述地区驻军的兵力，我的意思是说要量力而行。古语说，'一文钱难倒英雄汉'，我国要扩大军事力量，最大的制约因素是财政困难。国库里没有充裕资金，干什么都会捉襟见肘。然而，国库的钱靠哪里来？靠财政收入，财政收入又主要一靠各种国家税收，二靠借外债。大家可能知道，我们靠的这两个方面的财源，如今都难以为继。先说税收，经济增长幅度越大，税收就增长快，反之亦然。欧洲大战刚结束时，日本因向美国出口增加，经济出现过短暂繁荣。但不久英法意德各工业强国恢复经济后，与美国一起大量向日本市场倾销商品，日本由于工业生产数量、质量都缺少竞争力，国内市场遭到毁灭性打击，导致了严重危机。去年和今年上半年，我国总产量下降了近百分之二十，主要工业产品价格塌方式下跌，贸易逆差三亿多日元，外汇储备减少一半多。农业在这次危机中更惨不忍睹，由于进口农产品价格低廉，导致国内市场一派萧条，农民濒于破产。各位大臣，以上就是我国经济所处的现实状况，我作为大藏大臣亲身感受到经济低迷给国家财政带来的困难。因此，我可以肯定地说，日本要闯过目前难关，只有压缩支出减轻负担这一条路可走。大家知道，今年国家财政支出预算总额中军费大约占到三分之一，这是历年来最高水平，在和平时期军费高达如此比例，世所罕见。如果不是美国提出限制军备，我们也得要采取消减军费的措施，现在美国主动倡议来了，其实也是我们所希望的。那么日本就该紧紧抓住这个机会，裁减军队，调整经济结构，重新振兴对外贸易，使国家富裕起来，国家富裕了，自然会有更多的钱供养军队，军队也才会更强大。这叫退一步海阔天空或者说退一步进两步。"

高桥总算结束了自己的长篇大论，颇有点扬扬自得，他将了将下巴上的一排密匝匝的白胡子，又用手指正了正老花镜，显出一副老谋深算、成竹在胸的神态。论治国理政、论军事韬略，他比不过在座的诸位同僚，但比理财比算账比发展经济，这里的大臣没有一个能胜过他的。他一直认为自己是明治维新后日本近代发展的有功之臣，他声名鹊起是在日俄战争期间，他当时从担任日本银行副总裁被任命为驻英国财务官，为的是给陆军和海军筹集军费。高桥不负众望，凭着他的三寸不烂之舌和坚韧不拔的努力，三番五次在英法美德等国金融市场发行公债，为日本筹集到总额为十六亿日元的巨额资金，保障了陆军和海军赢得朝鲜半岛、辽东半岛和对马海峡对俄军鏖战的胜利。战后，普通日本人都以为是本国军人英勇善战打败了顽强的俄国军队，但不知幕后高桥在欧美频繁活动筹集军费的功劳，正是由于高桥的努力，掐断了国内经济低迷的俄国人同样在欧美募集资金的渠道。试想，后勤保障山穷水尽的俄军怎能战胜腰包鼓鼓装备精良的日本军队呢？不久他成了政府财政金融决策的权威大腕，连续近十年担任大藏大臣，被人称为政府的"不倒翁"。高桥本人对这一外号也欣然接受，觉得"不倒翁"也并非完全贬义，能在内阁十年不倒，谁有这本事？

兴许是受到高桥是清无顾忌直言宏论的鼓舞，抑或是"英雄所悟略同"，内阁官房长官、交通邮电大臣和文部教育大臣接连表态，一致赞同日本参加国际会议。其中文部教育大臣特别亢奋和激动，他说："西方各列强优先发展教育培养一代又一代人才，使国家长盛不衰，最值得日本效法。我们应该把节省下来的军费用在学校和培养科技人才上，不如此，富国强兵就是一句空话！"

田中义一听了立即截住话茬说："紧缩军费，恐怕主要是海军吧，要知道建造一艘巡洋舰可以养陆军千军万马。海军紧缩下来的军费，应该首先拨给陆军，陆军在大陆和海外拓展疆土，急需建立新的师团。"

加藤友三郎愤怒了："什么话！作为一个内阁大臣说出这么没水平的话，真让人脸红！什么叫建造一条巡洋舰可以养陆军千军万马！有这样做对比的吗？建造巡洋舰、战列舰和其他先进战舰是现代战争的需要，就跟陆军需要更多的远程火炮和机关枪，以后还需要能攻能守的坦克一样，造一辆坦克多少钱？可以养你一个中队的步兵，难道为了养步兵，就可以放弃装备先进的坦克了吗？难道为了供养陆军就不发展高科技兵种吗？这是什么逻辑？"

陆军大臣的抱怨和海军大臣的几句铿锵反怼，顿时将会场气氛推向紧张。陆军和海军之间的矛盾和隔阂由来已久。德川将军统治日本的幕府时代，全国有四十多个大小不一的藩阀地方势力，明治初年为应对欧美列强侵略，为打击掌权的幕府向列强屈服的"开放派"，九州岛的萨摩藩和本州西部的长州藩联合起来发动倒幕运动，最终他们击败了幕府军队，拥戴天皇并还政于天皇，组建了维新政府。天皇论功行赏，大量启用了这两个藩阀中的革新志士。在建立近代新式陆军和海军时，长州藩控制了陆军，而萨摩藩控制了海军。倒幕之前，萨长二藩曾因各自利益，积累下世代怨仇，但在天皇制下这些怨仇并没有消除，而是时隐时现且有时激化。

首相原敬不住地向文官大臣们递眼色，希望他们发声。这时，外务大臣内田康哉挺身而出，大秀了一把存在感，侃侃说出了一番话，众人都频频颔首。他说："今天内阁会议主要讨论什么？是要不要参加美国提议的国际会议问题，而不是其他。两位军队大臣在此争论军费节省下来派何用场，是否离题了。对于是否参加美国倡导的会议。我的表态是：一定要参加。我认为，明治天皇维新以来半个多世纪的风风雨雨表明，日本民族沉下心来向西方列强学习，迅速崛起了，世界有目共睹。我们日本帝国走到今天这一步实属不易，除了政治、经济、军事以及教育文化等领域全方位革故鼎新，大胆引进西方先进理念、治国之道和管理方式外，也跟我国在外交方面纵横捭阖，营造有利于我国发展的国际环境密不可分。大家都清楚，这几十年日本赢得了两场战争：日清战争和日俄战争。日清战争期间，几乎所有西方国家都同情日本，这归功于日本外交团队在国际上所做的努力。而日俄战争辉煌胜利，更能说明外交战线所起的巨大作用。俄国也是个欧洲军事强国，日俄交手日本胜算本来并无太大把握，但我们在国际上赢得了朋友，得到广泛支持，同时孤立了俄国，日英同盟就是明显证明。刚才大藏大臣讲的战时在欧洲多次顺利募集军费的情况，有力地佐证了这一点。诸位大臣，我在此反复强调外交上争取国际同情和支持，是想说明一个道理：日本现在还不是世界最强盛的国家，我们得承认，无论工业制造能力、国防科技水平，都落后于英美法等大国，美国在欧战中显示了强大实力，如果没有美国的参战，协约国能否最终战胜德奥同盟国，还很难说。美国国土辽阔，资源非常丰富，工业能力包括军火生产能力在战争前后得到空前提升，现在与日不落大英帝国已经旗鼓相当，也是世界上最大的债权国。如果说战前日本崛起离不开与英国的合作和同盟，那么现在我们也离不开与美国的合作与谅解。如果我们因局部利益与美国不合，甚至对抗，那是很危险的。因此，日本要认清现实，这就是美强日弱，同时我们还应该认识到，不要以为日本和英国同盟是牢不可破的，现今这个世界上，只有永久的利益，没有永恒的盟友。想想看，当初日英同盟是因为对抗俄国，日俄战争已经过去十六年了，这一维持同盟的理由也减弱到微乎其微，假如日美发生对抗，英国还能与日本站在一起吗？我的观点是否定的。美国和英国的关系要比日英关系密切得多，他们人种、语言文化、经济政治军事关联度都有天然优势，这是日英关系不可比拟的。因此，日本切不可滋生狂妄自大心理，如果无视美国提出召开国际会议的动议，乃至拒绝在限制军备问题上达成协议，以缓解与美国的矛盾，那么日本将会在国际上陷于孤立，这对日本发展是极为不利的。"

内田康哉是职业外交家，他不仅相貌堂堂，一表人才，而且口才出众，具备演说天才，他的一番言语，语调慢条斯理，不急不躁，但在参会众大臣们听来，却符合逻辑推理。显然，他的发言，抓到日本最要害最担忧的问题了，大家心服口服。有几个大臣情不自禁拍起了巴掌。这正是内田所希望的效果。其实他振振有词的一番表态，与其说给大臣们听，毋宁是说给首相听的，他还隐含着别的目的。

此刻，陆军大臣田中义一觉得很没面子，他再次发言，提出一个难题："美国提出的议题里还有太平洋和远东问题，这无疑也是针对日本。西太平洋原先德国占领的几个主要群岛除了关岛属美国外，其余的巴黎和会都已明确转属日本管理，但美国一直试图阻挠我国在这些群岛上建立军事基地，他们认为会威胁从夏威夷到菲律宾的航线。这个问题实际和限制海军有关联，我就不多说了。但我要提请各位大臣注意的是，在远东大陆方面，美国一直反对日本出兵满洲和胶州半岛，还有近年反对日本出兵西伯利亚。据说这次会议美国又邀请了中国代表参加，这是意欲何为？是要在会议上讨论日本与中国之间的问题吗？若是，我是坚决反对的。满洲和山东的现实存在已经固定，不能推翻，也不容讨论，特别是胶济铁路是日本在山东的生命线，必须确保。这些底线是不容谈判的，我想请首相阁下亮明对这些问题的态度。"

这是公然向首相叫板。所有大臣的目光齐聚首相，会场气氛又骤然紧张起来。原敬看似很平静，只是淡然一笑，好像早有预料，胸有成竹。他说："田中大臣担忧的问题，也正是我想说的。的确，远东问题特别是日本与中国的关系这些年倍受国际瞩目，日俄战争我国驱逐了俄国军队，占领了旅顺要塞，战后与俄国签订了《布列斯特和约》，获得南满铁路控制权和获得南库页岛。欧战期间我国又从德国手中获得了青岛和胶济铁路控制权。多年用兵大陆，引起中国国内民众的民族情绪高涨，同时也引起国际社会的严重关切，尤其是太平洋彼岸的大国心怀不满。巴黎和会签订的《凡尔赛条约》虽然将山东权益转让日本，但由于中国代表拒签，使日本在国际上很被动，尤其是美国国会不批准该条约，共和党和主流媒体都抨击威尔逊总统偏袒日本而疏远中国。哈定总统上台后，调整了对太平洋和远东的外交政策，他们越来越担心中国会被日本单独控制，损害美国的利益。刚才大藏大臣说得很透彻了，也表达了我的观点。我认为，对抗美国，我们还没有足够的经济力量和军事力量，我们只有缓和与美国的矛盾或者说只有避免与美国的摩擦，才能不使日美矛盾激化，保持日本顺利发展壮大。在中国山东问题上，我们应该退让一步，缓解中国对我们的怨恨，也是向美国示好的姿态，使美国对我们的猜疑减少。今年 5 月我主持了在东京召开的'东方会议'，各位大臣都参加了，此外朝鲜总督，满洲关东军司令官，驻青岛军司令官，西伯利亚派遣军司令官等都到会了，会议做出了决定，从山东和西伯利亚撤兵。军队参谋总部虽然反对，但经过政府反复解说，最终也表示同意了政府的决策。但这个撤兵决定至今还没能实行。关于山东问题，外务省与中国联系举行谈判，但中国方面出于怀疑，拒绝与我国单独谈判，这个计划只好暂时搁浅。如果这次华盛顿会议上中国提出山东问题，我们可不必回避，可以答应在会外举行两国单独谈判，底线是日本可以撤兵，但日本需保留对胶济铁路的管理权，以维护日本的经济利益。至于满洲问题，又当别论，日俄战争后我国与清朝政府签订过《满洲善后协约》，如果在华盛顿会议上中国提出满洲问题，可以遵守该协约作答。"

原敬慢慢讲完这番话后，掏出怀表看看，继续说："各位大臣，今天诸位都表达了自己的意见，我想归纳一下，内阁会议决定参加在华盛顿举行的限制军备和远东及太平洋国际会议，至于田中大臣担心的问题，我看还是坚持五月'东方会议'的决定，不要改变。但我预料，在山东问题上可能会有一番激烈交涉，日本的原则是，兵可撤，经济利益不可丢。田中大臣，你认为这样决定如何？"

"既然总理大臣做了这样的决定，我不再提反对意见。不过，我还得将此结果带回总参谋部，说服军部同仁。"

"很好，那就请田中阁下和加藤阁下到总参谋部多做解释工作。拜托二位了！"原敬站立起来，向田中和加藤两位大臣分别鞠了一躬。

他宣布散会。当众大臣纷纷起立走向会议厅门口时，他叫住了外务大臣内田康哉。

"内田君，请你留下，随我来吧。"

内田跟随原敬穿过走廊，进了首相办公室。原敬坐到写字台后的转椅上，示意内田在对面落座。他说："我想同你商量一下，派谁担任出席华盛顿会议首席代表为好。你有什么想法？"

内田眨了眨眼睛，说："这个，如果总理大臣还没有确定人选的话，我愿意出任首席代表！"内田的回答很干脆，看来他也是觉得这个角色非他莫属了。的确，这么重要的国际会议，他作为外务大臣，理应担当首席代表。据驻美国和欧洲各国使馆反馈的消息，美国国务卿休斯肯定要出席并主持这次会议，英国说不定首相要亲自出马，意大利和法国至少也是外交部长出席。日本外务大臣在这样风光露脸的时刻怎么能缺席呢？刚才他在内阁会议上一番倾向性表态，实际上是说给原敬听的，言外之意是说：我是首席代表的首选吧！

原敬其实早已看出内田的心思，他了解内田是个很能干并且有城府的人，他也知道内田暗地里与军部的高级军官走得很近，古语说"近朱者赤近墨者黑"，内田虽是文官，但内心实际上是同情军部皇道派的。因此出使美国如果委任内田这个骑墙派的人做首席代表，不会真正贯彻日本政府意图，或许会给政府带来麻烦。于是，原敬沉吟几秒钟后说出了他的考虑。

"这次的国际会议主要是限制军备，重点是海军军备。既然我们决定参加，就要抱着能达成协议的诚意去赴会。如果考虑与美欧各国代表规格旗鼓相当，你代表日本比较合适……"说到这儿，原敬稍微停顿一下，见内田静静地听着，没有任何反应，继续说，"可是，为了使日本代表团决策迅速、工作高效，会议能达成协议，我考虑请海军大臣加藤阁下亲往华盛顿担任首席代表。"

内田感觉很意外，"这么重要的国际性政府间的会议叫一位军人做首席代表怕是罕见的。而且此会不光是涉及海军军备问题，还有太平洋和远东问题，必须由文官全力交涉才行呀！"

"这是自然。如果你愿意屈就，请你担任次席代表。如何？"

"次席代表就不必要了吧！还是另选贤能。"内田心里窝着火，他觉得自己从帝国大学毕业后就在驻外使馆为国效力，经过多年历练，后来独当一面，担任过驻中国公使、驻奥地利公使和驻俄国公使，回国后在西园寺内阁担任过外务大臣，可以说在外交事务上无人能与自己比肩，但原敬首相竟然没考虑自己的感受，要外务大臣去担任次席代表，实在想不通。

"既然这样，我也不勉强你了。我只好请贵族院议长德川家达出任次席代表，第三位代表请驻美大使币原喜重郎先生担当，你觉得怎么样？"

"我无异议。"

"如此甚好。请外务省抓紧草拟一份对美国总统邀请信的复函吧。"

内田夹着皮包走了。原敬站起来，长长叹了口气，他觉得军部的人始终有一股反政府的力量，他们假借天皇名义，无限制地扩军备战，会使日本在国际上越来越孤立，而内阁中的文官也有像内田这样的两面派。他这个首相不好当啊！但是他深知，他是第一个真正意义上由议会选举出来的执政党内阁首相，上台近三年来内部政策得到初步调整，对外政策要通过这次国际会议得到一个大的调整，才能保证日本后续发展顺利。因此，必要的果断和铁腕还是必须采取的，有些人不得不得罪了。想到此，他抬头望见对面墙上镶在镜框里他自己写的一幅毛笔字，字的内容是德川幕府时代的著名俳句诗人松尾芭蕉一首俳句：

寂寞古池塘

青蛙跳入水中央

扑通一声响

松尾被日本人称为俳圣，他的这首俳句被认为是借青蛙一跳的瞬间，打破古池塘亘古的寂寞，表达的是一种禅意。原敬录下又悬挂墙上，却另有新意，无非是想表明自己一种心志，打破传统痼疾，开创一代新风。他特别欣赏青蛙奋不顾身的一跃或一跳那一瞬间，而扑通一声简直就是能与亘古的寂寞联系在一起的绝响。

当波特兰大街的梧桐树飘落第一批落叶的时节，顾维钧收到一封来自北京清华大学校长周诒春博士的电报，电报虽说是私人性质的，内容讲的却完全是一件公事，且令顾维钧感慨万千。电文原来是转达外交总长的一个试探性意见：想委派顾作为出席华盛顿会议的全权首席代表，问顾是否愿意。另外两位是驻美公使施肇基和大理院长王宠惠。

此时担任外交总长的已是颜惠庆，自陆征祥前年夏天离任赴欧后，颜惠庆一直执掌外交部。颜曾是顾维钧的上司，也是故旧知己。当年顾维钧刚从美国回北京进入外交部时，颜就是外交次长。他很器重年轻有为归国而来的顾博士并言传身教，对顾维钧以后成长颇有影响。巴黎和会期间，颜作为驻丹麦公使和顾问参加会议，给予顾维钧有力支持，顾维钧对这位老资格外交家也非常尊重。此时他通过双方共同的好友周诒春博士转来电报，用意颇深。首先老上司肯定是想委托驻美公使施肇基担任首席代表，又担心顾维钧有想法，弄不好会出现在巴黎和会中国代表团内部闹内讧那一幕，那时是施肇基挑头闹，这次赴美参加国际会议，让施作为首席代表，顾维钧会甘居其下吗？虽然颜对顾的人品很了解，但这是为国家去争取权益的外交斗争，内部关系万一出现不睦，将会影响大局。所以颜总长用这种办法电询顾维钧，其实是个试探。顾维钧暗道：我顾某人绝不是那种小肚鸡肠的人！巴黎会议只因陆总长疏忽，在代表成员排名时酿成了团内矛盾，实在令人痛惜。过去的一幕再不能重演了。他立即提笔给周诒春写了回电稿：

请周校长转颜总长：本人很乐意作为中国代表团成员参加拟议中的华盛顿会议，也请颜总长不必在意本人的席位排次。施肇基博士是驻美公使，外交经验丰富，资历也比我老，应该做首席。

不久，顾维钧接到颜总长的正式电报，委任他作为中国代表团成员，排名第二，首席代表是施肇基，第三是大理院院长王宠惠，第四是南方政府代表伍朝枢。任命伍朝枢是为了对外显示南北一致。顾维钧一看到这个名字，立刻联想到他父亲伍廷芳，他们父子都是他的朋友，又都从北京赴南方追随孙中山，先后在广州军政府外交部担任要职。虽然他们分属两个营垒，又山水远隔，但顾维钧总觉得与他们父子在情感上是相通的。巴黎和会上曾与伍朝枢见过一面，这次如果他也去华盛顿再次相逢，就太好了！

但伍朝枢毕竟在广州南方军政府里担任外交次长，他能像王正廷积极要求出席巴黎和会那样，参加北京政府组织的赴华盛顿代表团吗？顾维钧前思后想，得不出结论。他很清楚，此时国内局势又跟巴黎和会前夕不一样了，华夏大地各路军事势力正经历着复杂而多变的分化和组合，政治舞台进一步动荡不安。去年夏天在华北爆发的直皖军阀战争，直到现在硝烟的余味仍然还在弥漫。虽然直系曹锟、吴佩孚在奉系张作霖支援下，打败了皖系段祺瑞和徐树铮，直奉军队进占北京，段祺瑞被迫宣布下野，其心腹大将徐树铮潜逃出京，但战后如何处置皖系重要人物，以及皖系势力倒台后权力真空如何填补，直奉两系首领和总统徐世昌之间又出现重大分歧，分歧集中在三个问题上。其一，吴佩孚主张严惩段、徐及追随者，但徐世昌与段祺瑞的关联千丝万缕，故主张只对徐树铮等严惩，其余从宽为宜。其二，对安福系国会，吴主张彻底解散，召开有南方军政府代表参加的国民大会，选举产生新议会。但徐世昌竭力阻挠，他本人是由安福国会推举当上大总统的，说什么也不能对安福国会下手。再是内阁总理空位由谁继位，吴主张跟南方实现和平统一后再说，徐则推介自己亲信，曹锟则提名北洋老将王士珍，而张作霖提议他的儿女亲家靳云鹏，最终曹吴为维持与奉系的联盟，同意了张的推荐，决定了靳云鹏代理总理。靳云鹏本是皖系大将，在北京政府中担任陆军总长，只因与徐树铮争权夺利，在直皖战争中拥兵自重、袖手旁观，加上与张作霖是儿女亲家，吴佩孚的同乡，因此在皖军失败后得以保留住乌纱帽，而且侥幸当上了国务总理。

就在北京政局混乱不堪之际，南方各派势力也在内斗不休。自从孙中山在广州领导的护法斗争因军政府中桂系军阀倒戈，护法斗争归于失败，之后，他把军事指挥权委任给老同盟会员陈炯明，1918年夏他离开广州到上海，一边为再次起义筹款募捐，等待时机准备再次起义。1920年春夏之交，趁吴佩孚指挥的直系军队从湖南回师北方，孙中山指示陈炯明率领粤军驱逐占领广州的桂系军队，粤军一路取胜并在这年秋将桂军赶出广东。随后孙中山由沪抵穗，筹建军政府，任命陈为粤军总司令。次年春，非常国会选举孙中山为中华民国非常大总统，踌躇满志，准备北伐。此时的孙中山对中国革命的许多重大问题，有了新的思考。俄国十月革命的成功，使护法斗争失败后处于逆境的孙中山看到了希望，他曾打电报给俄国革命领袖列宁，祝贺革命成功，同时他也密切关注五四运动后中国学生和工人运动反对帝国主义和封建军阀斗争的高涨，一部分知识分子接受并宣传马克思主义的学说，这一切异常的动向和崭新的气象使他的头脑深入思考革命的一个重大问题：谁是革命唯一的真诚朋友？

对于国内局势动荡和各方势力暗流涌动这些微妙变化，远离祖国多年的顾维钧，其实并不是很了解，或者是一知半解，他期盼能在华盛顿与伍朝枢会面。一是希望了解国内政治军事形势特别是南方军政府的立场；二是因为今年春天他从一个广州来的华裔老人那里打听到，伍朝枢的老爸伍廷芳积劳成疾，住进了医院，老人已经年近八旬，能不能挺过这一关还不得而知。一想起这位老人，顾维钧眼前就闪现出在上海与唐宝玥举行婚礼那个难忘的时刻，老人为新郎新娘证婚祝酒时幽默的语调和精神抖擞的神态，就像发生在昨天。

从接到任命电报的那一刻，顾维钧立即进入了角色，主动考虑中国要从这次国际会议争取到什么，以及所要采取的策略。当夜，顾维钧在办公室伏案疾书，起草一份给外交部的电报，他要向中国政府建议参加会议所应坚持的原则和要求解决的具体问题。其实他所考虑的原则和具体问题跟巴黎和会上的诉求大体一致，只是巴黎和会最终拒绝了中国的诉求。所以他写道，华盛顿会议将远东问题列为主要解决的问题之一，"而尤以我国为远东问题之中心点，所以此次会议与我国前途关系较之巴黎和会尤属重要。我国拟向会议提交的提案，应坚持以下四项原则：一、要求各国担保尊重我国主权及领土完整，杜绝一切外患；二、要求废除条约上各种不公平之束缚限制，俾得自由发展；三、申明赞成各国在华工商业均等主义，并愿将此于中国全国一律遵守；四、宣告我国建设计划大纲，以慰各国期望。"

写到此，他搁下笔，拿起案头上托盘里的一块湿毛巾，擦了擦脸。这时黄蕙兰轻步走进来，她给丈夫送来一杯牛奶和两小块方糖。每当夜晚顾维钧看材料或写文稿时，蕙兰总是亲自照料。"蕙兰，你又何必亲自来呢？"顾维钧关切地看着蕙兰，他最近已经从医生那里得知，蕙兰已有一个多月的身孕，这是件大喜讯，他相信这个好消息将会带来另一个好消息，不久美国邀请中国参加华盛顿会议，这次会议给了中国争取山东主权回归的机会。他把这两件风马牛不相及的事联系在一起，他自己也觉得好笑，不过他自幼认定"自己命硬"，好事也可成双。

"你也悠着点吧！别熬得太晚了。"蕙兰知道丈夫不让自己亲自走动完全是出于关爱她的身体，毕竟是头胎，她没经验！ 他给她请了一位洋保姆照顾她平日起居。可是蕙兰心疼丈夫，晚上他临时忙公务，她也坚持不用别人随伺左右，总是自己亲自来。

"你放心，不会太晚。"顾维钧喝完牛奶，用手帕揩揩嘴。他感激地抚摸着蕙兰的手，又看看她渐渐变粗的腰身，说："你先回去休息吧！昌儿和菊儿早睡了吗？"

"他们都睡了。"蕙兰收拾了杯子和托盘里的毛巾，却没有离开，反而坐在顾维钧对面，亲切望着他，问道："维钧，你什么时候去华盛顿呢？""还没定。这要看会议最后确定的日期了。""我去不去？你是怎么想的？"

"我当然愿意你随我一起去的。可是路途遥远，又漂洋过海，我担心你身体吃不消。你自己的想法呢？""我想跟你一起去，留在伦敦，我会寂寞的。再说，你这一去，估计短时间回不来，你也需要有人陪伴。这里呢，昌儿和菊儿有保姆照看，不会有什么事的，我们走了也可放心。""你想的很周到。说实在的，我也舍不得你离开我，更何况还有我们的孩子。好，就这样定了，我们一起去！"黄蕙兰满意地微笑了。顾维钧把她送出办公室，早有保姆接上她，并扶她上了楼。

顾维钧继续写电报。关于具体问题，大体按照在巴黎和会的诉求，但他把解决山东问题和"二十一条"问题，作为最迫切最突出的问题提出来。

夜深人静，波特兰大道上早已经没有车马响动，只有昏暗的路灯无声息地笼罩着宁静寂寥的路面。初秋的微风，偶尔抖落几片树叶，不仅没有增加路上的声息，反而增加了它的寂寥。而此刻顾维钧的心湖里，却泛开了思绪的波涛，他还在斟酌电报里的字句："赞同各国在华工商业均等主义"，这等于是同意了美国的"门户开放"原则，这一政策过去中国政府从没亮明过，现在他这一建议，目的很明确，就是要联美制日，日本侵华是当前乃至若干年对中国的主要威胁。他相信，颜惠庆总长和政府里的高官们应该能认识到这一点的。

但是，就在顾维钧准备动身前往华盛顿的时候，接到北京政府的密电，密电长约六百字，强调了三点期望：一是，欲防止侵略，不外将他方结合先行拆散，由中国另组团体，中日为唇齿之国，亲善自属首图。中英关系密切，亦应互相提携，惟英日同盟若仍得以继续，则中日关系之解决不易达到，应竭力设法先将该同盟解散为第一步办法。二是，美日两大国此猜彼忌，一旦失和，中国介在两大，自必首当其冲。欲避去危险，应设法防范，或由与会国订立公断专约，或将中国沿海一带如山东、福建、满蒙等处宣告永久局部中立，总以无碍中国主权独立，保全疆土治安为标准。三是，现在中央财政困难已达极点，若不增加岁入，内外公债无法整理，政府势将瓦解。应请各国诚意援助，允许关税自由。至少先将税率增加一倍，即百分之十。政府财政稍裕，内政赖以整顿，政府威信可渐为恢复。

这封密电使顾维钧颇为费解，政府态度软弱到何种地步！竟然把中日亲善作为"首图"之事，对美日矛盾不积极加以利用，而是像清政府对待日俄战争那样，划出地盘保持中立，任由强国蹂躏，还奢谈什么保全疆土治安，无碍主权独立？最可气的是，收回山东主权问题竟然没有涉及，反而把希望寄托在拆散英日同盟上。中国山东问题是全国上下最关切的问题，这次会议正逢解决的大好时机，政府高官们怎么就麻木不仁呢？是真糊涂还是装糊涂！ 顾维钧愤懑地将电报一把拍在案头上，叹道：

"一个穷困潦倒的政府，何时才能挺起腰杆来呀！"

第二十一章 无烟激战

　　中秋刚过，顾维钧携夫人登上去纽约的轮船，同行的有正在欧洲的王宠惠，还有王管事和黄蕙兰的女佣人，女佣是动身前才雇用的，因蕙兰此时已有6个多月的身孕，必须有人照顾她，顾维钧两个幼小儿女留在伦敦由保姆照料。轮船在大西洋漂流六天后抵达纽约港。早有驻美使馆和美方人员在站台迎接，当天乘火车到华盛顿，下榻马萨诸塞大道一幢名为"莫兰"的大厦里，这是驻美使馆给代表团租用的一家旅馆。

　　这时顾维钧才知道中国代表团竟达一百三十多人，是参加巴黎和会代表团人数的三倍，可见中国政府对这次国际会议所抱的希望。除了人数庞大，代表团内的构成也与巴黎和会有所不同，顾问、专家以及国务院有关部门的大员也在其中，而巴黎和会则少得多，当时一些政治家、社会名流都是以党派和个人名义作为会外人士到巴黎为代表团助阵或监督的，此次华盛顿会议会外人员基本没有。除了顾维钧夫妇住的地方，代表和顾问、专家、随员等都分散住在几个旅馆。

　　顾维钧还打听到，伍朝枢终究还是没有来。见不着老朋友，他心里觉得有点遗憾。他是个恋旧的人，伍家有恩于他，伍老先生现在身体安好吗？他原想有这样一个机会与伍朝枢叙叙旧，可是上天却不赐给他这个机会。

　　不过，在代表团内他还是遇到其他一些老朋友、老相识。在这些朋友或熟人当中，他曾接触较多的是梁如浩，他是晚清被派到美国学习的学童之一，是顾维钧岳父唐绍仪的至交朋友，回国后曾担任过天津海关道台和铁路总办，在袁世凯时期还担任了几个月外交总长，顾维钧的老上司。顾维钧清楚记得梁总长是在与俄国人谈判蒙古问题时有感于对手的凌霸作风，不愿签署屈辱条约愤然辞职的。另一位是顾问周自齐，也是早年留美回国担任过清政府外交官，后来在担任游美学务总办和清华学堂监督期间，为挑选留美学生尽心竭力，留学生中后来不少人成为大科学家、教育家或大师级人物。顾问中还有一位海军将领，叫蔡廷幹，也是留美学童出身，归国后在北洋海军当过鱼雷艇军官，民国初任海军中将，但以后却担任税务部门官员，来华盛顿前是关税改订委员。这几位顾问有一个共同点，就是有留学生的经历，不仅与顾维钧稔熟，也是施肇基和王宠惠的好友，外交部安排他们来做高级顾问，除了他们是老资格外交家外，还有一个潜在用意：万一三个代表出现分歧和矛盾，这几位顾问就可以协调解决。可见北京政府的良苦用心！顾维钧对此心知肚明，他觉得施肇基是首席代表，自己甘居其次，已经不存在什么矛盾，他相信王宠惠也不会对此有什么意见。北京方面是否多虑了呢？可是又一转念，政府也是为了防微杜渐，不要出现类似巴黎和会上内讧那一幕。另外还有一位顾问是黄郛，也是留学回来的，不过不是留美，而是留日归国。此人曾加入过同盟会，参加过反袁的二次革命和护国战争，失败后寓居天津，与大总统徐世昌关系密切。这次担任代表团顾问，大概是看中他的日本留学经历吧！

中国代表团除了以上几位老资格顾问外，还聘请了几位洋专家，其中大多是美国和英国人，都有在华工作经历。另外国内商界学界团体也推举了上海的蒋梦麟、余日章为民众代表来到华盛顿，蒋梦麟是三十多岁的青年才俊，曾在美国加州大学和哥伦比亚大学获教育博士，回国后一直在大中学校从事培养人才事业，是近代教育界翘楚。余日章年四十左右，早年赴美哈佛大学攻读博士，是全国青协总干事基督教协会会长，留学美国回国后曾参加过武昌起义，当过黎元洪英文秘书，也是著名教育家。他们二位参会是为了"宣示民意，做外交后盾"，使国民及时了解代表和会议情况，同时反馈民意直达代表。

中国代表团在华盛顿安顿好以后，正式收到北京政府正式发来的"训条"。训条对代表团拟提交会议的主要提案和次要提案各六条，基本上是前次电报内容的翻版，把山东问题写成"胶澳善后问题"，且放在次要问题，而把英日续约问题和关税问题作为主要问题。但又强调补充说，"最注意者厥有四端"：取消英日同盟；取消外国特殊地位；订立公正条约；收回关税主权。

首席代表施肇基是个执行力很强而且很有独立思考能力的外交官，他吸取了陆征祥在巴黎和会上领导软弱无力的教训，他与顾维钧、王宠惠商量后，并没有完全遵循北京政府的电报和训条的几条框框，而是基于民意反应最激烈的几项诉求，作为他们攻取的目标。他召集了代表团全体会议，宣布了三位全权代表的分工：他本人负责外国军队撤军和移交外国邮局问题；顾维钧负责山东问题、关税问题以及租借地势力范围和废除或修改不平等条约问题；王宠惠负责收回租界、废除"二十一条"和废除领事裁判权问题。根据这个分工显而易见，顾维钧承受的工作量最多，而且山东问题和关税、租借地问题是最棘手的，其余面上的问题，虽然可以提交给大会，但究竟能争取到多少，就听天由命了。会上，还宣布了会议对外宣传工作由代表团秘书长负责，由顾维钧负责监督。顾维钧拟订了一些对外宣传原则，以这些原则来统一提交到大会的文件和材料，统一有关国内政局或党派争端的观点与态度，不仅代表团官员要遵守这些原则，在华盛顿、纽约和美国其他地方做演讲的人也必须遵守。以后的事实证明，这一措施对维护中国代表团对外的一致性和团结非常重要。

正当各国代表团全力以赴迎接华盛顿会议召开的紧锣密鼓时刻，从日本东京传来一则震惊世界的大噩耗：首相原敬 11 月 4 日在东京一个车站被一刺客刺杀了。日本政坛立即陷入激烈动荡，这一骇世凶信也使各国代表惊叹不已，当然最受冲击的是日本代表团，他们的首相被刺杀，这是多大的悲哀！ 其次是美国和中国代表团，都颇感意外。中国代表团担忧的是日本首相遭暗杀后，日本政坛如果极端军人上台或者是代表右翼势力的人上台，恐怕对中国收回山东的努力更增添障碍。对于日本首相遇难，美国报纸的消息沸沸扬扬，种种说法纷至沓来，几天之后舆论逐渐清晰，对原敬死因背景基本上弄清了：

原敬是明治维新以来的第一位真正靠政党竞选执政的平民出身的首相，他领导的内阁取代了以往执政的贵族藩阀官僚政权，一直致力于对内对外政策的调整改革，但受到国内保守势力的顽强抵制。他在施政演说中，提出改善教育、整备交通、控制米价、振兴产业、充实国防等一系列政策，尤其是充实国防而防止过度依赖军事力量，认为国防政策不应有侵略方针等，国内军界高层颇不认同。在对外关系上他主张对美国采取协调的外交路线，对中国虽坚持确保满蒙的利益，但不赞成前内阁对华提出的"二十一条"，认为通过军事力量把中国置于势力范围之内，导致了日本在国际上孤立，因而寻求通过经济活动加强在中国的影响力。他的内外政策与右翼军方势力格格不入，矛盾加深。原敬虽然对待日本民主运动比较谨慎，但还是无情镇压了炼铁和市电工人的大罢工，引起底层民众不满，而这次暗杀的导火线是涉及日本天皇继承人裕仁婚姻和出国考察两件事，被朝野保守派用来激烈攻击，一些对政府不满的社会力量把仇视的目光盯上了首相。凶犯是个愤青，因不满社会而对政府首脑怀恨在心，那天晚上原敬要搭火车到东京附近参加一次执政党政友会的集会，通过车站检票口时，车站一个执勤人员突然拔出了闪亮匕首，直刺原敬胸膛，原敬只来得及呻吟一声，便倒在血泊中。事后有媒体分析，凶手动作干净麻利准确，必是训练准备多时，不排除背后有阴谋势力支持。但究竟受谁指使，一时难以查清，暗杀真相扑朔迷离。

不过，日本经过了令世界担忧的一周，传来了新的消息，首相位置幸运地落在财政大臣高桥是清身上，高桥上任当天宣称继承原敬的既定政策，这让世界上担心的人们大大松了一口气。

原敬虽然落幕了，但华盛顿会议按时开幕。1921 年 11 月 12 日，这是世界近代历史上值得记载的日子。会议地点位于华盛顿特区西北 17 街的纪念大陆大厦，这是一座具有百年历史的欧洲古典风格建筑，白色的墙体，巴洛克式的三角屋顶，矗立于高大台基之上的粗壮挺拔的大立柱，以及多层台阶，把整个建筑烘托得既古典威严又富有现代活力。再看会场装饰，不得不佩服美国人独具匠心：背景白色的墙板下方两侧竖立着九国参加国的国旗，国旗前摆放着一排青翠碧绿、躯干粗壮而叶阔枝茂的棕榈树。代表们座席前的长桌被东道主精心设计成 U 字形，而且上面覆盖着绿色的台布，与背景的棕榈树相呼应，大概这绿色基调在精心渲染着一个主题：世界和平。

开会前半小时，各国正式代表陆续进入会场亮相，他们是：东道主美国国务卿休斯、助理国务卿罗脱、参议员安德伍德；英国前首相及外交大臣现任枢密院大臣贝尔福、海军大臣李义，英国代表团成员还有英国的自治领加拿大、澳大利亚、新西兰及殖民地印度的代表；法国总理白里安；意大利前财政大臣卡洛·香泽；日本海军大臣加藤友三郎，贵族院议长德川家达，驻美大使币原喜重郎；中国北洋政府驻美公使施肇基、驻英公使顾维钧、大理院院长王宠惠；荷兰外交大臣柯尼碧克；比利时驻美大使卡德；

葡萄牙驻美大使阿尔戴。参加大会的还有各国代表团的部分顾问专家及高级会务人员。值得注意的是，美国国会议员四百多人列席了会议，不仅主场里座无虚席，而且两侧的上下层包厢也都爆棚满员。

美国政府精心策划的开幕式宏大阵势，充分表明了美国对这次会议的重视程度，也是向全世界昭示：华盛顿会议虽然参加国比巴黎和会少，但重要性丝毫不比前者逊色。而且美国还暗示着另外一个意图：巴黎和会虽然签订了《凡尔赛条约》，但美国国会并不认可，这次华盛顿会议在美国首都开幕，显露出美国要认真纠正和填补巴黎和会的严重纰漏和缺失。

十点三十分开幕时刻到了，会议的东道主、会议主席查尔斯·埃文斯·休斯宣布开幕并请美国总统沃伦·哈定致辞。哈定从休息室步入会场走上讲台，此时响起热烈掌声。从掌声热烈程度看，远远高于巴黎和会开幕式，由此也可以看出美国人对这次会议所抱有的信心。但是哈定的致辞却没有像人们想象的那样激动人心，除了指出这次会议的主要议题是限制军备问题和解决有关太平洋和远东问题以外，再就是冠冕堂皇的高调，他反复强调指出发起这次会议的目的："我们希望建立一个良好的秩序，恢复全世界的安宁与和平。"他的演说，占去了近二十分钟。虽然能言善辩是他的强项，但他一人唱独角戏，时间一长听众也会感到乏味 。还好，正当人们不耐烦的时候，他戛然而止了。也许，他清楚这个讲台应该让给国务卿休斯，他只起一个引领作用就足够了。

与哈定的致辞宣扬的"建立良好秩序，恢复安宁与和平"等高调不同，休斯的主持词却直奔这次会议的实质要害，他说世界强国之间"军备中的竞争，必须停止！"随即他提出了限制海军军备的具体方案，其内容一是美国准备拆毁 30 艘战舰，建议英日各拆毁 23 和 25 艘；二是十年内各国暂时停止建造大型主力战舰；三是以主力舰总吨位为标准，建议确定各强国主力战舰限制比例，美国和英国的主力舰限制为 50 万吨，日本限制 30 万吨，吨位比例也就是 5：5：3；四是辅助舰艇也参照这个比例。

休斯的致辞像一台表现戏剧冲突的大剧，刚拉开帷幕就直接进入了矛盾高潮，使观众猝不及防。休斯的言简意赅、直言不讳顿时引起会场一阵骚乱，人们交头接耳议论纷纷。日本首席代表加藤友三郎绝没料到休斯会来这一手，他觉得休斯这一方案看似美国主动消减军备，实则以退为进，先发制人，矛头直逼日本。加藤暗自愤怒：这美国佬突然袭击，就像给日本人扔过来白手套，咄咄逼人发出挑战！他情不自禁地与另外两个代表德川和币原交换了一下眼色，那两人也面露吃惊和不满。此时，后排有一位叫加藤宽治的首席随员，海军大学校长，中将军衔，人称"小加藤"曾和"大加藤"参加过敬原主持的内阁会议。此人由于仰仗一位皇室国戚做靠山，在海军中一贯飞扬跋扈、我行我素，也是海军中有名的反美英派，此刻他向加藤友三郎耳语："这位国务卿明显是向日本出招叫阵，我们不能忍气吞声啊，加藤君！"加藤友三郎冷冷地说："该忍则忍。我知道怎么对付。"加藤友三郎寻思，今天是开幕式，可能没有发言的机会，以后分组会再陈述也不晚。

果然，休斯致辞最后宣布：大会预定的限制海军军备和太平洋远东两个议题分别由两个委员会进行讨论，前一议题委员会由美、英、法、日、意五国代表组成，后一议题委员会由九国代表组成。开幕式结束后，会议转入两个委员会分别就各自议题开会磋商。

车分两路，各表一列。

限制海军军备委员会只规定五个军事强国参加，本身就是对其他国家的一种歧视，最憋屈的是中国。除开五国外剩下的是中国和三个欧洲小国比利时、荷兰、葡萄牙。看看，中国只能与欧洲小国为伍，中国代表们心里自然不是滋味。但限制军备竞赛的议题，的确是跟中国这样一个积贫羸弱的国家关系不大，人家是限制军备，中国军备最弱，何谈限制？因此中国被排除在外，明明是歧视，但中国代表也没去争什么面子，集中精力准备自己的诉求。不过不参加，不等于不关心，几个大国的军备状况，特别是日本的军备增长还是减少，至少对中国还是有重要影响的。

参加限制海军军备委员会的五个国家，在大厦里另辟会场。人少了，场面小了，距离近了，更利于代表们面对面辩论交锋。

不出所料，加藤友三郎在分组会上针对休斯方案，提出了日本方案，坚定要求英美日三国主力舰总吨位比例为 10：10：7，辅助舰参照主力舰。具体点说，三国主力舰总吨位英美各 50 万吨、日本 35 万吨。这就是日本海军此前一直主张的"海军七成"论。日俄战争以后，日本海军专家以美国为假想敌，提出相对于美国海军军力最低标准是达到其70%。这个最低限是通过对两国的地理位置、海岸线、势力范围以及造舰工业能力等各种因素对比下，得出的战略结论。日本人对此奉为金科玉律，以往几任政府内阁都照此努力，所谓"八八舰队"计划亦是为实现此目标而制订的。现在正式提出这个"七成"方案，无疑是与美国唱对台戏。

两个主角是休斯与加藤，再加上助手们帮腔，双方口舌之战来来往往打了多个回合，但总归各说各的理，各打各的牌，始终不分胜负。一时间，谈判陷入僵局……

再说九国会，讨论的问题几乎都与中国有关，因此中国问题是九国会的重点。大会开幕三天后，即11月16日太平洋远东委员会第一次会议在主会场召开，休斯简短致辞后，中国代表团代表施肇基首先在会上提出了解决中国问题的十项原则。第一项是："各国尊重并遵守中国领土完整及政治行政独立，中国不割让或租借本国领土给任何其他国家"。这一项是整个十项原则的主旨，也是顾维钧给外交部电报所建议的。第二项是："中国赞同门户开放，即有约各国在中国工商业机会均等原则"。这一项是为联美制日而采取的策略。第三项是：不经中国同意，各国不得订立直接有关中国或太平洋远东和平之条约。第四、五、六、七项内容都是关于废除和解释以往不平等成约对中国的束缚和限制。这几条具有实质性内容。第八、九、十项内容是要求将来订立太平洋远东问题条约时，尊重中国的自主原则。总起来看，这十项原则没有涉及更具体的问题，是充分考虑到中国面对的不仅是日本，还有欧美各大国都不肯轻易放弃在中国已经攫取的特殊权益，在一弱多强形势下，一股脑提出废除一切不平等条约，必然受到各国反对和围攻。如果先提原则，各国难以反对，而有利于以后提出具体要求。这一策略，彰显出施、顾、王等代表团成员的智慧和谋略。

但是，对中国提出的与中国问题有关的十项原则，各国认同不认同列为会议议程，还是个未知数。英国特别是日本代表都怀着不同的心态想要提出本国的议题。第二次会议，休斯以会议主席身份明确表态，"在中国问题讨论取得进展前，其他问题最好不要再作为议题。"这就保证了中国的十项原则成为讨论太平洋和远东问题的基本出发点。中国代表团在华盛顿会议上第一次发言达到了预期目的。

九国代表对中国十项原则经过几天讨论，结果由美国代表罗脱归纳后，向各国提出一个决议草案，决议草案共四条：一是尊重中国领土主权独立与行政之完整；二是给予中国完全无碍之机会，以发展维持一个有力的稳固政府；三是中国保护各国在中国全境商务实业机会均等原则；四是不得因中国现在状况，乘机营谋特别权力或优先权利而减少友邦人们之权利。这四项决议草案，比起中国代表提出的十项原则，更概括更原则，表述不尽相同，但中国代表认为美国提案基本上保持了中国要求的底线。这四项原则很快得到九国举手通过。

下一步将讨论涉及中国若干具体问题，中国代表团已经准备了关于"关税""客邮""租借地""领事裁判权"等具体诉求方案，那么最重要的"山东问题"要不要提出来，何时提出来？此前北京政府曾来电授权中国代表团可"相机进行"，意思是把提出山东问题的决定权交给代表团见机行事。北京政府深知，在九国会上讨论山东问题，决定权不在中国，而在操纵会议的大国手中，具体来说是在美国和英国手中。中国当然想在会上讨论并解决山东问题，但日本理屈，多次表态不愿在会上讨论，只能在会外日中直接交涉。而直接交涉又是中国坚决反对的。眼下，美国提出了中国问题的四项原则方案，对于中国下一步提出具体问题是有利的，山东问题提出的时机是否到了呢？顾维钧和施肇基分别拜会了贝尔福和休斯。

顾维钧与贝尔福是老相识，在巴黎和会打过多次交道。虽然为了各自的国家利益，在会议谈判桌上观点差异很大甚至对立，但作为个人关系而言，并没有什么怨恨和成见。在贝尔福下榻公寓办公室，顾维钧落座后，就直奔主题：

"贝尔福先生，您知道，现在九国会议即将讨论涉及中国的若干具体问题。就本国而言，山东问题是中国政府和民众最关切最希望解决的问题，三年前巴黎和会《凡尔赛条约》把山东权益让给日本，中国理所当然地拒绝签字，使该问题成为悬案。对国际社会来说，此问题不获得公正合理的解决，尊重和维护中国的领土主权和行政权力就是一句空话。我们热切希望列入会议日程提请九国公决，但据悉日本方面断然拒绝会议讨论该问题，使这个问题难以往前推进。我想请您谈谈如何打破这个僵局？"

贝尔福沉吟一会儿，显出一副一筹莫展的样子，摇摇头说："诚如您所说，山东问题是巴黎和会遗留下来的中日之间未决问题。本国政府也充分注意到你们双方的立场。我个人认为，由于中日双方立场距离太远，特别是日本态度强硬，不肯松动。目前的确难以找到共同点，实在不行只能将山东问题搁置起来，以后再说了。"

"贝尔福先生，山东问题是中国问题的重中之重，中国问题又是远东问题的核心，山东问题不解决，那么远东问题的和平稳定岂不是一句空话？我们不远万里来参加华盛顿会议有何意义？"

"您说的固然有理，但现实问题是日本人不愿意把山东问题提交到会上讨论，非要与中国单独谈判解决。那么，为什么中国害怕与日本独自面面交涉呢？"

"您这个问题点到了要害。中国反对与日本单独交涉，并非中国代表害怕日本人，是因为中国是弱国，日本是强国，近代日本依仗坚船利炮对中国多次军事侵略，六年前又强迫中国订立丧权辱国的'二十一条'。这好比一个强盗把刀架到你脖子上逼迫你掏出钱来，在受制于敌的情况下，中国忍辱负重答应了强盗的勒索条件。巴黎和会的结果又让中国失望，这也是为什么引起中国人民声势浩大的抗议示威的缘由。日本政府此前曾多次要求与中国政府交涉山东问题，都被中国拒绝。现在我们来华盛顿开会，就是再次希望英国、美国主持正义，对日本施加影响，还中国一个公道。日本人坚持单独与中国谈判，无非是要胁迫中国承认他们已经攫取的利益。中国殷切希望华盛顿会议不要再蹈巴黎和会的覆辙，令中国人民失望。您是一位资深的有丰富经验的外交家，我相信您一定能找到一个好办法来的。"

贝尔福蹙眉冷静地想了一会儿，说："我想到一个主意，不知中国方面是否可以考虑？"

"请说出来听听。"

"既然日本方面拒不同意在九国会上而坚持在会外讨论，贵国又不愿意单独与日本直接谈判，那么可不可以采取既满足中国要求，又满足日本要求的折中办法呢？"

"愿闻其详。"

"在九国会外安排一个会场，中日直接交涉，但每次交涉英美两国代表都到会列席，并掌握会场进度与谈判内容，如果遇到僵持不下的分歧，我和休斯先生或我们的代表会从中给予调解，或者再提交大会公议，最终谈判结果报大会审议。这样做形式上是会外交涉，但实际上与主会联系密切，或者也可叫作'边缘谈判'。"

顾维钧沉思起来。他觉得这种形式比较可行，虽然名义上不是会内的议程，但实质上是在美英两国掌控之下，日本人如果强词夺理、倚强凌弱，美英代表自然不能袖手旁观。看来，也只有利用这种方式才是争取有利于中国山东问题解决的途径。于是说："我个人觉得可以考虑这种方式。不过，您的建议我必须与其他中国代表商定。再者，会场应安排在主会场附近，以方便代表出席为好。"

"关于会场安排，还是由美国方面具体操作，估计也不会远离主会场的。"

拜会结束后，顾施二人碰头，施肇基也把与休斯会晤的情况简述一遍。可巧了，休斯的意见与贝尔福大体相同，不同的是休斯的想法更进一步，休斯认为，中日所达成的协议，应当载入华盛顿会议记录，作为整个会议所接受的记录一部分。他甚至连会场地址都选好了：国会山毗邻的泛美协会大厦。施肇基说："我们尽快给北京发电，请批准这个'边缘谈判'方式与日本人交涉山东问题。"顾维钧说："同意，事不宜迟，越快越好。"施肇基又通报了王宠惠，然后将电文底稿交给秘书长刁作谦迅速办理。

不料，这封电报在华盛顿华界引起强烈反响，当晚留学生和华人代表汇聚中国驻美使馆，质问参加华盛顿会议的首席代表施肇基，为什么同意所谓"边缘谈判"，表示不需要美英从中斡旋，要求将山东问题直接提交大会公决，若拒绝就退出大会，大不了再搁置成悬案。施肇基费了半天口舌，解释"边缘谈判"与"会外直接谈判"的区别，才将他们劝走。

再说北京收到代表团电报，媒体将中日要举行"边缘谈判"的消息披露出去，引起轩然大波。外交部收到一封又一封抗议电报，有的学生和工商团体发起游行示威，反对政府与日本直接交涉，并要求政府查撤代表。

更糟糕的是，代表团内部也出现分歧，秘书长刁作谦出人意料地电致北京提出辞职，刁作谦早年留学英国，回国后任翰林院编修，辛亥革命后担任过外交部秘书，驻外使馆参赞、总领事等职务，来华盛顿前担任驻古巴公使。紧接着王宠惠也电辞代表，周自齐、蔡廷干要辞顾问。这几位请辞的原因，也是没弄清"边缘谈判"实质是对中国有利的，再是抱怨施顾二人没有征求他们的意见就电报北京。施肇基、顾维钧见事态闹大，感到自己事先没解释清楚也有责任，干脆也向外交部递了辞呈，以表心迹。外交部立即回电，挽留三位代表和两位顾问，并同意"边缘谈判"的方式，但需在美英两国参与下，抓紧与日本交涉山东问题。一场辞职风波平息了。这次的动荡，让施肇基、顾维钧认识到，外交工作任何一个细节都必须考虑周全，否则就要闹误会把事情办糟。如果及时向国内解释"边缘谈判"的含义，也不至于闹出这么大乱子。风波总算归于平静，收回山东权益的谈判势在必行。

休斯在九国第十次会议上宣布，中日对山东问题的"边缘谈判"自12月1日起开始。这样，华盛顿会议实际上有了三个会场：一是五国关于海军军备限制会场；二是九国关于太平洋远东问题会场；三是中日谈判山东问题的"边缘谈判"会场。各国代表忙忙碌碌，相互穿插登场，此番唱罢，异地再唱，一时间，会场如战场，虽无硝烟，但面对面唇枪舌剑，激烈程度不亚于真枪实弹。

三个会场，齐头并进。作者一支笔难以同时展现各会场口舌鏖战盛况，只能分别一一道来。前文说到，五国海军军备谈判一开始就陷入僵局，美国总想以势压服对方，日本对之以软磨硬泡死守，如何破局，美国人一时无计可施。

关键时刻，他们暗示英国人出招。英国代表贝尔福是个老资格政治家，当过首相和外交大臣，此次会前担任枢密院大臣，首相劳合没有派外交大臣寇松而委派贝尔福来参会，可见对这个人的信赖和倚重。这个老贝在巴黎和会上曾拘泥于英日同盟，力主联手日本代表打压中国，使中国收回山东权益的愿望最终化为泡影，会后在大不列颠也倍受舆论非议。华盛顿会议之前，英联邦内部也秘密开会，澳大利亚、新西兰、加拿大、印度这些领地总督或代表，纷纷表示对日本在太平洋咄咄逼人的扩军态势感到担心，此次来美首都开会他们共同组成了庞大的大英帝国代表团，对休斯提出的海军比例，他们主张英国持赞同的观点。其实在贝尔福动身来美之前，首相劳合就已经与美国特使秘密接触，英国为了本身在欧洲和世界的利益，已经开始了实施疏日亲美战略。

美日争论不休之际，贝尔福明确表态了：同意休斯的方案。日本眼看过去固守的日英同盟被拆散，对英国既怨恨又无奈。但日本人的顽强性格还是表现得淋漓尽致，他们继续坚持，死咬住七成不放。时间过去一个月了，还没谈出个结果，最终休斯会上发了狠话："如果日本再坚持所谓七成论，会议就此打住，那么以后日本每下水一艘战舰，美国就下水四艘！"这最后通牒式的威胁还真管用，加藤友三郎知道再硬顶下去很可能与美国人彻底闹翻。前首相原敬委派他来参会，最重要的目的是与美英达成妥协，其实日本拥有美国海军六成比例，已经满足了最低要求，主要目的已经达到，日本已经跻身世界前三，国际地位超过了老牌强国法国和意大利，现在可以暂且停下争霸步子了。但加藤觉得就这样服软，太给日本丢面子，他不愧是个军事战略家和精明的谈判高手，在松口接受美国方案之前，他附加了一个条件：美国需停止在关岛、夏威夷和菲律宾建设军事基地。如果美国接受的话，日本则同意废弃在台湾、琉球的基地武装。日本的建议显然是突破了海军军舰的限制范围，休斯不敢做主，立即报告了哈定总统，哈定认为任何限制夏威夷设防的提案都是不可接受的，但是如果日本同意限制海军总吨位比例的话，美国可以限制关岛和菲律宾的防御基地。

休斯和加藤讨价还价，谈判桌上你来我往，唇枪舌剑，已经够激烈了，更令人惊讶的是，在日本代表团内部掀起了一场大小加藤的"内战"：作为大加藤助手的加藤宽治虽被人们称之为"小加藤"，但此人一向是个对美强硬派，他对大加藤原则同意美国的六成比例大为不满。他指责加藤友三郎违反日本军令部七成比例的指示意图。他认为："日美海军为争夺太平洋的支配权，以及对中国这个资源大国的经济主导权，迟早会导致两国海军的争霸战。但美国的优势是工业势力雄厚，平时没必要保持庞大的军备力量，即使保持与日本同等的常备海军，战时仍能及时动员强大的兵力和扩充舰队，而日本资源和工业都远远落后于美国，平时若不保持一支强大的常备军事力量，战时紧急状态下很难组成有战斗力的劲旅，海军就更难。"大加藤反驳他："如果日本在军备上非要和美国争高下，日本的经济将被拖垮，最终会不战而败。我们现在看似委曲求全，但可以保全日本的未来发展。"

毕竟日本代表团最后拍板权在加藤友三郎，经请示新上任的首相高桥是清后，答复休斯同意美英日三国5∶5∶3的海军比例，休斯也回应在关岛和菲律宾新建军事基地问题上做了让步。

美英虽然联手摆平了日本，但没想到法国代表、现任总理白里安和意大利代表前财政大臣香泽提出本国的主力舰吨位不能低于日本，坚持要求达到35万吨。这两国是传统欧洲强国，在海外占有的殖民地仅次于英国，发展海军保护本国利益自然有充足理由，况且这世界老三军事强国位置怎么会让一个亚洲国家占据呢？他们提出各自拥有35万吨就是想把日本压到老五位置。美英代表见势不妙，怕刚与日本达成的结果被搅黄，又联手打压法意，把他们的建议狠狠砍掉了一半：17万5千吨。在美英两霸强压下，法国代表只有乖乖认怂，不敢硬扛到底。法国一软，意大利也就不再闹腾了。虽然如此，但法国这个老牌殖民帝国怎肯沦为二三流强国？在随后的限制潜艇问题上，与英国公开撕破脸争吵，谁也不服谁。英国人竭力主张各国应该禁止发展潜艇，因为在欧战中英国被德国的潜艇战搞得焦头烂额，他们最厌恶在水底偷偷摸摸袭击别国舰艇和商船的海盗行径。但法国人反驳道，如果海军弱国连潜艇都不让发展，就等于海防不设防，任凭别的强国肆意侵犯，潜艇绝不能取消。英国人指责法国"已经拥有八十万陆军，再拥有强大的潜艇，是否想称霸欧洲？"法国反唇相讥，"大不列颠帝国要是取消了主力战舰，本国就取消潜艇！"英国人称霸海上几百年，主要靠海军，欧战勉强战胜德国已使他们精疲力竭，所以英国人不希望欧洲大陆再出现一个强于英国的国家。因此英国贝尔福用烟斗使劲儿敲着会议桌，气势汹汹公开挑明："一个在世界上占有众多领地的法国，再拥有世界一流的潜艇，对英国来说，威胁要比昔日的德国还要大！"法国总理白里安，参加华盛顿会议官衔最高，他蓄有一副浓重的八撇胡，剑眉朗目，举止儒雅，又是一位一向秉持"和平"理念的政治家，此刻为了法国的利益，也毫不客气地亮出伶牙俐齿："世界各国谁不知道大不列颠是日不落帝国，全球领地之多无出其右者。难道英国的 50 万吨主力舰队只是用来钓沙丁鱼的吗？如若是，法国建几艘潜艇来考察一下海洋植物有何不可？"他的挖苦讥讽把英国人气得无言以对。休斯见两个欧洲盟国争执不下，充当了和事佬，打圆场，但英法死守各自利益，难以妥协。最后此事只好黑不提白不提，不了了之。

第二十二章

尘埃落定

让我们把视点再次转向九国委员会主会场。中国问题中，除了山东问题需在"边缘会谈"中分离出来外，事关中国主权利益的还有一些必须要申诉并提交的问题，其中要求关税自主尤为重要。鸦片战争失败后，清朝1842年在大英帝国胁迫下订立了《南京条约》，这是中国近代史上与外国订立的第一个不平等条约，其中除了割地赔款外，还规定中国开放五个通商口岸，进口货物缴纳税款由两国商定。接着通过《五口通商章程》，规定中国关税率为"值百抽五"，还设立了海关总税务司一职，由英国人担任。从此中国丧失了关税自主权和司法权。之后半个多世纪又经过签订若干丧权辱国条约，中国海关税收完全受外国帝国主义国家操控。三年前巴黎和会上，顾维钧曾要求将恢复中国关税自主权列入向和会提交的希望说帖中，当时各列强忙于抢夺战后果实，拒绝中国收回山东权益，中国关税等主权诉求也石沉大海。这次华盛顿会议对中国来说是一个世纪机会，中国代表理所当然地紧紧抓住这次机会。关税问题必须向大会提出，这个重任，落在顾维钧肩上。

但是顾维钧深知，关税问题涉及面最宽，对手众多，中国将面临一对八的阵势，欧美日各国都从中国海关攫取了重大收益。根据国内现行海关资料显示，中国实际关税是值百抽三七，即3.7%，远低于不平等条约规定的5%，半个多世纪巨额收益被外国商人攫取，可见中国海关自主权丧失的严重程度。现在要想让他们放弃或者减少收益，难度确实很大。如何表述才能使得这次诉求取得功效呢？顾维钧破费踌躇。正当他与施肇基商量时，接到北京电报，说政府因财政枯竭各方告急，阴历年关将到，迫切急需增加关税收入，要求由3.7%增加到4.6%，以解燃眉之急。还说，"国家存亡，在此一举"。代表团分析，此电充分暴露了政府财政拮据的狼狈处境，似乎不增加关税政府就要崩溃了。经过商议，代表团给外交部回电，希望国内暂时"忍耐"目前困难，不要"因小失大，牵动会议"。代表团虽然劝告国内戒急戒躁，但行动上不敢稍有怠慢，全力支持顾维钧"闯关"。

在11月下旬召开的九国会上，顾维钧就关税问题正式发言，他按照原先准备的思路，强调关税问题事关中国主权，环顾世界各国没有不自定关税之权的，中国现行关税制度是五十年前不平等条约造成的，严重侵犯了中国主权，给中国发展造成不可弥补的损失。他列举了外国商货仅纳进口税5％，而中国土货出口须纳最高税额，如华茶每磅价值4先令，出口英国纳税1先令，纳税率25％；又如中国烟草出口日本，须纳税350％，生丝出口日本纳税30％；熟丝出口美国须纳税35％至60％。他还列举了中国各种进口商品统一税率的弊端，根本不考虑中国经济和社会需求，给中国造成种种危害。中国请求各国将关税自主权交还中国。作为第一步，先废止现行税则，从1922年1月1日起，对进口税按值百抽十二又五（12.5％）办理。同时还提出了供各国代表讨论的六项要求建议。顾维钧提出的这些要求只限于修订税则，并不涉及海关管理权，这是考虑到海关现实，先解决当务之急，为以后逐步实现完全自主权打下基础。

谁知，这样一个合情合理的温和渐进方案，当场招致其他一些国家激烈反对。其中英日两个对华贸易大国吵闹得最凶。随后大会成立了一个分股委员会，美国代表安德伍德担任主席，专门讨论顾维钧所提出的建议方案。各国在议论中，所持意见也不尽相同，安德伍德抱怨，中国缺少"一个代表人民的议会政府"，增加的税收是否可能被地方军事长官用于战争，加剧中国的混乱。他表示原则上赞成顾维钧的提案，但增税多少应看政府的需求程度。贝尔福和别的一些国家代表附和安德伍德的说法，要求中国代表说明增加税收款项的用途。顾维钧在答复时说明，关税收入70％用于归还内外债务，10％用于教育、实业，20％用于政府开支。还表示关税率退一步，改为7.5％。但仍得不到各国赞同。其中，日本代表是反对顾维钧建议的主要障碍，日本人发言时抱怨中国增加关税对日本影响最大，日本对华贸易占对外贸易总额的三分之一，因此"最受痛苦的唯有日本"，因此日本只赞成在现行税率上增加三成，即实际达到4.7％。

日本人装成一个受害者，显得既愚蠢又狡猾，明明他们是侵犯中国最凶恶的，却一点忏悔都没有，偏偏假扮成痛苦状，不仅中国人反感，连美、英代表都看不下去了。

参加分股会议的英国代表鲍登，对修改税则提出一个分两步走的方案，第一步先将目前海关税率3.5％改为5％，以后逐年增长，七年后中国如果废除了厘金，关税可增至中国期望的 12.5％。

顾维钧与施肇基等商议后，与美英代表及时沟通，最后参照鲍登的建议，中国同意修改建议方案提交大会议决，主要内容有：以值百抽五为标准修订税则，华盛顿会议后由签字国再组织一次特别会议，筹划废除厘金和征收附加税。顾维钧代表中国声明，中国承认这个决议，但不意味着中国放弃关税自主，待将来有适当机会时重新讨论。经过一个月的反复讨论，九国会通过了分股会的议决草案，中国关税问题有了一个结果，也为今后彻底解决问题奠定了基础。

接下来讨论"客邮"问题，所谓"客邮"是指外国人在中国各地开设的邮局或邮电所。这本来在所有不平等条约里都查不到，却是随着列强殖民主义者大批进入中国而擅自蜂起的，据不完全统计，英国人开设的邮局有十二处，法国人开设的有十二处，日本人的最多一百二十四处，美国的一处。"客邮"的存在是严重侵犯一个国家主权的现象。

施肇基提出，"客邮"是一个主权国家所不能容许的，必须废除。休斯痛快答应，在上海的美国人开设的邮局可以与其他国家的一起废除。日本代表埍原反对，他辩解说，日本人的侨民在华居住数量很大，邮局也多达百处，是多年来逐步建立的，不可能立即废除。况且，日本邮局是为了解决实际问题，而非法律问题。施肇基马上反驳他，"如果在日本各地由中国人自己开设邮局，请问埍原先生，仍然认为是实际问题而不涉及日本主权吗？再请问以往条约哪条哪款规定可以随便建邮局的呢？"

埍原无言以对。当下有邮局的几个国家只好同意中国代表提议，议定：到 1923 年 1 月 1 日，各国在华所办邮局全部撤尽。

"领事裁判权"问题是一个老大难问题。所谓领事裁判权，就是外国人在中国违反中国法律，受到诉讼当被告时，该国驻华领事具有按本国法律审判罪犯的权力，中国无权审判。王宠惠揭露了列强这一重要权利对中国造成的种种危害后，指出："这个制度一日不废，则中国未便开放内地供外国人居住和经商。"但这一提议，触动了各列强的在华特权，休斯毫无遮掩地站到列强的立场，他竟然说这个问题解决，"不在原则，而在事实"。他建议先调查事实，再做决定。英法日各国纷纷随声附和。王宠惠见势不妙，又要求会议提出一个限定期限，届时各国放弃在中国的治外法权。各国代表不予理睬。最后通过决议组成一个委员会考察在华领事裁判权现状，将情况报告本国政府后，由各国决定是否取消及取消方法。实际上，这一决定只是一个遥遥无期没有约束力的遁词。中国的诉求虽然没有起到实际效果，不过王宠惠的发言是在世界讲坛上再次面对列强，代表中国人发出的废除"领事裁判权"的呐喊。

继王宠惠发言后，施肇基提出外国在中国的军警应当无条件撤退。根据中国向大会远东委员会提交的书面材料统计，日英两国在中国驻有军队和警察，其中日军占了绝大部分，仅在山东青岛和铁路沿线驻扎的步兵、炮兵、骑兵、工兵、铁道兵、通讯兵等，总兵力达一万多人；驻满洲一个师兵力和27个警察署约1500个警察；在汉口等地驻有特别支队；另外在日本占领的山东和南满铁路沿线设立了众多无线电台、电报局等军用设施。施肇基说，所有中国问题都可以谈判，唯独撤退军警问题无须谈判，只需大会做出决议就行。日本首席代表加藤一般是参加五国会讨论海军军备，这次不知为什么跑到九国会场，听到施肇基发言，立即反驳道："大会决议只能产生在讨论之后，不谈判如何作决议？"加藤神情傲慢，以为自己占在理上。谁知施肇基微微一笑，指指天花板说："加藤先生，国会山上有两只眼睛看着这里呢！那就是公正和良知啊！记得在通过罗脱先生的四项原则时，加藤先生是举了手的，四项原则第一项就是各国尊重并遵守中国领土完整及政治行政独立，既然如此，外国在中国的驻军就得无条件撤走，否则四项原则不是空话么？撤退驻军问题，是执行问题，不是谈判问题。"

加藤顿时不知如何对答。见主将窘迫，币原急忙救驾："日本撤退在华军事人员虽然是大势所趋，但具体到个别地方还得要有所区分，比如驻汉口军人撤离需要中国地方有能力维持当地秩序才行，否则难以撤离；南满驻军更不能撤，因为当地匪患猖獗，军队一撤，局面更不可收拾；青岛驻军只是时间问题，两国正在谈判山东问题，相信会有一个满意的结果。"币原的话，把日本打扮成一个救世主的样子，似乎处处为中国着想呢！中国代表理所当然予以反驳。但日本代表的以守为攻夸大其词，得到美国的担忧，其代表认为汉口的外国侨民安全问题必须予以关注，并提议组成中外联合调查组到汉口调查，这一提议理所当然遭到中国代表拒绝。最终外国撤军问题形成了一个所谓《关于在中国之外国军队议决案》，结论是：当中国请求时，有关国家会同中国前往考察。这个决议案等于一张废纸。不过，中国代表在会上发起的凌厉攻势，令欧美日列强代表为之一震：中国人果真不是那种软柿子了吗？

中国代表继续在其他问题上控诉不平等条约的危害。顾维钧提出外国"租借地"问题，"租借地"是列强通过不平等条约在中国沿海城市或海湾建立的政治、经济、军事侵略的战略根据地，实际上是一块殖民地。到目前为止，列强在中国攫取的租借地有英国在九龙半岛（香港新界）、威海卫；日本在旅大租借地和在胶州湾取代德国的租借地，法国在广州湾租借地等。顾维钧义正辞严地列举了列强在华租借地破坏中国领土和行政管辖的完整，建立自己势力范围，危及中国海防及安全的种种事实，要求"将这些租借地取消或从速废止"。为了集中目标解决上述租借地问题，防止列强把水搅浑，顾维钧特别解释了"租借地"与沿海各通商城市中的"租界"的区别，"租界"虽然也是列强通过不平等条约获取的利益，但其特点是提供外国人在租界从事投资办厂、经营贸易等活动的地点。

顾维钧的发言引起华盛顿媒体很大反响，有评论称，这是中国"修约外交"强劲势头，有的称赞顾维钧等外交官以新的姿态登上国际外交舞台。美国没有在中国占有租借地，中国收回租借地的诉求不涉及美国，因此美国舆论无疑客观上对其他列强产生了压力。

谁在中国霸占的租借地最多最大呢？当然是英日两国，其次是法国。顾维钧的发言正是动了他们的奶酪，这几个国家岂肯轻易放弃！日本驻美公使币原会上发言狡辩："日本已经在会前声明，同意归还原德国在胶州湾的租借地，目前正准备与中方讨论山东问题，相信胶州湾租借地问题会一并得到解决。但是，旅顺、大连与胶州湾不同，它是日俄战争中日本付出巨大牺牲后获得的，并又通过与清朝廷签订条约合法确认的，何况旅、大租借地毗邻日本领土，与日本本土的经济关系密不可分，日本绝难放弃。"

顾维钧本想反问币原：旅顺和大连如何与日本毗连呢？莫不是扯上毗邻日本并吞的朝鲜不成？但又不想提及第三国。于是直接驳斥他的所谓"合法"一说："阁下说日本合法得到旅顺与大连，是指 1915 年'二十一条'吗？这个条约已经臭名昭著，中国现在绝不承认其效力。"币原说："关于'二十一条'，应该在山东问题会后讨论，这是秘书处安排的。"

一直沉默的贝尔福，接着币原的话题说："'二十一条'是中日双方之间的问题，你们两国单独谈好了。我现在要提醒顾先生，九龙租借地和威海租借地有很大的不同，威海租借地我可以表态归还中国，但九龙与香港是不可分的，它在地理位置上、经济开发密切程度上，与香港都是相互依存的，九龙半岛回归中国不现实。"

贝尔福冷冷的话语，除了支持币原以外，还对顾维钧的诉求泼了半瓢冷水。白里安也趁势反悔"原则同意"的发言，转而说，归还广州湾还得考虑。

一时会场冷了场，休斯本想原则上挺一下顾维钧，但日英代表一搅和，他不言声了，宣布暂时休会，下次开会再听中国代表辩论。

再说山东问题的中日"边缘谈判"按时在泛美协会大厦启动，虽说是两国间的谈判，但会场规模和布置仍然凸显九国色彩。主会桌后面依次竖立着欧亚九国国旗，其他装饰也与纪念大陆大厦主会场类似，国旗前一排墨绿色棕榈，长方形会议桌以绿色台布覆盖，其意也寓意和平。给人的直观印象是，这个"边缘会议"是华盛顿会议的一个组成部分。

美国国务卿休斯和英国代表贝尔福到会先后致辞，年近六十蓄着长长白胡须的休斯讲话时，显得很激动，他说："自己已是垂暮老年，希望在有生之年亲眼看见山东问题获得解决。"贝尔福讲的话虽不似休斯那样富有"人情味"，但也表达了同样的希望。

中国代表团三位代表全部到会，根据讨论议题每次还有几位顾问和专业助手到会，中方由顾维钧作主要发言人。日方主要到会者是币原喜重郎和埴原，加藤友三郎只是开始时露了面，而后忙于应付海军限制谈判不能分身，很少到此会，因此币原实际上是中方主要谈判对手。美国国务院远东司长马克谟和官员培尔，英国则是原驻华公使朱尔典和外交部中国司司长兰普森作为观察员列席了会议。

山东问题先从哪里入手呢？此前日本政府多次声明胶州湾可以通过与中国谈判归还中国，但中国政府未答应与日本会谈，一直等待时机。现在启动了"边缘谈判"，顾维钧和施肇基都赞成先从收回胶州湾港口接管、行政移交开始，如此先易后难比较明智。币原也同意这样逐步推进。气氛也还算平和，在码头和船坞管理等具体事项上达成了协议。十天后，当双方又讨论到胶州湾海关、警察、邮政和官产问题，就出现了不少曲折。日本代表为了尽可能多的保留在山东的利益，几乎在每一个具体问题上都提出无理要求。比如谈到收回青岛海关时，日本代表要求中国答应海关人员用日语作为工作语言，遭到中国代表反驳，日方多次狡辩；再如收回公产，日方提出凡由德国或日本出资营造的，中方须偿款收回，其中领事馆等"公产"不交还，"官办"企业须中外合办，中方如不答应，日方就拒绝往下会谈。中方驳斥日方节外生枝，是为中国收回合法权利设置障碍。

正当双方辩论难解难分时，坐在后排的中国顾问黄郛突然发言，提出收回胶济铁路问题，会议顿起掀起更大波澜，顾维钧原先的安排也被打乱了。

币原对胶济铁路问题早有准备，此时便振振有词，来了个先发制人，他说："胶济铁路只能在原中德铁路协定基础上解决，因为日本只是按铁路贷款协议进行接管，取代了德国。"还说，"解决铁路问题并不复杂，只要把原协定德国换成日本就可以了。"他还蛮横地表示，胶州湾领土可以归还中国，但日本应继承德国在山东的一切经济权利，不仅是铁路，还得包括开矿等其他经济权利。

顾维钧本想稍后一些再谈这个难度最大的问题，但币原既然亮明了观点，也就不再回避它了，他首先表明强烈反对日本取代德国对山东的控制地位，指出日本试图继承德国的地位，是对中国主权赤裸裸侵犯，其危害不亚于对中国领土的侵犯。他明确指出，自1917年中华民国对德宣战那一刻起，德国强迫清朝签订的所有不平等条约就已经完全失效，包括修建铁路的协定统统作废，今天日本仍抱住继承德国权益不放是毫无道理的！

币原不服，他说："中国虽然说对德宣战可以废弃以往条约，但在宣战后于1918年9月又与日本秘密换文，欣然同意'胶济铁路日中'合办经营，这是有合法依据的，中国反悔于理不通。"

顾维钧早料到币原会如此狡辩，巴黎和会上他曾经就此与牧野舌战不休，日本人抓住这一点，的确是戳住了中国政府的软肋，秘密换文是以驻日公使章宗祥与日本外相后藤新平名义进行的，内容涉及济顺、高徐二铁路，"满蒙四路"，解决山东悬案等三件事，其中日本函件中规定了胶济铁路归两国"合办经营"以及沿线驻军、路警、人员如何聘用等条款。章宗祥复函"欣然同意日本政府之提议"，之后又与日本银行签署秘密借款合同，就这样一个小辫子被日本人死死揪住，当成霸占胶济铁路的借口。顾维钧驳斥道："所谓秘密换文，本就见不得人，就是恃强凌弱之下的产物，况且，日本政府也知道它不敢见世面，因而逼迫中国保密，直到巴黎和会真相才不得不抖搂出来，况且，中国国会也从来没有批准这个秘密换文。因此它根本不合法。"

币原理屈词穷，但仍然找理由，"巴黎和会赔偿委员会将胶济铁路作价约3000万日元，抵作德国对日的战争赔款，而且这几年本国对铁路的维护保养花费巨大，怎能白白归还中国？因此日本主张还是通过两国合作经营方式，也即现行的经营方式解决胶济铁路问题。"

顾维钧暗想，币原拿巴黎和会作挡箭牌，倒是个厉害招数，他立刻想到用另一招破解，于是跟旁边的施肇基耳语几句，施肇基点头同意。顾维钧接着说："既然币原先生如此说，中国为了收回铁路主权，只好设法赎回铁路了。"

币原一听，冷笑两声，说："好啊，日本让一步，中国能一次拿出2500万日元吗？"

币原这一问，顾维钧没料到，的确，中国政府别说拿出几千万资金，就是几十万也穷得出不起，现在年关都过不去了，否则就不会紧急指示代表团抓紧解决增加关税了。但他又想，日本绝不会白白将这条能赚钱的铁路拱手送回中国的，赎路有可能成为唯一的解决办法。于是说："关于中国如何集资赎路，我们要向国内报告后再答复阁下。"

休会后，中国代表们决定立即给国内发电，询问能否在短期内凑齐款项赎路。国内回答使代表们很失望，虽然各地方长官、学生团体和民众组织发来的电报普遍赞成集资赎路，也保证所需款项可以凑齐，并估计募捐可达到 4000 万元，但代表团秘密询问上海银行是否能筹集到现金，回答是：目前筹集到的资金不到 50 万，预计总数不会超过 300 万元。北京政府回电认为，当前无法筹集到赎路款项，即使能兑现这样一笔外汇巨款，也会造成上海金融市场深刻危机或动荡。代表们得悉后心都凉了半截，因此赎路要另谋办法。

但是日本方面步步紧逼，币原提出：中国要想赎路必须向日本借款。顾维钧坚持反对日本贷款，他讥讽日本政府说："在中国不需要借款的时候，日本似乎急于让中国充当日本的借债人。"

如何赎路？日本人在看中国人的笑话，而中国却处于进退维谷的尴尬境地，胶济铁路谈判陷入僵局。

转眼到了西历圣诞节，大会为照顾欧美人的传统习惯，特休假一天。施肇基忙里偷闲，这天下午携夫人唐钰华到莫兰大厦看望顾维钧和夫人黄蕙兰。他这一举动，超出了同事范畴，颇有私谊性质的亲和意味，自从巴黎和会后期施肇基愤然离开会场，返回伦敦任上，与顾维钧接触只有工作交接那有限的一刻，而且当时顾维钧也没再婚，自然与黄蕙兰也没见着，总的看两人的关系不冷不热，还没有从那次"名次之争"的阴影中走出来。可是华盛顿会议开幕以来，两人是代表团的主力，工作接触频繁，顾维钧一心扑在怎么对付日本人，而给予施肇基全力支持配合，昭示了他的磊落光明、豁达无私的品质，施肇基心底那块暗冰慢慢融化了，他似乎感到当初自己也许错怪了这位顾老弟。听说顾的新夫人久居海外，又是印尼有名糖王之令爱，现在又怀有身孕，于是决定圣诞节之际登门拜访，这一亲近之举，凡了解施顾此前一段纠葛之人，无不暗伸大拇指。

不出所料，两个夫人一见面就拥抱在一起，好像久别重逢一样，热情得让人挥泪。施肇基及时给蕙兰献上一束鲜花，蕙兰高兴地连说三声"谢谢"。宾主随后走进客厅，在沙发上落座，早有蕙兰随身侍女端上茶来，给每人面前放上一杯。蕙兰以女主人身份说："欢迎施公使和钰华姐来看望我们，维钧多次提起你们，说你们是正儿八经的亲戚，我要不是身子不方便，早就去拜访你们了。现在倒是你们先来了看望我们，实在让我们过意不去呢！"

"蕙兰妹别客气，要不是施先生和维钧他们工作太忙，我们早就过来看你们了。我看你目前状况很好，前三月的保胎期虽然过去了，也不能大意了，别累着了，现在天凉了，千万别感冒。平时，也别老坐着躺着，要做一些轻微的活动，对你以后顺产有好处。"

"谢谢你们惦记着，也谢谢你刚才这么体贴我。说实在的，在头一两个月，我既惊喜又害怕，老担心头胎保不住，我妈妈姐姐也常给我传授些经验体会，可我总是不放心。以后心情才慢慢地放松了，动身来华盛顿前，我还怕长途车船劳累受不了，现在看也过来了。钰华姐刚才嘱咐的话，我记住了，别着凉别感冒，适当做些活动。过去维钧告诉我，施先生夫人是位大家闺秀，知书达礼，今天一见钰华姐更使我肃然起敬。你不仅端庄漂亮，而且这么有亲和力，就像我的亲姐姐。"

唐钰华十分高兴，她也从心里夸赞蕙兰，"在巴黎那些日子你姐姐琮兰常陪伴公使夫人们逛商店、当翻译，我们上街逛市场都愿意请她来，她法语又呱呱叫，又是个热心肠，很受大家欢迎。她有时也提起你，常说'我妹妹法语、英语都说得很棒，人长得也漂亮'，今天一见名不虚传。咱姐俩真是有缘分呐！"

唐钰华和黄蕙兰一聊上就很投机，把两个男人搁一边晾起来，顾维钧见状，建议说："看你们俩聊得这么热乎，我和施先生也插不上嘴，干脆我们到另一间屋子，我们谈我们的，你们聊你们的。"施肇基应声说："是啊，你们一见面就像亲姐妹，我们在这里跟灯泡似的。"一句话把大家都逗乐了。蕙兰说："别走，还是你们在客厅吧，我和钰华姐到我房间继续聊我们女人的悄悄话。走，钰华姐！""这样最好。"唐钰华笑盈盈地跟蕙兰出去了。

施肇基望着她们背影，开玩笑说："维钧老弟，你真好福气呀！蕙兰这样一位品貌双全的才女做了你的老婆，你是怎么搞到手的？"

"施先生见笑了。我也是偶然跟她相识的，这也是一种缘分吧！"他把认识黄蕙兰的过程简单说了几句，随后说："咱们搞外交的，你知道，没有多余的时间谈情说爱，只要看准了，就以迅雷不及掩耳之势，赶快追到手，否则温情脉脉，拖泥带水，时间一久夜长梦多，就生变故，竹篮打水一场空呀！"

"没想到，闻名遐迩的顾公使，竟是情场高手嘛！"

"我哪里是什么高手，只是运气好罢了。施先生有钰华姐这样一位仪态端庄知书达礼的贤内助，才是真正的福气呢！"顾维钧防守反攻过去。

施肇基哈哈大笑，"我俩彼此彼此。广东唐家两个最好的女人让我俩平分了，你一个，我一个。"说完他马上用手掩住嘴，抱歉地说："对不起，我这句说漏了，让你想起了宝玥。"

顾维钧平静地说："时间真是太快了，一眨眼过了三年。宝玥是我心中永远的痛，她走得那么突然那么急促……"

施肇基赶忙把话岔开，"看看，我这个人有嘴无心，脾气急躁，有时说话不看场合。我知道你遇事相当冷静和理智，是个能包容别人的人，这一点很值得我敬佩。好了，过去的就让它过去吧，我们还是携手面向未来。"

顾维钧听得出来，施肇基的话寓意双关，也算对巴黎和会上的过节道了歉，对两人以往的芥蒂就此画上了句号。

平心而论，顾维钧对施肇基作为参加华盛顿会议的首席代表的表现还是蛮欣赏的，觉得他处理大事有原则有魄力，组织能力也很强，会内会外一百多人的队伍，基本上心齐抱团，虽然有时也出现一些分歧，仅是认识上的不同意见，但相互之间没有任何龃龉事，总的看，大家一致对外，辩论时互相补台。九国会也好，"边缘谈判"也好，与对手面对面争论丝毫不落下风，尽管谈判会出现障碍或陷入僵局，但代表团内部没有出现像巴黎和会上那样的内讧，这是让顾维钧最感到欣慰的。于是，他回应道：

"是的，我们应该也必须往前看，为大局着想。华盛顿会议已经过去50天了，到现在山东问题和其他涉及主权的问题还没谈出个眉目，我们丝毫不能懈怠。"

"你说得不错。越往后可能难度越大，日本人不会轻易吐出他们已经攫取的政治、经济上的战略利益，而且我们也不知道在多大程度上能够得到美英两国的支持。"施肇基摸着下巴，似在思虑什么。

"美英两国在某些问题上支持中国，是出于他们本国利益的考虑，这一点是无可置疑的。但是他们与日本的冲突和矛盾，完全可以利用，我们还需抓紧做休斯和贝尔福的工作，争取在租借地和山东铁路问题有突破进展。"

正当两人商量如何打破日本设置的障碍推进会议进程的时候，他们被几下急促的敲门声打断了。顾维钧起身开门一看，原来是代表团成员严鹤龄，他是刁作谦辞职后接任的秘书长。他是浙江人，早年也曾赴美留学，还是顾维钧的哥大校友，获得过哲学博士学位，比顾维钧早一年回国。在颜惠庆推荐下到外交部任职，由于他平日勤奋从公，恪尽职守，办事能力强，得到上级表彰，曾参与巴黎和会一个专门委员会的工作，后来在顾维钧推荐下到国际联盟秘书处担任秘书。来华盛顿之前还临时代理过清华学校校长，履历相当丰富，今天他得知施肇基夫妇来顾维钧住所，特地来汇报一件紧急公务。

"二位公使，这是刚收到的外交部加急电报，请过目。"严鹤龄从公文包里取出电报。

施肇基接过一看，不禁锁紧了眉头。电文内容很简要，但语气急迫，非同一般：

国内局势突然紧张，亟盼向大会提出"二十一条"，成败虽难逆料，如不提出，恐生变故。

施肇基看完，交给了顾维钧。顾维钧也沉思起来，他暗想，看来北京政府是受到国内民众的压力，要求废除臭名昭著的"二十一条"。中国各界民众自五四运动以后，日益觉醒，对远隔大洋收回国家主权的谈判进程时刻关注，这是大好事，这说明我们代表的不仅是派我们参加谈判的政府，更是亿万国民，国民的声音我们绝不能忽视。想到此，他说：

"看来我们与日方的谈判必须加快，租借地问题一结束，我们立即提交'二十一条'上会，'二十一条'不提出来，不好向国内民众交代。"

"我和你想的差不多，'二十一条'是中国人民心头的仇恨，一日不废人们心头笼罩的阴影就不散。可是按照大会秘书处的安排，'二十一条'要在中日'边缘谈判'最后进行。严博士，秘书处是这样安排的吧！"

"是的。看样子美英等国对废除'二十一条'很消极，他们不愿意在这个问题上得罪日本。"严鹤龄回答。

顾维钧说："眼下，山东问题谈判在胶济铁路上形成僵局，我担心的是这样谈谈停停，到最后结束时，再向大会提出'二十一条'，怕没有时间了。现在美英日那边的海军限制谈判在最难一致的舰艇吨位上据说已经达成妥协，而后的其他问题我看也很快会有结果的。到时候，我们提出'二十一条'问题，万一被挤掉，可就错失机会了。从大会安排的日程看，这种可能性是存在的。"

施肇基说："我担心的也是这个。如果按照大会日程把'二十一条'压到最后提出，不仅违背外交部的训令，更在国内民众面前不好交待。但现在的问题是，正如严博士说的，美英法等国对废除'二十一条'不乐观，他们认为中国不能强迫日本废约，第三国也不能强迫日本，尽管'二十一条'在国际上已经名声很臭，但要通过外交程序否定它，他们都不愿意公开站到日本对立面。"

"其实说来说去，'二十一条'没有直接伤害他们的利益，所以他们不会为中国出面，这是很现实的。我们还得靠自己。我想，可不可以用这样的思路：我们只向大会提出废除'二十一条'，但不期望大会用表决的方式解决，我们的胜算可以超过百分之五十。"顾维钧说出了自己的想法。

施严二人不解，"怎么胜算呢？"

"当我们向大会提出废除'二十一条'时，日本肯定死扛，这就是百分之五十，各占一半。美国七年前曾经发表过声明，说对'二十一条'有损美国利益的条款一律不承认，眼下美国对以前'二十一条'的态度肯定不会否定，他们只要重复过去的声明，就算给我们这一半加了砝码。这就是我们达到了百分之五十以上。"

严鹤龄问："英国、法国的态度呢？他们可是与日本有密约在先的。"

"但是我们不给他们举手的机会，他们即使要为日本辩护也不可能了。这就叫你打你的牌，我打我的牌。只要我们把'二十一条'提到大会辩论，就是取得了一半以上胜利。当然，我们也要机动灵活把握会场动态，适时出手。"

"我看可行。我去联络休斯，争取美国继续支持，请王博士尽快准备好要求废除'二十一条'的提案，顾老弟你还是集中对付币原，尽快结束租借地谈判。"

严鹤龄补充说："我今天也得到消息，日本人幕后活动很频繁。币原昨天拜访了贝尔福和白里安，大概是要求英国、法国不要放弃九龙和广州的租借地。"

"他们打他们的牌，我们打我们的牌。我们尽一切可能争取多收回一些丧失的主权，但也要有目前收不回的思想准备。"

说话间，时间不觉过去一个多钟头。黄蕙兰和唐钰华出来了，她们都面带微笑，看来交谈得很贴心。唐钰华还特意送给蕙兰两件几个月婴儿冬夏两季穿的宝宝连身服，蕙兰十分高兴，说什么也要留下施肇基夫妇和严秘书长一起用晚餐。但他们都婉言谢绝了，顾维钧只好说："改日再聚也好，等会议散了，有了闲工夫我请大家到中餐馆吃北京烤鸭。"施肇基夫妇和严鹤龄三人大笑着离去。

两天后，九国会复会。休斯请顾维钧代表中国陈述租借地问题。顾维钧对英法日三国在这个问题上立场已经有了底数，知道中国再怎么争辩也难以全部收回几块租借地，但即使如此也必须在这个国际会议上把中国立场说得明明白白。他从座位上站起来，神情镇定，嗓音却很洪亮，就像三年前在巴黎和会上那次震撼世界的演说：

"租借地问题关系到一个主权国家的根本，这不是一般意义上的利益争论，也不是一个需要经过谈判才解决的问题。哪个主权国家愿意在强力逼迫下长期租让土地给外国呢？尽管签订了条约和什么密约，那也是在武力和刺刀威胁下形成的，那些密密麻麻的条款其实只有四个大写的字：恃强凌弱。我们绝不能承认，为此，我代表中国政府郑重做三点声明：

首先，胶州湾或者说青岛并不是日本的租借地，目前双方在"边缘谈判"中涉及的，是日本归还原德国的租借地，不能看做日本在归还租借地上已经有所行动。

第二，根据1898年清政府与沙俄签订的《中俄条约》和《旅大租地条约》，旅顺口大连湾租期 25 年，1923 年到期。日俄战争后旅大被日本侵占，1915 年通过非正常外交程序提出延期 99 年，这是不合法的。中国政府要求，日本在归还胶州湾同时一并归还旅大租借地。

第三，关于九龙租借地问题，英国政府认为香港需要九龙租借地保护，本国认为保护香港并非一定需要以维持九龙租借地达到这一目的，中国收回租借地后，承诺不筑炮台，不转租第三国，完全保证香港通商安全和自由，因此英国继续租界九龙毫无必要。

以上诉求，希望大会给与公正裁决，否则，中国将声明保留意见，直到租借地问题彻底解决。"

顾维钧讲完了，干干脆脆，掷地有声。他觉得自己演讲时像巴黎和会上一样痛快淋漓。

休斯听完，心里赞叹一句：威灵顿·顾的确是个人才！他知道要说什么和怎么说。现在就看那几个老头儿怎么回应了，听说币原和贝尔福这些日子串联很密切，真不知道他们在搞什么鬼？于是，他点了他们的名：

"请问币原先生和贝尔福先生、白里安先生以及其他代表有什么要说的。"

贝尔福自知理亏，回避正面回答顾维钧说的三条，勉强说了两句："我只能承诺归还威海卫租借地；九龙问题，我还是那句话，现在不能归还，香港很需要九龙。这也是英国首相的意见。"

币原说："我也重申，胶州湾可以归还中国，但旅顺大连租借地延期问题，已经两国正式换文条约商定，不能轻易否定为不合法。希望日中双方从现实出发谈判解决。"

白里安发言也基本上坚持前次的模棱两可表态："法国希望广州湾租借地问题，同中国单方面谈判解决。"

另外几个欧洲小国跟中国没有租借地问题，此时都沉默不语。于是，会场里又呈现一片寂静，主持人休斯觉得今天辩论中国代表理直气壮，其他对立方回应有气无力，发言不积极。他看了看怀表，扬起脸准备宣布休会。

此刻，施肇基站起来对休斯说："休斯先生，我补充说几句。"

"施先生请讲。"

"刚才我的同事顾先生指出，1915 年日本通过非正常程序提出旅顺大连租借地延期九十九年，是不合法的，这里我要强调说明，这个非正常程序就是特指日本强迫中国签订的'二十一条'。币原先生说的'正式换文'也是指这个'二十一条'。由此可见，这个'二十一条'是阻碍谈判进程的最大羁绊，中日之间的历史疙瘩能不能解开，关键是这个所谓条约能否被废除。今天，我代表中国政府正式向大会提出，废除这个压在中国人民头上的'二十一条'！"

施肇基一口气讲完后坐下了，仰靠在座椅上长长呼出一口气，那神情像卸下身肩的重负一般。顾维钧投过来赞许的目光，那目光似乎在说：太好了！

休斯却大吃一惊，愣了几秒钟，才回过神来。他宣布休会一刻钟。随后，他离开会议厅，快步走向秘书处。

当施肇基离开会场往休息厅走时，币原也跟随而来。币原悄悄说："施先生，我有话跟阁下说。"施肇基见币原的方头大脸上眯缝着眼睛，含着微笑，似乎有什么秘密要吐露，就来到角落里长沙发跟前，对币原一摆手："币原先生请坐下说吧。"两人落座后，币原开口说：

"我有个建议，不知施先生意下如何？"

"请讲。"

"刚刚先生提出'二十一条'问题，这个问题既是山东问题，也涉及其他问题，确实比较复杂。我建议与租借地问题合并讨论可能会有个好的结果。"

"愿闻其详。"

"中国若能同意日本在旅顺和大连湾的租借地延期，日本则有可能同意废除'二十一条'。"

施肇基一听，这是跟中国讨价还价呀！"旅大租借地延期肇始于'二十一条'，既然废除了'二十一条'，还凭什么延期旅大租借地呢？"

"日中可以另外签订条约嘛！只要不在华盛顿，地点其他地方都可以，北京，东京由中国决定。"

施肇基暗想，你想得倒美！他发出一声感叹："我终于明白了！"

"阁下明白了什么？"币原睁圆了眼睛追问。

"币原先生想用一张无法兑换的支票，换取我手里最值钱的东西，这公平吗？合理吗？"

币原愣了愣神，又打起精神反问："阁下认为'二十一条'真的那么糟糕吗？"

币原这一问，施肇基的气就不打一处来。他仿佛看见一个屡次盗窃的惯犯被捉住后理屈词穷，还想狡辩，就把话挑明："现在中国民众和政府坚决反对'二十一条'，实在讲，它在中国寸步难行，而且它给日本也带来没完没了的麻烦。记得贵国前首相原敬先生曾经痛斥这个条约，它使日本在国际上陷于孤立境地。这次华盛顿会议讨论的每一个与中国有关的问题，几乎都与它有关，也都是对其无情的鞭笞！在这种情况下，币原先生还认为'二十一条'有保留的必要吗？"

"这个……"币原语塞。他暗想，施先生言辞锋利，却又句句在理，而且人家又抓住了原敬前首相的话做论据，实在不好反驳。但他又不能服软，只好硬着头皮说："无论如何，我想提醒施先生，若想让日本放弃'二十一条'，没有交换条件是绝对行不通的。"

"我也想给币原先生一个忠告：无论日本政府如何坚持，中国要废除'二十一条'是铁定不移的，这一天不会太久远，币原先生会看到这一天的。"

币原还想反驳，但此时秘书处来人通知：开会时间到了，请代表们返回座位。

休斯继续主持讲话，说："'二十一条'不仅与中日两国关系重大，也切实涉及各国利益，所以同意中国向大会提出提案。但是为了避免中日两国代表在会上争论不休，我宣布下次会议再议，这期间我们会下可继续磋商，共同寻找解决办法。"

休斯讲话表明，中国提交到大会的关于废除"二十一条"的提案，被正式列入了议题。顾维钧和施肇基预定计划实现了。但接下来，会议能按照中方的希望继续进行吗？

在正式开始讨论之前的空隙，休斯试图给双方调解，他会见顾维钧说，建议把"二十一条"当中的第五号内容拿到大会讨论，其余各条由中日放到会外或"边缘谈判"中去解决。顾维钧当时就拒绝说，此建议是倒退。因为日方提出"二十一条"第五号内容是"中国聘用日本人为政治、军事、财政顾问"，且涉及联合开办警政和兵工厂，以及赋予日本在中国南方各省铁路、港口、造船和开矿等建筑权和优先权。这样一条使中国丧失大量主权的条款，当时就已经被中方坚决反对并透露给美国外交官，而日方在中国和国际社会压力下，不得不放弃了。现在反而拿到会议讨论，这是拿死马当作活马医嘛！况且其余各条拿到"边缘谈判"会上，对中国来说，使本来就陷入僵局的中日谈判，更节外生枝，这是绝对的倒退！

"那么，依顾先生的意见'二十一条'问题如何解决？"

"大会应讨论并通过决议，废除'二十一条'条约。如果因日本反对做不到的话，至少应在大会文件上表明中国的立场。"

休斯不了解"二十一条"签订时中日之间的反复交锋与周旋，主观臆断瞎码棋，碰了钉子。他只好说，大会讨论试试吧，最终结果也可能是各方观点实录。

九国会复会，再次讨论中国要求废除"二十一条"法提案。币原首先发言，态度极其蛮横，自从与施肇基个别交谈碰了个硬钉子后，憋着一肚子的窝囊气，日本外交官何时挨过这样的羞辱？他使出最后一招：死扛和耍赖。他说："'二十一条'只涉及日本和中国，日本反对提到大会讨论。如果非要讨论的话，我在此代表日本郑重声明，中国与欧美各国所签的关于在华利益和势力范围的几十个条约，都应该在会上逐一审定，然后再谈废除'二十一条'问题。"

这是明目张胆向参会各国挑衅呐！当然明眼人一看就识破，币原试图绑架其他列强，用的这招叫"群狼效应""以攻为守"。中国代表王宠惠站起来反驳：

"'二十一条'签订时与中外其他条约不同，时间不同，起因不同，内容也不同。当时日本向中国发出最后通牒，威胁中国如果不签约，势必要动用武力。而当时正值欧战已经开打，中国若用武力反抗日本侵略，各协约国必然认为中国与德国结盟而与协约国为敌。这是中国所不愿看到的。另外需要指出的是，近代以来，中国与其他国家签订的割地赔款条约，几乎都是在战败后签订的，没有像'二十一条'这样受别国胁迫而屈就的。这个不战而辱的条约，当时就受到本国亿万民众强烈反对，至今大规模示威游行不断，中国老百姓从来不承认'二十一条'有法律效力！"王宠惠的铿锵有力批驳，让现场中国人都暗自叫好，有的顾问和后排随员伸出大拇指夸赞他。

币原又站起来狡辩："'二十一条'经过了几十次谈判才最后签订，是双方签字画押的正式文件，中国现在单方否定它的合法效力，是不可取的。大家知道中国行使主权后签订的条约，无论过去现在都不能说与中国维护主权原则相背离。本次会议的宗旨是维持远东持久和平，而不应纠缠历史旧账。我认为，中国所提废除'二十一条'要求，没有任何意义。"

王宠惠再次批驳："'二十一条'涉及中日之间一段特殊历史，它实际已经成为两国关系史上的严重事件。当年日本前首相原敬曾向日本国会提出议案，指责'二十一条'危害远东和平，此议案也曾得到日本国会130名议员赞同。美国政府也曾发出过照会，对'二十一条'持保留态度。"

币原再狡辩："各国有保留或反对意见，可以与日本单独交涉，但一个双边条约不能轻易摆到国际会议上废除，华盛顿会议不能开这样的恶例。"

币原又试图绑架华盛顿会议，其用心昭然若揭。王宠惠愤怒揭露日本侵略本质："什么叫恶例？日本在没有战争情况下用突然袭击和最后通牒方式胁迫一个主权国家签订屈辱条约，才是货真价实的恶例，这是赤裸裸侵略行为。不错，华盛顿会议的宗旨是维护远东持久和平，但持久和平必须靠坚持公平正义得来，没有公平正义，和平就是一句高调空话；没有公平正义，远东和平当然也是画饼充饥！"

币原和王宠惠一来一往，唇枪舌剑，不见硝烟，却火药味甚浓。本来是非曲直已泾渭分明，结论也不难看出，问题的障碍在于日本代表的死扛态度，无论如何也不会同意废除"二十一条"的。休斯见状，宣布休会。

关于"二十一条"辩论如何了结？总不能这样半途而废吧！休斯提议再次会下穿梭调解。中方强调，"二十一条"必须废止，任何时候任何人都不会退步。但中国也同时坚决反对大会公决，道理也很简单，中国面对的是八个国家，在"二十一条"问题上，欧洲英法意等国极有可能举手倾向日本，那将是巴黎和会的再版。但中国不反对美国表达意见。

休斯在获悉日本人不退让情况下，决定用三国各表的形式结束讨论。也就是说，三国代表的声明都载入大会记录。币原声明：日本不同意放弃"二十一条"，只同意放弃其中第五号权利；休斯声明：美国重申1915年对"二十一条"的保留意见；王宠惠声明：中国保留继续提交国际社会废除"二十一条"的权利。

这样，中日关于"二十一条"在华盛顿会议上的辩论终于画上句号。这个结果，正如顾维钧预见的那样：中国的目的达到了50％以上。实际上，这一问题被列强搁置起来。

1922年元旦刚过，中日山东问题"边缘谈判"再起唇枪舌剑，辩论集中在胶济铁路以何种方式被中国赎回。日本人死乞白赖要中国借日本银行的钱赎回铁路，中国代表坚决不上当，日本人葫芦里卖的什么药，代表们岂能不知，这日本人的钱就好比是抹着蜜糖的砒霜，吃下去就会要了命。日本人的钱会白借吗？后面会跟着许多条件，期限也绝不会三年五年，二三十年五十年都可能，让你背一辈子阎王债，日本人自然就成了唯一大股东，而他们就会稳稳地把铁路掌控在手心里，控制了胶济铁路就控制了山东，这点猫腻谁看不出来！

僵局如何打破？美英两大国代表不得不出面幕后调解，尽量找到中日两国都可接受的方式。施肇基、顾维钧坚持如果用现金赎路不行，就用中国发行国库券分期付款方式赎路。国库券发行权在中国政府，这跟借日本的债赎路本质上不同。所以中国代表倾向这种方式。经过美英的疏通，日本方面似乎表示不反对这种方式。休斯和贝尔福认为应以此撮合中日双方分歧。谁知正在这种节骨眼上，事情发生逆转，日本代表反悔了，又回到原来非要向中国贷款赎路的立场。这背后究竟发生了什么呢？

原来，日本驻中国公使小幡前不久拜会中国国务总理梁士诒，名义上是祝贺梁出任内阁总理，但交谈中谈到了山东胶济铁路问题，梁士诒表态说同意借日元贷款赎回铁路。日本国内舆论对梁士诒会晤小幡高调宣扬，日本代表币原得此消息，在与中国代表谈判中态度变得异常强硬，似乎再没有回旋余地。

施肇基、顾维钧、王宠惠也接到驻会民众代表蒋梦麟、余日章的反映，说国内民众和舆论对梁士诒借日元赎路多有谴责，许多军界政界人物也通电声讨，直系首领吴佩孚曾两次通电历数梁的"卖国"罪状，虽然可能因政见派系不同而不排除有恶意攻击之嫌。梁士诒是旧交通系首领，曾为袁世凯心腹和段祺瑞手下红人，直奉战争后原国务总理靳云鹏辞职，张作霖推荐了梁士诒出任，谁知梁上任不久就捅了这么大的篓子。虽然吴佩孚对梁攻击反映了直系和奉系军阀的矛盾，但梁士诒不该绕开参加华盛顿会议代表直接与日本公使谈论山东胶济铁路问题，无风不起浪，梁士诒的不慎举动引起国内各界民众愤怒，无论梁士诒如何为自己辩白，都不能使公众舆论信服。

国内出现的任何外交政策上的动摇，都会对大洋彼岸的代表们心理造成很大混乱和干扰。梁士诒不是一般人物，他的表态是否真实？这关系到中日的"边缘谈判"如何继续进行。施顾王三人随即联名打电报询问北京到底怎么回事？电报如此说：

此间日本代表团传出消息，山东铁路事北京政府已与日本议有端倪，不久华盛顿中国代表即收到确切训示云云。在美华侨得此消息，颇抱不安，究竟有无此事，乞速电示。

两日后，代表团收到国务院外交部回电，明确表示：

国务会议议决，鲁案由三代表在美京赓续办理，业已电达。政府始终无在北京与日本开议之意思，更无此事实。所传议有端倪……显系一种作用，请速更正，并告华侨勿信误传为要！此电更可证明政府以前并无训令三代表改变原议之事。

虽然此后国内舆论对梁士诒与小幡面悟一事继续发酵，但对于华盛顿会议代表团来说，外交部电报断然否认言传的政府与日本开议之事实，使施顾王心头一块石头落地了。顾维钧与施肇基、王宠惠分析：梁与小幡会见一定是实，但梁承诺同意日元贷款赎路可能为虚，这其中，日本人很有可能偷梁换柱，塞进了私货，故意搅浑中国国内本来就混乱不堪的一潭水。

不管国内局势如何演变，大家齐心一致对付眼前的日本谈判对手。双方僵持不下之际，美英代表分头向中日方面提出四种可供选择的方案：

甲、日本政府自协定之日起三个月内将该铁路移交给日本资本团，日本资本团再根据日程将铁路转移给中国银行团，中国银行团以债券形式偿付路价。期限十二年，三年后一次还清。还清前，聘日本人为总工程师。

乙、向日本财团借款赎路，期限同上，聘日本人为总工程师。

丙、中国以现款赎路，聘日本人为车务长、会计长。

丁、中国以国库券赎路，期限十二年，三年后一次还清，还清前聘日本人为车务长、会计长。

这四种方案，实际上把中日的提议加以综合而已。代表团电报北京，并表示了选择建议：甲乙两种皆不可行，丙种不现实，唯有丁种无借款问题，是可行的。因此主张在丁种方案基础上，对期限作某些调整后可与日方达成协议。

日本方面在美英调解后，不得不倾向丁种方案，即同意中国以国库券赎路，但又提出修改最新方案：期限延长为十五年，五年后可付清，付清前雇用日本人为车务长，中日会计长各一人。

时间到了1月中旬，秘书长严鹤龄向三位代表通告了列强各国谈判情况：继美英法日四国上月签署《关于太平洋区域岛屿属地和领地的条约》之后，美英法日意五国限制海军军备会谈基本上到了尾声，美国最终取得与英国海军军备同等地位，同时对日本海军限制在美英的六成以内，成为这次会议最大赢家，该项谈判可能本月底或下月初就要签订条约。此后美英两国可能会把精力集中到远东中国问题特别是山东问题上来。

果然，休斯和贝尔福加强了劝说中国代表的力度，但顾施坚持提出中国人应担任胶济铁路车务长和会计长，日人充任副职。币原表示，日本已经多次让步，从最初"双方合办"到同意中国赎回自办；从主张"借日款赎路"到同意中国"用国库券"赎路；期限从二十三年到十五年，这是日本最后让步了，不能再让了。

施肇基、顾维钧、王宠惠仍希望美英做最后努力，说服日方在车务长、会计长问题上同意中方意见。币原一口咬死不再让步。

这天晚上，美国海军部长丹比驱车来到莫兰大厦拜访施肇基。丹比曾担任过州议员、众议院海军事务主席，欧战时参加海军陆战队，退役后任哈定政府海军部长，这次参加会议是美国代表团核心成员之一。由于早年曾随父在中国生活过几年，因此与施肇基交往较多。这次是受休斯委托以私人朋友来拜访的，施肇基预感到他的来访与中日谈判有关。果然，一见面丹比就转达休斯的意见：

国库券赎路被确定下来，日本做了大的让步；在期限问题上和车务长问题上建议中国同意日本人提议，由十二年延长到十五年，一次付清时限由三年到五年。车务长人选上，日本人为正职，中国一年后可担任副职，五年后可接替车务长。无论谁担任正职和副职，权力是相等的，而且由中国组建胶济铁路管理局，局长统一管理人事。这是美国方面对谈判的最后方案，希望中方接受这个方案。

施肇基认为，此方案距离中方要求仍然相差很大距离，实在令人难以接受。丹比说："这个方案的确没有完全符合中方要求，要中方接受是勉强了些。但我不得不告诉老朋友，这也是美方最后的调解，中方如果不同意，谈判就只能前功尽弃了。"

施肇基说："据说明天贵国要举行国务会议，您能在会上向哈定总统转达中国的要求吗？"

"可以。见到总统我一定转达。"

丹比走后，施肇基立刻请来顾维钧一起商量。顾维钧沉思片刻，说："眼下五国谈判进入尾声，美国的主要目的已经实现，现在急于结束中日之间的谈判，使华盛顿会议画上句号。依我看，再坚持可能不会有更多进展了，美国人的耐心和努力已经到了头，他们觉得对中国已经帮了大忙，但对日本又不能不留有余地。"

"你的分析，我同意。可是我总觉得没有把铁路问题解决彻底，留有一个小尾巴，或者说留有一个遗憾。"施肇基轻轻叹口气，用手指挠了挠头皮，他的脸色有些沉重，眼窝深陷，两腮明显见瘦。顾维钧见他日益消瘦下去的脸庞和焦虑的神情，不免萌生恻隐之情。说实在的，中国代表团此次赴美肩负着全国上下亿万国民的重托，争领土争主权，同仇敌忾，废寝忘食。而施肇基，代表团首席外交官，两个月来一直"三更灯火五更鸡"，呕心沥血，多少个夜不能寐呀！于是，他安慰这位老同事和老朋友：

"我觉得我们目前争取到这一步，已经超过了百分之六十。我们是弱国代表，面对的是背后国力强大、狡猾而老练的谈判对手，我们背后没有强有力的武装实力撑腰，光凭口舌不足以震慑对手，因此很难百分之百收回国家的主权。我们争取到目前的结果已经使尽了浑身解数，可以向国民交卷了。"

"也是，我们没有强大国家武力作后援，口舌再能雄辩，也不能使强盗丢下抢到的财宝，我们做到这一步的确不易。丹比先生答应向哈定总统转达我们的希望，不知最终结果怎样？"

"我估计不会有什么变化。美国人对中国的同情是以他们的利益得到保障为底线的，这一点，我深信。"

第二天丹比整整一白天没音信，直到晚上他才给施肇基打来电话，说"明天上午 10 点哈定总统希望在椭圆办公室见到您，他当面答复您提出的要求。不过，亲爱的老朋友，您可做好准备，我估计他的答复和休斯先生的意见没什么不同。"

"谢谢您，丹比先生，明天我准时到。"

翌日上午，施肇基准时走进白宫。这是他第二次进入美国最高统治者的官邸，第一次是上年春天递交国书时来过。此刻他走进白宫的心情与前此迥然不同，那次他是轻松愉快踌躇满志而来，这次却是步履沉重忐忑不安而来，更没心思东瞧西望门厅的装饰和走廊里的油画。总统一位秘书引领他直步东侧的总统椭圆办公室。进门一看，哈定总统和休斯先生正在沙发上谈事，见施肇基进来，休斯先起身打招呼：

"密斯特施，早上好！"

"早上好，休斯先生！"

两人握手后，哈定也起身说："欢迎中国公使！"

"总统先生，我没迟到吧！"施肇基尽力使自己保持放松和自然。

"当然没有。你们外交官总是非常准时的。"

双方落座后，哈定直奔主题，说："密斯特施，休斯和丹比转达给您的日本方案，是日本最终考虑的意见，他们不退让，美国也不能强迫。我认为这个方案虽然不是个完全公平的方案，但是如果胶济铁路由中国人担任管理局长，车务长和会计长当然是在局长管辖之下，可以放心，日本人不会把持铁路的管理。五年时间很快就会过去，之后中国管理人员就可以顶替上来。再说，日本占领山东已经七八年了，如果中国拒绝这个方案，恐怕再过五年中国也不可能用武力把日本人赶出山东。由此看来，我认为中日在山东问题上应该有个了断，虽说这个结果不尽令中国满意，但对于中国来说也是争取到了一个比较好的结果。山东问题不能再拖延下去了，否则中日单独谈判更难以解决，而可能使其变得遥遥无期。这次会议已经开了两个多月，不能再往后拖了。"

哈定的话音带着浓重的鼻音，缓缓道来，似乎更加重了语气的分量。施肇基知道，美国总统在华盛顿会议上可谓一言九鼎，哈定刚才的话无疑为中日山东问题谈判一锤定了音。这位总统，早听说他口才极佳，今日聆听，才感到的确滴水不漏，让你无法反驳。事已至此，结果也只好如此了，再多说也无益。于是他说：

"总统阁下的话，我将转达给本国政府。我想很快就会有结果的。借此机会，我谢谢总统阁下和休斯先生对中国给予的关注和支持。"

离开白宫，车子在冬日阳光的照射下缓缓行驶着，道路两侧的梧桐和橡树在微风中抖动着干枯的树杈，路面边缘少许雪堆偶尔反射出几缕闪光，哦，漫长的冬天，总算快到头了，施肇基坐在车子里无声地叹了口气。他的思绪又咀嚼起刚才在白宫听到的那个权威大人物的每一句话，他不停地想着：山东问题这样一个结果，国内朝野会如何反应呢？各界民众会满意吗？无论如何，这两个多月的心力交瘁日子即将结束了，审视检查一下自己这些日子的所作所为，是否可以说，我们没有辜负国人的重托和希望呢？想到此，他苦笑了一声……

返回莫兰大厦，他立即把顾、王二人请到房间通报了情况，三人冷静地审时度势、认真透彻地分析了面临的局面，深深体会到在国际社会恃强凌弱的现实面前，一个弱国是没有多少话语权的，不可能一次就能争回所有丧失的国权。这次大会，经过艰难的折冲樽俎后收回最紧迫最重要的山东主权，就是达到了会前希望的最好成果。于是，他们联名给北京发去了电报。外交部很快回电，其要点是：

……倘能加以声明，如估价期内我国已凑齐现款，亦可适用丙种办法，尤为周妥。至于用人车务，希望与会计一律，或同时任用。如时机迫近实在无商量余地，只可就此决议，仍照原议报告大会公认为要。

施肇基和顾维钧、王宠惠分析，外交部仍希望为现款赎路留下活话，并要求修订车务长一职的表述，可能主要是考虑应对国内舆论，并非一定要实现。来电表示"如时机迫近实在无商量余地，只可就此决议"，实际上已授权他们按照丁种"最后办法"签字。

在经过仔细核查各项条款之后，2月4日施肇基、顾维钧和王宠惠代表中国在《解决山东悬案的条约》上签字，日本方面签字的是加藤、币原和埴原。这个条约共十六条，涵盖胶州湾原德国租借地全部归还中国，交还青岛土地公产，青岛及铁路沿线日军撤离，胶济铁路以国库券赎回相关的事项等内容。涉及铁路人员任用的条款是这样规定的：

第六条 所有铁路日本车务长、会计长所属之职员，均由中国局长委派，并自铁路移交两年半以后，中国政府可委派一中国人为副车务长。

到1月末为止，除了山东问题和"二十一条"外，九国对涉及中国其他问题分别陆续形成了若干"决议案"。如《九国间关于中国事件应适用各原则及政策之决议》，还有关于关税税则、外国邮局、外国军队军警、领事裁判权、中国铁路等问题的《决议案》。

中国在九国会议上提出收回各项主权的诉求，除了关税有所提高和英国承诺放弃威海租借地外，其余大部被拒绝或借口组成调查组去无限期调查使提案不了了之。但中国几位代表在国际会议上至少争取到将废除各种不平等条约列入了大会议程，并当着各国列强头面人物的面，痛斥不平等条约强加给中国、给亿万人民带来的苦难。以顾维钧、施肇基、王宠惠为代表的外交官在会上的出色表现，也彰显了五四运动后民族日益觉醒和国内民众爱国情怀日益高涨，中国人民近代以来由列强任意欺凌和拿捏的时代开始有了某些转变。

2月4日，施、顾、王代表中国还签署了《九国公约》，九国公约全称是《九国关于中国事件应适用各原则及政策之条约》。此约共九条，主要内容规定各国在中国商务实业维持机会均等原则，即"门户开放"，所应承担的责任或义务。其中包括不谋取"商务或经济发展之优越权利"，"致有破坏机会均等原则之实行者"，不赞助"在中国指定区域内设立势力范围，或独享之机会"，中国铁路不施行"任何待遇不公之区别"等等。《九国公约》虽然限制了日本帝国主义对华独霸的野心，但又为其他列强经济上入侵中国大开方便之门。

同日签订条约的还有美英法日意五国的《限制海军军备条约》。此约签订后，使美国在海军军备上得到与英国海军相等的地位，标志着英国海上霸权的结束；日本雄心勃勃的扩张野心得到了抑制。但此约只是列强海上霸权的争夺暂时得到缓解，他们之间的深刻矛盾并未真正化解。

即使如此，各国舆论大多认为华盛顿会议是一次比较成功的国际会议，美国成为最大赢家，日本军国主义扩张野心得到暂时遏制，中国收回了最棘手的山东胶州湾租借地和胶济铁路主权，取得了不错的成果，遗憾的是《九国公约》将中国变日本独霸为多国共占合法化，中国受欺凌和屈辱的地位并没根本好转。

第二十三章　机缘巧逢

就在中日谈判最后签字头几天一个夜晚，黄蕙兰在莫兰大厦自己房间里顺利产下一个婴儿，是个男孩。产前医生建议她去医院分娩更稳妥一些，但她坚持不离开莫兰大厦，说："莫兰大厦是中国代表团驻地，也可以把大厦当成是中国土地，我的孩子应该出生在中国。"

当天顾维钧一大早就去会场了，他知道蕙兰预产期就在这一两天，临走给王管事留下话："有急事立刻通知我。"可一直到晚上仍不见回来。当顾维钧的一个秘书到会上传递喜讯时，会议室内中国代表团正紧张议事，他不敢进去打扰，就从门缝里塞进一个纸条，上写：

"请转顾先生：夫人生一子，母子平安。特报喜。"

会散后，顾维钧立即赶回莫兰大厦，看见蕙兰疲惫而面带幸福的笑容，静静地躺在床上，他紧紧握起她的手，又亲吻了她的额头，说："辛苦了蕙兰，谢谢你！"回头他抱起来襁褓中的儿子，用手轻摸了一下儿子的嫩脸蛋，乐开了："鼓鼻梁大眼睛，像我还是像妈？我们老顾家又添人丁啦！"

第二天，他嘱咐王管事给嘉定的兄长顾敬初发一电报，告知得子之事并请其为儿子取名。之后他与蕙兰商量给婴儿起了一个乳名：开元。这是顾维钧取自中国古语的一个非常吉利的名词，有"开始新时期""好的开头"的意思。蕙兰也对小开元看不够、亲不够，当儿子睁开亮晶晶的眼睛看着她时，她呼叫丈夫："维钧快来看，开元睁开眼啦！他多像你呀！活脱脱一个小威灵顿。"顾维钧自然喜欢，把儿子抱到客厅，再从客厅抱回卧室，他对儿子说："小开元，小宝贝，你笑笑！等你大伯父给你取了名，你就有了大号啦！"

一周后，顾敬初来电，给小开元取名"裕昌"。显然这名字是依照顾维钧大儿子"德昌"名字排序而来，含有"富裕"和"昌盛"之义，顾维钧夫妇都齐声叫好。这天施肇基夫妇从大使馆专程来访，贺喜之外，唐钰华还给宝宝带来了两听高级奶粉和一袋布尿垫，钰华抱起小开元逗他乐得合不上嘴。本来蕙兰坐月子期间，还守着中国妇女老规矩：不见客。但施肇基夫妇一来打破了规矩，于是中国代表团成员们陆续上门祝贺顾公使"喜得贵子"，一时间，送贺礼的送礼金的络绎不绝。顾维钧见状立即制止，对大家贺喜表示感谢，但礼金和礼品一律婉言谢绝，他跟朋友和同事解释，施公使夫妇是他前妻的堂姐和姐夫，因而也是唯一例外。众人见顾维钧语气恳切，也就收回各自携带的礼品，不过心里更敬佩顾先生的人品了。

返回伦敦的日子快到了，顾维钧兑现了原先的承诺，请施肇基、唐钰华夫妇和严鹤龄在一家名气很大的中餐馆聚会，享用北京烤鸭，同时也是跟他们辞行。两位夫人说着说着就唏嘘起来，有道是"相见时难别亦难"，女人们情感总是最易宣泄出来，此次分别又待何时再相见？而外交官们似乎对分别已司空见惯，这次会议拉近了他们之间的距离，毕竟是在同一战壕里"战斗"过的伙伴和战友，这样并肩战斗的时刻毕竟难以再现，虽然他们从没上过硝烟弥漫血与火的战场，但在外交谈判的无烟战场，他们体会到什么是真正的友情。

告别午餐结束后，顾维钧嘱咐司机先送黄蕙兰回莫兰大厦，他单独搭的士去美国商务部拜访一位朋友，这位朋友是前妻唐宝玥的救命恩人胡佛，顾维钧拜访他，也是为宝玥还的一愿。庚子年间八国联军进占天津时，炮火毁掉唐宝玥居住的房子，宝玥父亲唐绍仪当时不在天津，其大夫人和一个幼女死在被炮火炸塌的房屋下，十一岁的唐宝玥在危难中呼救，被邻居一位开滦煤矿年轻工程师抢救出来脱离危险，这位工程师就是胡佛。六年前顾维钧唐宝玥夫妇驻节华盛顿时，在一次美国国务院为外交官举办的舞会上，宝玥一眼就认出一个男士正是救命恩人赫伯特·胡佛。胡佛当时是粮食署署长，通过救济总署等机构，向欧洲和苏俄饱受战乱和灾荒的国家输出粮食救济灾民。由于他精明能干，成效显著，既赚了钱又得了名，一时风生水起，名声大噪，成为舆论界大红人。当时他与唐宝玥重逢，也是感慨万千，于是两家来来往往，成为异国朋友间一段佳话。此后胡佛官运一直顺当，现在已是哈定内阁的商务部长。

对于顾维钧来访，胡佛热情款待。言谈中不免说起唐宝玥亡故，胡佛也一阵伤感，分手时胡佛送到电梯口，约定以后通信联系，顾维钧乐意在美国政界又多一位熟人。胡佛六年后赢得了总统大选，入主白宫，据说，他是历任美国总统中唯一会讲中文的总统。

辞别了胡佛，顾维钧回到停车场，正要上的士车，忽见停在不远处的一辆天蓝色小轿车年轻司机向自己招手，好像有话要说，他停下拉车门的手，看那人有什么事。那人走到顾维钧跟前盯着他的脸仔细打量，顾维钧也觉得此人面熟，在哪里见过呢？突然那司机眼光一闪，叫道：

"您是顾博士吗？"

几乎同时顾维钧叫出对方的名字："伊戈尔，是你吗？"

"是的，是的，我是伊戈尔！您真是顾博士，一晃十年过去了，您一切都好吗？"

"我很好。伊戈尔，您怎么是在美国呢？"

"说来话长。"伊戈尔闪动着他的蓝眼睛，激动地说，"如果您没有别的急事，就先到我的车子里待一会儿，我讲给您听。同时我也想听听您的故事。"

"好的，我没什么特别急的事，也很想听听您的经历。"

顾维钧跟司机说了声"稍等"，随后上了伊戈尔的那辆蓝色小轿车，一落座，伊戈尔就打开了他的话匣子：

"自从在满洲里一别，以为这辈子再也见不着您了。谁知世界还是小了点，想不到我们在美国首都能见上面。您的博学多才深深留在我的记忆里，也或多或少影响了我以后的经历。您可能知道最近几年我们俄国发生了什么，欧战开始后的第三年，即 1917 年 3 月俄国爆发了震惊世界的二月革命，首先在彼得格勒工人和大批士兵武装起来，推翻了沙皇尼古拉二世的专制统治，随后在莫斯科也取得胜利，建立了工兵代表苏维埃，但苏维埃内的孟什维克支持克伦斯基一伙人组成了政府，这个政府继续沙皇政府对德交战的政策，东欧前线兵力吃紧，就从远东调动兵力到前线与德军对峙，我所在的部队被调到白俄罗斯边境地带，当时我在一次炮火袭击中受了伤，并被掀起的黑土瞬间埋在战壕里，当时我已经被沉重的泥土压得快窒息了，若非同伴及时把我挖出来，早已丧命了。我虽然保住了性命，但腿严重骨折，心里特别沮丧和低沉。那时士兵中到处弥漫着不愿打仗的情绪，士气低落，士兵和军官中有不少布尔什维克党人，主张立即停战恢复和平，我毫不犹豫地秘密参加了布尔什维克。不到半年时间彼得格勒又爆发武装起义，推翻了克伦斯基，建立了真正的工兵代表苏维埃政权，这就是十月革命。我们也在前线起义了。"

伊戈尔说到这儿，帅气的脸上流露出激动的神色，他从衣袋里掏出一支烟，说："顾博士吸不吸烟？ 记得您好像不吸烟。"顾维钧回答，"不吸。"他自己点燃了，猛地吸一口，继续说：

"新生的政权面临被扼杀的危险，国内各地的沙皇军队的将领们纷纷建立割据政权与布尔什维克政权抗衡。不久，欧洲列强和日本帝国主义从西线和东线出兵干涉年轻的苏俄国家。由于频繁战乱加上天灾饥荒，穷苦百姓流离失所，红色的政权面临生死存亡关头。为了渡过难关，避免多个方向作战，布尔什维克主导的远东共和国建立了，这是西起贝加尔湖东到太平洋沿岸一片广袤大地上成立的一个缓冲国，采用了美国议会制形式，主张民主自由精神。我由于在远东待过几年，又懂英语，被莫斯科派往远东共和国外交部工作。当时美国财团大亨哈默访问莫斯科，愿意与新政权开展贸易和投资，还有美国救济总署也答应苏俄政权，向西方世界呼吁给予粮食援助，当然答应援助是附有条件的。我去年春天作为远东共和国贸易代表团成员被派到美国来争取投资和进行粮食及木材贸易谈判的。几个月后，这里就召开了国际会议，远东共和国虽然没参加这个会议，但我们趁机在美国报纸上发表文章，揭露日本帝国干涉军在苏俄远东地区的非法占领并支持白匪军的事实，以及过去沙皇俄国与日本之间订立的秘密条约有的内容涉及中国。同时我也听到了日本和中国会谈山东问题的消息。顾博士，您莫非是代表中国来参加会议的吗？"

"是的。"接着顾维钧也把自己这些年在国内国外的经历大体介绍了一番。"这次国际会议结束十多天了，再过两天我就要返回伦敦，今天来商务部看望一位老朋友，没想到竟然与您巧遇，伊戈尔，真是难得呀！"

"我也是做梦都想不到。这应了俄罗斯那句谚语：山与山无法相遇，人与人总能重逢。"

"的确，中国也有句古语说得好：海内存知己，天涯若比邻。世界虽大，并不妨碍异国有知音。伊戈尔，祝您事业有成，人生未来有好运！"

伊戈尔从车斗里拿出一个小烟盒，灭掉半截烟头，扬起头说："顾博士，您刚才说的一句中国古语太好了，海内存知己，天涯若比邻。我也快回到我的国家了，今日与您重逢，还不知何年何月再相见……"

伊戈尔像任何一个性格外露的人一样，脸上显示出无限伤感，他显然把顾维钧当成一个可以倾心相诉的朋友，尽管他们这仅仅是第二次相逢。顾维钧也很想与这个俄罗斯人多待一会儿，他真的有些喜欢他了，试想如果伊戈尔在思想深处对他根本没有一丝印象的话，他绝不会一发现面前的人脸熟，就能立即与藏在心底的人确认是同一个人，而且急忙上来打招呼。所以，可以肯定他是个真诚善良的人，从他人生道路的关键时刻选择来看，也是个胸怀大志的人。

时间一分一分地流逝，他们交谈了近一个钟头。顾维钧和伊戈尔不得不告别，他们在车下拥抱告别。顾维钧先上车启动了马达，伊戈尔站在原地向他挥手说："再见！"顾维钧打开窗玻璃，说了声："后会有期！"

司机问他："去哪里？"

他说："回莫兰大厦。"

眼前这条街道不在闹市区，汽车、马车稀少，显得异常宁静和冷落，唯有冬末春初的午后阳光撒在寂寥的大道上，给偶尔过往的匆匆行走的路人，带来些许暖意。

顾维钧的思绪仍然停留在刚才那个年轻的布尔什维克身上，他从他的讲述中了解到一个与过去认知不一样的苏俄政权，一个刚刚诞生却又充满战乱的国家。那里，支持旧政权的沙皇将军联合列强干涉军，要将新生的政权扼杀在摇篮里，国家四分五裂，饥民流离，饿殍遍野，而这种局面似乎正在改变，苏俄政权采取的新经济政策取得了成效，沙皇将军们的复辟梦很快消散，新生政权正得以逐步巩固，这一切与美英法日等国舆论描绘的图景大相径庭。

顾维钧以一个外交家敏锐的政治眼光，看到苏俄必将成为二十一世纪的举足轻重的大国，世界格局可能发生深刻变化，此前以英美为主导的国际社会，很可能变成三国或四国平衡格局，届时中国会担当什么角色呢？她何时才能作为一个名副其实的世界大国崛起在东方呢……

2020 年 9 月 于奥克兰

2023 年 10 月 修改于北京